Ulrike Schweikert • Die Erben der Nacht

AF178594

ULRIKE SCHWEIKERT

Pyras

Die Erben der Nacht

MIX
Papier | Fördert
gute Waldnutzung
FSC
www.fsc.org **FSC® C014496**

Penguin Random House Verlagsgruppe
FSC® N001967

5. Auflage
Originalausgabe Oktober 2009
Gesetzt nach den Regeln der Rechtschreibreform
© 2009 cbj Kinder- und Jugendbuch Verlag
in der Penguin Random House Verlagsgruppe GmbH,
Neumarkter Str. 28, 81673 München
produktsicherheit@penguinrandomhouse.de
(Vorstehende Angaben sind zugleich
Pflichtinformationen nach GPSR)

Alle Rechte vorbehalten
Umschlaggestaltung: Nele Schütz Design, München
unter Verwendung einer Illustration von Paolo Barbieri
SE · Herstellung: ReD
Satz: Greiner & Reichel, Köln
Druck und Bindung: GGP Media GmbH, Pößneck
ISBN 978-3-579-30480-8
Printed in Germany

www.cbj-verlag.de

Für Susi, Achim, Ann-Kathrin, Sven und Merle Weibrecht,
bei denen Chakira und ich uns jeden Tag so wohlfühlen dürfen.
Und für meinen geliebten Mann Peter Speemann.

INHALT

PROLOG: DER MEISTER

Die Vampirin näherte sich mit gesenkten Lidern, und doch war ihr, als könne sie jede Einzelheit seiner machtvollen Gestalt sehen. Ein Schauder rann durch ihren Leib, als sein Blick über sie strich. Nein, er strich nicht nur über sie hinweg, blieb nicht an Spitzen, Taft und Tüll hängen. Er drang tief in sie ein und hätte ihre Seele entblößt, wenn sie eine besessen hätte. Er las ihre Gedanken und glitt durch ihre rasch wechselnden Gefühle. Es war wunderbar und schrecklich zugleich, so nackt vor ihm zu stehen.

»Was hast du mir zu berichten?«, fragte er, obwohl er die Antwort längst in ihrem zitternden Gemüt gelesen haben musste.

Sie verbeugte sich noch einmal tief und wagte noch immer nicht, den Blick zu heben. »Meister«, sagte sie mit bebender Stimme, »der Stein ist vernichtet.«

»Vernichtet? Man kann den *cloch adhair*, das Herz Irlands, nicht zerstören!«

Es ärgerte sie, dass sie sich so ungeschickt ausdrückte und ihm dadurch Gelegenheit gab, sie zu korrigieren, statt sie mit Lob zu überschütten.

»Zerstören konnte ich ihn nicht«, gab die Vampirin missmutig zu, »aber das ist auch nicht wichtig. Entscheidend ist, dass er für die Lycana nicht mehr erreichbar ist. Ich habe dafür gesorgt, dass er nun für alle Zeiten auf dem Grund des Lough Corrib ruht und Eure Pläne nicht mehr durchkreuzen kann.«

Das Gefühl von Triumph flammte wieder so stark in ihr auf, dass sie die Lider hob und ihn ansah.

Ganz gleich wie oft sie ihm begegnete oder ihn in ihren Träumen sah, überraschte sie doch jedes Mal die Woge von Größe und Macht, die ihn umgab und die ihr nun entgegenbrandete, als wollte sie die Vampirin verschlingen. Sie musste all ihre Kraft aufbieten, um ihre Miene von kühlem Stolz zu wahren und nicht zurückzuweichen.

»Ivy ist Euer! Tut mit ihr, was Ihr wollt. Greift sie Euch, löscht sie aus, vernichtet sie. Nichts wird Euch daran hindern können. Der uralte Schutzbann ist gebrochen.«

Der Meister hatte gewonnen und nun war auch sie am Ziel ihrer Wünsche angelangt. Sie hatte ihm gut gedient. Die Belohnung war ihr sicher. Nun endlich würde er ihr die Hand reichen und sie mit sich nehmen. Sie würde die Fürstin an seiner Seite sein.

Der Meister stand noch immer reglos da. Nur seine Augenbrauen hoben sich kaum merklich ein Stück und dennoch durchfuhr es die Vampirin heiß und kalt.

»So? Bist du dir ganz sicher?«

Natürlich hatte er wieder in ihren Gedanken gelesen. Wie leichtsinnig, ihre Wünsche Gestalt annehmen zu lassen. Doch warum nicht? Durfte sie jetzt nicht ihren Träumen freien Lauf lassen? Sie hatte ein Recht darauf. Sie hatte gesiegt!

»So?«, sagte der Meister noch einmal, und es war, als klirrten Eissplitter zu Boden. »Dann ist es den Besitzern der Armreifen also nicht gelungen, den *cloch adhair* noch einmal zu berühren und die Kräfte aufzufrischen, ehe du den Stein im See versenkt hast?« Seine Stimme war schneidend. Die Vampirin starrte den Meister fassungslos an. Sie schluckte trocken. Ihr Hochgefühl fiel in sich zusammen und machte verzweifeltem Schrecken Platz.

»Sie haben den Stein berührt, doch nur ganz kurz«, versuchte sie, sich zu verteidigen. Nun hätte sie den Blick gerne wieder von seiner furchtbaren Miene gelöst, doch er hielt ihn fest. Marterte sie, dass sie sich in innerer Qual wand.

»Nur ganz kurz? Stell dich nicht dumm. Darauf kommt es nicht an. Ivy hat mit ihrem Armreif den Stein berührt und den Schutzbann erneuert. Sie ist für mich so unangreifbar wie zuvor.«

»Ja, aber das war das letzte Mal«, winselte die Vampirin, die unter seinem Blick auf die Knie sank. »Jeder Tag, der verstreicht, wird den Schutzbann weiter schwächen. Und wenn sie Irland erst einmal verlässt, dann geht es ganz schnell. Was bedeutet Euch Zeit? Ihr werdet sehen, in nur wenigen Monaten ...« Sie konnte nicht weitersprechen. Sie fürchtete, sein Groll werde sie zu Boden drücken und zerquetschen.

»Ja, Monate, wenn nicht Jahre! Warten und warten. Ich bin des Wartens überdrüssig!«, schrie er. Doch so unvermittelt, wie sein Zorn aufgelodert war, erlosch er wieder. Ein grimmiges Lächeln erschien auf seinen Lippen. »Ja, was bedeutet mir Zeit, wenn nur kein Hindernis mehr zwischen mir und der Erfüllung meines Ziels steht. Steh auf!«

Er krümmte seine langen, knochigen Finger, und die Vampirin erhob sich wie von unsichtbaren Fäden gezogen. Er ließ sich sogar dazu herab, ihren Einfall, den Stein im See zu versenken, gutzuheißen. Die Vampirin spürte, wie ihre Wangen glühten.

»Ich danke Euch, mein Meister. Wie lauten Eure Befehle? Soll ich ihr weiter folgen und sie im Auge behalten?«

»Was würde das bewirken?«, wehrte er ab. »Ich kann sie noch nicht erreichen, aber sie entgeht mir nicht.«

»Dann kann ich mit Euch kommen?«, rief sie hoffnungsvoll.

Wieder dieses Zucken der Augenbrauen. »Weshalb? Ich habe im Moment keine Verwendung für dich.«

Sie fühlte sich vernichtet, durch eine Handvoll Worte. »Meister!«

Er ignorierte ihr Flehen. »Kehre zurück zu den Deinen. Du solltest das Misstrauen nicht unnötig schüren.«

»Ja, ich gehorche«, versicherte sie eifrig. »Ich sorge dafür, dass niemand Verdacht schöpft. Ich halte mich bereit. Ihr braucht mich nur zu rufen, wenn Ihr meiner Hilfe bedürft. Ich freue mich darauf, Euch wieder dienen zu dürfen, und stehe für jeden Auftrag zur Verfügung ...« Sie brach ab und schwieg unter seinem vernichtenden Blick.

»Geh jetzt!«

»Meister?«

Er streckte die Hand aus. Die Echse auf seinem Ring schimmerte im trüben Licht der Sterne. Die Vampirin trat einen Schritt vor und ließ sich auf ein Knie sinken. Ehrfurchtsvoll küsste sie den Ring. Die Rubinaugen brannten auf ihrer Lippe. Dann konnte sie den Abschied

nicht länger hinauszögern. Von der Last des Augenblicks nieder-
gedrückt, erhob sie sich schwerfällig. Es gelang ihr, einen letzten
Blick auf die machtvolle, dunkle Gestalt zu erhaschen, dann verschwand er. Nur ein Hauch von Nebel blieb zurück, den der Nacht-
wind verwehte. Die Vampirin stand alleine auf dem nächtlichen Feld,
über dem sich der Schatten eines halb zerfallenen Turmes erhob.

ABSCHIED VON DER INSEL

Es ging auf Mitternacht zu. Der Mond hielt sich beharrlich hinter dichten Wolken versteckt. Nur ein paar vereinzelte Sterne sandten ihr Licht herab, wenn der stürmische Wind die Wolkendecke für einige Augenblicke zerriss. Dann umschmeichelte der Sternenglanz eine einsame Gestalt auf den schwarzen Klippen, die weit vorragten, um dann schroff in die schäumende Gischt abzubrechen. Es war die Gestalt eines jungen Mädchens, dessen Haar das silberne Licht widerspiegelte. Seit Stunden saß sie nun schon so da, den Blick auf das aufgewühlte Meer gerichtet. Sie schien so tief in Gedanken versunken, dass sie nichts um sich herum wahrnahm. Auch nicht den hellen Schatten, der sich auf vier Pfoten und im Wolfspelz über die Landzunge näherte. Zumindest regte sie sich nicht, als der Jäger neben sie trat. Er ließ sich auf den Hinterpfoten nieder. Das Mädchen schwieg noch immer.

»Gibt es Neuigkeiten?«, fragte sie endlich.

Es gibt immer Neuigkeiten, ertönte die Stimme des Wolfs in ihrem Bewusstsein. *Die Zeit fließt und die Erde ist einem ständigen Wandel unterworfen. Schicksale und Ereignisse werfen ihre Schatten und geschehen.*

Das Mädchen stieß einen ärgerlichen Laut aus. »Seymour, du weißt genau, was ich meine! Gibt es Neuigkeiten vom Festland? Von der Versammlung der Clans?«

Der Wolf schien sich an ihrer Ungeduld zu weiden. Er legte sich an ihre Seite und leckte sich ausgiebig die Vorderpfoten, ehe er erwähnte, dass ein Falke mit einer Botschaft eingetroffen sei.

»Was? Warum sagst du das nicht gleich?« Ivy sprang auf die Füße. »Weißt du, wie sie lautet?«

Gewiss.

»Ja, und? Willst du es mir nicht sagen?«

Der Wolf öffnete das Maul und ließ die Zunge heraushängen.

Es sah aus, als würde er lachen. *Ach, kleine Schwester, lass mich diesen Moment noch ein wenig auskosten. Untersteh dich, mir einen Tritt zu verpassen. Ich werde dich beißen!*, drohte er.

Ivy seufzte und ließ sich wieder neben ihn auf einen schwarzen Steinbrocken sinken. »Du verstehst mich nicht mehr. Wir waren uns doch stets so nah. Was ist nur geschehen?«

An mir liegt es nicht! Ich habe mich nicht geändert. Du benimmst dich plötzlich wie ein liebeskrankes Jungmädchen.

»Ich bin ein junges Mädchen – wenn auch nicht liebeskrank.« Das Bild eines Vampirs mit dunklem Haar und edlen Gesichtszügen, so schön, dass sein Anblick wehtat, stieg in ihr auf. Franz Leopold de Dracas.

Nicht liebeskrank?, spottete Seymour bitter.

»Nein«, bestätigte Ivy ernst. »Nur eine vorübergehende Verwirrung der Gefühle. Er ist ein Freund, ein guter, sehr geschätzter Freund, der mir nahesteht und dem ich vertraue, so wie Alisa und Luciano auch. Und was das junge Mädchen betrifft. Ich bin ein junges Mädchen, das sich auf ein weiteres Jahr gemeinsamer Ausbildung mit den Erben der anderen Clans an unserer Akademie freut.«

Ein junges Mädchen?, wiederholte der Wolf. *Auch wenn du noch immer so aussiehst, das ist lange vorbei. Das warst du einmal vor einhundert Jahren, als der Biss eines Vampirs dich gewandelt hat. Wen willst du täuschen? Dich selbst?*

»Meine Freunde jedenfalls nicht länger«, erwiderte Ivy trotzig. »Sie wissen, dass ich früher einmal ein Mensch war, bis ich zum Vampir gemacht wurde – und du zu einem Werwolf.«

Ja, zu einer Servientin oder Unreinen, wie die Dracas in Wien sagen. Nicht wert, an der Akademie der Erben reinen Blutes zu studieren.

»Die Täuschung habe nicht ich beschlossen«, wehrte Ivy ab. »Das war die Entscheidung unseres Clanführers. Und solange ich der Akademie nicht offiziell verwiesen werde, nehme ich die Chance wahr, von den Fähigkeiten der anderen Clans zu lernen.«

Nun, dann hoffe, dass sich deine Freunde als vertrauenswürdig erweisen und dich keiner verrät. Dass er dabei an den Dracas dachte, konnte Ivy in seinen Gedanken lesen.

»Franz Leopold wird mich nicht verraten!«, rief sie leidenschaftlich aus.

Ich hoffe für dich, dass dein Urteilsvermögen so klar und scharf ist, wie es nach einhundert Jahren Erfahrung sein sollte. Und dass die anderen noch lange genug zu blind sind, um zu sehen, dass sich alle Erben weiterentwickeln, du dagegen immer dreizehn Jahre alt bleibst.

Ivy runzelte besorgt die Stirn. »Ja, das hoffe ich auch.«

Plötzlich erinnerte sie sich wieder daran, dass Seymour ihre erste Frage noch immer nicht beantwortet hatte. »Was für Nachrichten hat der Falke gebracht? Wohin werden wir fahren?«

Der Wolf ließ seine gelben Augen über sie wandern und forschte in ihren Gedanken und Gefühlen. *Du freust dich wirklich sehr, die Heimat zu verlassen. Kein Schmerz des Abschieds, keine Trauer darüber, die Wiesen und Hügel, die Klippen und das Meer, die weiten Moore ein Jahr lang nicht zu sehen.*

Ivy überlegte kurz, dann schüttelte sie den Kopf. »Nein, ich empfinde keinen Trennungsschmerz, denn was bekomme ich stattdessen alles zum Tausch? Und nun sag, wohin geht es?«

Ivy las die Antwort in seinen Gedanken und ein Lächeln ließ ihr Gesicht erstrahlen. »Wann werden wir reisen?«

Unser Schiff wird in See stechen, sobald heute Abend die Sonne untergegangen ist.

* * *

Alisa bog um die Ecke und blieb unvermittelt stehen. Die Galerie, die an dieser Stelle in einen Korridor überging, war zu beiden Seiten von Türen gesäumt, wobei die letzte aus zwei Flügeln bestand und mit kunstvollen Zierbeschlägen versehen war, um schon von Weitem kundzutun, dass hinter ihr das Oberhaupt des Clans der Hamburger Vamalia zu finden war: Dame Elina. Vor der geschlossenen Tür stand Alisas jüngerer Bruder Tammo, das Ohr gegen das Holz gepresst.

Alisa blieb stehen. Wen belauschte er hier bloß? Dame Elina war mit zwei der Altehrwürdigen zum Treffen der Clans gereist. Das Zimmer war leer – oder etwa nicht? Alisa hatte die vergangenen drei Stunden damit zugebracht, durch die nächtliche Innenstadt Hamburgs zu streichen und nach weggeworfenen Zeitungen Ausschau zu halten. Ihre reichhaltige Beute trug sie zusammengerollt unter dem Arm.

Tammo gab seinen Lauschposten auf und huschte zu seiner Schwester, schwieg jedoch, bis sie die Galerie verlassen hatten, die sich um das großzügige Treppenhaus des herrschaftlichen Hauses zog, das einst einer reichen Hamburger Kaufmannsfamilie gehört hatte und nun zusammen mit einem weiteren Gebäude am alten Binnenhafen von den Vamalia bewohnt wurde. In diesem Haus, das größer und prächtiger als das andere war, hatten die Vamalia reinen Blutes und die Altehrwürdigen ihre Gemächer, im Nebenhaus wohnten die Servienten, jene Clanmitglieder, die einst Menschen gewesen und erst durch einen Biss zum Vampir geworden waren. Im Gegensatz zu den Reinen, die wie Tammo, Alisa und ihr Vetter Sören vom Kleinkind zum Erwachsenen heranwuchsen und sich veränderten, blieb das Äußere der Unreinen stets wie am Tag ihrer Wandlung. Egal was sie über Nacht taten, ob sie sich die Haare schnitten oder sich gar verwundeten, über Tag kehrte ihr Körper stets zu seinem ursprünglichen Zustand zurück. Das war zuweilen lästig, meist aber von Vorteil. Gerade wenn es um Verletzungen ging. Zwar schlossen sich Wunden bei reinen Vampiren auch viel schneller als bei Menschen, doch es dauerte einige Tage und Nächte, bis sie sich von einem starken Blutverlust erholt hatten oder ein Knochenbruch geheilt war.

Tammo ließ sich auf die oberste Stufe sinken und legte den Kopf in beide Hände.

»Was ist los?«, drängte seine Schwester. »Ist Dame Elina zurück?«

Tammo nickte stumm mit tragischer Miene.

»Was hast du gehört? Ist etwas passiert? Warum ist sie so früh zurückgekehrt? Nun sag schon!«

»Wir werden hierbleiben müssen«, stieß ihr Bruder hervor. »Das ganze, lange Jahr über.«

»Was? Sie schließen die Akademie? Wir werden keinen Unterricht mehr bekommen?« Alisa stöhnte und rang die Hände. »Das ist ja entsetzlich!«

Tammo schüttelte fassungslos den Kopf. »Das ist wieder einmal typisch für dich. Ist das das Einzige, was dir dazu einfällt?«

Alisa riss die Augen auf. »Wir werden die anderen nicht wiedersehen!« Ein kalter Schmerz durchfuhr sie. »Ivy und Seymour, Malcolm und Luciano – ja selbst Franz Leopold werde ich vermutlich vermissen. Nein, wie furchtbar!« Sie sank neben Tammo auf die Treppenstufe.

»Furchtbar, wenn es denn wahr wäre«, sagte eine Stimme hinter ihnen. Alisa und Tammo fuhren herum. Es war der Servient Hindrik, dem es wie immer gelungen war, sich unbemerkt zu nähern. Es tröstete Alisa nur wenig, dass er zweihundert Jahre Erfahrung für sich verbuchen konnte. Dennoch sah er aus wie am ersten Tag nach seiner Wandlung: ein junger Mann mit schulterlangem blonden Haar und Dreitagebart.

»Wenn du schon lauschst, dann solltest du wenigstens richtig hinhören«, fuhr er, zu Tammo gewandt, fort.

»Wieso? Ich habe nur gesagt, dass wir hierbleiben müssen, nicht mehr. Und das ist ja wohl die Wahrheit. Ist nicht meine Schuld, wenn Alisa das falsch versteht.« Er konnte ein Grinsen nicht unterdrücken. Alisa sah von ihrem Bruder zu Hindrik, dann verstand sie.

»Das Los ist auf die Vamalia gefallen? Sie kommen alle hierher nach Hamburg?« Sie stieß einen Freudenschrei aus, als Hindrik nickte. Dann allerdings verblasste ihre Begeisterung. »Ich bin erleichtert, dass wir die anderen wiedersehen und die Akademie fortbesteht, dennoch wäre es mir lieber, die Wahl wäre auf einen anderen Clan gefallen.«

»Auf die Vyrad in London zum Beispiel«, warf Tammo mit betont unschuldigem Blick ein.

»Ja, oder auch auf die Pyras – ja selbst eine Reise nach Wien zu den Dracas scheint mir erstrebenswerter. Die Familie ist zwar unerträglich arrogant, ihre geistigen Kräfte jedoch sind beeindruckend, und ich kann es kaum erwarten, bis ich es Franz Leopold und seiner Bande mit ihren eigenen Mitteln heimzahlen kann! Hier in Hamburg werden wir auf wenig neue Herausforderungen treffen. Das kennen wir ja schon alles«, fügte sie enttäuscht hinzu. Die Miene ihres Bruders hellte sich dagegen auf.

»Ha, dann haben wir dieses Jahr endlich alle Vorteile auf unserer Seite und können die Sache ein wenig entspannter angehen.«

Alisa warf ihm einen strafenden Blick zu. »Als ob es darum ginge, seine Faulheit zu pflegen.« Sie sah Tammo verächtlich an, der nachdenklich den Kopf wiegte.

»Es ist nicht das Schlechteste, hier in Hamburg zu bleiben. Ich weiß einige interessante Ecken, die ich Jeanne und Fernand zeigen möchte, aber du hast schon recht, noch lieber würde ich das Labyrinth der Pyras unter Paris erkunden. Das klingt aufregend.« Resignierend hob Tammo die Schultern. »Nun gut, dann eben ein anderes Mal.«

Alisa sah, wie Hindrik abfällig das Gesicht verzog. »Zu den Pyras!«, sagte er und schnaubte. »Es hätte nicht viel gefehlt und es wäre so weit gekommen. Was solltet ihr von diesem Franzosenpack lernen, das in seinen unterirdischen Schmutzlöchern herumkriecht? Nein, ich bin froh, dass Dame Elina so geistesgegenwärtig war. Und so geschickt, dass es die anderen nicht bemerkt haben.«

Alisa betrachtete Hindrik nachdenklich. Seine ersten Worte beschäftigten sie so sehr, dass sie auf den Rest gar nicht achtete. Das war nicht seine Art. Er, der immer so besonnen und tolerant reagierte. Warum hegte er eine solche Abneigung gegen die Franzosen?

»Sprich nicht über Dinge, von denen du nichts verstehst!«, entgegnete er ungewohnt harsch, als Alisa ihn in einem vorwurfsvollen Ton danach fragte. »Dabei hätte ich gedacht, gerade du müsstest trotz deiner fünfzehn Jahre begriffen haben, dass der Franzose eine Bestie ist, stets bereit, alles an sich zu raffen, was er mit seinen Klauen erreichen kann. Du liest doch jede Nacht die Zeitungen!« Sichtlich erregt ging er davon.

Tammo hob die Schultern. »Die Streitereien der Menschen – was gehen die uns an?«

Alisa überlegte. »Meinst du, es ist Napoleon, den er noch immer nicht verwunden hat? Auch in den Zeitungen und auf den Straßen wird noch über ihn und die Zeit der Besatzung gesprochen, obwohl das bereits siebzig Jahre her ist. Für Menschen eine verdammt lange Zeit!«

Ihr Bruder zuckte wieder mit den Achseln. »Ist mir egal. Viel interessanter scheint mir, dass wir dieses Jahr fast in Paris gelandet wären, wenn Dame Elina es nicht zu verhindern gewusst hätte. Meinst du, sie hat bei der Auslosung ein wenig nachgeholfen?«

Alisa war schockiert. »Dame Elina doch nicht!«

Die drei Vamalia mussten noch bis zur nächsten Nacht warten, bis Dame Elina sie zu sich rief und ihnen offiziell verkündete, was sie bereits erfahren hatten: Die Akademie für die Erben aller Clans würde in diesem Jahr in Hamburg abgehalten werden. Weder Tammo noch Sören schenkten der Führerin der Vamalia große Aufmerksamkeit, und auch Alisas Gedanken schweiften ab, während Dame Elina ausgiebig von der großen Verantwortung und den Aufgaben eines Gastgebers sprach. Anneke und Hindrik standen mit unbeweglichen Mienen an ihrer Seite. Tammo dagegen gähnte unverhohlen. Alisa versuchte wenigstens, den Anschein von Interesse zu wahren, während ihre Gedanken durch Europa zu ihren Freunden eilten, die sie schon bald begrüßen durfte.

Plötzlich hielt Dame Elina inne. Ihr Blick wanderte zur Tür. Die Augen verengten sich. Nun nahm auch Alisa den eiligen Schritt auf dem Gang draußen wahr, ehe hart an die Tür geklopft wurde. Die Vamalia klang wenig erfreut, als sie den Störenfried hereinrief. Es war Reint, ein Vampir reinen Blutes und Vetter von Dame Elina, den diese sehr schätzte. Nun aber war ihre Stirn umwölkt.

»Du wünschst?«, fragte sie knapp.

»Entschuldige, dass ich störe, aber ich denke, das solltest du dir sofort ansehen!« Er reichte ihr ein zusammengefaltetes Blatt Papier. Es lag ein solches Drängen in seiner Stimme, dass selbst Tammo aufhorchte und den Hals reckte. Dame Elina strich das Blatt glatt und starrte dann mit wachsendem Erstaunen darauf. Alisa rückte unauffällig ein Stück näher, konnte jedoch nicht ein Wort erkennen.

»Reint, wo hast du das her?«

»Ich traf den Herrn vor der Börse und folgte ihm zur Alster, wo ich beschloss, eine kleine Mahlzeit zu mir zu nehmen. Das hier flatterte aus seiner Brusttasche, als ich ihn auf einer Bank absetzte. Ich weiß nicht, was mich trieb, einen Blick auf das Papier zu werfen. Dieser genügte allerdings, um mir seine Brisanz klarzumachen.«

Worum ging es hier? Alisa stellte sich auf die Zehenspitzen, doch alles, was sie damit erreichte, war, Dame Elina auf ihre Anwesenheit aufmerksam zu machen.

»Alisa, Sören, Tammo, ihr könnt gehen. Wir sprechen später weiter.«

Dass das ein Befehl und nicht als höflicher Vorschlag gemeint war, den sie ablehnen konnten, war ihnen klar. Missmutig tappten die drei auf den Gang hinaus. Tammo schloss die Tür mit einem Knall und blieb dann, statt zum Treppenhaus weiterzugehen, bewegungslos stehen. Sie mussten sich nur durch einen kurzen Blick verständigen. Dann pressten sie die Ohren gegen das Holz. Mit angehaltenem Atem lauschten sie.

»Weißt du, wer der Mann war?«, fragte Hindrik gerade.

»Einer der Bänker von Warburg, würde ich sagen. Und so wie er gekleidet war, und nach dem Umfang seiner Brieftasche zu schließen, keiner von den kleinen Schalterangestellten.«

»Ich glaube nicht, dass das uns betrifft«, erklang nun Annekes Stimme, eine Cousine zweiten Grades von Dame Elina. »Wenn er vom Wandrahm spricht, meint er sicher nur die Gängeviertel an den Fleeten.«

»Vielleicht«, brummte Hindrik.

»Und wer ist dieser Franz Andreas Meyer, der dort unterschrieben hat?«, erklang Dame Elinas Stimme. Schweigen.

»Ich werde es herausfinden«, sagte Hindrik bestimmt und war so schnell an der Tür, dass die drei Lauscher keine Zeit mehr fanden, sich zurückzuziehen. Während es Alisa und Sören gerade noch schafften, einen Schritt zurückzuspringen, bekam Tammo die Türklinke so hart ins Gesicht, dass er zu Boden fiel.

»Ach, ihr seid noch da?«, heuchelte Hindrik Überraschung und sah mitleidslos auf Tammo hinab, der sich sein Auge hielt, das bereits zuzuschwellen begann.

»Ja, wir sind noch da. Denn es geht etwas vor sich, das auch uns betrifft!«, rief ihm Alisa erbost nach. Doch Hindrik antwortete nicht, sondern lief die Treppe hinunter und verschwand.

Alisa wartete die ganze Nacht auf seine Rückkehr und lungerte auf der Straße vor dem barocken Kaufmannshaus herum, doch er ließ sich nicht blicken, und schließlich musste sie dem Ruf der Servientin folgen, die sie zu ihrem Sarg führte und den Deckel über ihr schloss. Missmutig grübelte Alisa vor sich hin, was das alles bedeuten mochte, bis mit dem Sonnenaufgang die Todesstarre von ihr Besitz ergriff.

***

Am späten Morgen trafen sich in einem nach dem großen Brand errichteten Geschäftshaus der Innenstadt einige Männer. Nach und nach führte der Portier sie durch das repräsentative Treppenhaus in den ersten Stock und meldete Name, Firma und Position des Neuankömmlings den bereits Anwesenden. Da waren ein Direktor vom Bankhaus Godeffroy, drei Senatoren der Stadt, einige leitende Angestellte der Norddeutschen Bank und Kaufmänner in Vertretung der neu gegründeten Finanzdeputation. Namen wie: Siegmund Hinrichsen, Direktor Rauers und Freiherr Albertus von Ohlendorf rief der alte Portier in die Runde, verbeugte sich tief und nahm Mantel, Stock und Handschuhe entgegen. Endlich ergriff ein Mann das Wort, der die vierzig kaum überschritten haben mochte. Im Gegensatz zu den meisten anderen im Raum bewegte er sich mit jugendlichem Elan.

»Wollen wir anfangen, meine Herren«, rief er, trat an den großen Tisch in der Mitte und rollte schwungvoll einen Plan auf. Mit weit ausholender Geste deutete er auf die Zeichnung, die weitgehend von seiner Hand stammte, und der Stolz in seiner Stimme war nicht zu überhören. »Hier ist sie: Ihre Vision, die Hamburg in eine neue Zeit führen wird. Treten Sie näher, damit ich Ihnen die Einzelheiten erläutern kann.«

»Hat Herr Tietgens vom Bankhaus Warburg sein Kommen nicht auch zugesagt?«, wagte Direktor Rauers zu unterbrechen.

Der Oberingenieur der Baudeputation wurde ein wenig rot. »Äh, ja, einer seiner Dienstboten war in aller Frühe schon bei mir und hat seinen Herrn entschuldigt. Er ist – äh – indisponiert.«

»Ein Schutzmann hat ihn im Morgengrauen auf einer Parkbank an der Alster aufgegriffen«, raunte Siegmund Hinrichsen dem Freiherrn neben sich zu. »Das Hemd zerrissen und beschmutzt.«

»Ein Überfall?«, erkundigte sich von Ohlendorf.

»Anscheinend nicht. Seine Brieftasche hatte er noch bei sich, doch er litt an einer seltsamen Schwäche und Verwirrung, die er sich und auch dem Schutzmann nicht recht erklären konnte.«

»Sein Weg hat ihn am Abend zuvor nicht zufällig zu den einschlägigen Häusern am Spielbudenplatz geführt?«, vermutete der Freiherr, und die beiden Herren tauschten vielsagende Blicke, ehe sie ihre Aufmerksamkeit wieder dem Oberingenieur und seinem Plan zuwandten, der sich vorteilhaft auf die Bankkonten der Anwesenden und das Gesicht Hamburgs auswirken sollte.

»Was sind das für Linien?«, fragte Karl Georg Münchmeyer, Gründer des Handels- und Privatbankhauses Münchmeyer & Co, der mit seinem Sohn Alwin gekommen war. Kurzsichtig beugte er sich über die Pläne. »Ist das Blaue Wasser?«

Einige der Herren warfen sich belustigte Blicke zu. Jemand ließ ein unterdrücktes Kichern hören.

Der Oberingenieur war für einige Augenblicke aus dem Konzept gebracht, dann wiederholte er seine letzten Sätze und fuhr zur Verdeutlichung mit dem Zeigefinger an einer roten Umrisslinie entlang. Plötzlich hielt er inne und begann, den Plan wieder zusammenzurollen.

»Ah, jetzt gibt es ein frisches Bier«, sagte jemand in der hinteren Reihe, doch Franz Andreas Meyer ignorierte den Einwurf.

»Meine Herren, machen wir einen kleinen Ausflug und sehen wir uns den Schauplatz des Geschehens an. Ich werde Ihnen die Pläne vor Ort erläutern.«

Der Vorschlag fand allgemeine Zustimmung. Mäntel, Hüte und Stöcke wurden gebracht und Droschken bestellt. Kurz darauf rollten die Herren aus der Innenstadt heraus und über die Brücke zum Wandrahm hinüber.

Die Bewohner des Gängeviertels staunten nicht schlecht über den Besuch von so vornehm gekleideten Herren. So etwas bekamen die Menschen, die hier zusammengedrängt in den kleinen dunklen Buden lebten, nicht häufig zu sehen. Die in Lumpen gehüllten Kinder rotteten sich in Gruppen zusammen und folgten den Männern in respektvollem Abstand. Sie rissen Augen und Münder auf und spitzten die Ohren, doch sie verstanden nichts von dem, was der Mann mit der großen Papierrolle sagte. Die Herren gingen durch die engen Gassen, betraten die schmutzigen Hinterhöfe und legten die Köpfe in den Nacken, um den Blick zu dem winzigen blauen Rechteck hinaufwandern zu lassen, was alles war, was die Bewohner dieses Viertels jemals vom Himmel zu sehen bekamen.

Dann verschwanden die Männer wieder, überquerten das Fleet bei St. Annen und machten sich auf den Weg zum Kehrwieder auf.

DIE KAUFMANNSHÄUSER
AM BINNENHAFEN

»Sie kommen! Heute Nacht!«

Tammo barg den Kopf in den Händen. »Schwesterherz, du gehst mir auf die Nerven. Wenn du das noch einmal sagst, muss ich ernsthafte Maßnahmen gegen dich ergreifen.«

»Was für Maßnahmen denn? Sollte ich jetzt etwa Angst vor dir haben, Kleiner? Sie kommen! Heute Nacht!«, rief Alisa überschwänglich und rannte die Treppe hinunter. Unten stieß sie mit Hindrik zusammen, der mit Mantel und Hut ungewöhnlich feierlich wirkte.

»Fährst du zum Bahnhof? Darf ich mitkommen?«

»Nur wenn du dir einen Umhang holst.«

Wie ein Wirbelwind war sie davon und schon wieder zurück, ehe Hindrik, Marieke und Reint die Kutschen bestiegen. Zu ihrer Überraschung waren auch Tammo und Sören zur Stelle, um die Erben der anderen Clans abzuholen.

Der Kutscher schwang die Peitsche und die Pferde zogen an. Das Klappern der Hufe hallte von den Häuserwänden wider. Die Räder rollten über die Brücke, querten die Wandrahminsel und eine weitere Brücke. Dann fuhren sie am Dovenfleet entlang und folgten schließlich der Wallstraße, wo einst Befestigungsmauern Hamburg umschlossen hatten, bis sie den Bahnhof erreichten. Zuerst kam der Nachtzug aus Paris. Marieke und Reint begrüßten die beiden Pyras höflich. Doch Hindriks Worte klangen zu steif, um für freundlich gehalten werden zu können, was die Vampire aus Paris jedoch nicht zu stören schien. Sie winkten Alisa und Sören zu und klopften Tammo auf den Rücken. Jeanne grinste, dass man ihre Zahnlücke sehen konnte, und Fernand ließ es großzügig zu, dass sich Tammo seine Ratte auf die Schulter setzte. Aufgeregt tauschten sie sich über die Ereignisse des Sommers aus, während sie auf den Zug warteten, der die Nosferas aus Rom bringen sollte. Hindrik sorgte derweil dafür, dass die Särge der beiden Pyras auf einen Wagen verladen wurden. Endlich stieg eine Dampfwolke im Südwesten auf, dann war ein Pfeifen zu hören. Mit Zischen und Getöse fuhr der Zug in den Bahnhof ein. Türen wurden aufgestoßen, Reisende von ihren Angehörigen begrüßt, Gepäckträger luden Koffer, Taschen und Hutschachteln auf ihre Karren, Kavaliere boten müden Damen den Arm. Erst als sich der Bahnsteig vollständig von Menschen geleert hatte, wurde eine Tür am hinteren Gepäckwagen aufgeschoben, und ein rundes Gesicht erschien, mit kurzem schwarzen Haar, das an die Stacheln eines Igels erinnerte. Ein Lächeln erhellte die weichen Züge, als Alisa mit gerafftem Rock den Bahnsteig entlanggelaufen kam.

»Luciano! Endlich kommt ihr. Ich habe so auf euch gewartet.« Sie umarmte ihn stürmisch. Luciano grinste verlegen und befreite sich aus ihren gerüschten Ärmeln.

»Haben wir Verspätung? Das wusste ich gar nicht.«

»Aber ja. Einen ganzen Sommer lang«, sagte Alisa mit einem Lächeln.

Hinter dem Nosferas tauchten nun seine Cousine Chiara und sein Vetter Maurizio mit seinem Kater auf, der genauso dick war wie sein Herr. Auch Chiara hatte über den Sommer noch ein wenig zugelegt und strahlte über ihr rundes Gesicht. Trotz ihrer Körperfülle sah sie wieder einmal hinreißend aus. Sören starrte auf ihren üppigen Busen, den das eng geschnürte Mieder mehr enthüllte als verdeckte. Alisa begrüßte die beiden fröhlich. Als Letztes stiegen ihre Schatten aus: Leonarda, die Chiara diente und für immer im Körper einer mageren Dreizehnjährigen gefangen war, und Pietro, Maurizios Schatten. Den dritten Servienten kannte Alisa nicht. Er stellte sich stumm hinter Luciano und rief ihr Francescos Vernichtung schmerzlich ins Gedächtnis. Wie hatte es nur geschehen können, dass er bei dem Kampf um das Kloster von einer silbernen Kugel getroffen worden war? Direkt ins Herz. Es hatte keine Rettung für ihn gegeben. Sein Geist war verweht, der Körper zu Staub zerfallen.

»Ist das dein neuer Schatten?«, fragte Alisa ein wenig scheu. »Willst du ihn uns nicht vorstellen?«

Luciano hob die Schultern. »Ich habe keinen Schatten mehr. Das ist Dario. Der Conte hat gesagt, er soll uns begleiten. Zuletzt hat er dem altehrwürdigen Giuseppe gedient.«

Noch ein Nosferas, den es nicht mehr gab: Conte Claudios Großvater, der ehemalige Clanführer der Römer, den das Schwert eines Vampirjägers niedergestreckt hatte. Alisa wechselte schnell das Thema.

»Jedenfalls bin ich froh, dass ihr nun da seid. Der Sommer war schrecklich langweilig.«

»Ach, haben dir die neusten Errungenschaften der Menschheit nicht genügt?«, neckte Luciano. Alisa schüttelte den Kopf.

»Nein, es ist nichts passiert, das der Rede wert wäre.«

»Was? Hamburg hat nichts Aufregendes zu bieten? Ich bin entsetzt! Nach unseren Verfolgungsjagden in Rom und den Kämpfen in Irland müsst ihr euch anstrengen, uns etwas Spannendes vorzusetzen!«

»Das fürchte ich auch«, sagte sie in kläglichem Ton, und beide mussten lachen.

»Nun, vielleicht ist ein ruhiges Jahr an der Akademie, in dem wir uns auf das konzentrieren, wozu wir eigentlich zusammenkommen, gar nicht schlecht«, sagte Luciano und erntete von Tammo einen Blick des Abscheus.

Alisa wollte etwas dazu sagen, doch ein Kribbeln in ihrem Nacken ließ sie herumfahren. Sie öffnete und schloss tonlos den Mund, als ihr Blick dem des wunderschönen, jungen Vampirs begegnete, der sie mit gleichgültiger Miene musterte. Wie machte er das nur? Er war noch schöner geworden, als sie ihn in Erinnerung hatte. Ein Strahlen ging von seinem anmutigen Körper und dem ebenmäßigen Antlitz aus. Nur der jetzt spöttisch gekräuselte Mund trübte das Bild ein wenig.

Alisa holte zweimal Luft, dann sagte sie kühl und mit leicht erhobenen Augenbrauen, ganz im Stil von Dame Elina: »Ach, die Dracas sind auch angekommen.«

Ein Lächeln teilte seine Lippen und ließ ihn noch schöner erscheinen, wenn das überhaupt möglich war. »Du hast viel von mir gelernt, Alisa de Vamalia.«

»Hatte ich das nötig, Franz Leopold de Dracas?«, gab sie zurück.

»Aber sicher doch!«

Die keifende Stimme seiner Cousine unterbrach das Geplänkel. »Wo ist der Gepäckträger? Ich verlange, dass meine Kisten ausgeladen werden. Aber vorsichtig, wenn ich bitten darf! Und dass mir keiner meine Hutschachteln beschädigt.«

Das Lächeln auf den Gesichtern von Alisa und Franz Leopold erlosch.

»Was will denn die hier?«, sagte Luciano missmutig. »Ich denke, Anna Christina ist jetzt achtzehn und hat das Ritual hinter sich? Was will sie dann noch in der Akademie?«

»Halte den Mund, Dicker, und geh mir aus dem Weg«, herrschte die schöne Vampirin den Nosferas an und rauschte an ihm vorbei, ihre Cousine Marie Luise wie gewöhnlich in ihrem Schlepptau. Luciano sah ihr nach.

»Puh, die ist ja noch zickiger geworden, wenn das überhaupt möglich ist.«

Franz Leopold wiegte den Kopf hin und her. »Möglicherweise liegt es daran, dass du – wie wir es nicht anders von dir kennen – direkt den wunden Punkt getroffen hast. Der Baron hat ihr das Ritual verweigert, solange die Baronesse auf Reisen weilte, und die kam erst so kurz vor unserer Abreise zurück, dass es ihr zu viel erschien, sogleich ein Ritual zu feiern. Sie beschlossen also, dass es Anna Christina nicht schaden würde, uns noch ein weiteres Jahr auf die Akademie zu begleiten.« Er konnte seine Schadenfreude nur ungenügend unterdrücken.

»Das heißt, sie darf noch immer kein Menschenblut trinken wie wir anderen auch?«, wollte Tammo mit einem breiten Grinsen wissen. Franz Leopold nickte.

»Und wir haben sie ein weiteres Jahr am Hals«, murrte Luciano. »Ich hatte gehofft, ihr Gekeife ein für alle Mal los zu sein.«

»Mach dir nichts draus«, riet Franz Leopold. »Marie Luise übt schon kräftig, sie voll und ganz zu ersetzen, wenn sie nicht mehr ist. Und sie ist gerade erst vierzehn geworden!«

Die jungen Vampire schlenderten den Bahnsteig entlang und stiegen in die wartenden Kutschen. Inzwischen waren auch die Särge und das Gepäck der Neuankömmlinge verstaut und so gab Hindrik das Zeichen zur Abfahrt. Gemächlich fuhren sie zum Hafen zurück.

* * *

Am Morgen legte eine englische Bark am Kai längs des Kaiserspeichers an. Kräne schwenkten über die Ladeluken, griffen in die Maschen der Netze, die Säcke und Kisten mit Waren zusammenhielten, und hievten sie an Land oder ließen sie in die längsseits festgemachten Schuten hinab, die sich sogleich auf den Weg machten, die Waren zu ihrem Bestimmungsort zu bringen: die Speicher im Dachgeschoss der Kaufmannshäuser längs der Fleete. Nur einer der Laderäume wurde – nach Weisung des Kapitäns – nicht gelöscht. Längliche Kisten reihten sich im Dunkeln des kleinen Raumes und warteten auf den Abend. Dann würde der Empfänger persönlich dafür sorgen, dass sie von Bord gebracht wurden, spät am Abend, wenn die Heuer ausgezahlt worden war und die Matrosen sich bereits im Vergnügungsviertel am Hamburger Berg den Freuden des Nachtlebens hingaben und nur noch die beiden Bordwachen zurückblieben. Dem Kapitän war der Grund für diesen ungewöhnlichen Wunsch egal, solange es sich für ihn lohnte. Er warf noch einen Blick in die Kammer mit den seltsamen Kisten, die wie Särge anmuteten und über denen der leicht süßliche Gestank von Verwesung, aber auch ein Hauch von Raubtiergeruch hing. Einige der Kisten stammten aus London, die anderen waren von einer Brigg umgeladen worden, die zuletzt in Dublin vor Anker gelegen hatte. Eine Ratte lugte zwischen den Kisten hervor und zog sich rasch zurück, als der Lichtschein der Lampe sie erfasste. Der Kapitän stieß mit dem Fuß in ihre Richtung, ohne sie zu treffen. »Widerliche Viecher«, murmelte er. Noch einen Augenblick betrachtete er die seltsame Fracht, dann schloss er mit einem Schulterzucken die Tür. Er wollte gar nicht so genau wissen, was er für seine Kunden transportierte. Seine Aufgabe war es nur, die Fracht von einem Hafen zum anderen zu geleiten und sie unversehrt in die Hände ihres Eigentümers zu übergeben.

Unversehrt? Der Kapitän hätte sich gewundert, wäre er noch einmal umgekehrt, denn kaum berührte die Sonne den Horizont, als

Nägel aus ihren Löchern gedrückt wurden und mit leisem Klappern zu Boden fielen. Dann klappte ein hölzerner Deckel auf und eine Gestalt erhob sich aus der Kiste. Ein Knurren erklang.

»Ja Seymour, ich weiß, dass du es hasst, in einer Kiste eingesperrt zu sein. Wäre dir der Gitterkäfig eines wilden Tieres lieber? Du glaubst doch nicht etwa, der Kapitän hätte dich als neuen Schoßhund mit auf die Brücke genommen?«

Wieder knurrte der weiße Wolf. Mit einem riesigen Satz sprang er über die Bretterwand zu Boden, schüttelte und streckte sich. Ivy legte ihm die Hand auf den Nacken. »Jetzt haben wir es geschafft.«

Sie trat an die Tür des Frachtraumes, während sich hinter ihr noch mehr Kisten öffneten. Aus der ersten stieg ihr Vetter Mervyn, der ebenfalls zum irischen Clan der Lycana gehörte. Neben ihm kletterten ein Mann und eine Frau aus ihren Särgen. Die Geschwister Niall und Bridget waren beide klein und von kräftigem Körperbau, hatten rötliches, lockiges Haar, einen Hauch von Sommersprossen auf ihrer bleichen Haut und dunkle Augen. Sie gehörten zu den unreinen Clanmitgliedern der Lycana. Obwohl sie sich still im Hintergrund hielten, warf Ivy ihnen einen missmutigen Blick zu. Niemand hatte etwas dagegen einzuwenden gehabt, als sie nur mit Mervyn und natürlich Seymour nach Rom gereist war, um das erste Jahr auf der Akademie zu absolvieren. Doch diesmal hatten Donnchadh und Catriona und selbst ihre Mutter, die Druidin Tara, darauf bestanden, dass sie zwei Servienten zum Schutz nach Hamburg mitnahmen. Auch Seymour war davon nicht begeistert.

Ich kann sehr wohl auf dich achtgeben, kleine Schwester, brummte er.

Ivy hob die Schultern. »Nach dem, was das Jahr über alles auf der Insel geschehen ist, meinen sie wohl nicht zu Unrecht, wir könnten in Gefahr sein.«

Du könntest in Gefahr sein, berichtigte er, doch Ivy ging nicht darauf ein. Sie wandte sich den anderen Kisten zu, die ein Schild vom Londoner Hafen trugen und aus denen nun die Erben der Vyrad stiegen: die fünfzehnjährige Rowena, ihr siebzehnjähriger Vetter Raymond und Malcolm, der Älteste, der in diesem Sommer bereits achtzehn geworden war. Schloss er sich freiwillig ein weiteres Jahr der Akademie an, um nach den Nosferas und den Lycana auch von den Vamalia zu lernen? Oder hatte Lord Milton ihn zum Schutz der jüngeren Erben mitgeschickt, nachdem die Vyrad in Irland auf so tragische Weise eines ihrer Kinder für immer verloren hatten? Ireen war vernichtet und nur noch die Erinnerung an die junge Vampirin lebte weiter.

Ivy sah zu Malcolm hinüber. Seltsam. Wenn sie sich nicht täuschte, dann hatte er das Ritual noch nicht vollzogen und ernährte sich noch immer von Tierblut wie die anderen jungen Erben, für die es noch zu gefährlich war, sich an einem Menschen zu laben. Junge Vampire mussten erst eine gewisse Reife und mentale Stärke entwickeln, um sich gegen den Sog zur Wehr setzen zu können, den der Rausch des Blutes entfachte. Wie leicht konnte man sich in der Ekstase verlieren und den Moment verpassen, ehe der letzte Herzschlag des Opfers verklang, und mit in die Finsternis gerissen werden. Ein Vampir, der von totem Blut trank, wurde zwar nicht vernichtet, wie etwa von den Strahlen der Sonne, aber er konnte seinen Geist verlieren und zu einem stumpfsinnigen Untoten ohne eigenen Willen werden.

Hatte Malcolm diese Entscheidung freiwillig getroffen?

Hinter den Erben aus England erhoben sich ihre Begleiter: die beiden Servientinnen Tamaris und Abigail und der kindliche Vincent, der wieder einmal mit schwerem Gepäck unterwegs war. Ohne seine Sammlung düsterer Literatur ging er nicht auf Reisen!

Die Vampire begrüßten sich höflich, doch ohne Überschwang. Das Jahr in Irland hatte nicht gerade dazu beigetragen, die Ressentiments zwischen den irischen und englischen Vampiren aus dem Weg zu räumen. Nur Malcolm schenkte Ivy ein Lächeln. Sie erwiderte es, obwohl Seymour an ihrer Seite missmutig mit dem Schwanz schlug.

»Wie geht es jetzt weiter?«, wollte Malcolm wissen, der neben Ivy an die Tür trat. »Werden wir abgeholt?«

»Ich nehme es an – nein, ich bin mir sicher!«

Nun vernahmen auch die anderen die leichten Schritte auf dem Gang draußen, die nicht von Menschen stammen konnten. Und schon wurde die Tür aufgerissen. Ein strahlendes Gesicht leuchtete ihnen entgegen. Die Vampirin hatte eine offene, freundliche Ausstrahlung, war groß und schlank, die Figur allerdings eher burschikos als weiblich zu nennen. Das lange blonde Haar mit dem Kupferschimmer hatte sie nachlässig zu einem Zopf geflochten. So wie Ivy sie in ihrer Erinnerung stets gesehen hatte, stand Alisa nun vor ihr. Ihr Blick huschte zu Malcolm, verharrte dort einen Augenblick, kehrte dann jedoch zu der irischen Freundin zurück.

»Ivy, wie schön. Ich habe dich vermisst.« Sie umarmte die Lycana stürmisch, der in diesem Moment wieder einmal bewusst wurde, dass sie nun einen ganzen Kopf kleiner als Alisa war und mit ihrer zierlichen Figur fast zerbrechlich und jünger als die anderen wirken musste. Ivy erwiderte die Begrüßung.

»Alisa, ich freue mich auch, endlich deine Heimat kennenzulernen.«

»Ich hoffe, es gefällt euch hier. So viel Aufregendes wie in Irland haben wir in Hamburg allerdings nicht zu bieten«, sagte sie mit einem leichten Lächeln.

»Das hoffe ich sehr!«, gab Ivy zurück. »Wie wäre es mit einem ruhigen, lehrreichen Jahr ohne Kämpfe und Verfolgungsjagden?«

»Wie langweilig!«, stöhnte Tammo, der hinter Alisa eingetreten war.

Alisa ließ den Blick wieder zu Malcolm schweifen, wandte ihn dann aber dem weißen Wolf zu.

»Seymour, wie schön, dich wiederzusehen«, sagte sie und verzichtete dieses Mal darauf, ihm zur Begrüßung das Fell zu zausen. Die menschlich wilde und sehr männliche Gestalt des Werwolfes stand ihr deutlich vor Augen und verbot solche Zärtlichkeiten. Er war viel mehr als nur ein Haustier an Ivys Seite!

Alisa richtete das Wort an Mervyn und die beiden jüngeren Vyrad, dann an die Servienten, die mit angereist waren. Schließlich stand sie wieder vor Malcolm, den Blick gesenkt. Es wäre sehr unhöflich gewesen, ihn nicht willkommen zu heißen, ja, vermutlich betrachtete er es bereits als Affront, dass sie die Servienten vor ihm begrüßt hatte. Was aber sollte sie ihm sagen? Jedes Wort fühlte sich falsch an.

Es ist doch gar nichts zwischen uns vorgefallen, sagte sie sich, das Gefühl der Befangenheit schien jedoch nur noch stärker zu werden. Wieder einmal erlöste Malcolm sie und rettete die Situation. Er verbeugte sich galant, ergriff ihre Rechte und hauchte einen Kuss auf ihren Handrücken.

»Ihr Diener, Miss«, sagte er mit einem warmen, ein wenig spöttischen Klang in der Stimme. »Sei gegrüßt, Alisa.«

»Ich grüße dich auch, Malcolm, und heiße dich in Hamburg willkommen.«

Inzwischen hatten auch die anderen Vamalia den Frachtraum erreicht. Hindrik, Reint und Anneke halfen ihnen, ihre Särge und Vincents Bücherkisten von Bord zu bringen. Die Kisten verluden sie auf einem Karren, der sich sofort auf den Weg machte.

»Es ist nicht weit«, sagte Alisa, als sie die suchenden Blicke der Vyrad bemerkte. »Wir können zu Fuß gehen.«

Sie schlenderten am Hafenbecken entlang, an dem sich ein Schiff ans nächste reihte: Schoner, Briggs und Barken, eine Fregatte mit zahlreichen Kanonen und eine Kuff, eine Schnigge und einige Huker mit ihren langen Schleppnetzen. Tagsüber musste hier ein reges Gewimmel von Menschen, Karren und Lasttieren herrschen, das Stimmengewirr von Matrosen und Schauerleuten und ein endloser Reigen von Kränen, die nach einem nur für Eingeweihte erkennbaren Rhythmus Kisten, Säcke, Fässer und Vieh aus- und wieder einluden. Selbst in der Ruhe der Nacht bot der Hafen ein beeindruckendes Bild. Staunend sah sich Ivy um. Trotz ihres hohen Alters von einhundert Jahren war sie nicht oft von Irland fort gewesen und hatte die meiste Zeit ihres Daseins in den einsamen Bergen und Mooren im Westen der Insel zugebracht.

Im Osten schied sich im Hintergrund die Gasanstalt mit ihren riesigen, von Metallgittern umschlungenen Zylindern und den hohen, rauchenden Schornsteinen vom Nachthimmel, im Norden tauchte die Stadt zwischen Masten und Wanten auf. Häuser. Nichts als Häuser. Geschlossene Reihen an den Ufern des Flusses und der Fleete, zu beiden Seiten von Straßen und Gassen. Fünf, sechs Stockwerke mit hohen, steilen Dächern, die vielerorts den Kaufleuten als Lager dienten, erklärte Alisa. Überragt wurden sie von den Kirchtürmen von St. Katherinen, St. Nikolai und weiter im Westen dem Michel, wie Alisa ihn nannte.

»Sind die Dracas schon angekommen?«, fragte Ivy, als sie nach links in eine breite, von unzähligen schweren Karren zerfurchte Straße einbogen. Ihre Brust fühlte sich ein wenig eng an, als sich Franz Leopolds schöne Gestalt in ihren Gedanken formte.

»Oh ja«, bestätigte Alisa. »Liebenswürdig, höflich und feinfühlig wie immer! Marie Luise, Karl Philipp, Anna Christina und unser verehrter Franz Leopold.« Zum Glück schien sie nichts von Ivys Beklemmung zu bemerken. Wo war er? Warum war Leo nicht mitgekommen, sie zu begrüßen? Hatte er ihr nicht noch zum Abschied seine Freundschaft geschworen? Waren in den Monaten in Wien die alten Vorurteile wieder erwacht? Wie sollte sie seinen kalten Blick der Verachtung ertragen? Mit Mühe riss Ivy ihre Gedanken von ihm los.

»Sagtest du Anna Christina?«

Alisa nickte. »Ja, ich habe mich auch gewundert, doch es war unverkennbar unsere geliebte Dracas, die ich schon zetern hören konnte, noch ehe sie den Zug verlassen hatte. Ich dachte ja, sie würde im Sommer das Ritual feiern. Wenn es nach ihr gegangen wäre, dann würde sie jetzt zu den vollwertigen Clanmitgliedern der Dracas zählen und hätte die Akademie verlassen. Jedenfalls ist sie fuchsteufelswild und noch unausstehlicher als früher, wenn das überhaupt möglich ist.«

»Immerhin hat sie in Irland an unserer Seite gekämpft – und sie weiß mit einem Degen umzugehen!«

»Ja, das schon«, gab Alisa widerstrebend zu. »Aber ein Biest ist sie dennoch. Komm schon Ivy. Sei doch nicht immer so entsetzlich verständnisvoll!«

»Du meinst, ein wenig Intoleranz wäre gesund? Vielleicht mit einem Schuss Überheblichkeit und Verachtung?«

Alisa grinste. »So wie du das sagst, hört es sich recht widerlich an. Das klingt ja fast nach unserem Freund Leo.«

Ivy schwieg. Alisa hakte sich bei der Freundin unter. »Komm, wir sind gleich da. Luciano kann es sicher kaum erwarten, dich zu sehen. Er war richtig erbost, dass Dame Elina den anderen Erben nicht gestattet hat, das Empfangskomitee zu begleiten.«

»Ach, deshalb sind sie nicht mitgekommen«, sagte Ivy leichthin und spürte, wie der Druck in ihrer Kehle nachließ.

Die Hamburger Vampire führten ihre Gäste um das Hafenbecken herum und dann an den ärmlichen Häusern des Gängeviertels entlang auf die Landzunge des Kehrwieders hinaus, wo sich mit Blick auf den Binnenhafen die prächtigen barocken Kaufmannshäuser erhoben. Einladend öffnete Hindrik eine der zweiflügeligen Haustüren.

»Tretet ein«, forderte er die Gäste auf. »Dame Elina erwartet euch.«

* * *

Der Wagen schwankte, als der Kutscher in das Rondell vor der Oper einbog und dann zögernd vor der Freitreppe zum Halten kam.

»Haben die Herren eine Loge abonniert?«, fragte der Kutscher.

»Warum zum Teufel will er das wissen?«, fragte Oscar Wilde seinen Freund Bram Stoker.

»Es gibt auf der rechten Seite einen Pavillon zum Einlass der Abonnenten«, gab der Kutscher Auskunft. »Damit sie sich nicht mit dem Volk, das im Saal sitzt, hier im Eingang drängen müssen.« Er nickte in Richtung der immer dichter werdenden Menge auf den Stufen, die zum goldverzierten Haupteingang des neuen Opernbaus hinaufführten.

»Und der Pavillon auf der linken Seite?«, erkundigte sich Oscar, dessen Stimme noch immer mürrisch klang.

»Das ist der Zugang zur Kaiserloge, aber mangels eines französischen Kaisers heutzutage verschlossen. Als Garnier die Oper plante, hatten wir noch Napoleon III.«, fügte der Kutscher hinzu, so als müsse er sich bei den Gästen von der Insel dafür entschuldigen. »Wo soll ich die Herren nun rauslassen?«

»Hier, das ist schon recht«, beeilte sich Bram zu versichern und reichte dem Kutscher drei Sou. Während er sich seine Handschuhe wieder überstreifte, sprang der Kutscher vom Bock und riss den Wagenschlag auf.

»Ich wünsche den Herren einen vergnüglichen Abend.«

»Höflicher Kerl, dieser Franzose«, sagte Bram, der sich bei seinem Freund einhakte.

»Wir haben Karten für zehn Francs das Stück im Parkett beim Pöbel von Paris«, beschwerte sich Oscar.

»Sei unbesorgt, ich vermute, dass es den Pöbel nicht ins neue Opernhaus zieht. Der wird sich eher in den Schauspielhäusern herumtreiben, in den Vergnügungslokalen am Pigalle oder bei den Weinschenken vor der Zollschranke.« Oscar brummte nur.

»Und außerdem war keine Loge mehr zu haben, wie du weißt. Und ehrlich gesagt finde ich, dass die Preise schlichtweg unverschämt sind. Wusstest du, dass sie fünfundzwanzigtausend Francs Jahresmiete für eine Loge verlangen?«

»Zur Gesellschaft zu gehören, war noch nie billig. Man muss wissen, was es einem wert ist«, sagte Oscar, von dem sein Freund wusste, dass er sich ständig in Geldnöten befand und für das Schuldenmachen schon zur Gewohnheit geworden war.

Die beiden Iren ließen sich von der Menge ins große Vestibül treiben, von dem aus sich der Treppenaufgang erhob.

»Bei Gott!«, rief Bram. »Ich habe ja schon viel über die Pracht des Opernhauses von Garnier gehört und die Fassade war bereits beeindruckend, aber das ist jenseits aller Vorstellung!«

Selbst Oscar ließ sich zu einem: »Ja, es wird seinem Ruf gerecht« hinreißen.

Dieser Aufgang war nicht nur eine Treppe, um in das nächste Stockwerk zu gelangen. Der Raum mit seinen geschwungenen Stufen und Balustraden, Kronleuchtern und Säulen aus Marmor jeder erdenklichen Farbschattierung, den verspielten Kapitellen und der bemalten Kuppel, durch deren gläserne Mitte der Nachthimmel schimmerte, war selbst eine Bühne, auf der das Schauspiel der Gesellschaft Abend für Abend aufgeführt wurde.

Die beiden Herren im eleganten Frack erklommen bedächtig die Marmorstufen und ließen die Blicke schweifen. Oben angekommen bestaunten sie die Mosaiken in der Vorhalle und traten dann ins große Foyer, dessen Goldglanz – von den Spiegeln und Lüstern vervielfacht und verstärkt – sie blendete und ihnen einen weiteren Ausruf des Erstaunens entlockte.

»Nun verstehe ich, warum man den Entwurf eines so jungen

Architekten wählte«, sagte Oscar. »Er hat das Entscheidende begriffen.«

»Und das wäre?«, wollte Bram wissen.

»Dass die Herren und Damen der Gesellschaft nicht in die Oper gehen, um der Sopranistin X zu lauschen oder dem Tenor Y Beifall zu spenden oder die Ballettratten durch das Opernglas zu mustern – ich gebe zu, das auch, aber das ist eher eine schöne Nebensache. Sie kommen, um sich selbst zu inszenieren. Sehen und gesehen werden, mein Freund, und dazu braucht man einen angemessenen Rahmen!«

Sie schlenderten noch eine Weile auf und ab und beschlossen dann, ihre Plätze aufzusuchen. Der erste Akt hatte längst begonnen und die Handlung nahm ihren dramatischen Lauf. Bram rutschte neben Oscar auf einen der mit Samt bezogenen Stühle.

»Dunkelrot, mein Freund, siehst du das? Nicht blau, wie man es allerorts in den Opernhäusern sieht. Garnier traut sich was, und ich sage dir, das wird Mode machen.«

»Wie kommst du darauf?«, fragte Bram über den schmetternden Sopran hinweg.

Oscar zog sein Opernglas hervor und ließ den Blick über die besetzten Logen wandern, aus denen – neben ihren befrackten Begleitern – von farbiger Seide umrankte und mit Juwelen geschmückte Dekolletés herableuchteten.

»Die Farbe schmeichelt dem Teint! Sieh dir die Pracht nur genauer an.«

Bram unterdrückte ein Lachen und wandte seine Aufmerksamkeit dem Halbrund der fünf Stockwerke aufragenden Logen zu. Schmunzelnd gab er seinem Freund recht. »Sehr vorteilhaft, ja, das muss ich sagen.«

Plötzlich stieß Oscar einen unterdrückten Fluch aus.

»Was ist?«, erkundigte sich Bram.

»Da, siehst du das?« Anklagend deutete er zu der fünften Loge im ersten Rang hinauf. »Leer! Kein einziger Besucher zu sehen. Und uns haben sie gesagt, es seien keine Logenplätze mehr zu haben. Es ist ein Skandal!«

»Beruhige dich, Oscar, von hier unten im Parkett kann man die Bühne viel besser sehen als von den Logen dort an der Seite.«

»Ha, als ob es darauf ankäme!«, widersprach Oscar, der sich nicht beruhigen wollte. »Du bist unverbesserlich, mein Freund. Aber ich sage dir, das wird ein Nachspiel haben. Nach der Pause sitzen wir dort oben!«

Bis der Vorhang zur ersten Umbaupause fiel, hatte Bram die Sache längst vergessen. Gut gelaunt folgte er Oscar ins Foyer.

»Was machen wir so lange? Sie werden wohl weit mehr als eine halbe Stunde mit den Aufzügen brauchen, bis es weitergeht. Ich habe gehört, in dem Salon drüben servieren sie Eis!«

»Für so etwas habe ich jetzt keine Zeit«, erwiderte Oscar kurzangebunden. »Ich muss mit dem Direktor sprechen.« Er ignorierte Brams halbherzige Proteste und schleppte ihn zur großen Treppe, wo Olivier Halanzier-Dufresnoy gerade mit einer jungen Dame am Arm erschien. Oscar überschüttete den verdutzt dreinschauenden Direktor des Opernhauses mit einer kunstvollen Beschwerderede. Wie ein Fisch auf dem Trockenen öffnete und schloss der Direktor den Mund. Ja, Oscars Talent, mit Worten umzugehen, musste Bram neidlos anerkennen. Darin war sein Freund ein Meister.

»Und? Würden Sie nun so freundlich sein, uns die Loge fünf zu überlassen?«, half Oscar nach, nachdem der Direktor noch immer nach Worten rang.

»Es tut mir schrecklich leid, aber nein, das ist völlig unmöglich, meine Herren.«

»So? Unmöglich? In einer leeren Loge Platz zu nehmen?« Oscar legte noch einmal los, während der Direktor sich vor Verlegenheit wand und sich die Schweißperlen von der Stirn tupfte.

»Sie ist vergeben, verstehen Sie, für alle Aufführungen«, würgte der Direktor hervor.

»Vergeben? An wen vergeben? Jedenfalls an jemanden, der durch Abwesenheit glänzt. Meinen Sie, der Eigentümer kommt noch zum zweiten oder dritten Akt? Nun gut, dann versprechen wir, uns höflich zurückzuziehen und ihm seinen Platz zu überlassen, sollte er noch auftauchen.«

»So einfach ist das nicht«, widersprach der Direktor, dessen Gesicht nun eine beunruhigend grünliche Farbe angenommen hatte. »Der Eigentümer würde sehr erzürnt sein. Er gestattet es nicht. Heilige Jungfrau, es wäre fürchterlich, sollte er Sie in seiner Loge finden. Und er würde Sie finden. Ihm entgeht nichts, was in diesem Theater geschieht, rein gar nichts.«

Bram fürchtete, der Mann müsse jeden Augenblick in sich zusammensinken und die herrliche Treppe hinunterstürzen. War er etwa krank? Anders konnte sich Bram diese heftige Reaktion nicht erklären.

Auch Oscar starrte den Direktor mit gerunzelter Stirn an. »Ich habe ja schon viele seltsame Zeitgenossen getroffen, aber dieser hier ist etwas Besonderes«, raunte er seinem Freund zu.

Plötzlich mischte sich die Dame in das Gespräch der Männer ein. »Sie gehört dem Phantom!«

»Wie bitte?«, erkundigten sich Bram und Oscar gleichzeitig. Der Direktor stöhnte und wankte.

»Ja, das weiß hier in der Oper jeder. Unser Operngeist, das Phantom der Oper, verlangt, dass diese Loge jederzeit für ihn bereitsteht, um sich die Aufführungen von dort anzusehen.«

»Der Geist des Hauses!«, rief Oscar empört. »Das ist die wildeste Geschichte, die man mir jemals aufgetischt hat. Herr Direktor …«

Doch der geplagte Herr verschwand – schneller, als Bram es ihm zugetraut hätte – mit der Dame am Arm in der nun dichter werdenden Menge.

»Hast du so etwas schon einmal erlebt, mein Freund? Bram – he, was ist mit dir? Du siehst aus, als hättest du eben diesen Geist gesehen!«

Bram Stoker schüttelte den Kopf. »Nein, das nicht. Noch nicht! Aber dieses Gespräch gibt den Gerüchten, denen ich gefolgt bin, Nahrung. Es scheint dieses Phantom wirklich zu geben und ich werde es aufspüren!« Strahlend hakte er sich bei seinem Freund unter. »Oscar, komm mit mir. Ich werde dir eine Portion dieser neumodischen Eiscreme spendieren! Wie gut, dass wir zusammen nach Paris gereist sind.«

Oscar Wilde schüttelte den Kopf. »Ich weiß nicht, ob ich mir über deinen Gesundheitszustand Sorgen machen soll, mein Lieber. Du leidest unter einer Besessenheit.« Dennoch ließ er sich in den Glaciersalon führen und bestellte die größte Eisportion, die es gab. Süßigkeiten taten ihm fast so gut wie schöne Worte.

IM BANN DER GEZEITEN

An diesem Abend begann der Unterricht. Alisa hatte sich noch keine Gedanken darüber gemacht, wer in Hamburg ihre Ausbildung übernehmen würde. Natürlich sprach Dame Elina einige einleitende Worte. Dann stellte sie ihren Vetter Jacob vor, die Servientin Marieke, den Altehrwürdigen Siebelt und zu Alisas Überraschung auch Hindrik. Sie hob die Augenbrauen und warf ihm einen fragenden Blick zu. Was würde er ihnen beibringen?

»Lass dich überraschen«, formulierte er lautlos die Antwort.

Als Dame Elina geendet hatte, meldete sich Malcolm zu Wort. »Verzeiht, Dame Elina, doch habe ich Euch richtig verstanden? Wir werden uns hier in Hamburg vor allem mit den Erkenntnissen und Erfindungen der *Menschen* befassen?«

Dame Elina nickte. »Ja, sie haben erstaunliche Dinge hervorgebracht, die wir uns in unseren kühnsten Träumen nicht vorstellen können. Dinge, die uns von Nutzen sein, und Dinge, die uns erheblich schaden können. Es ist für uns wichtig, beides zu kennen. Überlebenswichtig!«

Einige der Erben sahen einander verblüfft an, andere brachten deutlich ihre Missbilligung zum Ausdruck. Es überraschte Alisa nicht, dass die Dracas am lautstärksten protestierten. Als wieder Ruhe einkehrte, hub Malcolm ein weiteres Mal an.

»Es geht also nur um Menschenzeug? Ihr Vamalia habt keine besonderen Fähigkeiten wie die Nosferas, die allem Heiligen trotzen, die gestaltwandlerischen Lycana oder gar die Dracas mit ihren telepathischen Kräften?«

Ungläubigkeit mischte sich in seiner Stimme mit Verachtung. Alisa meinte, den Schmerz der Demütigung körperlich zu fühlen. Sie blickte Dame Elina an, und es war ihr, als sähe sie ihre Clanführerin zum ersten Mal.

Wie gewohnt trug die groß gewachsene Vamalia, deren Körperbau eher knochig als weiblich zu nennen war, ein dunkelblaues Kleid, hinten zu wenig ausgestellt für die herrschende Mode, am Körper zu weit und mit zu wenig Putz besetzt. Ihr graues Haar war so unscheinbar wie ihre Garderobe, und statt zu einer aufwändigen Frisur aufgebaut, nur zu einem einfachen Knoten geschlungen. Alisa kannte Dame Elina nicht anders, und doch fiel ihr zum ersten Mal auf, dass diese Schlichtheit fast schäbig wirkte, und es war ihr peinlich.

Dame Elina schwieg und sah Malcolm nur an. Alisa konnte nicht sagen, ob sie erzürnt war oder verwirrt. Wusste sie nicht, was sie auf diese Provokation antworten sollte? Inzwischen war es totenstill in dem Raum unter dem Dach, der früher einmal zu dem weitläufigen Speicher des Kaufmannshauses gehört hatte. Auch die flüsternde Unterhaltung zwischen Tammo und den Pyras war verstummt. Selbst sie hatten die Spannung bemerkt, die die Luft zum Knistern zu bringen schien.

Plötzlich bewegten sich Dame Elinas Lippen und teilten sich zu einem Lächeln. »Malcolm, du denkst, es sei Zeitverschwendung, mehr in den Menschen zu sehen als Nahrung und die Quelle unserer Lust? Da bist du hier im Raum nicht der Einzige. Deine Familienmitglieder und die Dracas teilen diese Meinung, das ist nicht zu übersehen, und auch in den Mienen der Nosferas lese ich Zweifel. Unsere Gäste aus Frankreich haben leider nicht zugehört und sich daher keine Meinung gebildet.« Ihr strafender Blick glitt zu Tammo, der verlegen die Lider niederschlug. Dann wandte sie sich wieder an Malcolm und fuhr fort: »Ich hoffe, es gelingt uns im Laufe dieses Akademiejahres, euch alle zu überzeugen, wie wichtig es ist, die Gedanken und das Streben der Menschen zu verstehen und ihre Erfindungen zu kennen. Nur so können wir gegen sie bestehen und auf Dauer das Überleben der Clans sichern.«

»Sie übertreibt maßlos«, murmelte Franz Leopold. Auch Dame Elina hatte es gehört und richtete ihre Aufmerksamkeit auf den Dracas.

»Nein, Franz Leopold, ich übertreibe nicht. Ihr werdet euch wundern, was sie in ihren Köpfen ausgebrütet haben, um uns zu schaden. Und welche ihrer Geistesblitze wir gegen sie verwenden können. Aber gut, wenn ihr gerne ein wenig Magie und Taschenspielerei sehen wollt, das könnt ihr haben.« Ihre sonst so freundliche Stimme klang verächtlich. Mit einer flinken Bewegung holte sie etwas aus der Tasche ihres Kleides und warf es quer durch das Zimmer nach Tammo, der schon wieder mit den Pyras zu flüstern begann. Reflexartig fing er das kleine weiße Ding auf und legte es vor sich auf den Tisch. Auf den Gesichtern der Franzosen zeigte sich Entsetzen und sie rückten mit einer hastigen Bewegung von Tammo ab. Ehe die anderen Erben begriffen, was Dame Elina geworfen hatte, flogen weitere Stücke durch die Luft. Franz Leopold griff nach einem und ließ es dann mit einem Aufschrei fallen. Seine Cousinen fauchten mit entblößten Reißzähnen und wichen zurück. Ja, selbst Mervyn konnte das kleine weiße Ding mit den violetten Enden nicht anfassen, während Sören neben ihm keine Schwierigkeiten damit hatte.

»Ihr seid gegen die Wirkung von Knoblauch immun?«, stellte Ivy fest und nickte anerkennend. »Das ist interessant.«

»Beeindruckend«, hauchte Raymond, der ein wenig zitterte.

Alisa drehte die Zehe, die Dame Elina in ihre Richtung geworfen hatte, in den Fingern. »Das ist doch nur ein alter Aberglaube, dass Knoblauch Vampire fernhält. Ich finde den Geruch nicht gerade angenehm und den der Blüten mag ich noch weniger, aber warum sollte es mir schaden?«

Ivy näherte ihren Zeigefinger der Knoblauchzehe auf dem Tisch, zuckte aber im letzten Moment zurück.

»Ja, warum sollte es uns schaden? Vermutlich aus einem ähnlichen Grund wie Weihwasser und Hostien noch vor wenigen Monaten.«

»Aberglaube!«, bestätigte Alisa.

»Sehr wirksamer Aberglaube«, stöhnte Malcolm, der von seinem Stuhl aufgesprungen war und sich mit den anderen beiden Vyrad an die Wand drückte, während Dame Elina lächelnd vor seinem Tisch stand, eine Knoblauchknolle in der ausgestreckten Hand.

Sie blieb einige Augenblicke so stehen. Vielleicht um sich an dem Unbehagen des Vyrad zu weiden, der ihre Autorität infrage gestellt hatte. Wenn es so war, ließ sie sich den kleinen Triumph allerdings nicht anmerken. Endlich nickte sie Hindrik zu, der die Knoblauchzehen einsammelte und in seiner Tasche verstaute. Raymond schauderte und setzte sich nur zögerlich wieder auf seinen Stuhl. Nun hatte Dame Elina die ungeteilte Aufmerksamkeit der jungen Vampire.

»Glaubt mir, das ist nicht der Einzige, wenn auch der am weitesten verbreitete Aberglauben, mit dem die Menschen lange genug Vampire in Schach gehalten haben.«

»Gegen was könnt Ihr uns noch abhärten?«, fragte Fernand eifrig.

Dame Elina ließ wieder ihr feines Lächeln sehen. »Wie spät ist es?« Ihr Blick wanderte zu der schon etwas ramponierten Standuhr in der Ecke, deren Pendel jedoch noch immer schwangen und die Zeiger antrieben. »Hm«, sie überlegte.

»Noch zwei Stunden bis zum Gezeitenwechsel«, sagte Hindrik, der offensichtlich begriff, woran sie dachte.

»Das ist gut.« Dame Elina nickte Hindrik zu. »Nimm unsere Schüler mit zum Wandrahm. Dort an der Brücke können sie ihre Kräfte trainieren. Danach haben sie vielleicht mehr Muse, den Dingen zu lauschen, die Marieke ihnen zu sagen hat.«

»Was wollen wir am Wandrahm denn üben?«, fragte Tammo seine Schwester, als sie zusammen den Speicher verließen und die Treppe in die Halle hinunterstiegen.

»Lass mich mal überlegen. Wie man die nach einem Tag harter Arbeit wunderbar nach Schweiß riechenden Menschen jagt, die dort so schön dicht gedrängt leben?«

Tammo musterte sie misstrauisch. »Du nimmst mich auf den Arm!«

»Ja, Bruderherz. Denk doch mal nach. Wir werden die Brücke überqueren!«

Tammo starrte sie verdutzt an, während sie hintereinander auf die Straße traten, die am Ufer entlang bis zur Kehrwiederspitze führte und auf der anderen Seite der Insel im Strom der Elbe wieder zurück.

»Einfach nur die Brücke überqueren? Und was soll das?«

»Wirst du schon sehen«, gab sie zurück und fragte sich, ob ihr Bruder es tatsächlich vergessen haben konnte. Vielleicht war es ihm als dem jüngsten Mitglied des Clans so selbstverständlich, dass er keinen Gedanken mehr daran verschwendete. Obwohl es die schwerste Hürde gewesen war, die die Familie zu überwinden hatte, als sie sich in den beiden Kaufmannshäusern am Binnenhafen niederließ.

Sie folgten Hindrik, den Schluss bildete Jacob, der ihnen mit ein wenig Abstand folgte und sich immer wieder aufmerksam umsah. Nicht dass die Vampire hier im Herzen Hamburgs etwas zu befürchten gehabt hätten. Die Erfahrungen in Rom und Irland hatten sie jedoch gelehrt, stets vorsichtig zu sein.

Plaudernd gingen die Erben durch die Gassen und bemerkten kaum, wie die Umgebung von den repräsentativen Häusern der Kaufmannschaft in die engen und schmutzigen Quartiere armer Leute überging, die hier in der Nähe des Hafens den täglichen Kampf um die paar Münzen schlugen, die sie benötigten, um ihr ewig gleiches, kärgliches Leben zu fristen. Nur Ivy blieb ein paar Mal stehen und ließ den Blick an den geschlossenen Häuserfronten hinaufwandern. Hohe, eckige Tore ließen einen Eindruck der Hinterhöfe erhaschen, um die im gleichen trostlosen Grau weitere Häuser emporsprossen.

»So viele arme Menschen!«, sagte Ivy und sog die von Küchenausdünstungen und Schweiß durchdrängte Luft ein, vermischt mit dem Gestank aus den Latrinegruben. Aus den unteren Geschossen wehte ihnen der Geruch von brackiger Feuchte entgegen. Die Wohnungen waren vor wenigen Wochen bei einer besonders hohen Flut wieder einmal mit Wasser vollgelaufen, das nur zögerlich versickerte und schlammige Pfützen auf den Böden zurückließ. Richtig trocken wurden diese Quartiere nie.

»Die irischen Fischer und Pächter in den Mooren leben auch nicht in Müßiggang und Wohlstand«, entgegnete Alisa. »Ich habe in Irland allerorts in den Hütten bittere Armut entdeckt.«

»Das schon, doch nie habe ich so viele Menschen auf so engem Raum gesehen. Sie sind wie ein Käfig voller Ratten, wo es an jedem Fleck wuselt und quiekt und jeder nur damit beschäftigt ist, den nächsten Tag noch zu erleben.«

Alisa dachte darüber nach und betrat die Brücke, die zum Wandrahm hinüberführte, auf dem die Häuser – wenn überhaupt möglich – noch dichter gedrängt standen. Die Vamalia war schon fast in der Mitte angelangt, als ihr auffiel, dass Ivy ihr nicht folgte. Sie stand zögernd auf der Brücke und starrte über das Geländer. Seymour war zwischen Alisa und Ivy und sah sie abwechselnd an, ehe er ein klagendes Jaulen ausstieß. Hindrik, der vorangegangen war, blieb in der Mitte der Brücke stehen und wandte sich, die Arme vor der Brust verschränkt, der Gruppe junger Vampire zu, die nun nach und nach die Brücke erreichten, aber keiner außer Tammo und Sören betrat sie.

»Was ist denn?«, rief Tammo den Pyras zu. »Kommt ihr jetzt weiter?«

»Sie können nicht!«, erklärte Alisa, die höchstens überrascht war, wie stark auf die anderen wirkte, was ihr kaum mehr als ein leichtes Ziehen im Magen verursachte.

»Was?« Tammo starrte seine Schwester verdutzt an.

»Ja, zur Hölle, das Wasser hält uns auf!«, schimpfte Joanne und zeigte ihre lückenhaften Zähne.

»Es ist wie verhext«, fiel Fernand ein. »Dabei können wir daheim die Seine zu jeder Zeit überqueren.« Tammo schien noch immer nicht zu begreifen.

»Die Gezeiten!«, rief seine Schwester ungeduldig. »Tammo, du musst es doch spüren, wenn du über die Brücken gehst. Der Vampir kann fließendes Wasser im Einfluss der Gezeiten nur während der einsetzenden Flut oder Ebbe überschreiten.«

Hindrik trat neben sie. »Das ist richtig. Das Wasser steht noch zu hoch. Die Flut wird erst in etwa zwei Stunden beginnen.«

»Deshalb zwickt es mich manches Mal so, wenn ich die Fleete überquere und andere Male nicht«, rief Tammo aus. »Ich habe nie darüber nachgedacht.«

Sie kehrten zu den anderen zurück, die am Ausgang der Brücke warteten. Nur Ivy und Malcolm hatten sich ein Stück weiter vorgewagt.

»Ihr müsstet bei der Themse in London den Gezeiteneinfluss eigentlich auch noch spüren«, sagte Ivy. Malcolm nickte.

»Ja, doch dort ist er viel schwächer. Manches Mal rollt eine Sturmflut von der See herauf und staut den Fluss, dass er die niederen Stadtteile überflutet. Dann müssen auch wir auf den Wechsel warten, um die Brücken passieren zu können.«

Fernand kämpfte gegen den Schmerz, der ihn am Boden festzuhalten schien. »Das darf doch nicht wahr sein!«, stöhnte er. »Heißt das, wir können diese vermaledeite Insel nur vier Mal am Tag verlassen und wieder betreten – wobei zwei Gezeitenwechsel außerhalb der Nacht liegen und damit für uns ebenfalls entfallen.«

Anna Christina lehnte sich gegen das schmiedeeiserne Brückengeländer und verschränkte die Arme vor der Brust. »Warum sollen wir uns überhaupt mit diesem Blödsinn befassen? In Wien haben wir weder ein Meer noch Gezeiten. Die Donaubrücken sind kein Hindernis für uns. Wozu also das ganze Theater?«

»Weil uns alles stärker macht, was uns Hindernisse aus dem Weg räumt. Wir können nicht wissen, wo es uns in unserem ewigen Dasein noch hinverschlägt und was uns dort erwartet. Ich will es jedenfalls nicht erleben, dass ein Gezeitenstrom, den ich auf der Flucht nicht überqueren kann, mein Schicksal besiegelt«, fuhr Franz Leopold seine Cousine an und schob sich ein Stück weiter auf die Brücke hinaus. »Los, Hindrik, zeig uns, wie es geht! Dazu sind wir doch hergekommen, nicht wahr?«

Hindrik legte die Hand an die Brust und verbeugte sich. »Es ist mir eine Ehre, Franz Leopold de Dracas, dir und den anderen das Geheimnis zu verraten und euch bei euren Übungen zu unterstützen.«

»Das will ich hoffen«, knurrte Franz Leopold, der sich vermutlich wie Alisa fragte, ob Hindrik ihn verspottete.

Und so begannen sie mit den Übungen. Tammo langweilte sich, da er nichts zu tun hatte. Auf die Idee, seine Freunde zu unterstützen, kam er anscheinend nicht. Sören half Mervyn, der schnell begriff. Auch Ivy hatte die Brücke – wenn auch langsam und unter Schmerzen – bald passiert. Die meisten Schwierigkeiten hatten die Pyras und die Dracas. Luciano frohlockte, dass diesmal nicht die Nosferas die Verlierer waren. Eine Stunde später stand er auf der anderen Seite und grinste Alisa an.

»Ich will dich nicht entmutigen«, sagte sie und lächelte entschuldigend. »Aber die Zeit der wieder einsetzenden Flut ist bald gekommen und dann kann jeder Vampir das Wasser queren.«

»Ich habe es aber noch vor den Pyras und den Dracas geschafft«, protestierte Luciano, der sich seinen Sieg nicht nehmen lassen wollte.

Eine weitere halbe Stunde verging, ehe die Dracas auf der anderen Seite ankamen. Die Pyras folgten ihnen sichtlich entkräftet. Hindrik führte sie über die Wandrahminsel und dann auf die andere Seite über das Dovenfleet hinüber. Jetzt zur Gezeitenwende war es natürlich ganz einfach. Dennoch stand einigen die Anstrengung der ersten Brückenquerung noch ins Gesicht geschrieben. Zur Erholung schlenderten sie unter Hindriks Führung und Jacobs wachsamem Blick am Ufer entlang bis zum Nikolaifleet.

»Seht ihr, dort drüben in dem Haus, das mit seiner Rückseite an die Deichstraße stößt, begann das große Feuer, das im Jahr 1842 einen Großteil der Altstadt zerstörte. Vier Tage wüteten die Flammen. Am Ende hatte das Inferno die Stadt bis zum Jungfernstieg vernichtet und hinüber nach Osten bis zum alten Graben, wo heute der Bahnhof steht.«

»Das war sicher aufregend!«, rief Joanne, und ihre Augen glänzten.

Tammo nickte. »Ja, aber das war leider vor meiner Zeit. Berit, eine unserer Servientinnen, hat mir viel erzählt. Sie war mit den anderen in der Stadt unterwegs und hat gesehen, wie die Häuser um die Alster brannten und sich die Menschen mit ihren wenigen zusammengerafften Habseligkeiten in Boote retteten, doch ein Windstoß trieb Asche und Glut über das Wasser und setzte die Boote nacheinander in Brand. Und dann die Nikolaikirche. Das muss ein Anblick gewesen sein, als die Flammen an ihrem Turm hinaufleckten wie an einer Fackel, bis die Spitze schließlich herunterkrachte.«

Tammo schwärmte noch ein wenig von der Feuersbrunst, während sie langsam zur Brücke zurückschlenderten. Die Flut hatte längst wieder eingesetzt, und nun merkten einige, dass es rasch schwieriger wurde, die Kanäle und Flussarme zu passieren. Karl Philipp zuckte mit einem Aufstöhnen zurück. Anna Christina, die ihm gefolgt war, schrie vor Schmerz und taumelte in seine Arme.

»Eilt euch! Ihr habt noch die zweite Brücke bei St. Annen vor euch«, mahnte Hindrik.

»Was machen wir, wenn wir es nicht schaffen?«, fragte Joanne, die mit den meisten anderen Erben noch immer unverrichteter Dinge am Stadtufer stand. »Nach meiner Rechnung findet der nächste Wechsel bereits nach Sonnenaufgang statt.« Sie klang keinesfalls furchtsam. Eher interessiert.

»Das ist richtig«, bestätigte Hindrik. »Das sollte eure Anstrengungen verstärken.«

Sören packte Mervyn bei der Hand und lief mit ihm hinüber. Sie hielten nicht an, um zu sehen, wie es den anderen ging, sondern rannten über die Wandrahminsel bis auf die andere Seite und über die zweite Brücke. Erst hier blieben sie stehen. Alisa folgte mit Luciano und Ivy. Als sie merkte, dass Franz Leopold zurückblieb, zögerte sie. »Lauft ihr weiter. Ihr schafft es«, rief sie und kehrte um.

Hindrik und Jacob standen mit zufriedenen Mienen am Stadtufer und beobachteten ihre Schüler, die sich eifrig bemühten.

»Wie ich es gesagt habe«, sagte Jacob. »Die Aussicht, dass der zu erwartende Schmerz mit jeder Minute größer wird, stärkt den Antrieb, die Aufgabe zu bewältigen.«

Hindrik brummte nur und beobachtete die Dracas und Pyras, die der Aufgabe noch nicht gewachsen schienen. Joanne hatte es mit Tammos Hilfe über die erste Brücke geschafft und verschwand nun hinkend und schwer atmend mit ihm zwischen den Häusern, doch Fernand klammerte sich mitten auf der Brücke ans Geländer und bewegte in stummer Qual die Lippen. Anna Christina und Karl Philipp stützten einander, kamen aber kaum voran.

Alisa lief auf Franz Leopold zu und streckte ihm die Hand entgegen.

»Komm! Wir machen es wie bei den Wandlungen und verbinden unsere Kräfte.«

Für einen Augenblick blitzte wieder die alte Arroganz in seiner Miene auf, als überlegte er, das Angebot mit einem herablassenden Lächeln zurückzuweisen, doch dann nickte er und griff zu. Sie spürte seinen Geist sich mit dem ihren verbinden und zeigte ihm, wie sie sich gegen den Einfluss der Gezeiten verschloss. Leichtfüßig liefen sie los, bis sie die Insel hinter sich gelassen hatten. Jacob erbarmte sich Fernands und ging hinter ihm her, bis auch er die andere Seite erreicht hatte. Dann half er Anna Christina und Karl Philipp, die es immerhin geschafft hatten, die erste Brücke zu passieren. Nun fehlte nur noch Marie Luise, die noch immer jammernd jenseits des Dovenfleets stand.

»Das schafft sie nicht«, prophezeite Franz Leopold. »Es war bei uns schon knapp und ist jetzt noch schwerer.«

»Ja, und bis zum nächsten Gezeitenwechsel ist die Sonne aufgegangen«, ergänzte Luciano ungerührt.

Alisa seufzte. »Gut, ich helfe ihr.« Sie lief zurück.

»Komm, nimm meine Hand. Gemeinsam schaffen wir es«, forderte sie die Dracas auf, aber das Mädchen schüttelte den Kopf.

»Nein, der Schmerz ist unerträglich.«

»Und er wird schlimmer werden. Nun komm und stell dich nicht so an! Willst du hierbleiben, bis die Sonne aufgeht?«

Doch die Dracas war für vernünftige Argumente nicht mehr zugänglich und weigerte sich weiterhin, es auch nur zu versuchen. Hilfe suchend warf Alisa Hindrik einen Blick zu, der noch immer mit verschränkten Armen dastand und das Schauspiel stumm betrachtete.

»Du musst etwas unternehmen!«

Er zuckte mit den Schultern. »Wenn du meinst.«

Mit einer raschen Bewegung packte er Marie Luise und klemmte sie sich wie einen Sack unter den Arm. Sie strampelte und tobte, gegen Hindriks Kräfte konnte sie jedoch nichts ausrichten. Sie hätte mit ihren gellenden Schreien sicher das ganze Viertel alarmiert, wenn seine Hand ihr nicht unbarmherzig den Mund verschlossen hätte. Ungerührt schritt Hindrik mit dem sich windenden Paket über die Brücke, querte die Insel und schloss sich dann den anderen an. Alisa folgte ihm.

»Das hat sicher wehgetan«, sagte Luciano mit einer Grimasse, als er Marie Luises Gesichtsausdruck bemerkte.

»Ja, davon kannst du ausgehen«, bestätigte Franz Leopold. »Ich gehe jede Wette ein, dass sie bei der nächsten Übung alles gibt und als Erste auf der anderen Seite ist!«

✻✻✻

Der Zug rollte gleichmäßig voran. Tatam, tatam, tatam machten die Räder im Rhythmus der Stoßkanten der Schienen. Das junge Mädchen rekelte sich in seinem bequemen Sessel und gähnte herzhaft. Das eintönige Lied des Zuges machte sie schläfrig.

Sie war nur mittelgroß gewachsen, hatte langes dunkles Haar und war von schlanker, ja fast magerer Statur. Die Wangenknochen traten deutlich hervor, ihre rehbraunen Augen waren umschattet. Vielleicht waren ihre Züge im vergangenen Jahr noch herber geworden. Sie war nicht schön zu nennen, und doch lag in ihren Augen, in denen sich Unschuld und ein fast unheimlich anmutendes Wissen vereinten, eine Faszination, die einen innehalten und das Mädchen betrachten ließ. Dann erwiderte sie den Blick und sah den Betrachter mit einer Intensität an, dass er die Lider senkte und seinen Weg fortsetzte, die Erinnerung an das ungewöhnliche Mädchen als Begleiter.

Tatam, tatam, tatam, flüsterten die Räder. Träge ließ sie den Blick schweifen, bis er am Rücken eines großen, breitschultrigen Mannes mit grauem Haar hängen blieb. Von hinten wirkte seine Silhouette wie die eines durchtrainierten Kämpfers, wie sie sich von Staatsmännern oder Adeligen anheuern ließen, die um ihre Sicherheit oder ihr Vermögen fürchteten. Sobald er sich aber zur Seite drehte, bemerkte man die Wölbung seines Bauches, die von Trägheit und zunehmendem Wohlstand sprach. Fälschlicherweise, wie das Mädchen wusste. Zwar waren dies Aussichten, die ihr Oheim angestrebt und durchaus begrüßt hätte, doch die Wendung, die ihr Leben in Rom genommen hatte, hatte ihn in seiner Lebensplanung zurückgeworfen und sie beide in einen Strudel unglaublicher Abenteuer gestürzt. Von seinem Ruhestand und dem Frieden eines zurückgezogenen Lebens war seit Rom nicht mehr die Rede gewesen. Sie waren von einem Ort zum nächsten gereist. Er schien wie ein Getriebener, ein Suchender, aber was hoffte er zu finden? Wann würde er zur Ruhe kommen? Und was würde dann mit ihr geschehen? Vielleicht sollte diese Reise niemals zu Ende gehen.

»Was gibt es denn zu sehen, Onkel Carmelo?«, durchbrach das Mädchen die Geräusche des rollenden Zuges. »Du starrst jetzt seit mehr als einer Stunde aus dem Fenster. Ich sehe nur Wiesen und Felder, ein paar Kühe und Schafe und dann wieder ein Dorf oder eine kleine Stadt vorüberziehen.«

Der Mann drehte sich um und musterte seine Nichte. »Und dir ist nichts aufgefallen? Latona, habe ich dir nicht beigebracht, wie wichtig es ist, seine Sinne wachsam schweifen zu lassen und alles aufzunehmen, was sie erfassen können? Das ist der entscheidende Unterschied zwischen Untergang und Überleben. Das kann den kleinen Vorteil bringen, den es braucht, zu entkommen oder sich siegreich zu wehren!«

Ein Ausdruck der Belustigung erhellte das bis dahin düster wirkende Gesicht des Mädchens. »Onkel, ich bitte dich. Langsam wird dir dieses Prinzip zum Wahn. Wir sind in einem Zug und fahren nach Westen. Du tust gerade so, als befänden wir uns noch an einem Kriegsschauplatz zwischen wilden Barbaren. Das haben wir hinter uns!«

Carmelo nickte. In seinem Lächeln stand fast so etwas wie Zärtlichkeit, eine Regung, die er sich nur selten erlaubte. »Ich stimme dir zu, Latona, und genau das habe ich in den Wiesen, den ordentlich bestellten Feldern, den Dörfern und selbst den wohlgenährten Kühen dort draußen gelesen. Bald werden wir München erreichen und den Zug verlassen. Pack deine Sachen, dass wir schnell vorankommen. Ich glaube, der Anschlusszug steht schon bereit.«

»Fahren wir gleich weiter nach Paris?«, fragte Latona eifrig.

Carmelo schüttelte den Kopf. »Später, meine Liebe. Ich muss vorher noch etwas in Amsterdam erledigen.«

»Amsterdam? Was wollen wir denn da?«, rief Latona aus.

»Ich möchte die persönliche Bekanntschaft eines Mannes machen, den ich bisher nur aus einigen Briefen kenne, die wir uns vor Jahren geschrieben haben.«

»Was für ein Mann?«, bohrte Latona nach.

51

»Ein Professor der Universität.«

»Und was unterrichtet er? Was ist sein Fachgebiet?« Zu ihrer Verwunderung sah der Onkel ein wenig verlegen aus.

»Seltene Krankheiten«, sagte er schließlich.

»Du fährst zu einem Medizinprofessor nach Amsterdam? Gibt es etwas, das du mir verschweigst? Fühlst du dich nicht wohl, Onkel?« Sie musterte ihn kritisch. Er wirkte nicht kränklich. Seine Wangen hatten eine gesunde Farbe, sein Appetit war wie immer prächtig.

Carmelo hob abwehrend die Hand. »Aber nein, ich suche ihn nicht wegen eines verborgenen Leidens auf. Es ist eher – sagen wir, die Neugier, die mich treibt.«

Zu Latonas Überraschung schien ihr Onkel sich nun noch unwohler zu fühlen.

»Wonach forscht er genau?«

»Er ist ein Spezialist für obskure Krankheiten.«

»Und der Name dieses Professors?«

Carmelo wand sich, aber Latona hielt ihn mit diesem Blick gefangen, der die Menschen an ihr so irritierte. »Onkel? Du wirst doch seinen Namen wissen, wenn du schon mit ihm korrespondiert hast!«

»Ja, ja, ich weiß ihn, doch er wird dir nichts sagen«, fügte er hoffnungsvoll hinzu. »Er lautet Abraham van Helsing.«

Latonas Miene verdüsterte sich. Sie legte die Stirn in Falten und kniff die Augen zusammen. »Obskure Krankheiten, sagst du? Interessiert er sich etwa besonders für jene, die mit Blutarmut und Verwirrung einhergehen? Mit Schwäche und Schwindel und bei schweren Fällen mit Gedächtnisverlust und seltsamen Aggressionsschüben?«

Die Verlegenheit des Onkels stieg. »Schon möglich.«

»Du weißt es genau. Deshalb willst du zu ihm. Van Helsing ist ein Vampirjäger!«

Carmelo protestierte halbherzig. »Er erforscht die Phänomene des Vampirismus in verschiedenen Ländern dieser Erde. Er ist keiner, der mit Schwert und Pflock umherzieht.«

»Aber er hat schon Vampire vernichtet«, beharrte Latona.

»Kann sein. Ich möchte mich ja nur ein wenig mit ihm unterhalten.«

Latona trat vor und stach ihrem Oheim den Zeigefinger in die Brust. »Das will ich hoffen. Muss ich dich an das Versprechen erinnern, das du in Rom gegeben hast? Du wirst keine Vampire mehr jagen, denn sonst werden sie dich suchen – und finden. Noch einmal kommen wir nicht mit dem Leben davon!«

»Ich habe geschworen, um Rom einen großen Bogen zu machen, und daran werde ich mich halten«, sagte Carmelo ausweichend.

DAS GÄNGEVIERTEL FÄLLT

»Was machen wir? Jedenfalls nicht hier herumsitzen!«, sagte Luciano und sah Alisa erwartungsvoll an.

Überraschenderweise hatten sie die ersten Stunden des Abends bis Mitternacht frei. Dame Elina wirkte seltsam erregt und berief eine Besprechung mit den wichtigsten Clanmitgliedern ein. Hindrik hatten sie heute Abend noch gar nicht gesehen. Berit, die Servientin, die ihnen in der ehemaligen Küche frisches Tierblut vom nahen Schlachthof ausgeschenkt hatte, wusste zu berichten, Dame Elina habe ihn in einer wichtigen Mission in die Stadt geschickt.

»Oh ja, Alisa, zeige uns deine Stadt oder noch besser den Hafen«, schlug Ivy vor. »Ich finde diese riesigen Schiffe faszinierend.« Sie sah sich suchend um. Ein strahlendes Lächeln huschte über ihr Gesicht, als Franz Leopold zu ihnen trat. Er ließ den Blick mit gleichgültiger Miene über die drei Freunde wandern. Und doch blieb er ein wenig länger an Ivy hängen als an den anderen. Seymour, der wie gewohnt in seiner Wolfsgestalt neben ihr saß, reckte sich ein wenig und fixierte den Dracas mit seinen gelben Augen.

»Wir müssen nicht unbedingt zur Stadt rüber. Einen Teil haben wir ja schon gesehen«, sagte Franz Leopold scheinbar gelangweilt.

»Das war gar nichts«, rief Alisa aus. »Ihr kennt den alten Stadtkern noch nicht, wo einst die erste Burg des Bischofs errichtet wurde und das Rathaus stand. Ihr habt den Jungfernstieg mit seiner prächtigen neuen Promenade noch nicht gesehen, die Alster und ...«

Luciano unterbrach sie. »Lass gut sein. Du wirst ihn nicht überzeugen, es sei denn, es gelingt dir, an den Gezeiten zu drehen. Ist es nicht so, dass wir auf die Zeit zwischen Ebbe und Flut zustreben, wo es für unsereins am schwersten sein dürfte, die Wasserarme zu queren? Ich bin überzeugt, das bremst Leos Interesse an euren Sehenswürdigkeiten erheblich!«

Franz Leopold warf Luciano einen vernichtenden Blick zu und rief entrüstet: »So ein Blödsinn«, doch Ivy spürte, dass er sich von Luciano ertappt fühlte und sich darüber ärgerte. Tammo, Fernand und Joanne stürmten aus dem Haus und stießen fast mit den noch immer unschlüssig vor der Tür stehenden Freunden zusammen.

»Was habt ihr vor?«, verlangte Tammo zu wissen. »Wollen wir nicht zusammen gehen?«

»Wir haben uns noch nicht entschieden«, wehrte Alisa ab.

»Ach komm, wir sehen uns die Schiffe aus Übersee an und schleichen an Bord. Das ist immer sehr aufregend. Joanne und Fernand kennen keine großen Schiffe und sind sehr gespannt.«

»Geht ihr ruhig zum Hafen.« Alisa wedelte mit der Hand, als wolle sie ein lästiges Tier verscheuchen.

»Aber warum können wir nicht …«

Joanne unterbrach Tammo. »Lass gut sein. Deine Schwester möchte nicht, dass wir uns anschließen. Das wundert mich nicht. Viele Vamalia gehen uns aus dem Weg. Die Deutschen hassen die Franzosen, seit sie gegen Napoleon so kläglich untergingen und ihre westlichen Gebiete an Frankreich abtreten mussten. Seitdem haben sie keine Gelegenheit ausgelassen, sich an Frankreich zu rächen und die Franzosen zu demütigen.« Sie stürmte los. Fernand und Tammo folgten ihr.

Alisa war so entsetzt, dass sie erst ein paarmal tonlos den Mund öffnete und schloss, ehe sie den dreien hinterherrief: »Das ist nicht wahr! Ich hege weder Hass noch Vorurteile gegen die Pyras. Ich wollte nur …« Doch die drei waren bereits um die Ecke verschwunden. Alisa verstummte und fügte in kläglichem Ton hinzu: »Ich hatte nur keine Lust, meinen Bruder am Rockzipfel hängen zu haben.« Sie sah ihre Freunde an. »Ihr glaubt mir doch?«

Franz Leopold hob die Schultern. »Ist es denn von Belang, ob du etwas gegen die Pyras hast? Bei den Dämonen der Nacht, sieh dir die schmuddelige Bande doch an, die in unterirdischen Gängen unter der Stadt haust und in ihrer Entwicklung irgendwann in der Steinzeit stecken geblieben ist.«

Luciano hob genervt die Arme. »Gehen wir jetzt endlich?«

Alisa nickte und ging voran. »Ich führe euch erst ins Gängeviertel. Die Palette der Gerüche hat mich von jeher fasziniert. Es leben dort so viele Menschen auf engstem Raum beieinander. Jede der winzigen Wohnungen ist voll. Es gibt unglaublich viele Kinder, auch wenn sie oft schon in den ersten Jahren wieder sterben. Und dann haben sie noch Schlafgänger, die sich ein wenig Fußboden für ihre Strohmatte mieten und zwischen den Familien nächtigen. Menschen, Menschen und noch mehr Menschen! Ihr Schweiß und Schmutz mischen sich mit den großen Gefühlen, die nicht ausbleiben, wenn so viele von ihnen aufeinanderprallen. Es gibt die Angst vor dem nächsten Tag, die Ratlosigkeit, wie sie weiter überleben sollen, Hass und Wut, angestachelt von der Enge und Branntwein, die Hoffnungslosigkeit, die am Abend ebenfalls gern ertränkt wird, die Verzweiflung der Frauen, wenn sich wieder ein Kind anmeldet und sie so schon nicht wissen, wie sie die Schar satt bekommen sollen. Oder wenn einer der Männer sich verletzt, wenn Krankheiten sie überfallen. Dann versinken sie manches Mal in Trostlosigkeit, als wären sie schon fast gestorben.«

Während sie sprach, ging sie mit forschem Schritt voran. Und führte sie gerade am Pickhuben vorbei, als ihre Schritte immer langsamer wurden. Irgendetwas stimmte hier nicht. Zögernd drangen sie in das Gewirr von Durchgängen und Hinterhöfen ein. Eine seltsame Stille lag über dem Ort. Es war zu früh für diese Ruhe! Selbst in tiefster Nacht waren hier sonst noch die Stimmen der Betrunkenen zu hören, das Schelten und Weinen ihrer Frauen, das Geschrei kleiner Kinder, die aus dem Schlaf schreckten. Nun aber hörten sie keinen menschlichen Laut.

»Diese Häuser hier sind nicht bewohnt«, meinte Ivy und sog prüfend die Luft ein.

Franz Leopold nickte. »Und dennoch scheinen die Wohnungen noch nicht lange leer zu stehen.«

Die Vamalia betrat mehrere der verlassenen Wohnungen im unteren Stock und lief dann die enge Treppe hinauf. »Das verstehe ich nicht! Wie kann das sein? Ich sage euch, noch vor zwei Nächten war hier alles voller Menschen.«

»Sie haben nichts zurückgelassen außer Abfällen und ein paar

Möbeln«, rief Ivy, die vor einem roh zusammengezimmerten Bett stand, das fast die ganze Kammer einnahm. Vermutlich hatte hier die komplette Familie geschlafen.

»Ja, aber wo sind die Menschen hin?«, rief Alisa, die es noch immer nicht fassen konnte.

»Und warum sind sie alle ausgezogen?«, ergänzte Franz Leopold. Mit angewiderter Miene sah er sich um. »Nicht dass ich verstehe, wie man überhaupt in so einem Dreckloch wohnen kann.«

Sie stiegen die Treppe hinunter und traten in den nächsten Hinterhof. Drei, manchmal vier Hinterhäuser gingen von den schmalen Höfen ab. Das gleiche Bild. Ausgestorben ragten die schmutzigen, von Fachwerkbalken durchbrochenen Ziegelwände in den Nachthimmel. Nur von fern war das nächtliche Leben der Stadt wie ein Summen zu hören. Plötzlich durchbrach das Plärren eines Kindes die ungewohnte Ruhe. Eine polternde Männerstimme versuchte, es zum Schweigen zu bringen. Eine Frau keifte und brach dann in Schluchzen aus. Wieder schimpfte der Mann. In seiner Stimme mischten sich Wut und Verzweiflung.

»Es kommt von der anderen Seite«, meinte Luciano. »Kommt, lasst uns nachsehen.«

»Hier entlang. Das ist der kürzeste Weg.« Alisa führte sie sicher durch das Labyrinth künstlicher Schluchten und Höhlen. Ivy wurde klar, dass sich die Vamalia viele Nächte hier herumgetrieben haben musste, um den Menschen zu lauschen und sich von ihrem Geruch berauschen zu lassen.

Alisa hob die Hand und die anderen verlangsamten ihre Schritte. Die Stimmen waren nun ganz nah. Eine Frau jammerte, dass die Kinder krank seien, und sie nicht wisse, wohin sie gehen sollten.

»Sie brauchen ein Dach über dem Kopf. Wie stellst du dir das vor? Wo sollen wir schlafen? Die Blätter werden schon gelb. Bald kommen die Herbststürme und dann der Winter.«

»Ich hab ja noch meine Arbeit«, entgegnete der Mann kleinlaut. »Solange meine Arme kräftig sind und mein Rücken ungebrochen, kann ich auch Säcke und Fässer schleppen.«

Sie erreichten den Durchgang, der durch das Haus der ersten

Reihe hindurchführte. Alisa legte den Zeigefinger auf die Lippen und forderte die Freunde auf, dicht hinter ihr zu bleiben. Vorsichtig lugte sie um die Ecke.

»Wenn wir nicht verhungern, dann erfrieren wir!«, widersprach die Frau schrill. »Wir brauchen ein Dach über dem Kopf.«

»Alles ist besser als dieses feuchte Loch.«

»Alles? Ich werde dich daran erinnern!«, schrie sie und fing dann wieder an zu weinen. Zwei Kinderstimmen fielen plärrend ein.

»Seid ruhig!«, brüllte der Mann. »Seht zu, dass wir den Karren beladen und hier fortkommen.«

»Ich sehe sie nicht«, wisperte Alisa. »Wir müssen näher ran.«

Die vier jungen Vampire und der weiße Wolf huschten durch den Durchgang und drückten sich im Hof hinter einen Haufen Unrat, den die Bewohner zurückgelassen hatten. Dass sie entdeckt werden könnten, fürchteten sie nicht. Die Menschen waren so leicht zu täuschen. Geräuschlos rückten sie ein Stück weiter zu dem Lichtschein vor, der neben dem Eingang zu einer der Untergeschosswohnungen flackerte. Endlich konnten sie sie sehen. Der Mann war groß mit breitem Nacken und muskulösen Armen, doch sein Rücken war bereits gebeugt, obwohl er sich im besten Mannesalter befinden musste. Er lud gerade einen sichtlich schwer bepackten Weidenkorb auf eine Handkarre, auf der bereits einige Stücke Hausrat und Wäschebündel lagen. Auf ihnen kauerten zwei magere Mädchen mit schmutzig blondem Haar. Die Frau schleppte eine hölzerne Kiste aus der Wohnung. Auch sie wirkte müde und abgehärmt. Ihr Bauch war von einer weiteren Schwangerschaft aufgequollen und wölbte ihr geflicktes Kleid. Ein kleiner Junge saß im Schmutz und spielte ungerührt mit ein paar Stöckchen. Im Gegensatz zu den ängstlich dreinblickenden Mädchen schien er noch nicht zu begreifen, dass sein gewohntes Leben gerade aus den Fugen geriet. Der Mann setzte den Korb ab und nahm dann der Frau die Kiste aus den Händen.

»Komm jetzt«, sagte er fast sanft.

»Wohin? Sag mir, wohin?«

»Hans und Jacob sind mit ihren Familien nach Hammerbrook gezogen. Er sagt, dort gibt es noch genug Platz, sich eine Hütte zu zimmern, wenn wir keine Wohnung finden, die wir bezahlen können. Dort kannst du vielleicht sogar ein paar Kartoffeln pflanzen oder Rüben ziehen«, versuchte er, den Ort seiner Frau schmackhaft zu machen, doch ihr rannen Tränen über die Wangen.

»Und wie kommst du jeden Tag noch vor Sonnenaufgang zum Hafen und wie ich zum Hopfenmarkt, um Obst zu lesen? Wer sieht nach den Kindern? Oder sollen sie jeden Tag zwischen der Stadt und Hammerbrook hin- und herlaufen? Wie stellst du dir das vor?«

Der Mann hob die Schultern. »Ich weiß es nicht. Die anderen stehen vor dem gleichen Problem. Und es wird noch viel schlimmer. Die Häuser rund um das Dovenfleet müssen bis morgen geräumt sein. Die Leute vom Wandrahm sind schon weg. Jeder sucht, sich neu einzurichten. Wir werden schon einen Weg finden. Und nun trockne deine Tränen und komm.« Unbeholfen tätschelte er ihr die Schulter und spannte sich dann vor die Deichsel des Karrens.

»Hannes, komm her!«, rief die Mutter, doch der Knabe achtete nicht auf sie. Er rappelte sich auf und deutete in die düstere Ecke des Hofes, in der sich der Abfall am höchsten stapelte.

»Hannes!«

»Ich möchte aber den großen weißen Hund streicheln«, rief das Kind störrisch und ging auf den Haufen zu. »Ich glaube, es ist ein Wolf! Darf ich ihn mitnehmen?«

Die Mutter stieß einen Seufzer aus, eilte zu ihrem Sprössling und packte ihn bei der Hand. »Komm jetzt, wir haben einen weiten Weg.«

»Ich will aber erst den Wolf streicheln!«

»In Hamburg gibt es keine Wölfe«, widersprach der Vater. »Und schon gar keine weißen.«

»Ich habe ihn aber genau gesehen«, murrte der Knabe und ließ sich widerstrebend von der Mutter aus dem Hof ziehen. Der Karren rumpelte über das Kopfsteinpflaster davon, die Stimmen verhallten. Stille senkte sich nun auch über den letzten Hof des Häuserblocks.

»Nächstes Mal hältst du dich im Hintergrund«, rügte Ivy den Wolf an ihrer Seite. Seymour brummte unwillig.

Luciano ging zu den Treppenstufen hinüber, die zu der Souterrainwohnung führten, aus der die Familie gerade ausgezogen war. Von einem kurzen, schmalen Flur gingen zwei Türöffnungen ab. Türen gab es keine. Der erste kleine Raum mit einem winzigen Fenster in Bodenhöhe war die Küche gewesen. Ein uralter eiserner Ofen, den sie wohl nicht hatten transportieren können, stand noch da. Der gestampfte Lehmboden war nass und in einer Mulde in der Ecke stand Brackwasser von der letzten Sturmflut. In dem anderen Zimmer hatte die Familie gelebt. Es war kaum groß genug für ein breites Bett, einen Tisch und ein paar Stühle. Auch hier war das Fenster so klein und nah am Boden, dass vermutlich nicht viel Tageslicht hereinkam.

Alisa trat neben ihn und ließ den Blick schweifen, doch ihre Gedanken schienen woanders zu sein.

»Sie sagen, die Häuser um das Dovenfleet sind auch betroffen und der Wandrahm soll bereits geräumt sein. Ich kann mir das gar nicht vorstellen. Das sind verdammt viele Menschen! Es müssen Tausende sein, die sich eine neue Bleibe suchen. Aber warum? So schrecklich das hier ist«, sie machte eine ausholende Geste, die den ganzen Häuserblock zu erfassen schien. »Freiwillig haben die Menschen ihre Wohnungen sicher nicht verlassen. Nur, was steckt dahinter?«

»Vielleicht machen sich Dame Elina und ihre Vertrauten genau darüber ebenfalls ihre Gedanken«, vermutete Ivy. »Es könnte ja sein, dass ihre Versammlung mit dem plötzlichen Verschwinden der Menschen zu tun hat.«

Alisa nickte langsam. »Und Hindrik hat sie losgeschickt, um etwas in Erfahrung zu bringen. Ja, das könnte sein. Ich denke, wir machen uns auf den Rückweg und versuchen herauszufinden, was sie wissen.«

✼ ✼ ✼

Als sich die Morgennebel über dem Hamburger Hafen zu lichten begannen, konnte man eine seltsame Prozession sich nähern sehen. Von starken Pferden gezogene Leiterwagen ratterten über das Kopfsteinpflaster. Männer in grober Kleidung und festen Stiefeln saßen auf den Karren oder trotteten hinter ihnen her. Schwere Vorschlaghämmer und anderes Gerät stapelten sich hinter dem Kutschbock. An einigen Wagen waren Schilder mit den Namen der Firmeninhaber angebracht und überall der Schriftzug »Abbrucharbeiten«.

Am Dovenfleet angekommen, teilte sich der Zug der Karren. Einige blieben gleich an Ort und Stelle, andere querten die Brücke zur Wandrahminsel hinüber, der größte Teil jedoch fuhr noch weiter nach St. Annen und zum Pickhuben. Vormänner riefen Befehle und teilten die Mannschaften ein. Die verschiedenen Gruppen scharten sich auf den Kreuzungen und Plätzen zusammen. Die Männer sprangen von der Pritsche. Gerät und Werkzeuge wurden ausgeladen. Für einen Moment standen die Männer schweigend beieinander und ließen den Blick an den verwahrlosten, brüchigen Fassaden hinaufwandern. Nicht wenige von ihnen waren hier aufgewachsen oder hatten bis vor wenigen Tagen noch mit ihren Familien irgendwo in dem Gewirr von Höfen und Gassen gelebt. Ein paar nahmen ihre blauen Schirmmützen ab und pressten sie gegen die Brust. Eine Stimmung erfasste die Männer wie beim Gebet, bis die harsche Stimme einer der Vorarbeiter die stille Morgenluft zerriss. Vorschlaghämmer wurden ausgegeben, die Aufgaben verteilt. Für Feierlichkeit war hier kein Platz mehr. Schwielige Hände umklammerten die von Schweiß glatt geriebenen Stiele. Mit abschätzenden Mienen prüften sie den Zustand der Wände auf Stellen, die dem Eisen am schnellsten nachgeben würden. Bei diesen Häusern musste man nicht lange suchen!

»Männer, fangt an! Los, los, wir haben einen engen Zeitplan.«

Die ersten Schläge krachten. Ziegel splitterten oder zerbröselten einfach unter den Hieben. Mörtel spritzte nach allen Seiten. Äxte fuhren in Fensterrahmen und spalteten die alten Holzbalken. Die wenigen Glasscheiben, die es hier und dort noch gab, zersprangen klirrend. Scherben regneten herab. Bereits zur Mittagsstunde, als sich die Männer keuchend im Schatten niederließen, klafften Schneisen wie tödliche Wunden in den Häuserblocks zu beiden Seiten der Fleete.

***

Als Alisa am Abend ihren Sarg verließ, genügte ein Blick auf Hindriks ernste Miene, um zu wissen, dass etwas Außergewöhnliches vorgefallen war. Sicher hatte es etwas mit der geheimen Besprechung in der Nacht vorher zu tun, die länger gedauert hatte als angekündigt.

Was dort verhandelt worden war, hatten Alisa und ihre Freunde – zu ihrem großen Ärger – nicht in Erfahrung bringen können. Hindrik war die ganze Nacht über verschwunden geblieben und hatte sich auch nicht an den Unterrichtsstunden beteiligt, die bis in die frühen Morgenstunden auf dem oberen Boden des Hauses abgehalten worden waren. Elektrizität und Dampfkraft waren die Themen gewesen, und wie sie den Vampiren nutzen, ihnen in der Hand der Menschen aber auch schaden konnten.

»Die Schatten der Nacht sind unsere Freunde, denn sie beschützen uns vor den schwachen Augen der Menschen. Elektrisches Licht nimmt der Nacht ihre Schatten und uns unsere Deckung.«

»Aber das ist nichts Neues. Das tun die Gaslaternen schon lange«, widersprach Malcolm. »Es gibt unzählige in London. Ja, alle großen Straßen sind zumindest in den ersten Stunden der Nacht erleuchtet.«

Reint sah Malcolm nachdenklich an. »Hast du schon einmal einen dieser elektrischen Lichttürme gesehen?«

Malcolm hob die Schultern. »Nein, aber das kann nicht viel anders sein als das Gaslicht.«

»Es ist anders!«, betonte Reint. »Es unterscheidet sich wie Sonnenlicht von Mondenschein. Gaslampen erzeugen mancherorts mehr Schatten als Licht. Sie geben den Menschen trügerische Sicherheit und fördern ihren Leichtsinn. In Straßen, die mit Gaslicht erleuchtet sind, würde ich auch junge Vampire bedenkenlos auf die Jagd schicken, doch vor einem Platz, der von einem elektrischen Bogenlicht erhellt ist, kann ich nur warnen! Thomas Alva Edison, merkt euch diesen Namen. Der amerikanische Erfinder wird bei den Menschen vielleicht als der Vater der Glühbirne in die Geschichte eingehen. Bei uns Vampiren wird sein Name neben denen der größten Vampirjäger stehen!«

»Wie Van Helsing?«, murmelte Malcolm.

»Ja, wie Van Helsing, der mit seinen Forschungen genauso viel Schaden anrichtet wie jene, die das Schwert in die Hand nehmen. Doch zu ihm und seinen Forschungen kommen wir später. Zurück zu den Beleuchtungstürmen. In München haben die Menschen zu Anfang des Jahres eine elektrische Leuchtanlage im Zentralbahnhof

aufgestellt. Ich bin eigens dort hingefahren, um es mir anzusehen.«
Er schwieg einen Moment, so als müsse er erst die Eindrücke der Erinnerung niederkämpfen, und fuhr dann mit erhobener Stimme fort.

»Elektrisches Licht ist eine schlimmere Waffe als Knoblauch und
Weihwasser. Es sticht in den Augen und lähmt unsere Gedanken. Es
scheint die Menschen schneller und mutiger zu machen und uns ver-
zagter. Ich sage euch, die Münchner Bahnhofshalle ist kein Ort mehr,
zu dem ein Vampir seine Schritte lenken sollte!«

Während sich die meisten der Erben offensichtlich fragten, ob
Reint nicht übertrieb, nickten die Pyras wissend. »Es ist entsetzlich
grell«, murmelte Joanne.

»Ihr habt so etwas schon einmal gesehen?«, wollte Tammo wissen.

Fernand nickte. »Ja, vor zwei Jahren haben sie in der Avenue de
l'Opéra etwas in Betrieb genommen, das sie ›Jablotschkow-Kerzen‹
nennen. Ein elektrisches Licht, das den Platz vor der Oper von seinen
hohen Masten aus beleuchten soll. Und das tut es! Das kann ich euch
versichern. Da tränen einem die Augen, wenn man den Platz nur
betritt. – Betreten würde, denn das wird kein vernünftiger Pyras
mehr tun.«

»Da hört ihr es«, rief Reint sichtlich erfreut. Er versuchte, noch ein
wenig mehr über die Pariser Beleuchtungsanlage zu erfahren, aber
die Pyras zuckten nur mit den Schultern. Für die technischen Errungenschaften der Menschheit interessierte sich in ihrem Clan keiner.

»Und wenn schon«, wandte Mervyn ein. »Wenn wir die Orte
kennen, an denen sie solche Lichttürme aufstellen, dann meiden wir
sie eben. Uns bleibt noch genug schützende Nacht.«

»In den Weiten Irlands? Mag sein«, gab Reint zu. »Die anderen
Clans jedoch werden sich schneller, als ihnen lieb sein kann, mit dem
grellen Licht der Menschen auseinandersetzen müssen. Es wird nicht
bei den wenigen Beleuchtungstürmen bleiben. Das ist ja gerade die
besondere Erfindung Edisons. Er wollte kleine, handliche Leucht-
kugeln herstellen, dass sie bald jeden Haushalt erhellen! Zuerst
brauchte er einen Glühfaden, der der Hitze standhielt – Kohlefäden
waren die Lösung –, dann schloss er ihn in einen Glaskolben ein, der
in einem metallenen Schraubfuß endet. Vor wenigen Wochen lief

das Dampfschiff *Columbia* aus, beleuchtet von Edisons Glühbirnen. Die Revolution der Helligkeit hat begonnen!«

Sosehr Alisa der Vortrag über Edison und das Licht vergangene Nacht fasziniert hatte, jetzt stand ihr der Sinn nicht nach wissenschaftlichen Erläuterungen. Sie wollte nur wissen, was vor sich ging und bestürmte Hindrik, bis er nachgab.

»Dann komm mit. Ich will es dir zeigen. Aber beeile dich, dass wir rechtzeitig zum Unterricht zurück sind.«

»Ich will auch mit!«, rief Tammo, der wieder einmal die Pyras im Schlepptau hatte.

»Nein! Kommt nicht infrage«, riefen Alisa und Hindrik gleichzeitig und eilten die Treppe hinunter. Unten wurden sie allerdings von Ivy und Franz Leopold eingeholt, die wie immer unter den Ersten waren, die ihre Särge verließen.

»Dann kommt halt mit«, seufzte Hindrik und huschte die Gasse entlang, dass sie Mühe hatten, mit ihm Schritt zu halten. Er folgte dem Weg, den sie gestern Nacht zurückgelegt hatten. Als sie um die Ecke bogen, stieß Alisa einen Schrei aus. Franz Leopold kam neben ihr zum Halten.

»Die haben es aber eilig gehabt und ganze Arbeit geleistet.« Er ließ den Blick über die eingebrochenen Wände schweifen. Schuttberge türmten sich beiderseits der Straße.

»Auf dem Wandrahm und um das Dovenfleet sieht es nicht anders aus«, ergänzte Hindrik. »Überall brechen sie die Häuser ab.«

Franz Leopold drehte sich einmal im Kreis. »Ein Verlust ist es nicht. Nicht dass es mich kümmert, wie die Menschen dahinvegetieren, aber das ist eine Beleidigung für das Auge.«

Hindrik wies auf einen riesigen Schuttberg. »Es ist, als wollten sie innerhalb weniger Tage jede Erinnerung an diese Viertel tilgen.«

»Und was haben sie vor, wenn sie die ganzen Häuser abgerissen haben?«, wollte Alisa wissen. »Neue Wohnungen bauen, damit die Leute zurückkommen können?«

Hindrik schüttelte den Kopf. »Sie werden neue Häuser bauen. Große, prächtige Bauten aus Backstein und Stahl, doch es werden keine Wohnungen sein.«

»Was dann?«, fragte Ivy, doch Hindrik blieb ihnen die Antwort schuldig.

»Kommt mit zurück. Dann muss ich nicht alles mehrfach erzählen. Dame Elina ist der Meinung, dass nun alle das Recht haben zu erfahren, was vor sich geht.«

»Dann weißt du schon länger davon und hast nichts gesagt?«, empörte sich Alisa.

»Nicht länger, das würde ich so nicht sagen. Meine Aufgabe vergangene Nacht war allerdings, an die Pläne der Baubehörde heranzukommen. Dass etwas im Gange ist, haben wir zufällig durch einen Brief erfahren, den einer der unseren bei einem Bankier gefunden hat. Das klang alarmierend, und so schickte mich Dame Elina, die Sache zu klären.«

»Trotzdem hättest du uns gleich auf dem Laufenden halten können, statt zu warten, bis die Menschen mit Vorschlaghämmern anrücken und alles niederreißen«, zürnte Alisa noch immer.

»Nun, alles sicher nicht«, gab Hindrik lächelnd zurück. »Nur die alten Häuserblocks, um die es nicht schade ist, da bin ich ganz Franz Leopolds Meinung. Unsere prächtigen Häuser am Kehrwieder werden sie ganz sicher nicht zerschlagen. Sie sind das glorreiche Denkmal der erfolgreichen Kaufmannsgilde des siebzehnten Jahrhunderts!«

Und so verzögerte sich der Beginn der Lehrstunden an diesem Abend noch einmal. Dame Elina rief die Erben zu sich ins Kontor, wie man ihr Zimmer nannte, in dem noch immer der wuchtige Sekretär des Kaufmanns stand, der mit seiner Familie die beiden Häuser im vergangenen Jahrhundert bewohnt hatte.

»Wie viele von euch vielleicht wissen, ist Hamburg eine freie Reichsstadt, eine Stadt der Hanse«, begann Dame Elina. »Die Stadt ist dem Meer und dem Fluss verbunden. Sie lebte und lebt vom Handel, ist die Drehscheibe zwischen Übersee und Binnenland. Die Kaufleute, Reeder und Bankiers, die die Geschäfte finanzieren, repräsentieren den Reichtum und den Erfolg der Stadt.«

Die Erben sahen einander fragend an. Was sollte das jetzt werden? Geschichtsunterricht? Karl Philipp gähnte unverhohlen. Dame Elina fuhr ungerührt fort.

»Über Erfolg oder Misserfolg der Handelsgeschäfte entscheiden nicht nur Stürme und Meeresströmungen, die Schnelligkeit der Schiffe oder Piraten, die den Händlern auflauern. Ob sich am Ende das Geschäft gelohnt hat, hängt auch von den Zöllen ab.«

Tammo verdrehte die Augen, und Joanne stieß ein Geräusch aus, das einem Schnarchen ähnelte.

»Hamburg war von jeher Freihandelsstadt, sodass die Waren ohne Zölle in den Hafen herein- und wieder hinausgelangen konnten.« Dame Elina stützte sich auf den Sekretär und beugte sich ein wenig nach vorn. Ihre Stimme wurde schärfer. Vielleicht näherte sie sich nun dem entscheidenden Punkt.

»So war es zu allen Zeiten, aber nun will der Reichskanzler Bismarck Hamburg zum Zollanschluss an das Reich zwingen. Das konnte der Senat nicht hinnehmen, doch was blieb ihm übrig? Der Kanzler drohte, Altona abzuspalten und mit Privilegien zu versehen, sollte Hamburg nicht einlenken. Nun, ich will euch nicht mit der Politik der Menschen langweilen ...«

»Ach, und was tut sie die ganze Zeit?«, raunte Luciano, der noch immer ein wenig schmollte, dass sie ihn auf ihrem Ausflug am Abend nicht mitgenommen hatten.

»Wenn du immer erst so spät aus deinem Sarg kommst, dann versäumst du halt etwas«, gab Franz Leopold zurück, während Ivy und Alisa versuchten, ihn zu besänftigen.

»Die Lösung, auf die sich Senat und Kanzler einigten, ist – einerseits der Anschluss der Stadt an das Reichsgebiet, aber auf der anderen Seite die Errichtung eines Freihafens.«

Sie sah sich um, als habe sie eine großartige Überraschung verkündet und erwarte nun Beifall, doch die Erben wirkten desinteressiert oder verwirrt.

»Was hat das mit dem Auszug der Menschen und dem Abbruch der Häuser zu tun?«, fragte Alisa.

»Für diesen Freihafen, der von der Stadt abgetrennt sein muss, um den Strom der Waren zu kontrollieren, müssen der Hafen erweitert und Lagermöglichkeiten geschaffen werden. Das Dovenfleet wird zum Zollkanal, der Wandrahm und der Kehrwieder zur Speicherstadt. Sie werden neue Kanäle und Fleete graben, Brücken schlagen und vor allem Speicher bauen. Ich habe die Pläne gesehen, die Hindrik besorgt hat. Beeindruckende Bauten haben sie sich ausgedacht: auf Stelzen gegründet, die tief in den Boden gerammt werden, Reihen von Speicherbauten mit bis zu sieben Böden für die Waren, mit Kränen an der Fleetseite, um die Säcke und Kisten hochzuhieven, und mit Luken und Treppen auf der Seite zur Straße, wo Karren die Waren abholen können. Das Bild unserer Umgebung wird sich ändern. Es wird eine Arbeitsstadt werden. Ein riesenhaftes Warenlager. Keine Menschen werden hier mehr wohnen. Sie kommen, um zu arbeiten, und gehen abends zu ihren Familien zurück, die nun in Barmbek oder Billwerder, in Hammerbrook oder Wandsbek leben. Ein Zaun mit Wachposten und Schranken wird den Freihafen umschließen.«

Alisa und Ivy sahen einander an. Langsam begann Alisa zu begreifen, dass diese Veränderungen auch die Vamalia betrafen.

»Es wird für die Vamalia schwerer werden, Nacht für Nacht ihren Durst zu stillen, wenn sie mit den Baumaßnahmen erst einmal fertig sind«, sagte sie leise.

»Ach was!« Tammo, der ihre Worte gehört hatte, winkte ab. »Es sind nachts noch genug Menschen im Hafen unterwegs und den Weg in die Stadt werden uns ein paar Zäune und Schranken nicht verwehren! Denkst du, wir sind danach eingesperrt wie die wilden Tiere bei Hagenbeck?«

Alisa schüttelte den Kopf. »Nein, natürlich nicht. Und dennoch habe ich ein mulmiges Gefühl im Bauch.«

»Du hast nur Blutdurst«, wehrte ihr Bruder ab, als Ivy sich laut zu Wort meldete.

»Verzeiht, Dame Elina, doch Ihr sagtet, dass die Wohnhäuser auf dem Wandrahm und dem Kehrwieder den neuen Speicherbauten weichen müssen.«

Die Clanführerin nickte. »Das ist richtig. So steht es in den Plänen der Hamburger Freihafen- und Lagerhaus AG, die zu diesem Zweck gegründet wurde.«

»Was geschieht mit diesen Häusern hier?«, fuhr Ivy mit einer ausladenden Handbewegung fort.

»Oh, sie sind natürlich eine Ausnahme. Keine Sorge. Die Hamburger werden dieses prächtige Stück ihrer Geschichte nicht aufgeben. Bei den Wohnblocks der Gängeviertel ist das etwas anderes. Seit in den Dreißigerjahren die Cholera in diesen Vierteln wütete, wird darüber nachgedacht, welche Sanierungsmaßnahmen man ergreifen müsste, um das Leben dort gesünder zu machen.«

»Die Leute fortschicken und alles abreißen ist auf alle Fälle eine wirksame Maßnahme«, spottete Franz Leopold, doch Alisa achtete mehr auf den Unterton in Dame Elinas Stimme. Schwang da nicht ein Hauch von Unsicherheit, ja gar von Besorgnis mit? Alisa lehnte sich zu Ivy hinüber. »Vielleicht wäre es eine gute Idee, diese Pläne einmal in Augenschein zu nehmen.«

»Du kannst Dame Elina ja fragen, ob du sie sehen darfst.«

»Ach, und du meinst, sie zeigt sie uns?«

»Fragen kostet nichts!« Doch ehe Alisa Gelegenheit dazu fand, verkündete die Führerin der Vamalia, dass der Unterricht nun fortgesetzt werden würde.

»Folgt Marieke, sie wird die ersten beiden Stunden geben. Später werden wir uns mit dem berüchtigten Knoblauch beschäftigen.«

Die Servientin im Körper einer hübschen Siebzehnjährigen führte sie auf den Boden hinauf, wo sie ihnen von den Forschungen des Abraham van Helsing, Professor an der Universität in Amsterdam, berichtete, einem der gefährlichsten Vampirjäger aller Zeiten, den sie selbst bereits zweimal getroffen hatte.

DIE HAMBURGER FREIHAFEN-
UND LAGERHAUS AG

Oberingenieur Franz Andreas Meyer und sein Architekt Carl Johann Christian Zimmermann blieben einen Augenblick vor dem großen Schutthaufen stehen. Sie ließen den Blick von dem Berg aus zerbröselten Steinen, Mörtel und fauligem Holz zu den erst halb niedergerissenen Wänden des Hauses wandern.

»Sie sind gut vorangekommen«, sagte der Ingenieur.

»Ja, wir liegen im Zeitplan«, bestätigte der Architekt.

Jeder eine zusammengerollte Zeichnung in der Hand, schritten sie am Fleet entlang, der in den Binnenhafen mündete. Es war, als wechselten sie mit nur wenigen Schritten in eine andere Welt. Hier noch die Trostlosigkeit des Armeleuteviertels und gleich daneben die Kaufmannshäuser, die von Wohlstand und Erfolg erzählten. Die beiden Männer blieben stehen und betrachteten die Häuserfront.

»Es ist eine Schande, aber ich musste die Senatoren überzeugen, dass sie dem Gesamtkonzept schaden, wenn sie nicht zustimmen«, sagte der Architekt. Der Ingenieur nickte zustimmend. »Was sollen wir mit ein paar Wohnhäusern mitten in der neuen Speicherstadt? Jeder Meter, der verschwendet wird, ist verlorenes Geld. Auch wenn ich dir zustimmen muss. Schade ist es um die alten Bauten, die von Hamburgs ruhmreicher Vergangenheit zeugen. Aber was soll's. An unserer Vergangenheit können wir uns nicht messen lassen. Davon wird niemand mehr satt. Wie wir uns heute im Rad des Welthandels schlagen, darauf kommt es an. Und wenn dafür ein paar schöne Häuser weichen müssen, nun, dann ist das eben so. Die meisten dieser Bauten hat bereits das große Feuer vernichtet. Das hat keiner gewollt, aber zu ändern ist es ebenfalls nicht mehr.«

Die beiden Männer gingen weiter, bis sie vor den beiden prächtigsten Gebäuden standen.

»Und, hast du etwas erreicht?«, fragte der Architekt.

Franz Andreas Meyer schüttelte den Kopf. »Mit allen anderen Eigentümern ist der Verkauf geregelt. Einige der Häuser gehören sowieso der Stadt, aber bei diesen beiden stehe ich vor einem Rätsel. Egal welche Spur ich verfolge, sie verliert sich im Nebel.«

»Und die Kosten? Ich meine, es fallen Gebühren und Steuern an. Du musst dem Strom des Geldes folgen.«

Der Ingenieur schnaubte abfällig. »Meinst du, darauf bin ich noch nicht gekommen? Die Gelder treffen pünktlich ein, seit Jahrzehnten, gleichmäßig und zuverlässig wie ein Schweizer Uhrwerk, doch auch auf diesem Weg ist niemand zu ermitteln, den man wegen des Verkaufs benachrichtigen könnte. Der Senat sagt, wir dürfen sie nicht einfach niederreißen – das wäre mit der Ehre der Kaufmannschaft nicht zu vereinbaren –, doch ich sage, eine Verzögerung können wir uns noch weniger erlauben!«

Der Architekt machte eine wegwerfende Geste. »Lass die Herren Finanziers einmal ausrechnen, was jeder Tag kostet. Wenn die Senatoren hören, um wie viel Geld es geht, dann werden sie ihre Meinung schnell ändern. Sie alle haben Aktien der Gesellschaft erworben und wollen ihren Gewinn. Da ist es mit der Ehre nicht mehr weit her, wenn man sich zwischen dem einen und dem anderen entscheiden muss.«

»Ich hoffe, du hast recht.« Er betrachtete nachdenklich die mit kunstvollen Eisenbeschlägen verzierte Tür.

»Was ist?«

»Vielleicht sollten wir einfach hineingehen und innen nachsehen, ob wir einen Hinweis auf den Eigentümer finden«, schlug der Ingenieur vor.

Der Architekt wiegte den Kopf hin und her. »Ich weiß nicht. In den Augen der Polizei wäre das Einbruch.«

»Ach was. Wir wollen ja nichts stehlen. Wir wollen den Eigentümern nur zu ihrem Recht verhelfen.«

»Es ist sicher abgeschlossen. Du kannst nicht einfach die Tür aufbrechen.«

»Ich kann zumindest nachsehen, ob sie wirklich verschlossen ist«, widersprach Meyer. Er hob die Hand, um sie auf die geschwungene Klinke zu legen, doch sein Arm schien ein Eigenleben zu entwickeln, so als wollte er nicht, dass sich seine Finger um diese Klinke schlossen. Er keuchte.

»Was ist mit dir?«

»Ich weiß nicht. Ich fühle mich plötzlich so schwach und andererseits auch, als müsste ich in tödlichem Schreck davonlaufen.« Er lachte unsicher. »Ich bekomme bestimmt eine Grippe, ich habe es befürchtet. Lass uns gehen.«

Nun aber hatte auch den Architekten die Neugier gepackt. Und obwohl sich sein Gesicht zu einer Grimasse verzog, als litte er furchtbare Schmerzen, streckte er langsam den Arm aus und stieß dann gegen die Tür. Zu beider Überraschung schwang sie geräuschlos auf.

»Nun dann«, sagte Oberingenieur Meyer, »wenn nicht abgeschlossen ist, kann keiner etwas sagen. Wir sind uns gegenseitig Zeuge, dass wir nichts Unrechtes wollen. Nach dir.«

Er trat beiseite, um dem Kollegen den Vortritt zu lassen, doch der wich ebenfalls zurück.

»Nein, nein, es war deine Idee. Ich komme dir nach.«

Sie beugten sich vor, um einen Blick von der großen Halle zu erhaschen, konnten sich aber nicht entschließen, die Schwelle zu überschreiten.

»Wir sollten die Durchsuchung doch einem der Senatoren überlassen«, sagte der Architekt.

Der Ingenieur nickte erst, dann aber schüttelte er vehement den Kopf. »So ein Unfug. Jetzt sind wir schon einmal da und die Tür ist offen. Warum stellen wir uns an wie zwei Mädchen, die sich nicht in den dunklen Keller hinuntertrauen?«

Ja, dies traf das Gefühl, das ihm den Magen zusammenkrampfte. Furcht, oder besser gesagt: nackte, kalte Angst, die seine Nackenhaare aufstellte und seine Schläfen feucht werden ließ. »Doch die Grippe«, redete er sich ein, denn was sollte es sonst sein?

Der Architekt schob sich ein Stück nach vorn, um wenigstens bis zur Treppe sehen zu können. Dann trat er unvermittelt drei Schritte in die Halle. So angespornt, befahl Franz Andreas Meyer seinen Beinen Gehorsam und folgte ihm. Das Haus strahlte eine seltsame Atmosphäre aus. Es wirkte nicht bewohnt. Es war kühl und roch modrig. Keine abgestandenen Küchendüfte hingen in der Luft, kein Feuergeruch von den Öfen. Und dennoch schien es auch nicht verlassen. Es wirkte zu sauber. Auf den Treppenstufen war nur an den Rändern ein Hauch von Staub zu sehen. Einige Türen standen offen, auf den schweren Kommoden und Truhen lagen Gegenstände, als hätten irgendwelche Hände sie eben dort abgelegt. Und über all dem schwebte diese drückende Wolke von Gefahr. Der Ingenieur schob sich gerade an eine der Truhen heran, um den Umhang, der dort lag, aufzuheben, als sein Kamerad einen gellenden Schrei ausstieß. Franz Andreas fuhr herum.

»Da! Da war etwas Großes, Helles, ein riesiges Tier. Ich weiß nicht genau. Es ging so schnell«, stotterte er und bewegte sich rückwärts wieder auf die Tür zu. Ein Knurren hallte von den Wänden wider. Es schien von allen Seiten zu kommen. Franz Andreas nahm sich nicht die Zeit, die Quelle des unheimlichen Geräuschs zu ermitteln. Er stürzte an seinem Kameraden vorbei zur Tür und ins Freie. Der Architekt überlegte nicht lange und folgte ihm. Er schlug das Portal hinter sich zu und rannte dann hinter Franz Andreas her, bis sie die Brücke bei St. Annen erreichten. Keuchend blieben die beiden Männer stehen und lehnten sich über das Eisengeländer. Ihre Pläne hatten sie bei der wilden Flucht verloren. Die Papierrollen lagen irgendwo im Schutt. Sie sahen sich nicht an. Es war ihnen beiden peinlich. Was war nur in sie gefahren? Und doch konnte keiner von ihnen sich durchringen, auch nur einen Schritt zurückzugehen und nach den verlorenen Plänen zu suchen.

»Es sind nur Kopien«, sagte Franz Andreas schließlich und straffte den Rücken. »Gehen wir zurück. Es gibt viel Arbeit. Ich denke, es ist Aufgabe des Senats, sich um den Abriss dieser Häuser zu kümmern. Wenn sie die Angelegenheit geklärt haben, können die Mauern fallen.«

***

Als Ivy den Deckel ihres Sarges öffnete, wusste sie bereits, dass etwas Außergewöhnliches vorgefallen war. Seymours drängende Gedanken waren durch das Holz bis in ihren Schlaf gedrungen. Sie sah den Wolf an, der scheinbar ruhig, doch innerlich aufgewühlt vor ihr saß. Ivy sprang aus dem Sarg und ließ den Deckel zufallen.

Was ist geschehen?, fragte sie in Gedanken. Rund herum erhoben sich die anderen Erben. Manche kletterten bereits in dem Augenblick aus ihren Särgen, da der letzte Sonnenstrahl verlosch, andere ließen sich Zeit, bis sie den Deckel hoben und sich gähnend aus den mit weißem Satin oder dunklem Samt ausgekleideten Kisten schälten.

Menschen sind ins Haus eingedrungen!

»Was? Wie kann das sein?«, rief Ivy laut und erregte damit die Aufmerksamkeit von Alisa und Franz Leopold. Neugierig kamen sie näher.

Ivy senkte die Stimme. »Seymour sagt, es seien über den Tag Menschen ins Haus eingedrungen.«

Alisa war entsetzt. »Wie ist das möglich? So etwas ist noch nie vorgekommen!«

»Habt ihr denn keinen Schutz um eure Häuser gezogen?«, wollte Franz Leopold wissen.

»Natürlich!«, fauchte sie. »Für wie einfältig hältst du uns? Man muss immer mit der Neugier der Menschen rechnen.«

»Nun, dann seid ihr entweder zu nachlässig vorgegangen, oder ihr seid einfach nicht gut genug, einen wirksamen Schutz aufzubauen.«

Alisa brauste auf, aber sie wusste nichts zu entgegnen. Jede der möglichen Erklärungen warf ein schlechtes Licht auf die Vamalia. Man musste in der Lage sein, sein Haus vor Eindringlingen zu schützen! So folgte sie den beiden schweigend in die Halle hinunter. Ivy, die spürte, was in Alisa vorging, drückte ihr tröstend die Hand. »Lass uns erst einmal sehen, wie schlimm es wirklich ist.« Sie zwang sich, ihrer Stimme einen beruhigenden Klang zu geben und sich nichts von den Befürchtungen anmerken zu lassen, die in ihr aufstiegen. Waren sie wieder hinter ihnen her? Waren die Erben in Irland entkommen, nur um hier in Hamburg den Kampf wieder aufnehmen zu müssen? Vier ihrer Verfolger waren vernichtet. Die Vampirin, die sich Tonka nannte, jedoch entkommen. Und was war mit der anderen Vampirin, die den *cloch adhair* im Lough Corrib versenkt hatte? Wem hatte sie zu schaden versucht. Den Lycana? Den Erben aller Clans? Ivy?

Eine Ahnung lauerte am Rande ihres Bewusstseins, wollte sich aber nicht greifen lassen. Ivy betrachtete den Echsenring an ihrem Finger. War es der Schatten, dessen Blick sie manchmal wie Feuer auf der Haut zu spüren glaubte? Wenn ja, was wollte er von ihr? Folgte er ihr noch immer, und waren es seine Helfer, denen sie in Irland begegnet waren? Sosehr sie auch grübelte, sie war der Antwort noch nicht näher gekommen.

»Wartet auf mich!« Luciano, der es wie üblich nicht so eilig gehabt hatte, seinen Sarg zu verlassen, stolperte hinter ihnen her und fuhr sich dabei mit den Fingern durch das kurze schwarze Haar. »Irgendwas geht hier doch schon wieder vor sich?« Er sah von einem zum anderen.

»Ah, unser Dickerchen hat es auch gemerkt«, rief Franz Leopold.

»Er ist gar nicht mehr dick!«, verteidigte ihn Alisa.

»Auf deine Freundin ist doch stets Verlass«, schnurrte der Dracas.

Während die Freunde sich weiter aufzogen, umrundete Ivy die Halle, die Sinne weit geöffnet, dass ihr auch keine der Duftspuren entging, die die Menschen zurückgelassen hatten. Alisa hielt inne und schloss sich Ivy an.

»Sie sind nicht weit gekommen, oder?«

»Nein, ich wittere zwei Männer, wie Seymour es gesagt hat. Sie waren hier an der Tür, sind über die Schwelle getreten und in die Halle. Einer hat sich der Truhe genähert, jedoch keinen der Gegenstände berührt.«

»Was hat sie verjagt?«, murmelte Alisa, die sich aufmerksam umsah.

»Seymour und die Furcht, die euer Bann in ihnen aufwallen ließ«, fasste Ivy zusammen.

»Ihre Angst allein hat nicht ausgereicht. Seymours Auftauchen war nötig, um sie in die Flucht zu schlagen«, sagte Alisa bitter, fuhr dann allerdings den Wolf an: »Was hast du dir dabei gedacht, dich den

Menschen zu zeigen? Wenn sie das weitererzählen, haben wir hier bald Großwildjäger mit Gewehren oder die Tierfänger von Hagenbeck, die dich für ihre Käfige wollen. Gab es keinen anderen Weg?«

Seymour knurrte und drehte Alisa den Rücken zu. In Gedanken beklagte er sich bei Ivy.

Ganz unrecht hat Alisa nicht, stimmte Ivy ihr vorsichtig zu. *Es ist für alle gefährlich, wenn du dich zu leichtfertig zeigst, und das ist hier schon das zweite Mal. Das Kind hat dich ebenfalls entdeckt. Wenn ein Mensch eine unglaubliche Geschichte erzählt, so hört ihm keiner zu, doch wenn mehrere unabhängig voneinander das Gleiche behaupten, werden sie aufhorchen. Also halte dich zurück! Wir sind hier nicht in Irland, wo es nichts Besonderes ist, einem Wolf zu begegnen.*

Beleidigt sprang Seymour die Treppe hoch und zeigte sich erst wieder, als die Erben ihr Blut getrunken hatten und sich auf dem Boden zur nächsten Lektion zusammenfanden. Alle waren aufgeregt und schwatzten durcheinander, obwohl es wieder um Knoblauch ging und vor allem die Dracas und die Lycana sehr daran interessiert waren, sich gegen diese Gefahr zu immunisieren. Sie waren die beiden Clans, denen das Gewächs am meisten zusetzte. Ob Blüten oder Knollen, sie konnten sich nicht nähern oder es gar berühren. Und auch die Pyras und die Nosferas kämpften noch.

Obwohl Ivy auch nach den ersten Stunden noch immer Schwierigkeiten mit der Macht der Pflanze hatte, schlüpfte sie mitten im Unterricht – zumindest fast unbemerkt – hinaus. Sie bat Franz Leopold, mit dem sie die Übung machte, und Seymour um Stillschweigen. Ivy eilte durch den Verbindungsgang im Souterrain ins Nebenhaus und stieg zum Kontor hinauf. Wie sie erwartet hatte, saß Dame Elina mit ihren Vertrauten zusammen. Der Vorfall hatte sie aufgeschreckt und erforderte Maßnahmen. Lautlos näherte sich Ivy und schnappte Dame Elinas Worte auf:

»Natürlich ist mir klar, dass wir den Schutz verstärken müssen. Wir haben eine große Verantwortung den Erben und ihrer Familien gegenüber übernommen. Aber wir Vamalia sind nun einmal keine Meister, wenn es um magische Schutzbarrieren geht.« Ihre Stimme klang gereizt. Ivy zögerte, doch dann trat sie entschlossen vor.

»Verzeiht, Dame Elina, doch vielleicht kann ich behilflich sein.«

Das Lächeln der Vamalia wirkte ein wenig gequält. »Das ist sehr freundlich von dir, Ivy, aber ich fürchte, dir ist nicht bewusst, dass es hier um höhere Magie geht.«

»Ich weiß«, sagte Ivy schlicht und bot noch einmal ihre Hilfe an.

»Du weißt nicht, wovon du sprichst, Kind«, unterbrach sie einer der Altehrwürdigen mit kahlem Schädel.

»Dein Platz ist drüben bei den anderen, um für deine Zukunft zu lernen«, fiel ein dürres Weibchen ein, das kaum größer war als die Lycana mit dem Silberhaar.

»Lasst es mich wenigstens versuchen«, bat Ivy, die sich zwingen musste, freundlich und ruhig zu bleiben.

Dame Elina trat auf sie zu, legte ihr den Arm um die Schulter und schob sie in den Flur hinaus. »Wir danken dir für das Angebot, aber der Platz der Erben ist in der Akademie. Ihr wollt doch etwas lernen, nicht wahr? Wir werden mit diesem Problem fertig, mach dir keine Gedanken. Und nun geh zurück zu den anderen. Wir haben hier wichtige Dinge zu besprechen.«

Meist fiel es Ivy leicht, ihre Rolle zu spielen und ihr Verhalten ihrem mädchenhaften Äußeren anzupassen. In diesem Moment allerdings fiel es ihr schwer, die Tarnung zu wahren. Am liebsten hätte sie die Vamalia geschüttelt und Dame Elina angeschrien, sie nicht wie ein dummes Kind zu behandeln. Sie hatte mehr Jahre als Vampir verbracht als die Clanführerin und verfügte über Kräfte, die sich die hier versammelten Vamalia vermutlich nicht einmal vorstellen konnten. Doch wie konnte sie ihnen das begreiflich machen, ohne sich zu verraten? Wütend stapfte sie davon.

»Dann sollen sie halt sehen, wie sie zurechtkommen«, schimpfte sie. Und da Ivy nicht wirklich daran glaubte, dass sie oder die anderen im Moment in ernster Gefahr schwebten, fügte sie sich und gesellte sich wieder an Franz Leopolds und Seymours Seite.

»Und? Wie haben sie deinen Vorschlag aufgenommen?«, verlangte er zu wissen.

»Überhebliche Ignoranten! Meinen, sie können alles besser und hätten keine Hilfe nötig. Denken, eine kleine Lycana ist nicht in der

Lage, große Magie zu wirken«, murmelte Ivy und warf ihm einen flammenden Blick zu, dass Franz Leopold laut auflachte.

»Oh ihr Ahnungslosen, die ihr nicht wisst, wer in eurer Mitte weilt.« Er wurde wieder ernst. »Sei froh, dass sie es nicht ahnen, denn das wäre ein weitaus größeres Übel als zwei Menschen, die ein paar Schritte in die Halle gewagt haben. Zumindest für dich. Und nun lass uns weiterüben«, fügte er schroff hinzu und mied ihren Blick.

Vielleicht hatte er zeitweilig aus seiner Erinnerung verdrängt, dass Ivy ja nur eine Unreine war. Nun bestürmte ihn die Erkenntnis wieder mit Macht, schmerzte und verwirrte ihn. Ivy konnte das Aufwallen seiner Qual spüren. Befangen wandte sie sich ab.

»Ich werde mal sehen, wie Luciano zurechtkommt.« Sie eilte davon.

Die Übungen mit Knoblauch wurden von einem Vortrag über Kriminaltechnik abgelöst. Hindrik übernahm diesen Part und begann, von der Einzigartigkeit jedes Fingerabdrucks zu sprechen. Er schwärzte die Fingerkuppen der Erben und ließ sie Abdrücke auf ein Stück Papier machen, die sie anschließend verglichen. Auch Marieke und er selbst setzten ihre Abdrücke daneben.

»Seht ihr, sie sind unverwechselbar. Es gibt verschiedene Muster, die sich wiederholen, doch keiner ist mit einem anderen identisch. Das ist bei Menschen so, aber auch bei reinen und unreinen Vampiren.«

»Ja, und? Was sollen wir daraus schließen?«, fragte Mervyn.

»Warte noch einen Augenblick, dann wirst du die Antwort erhalten«, gab Hindrik zurück. »Es war ein britischer Beamter, der in Indien stationiert war – Sir William Herschel –, dem auffiel, dass sich die Fingerabdrücke verschiedener Personen unterscheiden. Er begann, eine Sammlung anzulegen und sie zu vergleichen. Es gab keine zwei, die identisch waren! Er fand auch gleich eine praktische Verwendung für diese Erkenntnis. Er verhinderte Betrug bei den Pensionszahlungen an Armeeangehörige, indem er eine Identifizierung durch Fingerabdrücke verlangte. Mehrfachauszahlungen wurden so unterbunden.«

»Ich hoffe, er kommt bald zu einem interessanten Punkt«, schimpfte Luciano leise und gähnte.

»Ich finde das sehr spannend!«, gab Alisa zurück und funkelte ihn wütend an.

»Ein zweiter Engländer, Henry Faulds, machte vor einigen Monaten den Vorschlag, Fingerabdrücke an Tatorten aufzunehmen und sie zur Überführung von Verbrechern zu nutzen. Dies bedeutet einen enormen Vorteil in der Bekämpfung von Verbrechen und der Überführung der Täter – seien es nun Menschen oder Vampire. Die hiesige Kriminalpolizei ist entzückt und arbeitet fieberhaft an der Umsetzung.« Hindrik beugte sich vor. Seine Stimme wurde eindringlicher. »Gebt euch nicht der Illusion der Unverletzlichkeit hin! Ihr seid schneller als Menschen, ja, und wisst euch manch magischer Mittel zu bedienen, doch die neuen Methoden und der rasante technische Fortschritt sind gegen uns. Hütet euch davor, die Männer der Kriminalpolizei zu unterschätzen. Sie sind geradezu fanatisch bei ihrer Aufklärung von Verbrechen und erschreckend erfolgreich. Wenn ihr einem Menschen Schaden zufügt, dann seid ihr in ihren Augen zum Täter geworden, und sie werden euch jagen. Dank der Fingerabdrücke können Räuber und Mörder eindeutig festgestellt werden, und es gibt keine menschlichen Sündenböcke mehr, denen unsere Taten zugeschrieben werden. Wir müssen stets auf der Hut sein und bemüht, keine Spuren zurückzulassen, die uns verraten könnten.«

Luciano schien nicht beeindruckt zu sein. »Um uns zu überführen, müssten sie uns erst einmal fangen. Was nützen ihnen sonst die ganzen Fingerabdrücke. Dann bleiben die Fälle halt offen.«

»Je mehr ungeklärte Fälle es gibt, desto größer werden ihre Anstrengungen, die Täter zu finden und zur Strecke zu bringen«, warf Alisa ein.

»Ja und?« Luciano war noch immer nicht überzeugt und hob die Schultern. »Sollen sie sich doch anstrengen und vor sich hin grübeln. Uns werden sie nicht fangen.«

»Dann bleibt mir nur zu hoffen, dass dir deine Überheblichkeit nicht eines Tages zum Verhängnis wird«, gab Alisa zurück.

Ivy ging hinter ihnen die Treppe hinunter, als ihr Blick auf zwei Servienten fiel, die sich an der Haustür zu schaffen machten. Ivy drängte sich an Alisa und Luciano vorbei, um zu sehen, für welche Sicherheitsmaßnahmen sie sich entschieden hatten.

»Ein Riegel«, sagte sie tonlos. »Ein ganz gewöhnlicher eiserner Riegel.«

»Ganz so dumm ist es nicht, menschliches Gerät gegen Menschen einzusetzen«, sagte Alisa ein wenig kleinlaut. »Sie sind es gewohnt, ihre Häuser auf diese Weise zu schützen.«

»Ich hoffe nur, das ist nicht alles, was die Vamalia zu bieten haben«, meinte Franz Leopold und musterte den Riegel geringschätzig.

»Es waren nur zwei neugierige Männer, die einen Blick riskiert haben«, versuchte Alisa, die Freunde und sich selbst zu beschwichtigen.

Hoffen wir es, dass es so ist und sie nichts Böses im Schilde führen, dachte Ivy.

***

Die Männer der Hamburger Bürgerschaft, die im Senat und im Vorstand oder dem Aufsichtsrat der Freihafen- und Lagerhaus AG saßen und Teile ihres Vermögens in den Bau der Speicherstadt gesteckt hatten, überlegten nicht lange. Eine Verzögerung kam nicht infrage! Die Abbrucharbeiten mussten zügig vorangehen. Das notwendige Dokument wurde ausgestellt, zwei der Abbruchfirmen zum östlichen Teil des Kehrwieders abbeordert. Es war gerade erst Mittag, als die Wagen durch die Straße ratterten und am Fuß der barocken Häuserreihe stehen blieben. Die Stimme des Vorarbeiters hallte durch die Geisterstadt, in der niemand mehr wohnte. So dachten die Männer jedenfalls. Munter scherzend begannen sie, das schwere Gerät abzuladen, während die Bewohner der beiden Häuser in ihrem todesähnlichen Schlaf erstarrt waren und nichts von dem sich zusammenbrauenden Unheil bemerkten. Nur einer war hellwach. Wie üblich hatte sich Seymour auf Ivys Sargdeckel niedergelassen. Er spitzte die Ohren, als die Wagen nicht wie bisher am Pickhuben anhielten, sondern weiter auf die Kehrwiederspitze zurollten. Der weiße Wolf zuckte nervös, als sich Stimmen dem Haus näherten und das Knirschen der Räder direkt vor der Tür erklang. Mit einem Satz war er an der Tür und rannte eine Treppe hinunter. Die Tür zu einer der Kammern war nur angelehnt. Er drückte sie mit der Schnauze auf und sprang auf einen Sekretär, von dem aus er durch das Fenster auf die Straße hinabsehen konnte. Unschlüssig beobachtete er die Männer des Abbruchunternehmens, die ihre Vorschlaghämmer zur Hand nahmen und sich um den Mann scharten, der vermutlich der Vorarbeiter war. Sie lauschten seinen Anweisungen. Er gestikulierte und redete eindringlich auf die Männer ein. Seymour konnte die Worte durch das Fenster zwar hören, doch er verstand die deutsche Sprache nicht. Dennoch konnte er sich ungefähr denken, worum es ging. Rasch verließ Seymour seinen Platz und lief in die Halle. Der schwere Riegel, den die Servienten in der Nacht besorgt und befestigt hatten, war vorgelegt, doch das würde diese Männer nicht aufhalten! Er konnte nur darauf hoffen, dass der Bann sie in Angst und Schrecken versetzte.

Der Wolf blieb mitten in der Halle stehen, unschlüssig, wohin er sich wenden sollte. Zwei Männerstimmen erklangen nun direkt vor der Haustür. Seymour lief in die Küche und lugte aus dem niederen, vergitterten Fenster nach draußen. Ja, sie standen auf den Stufen. Einer rüttelte an der Türklinke und fuhr dann zurück, als habe er sich die Hand verbrannt. Der andere winkte ihn zurück und holte mit dem Vorschlaghammer aus. Den Stiel umklammert, den Hammer erhoben, stand er einige Augenblicke wie erstarrt da, doch er schlug nicht zu. Mit verwirrter Miene ließ er den Hammer wieder sinken.

Der Vorarbeiter kam gelaufen und rief etwas. Er griff selbst nach dem Hammer und schlug so unvermittelt zu, dass Seymour einen Satz machte. Ein Dröhnen ließ das Haus erbeben. Die Tür hielt stand. Noch!

Seymour rannte wieder nach oben. Er stieß gegen Ivys Sarg und versuchte, sie aus ihrer Todesstarre zu erwecken. Vergeblich. Sie hatte zwar im Laufe der Jahrzehnte gelernt, dem Schlafdrang nach Sonnenaufgang – zumindest für eine Weile – zu widerstehen, war sie aber erst einmal in ihre Starre verfallen, konnte nur das Untergehen der Sonne sie wieder davon erlösen. Seymour gab es auf. Wieder ließ ein Hammerschlag das Haus erzittern. Ein Dröhnen stieg von der Halle bis unter das Dach auf. Die Fensterscheiben klirrten. Seymour wartete auf den nächsten Schlag. Auf das Knirschen von berstendem Holz, auf das Brechen des Riegels, doch es blieb still. Der Wolf nahm seinen Beobachtungsposten am Fenster wieder ein. Die Männer hatten sich um den Vorarbeiter geschart und sprachen auf ihn ein. Er war sichtlich erzürnt. Ein paar der Männer hatten die Hämmer beiseitegelegt und die Arme trotzig vor der breiten Brust verschränkt. Sie wirkten verunsichert, ja ängstlich. Ganz so unwirksam schien der Schutz der Vamalia nicht zu sein. Dennoch, die Gefahr war noch nicht gebannt. Die Sonne stand hoch am Himmel, und bis sie im alten Land versank, konnte viel geschehen.

Seymour sah, wie der Vorarbeiter sich bemühte, die Männer zu überzeugen, wieder an die Arbeit zu gehen, vergeblich. Er selbst wagte ebenfalls nicht, noch einmal den Hammer in die Hand zu nehmen. Seymour konnte in seiner Miene ablesen, wie er frustriert aufgab. Er hob die Arme und ließ sie kraftlos wieder fallen. Er rief etwas. Die Männer jubelten und sprangen auf die Wagen. Die Erleichterung stieg wie eine Wolke von ihnen auf und löste sich dann in der warmen Herbstluft auf. Als die Wagen davonrollten, stieß Seymour ebenfalls einen Laut der Erleichterung aus. Sie hatten Zeit gewonnen! Wie viel Zeit?

Die nächste Stunde lief er unruhig die Korridore auf und ab, die Treppe bis in die Halle hinunter und dann wieder bis zum höchsten der ehemaligen Speicherböden hinauf, wo die Särge der Erben standen. Immer wieder starrte er zu einem der Fenster hinaus, doch auf der Straße draußen blieb es ruhig. Kein Lebewesen war zu sehen. Nicht einmal ein streunender Hund. Langsam begann sich Seymour zu entspannen und legte sich wieder auf Ivys Sarg. Noch eine Stunde verstrich. Dann erklangen ein fernes Knarren und Klappern. Seymours Ohren begannen zu spielen, sein Schwanz zuckte. Er konnte das Geräusch nicht zuordnen. Ein Wagen? Vielleicht, doch keiner wie die anderen, die am Morgen da gewesen waren. Das Geräusch kam näher. Nun konnte er auch die Karren wieder hören und dann die Stimmen der Männer.

Zu früh, dachte er, *sie sind zu früh*. Die Sonne würde erst in drei Stunden untergehen. Er hetzte nach unten und nahm seinen Platz hinter dem vergitterten Fenster der Küche ein, um die Quelle des seltsamen Geräusches zu betrachten. Es wurde lauter. Viel lauter, sodass es die Männer und Wagen übertönte. Was zur Hölle kam da auf sie zu?

Seymour presste seine Schnauze gegen die Scheibe. So etwas hatte er noch nie gesehen. Ein Ungetüm aus Holz und Stahl. Hoch wie ein Turm rollte es langsam, aber unerbittlich näher. An seinem stählernen Arm war ein kräftiges Tau befestigt, von dem eine riesige Eisenbirne herabhing. Der Wolf begriff, was die Männer im Schilde führten. Wenn sie es nicht schafften, die Türen und Mauern mit Muskelkraft niederzureißen, dann würden sie sich eben dieses Monsters bedienen. Der Koloss aus Eisen kannte keine Angst. Der Mann, der die vier Pferde lenkte, und die anderen, die die Eisenbirne an Seilen in Position zogen, waren zu weit weg, als dass der Bann der Vamalia ihren Geist erreichen und die Furcht sie in die Knie hätte zwingen können. Seymour wusste, nun war es Zeit zu handeln. Auf Versprechen, die er Ivy gegeben hatte, konnte er jetzt keine Rücksicht mehr nehmen. Er rannte in die Halle und begann, sich zu wandeln. Er brauchte dafür nur wenige Augenblicke, doch als er sich in seiner menschlichen Gestalt erhob, erbebte das Haus. Mörtel, Ziegelbruchstücke und Holzsplitter flogen ihm um den Kopf. Licht flutete durch das Loch, das die Eisenbirne geschlagen hatte. Ein Knacken breitete sich nach allen Seiten aus, dann sackte ein Großteil der vorderen Wand in sich zusammen. Er griff nach dem Umhang, der auf der Truhe lag, und warf ihn sich über. Seymour schüttelte sich die Steinsplitter aus dem langen silbernen Haar und trat an die Lücke. Er sah die Männer, die das Seil wieder aufnahmen und die Birne für einen zweiten Schlag zurückzogen. Wie viele Attacken würde das Haus aushalten, ehe es in sich zusammenbrach und die Särge der Vamalia und ihrer Gäste unter seinem Schutt begrub? Es brauchte zwar mehr, um einen Vampir zu vernichten, doch es würde die Sache verkomplizieren, wenn er sie am Abend erst mühsam aus den Schuttmassen ausgraben müsste. Beherzt stieg Seymour über die Reste der zusammengestürzten Wand ins Freie. Der Staub hatte sich noch nicht gelegt, und so dauerte es einige Augenblicke, bis einer der

Arbeiter einen Schrei ausstieß. Er deutete auf Seymour und gestikulierte heftig. Der Vorarbeiter fuhr herum und schrie den Männern am Seil eine Warnung zu. Zu spät. Die eiserne Birne schwang ein wenig versetzt auf die aufgebrochene Hauswand zu und ließ einen neuen Hagel aus Steinen und Mörtel auf Seymour herabregnen. Eine Fensterscheibe brach. Glassplitter flogen wie Geschosse durch die Luft. Seymour duckte sich nicht. Glas und Steinsplitter schnitten ihm in die Haut. Blut rann aus mehreren Wunden im Gesicht, am Hals und an den Armen. Hatte er vorher schon wild und ein wenig verwahrlost gewirkt, das längliche Gesicht hager, die langen Haare strähnig bis auf die Schultern, so wirkte er jetzt wie ein entflohener Galeerensträfling. Der Vorarbeiter brüllte etwas, doch die Männer hatten die Arbeit bereits eingestellt und starrten den Mann an, der so unerwartet aus der Maueröffnung gestiegen war. Sichtlich wütend stürmte der Vorarbeiter auf Seymour zu und packte ihn an seinem Umhang. Ein Schwall Worte schlug ihm entgegen, die er nicht verstand. Nur dass sie zornig waren, konnte man nicht überhören. Seymour löste den Griff des Vorarbeiters und gab ihm einen leichten Stoß. Er war ein Schrank von einem Mann, dennoch stieß er einen Schmerzenslaut aus, hielt sich die Hand und taumelte zurück.

»Was fällt Euch ein, Euch am Haus meiner Familie zu vergreifen!«, fragte Seymour mit Eiseskälte in der Stimme. Der Vormann sah ihn fragend an. Offensichtlich verstand er kein Englisch. Na großartig! Langsam wiederholte Seymour, dass dies sein Haus sei, und deutete erst auf sich und dann auf die beiden miteinander verbundenen Häuser. Das musste er doch verstehen! Einer der Arbeiter trat vor und sagte etwas zu dem Vormann. Er warf Seymour ein paar englische Brocken hin und schien dann seine Erwiderung zu übersetzen. Der Vormann schüttelte den Kopf, doch er wirkte verunsichert. Er sah auf Seymour, dann auf seine Arbeiter, die inzwischen schwatzend in kleinen Gruppen zusammenstanden. Sein Blick wanderte weiter über die Abbruchmaschine und dann zu der eingerissenen Wand zurück. Die Glocke bei St. Annen schlug sechs. St. Katharina, die Nikolaikirche und der Michel auf der anderen Seite des Binnenhafens nahmen das Geläut auf. Das gab den Ausschlag.

»Feierabend!«, riefen die Arbeiter. Das verstand sogar Seymour. Die Männer luden ihre Vorschlaghämmer auf den Wagen, warfen Schaufeln, Eimer und Brechstangen hinein. Der Wagen, auf dem der Kran mit der Abrissbirne befestigt war, sollte wohl hierbleiben. Er wurde an den Straßenrand gelenkt, die Pferde ausgeschirrt. Fröhlich plaudernd nahmen die Arbeiter auf den Karren Platz. Einer zog einen Flachmann aus der Tasche und ließ ihn kreisen. Der Vormann warf ihnen missmutige Blicke zu. Er hatte sein Soll nicht erfüllt und würde irgendjemandem dafür Rechenschaft ablegen müssen. Vielleicht den beiden Männern in Anzügen, die am Tag zuvor die Tür geöffnet hatten?

Der Vormann wandte sich wieder dem Werwolf zu und redete auf ihn ein. Vermutlich drohte oder versprach er, morgen wiederzukommen. Doch das kümmerte Seymour nicht. In diesem Augenblick war nur wichtig, dass bis zum Sonnenuntergang nichts mehr geschehen würde, was den Erben und insbesondere Ivy und Mervyn Schaden zufügen konnte.

Seymour blieb auf seinem Posten, bis die Karren abgefahren und in der Straße kein menschliches Wesen mehr zu sehen oder zu wittern war. Eine Tür, die er hinter sich hätte schließen können, gab es nicht mehr. So zog er sich nur in eine düstere Ecke der Halle zurück, wechselte wieder zum Wolf und legte sich nieder, die riesige, aufgebrochene Lücke der Wand nicht aus den Augen lassend. So verharrte er reglos, bis die Sonne den Horizont berührte. Dann erhob er sich und stieg die Treppe hinauf, um Ivy von den Ereignissen des Tages zu berichten.

DIE FRANZÖSISCHE FREGATTE

»Was?«, rief Luciano ungläubig und rieb sich die Ohren, als könnte er es nicht fassen, was Ivy ihnen gerade berichtet hatte. »Das hat Seymour dir eben gesagt?«

Alisa sah zu Hindrik, der mit seltsam starrer Miene unter der Tür stand. »Ist das wahr?« Er nickte ruckartig, so als litte er Schmerzen.

Alisa rannte zur Tür. Die anderen folgten ihr. Auf der Treppe gab es ein Gedränge von Vamalia, Servienten und den Erben, die alle in die Halle hinuntereilten, um das Unfassbare zu betrachten.

Franz Leopold gesellte sich zu Ivy und raunte ihr zu: »Seymour hat mit den Arbeitern verhandelt? Hat er sie ins Bein gebissen oder ihnen etwas vorgejault?«

»Nein, natürlich nicht!«, wehrte sie ab.

»Er hat sich doch nicht etwa in seiner menschlichen Gestalt gezeigt?«, bohrte der Dracas weiter. »Ich dachte, das hättest du ihm allerstrengstens verboten?«

Ivy war nicht nach scherzen zumute. »Ich habe ihm gar nichts verboten. Wie könnte ich? Er ist mein Bruder, nicht mein Sklave. Wir waren beide zu der Erkenntnis gekommen, dass er, um seine Tarnung zu wahren, stets seine Wolfsgestalt beibehalten sollte. Dies war eine Ausnahmesituation, die außergewöhnliche Maßnahmen erforderte. Sei froh, dass er sich über diese Abmachung hinweggesetzt hat, sonst lägen wir jetzt noch in unseren Särgen, unter Tonnen von Schutt begraben.«

»Ach, die Männer des Abrisskommandos hätten sicher den ein oder anderen davon entdeckt und neugierig ans Licht gezerrt.« Franz Leopold zog eine Grimasse.

Alisa schauderte. »Und die Särge dann geöffnet. Bei allen Dämonen der Nacht, es hat nicht viel gefehlt! Wir alle müssen Seymour dankbar sein.«

Sie blieben auf der letzten Treppenbiegung stehen und starrten auf das Loch in der Wand. Wobei Loch die Sache nicht recht traf. Es war eher so, dass die Wand zur Straße hin bis auf ein paar Reste fehlte.

Luciano öffnete und schloss fassungslos den Mund. Endlich murmelte er: »Ich hätte mir ja vieles vorstellen können, was wir hier in Hamburg bei den Vamalia erleben, so etwas gehört allerdings ganz sicher nicht dazu.«

Franz Leopold lächelte liebenswürdig. »Nicht wahr? Ich sage es ja nicht gern, doch in Rom haben es die Nosferas wenigstens verstanden, ihr Domizil zu schützen. Wenn auch Clanmitglieder herumliefen, die andere Nosferas an Vampirjäger verkauften ...« Luciano fauchte wütend. Doch Franz Leopold fuhr ungerührt fort. »In Irland dann waren wir gezwungen, aus der Burg der Lycana zu fliehen, da sich unsere Gastgeber lieber von einer Handvoll Angreifer durch das Land jagen ließen, als sich ihnen zu stellen und gegen sie zu kämpfen. Das hier jedoch übertrifft alles! Ich will gar nicht wissen, was Baron Maximilian und Baronesse Antonia zu diesem Desaster sagen, wenn es ihnen zu Ohren kommt. Die große Familie der Vamalia, die sich so viel auf ihr Wissen über die Menschen einbildet! Vielleicht hätten sie besser daran getan, sich mehr auf die Stärken unserer Spezies zu konzentrieren und ihre magischen Vampirkräfte zu fördern? Wozu diese Menschenhörigkeit führt, bekommen wir nun anschaulich demonstriert.« Er deutete mit einer betont schwungvollen Geste auf das riesige Loch.

»Ach, halt den Mund«, fuhr ihn Alisa an. »Das hätte keiner voraussehen können.«

»Doch, ich hätte es sehen müssen«, widersprach Hindrik bedrückt. »Ich hatte die Aufgabe, mir die Pläne zu besorgen und festzustellen, welche baulichen Maßnahmen die Menschen ergreifen werden. Wir waren rechtzeitig gewarnt. Wir wussten, dass die Menschen etwas vorhaben, und wiegten uns dennoch in Sicherheit, bis es zu spät war.«

»Aber wenn du die Pläne gesehen hast, wieso hast du Dame Elina nichts davon gesagt?«, fragte Alisa vorsichtig.

»Dort waren Berge von Papieren und Zeichnungen«, rief Hindrik. »Ich habe Zeichnungen der Speicherbauten gesehen, die sie planen, Schnitte und Aufrisse, dann Skizzen der Kanäle und Fleete, Brücken, Kaianlagen und auch etliche Karten mit den Häusern, die dafür abgerissen werden würden. Wir wussten, ganze Viertel würden fallen, doch in den Karten, die ich gefunden habe, blieb die Reihe der Barockhäuser dem Binnenhafen zu stets unberührt. Mag sein, dass mir die neusten Pläne entgangen sind. Vielleicht wurden sie anderswo aufbewahrt oder waren zur Genehmigung zu einer anderen Behörde unterwegs. Ich kann es nicht sagen. Jedenfalls hätte diese Nachlässigkeit furchtbare Folgen haben können.« Er stöhnte und barg das Gesicht in den Händen. Alisa trat zu ihm und zog sie sanft weg.

»Das ist nicht deine Schuld und es ist ja nichts passiert!«

»Außer dass das halbe Haus fehlt, aber wer will schon kleinlich sein«, murmelte Franz Leopold.

»Wir sind alle unversehrt!«, sprach Alisa rasch weiter.

»Ja, aber wie wird es nun weitergehen?«, wollte Luciano wissen. »Wir können doch nicht die Nacht hier verplempern, bis wir wieder in unsere Särge müssen und die Sonne uns zur Untätigkeit verdammt. Noch einmal gelingt es Seymour sicher nicht, sie aufzuhalten, wenn sie zurückkommen. Und sie werden zurückkommen!«

»Das denke ich auch«, stimmte ihm Ivy zu, die mit den anderen die Halle durchquert hatte, bis sie direkt vor dem Schutthaufen der zusammengebrochenen Wand standen. »Seht, dort steht noch das Abbruchgerät, mit dem sie die Löcher geschlagen haben. Dass sie es zurückgelassen haben, spricht dafür, wie eilig es ihnen damit ist fortzufahren.«

Alisa kletterte über den Schutt hinweg zu der Konstruktion aus Holz und Eisen. Die anderen folgten ihr.

»Seht ihr? So haben sie es geschafft, unseren Schutz zu überwinden. Sie mussten nicht besonders nahe an das Haus heran und die Mauern nicht selbst berühren, um sie zu zerstören.«

»Wie? Ihr wusstet nichts von solchen Abbruchbirnen? Wo ihr euch doch so gut mit den Erfindungen der Menschen auskennt?«, schlug Franz Leopold weiter in die Kerbe.

»Dame Elina hat nicht damit gerechnet, dass sie auch diese Häuser abbrechen«, rief Alisa ärgerlich. »Das hat Hindrik doch erklärt. Du musst zuhören!«

»Wie man sieht, muss man stets auf alles gefasst sein, sonst kann das eines Tages schlimme Folgen haben.«

Dem war nicht zu widersprechen, und so schwiegen die Freunde und starrten auf den Abbruchkran, der wie ein bösartiges Monster in den Nachthimmel aufragte.

***

Was in dieser Nacht auf dem Speicherboden unter dem Dach ablief, konnte man schwerlich Unterricht nennen. Selbst Alisa war unkonzentriert und scheiterte an den leichtesten Übungen. Dame Elina hatte sich nur für eine kurze Ansprache zu den Erben begeben. Etwas Neues hatten sie dabei nicht erfahren. Dass sie es nicht vorhergesehen hatte, nun, das war offensichtlich, und dass die Versicherung, für die Erben habe keine ernsthafte Gefahr bestanden, nur Wunschdenken oder ein Beschwichtigungsversuch sein konnte, war ebenfalls jedem klar. Auch dass sie sich bis zum Morgen ein sicheres Versteck suchen mussten, leuchtete jedem ein. Nach diesen Worten hatte sie sich mit ihren Getreuen zurückgezogen. Das war bereits einige Stunden her, doch bisher war keine Nachricht zu den Erben vorgedrungen. Ein wenig entnervt brach Marieke den Unterricht ab, nachdem sie ihre Frage dreimal hatte wiederholen müssen, ehe sie überhaupt von einigen gehört, wenn auch nicht beantwortet wurde.

»Also gut«, gab sie mit einem Seufzer nach. »Ich werde mich erkundigen, ob es irgendwelche Neuigkeiten gibt, und ihr verhaltet euch ruhig, bis ich zurück bin.«

Kaum war Marieke verschwunden, eilte Alisa zum Boden einen Stock tiefer, wo ihre Särge standen. Ivy und Luciano folgten ihr.

»Was hast du vor?«, wollte Luciano wissen.

»Packen!«

»Was?«

»Es ist ja wohl klar, dass wir das Haus heute Nacht noch verlassen müssen und irgendwo anders hinziehen. Zumindest für den

Übergang, bis der Clan eine neue, dauerhafte Bleibe gefunden hat. Eine Rückkehr wird es jedenfalls nicht geben, denn vielleicht schon morgen werden die Häuser nicht mehr stehen. Daher werde ich alles einpacken, was ich gesammelt habe.«

»Weiberflitterkram und Kleider«, vermutete Luciano und verdrehte die Augen. »Ich bin froh, dass ich nicht Chiaras Sachen einpacken muss. Die hat, glaube ich, Dutzende Paare von Handschuhen, Fächer, Spitzentücher, Röcke, Kleider, Umhänge, Schuhe und was weiß ich noch alles.«

Ivy lächelte. »Ich dachte, du kennst Alisa inzwischen. Ich tippe eher auf Bücher, Zeitungen und geheimnisvolle wissenschaftliche Instrumente, die die Menschen erfunden haben.«

Alisa grinste zurück. »Ja, das kommt schon eher hin. Ich lasse doch nicht meine schönen Bücher zurück! Los, ihr könnt mir helfen. Dort drüben sind ein paar leere Särge. In denen werden wir alles verstauen.«

Ivy bückte sich nach einem Stapel von Alisas Lieblingsbüchern: Geschichten von Edgar Allan Poe, Jules Vernes *Reise zum Mittelpunkt der Erde* und *In achtzig Tagen um die Welt*, Mary Wollstonecraft Shelleys *Frankenstein* und Samuel Butlers *Erewhon*.

»Oh, du hast jetzt auch *Der Mönch* von Lewis. Ich dachte, du hättest es dir von Vincent geborgt, weil du es nicht kanntest«, stellte Ivy fest und sah verwundert, dass Alisa ganz verlegen wurde. Sie hatte das Buch dem kindlichen Vyrad doch nicht etwa gestohlen? »Wo hast du das denn aufgetrieben?«

Alisa wand sich. »Malcolm hat es mir geschenkt«, gab sie schließlich zu.

»Was? Der Vyrad schenkt dir Bücher?«, rief Luciano. »Wenn ich gewusst hätte, dass du so gierig nach diesen Geschichten bist, hättest du von mir auch Bücher haben können.«

»Es war nur ein Gastgeschenk, als er in Hamburg eintraf«, wehrte Alisa ab, aber Ivy schienen ihre Wangen ein wenig rosig. »Er hat mir auch *Wuthering Heights* von Emily Brontë mitgebracht.«

»Einen ganzen Sarg voll hätte ich dir mitbringen können«, murrte Luciano.

Die beiden Vampirinnen sahen ihn an. »Was ist das für eine sagenhafte Bücherquelle, die du da entdeckt hast?«, erkundigte sich Ivy, die dem Lesen als Zeitvertreib durchaus nicht abgeneigt war.

»Ihr kennt sie. Seit Leandro verschwunden ist, kümmert sich keiner mehr so recht um die Bibliothek der Domus Aurea.« Er zog eine Grimasse. »Ich habe niemandem gesagt, wie er zu Tode gekommen ist und wo wir seine Überreste gefunden haben.«

»Das ist vielleicht auch besser so«, stimmte ihm Alisa zu. »Solange wir nicht wissen, wer die anderen Vampire waren, mit denen er sich zusammengeschlossen hat, und warum er mit ihnen die Erben zu vernichten suchte.«

Ein weiterer Stapel Bücher verschwand in dem Sarg. Alisa legte ein Päckchen hinzu, aus dem es metallisch klirrte.

»Geldstücke?«, fragte Luciano.

»Aber nein. Nützliches Werkzeug. Für besondere Gelegenheiten, wenn ich mal wieder gegen meinen Willen in einen Sarg eingeschlossen werde oder Ähnliches.«

Luciano ließ den Blick an Alisa hinunterwandern. »So etwas brauchst du sicher nicht mehr. Du bist über den Sommer wieder stärker geworden. Vermutlich kannst du so eine Kiste einfach mit Armen und Beinen auseinanderdrücken, bis die Bretter bersten.«

Alisa nickte. »Vielleicht schon. Aber das würde nicht ohne Lärm vor sich gehen, und ich könnte mich nachher nicht wieder zurücklegen, als wäre nichts geschehen.«

»Nein, das sicher nicht«, musste ihr Luciano recht geben.

»Wie weit seid ihr?« Franz Leopold streckte den Kopf durch die Tür. »Dame Elina ist zurück. Ich denke, sie hat etwas zu verkünden.«

»Wir kommen!« Alisa warf hastig den letzten Bücherstapel in den Sarg und klappte den Deckel zu. Dann lief sie mit Luciano und Ivy in die noch intakte Halle des Nachbarhauses hinüber, wo sich die Vamalia und die Erben mit ihren Servienten versammelten.

Es war keine Überraschung für die Erben, dass die Clanführerin den sofortigen Umzug anordnete. Was sonst blieb ihnen übrig? Die beschädigten Häuser zu einer Festung gegen die Menschen ausbauen, wie Tammo grimmig forderte? Das war albern! Und das sagte ihm seine Schwester auch.

Dame Elina forderte die Erben auf, sich in kleinen Gruppen zusammen mit ihren Servienten je einem Vamalia anzuschließen, der als Führer fungieren und sie zu ihrem provisorischen Unterschlupf begleiten würde.

»Lasst all eure Habseligkeiten hier. Ihr könnt sie in euren Särgen verstauen, die von unseren Servienten mit den Karren draußen transportiert werden.«

Natürlich hätten sie auch je zwei Särge selbst tragen können, doch das schien Dame Elina zu riskant. Zwar war die Nacht schon fortgeschritten, doch es konnte dennoch geschehen, dass sie einigen Nachtschwärmern begegneten.

Aufgeregt folgten Alisa, Luciano, Ivy und Franz Leopold mit seinem Schatten Matthias Hindrik, der sie zu ihrer neuen Unterkunft führen sollte. Der Servient Dario aus Rom schloss sich ihnen ebenfalls an. Schweigend gingen sie durch den Brook, dessen Häuserreihen bis vor wenigen Tagen das Herzstück der Insel gewesen waren, voller Menschen und Leben. Nun schritten sie zwischen geisterhaften Trümmermeeren dahin. Bei St. Annen das gleiche Bild der Zerstörung. Hindrik führte sie nach Süden, sodass vor ihnen die Silhouette des Gaswerks aufragte. Auch am Sandtorkai und am Grasbrook war es ruhig. Nur wenige Wachen waren auf den Schiffen zurückgelassen worden und dösten in der Zeit zwischen drei Uhr und der ersten Dämmerung meist vor sich hin. Die Hafenpatrouillen ließen sich nicht sehen. Vermutlich saßen sie irgendwo bei Kartenspiel und Branntwein, die während der Wachtzeit natürlich untersagt waren. Vielleicht hatte der Verstoß gegen dieses Verbot auch bereits seinen Tribut gefordert und sie lagen irgendwo schlafend auf ein paar alten Säcken.

»Oder die Servienten von Dame Elina haben ein wenig schlaffördernd nachgeholfen und unseren Weg von neugierigen Menschenblicken befreit«, vermutete Franz Leopold.

Luciano teilte seine Meinung. »Das sind gleich zwei Fliegen mit einem Schlag. Die Vamalia haben sich gesättigt und unseren Umzug gesichert.«

Sie ließen das Gaswerk rechts liegen und querten mit einigen Schwierigkeiten eine Brücke. Auf den Gezeitenwechsel zu warten, fehlte ihnen die Zeit. Noch ein Stück ging es an der Elbe stromaufwärts, dann blieb Hindrik stehen. »Dort ist es!«

Ein Schiff steckte in einem der toten Seitenarme der Elbe im Schlick fest. Eine Fregatte, deren Masten schräg in den Himmel ragten. Es war einst ein prächtiger Großsegler gewesen, mit drei rahgetakelten Masten und den Resten eines Gaffelsegels achtern. Alisa zählte fünf Klüversegel zwischen dem Fockmast und dem Bugspriet – oder zumindest das, was von ihnen noch übrig war.

»Sie misst vierundfünfzig Meter«, sagte Hindrik. »Es ist eine französische Fregatte, das Schwesterschiff der *Belle Poule*, die Napoleons sterbliche Überreste von St. Helena nach Frankreich überführt hat. Ein sehr wendiges Schiff, dessen Schnelligkeit durch zusätzliche Segel noch erhöht wurde.«

»Wie viele Kanonen?«, wollte Franz Leopold wissen.

»Sechzig«, gab Hindrik Auskunft, ohne nachzudenken. »Sie konnte bis zu fünfhundert Mann an Bord nehmen und war für ihre Angriffsstärke berüchtigt. Die *Belle Poule* ist im Gegensatz zu ihrem Schwesterschiff immer noch im Einsatz. Eine Zeit lang wurde sie vom Sohn des Bürgerkönigs Louis-Philippe d'Orléans persönlich kommandiert.«

»Du hast ein Modell der Fregatte gebaut. Ich erinnere mich«, sagte Alisa mit einem Stirnrunzeln,

Hindrik zögerte, ehe er nickte.

»Seine Modelle sind Kunstwerke«, fügte Alisa erklärend für die anderen hinzu. »Jedes Detail stimmt und alle Teile sind einzeln geschnitzt. Er arbeitet Jahre an manchen seiner Schiffe, ehe sie perfekt sind.« Alisa hielt inne und wandte sich abrupt noch einmal Hindrik zu.

»Wo sind deine Schiffsmodelle? Hatten wir überhaupt genug Särge im Haus, um sie zu transportieren?«

Hindrik zuckte mit den Schultern. »Ich habe sie zurückgelassen.«

»Was? All deine Schiffe? Du musst Dutzende Jahre daran gearbeitet haben.«

»Siebenundachtzig Jahre«, gab Hindrik Auskunft. Seine Miene blieb gleichgültig.

»Die Menschen werden sie zerstören. Schon morgen ist nichts mehr von ihnen übrig«, rief Alisa entsetzt.

»Ich weiß.«

»Geh zurück und hole sie. Noch ist es nicht zu spät«, drängte Alisa, doch Hindrik wehrte ab. »Meine Aufgabe ist es, euch zu beschützen, nicht irgendwelche Schiffe nachzubauen. Und ich muss sagen, diese Aufgabe ist durchaus spannender zu nennen.« Ein Lächeln spielte um seine Lippen. »Und nun macht, dass ihr an Bord kommt!«

Behände kletterten die Vampire an der Strickleiter hoch und schwangen sich über die Reling. Die Deckplanken neigten sich mit dem im Schlick festsitzenden Rumpf nach Backbord, doch nicht so sehr, als dass sie keinen Halt gefunden hätten. Neugierig sahen sie sich auf Deck um, besichtigten die Brücke und folgten dann Hindriks Ruf nach unten. Die Servienten waren inzwischen mit den Särgen eingetroffen, hatten die Karren entladen und die Kisten der Erben in eines der Mannschaftsquartiere geschafft. Nun verteilten sie die Särge der Altehrwürdigen in den Offizierskabinen und wo sie sonst Platz fanden. Sie selbst würden neben den geschlossenen Luken der Kanonen ruhen. Es würde ein wenig beengt werden, doch was blieb ihnen für eine Wahl? Während Dame Elina zu einer Besprechung auf die Brücke rief, sorgten die Servienten dafür, dass ihre Schützlinge die Särge aufsuchten. Alisa und Franz Leopold protestierten.

»Es dauert mindestens noch eine Stunde bis Sonnenaufgang!«

»Was sollen wir denn so lange anfangen?«

Hindrik schmunzelte. »Ruhig in eurem Sarg liegen und euch von der Aufregung der Nacht erholen.«

»Da wäre mir frisches Blut lieber«, schimpfte Luciano, gehorchte aber und schloss den Deckel über sich. Alisa jedoch gab nicht so schnell auf.

»Was ist schon dabei, wenn wir uns noch ein wenig umsehen?«, bat sie und sah ihn mit einem unschuldigen Augenaufschlag an.

»Du meinst wohl umhören?«, verbesserte sie Hindrik. »Genau genommen in unmittelbarer Umgebung der Brücke, nicht wahr?«

Was hätte sie darauf antworten sollen? Mit einem Seufzer ließ sich Alisa in ihren Sarg sinken.

»Es ist unerträglich, bis heute Abend zu warten, um ihre Entscheidung zu erfahren«, murmelte sie noch, als Hindrik den Deckel schloss.

»Macht euch keine Sorgen. Ich bleibe noch eine Weile hier«, sagte Hindrik unerhört fröhlich. »Damit nichts und niemand eure Ruhe stören kann.«

Franz Leopold fluchte vernehmlich.

* * *

Ivy war wie so oft ein wenig früher wach als die anderen. Als der erste klare Gedanke ihren Geist erhellte, sandte sie ihn sofort zu Seymour, der den Tag über an Deck Wache gehalten hatte. Er lief die enge, steile Treppe hinunter und saß bereits vor ihrem Sarg, als Ivy die Beine über den Rand schwang.

»Und? Was gibt es zu berichten?«, fragte sie sofort.

Nichts. Ein paar harmlose Lumpensammler, ein Fischer in seinem kleinen Boot, ein paar spielende Kinder drüben am anderen Ufer. Keiner ist dem Kahn zu nahe gekommen oder hat ihn mit mehr als gewöhnlicher Aufmerksamkeit betrachtet.

»Gut.« Ivy merkte, wie sie sich entspannte. »Weißt du, wie es mit uns weitergehen soll?«

Du willst wissen, ob ich die Zusammenkunft der Vamalia belauscht habe?

»Ja! Sag schon und zier dich nicht.«

Doch genau das tat der Wolf. Er strich aufreizend um sie herum und war nicht bereit, sein Wissen mit ihr zu teilen.

Untersteh dich, tiefer in meinen Geist einzudringen, knurrte er. *Du wirst es noch früh genug erfahren, wenn Dame Elina es allen Erben mitteilt!*

»Und? Hat Seymour dir gesagt, was sie vorhaben?«, erklang unvermittelt Franz Leopolds Stimme hinter ihr. Ivy schreckte zusammen. Sie hatte sich so auf Seymour konzentriert, dass sie nicht gemerkt hatte, wie er seinen Sarg verließ. Wie nachlässig!

Ja, du wirst nachlässig und vertrauensselig, hieb Seymour in die Kerbe. *Du solltest dein Vertrauen mit mehr Bedacht verschenken.*

Ivy wandte ihm den Rücken zu und lächelte Franz Leopold an.

»Nein, leider hat er mir nichts verraten, obwohl ich mir sicher bin, dass er gelauscht und die Beschlüsse der Vamalia erfahren hat.«

Franz Leopold hob die linke Braue. »Er hat es dir nicht verraten? Ich denke, ihr seid ein Herz und eine Seele und hängt enger zusammen als diese siamesischen Zwillinge, von denen man sogar in Wien gehört hat.«

Ivy spürte, wie sich ihr Blick verdunkelte. »Ja, viele Jahre war es so. Nichts konnte unsere Bindung stören und unsere Harmonie trüben, bis …« Sie brach ab und sah zu Boden. Sie hoffte, Franz Leopold würde ihre Verlegenheit nicht spüren.

»Bis ein Dracas aus Wien auftauchte, der die innige Einheit störte«, ergänzte Franz Leopold, doch Ivy konnte keinen Spott in seiner Stimme vernehmen.

»Es war nicht deine Schuld«, sagte Ivy leise, noch immer ohne ihn anzusehen.

»Nein, das war es nicht«, bestätigte er kühl, und Ivy war froh, dass in diesem Augenblick Alisas Sargdeckel aufschwang und das Gespräch beendete.

»Kommt, lasst uns nach oben gehen und sehen, ob wir etwas in Erfahrung bringen«, schlug Alisa sofort vor. Sie sah sich suchend um und trat dann an Lucianos noch geschlossenen Sarg. Energisch hob sie den Deckel an und ließ ihn krachend zu Boden fallen. Blinzelnd schreckte Luciano hoch.

»Was ist? Werden wir angegriffen?« Er taumelte aus seiner Kiste und rieb sich verschlafen die Augen.

»Nein, doch es ist Zeit zum Aufstehen«, erwiderte Alisa energisch.

»Wenn du das sagst.« Luciano gähnte herzhaft, rückte sich die Kleider zurecht und folgte den Freunden an Deck, wo sich nach und nach auch die anderen Erben einfanden.

»Sollen wir für den Rest des Jahres hier auf diesem Schiff bleiben?«, fragte Malcolm und sah sich um.

»Das glaube ich nicht«, entgegnete Alisa eifrig. »Ich denke, dass sich Dame Elinas Vertraute bereits nach einer geeigneteren Unterkunft umsehen. Es ist sicher nur eine Übergangslösung, bis sie den idealen Ort gefunden haben.«

»Fällt der Unterricht so lange aus?«, fragte Tammo hoffnungsfroh.

»Ich finde das Schiff toll«, meinte Fernand, der sich mit glänzenden Augen umsah. »Meine Ratte hat bereits Gesellschaft gefunden. In der kleinen Kammer im Bug wohnen noch ein paar Schiffsratten.«

»Und haben sie deiner Ratte von ihren Abenteuern auf hoher See berichtet?«

Fernand hob die Schultern. »Keine Ahnung. Sie hat mir nichts dergleichen erzählt.«

Tammo grinste. »Wie schade. Das wären doch mal spannende Augenzeugenberichte!«

Hindrik unterbrach das Geplänkel. »Dame Elina hat euch etwas zu sagen. Folgt mir.«

Da es auf der Brücke für alle Erben und ihre Begleiter zu eng war, trafen sie sich auf dem Achterdeck. Neugierig drängten sich die jungen Vampire um sie, um keines ihrer Worte zu verpassen.

»Stehen die Häuser noch?«, wollte Sören wissen.

Dame Elina schüttelte den Kopf. »Nein, sie haben über Tag die ersten fünf Häuser der Reihe abgerissen. Die Häuser sind nur noch Schuttberge, die sie nun nach und nach abtragen. Reint und Anneke sind gleich nach Sonnenuntergang zurückgelaufen, um vom Stand der Dinge berichten zu können.«

Alisa schluckte. »Es sind nur Häuser, die die Menschen vor zweihundert Jahren erbaut haben, und doch fühlt es sich seltsam an, zu hören, dass sie nun unwiederbringlich zerstört sind. Tammo, Sören und ich haben dort gelebt, seit wir von einer Vamalia geboren wurden. Von dort bin ich jede Nacht zu meinen Ausflügen in den Hafen und die Stadt aufgebrochen, und in ihre Sicherheit bin ich am Morgen zurückgekehrt. Nun gibt es sie nicht mehr, und an ihrer Stelle wird ein moderner Speicherbau emporwachsen, um Tee und Kakao, Gewürze und Kaffee, Seide und Wolle, Teppiche und andere exotische Kostbarkeiten bis zu ihrem Weiterverkauf aufzunehmen.«

»Vielleicht ist diese Speicherstadt gar keine schlechte Alternative«, meinte Ivy. »Die Menschen arbeiten dort bei Tage, bei Nacht jedoch würde die Speicherstadt den Vamalia gehören, wenn ihr es geschickt anstellt, ein Revier für euch abzutrennen und zu sichern.«

»Und genau Letzteres wird wohl das Problem sein«, ergänzte Franz Leopold. »Wir haben bereits erlebt, wie erbärmlich schlecht die Vamalia darin sind, ihr Heim vor dem Eindringen von Menschen zu schützen.«

Alisa funkelte ihn böse an, aber der Dracas ignorierte sie.

»Sie werden einen Weg finden«, sagte Ivy voller Zuversicht. »Und bis dahin ist die Fregatte keine schlechte Lösung.«

»Was meint ihr, wie lange die Menschen brauchen, diese Speicherstadt und die neuen Kanäle zu bauen?«, fragte Luciano.

»Na, wir werden die Fertigstellung während unseres Jahrs in Hamburg jedenfalls nicht mehr erleben!«, sagte Franz Leopold. Luciano schien enttäuscht.

»Vermutlich hast du recht. So schnell sind die Menschen nicht.« Er seufzte. »Nun gut, dann bleiben wir halt auf dem Schiff. Es ist nicht schlecht. Nur alles ein wenig eng.«

»Beschwere dich nicht«, gab Alisa zurück. »Hast du nicht gehört, was Hindrik erzählt hat? Bis zu fünfhundert Mann haben sie auf dieser Fregatte an Bord genommen. Vermutlich mussten sie sich zu dritt eine Koje teilen und immer im Wechsel schlafen. Dir wird jedenfalls keiner deinen Sarg streitig machen«, fügte sie mit einem Lächeln hinzu.

Luciano zog eine Grimasse. »Das ist es nicht, was mir Sorgen bereitet. Ich fürchte nur, wir könnten die nächsten Monate unter zu strenger Aufsicht stehen.«

Alisa machte ein betroffenes Gesicht. »Daran habe ich noch gar nicht gedacht.« Ihr Blick wanderte über die offenen Schlickflächen und die Flussaue, die bis auf ein paar Büsche keine Deckung bot. »Wir müssen uns etwas einfallen lassen!«

Dame Elina unterbrach ihre Überlegungen. Sie räusperte sich erst und sprach dann mit klarer Stimme, dass auch die drei Dracas, die sich im Hintergrund hielten, sie mühelos verstehen konnten.

»Ich will keine Zeit mit langen Reden vergeuden. Mit Beteuerungen darüber, wie unerwartet die Ereignisse über uns hereinbrachen, oder der Frage, ob wir es vorhersehen und anders reagieren, ja das Vorhaben der Menschen gar verhindern hätten können. Das alles nützt uns jetzt nichts. Wir müssen von der Situation ausgehen, in der wir uns im Augenblick befinden, und eine Lösung suchen. Vorübergehend ist die Fregatte ein brauchbarer Unterschlupf, doch dies ist kein Ort, an dem wir guten Gewissens das Jahr der Akademie abhalten können.«

»Bei allen Dämonen der Hölle, sie wird euch doch nicht etwa nach Hause schicken wollen?«, murmelte Alisa mit einem Ausdruck des Entsetzens.

»Ich fürchte, darauf wird es hinauslaufen«, sagte Ivy und fühlte sich plötzlich elend. Sie konnte nur hoffen, dass ihre Stimme sie nicht verriet. »Das wäre die vernünftigste Lösung. Die Akademie kann im nächsten Jahr ja wieder fortgeführt werden.« Damit legte sie Alisa den Arm um die Schulter, obwohl sie selbst Trost gebraucht hätte.

»Dann sehen wir uns monatelang nicht«, murrte Luciano düster, und Franz Leopold fügte hinzu: »Welch eine Verschwendung unserer Zeit. Wir sollten jede Nacht nutzen, etwas Sinnvolles zu lernen.«

Auch die anderen Erben redeten durcheinander, bis Dame Elina mit einer scharfen Zurechtweisung für Ruhe sorgte. »Da eure Sicherheit und eure Ausbildung an oberster Stelle stehen, habe ich schweren Herzens beschlossen, das Akademiejahr hier in Hamburg vorzeitig zu beenden, obwohl es gerade erst begonnen hat und ihr noch viel von uns lernen könnt.« Ihre Stimme klang ein wenig belegt und ihr Blick schweifte über die jetzt ernsten jungen Gesichter. »Ihr werdet noch heute Nacht abreisen. Hindrik und Marieke werden euch und eure Servienten zum Zug begleiten. Gerade sind meine Vettern Jacob und Reint am Bahnhof, um die Reiseformalitäten zu erledigen.«

»Oh nein!«, hauchte Alisa verzweifelt.

»Euer Jahr in Hamburg werden wir ein anderes Mal nachholen. Wer noch zu packen hat, der möge es jetzt tun, damit die Särge so bald wie möglich auf die Wagen verladen werden können. Ich weiß, es ist die richtige Entscheidung. Und da die Wahl vielleicht von Anfang an auf Paris hätte fallen sollen, habe ich Olaf geschickt, den Pyras eure Ankunft zu telegrafieren.« Die Worte schienen ihr nicht recht aus dem Mund kommen zu wollen. Sie sah ein wenig gequält zu den Altehrwürdigen hinüber, die alles andere als begeistert wirkten. Auch Hindrik schien schwer an dieser Neuigkeit zu schlucken.

»Was?«, rief Alisa entgeistert. »Habe ich das richtig verstanden?«

»Ich denke schon«, stimmte ihr Ivy zu. »Wir fahren alle zusammen nach Paris. Das Akademiejahr wird bei den Pyras fortgesetzt.«

Tammo stieß ein Triumphgeheul aus und knuffte Joanne und Fernand. »Das wird großartig!« Die beiden Pyras grinsten.

»Ja, bei uns in Paris gibt es viel zu sehen – oder sollten wir besser sagen, bei uns unter Paris?«

Die Begeisterung der anderen Erben hielt sich in Grenzen. Einige, wie die Dracas, hatten wohl gehofft, nach Hause fahren zu dürfen, und auch Malcolm murmelte etwas von: »Was sollten wir dort lernen können?«

Franz Leopold kräuselte die Lippen und sah zu Ivy hinüber. »Und ich dachte schon, es könnte nicht noch schlimmer kommen.« Doch seine Stimme strafte die Worte Lügen.

PARIS

»Onkel Carmelo, kommst du? Wir fahren bald ab.« Latona griff nach dem Ärmel seines Mantels. »Der Schaffner hat gesagt, sie müssen nur noch den Wagen ankoppeln, der von Hamburg gekommen ist, dann geht es weiter. Wir sollten unsere Plätze aufsuchen.«

Ihr Onkel sah sie erst ein wenig verwirrt an, dann zeichnete sich Ärger in seiner Miene ab. »Latona, wo bleibt deine Erziehung? Wie kannst du einfach so in unser Gespräch platzen?«

Latona unterdrückte die schroffe Bemerkung, die ihr auf der Zunge lag, und knickste stattdessen mit einem falschen Lächeln vor dem anderen Herrn, mit dem sich ihr Onkel gerade so angeregt unterhalten hatte. Gerade? Seit einer Woche Tag und Nacht!

»Verzeihen Sie, Professor van Helsing, ich wollte nicht stören. Es wäre nur ungeschickt, wenn wir den Zug nach Paris verpassten.«

Van Helsing, dessen Erscheinung so gar nicht ihrer Vorstellung von einem alten Universitätsprofessor entsprechen wollte, sah das Mädchen mit diesem durchdringenden Blick an, der sie bis tief in die Seele zu durchleuchten schien. Obwohl Latona sich nun bereits eine Woche fast ständig in seiner Gegenwart befand, wusste sie nicht recht, was sie von ihm halten sollte. Im einen Augenblick fand sie ihn unangenehm, seine brennenden Augen und seine fast bedrohliche Präsenz nahezu unerträglich. Und doch ging auch eine solche Faszination von ihm aus, dass sie sich des Öfteren dabei ertappte, wie sie von einem ihrer Bücher aufsah und ihn anstarrte, als wollte sie nie wieder den Blick von ihm wenden. Er war kein junger Mann mehr – wie sollte er, bei den umfangreichen Studien, die er in seinem Leben schon betrieben hatte? Aber so alt war er auch noch nicht. Sie schätzte ihn etwa wie ihren Onkel ein, um die fünfzig Jahre vielleicht. Seine Gestalt war nur mittelgroß und eher sehnig zu nennen. Sein braunes Haar war kaum von Grau durchzogen und ein wenig zu kurz, der Bart dafür zu üppig, um gepflegt zu sein. Van Helsings Anzüge waren alle zu weit geschnitten, um der gängigen Mode zu entsprechen, sein Spazierstock eher wuchtig als elegant. Er bevorzuge es, seine Bewegungsfreiheit nicht einschränken zu lassen, hatte er Latona bei einem Abendessen anvertraut, als sie sich eine spöttische Bemerkung nicht hatte verkneifen können. Seine Gesichtshaut war grob und gerötet, vor allem die Nase, die von seiner Vorliebe für schwere Rotweine sprach, aber im Gegensatz zu Onkel Carmelos war sein Bauch flach, und er schien agil und kräftig zu sein und eine fast beängstigend rasche Reaktion zu haben. Davon hatte sie sich zwei Nächte zuvor überzeugen können, als sie spät in der Nacht von einem Restaurant zur Universität zurückkehrten. Ein Schatten oder eine Bewegung in der nebligen Trübe hatte seine Aufmerksamkeit erregt. Blitzschnell fuhr der Professor herum, warf seinen Umhang ab und enthüllte, was in seinem plumpen Spazierstock alles steckte – eine silbrig schimmernde Degenklinge –, ehe Latona nur einmal blinzeln konnte. Da stand er, angespannt wie ein Panther vor dem Sprung, sein Blick huschte durch die Nacht. So unerwartet die Anspannung von ihm Besitz ergriffen hatte, so plötzlich ließ sie wieder von ihm ab. Mit einer lässigen Bewegung steckte er den Stockdegen wieder ein und setzte liebenswürdig lächelnd den Weg mit seinen Gästen fort.

»Falscher Alarm. Verzeihen Sie, wenn ich Sie erschreckt habe. Man kann nicht vorsichtig genug sein.« Latona platzte fast vor Neugier, aber van Helsing war nichts zu entlocken, dabei hätte sie zu gerne gewusst, wovor er Angst hatte. Doch er wusste seine Geheimnisse zu wahren.

Van Helsing konnte sich eines Doktortitels in allen Disziplinen rühmen, die sich Latona vorstellen konnte: Medizin und Philosophie, Chemie und Anthropologie. Sie hatte in seinem mit Büchern und Manuskripten vollgestopften Studierzimmer die Titel seiner Arbeiten gelesen und nicht einmal diese verstanden. Und die meiste Zeit war ihr auch nicht klar, worüber die beiden Männer redeten – und das lag nicht nur daran, dass sie sie stets an das andere Ende des Zimmers verfrachteten, sie mit einem Stapel Lesestoff versorgten und ihre Stimmen fast zu einem Flüstern senkten. Einmal hatte sie ihn gefragt, ob er ein Vampirjäger sei. Professor van Helsing hatte das Mädchen verblüfft angesehen und dann herzlich gelacht.

»Die Jugend ist so erfrischend direkt«, war die einzige, unbefriedigende Antwort gewesen, die sie erhalten hatte.

Nun war ihre Zeit in Amsterdam zu Ende. Latona konnte das Pfeifen der Lokomotive hören, das die Fahrgäste aufforderte, ihre Plätze einzunehmen. Sie wusste nicht, ob sie enttäuscht oder erleichtert sein sollte. Sie wurde einfach nicht aus van Helsing schlau. Außerdem zog er die gesamte Aufmerksamkeit ihres Onkels auf sich und brachte dieses gefährliche Glitzern von einst in seine Augen zurück, das Latona mit einer seltsamen Unruhe erfüllte. Ging hier irgendetwas vor sich, das ihr Onkel ihr verheimlichte? Auf ihre Frage hin wiegelte er natürlich ab. Was sich junge Mädchen immer so einbildeten. Witterten überall Geheimnisse und Verschwörungen. Doch sein Lachen klang nicht echt in ihren Ohren, und sie nahm sich vor, wachsam zu sein.

So überwog die Erleichterung über ihre Abreise und mischte sich mit der Vorfreude auf ihr Ziel. Paris! Die große Stadt, die Schöne, die Stadt der Künstler, der Malerei und Literatur, die Stadt der Moderne, der Weltausstellungen und der prächtigen Häuser und Alleen, die Baron Haussmann wie Schneisen durch das alte Paris gezogen hatte. Das Paris der Wissenschaft und der Studien, der Studenten und der Grisetten. Aber auch das Paris der Revolution, dem Heer der Arbeiter und der Armen, deren leerer Bauch sie mehr als einmal auf die Straße getrieben hatte.

Van Helsing erhob sich und geleitete die beiden Reisenden zu ihrem Abteil. Höflich neigte er sich über Latonas Hand, die sich sehr erwachsen vorkam und vor dem Professor knickste.

»Mademoiselle, es war mir ein Vergnügen, Sie und Ihren Onkel zu Besuch zu haben.« Dann wandte er sich an Carmelo. »Lassen Sie von sich hören. Ich erwarte Ihre Briefe.«

Weiter sagte er nichts, aber Latona war es, als gäbe es etwas zwischen den Männern, woran beide in diesem Augenblick dachten, das sie sich aber scheuten auszusprechen. Noch einmal ließ die

Lokomotive einen schrillen Pfiff hören. Van Helsing verbeugte sich und verließ das Abteil. Kaum hatte er die Tür zugeschlagen und war auf dem Bahnsteig zurückgetreten, ruckte der Zug an und verließ in gemächlichem Tempo den Bahnhof. Erst als er die Stadt hinter sich gelassen hatte und der Schienenstrang zwischen flachen Wiesen und Weiden hindurchführte, nahm der Zug Fahrt auf und begann wieder, sein eintöniges Lied zu spielen.

»Onkel Carmelo?«, fragte Latona, als sie endlich den Mut dazu aufbringen konnte.

»Hm?«

»Was hast du mit Professor van Helsing besprochen?«

»Erwartest du, dass ich nun die Gespräche von einer Woche wiedergebe? Außerdem warst du dabei und hast sicher einiges mitbekommen.«

Latona wollte nicht zugeben, dass sie zwar vieles gehört, aber wenig verstanden hatte. »Ich meine, was sollst du ihm schreiben?«

Ihr Onkel hob nur die Schultern und vertiefte sich wieder in das Buch, das der Professor ihm gegeben hatte. Latona holte tief Luft.

»Du hast doch nicht vor, den Schwur zu brechen, den du gegeben hast?«

Carmelo sah nicht einmal von seinem Buch auf. »Schwüre sind dazu da, dass man sie hält, sonst sollte man sie nicht leisten.«

Obwohl die Worte sie hätten beruhigen sollen, blieb ein ungutes Gefühl zurück. Latona lehnte sich in die Kissen. Draußen wurde es dunkel und von der Landschaft war bald nichts mehr zu sehen. Sie schloss die Lider. Während sie dem Schlaf entgegendämmerte, stieg *sein* Bild immer klarer vor ihr auf. Sie sah ihn so deutlich, dass sie meinte, nur die Hand ausstrecken zu müssen, um seine kalte Wange zu berühren. Er sah sie an. Das Blau seiner Augen leuchtete wie ein Sommerhimmel, den sie nie zu sehen bekommen würden. Wusste er, dass seine Augen die gleiche Farbe hatten, und dass sie seit ihrem ersten Treffen keinen klaren Himmel mehr betrachten konnte, ohne an ihn zu denken?

Sie würde es ihm erzählen, wenn sie sich wiedersahen.

Der Gedanke war so absurd, dass es sie wunderte, wie sehr er sie schmerzte. Natürlich würde sie ihn nicht wiedersehen. Es war zu Ende, und sie konnte sich froh schätzen, lebend und mit heilem Hals davongekommen zu sein! Und doch wollte in dieser Stunde sein Bild nicht weichen. Sie hatte lange nicht mehr so intensiv an ihn gedacht.

»Malcolm«, flüsterte Latona schläfrig.

Vielleicht ahnte ein Teil ihres Geistes, wie nahe sie ihm in diesem Augenblick war.

***

Der Zug ratterte durch die Nacht. Franz Leopold lag auf dem Rücken in seinem Sarg, die Hände über der Brust gefaltet, und fühlte sich schrecklich. Der Blutdurst war dabei sogar das kleinere Übel. Er langweilte sich! Als er die lange Bahnreise nach Hamburg antrat, hatte er zum Glück nicht geahnt, dass er so schnell wieder auf den Schienen durchgerüttelt werden würde. Wo sie sich wohl gerade befanden? Er versuchte zu erspüren, wie stark es bergauf oder bergab ging und in welche Himmelsrichtung sie fuhren. Er sog die Luft ein und schmeckte sie auf der Suche nach speziellen Aromen, die ihm einen Hinweis hätten geben können. Es war nichts Aufregendes dabei. Landluft, ein paar Kühe, abgeerntete Felder, Heu auf den Wiesen, dann ein Fluss und eine kleine Stadt, in der der Zug einige Minuten anhielt. Stockend setzten sich die Räder wieder in Bewegung, fanden jedoch bald zu ihrem schnellen, eintönigen Lauf zurück. Wie lange noch? Franz Leopold ließ seine Gedanken wandern. Links neben ihm ruhte Alisa. Er konnte fühlen, dass sie noch nervöser war als er. Sie klopfte ungeduldig mit den Zehen gegen die Sargwand. Er drang in ihre Gedanken ein und war überrascht, auf französische Worte zu stoßen. Franz Leopold brauchte einige Augenblicke, bis er verstand. Ah, sie sprach Übungen und sammelte Vokabeln, die sie in Paris vielleicht brauchen könnte. Das war wieder einmal typisch Alisa. Der Dracas konnte der Versuchung nicht widerstehen, sie ein wenig zu necken.

Schülerin Alisa, das ist schon ganz nett, aber an deiner Aussprache musst du noch arbeiten. Die Nasale sind einfach nur fürchterlich zu nennen! Es klingt noch sehr deutsch.

»Franz Leopold!«, hörte er ihre erboste Stimme durch die Sargwände dringen. »Verschwinde und halte dich von meinem Geist fern!«

Ich wollte dir bei deinen Übungen ja nur ein wenig hilfreich unter die Arme greifen, sandte er in Gedanken und ließ sein Lachen in ihren Geist gleiten.

Alisas Zorn war so groß, dass es ihr gelang, ihn hinauszuwerfen und ihr Bewusstsein vor ihm zu verschließen. Franz Leopold ließ von ihr ab und sandte seine Gedanken einen Sarg weiter. Ah, da lag der Nosferas und döste vor sich hin, obwohl die Nacht seit Stunden hereingebrochen war. So etwas wie Ungeduld schien er nicht zu kennen, und es machte ihm auch nichts aus, die Nacht über eingesperrt zu sein, und dennoch fühlte er sich unwohl. Der Blutdurst meldete sich und nagte schmerzhaft an seinen Eingeweiden. Luciano stieß ein unterdrücktes Stöhnen aus. Franz Leopold ahnte, dass er in den nächsten Stunden nur an frisches, warmes Blut denken würde, daher zog er sich zurück und wandte sich zögernd dem Sarg auf der anderen Seite zu. Er wusste, wen er dort finden würde, und es überraschte ihn nicht, dass es ihm nicht gelang, auch nur einen Gedanken von ihr aufzuschnappen. Dafür bemerkte sie seine Anwesenheit sofort.

Dir ist es wohl langweilig? Das wundert mich nicht, begrüßte ihn Ivy.

Du stehst natürlich über solchen Empfindungen, gab er harscher zurück, als er vorgehabt hatte.

Nein, warum sagst du so etwas? Er fühlte, dass er sie gekränkt hatte, und verspürte das ungewohnte Bedürfnis, es wiedergutzumachen.

Ich meine doch nur, wir sind noch so jung und ungeduldig. Du dagegen bist …

… eine alte Frau in der Gestalt eines Mädchens, die bereits einhundert Jahre lang Zeit hatte, sich in Geduld zu üben. Eine Welle von Bitterkeit schlug über ihm zusammen, und ihm war klar, dass er die Sache nur noch schlimmer gemacht hatte.

Nein, so habe ich das nicht gemeint. Du bist nur stets so beherrscht und ruhig. Das bewundere ich an dir.

Die Bremsen kreischten. Der Zug wurde langsamer und begann zu ruckeln. Jetzt erst bemerkte Franz Leopold die typischen Gerüche und Geräusche einer großen Stadt. Er roch die vielen Menschen, die auf engem Raum zusammenwohnten, die Abfälle und die stinkenden Abwässer, die in den Kanälen unter der Straße versickerten. Stimmen wogten um sie herum. Das geschäftige Treiben der Metropole war fast fühlbar.

Meinst du, wir sind da?

Ivys Tonfall klang wieder wie immer. *Ja, ich glaube, wir haben Paris erreicht und das Warten in der Enge unserer Särge hat ein Ende.*

* * *

Die Erben und ihre Begleiter standen am Rand eines abgelegenen Gleises und sahen sich um. Endlich hatten Hindrik und Marieke zugestimmt, dass sie ihre Särge verließen. Zuerst aber hatten alle menschlichen Reisenden am Hauptbahnsteig den Zug verlassen müssen. Arbeiter waren gekommen und hatten den Wagen – wie in den Begleitpapieren angewiesen – abgekoppelt und an den ihm bestimmten Platz geschoben. Als die Menschen endlich verschwunden waren, befreite sich Hindrik aus seiner Kiste und half dann den Erben, seinem Beispiel zu folgen. Sie reckten und streckten sich, stöhnten ein wenig und kletterten dann neugierig aus dem Waggon.

»Ich nehme an, wir werden von einer Abordnung der Pyras abgeholt«, sagte Hindrik und sah sich suchend um. »Dame Elina hat an die Seigneurs Lucien und Thibaut telegrafiert. Sie müssten also seit gestern Bescheid wissen, dass wir kommen.«

»Noch ist allerdings keiner da«, stellte Franz Leopold fest, und Hindrik konnte ihm nur zustimmen.

»Was machen wir jetzt?«, wollte Alisa wissen.

Hindrik beriet sich kurz mit Marieke, dann sagte er laut: »Wir warten. Bleibt in der Nähe des Waggons und passt auf, dass euch keiner der Arbeiter zu sehen bekommt. Im Moment sind zwar keine Menschen in der Nähe, doch ich weiß nicht, wann sie wieder in diesem Abschnitt zu tun haben werden.«

Eine Stunde verging. Die Erben schlenderten ein wenig umher und genossen die Nachtluft, auch wenn diese eher rauchgeschwängert als frisch zu nennen war. Maurizios Kater fing ein junges Kaninchen und brachte es seinem Herrn, der sich hungrig darüber hermachte und dann die Reste des Kadavers Ottavio überließ. Tammo sah neidisch zu ihm hinüber.

»Ich könnte jetzt auch was gebrauchen.«

»Wem sagst du das«, stimmte ihm Luciano zu.

Plötzlich tauchten drei Ratten unter einem Bretterstapel auf. Tammo stieß Maurizio in die Rippen. »Da, ist das nichts für deinen Kater? Wenn er sie alle fängt, bekomme ich eine ab.«

Maurizio pfiff leise. Der Kater spielte mit den Ohren und duckte sich zum Sprung.

»Nicht!«, rief Joanne, hechtete vor und bekam den Kater gerade noch am Schwanz zu fassen. Ottavio heulte auf. Er schlug mit ausgefahrenen Krallen nach Joanne, dass er fünf blutige Striemen auf ihrem Arm zurückließ, aber das Mädchen ließ nicht locker. Sie griff mit der anderen Hand nach dem Kater und hob ihn hoch.

»Was soll das?«, schimpfte Maurizio.

»Die Ratten sind nicht zu deinem Verzehr bestimmt«, sagte Joanne.

»Was fällt dir ein? Such dir deine Ratten doch selber, wenn du Hunger hast.« Er riss ihr seinen Kater aus den Händen und drückte ihn an seine Brust. »Du hast ihm wehgetan.«

»Entschuldige, das lag nicht in meiner Absicht, aber ich musste verhindern, dass er die Ratten am Genick packt und tötet, ehe ich sie mir genau angesehen habe.«

»Was?« Nicht nur Maurizio starrte die Pyras verblüfft an. Joanne beachtete den Nosferas nicht. Sie kniete sich vor den Bretterstapel und stieß eine kurze, hohe Tonfolge aus. Die gleichen Töne kamen zurück. Unter den fragenden Blicken der Erben kamen die drei Ratten aus ihrem Versteck und kletterten auf Joannes dargebotene Hand.

»Was macht sie da?«, fragte Tammo.

»Es sieht jedenfalls nicht so aus, als wollte sie ihren Blutdurst stillen«, sagte seine Schwester, die die Szene ebenso interessiert beobachtete.

»Sie fragt die Ratten aus«, meinte Ivy, die sich mit zusammengekniffenen Augen ein wenig vorneigte. »Sie verwendet eine andere Technik als wir, aber irgendwie kommuniziert sie mit ihnen.«

»Sie redet mit Ratten?«, wiederholte Tammo und wandte sich an Fernand, die Hände vorwurfsvoll in die Hüften gestützt. »Kannst du das auch? Warum hast du mir das nie gesagt?«

Fernand hob die Achseln. »Du weißt doch, dass ich mit meiner Ratte reden kann. Sie folgt mir überallhin und gehorcht mir.«

»Ja, *deine* Ratte, aber alle anderen Ratten dieser Welt?«

»Es sind ja auch nicht alle Ratten«, korrigierte Fernand. »Nur die entwickelten Rassen sind bereit und in der Lage, uns zu unterstützen und Nachrichten weiterzugeben. Die ordinäre Pariser Kanalratte taugt zu nichts. Doch dann zogen zur Mitte des vergangenen Jahrhunderts die, wie man sagt, norwegischen Ratten in Scharen in Paris ein. Dabei sollen sie eigentlich aus einer Gegend im Süden Russlands stammen und sich nach einem schweren Erdbeben auf die Wanderschaft begeben haben. Ist ja auch egal. Jedenfalls waren sie schneller, stärker und intelligenter, und so war es bald aus und vorbei mit den Pariser Ratten. Ich denke, sie haben sie einfach aufgefressen. Die neuen sind ganz schön aggressiv, kann ich euch sagen! Aber eben auch schlau. Sie sahen bald ein, dass es ihnen nur von Nutzen sein kann, wenn sie die Pyras mit einigen Diensten unterstützen und dafür nicht jede Nacht Massen von ihnen ausgesaugt werden. Allerdings kann man dies nicht für alle Rudel sagen. Es gibt immer wieder welche, die sich verweigern. Sie scharen sich um einen besonders militanten Anführer. Manchmal nur ein paar Hundert, es können aber auch schon mal über tausend sein, die meinen, sie könnten sich von uns lossagen.«

»Ich ahne, das endet dann in einem Massaker«, sagte Franz Leopold, der zwischen Faszination und Ekel schwankte.

»Oder in einem Festessen«, meinte Luciano mit einem breiten Grinsen. »Das kannst du so oder so sehen.«

»Jedenfalls steigt so eine Ahnung in mir auf, dass die Monate hier noch interessanter werden, als ich es mir vorgestellt habe«, ergänzte Alisa.

Hindrik schüttelte mit einer Miene des Abscheus den Kopf. »Ein Bündnis mit Ratten! Warum nur wundert mich das bei den Pyras nicht?« Seine Stimme klang eine Spur abfällig, als er sich an Joanne wandte. »Und? Was haben die Ratten dir gesagt? Wann kommen deine Leute, um uns abzuholen?«

Joanne entließ die drei Nager, die sich sogleich zurückzogen, und wandte sich Hindrik zu. »Wir brauchen hier nicht weiter auf ein Empfangskomitee zu warten.«

»Was? Euer Clan hält es nicht für nötig, uns abzuholen und zu seinem Lager – oder wie ihr das hier nennt – zu begleiten?« Nun war seine Verachtung nicht zu überhören, doch Joanne hob nur die Schultern.

»Wenn sie keine Ahnung haben, dass wir kommen? Sie glauben uns in Hamburg in Sicherheit.« Sie erwiderte Hindriks verächtliches Lächeln. »Die Pyras haben sich darauf verlassen, dass die Vamalia wenigstens für die wenigen Monate alles im Griff haben. Vielleicht war es ein Fehler, dass wir nicht mit solch einem Desaster rechneten.«

Hindrik ballte wütend die Fäuste, doch was ließ sich dagegen sagen? Ivy trat zu ihm und legte ihm beschwichtigend die Hand auf den Arm. »Niemand konnte so etwas vorhersehen«, sagte sie mit ihrer ruhigen Art, die die erhitzten Gemüter abkühlte. »Das ist nicht das Entscheidende. Die Frage ist: Warum wissen die Pyras nichts von unserem Kommen? Dame Elina ließ an eure Seigneurs telegrafieren.«

Fernand lachte. »Ihr habt seltsame Vorstellungen vom Pariser Untergrund. Glaubt ihr, dorthin kann man sich so einfach ein Telegramm liefern lassen? Die Wegbeschreibung stelle ich mir spaßig vor. Zum Beispiel: Steigt im Marais in der Rue du Temple Ecke Rambuteau in den Kanal. Ihr müsst nur das Gitter öffnen und dann dem Abwasser folgen, das euch zum Collecteur Rivoli bringt. Dort an der Ecke befindet sich ein Briefkasten für wichtige Depeschen. Oder besser, steigt gleich an der Rue de la Tombe-Issoire die verborgene Wendeltreppe dreißig Meter in die Tiefe, bis ihr auf die alten Steinbrüche stoßt. Dort zwischen Millionen aufgestapelter Schädel und Knochen sucht euren Weg bis in die Kavernen unter dem Val de Grâce. Dort werdet ihr sicher jemanden finden, der euer Telegramm entgegennimmt. Und vielleicht könnt ihr euch den Rückweg sparen und gleich zum Essen bleiben?« Fernand zeigte seine spitzen Eckzähne.

»Genug!«, rief Hindrik. »Ich habe verstanden. Dann müssen wir uns eben ohne ihre Führung zum Unterschlupf eures Clans begeben. Also, wie kommen wir dorthin? Ihr müsst den Weg doch kennen!«

Joanne verbeugte sich spöttisch. »Aber ja. Wir kennen uns vorzüglich in Paris aus. Über der Erde und auch in den zahlreichen Stockwerken darunter. Welchen Weg sollen wir nehmen? Haben Euer Gnaden besondere Wünsche?«

»Er soll nur schnell und sicher sein«, murmelte Hindrik.

»Wo sind wir überhaupt«, mischte sich Alisa ein. »Habe ich den Ruf des Schaffners vorhin richtig verstanden? *Gare du Nord?*«

Joanne nickte. »Ja, wir sind am Nordbahnhof angekommen. Paris hat ein halbes Dutzend Bahnhöfe, in denen Züge aus allen Himmelsrichtungen ankommen. Sie sind allerdings nicht miteinander verbunden. Noch nicht.«

»Im Norden von Paris sind wir also«, wiederholte Alisa. »Und wo lebt euer Clan?«

»Einige von uns haben sich in der Nähe der Katakomben eingerichtet, ein Teil bevorzugt die Kalksteinhöhlen unter dem Val de Grâce, andere sind in der Nähe des Jardin du Luxembourg oder in den Gipshöhlen des Montmartre.«

»Die Grüfte unter dem Cimetière Montparnasse sind auch beliebt«, warf Fernand ein. »Dort gibt es noch zahlreiche verborgene Abkürzungen und Querungen, die die Schmuggler einst unter der Zollmauer hindurchgruben.«

Alisa stöhnte. »Das scheint kompliziert zu werden. Sind all diese Orte über ganz Paris verstreut?«

Joanne schüttelte den Kopf. »Nein, ganz so schlimm ist es nicht. Zwar lebt unser Clan nicht in einer Höhle zusammen, doch die meisten sind im Südosten der Stadt anzutreffen. Im fünften, dreizehnten und vierzehnten Arrondissement, zwischen dem Quartier Latin im Norden bis Montparnasse im Süden und der Salpêtrière im Osten. Eben dort, wo seit dem Mittelalter der Kalkstein in mehreren Stockwerken unter der Erde gebrochen wurde, um die Häuser, Stadtpaläste, Klöster und Kirchen zu bauen. Die Menschen haben bequeme, weiträumige Kavernen zurückgelassen. Hier in der Gegend gibt es nur enge Abwasserschächte und Kanäle, die uns weniger zusagen und nicht so gut für unsere Särge geeignet sind.«

Alisa schüttelte ein wenig fassungslos den Kopf.

»Gut, und wo fangen wir an zu suchen? Wo werden wir aller Wahrscheinlichkeit nach eure Seigneurs antreffen? Wo stehen ihre Särge?«, hakte Hindrik nach und warf Marieke einen Blick zu. Die verdrehte gequält die Augen.

»Ihre Särge? Die der Seigneurs und ihrer Vertrauten, aber auch der meisten Altehrwürdigen befinden sich in den von magischen Barrieren geschützten Kavernen unter der alten Abtei Val de Grâce«, gab Fernand bereitwillig Auskunft.

»Gut, dann werden wir jetzt dorthin gehen. Ihr führt uns auf dem kürzesten und sichersten Weg, auf dem wir möglichst wenigen Menschen begegnen«, wies Hindrik die beiden Pyras an.

Joanne und Fernand sahen sich an. »Hm, unterirdisch?«

»Ja!«

»Dann bleiben uns auf dieser Seite der Seine nur die Abwasserkanäle«, sagte Joanne.

Fernand wiegte den Kopf hin und her. »In den Kanälen müssen wir aber durchs Wasser, und unter der Seine durch gibt es nur den Siphon, der bis zur Decke gefüllt ist.«

Die Erben hatten sich um die beiden Pyras geschart und dem Austausch schweigend gelauscht. Nun stieß Anna Christina einen Schrei aus. »Wenn ihr meint, ich tauche durch einen Abwasserkanal, dann habt ihr den Verstand verloren! Ich ruiniere mir doch nicht die Kleider in einer Kloake. Ich habe keinen Bedarf, meinen Kopf in eine Latrinengrube zu stecken!« Auch ein paar andere murrten.

Alisa und der kindliche Vincent aus London stöhnten einmütig: »Meine Bücher! Das können sie nicht machen! Sie würden die Bücher zerstören.«

»Es wird mit den Särgen schwierig. Manche der Kanäle sind recht eng«, sagte Joanne, ohne auf die Einwände einzugehen.

»Sie über die Brücke zu tragen, könnte einer Patrouille auffallen«, entgegnete Fernand und sah Hindrik an.

Der Servient wechselte ein paar leise Worte mit Marieke, dann scharte er die Erben um sich. »Wir werden die Särge im Eisenbahnwaggon lassen. Ich nehme an, die Seigneurs finden einen Weg, sie zu einem geeigneten Zugang zu den Labyrinthen transportieren zu lassen. Vielleicht über einen der Friedhöfe. Da sollten sie ja nicht zu sehr auffallen. Wir machen uns zu Fuß auf den Weg. Wir werden die Abwasserkanäle bis zur Seine nutzen. Dann sollen uns Fernand und Joanne über eine Brücke führen. Auf der anderen Seite wollen wir unseren Weg wieder unterirdisch fortsetzen, bis wir die Höhlen erreichen, in denen wir die Seigneurs vermutlich in den frühen Morgenstunden antreffen. Alles Weitere werden wir zuerst mit ihnen besprechen. Und nun los. Seid leise, bleibt dicht zusammen und folgt Fernand und Joanne.«

Bevor sie aufbrachen, trat Joanne noch einmal an den Bretterstapel und rief die Ratten zu sich. Sie hob eine an ihren Mund und pfiff ihr verschiedene rasche Tonfolgen ins Ohr. Die Ratte saß aufrecht auf den Hinterbeinen und sah die Vampirin aus klugen Augen an. Sie stieß als Antwort nur einen kurzen Pfiff aus, doch Joanne schien damit zufrieden zu sein. Sie setzte das Tier auf den Boden und schon war es mit den anderen in einer Lücke im Untergrund verschwunden.

Joanne führte die Erben und ihre Servienten ein Stück den Schienenstrang entlang bis zu einem Gitter, das mit einem Schloss gesichert war. Noch ehe sie sich Gedanken darüber machen konnten, wie sie das Hindernis überwinden sollten, zog die Vampirin ein Lederband unter ihrem schmuddeligen Kittel hervor, an dem mehrere Schlüssel und einige seltsam geformte Häkchen hingen, die Alisa an ihre Sammlung von Einbruchswerkzeug erinnerten. Schon sprang das Schloss auf und Joanne schob das verrostete Gitter beiseite. In der Tiefe hörten sie Wasser rauschen. Der Geruch von Abwässern hüllte sie ein. Joanne machte eine einladende Handbewegung.

»Willkommen in der Unterwelt von Paris.«

DURCH DIE ABWASSERKANÄLE

Die Nacht brach an in Paris. Die Sonne verabschiedete sich, um der neuen Welt ihr Licht zu bringen, während es im alten Europa dunkel wurde. In den französischen Dörfern und kleinen Städten erlosch mit dem Licht auch das emsige Leben der Menschen. Sie legten ihre Arbeit nieder, setzten sich an den Abendbrottisch und genossen die wenigen Augenblicke der Ruhe, bevor sie sich niederlegten, um für den nächsten Tag neue Kräfte zu sammeln. In Paris dagegen vollzog sich ein seltsamer Wechsel. Zwar schlossen auch hier die Fabriken und Handwerksbetriebe und müde Arbeiter und Arbeiterinnen wankten ihrem Heim zu, doch andere Stadtviertel schienen mit dem Schwinden des Lichts erst richtig aufzuleben. Überall quollen Menschen aus ihren Häusern und Wohnungen auf die Straße. Statt Marktkarren verstopften nun Mietdroschken und Equipagen die Straßen, um die vornehme Gesellschaft zu den Kaffeehäusern und Restaurants zu fahren, den zahlreichen Theaterhäusern der Stadt, der neuen Oper oder zu einem anderen der prunkvollen Stadtpalais, die sich entlang der Avenuen und Boulevards reihten.

Die nicht so begüterten Pariser machten sich zu Fuß auf den Weg in die Nacht. Auch sie dürstete es nach Unterhaltung, ob im Volkstheater oder einem der Varietés am Fuß des Montmartre, bei einem Bummel zwischen den Schaustellerbuden, die in den Randbezirken wie Pilze aus dem Boden schossen und dann plötzlich wieder verschwanden, oder in den Weinlokalen, die sich außerhalb der Zollschranke entlang der Ausfallstraßen wie Perlen an einer Schnur reihten. In den Vierteln um das Quartier Latin zogen die Studenten in Gruppen durch die Gassen, in weinseliger Laune mit ihren Grisetten in den Armen, ihren Geliebten unter den Näherinnen und Waschweibern.

Draußen in der Provinz war die Nacht ruhig und dunkel. Wenn die

Sonne dagegen über Paris erlosch, flammten überall Gaslaternen auf, um die Sterne am Himmel zu überstrahlen und den Nachtschwärmer vom launischen Mond unabhängig zu machen. Die meisten Menschen im oberirdischen Paris wiegten sich in trügerischer Sicherheit und gaben sich leichtfertig den Freuden der Nacht hin. Natürlich musste man sich vor dem Gesindel in Acht nehmen, das in düsteren Ecken lauerte, um unbescholtene Bürger um ihre Geldbörse zu erleichtern. Dass es darüber hinaus noch andere Jäger der Nacht gab, wollten sie gar nicht wissen. Und so waren die Pariser jeder Gesellschaftsschicht für die Vampire eine leichte Beute. Trotz der zahlreichen Gaslaternen und dem hell strahlenden Lichtmast vor der Oper blieben genug Winkel und Gassen im Finsteren. Das Revier der Vampire war riesig und bot jede Menge Abwechslung. Die meisten der Pyras zogen es vor, alleine durch die Labyrinthe der Gassen unter und über der Erde zu streifen, bis sich ein geeignetes Opfer fand, das den Kitzel der Jagd entfachte.

Der große, vierschrötige Pyras beschloss, sein Glück heute rechts der Seine zwischen den Alleen zu versuchen, bei den von Gärten und Mauern umgebenen Villen entlang der Boulevards mit ihren teuren Geschäften voller exotischer Dinge, die niemand brauchte, aber alle begehrten. Die Erscheinung des Vampirs war nicht dazu angetan, sich unauffällig zwischen den reichen Parisern zu bewegen. Seine Gesichtszüge waren grob. Die Haut war zwar wie bei den Vornehmen von durchscheinender Blässe, doch der Schmutz und die Bartstoppeln ließen keinen Zweifel aufkommen, dass er nicht zu ihnen gehörte. Auch seine Kleidung ließ ihn eher wie ein Arbeiter von den Quais erscheinen. Selbst für einen Droschkenkutscher, der zum Bild der exklusiven Stadtviertel gehörte, war seine Kleidung zu abgerissen und verschmutzt. Doch das kümmerte ihn nicht. Er wusste mit den Schatten zu verschmelzen. Von einem menschlichen Auge entdeckt zu werden, musste er nicht fürchten.

So verließ er die Unterwelt an einem Kanalschacht am Jardin du Luxembourg und schritt gut gelaunt durch St. Germain, überquerte die Pont Royal und querte die Gärten der Tuilerien, deren späte Blütenpracht in seltsamem Kontrast zu den geschwärzten

Mauerresten des ausgebrannten Königspalasts stand. Lange hatten die Väter der neuen Republik darüber gestritten, ob man ihn wieder aufbauen oder die Ruine abreißen sollte. Wie dem Vampir zu Ohren gekommen war, hatte man sich nun anscheinend geeinigt, diese unliebsame Erinnerung an die Herrschaft der Bourbonen und die beiden Kaiserreiche endgültig aus dem Pariser Stadtbild zu tilgen. Es genügte schließlich, wenn man den alten Louvrepalast erhielt, der schon lange als Museum diente.

Das alles interessierte den Vampir nicht. Die Politik und Kriege der Menschen waren ihm einerlei. Ob Königreich oder Republik, Kommune oder Kaiserreich, was kümmerte es ihn, wer sie in welcher Staatsform regierte? Für ihn dienten die Menschen nur dem einen Zweck: ihn zu nähren und seine Lust zu befriedigen.

Jeden Schatten nutzend, erreichte der Vampir die Avenue de l'Opéra, die der Stadtplaner Napoleons III. vom Palais Royal bis zum neuen Opernhaus wie eine Schneise durch das alte Stadtviertel hatte schlagen lassen. Auf Bäume zu beiden Seiten hatten sie verzichtet. Nichts sollte den weiten Blick zwischen den beiden Gebäuden stören.

Der Vampir verließ eine der engen, alten Gassen und blinzelte ein wenig verstört. Das neue Licht, das die Menschen durch Strom erzeugten und über einen mastartigen Turm auf dem Platz verbreiteten, stach ihm in den Augen. Er zog sich wieder in die Gasse zurück und beschloss, ein Stück des Weges unterirdisch zurückzulegen. Er stieg zu einem Keller hinunter, öffnete eine Tür, schob ein Regal beiseite und betrat eine weitere Treppe, die in die Tiefe der Kanäle führte. Der Pyras musste nicht überlegen noch störte ihn die absolute Finsternis. Ein paar Ratten wuselten um seine Füße, die er mit schlafwandlerischer Sicherheit zwischen die Haufen aus Unrat und Morast setzte. Bald kam er an eine schmale Stiege, die ihn in ein Labyrinth mit Gewölben, schmalen Gängen und kerkerartigen Verliesen brachte.

Plötzlich hielt der Vampir inne, als sei er zu Stein erstarrt. Er witterte einen Menschen in der Nähe, ohne jedoch dessen Fußtritte zu hören. Und dabei bewegte er sich eindeutig auf ihn zu. Für einen Augenblick war der Vampir verwirrt, dann erkannte er den Geruch: menschlich, ja, eindeutig, doch vermischt mit etwas Wildem, Ungezähmtem und zusätzlich einem Hauch von Moder und seltsamen alchemistischen Dämpfen. Diesen Geruch kannte er. Das war keine Beute, die ihm entgegenkam. Nun konnte er auch den Schein der Blendlaterne über die Wände huschen sehen. Er lief sehr schnell.

Der Vampir verspürte kein Bedürfnis, ihm zu begegnen. Man tolerierte sich gegenseitig, legte jedoch keinen Wert auf zu große Nähe. So verbarg er sich in einer Nische und wartete, bis der Mensch sich entfernt hatte, ehe er seinen Weg fortsetzte. Bald jedoch roch er schon wieder Sterbliche. Dieses Mal war auch das Gepolter ihrer Schritte nicht zu überhören. Es waren mehrere, die sich – zumindest für Menschen – schnell bewegten. Er vernahm ihre aufgeregten Worte. Sie trennten sich in mehrere Gruppen. Plötzlich löste sich ein Schuss. Das Echo hallte die Gänge entlang. Der Vampir entblößte die Zähne zu einem grimmigen Grinsen. Jagten sie ihn wieder einmal vergeblich? Wussten sie nicht, dass er ihnen schon längst wieder entwischt war? Die Verfolger gaben nicht auf. Der Vampir blieb an der nächsten Kreuzung stehen und lauschte. Aus zwei Gängen hallten Schritte und Stimmen, der dritte war still, obwohl er noch nach den Menschen roch, die hier vor Kurzem durchgekommen waren. Der Weg führte zu einem Ausgang nahe der Madeleine. Ohne weiter darüber nachzudenken, huschte der Vampir den Gang entlang. Er hatte den Ausgang im Gewölbekeller eines Hauses fast erreicht, als eine Ahnung ihn zurückprallen ließ. Er sah sich hektisch um, konnte aber in der Finsternis nichts erkennen. Sein Instinkt oder ein winziges Geräusch ließ ihn den Blick nach oben wenden. Als er begriff, war es bereits zu spät. Ein schweres Netz fiel auf ihn herab und trotz eines verzweifelten Sprungs zur Seite verfing er sich in den Maschen und stürzte zu Boden. Noch hatte er seine Kaltblütigkeit nicht verloren. Ein Netz konnte man zerreißen. Er würde sich daraus befreit haben, ehe die Menschen auch nur in seine Nähe kamen. Sie hatten den Falschen ergriffen, und er sah es nicht ein, ihnen Ersatz für ihre eigentliche Beute zu liefern. Er spannte die Muskeln an und versuchte, die Arme zu spreizen. Nun hätten die Stricke eigentlich nachgeben müssen, stattdessen hatte er das Gefühl, sie würden sich nur noch enger um ihn ziehen und ihm die Brust einschnüren. Er rief nach seinen Ratten. Die Nager wuselten herbei und machten sich auch sogleich an den Stricken zu schaffen. Da hörte er Schritte, und der Geruch von einem Dutzend Menschen, die sich vorsichtig, aber unerbittlich näherten, drang ihm in die Nase. Kreischend stoben die Ratten davon. Der Vampir fluchte.

✳ ✳ ✳

Sie folgten den Abwasserläufen, die erst schmal und sehr alt schienen, dann jedoch in einen größeren Kanal mündeten. Dem alten Ring-kanal, wie Joanne sagte. Es war zumeist völlig finster, nur selten drang ein wenig Licht durch einen mit einem Eisengitter versehenen Schacht herein, doch seltsamerweise schien dies weder Joanne noch Fernand zu stören. Die Erben hatten im vergangenen Jahr gelernt, sich in der Dunkelheit der irischen Höhlenwelt fortzubewegen – indem sie sich das Echosystem einer Fledermaus zunutzemachten. Inzwischen konnten sich alle Erben mit den Sinnen einer Fledermaus verbinden, nur dazu mussten sie erst einmal eine finden, die bereit war, ihnen zu Diensten zu sein.

»Was soll ich nur machen? Es gibt hier keine Fledermäuse!«, rief Luciano verzweifelt, nachdem er schon zweimal in einen Kothaufen getreten war.

»Es gibt schon welche«, widersprach Alisa. »Ich konnte ihr Be-wusstsein streifen, aber sie lassen sich nicht fassen. Sie sind zu weit weg, und ich habe den Eindruck, sie wollen nicht in diese engen Kanäle hinunter.«

»Es ist nicht leicht«, stimmte Ivy ihr zu. »Das ist schon eine ganz ordentliche Entfernung. Das erschwert die Sache, und wie du richtig bemerkt hast, widerstrebt es ihnen, ihr Jagdgebiet zu verlassen und durch diese nassen, niederen Gänge zu fliegen. Ich konnte das Bild einer Fledermaus auffangen, die durch hohe, domartige Höhlen aus weißem Gestein flog und dann über einen Hügel, auf dem sich Windmühlen drehten.«

»Das waren die Gipssteinbrüche des Montmartre«, sagte Fernand.

»Und du hast das Echobild der Fledermäuse hier unten empfangen? Nicht schlecht!«

»Danke. Ich versuche, einige von ihnen zu überreden, uns zu helfen, aber das ist nicht einfach.«

»Wenn jemand dieses Kunststück fertigbringt, dann du«, sagte Luciano mit hoffnungsfroher Stimme. Bisher blieb ihnen nichts anderes übrig, als sich an der Wand entlangzutasten. Ihre Finger glitten über feuchten Stein, stinkenden Schlick und andere Dinge. Auch der Grund unter ihren Füßen änderte sich ständig. Mal tappten sie durch knöcheltiefes Wasser, mal über nur feuchten, bröckeligen Stein, dann wieder durch Morast.

»Hindrik, musste das wirklich sein?«, stöhnte Alisa. »Hätten wir nicht wie zu Hause einfach in kleinen Gruppen durch die Straßen laufen können?«

»Eure Sicherheit ist das Wichtigste«, brummte der Servient missmutig. Offensichtlich gefiel es ihm hier genauso wenig wie den Erben.

Plötzlich hielt Alisa inne. »War das eine Fledermaus? Ich dachte eben, den Luftzug ihrer Flügel spüren zu können.« Sie tastete mit ihren Gedanken nach dem Tier.

»Ja, ich konnte drei von ihnen erwischen und hierherlocken«, bestätigte Ivy. »Bist du bereit? Ich überlasse dir eine.«

Alisa dehnte vorsichtig ihren Geist aus, bis sie Ivy und die Fledermaus spüren konnte. Sie sandte beruhigende Signale an das Tier und die Bitte, es möge seine Sinne mit ihr teilen. Als sie spürte, dass die Fledermaus ihr keinen Widerstand entgegenbrachte, schickte sie sie ein Stück voraus, damit sie den Verlauf des engen Kanals und vor allem die zu Haufen zusammengeschobenen Hindernisse erkennen konnte.

»Die zweite ist für dich, Leo«, sagte Ivy. »Wenn du möchtest, natürlich nur.«

Für einen Moment dachte Alisa, er würde das Angebot schroff zurückweisen, doch dann dankte er Ivy knapp und übernahm das Tier.

»He, und was ist mit mir? Glaubt ihr, es macht mir Spaß, mich blind durch dieses widerliche Loch zu tasten?«, beschwerte sich Luciano.

»Du bleibst an meiner Seite und ich teile die Bilder mit dir«, bot Ivy an und griff nach seiner Hand. Alisa spürte, wie er zwischen Freude und Empörung schwankte. Er umklammerte ihre Hand, als fürchte er, sie könne es sich anders überlegen, murrte aber: »Ich bin sehr wohl in der Lage, selbst eine Fledermaus zu führen.«

»Das weiß ich doch«, beschwichtigte ihn die Lycana. »Ich dachte nur …«

Sie verstummte und sah zu Boden. Vermutlich wollte sie ihre Gedanken nicht mit Franz Leopold verbinden oder gar *seine* Hand nehmen, nach allem, was zwischen ihnen vorgefallen war. Wobei Alisa darüber nur Vermutungen anstellen konnte. Sie hätte zu gerne Genaueres gewusst, aber Ivy schwieg sich darüber aus, und die Fähigkeit, unbemerkt in den Geist des Dracas einzudringen, besaß sie leider nicht.

Und ich hoffe, dass du solch eine Fähigkeit niemals erlangen wirst! Nicht auszudenken, wenn unsereins permanent deiner zügellosen Neugier ausgesetzt wäre.

»Leo! Raus aus meinem Kopf!«, rief sie und funkelte ihn böse an, obwohl er das in der Dunkelheit natürlich nicht sehen konnte. Dafür war ihr Zorn für ihn sicher mehr als deutlich zu spüren. Sie konzentrierte sich auf dieses Gefühl, um die Verlegenheit zu unterdrücken, die in ihr aufstieg. Was hatte er alles gesehen? Ihre Vorstellung, was zwischen ihm und Ivy passiert sein könnte? Sie musste diese Szenen unter allen Umständen verbannen, solange er noch um ihren Geist herumschwirrte. Doch gerade weil sie so angestrengt *nicht* daran denken wollte, standen die Bilder ganz deutlich vor ihrem inneren Auge.

Alisa spürte, wie sich Franz Leopolds Gesicht zu einer Grimasse verzog, als leide er Schmerzen. Sein Ton allerdings klang herablassend, obwohl er die Stimme zu einem Flüstern senkte, dass nur sie ihn hören konnte.

»Egal was passiert ist, es wird sich nicht wiederholen, das kann ich dir versichern! Und außerdem geht dich das nichts an. Wie wäre es, wenn du dir deine eigene Romanze zulegst, statt von Küssen zu träumen, die es nie gegeben hat. Schnapp dir Malcolm. Er wartet nur darauf.«

Alisa schwieg. Sie drängte sich an Ivy und Luciano vorbei und hastete den Kanal entlang, bis sie Fernand und Joanne einholte, die die Führung übernommen hatten. Wieder stellte sie fest, dass die beiden sich völlig sicher in der Dunkelheit bewegten.

»Wie macht ihr das?«

»Was?«, wollte Fernand wissen.

»Im Dunkeln sehen!«

»Wir sehen nicht direkt«, gab Joanne Auskunft. »Es ist mehr tasten und riechen.«

»Ich verstehe nicht.« Im Gegensatz zu den anderen Erben und ihren Servienten ließen die Pyras ihre Hände nicht an den Wänden entlanggleiten und setzten dennoch ihre Füße forsch auf, ohne die Beschaffenheit des Grunds zu prüfen.

»Die Ratten! Wir bedienen uns der Ratten«, erklärte Fernand. »Es funktioniert nicht so gut wie mit den Fledermäusen, die einem ein wirkliches Bild der Umgebung liefern, aber dafür lassen uns die Ratten an den Gerüchen teilhaben, die sie aufnehmen.«

Alisa rümpfte die Nase. »Darauf kann ich gerne verzichten. Mir reicht schon, was wir Vampire hier unten riechen …«

Fernand hob die Schultern. »Ja, wir sind gut, aber die Ratten sind besser, und das hilft uns von jeher bei der Orientierung. Hast du etwa geglaubt, wir brauchen in unseren Labyrinthen Fackeln oder Lampen?«

Eine Ratte sauste quiekend an Alisa vorbei. Vielleicht vermittelte sie Fernand und Joanne gerade einen Eindruck davon, was hinter ihnen vor sich ging. Gar nicht so dumm! Die Vamalia waren immer ohne Fledermäuse und Ratten ausgekommen. Sie lebten oben in den Straßen und in Häusern mit Fenstern, durch die das wenige Licht hereindrang, das auch sie als Vampire brauchten, um ihre Umgebung deutlich erkennen zu können. Aber würde das auch in ihrem zukünftigen Heim so sein? Bereits im Innern der Fregatte, die sie vorübergehend zu ihrem Domizil gemacht hatten, konnten sie sich ohne Lichtquelle nur langsamer als sonst fortbewegen.

»Wie macht ihr das? Euch mit den Ratten austauschen, meine ich. Ich könnte mir vorstellen, dass das mir und den anderen durchaus von Nutzen wäre.«

Fernand machte eine wegwerfende Handbewegung. »Wir können das schon von klein an. Wir haben es von den Älteren einfach übernommen, so wie wir sprechen gelernt haben. Ich kann es mir gar nicht vorstellen, wie es ohne die Ratten ist.«

Gerade das ließ Alisa zweifeln, ob es für die Erben der anderen Clans ebenso einfach sein würde. Andererseits, sie hatten gelernt, sich in Wölfe zu verwandeln. Sie konnten Fledermäuse rufen und mit ihnen sehen. Da durfte es doch nicht so schwer sein, sich eine Gruppe Ratten zu Helfern zu machen.

Endlich erreichten sie das Ende des schmalen Abwasserkanals. Er mündete in einen wesentlich größeren, den Joanne *collecteur des coteaux* nannte. Sie folgten dem stinkenden Wasser, das in seiner breiten Rinne schäumend vor ihnen herschoss. Zum Glück stand es so niedrig, dass rechts und links der Rinne ein Streifen glitschiger Steine blieb, auf dem sie leidlich trockenen Fußes vorankamen. Nur einmal mussten sie durch das Wasser, als sie in einen anderen Sammler wechselten, der im rechten Winkel von Süden auf den Kanal stieß. Das Wasser floss reißend, war aber nicht so tief, dass sie es nicht gefahrlos queren hätten können. Ivy und Mervyn waren wie die Pyras barfuß unterwegs. Alisa trug ihre einfachen und robusten Schnürschuhe, während sich Franz Leopold und die anderen Dracas ihre feinen Lederschuhe vermutlich dauerhaft ruiniert hatten. Dann bogen sie wieder nach links ab.

»Ich hoffe, ihr wisst, was ihr tut«, sagte Hindrik ein wenig nervös. »Die Zeit läuft uns davon. Wo sollen wir uns niederlegen, wenn uns der Sonnenaufgang überrascht?«

»Keine Sorge«, beruhigte ihn Joanne. »So weit ist es nicht mehr. Wir hätten auch schon einen der Aufstiege wie den dort vorn nehmen können – erkennt ihr die Eisensprossen?« Sie deutete in die Schwärze über ihnen, wo ganz schwach das Licht der Gaslaternen von draußen hereinsickerte. »Aber dann würden wir irgendwo mitten auf der Straße aus einem Kanaldeckel auftauchen und sicher einiges Aufsehen erregen, selbst zu dieser Zeit. Nein, es ist besser, wenn wir einen Ausgang unten bei den Quais nehmen und dann die Böschung zur Brücke hinaufsteigen. Dort ist um diese Zeit sicher keiner unterwegs. Und wenn, dann ist es die Sorte von Menschen, die sicher nicht nach der Polizei ruft!«

Was blieb Hindrik anderes übrig, als den Pyras zuzustimmen und zu hoffen, dass ihre Einschätzung richtig war.

Fernand führte sie zu einem Gitter, durch das der vertraute Schein der Nacht drang. Es roch nach Wasser. Nach frischem Wasser, das sich als breiter Strom durch die Stadt wälzte. Joanne zog wieder ihre Schlüssel hervor und öffnete das Gitter. Die Erben und ihre Servienten strömten auf den Kai hinaus, auf dem sich hohe Bretterstapel türmten.

»Hier entlang!«

Joanne ließ ihnen keine Zeit, sich umzusehen. Sie eilte eine schmale Treppe auf die Brücke hinauf, die zu einer Insel im Fluss führte. Die Vampire huschten durch eine Gasse. Zu beiden Seiten erhoben sich Häuser mit vier oder fünf Stockwerken. Während die dem Wasser zu prächtigen Palais glichen, waren die in der Mitte der Insel schmaler und ärmlicher. Fernand eilte ihnen voraus zu einer zweiten Brücke. Als Alisa die Häuserschlucht hinter sich ließ, blieb sie unvermittelt stehen. Auf einer zweiten Insel ein Stück flussabwärts erhob sich eine mächtige Kirche mit zwei Türmen, die in quadratischen Plattformen endeten. Eine Glocke ertönte. Fünf Mal schlug sie und schallte über die Cité und die angrenzenden Stadtviertel von Paris.

»Das ist Notre-Dame, nicht wahr?«, hauchte Alisa hingerissen. »Ich habe die Geschichte des buckligen Glöckners von Victor Hugo gelesen. Ich kann es mir richtig vorstellen, wie er dort oben auf dem Turm sitzt, über das nächtliche Paris sieht und zu jeder vollen Stunde die Glocke schlägt.«

»Komm weiter«, rief Hindrik sie zur Ordnung, und Alisa schloss sich den anderen wieder an.

»Wir werden sicher Gelegenheit bekommen, sie uns einmal näher anzusehen«, raunte Ivy ihr zu. »Wir sind doch nicht hierhergereist, um nur den Untergrund von Paris zu Gesicht zu bekommen!«

Alisa schmunzelte. »Wenn ich dich nicht besser kennen würde, käme mir der Verdacht, du wolltest uns zu Ungehorsam und heimlichen Unternehmungen anstiften.«

»Ich? Das würde ich nie tun!« Ivy blieb die Unschuld selbst, doch Seymour schlug unwillig mit dem Schwanz und brummte leise.

Auf der anderen Seite der Seine, im Viertel der Sorbonne mit ihren Studenten, von denen sich viele erst um diese Zeit zur Ruhe legten, schlüpften die Vampire wieder durch einen verborgenen Zugang in den Untergrund. Dieses Mal jedoch folgten sie nicht dem Lauf des Abwassers. Sie stiegen eine eng gewundene Treppe hinab, die sie Dutzende von Schritte in die Tiefe geleitete.

»Wie tief sind wir?«, fragte Alisa und sah sich verwundert um, als die Treppe in einer weiten Halle endete, deren Decke von mehreren Stützpfeilern getragen wurde. »Das müssen dreißig Meter sein oder mehr.«

Joanne zuckte die Achseln. »Ich weiß nicht. Mit dem neuen Maß kenne ich mich nicht aus. Der Grund der Steinbrüche hier liegt bei fast einhundert Fuß unter der Oberfläche.«

Alisa nickte. »Das kommt hin.«

»Von hier aus kann man nahezu das gesamte Paris links der Seine durch die Stollen der Kalksteinbrüche erreichen. Hinzu kommen die Verbindungsgänge der Schmuggler unter der ehemaligen Zollmauer. Sicher wurde einiges zugeschüttet und vermauert, wenn wieder einmal eine der Höhlen einstürzte, an der Oberfläche der Boden einsackte und Häuser und Straßen plötzlich einige Schritte tiefer lagen. Aber das können wir verschmerzen. Wenn es zu sehr störte, haben wir den ein oder anderen Durchgang wieder geöffnet.«

Die beiden Pyras liefen ihnen voran, dass die anderen, die nicht wie die Freunde in den Genuss einer Fledermaus als Führer gelangt waren, kaum folgen konnten. Plötzlich hielten Joanne und Fernand an. Sie hatten gerade den Zugang zu einer weiteren großräumigen Kaverne erreicht, als sie so unvermittelt bremsten, dass Alisa gegen Fernands Rücken stieß.

»Entschuldigung. Was ist?«

Statt einer Antwort hörte Alisa ein tiefes Knurren aus der Finsternis vor ihnen. Sie sandte ihre Fledermaus voraus, die neben den Konturen der Höhle auch eine massige Gestalt mit gebeugtem Rücken und drohend gefletschten Reißzähnen enthüllte. Doch von irgendwoher drang auch ein schwacher Lichtschein in die Höhle, wie von einer fernen Fackel. Fernand und Joanne duckten sich nun ebenfalls und entblößten die Zähne. Sie winkten den anderen, zurückzubleiben. Alisa zögerte, doch Hindrik packte sie am Arm.

»Lass die Pyras vor. Sie kennen sich hier aus. Wenn es kritisch wird, können wir immer noch eingreifen.«

Die Pyras glitten wie zwei Raubkatzen vor dem Sprung in die Höhle. Da, ein Schatten schnellte auf sie zu. Eine klauenartige Hand fuhr durch die Luft, ohne die beiden zu erwischen. Auch Joanne zeigte die Krallen und stieß ein paar seltsame Laute aus. Die Antwort wurde mit tieferer Stimme gegeben, klang in der Tonfolge aber ähnlich. Die Pyras richteten sich auf, als die fremde Gestalt plötzlich auf Joanne zusprang und sie umklammerte, als wollte sie ihr Rückgrat brechen. Joanne stieß ein quietschendes Geräusch aus. Fernand stand nur da und rührte keinen Finger, um seiner Cousine zu helfen.

»Wir können dem doch nicht tatenlos zusehen!« Alisa riss sich von Hindrik los und stürzte vor.

»Nein!«, schrie Hindrik. »Nicht!« Er hechtete ihr hinterher, erwischte sie an der Hüfte und stürzte zusammen mit ihr zu Boden. Alisa machte sich von ihm los. Sie war so wütend auf ihn, dass sie kaum Worte fand.

»Wie kannst du es wagen?«, keuchte sie. »Auch die Pyras gehören zu den Erben, die du versprochen hast zu beschützen. Wie kannst du dich von deiner Abneigung gegen die Franzosen leiten und sie sehenden Auges ins Verderben laufen lassen?«

Hindrik gluckste. Er saß auf dem Boden, schlang die Arme um den Leib und schüttelte sich vor Lachen. Alisa starrte ihn verdutzt an. Hatte er nun völlig den Verstand verloren? Sie brauchte einige Augenblicke, bis sie merkte, dass der Schatten von Joanne abgelassen hatte. Er stand neben den beiden Pyras und starrte Alisa und Hindrik nicht minder verblüfft an.

»Joanne, ist alles in Ordnung mit dir?« Vorsichtig trat Alisa näher, ohne den Fremden aus den Augen zu lassen, der nun eher verwirrt als angriffslustig wirkte.

»Ja, warum?«

»Er hat sie doch nur umarmt«, prustete Hindrik, der noch immer nicht aufhören konnte zu lachen.

»Was?«

»Zur Begrüßung!«

Alisa starrte den massigen Kerl mit dem krummen Rücken an, der nun seine Reißzähne zu einem eher grimmigen als freundlichen Lächeln entblößte, und wusste nicht, ob sie nun stöhnen oder ebenfalls lachen sollte.

»Ihr kennt ihn? Er ist ein Pyras?«

Fernand grinste. »Du dachtest, er greift uns an, und wolltest uns vor ihm beschützen? Sehr nett von dir, aber nicht nötig. Das ist unser Oheim Sébastien.«

Die Grimasse sollte wohl wirklich ein Lächeln sein. Der Pyras nickte und brummte. »So eine Überraschung. Lucien hat gesagt, ihr kommt erst im Sommer wieder und seid so lange bei den Deutschen drüben in Hamburg, um irgendwelche nützlichen Sachen zu lernen.«

»Tja, manches Mal läuft es nicht so, wie man denkt«, meinte Joanne und lächelte verschmitzt. »Das sind übrigens Alisa und Hindrik von den Vamalia.«

Neugierig traten nun auch die anderen Erben und ihre Begleiter in die Höhle. Sébastien musterte sie verdutzt.

»Die habt ihr alle mitgebracht?« Fernand nickte. »Wer sind die und was wollen sie hier?«

»Das, lieber Oheim, sind die Erben der Vamalia, der Dracas, der Nosferas, der Lycana und der Vyrad mit ihren Servienten, und sie sind gekommen, um das Akademiejahr bei uns zu verbringen und von unseren Fähigkeiten zu lernen!«

Diese lange Rede seiner Nichte musste Sébastien erst einmal verdauen. Er sah von einem zum anderen.

»Seltsam«, sagte er schließlich, »Lucien und Thibaut haben uns gar nichts davon gesagt.«

Fernands Grinsen wurde noch breiter. »Das liegt vermutlich daran, dass sie selbst noch nichts von ihrem Glück wissen.«

»Ihr wollt sie damit überraschen?« Der Oheim wiegte den Kopf. »Ich weiß nicht, ob das ein guter Einfall ist. Unsere Seigneurs lieben Überraschungen nicht besonders.«

Joanne machte eine wegwerfende Handbewegung. »Ach, was soll's. Darauf können wir jetzt keine Rücksicht nehmen. Dann müssen sie sich eben später an den Gedanken gewöhnen. Jetzt wird es erst einmal Zeit, dass wir einen Platz zum Schlafen für alle finden.« Sie gähnte herzhaft. »Wenn ich mich nicht täusche, dann geht die Sonne in ein paar Minuten auf.«

Sébastien grinste, was ihn noch wilder aussehen ließ. Er hieb Joanne auf den Rücken, dass sie einen Satz nach vorn machte und fast der Länge nach im Schmutz gelandet wäre, hätte Alisa sie nicht aufgefangen.

»Ich habe dein freches Mundwerk vermisst, kleine Nichte. Wie schön, dass ihr wieder da seid. Und nun folgt mir. Wollen mal sehen, wo wir euch unterbringen.«

Flinker, als Alisa es diesem massigen Vampir zugetraut hätte, durchquerte er die Höhle und verschwand in einem Gang auf der anderen Seite. Eine Schar Ratten wuselte um seine Füße.

NEUE SÄRGE

Ivy erwachte in einem fremden Sarg. Wie üblich war sie vom ersten Augenblick an hellwach. Sie befanden sich in Paris bei den Pyras, und dies war eigentlich die Ruhestatt einer ihrer Servienten, den Seigneur Lucien am Morgen kurzerhand vertrieben und dazu verdammt hatte, irgendwo auf dem Boden zwischen Schutt und Kalksteinblöcken den Tag in seiner Todesstarre zu überdauern. Er und mehr als ein Dutzend andere, darunter auch einige jüngere Pyras reinen Blutes, wurden ihrer Schlafplätze beraubt, um in der Kürze der Zeit, die bis Sonnenaufgang verblieb, Särge für die Erben zu haben. Ihre Begleiter suchten sich wie die vertriebenen Pyras eine Ecke, wo sie sich niederlegen konnten. Ivy beobachtete interessiert, dass der Seigneur bei seiner Auswahl nur nach Alter und Erfahrung seiner Clanmitglieder entschied, soweit sie das bei den Servienten feststellen konnte. Die Pyras schienen der einzige Clan zu sein, bei denen gar kein Unterschied zwischen Reinen und Schatten gemacht wurde. Auch Joanne und Fernand mussten als die Jüngsten ohne Sarg auskommen. Wenigstens brauchten sie hier unten weder die Sonne noch eine unerwartete Störung durch Menschen zu befürchten, versicherte ihnen der Ältere der beiden Brüder, die den Clan der Pyras anführten. Den Zweiten, Seigneur Thibaut, bekamen sie nicht zu Gesicht.

Obwohl Sébastien behauptet hatte, die Brüder würden Überraschungen nicht mögen, hatte Lucien eher verwirrt und abwesend gewirkt, denn verstimmt. Ivy dachte über seine seltsame Reaktion nach, während sie den Deckel aufklappte und sich aus dem Sarg schwang. Sie war wie üblich ein wenig früher als die anderen dran und genoss den Augenblick der Stille um sich, die nur durch das Rascheln der vielen Ratten gestört wurde, die hier unterwegs waren. Seymour schlug unwillig mit dem Schwanz auf den Boden. Ivy hatte ihm verboten, sich über Tag, während die Vampire schliefen, an den Ratten zu vergreifen. Nicht dass er besonders viel von Ratten hielt. Da gab es Beute, die er lieber mochte. Doch zum Zeitvertreib oder wenn nichts anderes zu finden war, nahm er sich durchaus auch der Nager an.

»Was meinst du?«, fragte Ivy, den Blick auf Seigneur Luciens Sarg gerichtet.

Er ist nicht erfreut, euch alle hierzuhaben, teilte der Wolf Ivy mit.

»Weil wir so überraschend aufgetaucht sind?«

Nein, von seiner Überraschung hat er sich längst erholt, und eigentlich waren die Pyras begierig darauf, die Erben in Paris zu haben. Nun aber ist es ihm gar nicht recht.

»Das ist mir auch aufgefallen. Ich habe mich gefragt, was mit ihm los ist, wollte aber nicht in seine Gedanken eindringen. Es macht keinen guten Eindruck, wenn man sich als Gast so bei einem fremden Clan einführt.«

Seymour ließ ein kurzes Bellen hören. *Dann bist du rücksichtsvoller als der Dracas. Er hatte durchaus keine Hemmungen, den Pyras auszuforschen und seine Erkenntnisse mit Alisa zu teilen. Ein Wunder, dass er nicht erwischt wurde. Die Pyras quälen augenblicklich eben andere Sorgen.*

Ivy versuchte, den Stich, den sie fühlte, zu ignorieren. Warum hätte er zuerst mit ihr darüber sprechen sollen?

Zum Glück begannen sich nun die Servienten und jungen Pyras zu erheben und die ersten Särge klappten auf. Die Pyras und ihre Gäste musterten einander. Sie standen in kleinen Gruppen beisammen, als wäre es zu leichtsinnig, sich alleine unter die Fremden zu mischen. Hindrik baute sich hinter Alisa und Tammo auf, so als wolle er den wilden Gastgebern signalisieren, dass sie mit ihm zu rechnen hätten, wollten sie sich etwa an seinen Schützlingen vergreifen. Marieke wich nicht von Sörens Seite. Ivy sah, wie einige ältere Pyras die Reißzähne entblößten und in ihre Richtung starrten. Ein tiefes Knurren entwich einer Kehle.

Täusche ich mich oder haben sie vor allem gegenüber den Vamalia Vorbehalte? Ich frage mich, warum. Weil sie es nicht geschafft haben, den Erben ausreichend Schutz zu gewähren, obwohl sie sogar zu unlauteren

Mitteln gegriffen haben, um die Akademie nach Hamburg statt nach Paris zu bringen?

»Woher weißt du das? In wessen Gedanken hast du gelesen?«

Dame Elina, der die Ehre zuteil wurde, das Los zu ziehen, bemerkte, dass es ein wenig schmuddeliger war als die anderen. Sie legte es rasch wieder zurück, um ein anderes – ihr eigenes, das sie wohl erkannte – zu ziehen.

»Ich glaube nicht, dass die Pyras das wissen. Diese Feindseligkeit richtet sich gegen die Vamalia als deutschen Clan.« Ivy seufzte. »Es ist ein wenig wie bei uns und den Engländern. Es wurde so viel Blut vergossen und Hass geschürt, dass selbst wir Vampire uns nicht von der Atmosphäre gegenseitiger Feindschaft lösen können, die unsere Länder fest im Griff zu haben scheint.«

Alisa und Luciano traten zu ihnen und Ivy verstummte.

»Es ist seltsam hier«, sagte Luciano. »Seltsam, aber spannend.«

»Ja, ich kann es kaum erwarten zu erfahren, wie es jetzt weitergeht«, ergänzte Alisa.

»Hat einer von euch heute Abend den Herrn Clanführer schon gesehen?«, mischte sich Franz Leopold ein. »Er sollte sich besser zeigen und seine Wilden zur Ordnung rufen, ehe es hier zu Blutvergießen kommt.«

»Du übertreibst wie immer«, wehrte Alisa ab, doch Ivys Blick huschte mit Besorgnis über die verschiedenen Gruppen, zwischen denen zum Teil harsche Worte fielen. Die Servienten der Dracas schienen kurz davor, von einigen Pyras angegriffen zu werden. So wie Ivy die Situation einschätzte, hatten Karl Philipp und Anna Christina die Gastgeber beleidigt, und nun versuchten ihre Servienten, sie vor deren Zorn zu schützen.

»Es mangelte ihnen schon immer ein wenig an Taktgefühl«, kommentierte Franz Leopold, der Ivys Blick gefolgt war und die Lage ähnlich einschätzte. »Sie wissen einfach nicht, wann es gesünder ist, den Mund zu halten.«

Ivy konnte sich eines Lächelns nicht erwehren. »Aber du weißt es zum Glück!«

»Aber ja«, bestätigte Franz Leopold. »Ich wüsste auch viel über die Lebensweise dieser traurigen Karikatur eines Vampirclans zu sagen, aber siehst du mich dort drüben von bulligen Monstern umringt, die mit den Zähnen knirschen und ihre Muskeln spielen lassen?«

Zum Glück trat in diesem Augenblick Clanführer Lucien mit einigen seiner Getreuen hinzu. Ein scharfer Blick genügte und die Lage entspannte sich ein wenig.

»Ich begrüße euch, Erben der Clans. Wir wussten nicht, dass ihr kommt. Gebt uns eine Nacht Zeit. Wir müssen Särge herbeischaffen und den Unterricht planen. Es gibt bei uns viel, das euch nützen wird. Bleibt heute in der Nähe. Ihr werdet noch Gelegenheit bekommen, die Unterwelt von Paris kennenzulernen.« Er wollte sich schon abwenden, doch Lucianos Ruf erreichte sein Ohr.

»Was ist mit Blut? Der Blutdurst bringt uns um!«

Der Clanführer grinste. »Blutdurst? Das will ich meinen. Ich habe einige der Jüngeren zum großen Schlachthof geschickt. Ihr müsst euch noch ein wenig gedulden.«

»Geduld, Geduld, ich kann das Wort nicht mehr hören«, maulte Luciano, aber der Clanführer hatte sich bereits entfernt. Offensichtlich war er der Meinung, es sei genug gesagt.

Dass Seigneur Lucien kein Vampir vieler Worte war, hatten sich die Freunde bereits gedacht. Überhaupt schienen die Mitglieder des französischen Clans allesamt wenig redselig zu sein. Konflikte wurden mit Kraft, nicht mit Worten ausgetragen. Ivy bemerkte bei vielen der Pyras reinen Blutes kaum verheilte Verletzungen. Auch hatten einige wie Joanne den ein oder anderen Zahn eingebüßt. Anders die Servienten, obwohl auch sie durchweg verwegen aussahen. Ivy gab sich nicht der Illusion hin, die fehlenden Verletzungen seien auf ihre friedlichere Natur zurückzuführen. Sie heilten einfach nur schneller wie bei allen unreinen Vampiren. Die Nacht hatte ihre Wunden verschlossen und ausgeschlagene Zähne nachwachsen lassen. Ivy schüttelte fast unmerklich den Kopf, als ihr Blick über einige der Servienten glitt. Das war sicher nicht der Typ des durchschnittlichen Parisers. Franz Leopold bewegten ähnliche Gedanken.

»Ich frage mich, ob sie bewusst die schlimmsten Gestalten von Paris zu ihren Servienten machen. Vielleicht holen sie sie aus den Gefängnissen?«

»Gut möglich«, stimmte ihm Alisa zu. »So wie die aussehen, haben die Pyras ganze Räuberbanden zu den Ihren gemacht.«

Als Fernand kurz darauf zu ihnen trat, befragte sie ihn danach. Sie glaubte eigentlich, einen Scherz zu machen, doch der Pyras nickte. »Ja, viele haben schon als Menschen im Dunkel des Untergrunds gehaust. Die Ersten, die zu unseren Servienten wurden, waren Steinbrecher unter dem Montmartre oder hier im Süden. Als sie den Abbau aufgaben, zog sich allerlei Gesindel dorthin zurück. Der schlimmste aller Orte war die große Sickergrube von Montfaucon, wo früher der Galgen stand. Die Voirie war die Sammelkloake von ganz Paris. Die Männer mit ihren Karren, die nachts die Latrinengruben leerten, brachten ihre Fracht dorthin. Aber auch die Schlachthofabfälle und die Reste der Fischmärkte wurden in der Voirie abgeladen. Daneben fanden sich die Abdeckereien, wo die alten Gäule getötet wurden. Claude, den ihr dort drüben seht, war in seinem Leben einer der Abdecker, und Jolanda, die an der Säule neben ihm lehnt, gehörte einer Gruppe von Halsabschneidern an, die dort ihren Unterschlupf hatten.«

Franz Leopold zog eine Grimasse. »Hier werden bei den Servienten eben andere Eigenschaften geschätzt als bei uns in Wien. Ich vermute, weder Claude noch Jolanda haben gelernt, ein Frackhemd ordentlich zusammenzulegen oder Lackschuhen ihren Glanz zu erhalten.«

Luciano prustete hinter vorgehaltener Hand. »Nein, das glaube ich auch nicht.«

Fernand nahm den Spott stoisch hin. »Nein, was sollten sie damit auch anfangen?«

Sébastien unterbrach sie, als er die Stimme erhob und einige der Pyras aufforderte, ihm zu folgen. »Wir müssen Särge für die Erben und ihre Unreinen besorgen.«

»Wo willst du sie herbekommen?«, fragte Fernand.

»In Montparnasse gibt es bestimmt genug.«

Fernand nickte. »Ja, fangen wir dort an. Dann müssen wir sie nicht so weit tragen. Kommst du auch mit, Joanne?«

Tammo schloss sich ebenfalls an und auch Alisa, Luciano und Ivy versprachen zu helfen.

»Mir bleibt aber auch nichts erspart«, seufzte Franz Leopold und reckte sich, dass seine Knochen knackten. Matthias, sein Schatten, verbeugte sich knapp. »Ihr braucht nicht mit zum Friedhof zu gehen. Ich werde Euch einen angemessenen Sarg besorgen.«

»Das will ich hoffen! Aus edlem Holz mit Samtkissen und einem vergoldeten Wappen auf dem Deckel, wenn ich bitten darf.«

»Wie Ihr wünscht. Ich werde darauf achten.«

Franz Leopold zog eine Grimasse. »Nein, ich achte lieber selbst darauf. Außerdem kann ich ja nicht riskieren, womöglich den ganzen Spaß zu verpassen. Wer weiß, was wir auf dem Weg alles erleben. Du kannst den Sarg natürlich gerne für mich tragen.« Der Servient nickte stumm, während Alisa ironisch anfügte: »Nein, wie großzügig von unserem Dracas!«

Am Ende gingen sie alle, bis auf die drei Dracas, die unter dem Schutz von Anna Christinas Servientin Rajka in der Halle zurückblieben. Marie Luise mit ängstlichem Blick, eng an ihre Cousine gedrückt, Anna Christina mit einer Miene voller Abscheu, ihr Vetter Karl Philipp eher gelangweilt.

Die Erben folgten den Pyras aus der Halle in ein Gewirr von Gängen. Auf Wunsch einiger Erben trugen sie einige Fackeln bei sich. Die Gänge waren in erstaunlich gutem Zustand. Die Quader sauber behauen, die Decken überwölbt. An jeder Kreuzung waren Buchstaben und Zahlen in den Stein gemeißelt. Ivy blieb stehen und fuhr mit dem Zeigefinger über die Inschriften.

»Rue des Bourguignons sous le mur du Val de Grâce – unter der Mauer des Val de Grâce«, las sie vor. »Sie haben auch hier unten Straßennamen eingraviert? Erstaunlich!« Ein paar Ecken weiter fand sie den Hinweis: *5LG* und darunter *1780*.

»Was bedeutet das?«, fragte Alisa Joanne, die vor ihr ging.

»Diese Zeichen stammen von den Renovierungsarbeiten des ersten Generalinspekteurs der Steinbrüche, Guillaumot. Nachdem im Norden und Süden immer wieder Häuser einstürzten, gar ganze Straßenzüge absackten, begannen sich die Pariser für die mittelalterlichen Steinbrüche unter ihren Füßen zu interessieren. Mit Entsetzen stellten sie fest, dass ihre Stadt auf einem riesigen Labyrinth errichtet war. Sie beschlossen eine Inspektion der Steinbrüche und begannen nach dem ersten großen Schock damit, Karten zu erstellen und große Abschnitte zu befestigen. Viele unsichere Gänge und Höhlen haben sie zugeschüttet oder vermauert, andererseits haben sie auch selbst wieder Gänge gegraben, um Hohlräume aufzuspüren. Ob der Untergrund dadurch wirklich übersichtlicher und sicherer wurde, bezweifle ich.« Sie lächelte verschmitzt. »Jedenfalls ist das hier ein Abschnitt, den Guillaumot 1780 absichern ließ.«

»Und die Straßennamen? Hat er die auch anbringen lassen?«, fragte Ivy.

»Viele davon, ja, um sich zu orientieren. Allerdings heißen nicht mehr alle Straßen oben so wie damals. Die Rue d'Enfer – die Höllenstraße – ist oberirdisch geheiligt worden und heißt heute Saint Michel. Den Teufel gibt es nur noch hier unten.«

Ivy hätte gern noch mehr erfahren, doch nun erreichten sie die Kammern unter dem Friedhof. Wie vielerorts wurden in Montparnasse die Toten nicht nur in ihren Särgen in die Erde gebettet oder in den schmalen Häuschen der Familiengrüfte gestapelt. Es gab unter dem Friedhof auch ausgedehnte Krypten und Gänge mit Nischen, unterirdische Beinhäuser, die die Knochen alter, leer geräumter Gräber aufnahmen, und großzügige Begräbnisstätten einst einflussreicher, heute jedoch längst vergessener Persönlichkeiten der Pariser Gesellschaft.

Die Vampire teilten sich in mehrere Gruppen auf. Ein paar stahlen aus den Werkstätten um den Friedhof neue Särge und schafften sie in die Gänge hinunter. Andere räumten Särge in den Familiengrüften leer. Eine dritte Gruppe sah sich in den Krypten nach brauchbaren Särgen um.

»Der dort drüben würde mir durchaus zusagen«, meinte Franz Leopold und zeigte auf einen alten Sarkophag aus angelaufener Bronze, den ein prächtiges Wappen zierte.

»Ein junger Vicomte«, sagte Ivy, die sich eine der Fackeln geborgt hatte, um die Inschrift zu entziffern.

»Dann dürfte der Sarg für mich die geeignete Ruhestätte sein«, meinte Franz Leopold und winkte Matthias heran. Der trat an den mächtigen Sarkophag und hob ihn prüfend an der einen Seite an. Er musste unglaublich schwer sein.

Alisa verdrehte die Augen. »Das kann nicht dein Ernst sein! Du willst Matthias dieses Monstrum durch die Gänge schleppen lassen?«

»Warum nicht?«, gab er zurück, aber Ivy hatte den Eindruck, er wollte damit nur Alisa provozieren. Zum Glück mischte sich Sébastien ein.

»Den nicht«, sagte er kurzangebunden. »Das gibt ein zu großes Geschrei, wenn der fehlt. Außerdem könnte er an einigen Biegungen hängen bleiben.« Matthias' Miene blieb wie immer unbeweglich, aber Ivy ahnte, wie erleichtert er war.

»Dort ist noch einer«, sagte der grobschlächtige Pyras und wies mit dem Finger auf eine einfache, von Alter und Leichensäften verdunkelte Holzkiste. Ivy sah, wie es kurz um die Mundwinkel des Servienten aus Wien zuckte, dann war er wieder ernst, hob den Sarg auf und klemmte ihn unter den Arm. Alisa und Luciano tauschten Blicke. Sie hatten Mühe, ihr Lachen zu unterdrücken.

»Das olle Ding kannst du Karl Philipp mitbringen«, schmollte Franz Leopold. »Mir suchst du etwas Besseres.« Nur Ivy merkte, dass es ihm eigentlich ganz egal war. Warum nur führte er dieses Theater auf? Wegen Alisa?

Endlich hatten sie genug Särge beisammen und machten sich auf den Rückweg. Als sie in die Höhlen unter dem Val de Grâce zurückkehrten, warteten die Servienten, die nach Vilette geschickt worden waren, bereits auf sie. Ihr Beutezug zu den Schlachthöfen war erfolgreich gewesen, und Tammo stieß einen Freudenschrei aus, als ihm der Duft von warmem Rinderblut in die Nase stieg. Auch die anderen drängten sich um die Pyras, um ihren Anteil zu bekommen. Satt und zufrieden ließ sich Luciano auf seinen neuen Sarg sinken.

»Ich glaube, so schlimm wird es hier in Paris gar nicht.«

»Ah, die Grundbedürfnisse des Nosferas sind gestillt«, sagte Franz Leopold. »Die anderen müssen noch ein wenig darauf warten wie die wissbegierige Alisa. Sie fiebert ja geradezu dem nächsten Abend entgegen, wenn unser Unterricht beginnt. Ich kann mich nicht entscheiden, wer von euch beiden schlimmer ist!«, fügte er hinzu und ließ sich mit einem dramatischen Seufzer neben Ivy auf ihrem Sargdeckel nieder.

✳✳✳

Latona flanierte am Arm ihres Onkels über den Champ de Mars.

»Ein geschichtsträchtiger Ort«, sagte sie. Ihr Onkel brummte etwas Unverständliches, doch Latona ließ sich nicht entmutigen und berichtete ihm, was sie in ihrem Büchlein, das sie unter dem Arm trug, gelesen hatte.

Die weite Fläche war vor mehr als einhundert Jahren zum Exerzierplatz eingeebnet und von einem Graben und einer Allee aus Ulmen umgrenzt worden. Hier hatte Ludwig XVI. 1790 beim Jahresfest anlässlich der Erstürmung der Bastille seinen Eid auf die Verfassung geleistet. Und hier fand nur ein Jahr später ein Massaker statt, bei dem Hunderte Pariser zu Tode kamen. Ihre Leichen wurden noch in derselben Nacht der Seine übergeben. Bürgermeister Bailly und General Lafayette gab man die Schuld und sie fielen beim Volk in Ungnade. Die Revolution nahm ihren Lauf und wurde immer radikaler. Die Guillotine begann ihre blutige Arbeit.

Das Marsfeld hatte danach noch viele Truppen gesehen. Die der beiden Kaiser, die der Restauration und die Truppen des Bürgerkönigs. Während Napoleon seine Männer gegen die Länder Europas geführt hatte, war die Armee der Könige nach ihm immer wieder gegen ihr eigenes Volk vorgegangen, bis nun endlich die dritte Republik eine Zeit des Friedens und des Fortschritts einzuläuten schien.

Dementsprechend kam dem Marsfeld heute eine ganz andere Aufgabe zu. Eine neue Weltausstellung wurde geplant. Noch größer. Noch spektakulärer. Das Palais du Trocadéro, Schauplatz der Weltausstellung vergangenen Jahres, das oben auf der Anhöhe von Chaillot thronte, würde nicht ausreichen, die Aussteller aus aller Welt zu beherbergen. Wieder sollten auf dem Marsfeld unzählige Pavillons errichtet werden. Der begnadete Ingenieur Gustave Eiffel hatte versprochen, sich etwas noch nie Dagewesenes auszudenken.

»Das Palais du Trocadéro wird als sehenswert beschrieben. Das sollten wir uns nicht entgehen lassen«, schlug Latona vor. »Die Ausstellungsräume in den ehemaligen Steinbrüchen unter dem Hügel kann man noch immer besichtigen.« Ihr Oheim brummte wieder nur. Entschlossen blieb sie stehen.

»Hörst du mir überhaupt zu? Ich habe mit dir gesprochen!«

Carmelo gab sich einen Ruck. »Aber ja, meine Liebe, natürlich höre ich dir zu. Ich habe mich nur gefragt, ob wir wohl für heute Abend noch Karten für die Oper bekommen.«

»Du willst heute Abend in die Oper?«, rief Latona entgeistert.

»Ja, warum nicht? Ich dachte, du freust dich darüber. Garniers Oper soll ein Meisterstück der Baukunst geworden sein. Das muss man gesehen haben.«

»Natürlich will ich in die Oper, aber ich habe nichts anzuziehen!«

Carmelo machte eine ungeduldige Handbewegung. »Du wirst in deinen Koffern schon etwas finden. Ich habe dir auf unserer Reise durch Persien und das Türkische Reich genügend Kleider gekauft.«

»Aber doch keine, die man in der Oper von Paris tragen könnte!«, rief Latona, entsetzt über so viel Unverstand.

Ihr Onkel verdrehte die Augen. »Weiber! Nun gut, dann geh dir ein Kleid kaufen. Das dürfte in Paris ja nicht so schwierig sein.«

Er hatte wirklich keine Ahnung, aber Latona schwieg und sah zu, wie er seine Brieftasche zückte und ein paar Scheine herausnahm.

»Da musst du schon noch ein paar Louisdor dazulegen, wenn ich nicht in irgendwelchen Lumpen erscheinen soll«, widersprach sie, als er ihr das Geld in die Hand drücken wollte. Carmelo schimpfte über die Verschwendungssucht der Weiber, legte aber noch ein Bündel Scheine drauf, die Latona rasch in ihrem Ridikül verschwinden ließ. Damit ließ sich etwas anfangen, wenn sie das Glück hatte, ein Kleid zu finden, das ihr passte und das sie sofort mitnehmen konnte. Für langes Maßnehmen und die anschließende Anfertigung, wie es in den besseren Geschäften immer noch üblich war, blieb keine Zeit. Wenn sie überhaupt so schnell an Karten für die Oper herankamen, was sie ernsthaft bezweifelte.

***

Den Rest der Nacht überließen die Pyras die Erben sich selbst, obwohl Alisa gehofft hatte, sie würden wenigstens ein paar Stunden Unterricht erhalten. Stattdessen trafen sie sich zu kleinen Gruppen, tauschten wild gestikulierend einige Sätze aus und hasteten dann wieder davon, um in irgendwelchen verschlungenen Gängen zu entschwinden. Vincent beschwerte sich, dass er endlich seine Bücher wieder bei sich haben wollte. Sie konnten ja nicht ewig in dem Eisenbahnwaggon bleiben. Aber niemand kümmerte sich um seine Wünsche. Alisa war froh, wenigstens ihre wichtigsten Dinge bei sich zu haben. Ihre Bücher waren zum Glück in Hamburg geblieben.

Eine Weile betrachtete Alisa ihre Gastgeber und schüttelte dann den Kopf. Ob das bei den Pyras immer so zuging? Sie versuchte zu hören, was gesprochen wurde, doch mehr als ein raues Flüstern drang nicht an ihr Ohr. Alisa gab es auf.

»Die Zeit läuft uns davon!«, murrte sie.

»Oh ja, diese eine Nacht ist kostbar. Wir sind ja nur noch zehn Monate hier«, spottete Franz Leopold.

»Ich würde zumindest gern lernen, wie sie das mit den Ratten machen. Es ist hier unten verdammt schwierig, an Fledermäuse heranzukommen. Und so ganz ohne Lichtquelle sind wir hier fast wie eingesperrt.« Wenigstens hatten die Pyras in der großen Halle Lampen entzündet, sodass die Erben sich nicht von einem Pfeiler zum anderen tasten mussten. Die Gänge außerhalb waren jedoch alle finster wie die Höhlen von Aillwee.

Franz Leopold nickte bedächtig. »Ja, dieser Gedankengang entbehrt nicht einer gewissen Logik.«

»Ist euch schon aufgefallen, dass die verschiedenen Pyras eine sehr unterschiedliche Anzahl an Ratten mit sich führen?«, fragte Ivy.

»Ist das wichtig?«, gähnte Luciano.

»Ich weiß nicht, vielleicht. Mir kommt es so vor, als hätten die Jüngeren nur wenige von ihnen, egal ob Reine oder Servienten, während einige der Älteren stets von mehreren Dutzend umgeben sind. Wir können Fernand fragen.« Und das tat Ivy auch, sobald sie ihn erspähte.

»Es ist ein Zeichen von Stärke und Macht«, gab er bereitwillig

Auskunft. »Man muss sie schließlich die ganze Zeit unter Kontrolle halten. Wer es schafft, sie zu bändigen und auf sich einzuschwören, darf die Ratten, die er eingefangen hat, behalten. Es wird aber nicht gern gesehen, wenn man sie einem schwächeren Familienmitglied abspenstig macht – es sei denn, der Vampir hat sie entlassen. Manchmal muss man das, wenn die Führung der Tiere zu sehr an den Kräften zehrt. Oder man kann einen offiziellen Kampf um die Ratten austragen, der dann von drei Altehrwürdigen oder anderen angesehenen Familienmitgliedern überwacht wird.«

»Und was bringen mir die vielen Ratten, wenn ich sie nicht aussaugen darf?«, fragte Luciano.

»Zum einen eben Ansehen. Zum anderen sind es die Dienste, die uns die Ratten leisten. Wenn wir unterwegs sind, schicken wir sie in alle abzweigenden Gänge, um zu erfahren, ob dort jemand unterwegs ist, eine Patrouille der Gendarmen oder Schmuggler, Arbeiter, die die Abwasserkanäle säubern, Abenteurer oder Räuberbanden. Es zieht viele Menschen in die Finsternis hinab.«

»Dann geht ihr hier unten auf die Jagd?«, fragte Alisa interessiert.

»Das ist ganz verschieden. Manche bevorzugen es, im Untergrund zu bleiben, andere schlendern gern durch das mondäne, nächtliche Paris, wieder andere ziehen die Armenviertel mit ihren dicht gedrängten Menschenmassen vor. Doch nun entschuldigt uns.« Tammo und Joanne waren zu ihnen getreten.

»Kommst du?«, drängte Tammo, der vor Tatendrang geradezu vibrierte.

»Was habt ihr vor?«, wollte Luciano sogleich wissen.

»Uns ein wenig umsehen.« Tammo grinste. »Wir sitzen doch nicht die ganze Nacht hier in der Halle herum und langweilen uns, wo es unter Paris so viel Spannendes zu entdecken gibt.«

»Und was hast du davon, wenn es absolut finster um dich ist?«, fragte Alisa.

»Joanne und Fernand haben ihre Ratten.« Nun sahen die Freunde, dass Joanne drei der Nager um die Füße strichen. Fernands Begleiter saß wie üblich auf seiner Schulter. »Und ich habe zur Not das da.« Tammo hob eine Blendlaterne hoch.

»Wo hast du die her?«, rief Luciano begehrlich. »Das wäre natürlich nicht schlecht.«

»Von Joanne«, triumphierte Tammo und legte schützend die Arme um seinen Schatz. Leider hatten die Pyras nicht noch eine Lampe, die sie den Freunden hätten borgen können.

Alisa erhob sich und klopfte den Staub aus ihrem Kittel. »Dürfen wir uns euch anschließen? So ein kleiner Erkundungsgang wäre jetzt genau das, was ich brauche.«

»Nein, dürft ihr nicht!«, rief Tammo empört. »Wie war das in Hamburg? Da hast du keinen Wert auf unsere Gesellschaft gelegt. Warum jetzt dieser plötzliche Sinneswandel?«

»Es war bestimmt nicht, weil ich nichts mit Joanne oder Fernand zu tun haben wollte! Dass sie Pyras aus Frankreich sind, stört mich nicht im Mindesten.«

»Ach, dann ging es um mich?«

»Ja, kleiner Bruder, du hast es erraten. Deine Gegenwart ist manches Mal nur anstrengend, meist aber schlichtweg unerträglich.«

»Warum willst du dann mit uns kommen?«, maulte Tammo.

»Von Zeit zu Zeit muss man der Sache wegen eben Opfer bringen.«

Tammo holte tief Luft, aber Fernand stieß ihm spielerisch den Ellbogen in die Rippen. »Halte ein, Kleiner. Den Zwist mit deiner Schwester kannst du später austragen. Und nun folgt mir, wenn ihr diese Nacht noch etwas von unserem Paris sehen wollt!«

Forschen Schrittes ging Fernand voran. Die anderen folgten dem Pyras erwartungsvoll. Seine Ratte stieß einen Pfiff aus.

DIE KATAKOMBEN VON PARIS

Alisa hatte das Gefühl, die beiden Pyras würden sie im Kreis herumführen. »Das nicht gerade«, gab Fernand mit einem Grinsen zu, »aber ganz so falsch ist dein Gefühl nicht. Wir mussten erst ein gutes Stück nach Osten gehen, ehe wir zu einem Durchbruch gelangten, der uns zu den Stadtteilen führt, die südlich des Boulevard de Port Royal liegen. Im Zuge der Arbeiten des Generalinspekteurs haben sie eine lange Stützmauer unterhalb des Boulevards gebaut. Ich glaube, da ist mal ein ganzer Straßenzug abgesackt. Und nun gibt es einen langen gemauerten Gang in Ost-West-Richtung, aber eben keine Durchgänge mehr nach Norden, die zu unseren Kavernen unter dem Val de Grâce führen.«

»Warum habt ihr euch nicht wieder welche freigegraben?«, wunderte sich Luciano.

Fernand hob die Schultern. »Ich glaube, den Seigneurs ist es gar nicht so unrecht, dass unser Lager nicht nach allen Seiten hin offen ist. Sie müssen schließlich jeden möglichen Zugang schützen. Auch im Westen schließt ein Bereich an, der noch aus massivem Gestein besteht und nur von wenigen langen Gängen durchzogen wird, bis sie unter dem Observatorium und dem Jardin du Luxembourg wieder auf die nächsten Steinbrüche stoßen. Jedenfalls haben wir dort hinten den Durchbruch unter dem Boulevard passiert und gehen jetzt nach Südwesten, wo unser heutiges Ziel zu finden ist. Auf dem Rückweg können wir dann den geraden, gemauerten Gang nehmen, der eine Ewigkeit unter der Rue du Faubourg Saint Jacques auf die Seine zuführt, und dann zur Abtei hinüberqueren.«

Ivy hatte wieder eine Fledermaus gefunden, doch Tammo und Luciano benutzten lieber die Blendlaterne, um sich zu orientieren und die Details der labyrinthischen Gänge zu erfassen. Fernand ging voraus. Joanne blieb ein wenig hinter ihnen, vielleicht damit keiner der Gruppe zurückblieb. Immer wieder hielt Fernand an und sagte ihnen, unter welchen Gebäuden oder Straßenzügen sie sich gerade befanden.

»Seht ihr das Schild? Sous l'Hôpital des Vénériens. Wir sind also unter dem Cochin, wie es heute heißt, dem Krankenhaus, in dem sie vor allem Männer behandeln, die an der Syphilis leiden oder der spanischen Krankheit, wie wir sie hier auch nennen, nachdem die Spanier sie aus der Neuen Welt mitbrachten und in Paris einschleppten. Die leidenden Frauen, die kein Geld haben, müssen nach Saint Lazare.«

»Es wundert nicht, dass sie bei uns die französische Krankheit heißt«, meinte Alisa. »Und noch weiter im Osten die deutsche Krankheit. Die Krankheit wanderte wie die russischen Ratten – nur in die entgegengesetzte Richtung.«

Sie durchquerten einige mit Stützpfeilern unterbrochene Höhlungen und folgten dann wieder einem geraden Gang. Einige Biegungen weiter kamen sie in ein mit mächtigen Blöcken ummauertes Areal.

»Was ist das?«, wollte Alisa wissen.

»Wir sind unter dem Observatorium, das der Sonnenkönig für wissenschaftliche Experimente erbauen ließ. Damals stand es auf der grünen Wiese vor der Stadt.« Joanne öffnete eine verschlossene Eisentür. »Und jetzt auf zu den Skeletten.«

Tammos Augen glänzten. »Ich hoffe, ihr habt etwas zu bieten. Wegen ein paar Klappermännern mache ich mich nicht auf den Weg.«

»Wenn es dir um die Menge geht, dann sollst du nicht enttäuscht werden!« Fernand stieß Tammo grinsend in die Rippen. »Es sollen sechs Millionen sein.«

»Was? Sechs Millionen Tote wurden hier unten bestattet?«, rief Alisa erstaunt.

»Umgelagert trifft die Sache wohl eher«, erklärte Joanne. »Unser Unreiner Gaston musste damals Nacht für Nacht mit anfassen. Eigentlich war er wegen Totschlags im Bagno, im Zuchthaus, aber dann kam er zur Zwangsarbeit nach Paris und hat mit anderen Sträflingen geholfen, die Höhlungen mit Leichen zu füllen. Ist euch

Gastons Kleidung aufgefallen? Er trägt noch immer den roten Kittel der Sträflinge und die grüne Mütze auf dem rasierten Schädel.«

»Und wo kommen diese ganzen Toten her?«, wollte Luciano wissen und blieb dann unvermittelt stehen. Der Lichtschein der Laterne huschte über seltsame Gebilde, kunstvoll bis zur Decke aufgestapelt. »Das gibt es doch nicht! Ist es das, was ich denke?« Er trat näher. Die anderen folgten ihm.

»Falls du denkst, dass das fein säuberlich aufeinandergeschichtete menschliche Oberschenkelknochen sind, geschmückt mit Schädelgirlanden und anderen Mustern, so hast du durchaus richtig gesehen«, näselte Franz Leopold, konnte aber nicht verbergen, dass er ebenso beeindruckt war wie die Vampirinnen, die nur stumm dastanden und sich im umherhuschenden Strahl der Laterne umsahen. Über dem Türsturz entzifferten sie die Worte: *Arrête! C'est ici l'empire de la mort.*

»Halt! Hier beginnt das Reich des Todes«, übersetzte Ivy.

Sie umrundeten mächtige Knochenrondelle, folgten Galerien, passierten große rechteckige Räume. An allen Wänden stapelten sich die Knochen und Schädel.

»Sechs Millionen Skelette«, hauchte Alisa.

»Da hat euer Servient aber saubere Arbeit geleistet«, lobte Luciano und fuhr mit der Hand über die exakt ausgerichteten Knochenenden.

Fernand schüttelte den Kopf. »Nein, das war nicht seine Arbeit. Damals 1780, als sie mit dem Umräumen der Toten begannen, haben sie die Knochen und Leichenreste nur in die leeren Steinbruchkammern gekippt. Gemacht haben sie das, weil es einfach zu viele Tote gab. Das Hauptproblem stellte der zentrale Friedhof am Marktplatz dar. Die Leichen wurden so schnell übereinander begraben, dass es kaum noch Erde gab, sie zu bedecken. Der Friedhof wurde zu einem Hügel, von dem aus der Leichengestank in dicken Schwaden über den Markt und durch die Kirche zog. Die Beinhausgalerien waren vollgestopft und drumherum boten die Metzger und Bäcker ihre Waren an, standen Gemüsestände und waren Garküchen errichtet. Irgendwann brach eine der Begrenzungsmauern und die Leichen polterten in den Keller zwischen die Vorräte der benachbarten Häuser. Das gab den Ausschlag, den Cimetière des Innocents und andere

Friedhöfe in Paris zu schließen. Der Steinbruchinspekteur Guillaumot wurde beauftragt, die Toten an einen geeigneten Ort schaffen zu lassen. So wurden die Friedhöfe geleert, und vier Jahre lang rumpelten die schwarzen Totenzüge durch die Gassen nach Süden bis zum Place d'Enfer, begleitet von Mönchen mit Gebeten und Gesängen. Am Schacht angekommen, wurden sie dann heruntergeworfen, und Gaston und seine Kameraden füllten die verschiedenen Kammern mit den Überresten auf.«

»Und diese Kunstwerke aus Knochen? Wer hat die geschaffen und warum?«, fragte Ivy verwundert. Noch immer gingen sie zwischen Wänden aus Knochen und Schädeln entlang. Ab und zu waren Inschriften zu lesen oder ein steinerner Altar errichtet.

»Das hier entstand erst mehr als zwei Dutzend Jahre später«, klärte Joanne ihre Begleiter auf. »Nach der großen Revolution, als Héricart Thury den Posten des Generalinspekteurs der Steinbrüche bekam.«

»Und da schickte er seine Leute her, um Millionen alter Knochen zu sortieren und zu Mustern zu ordnen?«, fragte Franz Leopold ungläubig.

»Wozu dieser Aufwand für etwas, das niemand je zu Gesicht bekommt?«, fragte sich auch Alisa.

»Aber es sollten ja alle sehen«, widersprach Joanne. »Thury ließ die Katakomben herrichten, um sie einer möglichst großen Zahl an Besuchern zeigen zu können. Zur Weltausstellung vergangenes Jahr waren die Katakomben jeden Samstag geöffnet. Sie müssen sich eine goldene Nase verdient haben, so wie sich die Schlangen am Eingang reihten.«

»Warum kommen die Menschen hier herunter?«, fragte Luciano.

Fernand hob die Schultern. »Keine Ahnung. Es macht ihnen einfach Spaß. Sie gruseln und ängstigen sich ein wenig, genießen den Schauder und den Ekel und glauben dennoch, genau zu wissen, dass ihnen hier in der Unterwelt nichts passieren kann und es einen sicheren Weg zurück an die Oberfläche gibt.«

»Vermutlich hat Fernand recht«, stimmte ihm Ivy zu. »Das Dunkle, Verbotene zieht die Menschen an. Vielleicht weil sie dabei die Misere ihres Alltags für ein paar Stunden vergessen können.«

»Und dafür sind sie bereit, Geld zu bezahlen?«, wunderte sich Luciano.

Joanne nickte. »Es ist unter den Parisern auch immer noch üblich, sonntags ab und zu einen Ausflug mit der ganzen Familie in ein Leichenschauhaus zu unternehmen. Und nicht nur die einfachen Leute lieben das Makabre. Selbst Kaiser Napoleon III., der Kanzler Bismarck von Preußen und irgendein schwedischer Prinz waren hier unten und ließen sich von den Wächtern der Toten mit Laternen und Fackeln herumführen. Seht ihr die Rußspur an der Decke? Die Menschen haben sie absichtlich angebracht, damit keiner auf der Besichtigungstour verloren geht und sich in der Unendlichkeit des Labyrinths verirrt. Menschen haben ja einen so schlechten Orientierungssinn!«

Die Vampire folgten dem Pfad weiter. Kein Zweifel, noch immer kamen hier regelmäßig Menschen her. Der Duft von Männern, Frauen und Kindern, in deren Adern noch wohlschmeckendes, warmes Blut floss, vermischte sich mit dem Geruch des Todes.

»Was ist denn das?«, rief Tammo plötzlich, sprang über eine Barriere hinweg und beugte sich über einen von mehreren Tischen mit Schädeln und Knochen. Sie waren für menschliche Knochen zu lang, zu dünn oder zu krumm, die Schädel waren seltsam verwachsen, hatten Wülste oder Spalten, und doch schienen sie auch zu keinem Tier zu gehören.

»Cabinet de pathologie«, las Ivy das Schild an der Wand vor.

»Thury hat eine ganze Sammlung von abnormalen Knochen angelegt, um sie den Besuchern vorzuführen. Das ist nur ein kärglicher Rest, der mit fast jeder Führung weiter schrumpft. Die Leute nehmen sich gern ein Erinnerungsstück mit hinauf und da sind die ›Monsterschädel‹ natürlich eine begehrte Beute.«

Alisa und Ivy sahen einander an und schüttelten dann einmütig die Köpfe. »Verstehen werde ich die Menschen nie«, prophezeite Alisa.

»Wozu sollte das auch gut sein?«, wandte Franz Leopold ein. »Sie sollen uns stärken und berauschen, wenn ihr Blut durch unsere Kehle rinnt. Wozu müssen wir sie verstehen?«

Die Nacht verging wie im Flug. Bald mahnte Ivy zur Rückkehr

und Fernand übernahm wieder die Führung. So kehrten sie auf dem kürzesten Weg zu den Höhlen unter dem Val de Grâce zurück, wo ihre Särge sie erwarteten.

※ ※ ※

Latona drehte sich ein letztes Mal vor dem Spiegel in der Halle, ehe sie ihr neues Kleid ein wenig raffte und die behandschuhte Hand auf den Arm ihres Onkels legte.

»Ist die Dame nun endlich bereit?« Ungeduld schwang in seiner Stimme mit, selbst wenn sie noch immer freundlich klang. Die Erfahrung sagte Latona allerdings, dass Vorsicht geboten war, sollte der Abend nicht in Streit und Tränen enden.

»Ja, ich bin bereit. Obwohl wir uns nicht beeilen müssen. Wer zur Gesellschaft gehört, kommt nicht mit dem gemeinen Volk eine Stunde vor der Vorstellung in die Oper.«

Carmelo lächelte auf seine Nichte herab und kniff ihr in die Wange. »Sind wir so wichtig, dass wir zu spät kommen sollten?«

»Aber ja«, antwortete Latona würdevoll. »Es ist entscheidend, den richtigen Zeitpunkt des Erscheinens abzupassen. Es sollten bereits möglichst viele Herrschaften versammelt sein, damit sie unseren Einzug durch die Halle und über die Freitreppe sehen können. Natürlich darf man auch nie so spät kommen, dass sie sich bereits in ihre Logen zurückgezogen haben. Sonst muss man bis zur ersten Pause auf seinen Auftritt warten.«

»Ich sehe schon, falls ich Ambitionen verspüre, die gesellschaftliche Leiter emporzusteigen, wähle ich dich als meine Beraterin. Dann kann ja nichts mehr schiefgehen.«

Latona zog die Nase kraus. »Als Erstes würde ich dich von deinem veralteten Frack befreien!«

Carmelo sah an sich herab. »Noch reicht dieser völlig aus. Um es in der Gesellschaft zu etwas zu bringen, sollte man möglichst zwei Dinge haben, die uns leider fehlen.«

»Und die wären?«

»Viel Geld und einen möglichst beeindruckenden Adelstitel. Mit dem Titel geht es zur Not auch ohne Geld, aber ohne sieht es schlecht aus. Und da du gerade einen Teil unseres Vermögens für diese paar Meter Stoff und Tüll verprasst hast, sehe ich in naher Zukunft schwarz für unseren Aufstieg.«

»Gefällt dir das Kleid denn nicht?«, rief Latona.

Carmelo lachte. »Das ist die Reaktion einer Frau! Solange es gefällt, rechtfertigt es die Ausgabe. Aber um dich zu beruhigen, mein Kind, du siehst wunderschön aus.«

Er führte sie zu einer Droschke und ließ diese zur Oper vorfahren. Latona bekam glänzende Augen und schwärmte von den prächtigen Straßen, den Geschäften, dem hell erleuchteten Platz und den vielen, kostspielig gekleideten Menschen. Carmelo hörte ihr schweigend zu oder tat zumindest so. Ab und zu kam ihr der Verdacht, er sei mit seinen Gedanken weit weg und mit schwerwiegenden Problemen befasst. Stand es um sie wirklich so schlecht? Er hatte in Persien Geld verdient und von Rom musste auch noch einiges übrig sein.

Blutgeld, dachte Latona und schauderte. Nein, an diesem schönen Abend wollte sie nicht an die Vampire und ihr Blut denken, das sie vergossen hatten. Und auch nicht an Malcolms blaue Augen!

Sie raffte die Schleppe ihres Kleides aus weißem Taft und hellblauer Seide, die wie ein Wasserfall von dem leicht ausgestellten Abschluss des Rückenteils herabfloss, während die beiden Röcke von vorn eine schmale Silhouette zeichneten. Um ihre nackten Oberarme schmiegte sich nur eine hellblaue Rüsche, um ihr Dekolleté perfekt zur Geltung zu bringen. Die langen Handschuhe und die weißen Schuhe mit den blauen Absätzen vervollständigten ihre Garderobe, mit der sie mehr als nur zufrieden war. Jetzt fehlte nur noch ein junger, eleganter und vielleicht auch noch reicher Kavalier an ihrer Seite, dachte sie und unterdrückte einen Seufzer. Blaue Augen müsste er haben, dunkle blaue Augen, deren Blick ihr bis in die Seele drang.

Sosehr Latona ihren Onkel mochte. Er war nur ein ungenügender Ersatz. Sie folgte mit den Augen einem gut aussehenden jungen Mann, der ungebührlich schnell die Treppe hinaufeilte und sich dann zu einem Herrn gesetzteren Alters begab, der einen kummervollen Blick hatte.

»Das ist der Direktor der Oper, Monsieur Halanzier-Dufresnoy«, sagte ihr Onkel. Sie traten näher an die Männer heran, bis sie ihre Stimmen hören und die Worte verstehen konnten, die gesprochen wurden.

»Kopf hoch, Monsieur le Directeur«, sagte der junge Mann heiter und klopfte dem gewichtigen Herrn den gebeugten Rücken. »Ihre Loge fünf wird heute leer bleiben. Heute und für alle Zeiten!«

Latona horchte auf. Sie verstand die Worte. Sie beherrschte die französische Sprache so gut wie Englisch oder Italienisch, aber der Sinn wollte sich ihr nicht erschließen. Vor allem die Reaktion des Opernhausdirektors war mehr als nur merkwürdig.

»Was?«, keuchte der Mann. Seine Augen quollen hervor, als wollten sie aus den Höhlen springen. »Wollen Sie mir damit sagen – ich meine – ist er weg? Wie das?« Er senkte die Stimme zu einem heiseren Flüstern. »Tot oder gar gefangen?«

Der junge Mann winkte einen Kellner heran, nahm zwei Gläser Champagner vom Tablett und reichte eines dem Direktor. »Hier, mein Werter, trinken Sie und hören Sie zu, was sich in den finsteren Labyrinthen unter der Oper zugetragen hat.«

Latona merkte, dass auch ihr Oheim aufmerksam lauschte. Sie lehnten sich gegen eine marmorne Balustrade, taten so, als beobachteten sie die letzten Gäste, die die Treppe emporstiegen, rutschten dabei aber unauffällig noch ein Stück näher an die beiden Männer heran.

»Wir waren ein Trupp guter Männer, die etwas von der Sache verstehen. Selbst einen Zoologen, einen Großwildjäger, der Erfahrungen in Afrika gesammelt hat, und einen General hatten wir dabei und natürlich einige der Besten aus der Nationalgarde.«

»Ihr habt Euch wirklich dort unten auf die Lauer gelegt?« Der Direktor schüttelte sich und goss dann sein Glas mit einem Zug hinunter. »Berichten Sie, Monsieur Martel, ich flehe Sie an.«

»Unser Herr Großwildjäger war uns eine große Hilfe. Wir wussten ja nicht einmal, ob diese Kreatur, die wir jagten, ein menschliches Wesen ist. Auf den ersten Blick scheint es ja so …«

Der Direktor schüttelte den Kopf. »Nein, das ist ganz unmöglich. Wenn Sie schon so lange unter ihm gelitten hätten wie ich, wüssten

Sie, dass er kein gewöhnlicher Sterblicher sein kann. Er ist ein Hexer, ein Zauberer – ein Phantom, das man nicht …!«

»Das man nicht fassen kann? Ja, das Gerücht hatte lange Bestand. Er könne sich unsichtbar machen, sich in Luft auflösen, aus dem Nichts erscheinen und wieder verschwinden. Unsere erfolgreiche Jagd hat jedoch gezeigt, dass er zwar ein Meister der Täuschung und Tarnung ist, aber eben doch nur ein Mensch. Sonst wäre er nicht in einem unserer Netze hängen geblieben.«

»In einem Netz haben Sie ihn gefangen?«

Der junge Mann nickte. »Ja, wie ein wildes Tier. Und so gebärdete er sich auch, als wir ihn fanden und fortschafften. Der Großwildjäger wusste, wie wir vorgehen mussten. Wir haben ihn aufgescheucht, gejagt und in die gewünschte Richtung getrieben, durch die er glaubte, entkommen zu können. Und da fiel das Netz und riss ihn zu Boden. Ich hatte schon Furcht, er könnte die Maschen zerreißen. Er ist unglaublich stark. Übermenschlich, möchte man behaupten. Erst eine Mischung allerlei Narkotika, die unser Herr Zoologe Girard ihm verabreichte, ließ seinen Widerstand erlahmen.«

»Haben Sie sein Gesicht gesehen?«, fragte der Direktor in einem rauen Flüstern.

»Ja, natürlich. Eine hässliche Kreatur.«

»Hässlich? Ja, das glaube ich, aber verharmlost das die Sache nicht? Man sagt, wer einmal sein Gesicht gesehen habe, der werde von dieser entsetzlichen Fratze in seinen Albträumen verfolgt. Frauen würden in Ohnmacht fallen, werdende Mütter eine Fehlgeburt erleiden, nur vom Anblick dieses Totenschädels.«

Der junge Mann wiegte den Kopf. »Das ist schon grob übertrieben. Nun, vielleicht bin ich nicht besonders empfindlich. Ich habe durch meine Arbeit als Geograf und Höhlenforscher schon viel auf meinen Reisen gesehen, doch auch die anderen zeigten kein übermäßiges Erschrecken. Seine Zähne sind allerdings die eines Wolfes! Ein unglaubliches Gebiss in einem menschlichen Schädel. Girard zeigte sich sehr interessiert, das Biest zu erforschen.«

Der Direktor wirkte ein wenig irritiert. »Haben Sie seine Maske gefunden?«

»Eine Maske? Nein, er hatte keine bei sich.«

»Er trägt immer eine Maske!«

Der junge Mann hob die Schultern. »Dann hat er sie eben auf seiner Flucht verloren.«

»Trug er einen Frack? Einen eleganten schwarzen Frack?«, bohrte der andere weiter.

»Nein, er hatte irgendwelche Lumpen an, soweit ich das erkennen konnte. Frack, Maske, das ist doch völlig egal. Wichtig ist, dass wir ihn haben.«

»Wenn er es wirklich ist«, widersprach der Direktor, der wieder in seine düstere Stimmung versank.

»Aber natürlich ist das Ihr Phantom. Wie viele Monster treiben sich denn noch in den Labyrinthen unter der Oper herum?«

»Ich weiß es nicht und ich will es auch gar nicht wissen«, sagte der Direktor mit einer Spur Verzweiflung in der Stimme. Er zog ein großes Taschentuch hervor und betupfte sich die schweißglänzende Stirn. »Ich weiß nur, ich habe hier ein Opernhaus zu führen, und ich weiß nicht, ob ich das unter diesen Umständen noch lange kann. Bitte entschuldigen Sie mich, Monsieur Martel, ich muss mich um meine Gäste kümmern.«

Die beiden Herren reichten sich die Hände und verbeugten sich höflich.

»Wenn Sie Ihr Phantom einmal aus nächster Nähe betrachten wollen, kommen Sie in den Jardin des Plantes«, sagte Edouard Alfred Martel zum Abschied.

»Was?«

»Baillon, der Direktor, hat uns gestattet, die Kreatur in einem der Käfige der Menagerie unterzubringen.«

»Sie wollen ihn öffentlich ausstellen?«

Martel winkte ab. »Aber nein, wo denken Sie hin? Es ist ein abgetrennter Bereich für Quarantänefälle. Dies ist eine wissenschaftliche Untersuchung, kein Jahrmarkt, auf dem dem gaffenden Publikum Monstrositäten für sein Geld geboten werden!« Er wirkte ein wenig gekränkt, nickte dem Direktor noch einmal zu und lief dann leichtfüßig die Treppe hinunter. Latona sah ihm nach.

»Schade«, hörte sie ihren Onkel raunen. »Diese Kreatur hätte ich mir gerne angesehen. Vor allem die Sache mit dem Raubtiergebiss scheint mir spannend.«

»Du hast gehört, was er gesagt hat«, erinnerte ihn Latona und fühlte eine Welle der Erleichterung. »Damit müssen wir uns nicht mehr befassen.« Sie nahm seinen Arm. »Komm Onkel, sonst ist der erste Akt vorüber, ehe wir unsere Plätze gefunden haben.«

Vergeblich versuchte sich Latona, auf den *Faust* zu konzentrieren. Charles Gounods Oper rauschte ungewürdigt an ihr vorbei. Sie bemerkte nicht den reinen Sopran der Marguerite, nicht die Tiefe von Méphisthophélès Bass oder die schauspielerischen Fähigkeiten des Faust, der immer wieder Szenenapplaus bekam – vor allem von den Damen, die ihre Operngläser auf den schönen Tenor gerichtet hielten. Vor Latonas Geist trat das Bild eines anderen jungen Mannes, mit den nachtblausten Augen, die sie je gesehen hatte. Nur dass er eben kein Mensch war. Dieser Martel würde ihn vermutlich ebenfalls ein Biest nennen.

Latona wagte nicht, zu ihrem Onkel hinüberzusehen. Sie war sich sicher, dass er an das Gleiche dachte wie sie: Vampire. Hatten die Pariser Männer, ohne es zu wissen, einen Vampir gefangen? Gab es unter den Straßen der Stadt noch mehr von ihnen? Je länger Latona darüber nachdachte, desto entschlossener wurde sie. Sie musste sich selbst davon überzeugen. Sie würde in den Jardin des Plantes gehen und sich das Monster ansehen, das die Männer gefangen hatten. Irgendwie würde sie schon einen Weg finden. Auch während der Pause blieben sie beide einsilbig, und als die Vorstellung fortgesetzt wurde, hing Latona wieder ihren Gedanken nach. Der donnernde Schlussapplaus ließ sie erschreckt hochfahren. Rasch hob sie die Hände und fiel in die Jubelrufe ein.

»Eine hervorragende Aufführung, findest du nicht auch?«, sagte sie zu ihrem Onkel, der vermutlich genauso wenig davon mitbekommen hatte wie Latona.

»Aber ja, mein Kind, es freut mich, dass es dir genauso gut gefallen hat«, antwortete er abwesend. Schweigend verließen sie den Zuschauerraum und ließen sich von dem Menschenstrom über die Treppe hinunter ins Vestibül und dann hinaus auf den hell erleuchteten Platz treiben, wo sich Droschken und vornehme Privatkutschen drängten. Auch auf der Fahrt und bei ihrer Ankunft im Hotel sprachen sie kein Wort, sondern hingen beide ihren eigenen Gedanken nach.

RATTEN, RATTEN, RATTEN

Als die Erben am Abend wieder aus ihren Särgen stiegen, schien die Atmosphäre noch angespannter als in der vergangenen Nacht.

»Irgendetwas Ungewöhnliches geht hier vor sich«, meinte Franz Leopold und ließ den Blick durch die vom Licht einer einzigen Lampe spärlich erhellte Kaverne schweifen.

Ivy nickte. »Komm, lass uns hören, was es gibt. Sie wirken beunruhigt, ja, einige fast ängstlich. Das hat nichts mit unserer unerwarteten Ankunft in Paris zu tun.«

»Nein, das glaube ich auch nicht«, meinte Alisa, die zu ihnen getreten war. »So beängstigend sind wir auch wieder nicht – zumindest die meisten von uns«, fügte sie mit einem schiefen Lächeln in Franz Leopolds Richtung hinzu. Der erwiderte das Lächeln und verbeugte sich spöttisch.

»Ich danke für das Kompliment. Mit ›beängstigend‹ kann ich leben. Wie tief wäre ich getroffen, wenn du mich harmlos und gar liebenswürdig genannt hättest.«

Sie folgten Ivy zu der Gruppe, die sich um Seigneur Lucien geschart hatte.

»Weißt du, was ich seltsam finde?«, sagte Alisa. »Ich dachte, die beiden Seigneurs führen die Pyras gemeinsam. Sie sind Brüder, soviel ich weiß, aber den Jüngeren, Thibaut, haben wir noch gar nicht zu Gesicht bekommen. Er hätte uns zumindest begrüßen können!«

»Vielleicht hat er mit ein paar Pyras irgendwoanders seinen Sarg stehen. Sagte Fernand nicht so etwas, dass sie nicht alle hier zusammenleben?«, meinte Ivy.

»Das Fräulein Alisa de Vamalia ist aber der Meinung, dass ihr die Ehre gebührt, von beiden Clanführern der Pyras persönlich willkommen geheißen zu werden«, feixte Franz Leopold.

»Blödsinn! Ich frage mich nur ...« Sie verstummte und alle drei blieben stehen.

»Seine Spur verliert sich in der Nähe des Kanalschachts am Boulevard de la Madeleine. Eine Weile ist er diffus noch zu wittern, dann geht seine Spur in der Duftwolke einer ganzen Schar von Menschen unter«, berichtete Sébastien, seine Miene verdüsterte sich noch mehr, wenn das überhaupt möglich war.

»Doch die Menschen waren nicht die Einzigen, die an diesem Ort ihre Duftmarken zurückgelassen haben.«

»*Réprouvés*?«, fragte einer der Altehrwürdigen nur. Sébastien nickte.

»Und die Ratten? Was ist mit den verdammten Ratten?«, rief Seigneur Lucien aufgebracht und hob die geballten Fäuste.

»Wir haben einige Kadaver an der Stelle gefunden, an der sich die Spur verliert.«

»Hunde«, knurrte ein Pyras, der noch bulliger und wilder aussah als Sébastien.

»Ich sage, es waren die *réprouvés*«, widersprach Sébastien.

»Und die anderen Ratten?«, verlangte Lucien zu wissen. »Er muss ein Dutzend bei sich gehabt haben.«

»Was ist hier los?«, wollte Luciano wissen, der, sich neugierig umblickend, zu ihnen trat. »Habe ich etwas verpasst?«

»Schsch!«, fauchten Alisa und Franz Leopold gleichzeitig.

»Das erklären wir dir später«, raunte Ivy. Alle spitzten die Ohren, um Sébastiens Antwort nicht zu verpassen.

»Die anderen Ratten hat er anscheinend weggeschickt. Sie sollten etwas beobachten.«

»Was beobachten?«

»Wie die Menschen wieder einmal vergeblich das Phantom jagen«, sagte Sébastien.

»Das Phantom? Welches Phantom?«, fragte Alisa, doch die anderen hoben nur die Schultern.

Sie suchten Joanne, um sie zu fragen, während Lucien einige Pyras und ihre Ratten um sich scharte und ihnen Anweisungen für die Suche gab.

»Sind in letzter Zeit öfter Clanmitglieder verschwunden?«, wollte

Luciano von Joanne wissen, ehe Alisa ihre Frage nach dem Phantom und den seltsamen *réprouvés* stellen konnte.

Die Pyras überlegte kurz und schüttelte dann den Kopf. »Jedenfalls nicht von der Familie.«

»Dann sind Servienten verschwunden?«, hakte Alisa nach.

»Nein, sie gehören auch zur Familie. Es ist egal, ob sie reinen Blutes oder unrein sind. Sie müssen nur den Seigneurs ihre Gefolgschaft schwören.«

»Und was müssen wir uns dann unter denen vorstellen, die nicht zur Familie gehören?«, fragte Franz Leopold.

»Es gibt immer wieder Vampire unter den Pyras – reine und unreine –, die nicht mit uns hier leben und sich den Regeln der Seigneurs nicht unterwerfen wollen. Sie ziehen es vor, sich als *réprouvés* alleine oder in kleinen Gruppen mit ihresgleichen durchzuschlagen. Sie sind meist ein wenig wilder als die Mitglieder der Familie.«

»Wilder als die Pyras«, ächzte Luciano. »Ich will gar nicht wissen, was ich mir darunter vorzustellen habe.«

Joanne ging nicht auf die Bemerkung ein und fuhr stattdessen fort: »Es gibt einige Orte, die sie nicht betreten dürfen, so die Stollen unter dem Val de Grâce, unter dem Jardin du Luxembourg und ein paar andere Plätze, an denen Mitglieder der Familie ihre Särge stehen haben. Ansonsten können sie sich in und um Paris frei bewegen.«

»Was passiert, wenn sie dennoch an diesen verbotenen Orten auftauchen?«, wollte Luciano wissen.

»Sie werden von der Familie vernichtet«, sagte Joanne schlicht.

»Ihr bringt eure eigenen Leute um?«, keuchte Alisa. »Das ist ein schweres Vergehen!«

»Sie haben sich von uns losgesagt und wissen, was die Folgen sind.«

»Und wenn sie sich anders besinnen und wieder aufgenommen werden wollen?«, fragte Ivy.

»Ich habe nicht gehört, dass so etwas schon einmal vorgekommen ist«, wehrte Joanne ab.

»Es stellt sich immer noch die Frage, ob in letzter Zeit *réprouvés* verschwunden sind«, erinnerte Franz Leopold. Joanne hob die Schultern.

»Woher soll ich das wissen? Wie ich schon sagte, sie haben sich von uns losgesagt und treiben, was sie wollen. Wenn wir zufällig einem von ihnen begegnen, muss er sich zurückziehen. Tut er es nicht, kommt es zum Kampf, aber das geschieht äußerst selten. Sie wollen nicht riskieren, dass es wieder zu einem großen Kriegszug gegen sie kommt, denn zu einem solchen werden die Seigneurs aufrufen, sollten sie sich ernsthaft an einem Mitglied der Familie vergreifen.«

»Ich frage jetzt lieber nicht, was ihr unter ›ernsthaft‹ versteht«, murmelte Franz Leopold.

»Meinst du, die Ausgestoßenen haben etwas mit dem Verschwinden eures Seigneur Thibaut zu tun?«, fragte Ivy.

Joanne überlegte einen Moment, dann schüttelte sie den Kopf. »Ich glaube nicht. Wenn doch, dann war es die Tat eines Wahnsinnigen, der damit die Vernichtung aller *réprouvés* auf sich lädt. So etwas ist das letzte Mal während der großen Revolution vorgekommen. Die Familie hat nicht nur den Schuldigen gesucht. Sie haben sie alle gejagt und bis auf den Letzten vernichtet. Keiner konnte ihrer Rache entkommen! So erzählen sie zumindest. Nein, ich denke eher, dass es Menschen waren.«

»Denen es gelungen ist, euren Clanführer zu überrumpeln?« Luciano zog die Nase kraus. Er sagte nicht mehr, doch es war allen klar, was er davon hielt.

»Woher soll ich wissen, welcher Tricks sie sich bedient haben?«, brauste Joanne auf. »Glaub ja nicht, Seigneur Thibaut sei ein einfältiger Schwächling, der sich von einem Menschen besiegen lässt!«

»Das hat keiner behauptet«, mischte sich Ivy ein und warf Luciano einen strengen Blick zu, ehe er etwas erwidern konnte. »Er wäre nicht der erste Vampir, der von Menschen vernichtet wird.«

»Vielleicht war es ja dieses Phantom«, warf Alisa ein.

»Das Phantom?« Joanne sah sie nachdenklich an. »Nein, das kann ich mir nicht vorstellen. Warum sollte es einen Krieg mit uns anfangen? Wir haben uns bisher respektiert und sind einander aus dem Weg gegangen.«

Alisa wollte gerade zu der Frage ansetzen, wer oder was das Phantom eigentlich sei, als einer der älteren Pyras mit verfilztem grauen Haar sie rüde anfuhr.

»Habt ihr nicht gehört? Ihr sollt zu Seigneur Lucien kommen! Gewöhnt euch lieber gleich daran, dass wir nicht die Absicht haben, euch alles dreimal zu sagen, ehe ihr gehorcht!«

Luciano zog ein wenig das Genick ein, Alisa dagegen reckte sich empört. »Wie spricht denn der mit uns?«

»Ich fürchte, an diesen rauen Umgangston wirst du dich gewöhnen müssen«, meinte Franz Leopold. »Höre auf mich und verschwende deine Energien nicht unnötig. Selbst du wirst an der Aufgabe scheitern, den Pyras Umgangsformen beizubringen.«

»Das fürchte ich auch«, stimmte ihm Alisa mit einem Seufzer zu und folgte dem Pyras. Er führte sie zu Seigneur Lucien, der allerdings nur ein paar hastige Worte an die Erben richtete und sie an ein Clanmitglied verwies, das er Claude nannte. Obwohl dieser nicht reinen Blutes war, war seine Statur ebenso groß und massig wie die der direkten Abkommen der Blutlinie. Sein Haar war lang und tiefschwarz. Ein wilder Bart bedeckte Wangen, Kinn und Hals. Auf seinen nackten Armen kreuzten sich zahlreiche Narben.

»Claude – hm, der Name sagt mir etwas«, überlegte Alisa laut.

»Ist das nicht der Abdecker aus dieser Abfallgrube im Norden der Stadt?«, half Ivy weiter.

»Ja, genau, die Voirie de Montfaucon, die große Sickergrube von Paris bei den ehemaligen Gipshöhlen der Butte Chaumont.«

»Ein Pferdeschlächter aus der Abfallgrube wird unser erster Professor!«, rief Franz Leopold aus. Dieses Mal schien er ernsthaft erschüttert. »Ja, die Pyras werden es noch des Öfteren schaffen, uns zu überraschen.«

Der Clanführer verließ mit einem Dutzend seiner Vampire die Halle und ließ die Erben mit ihrem neuen Lehrer zurück.

»Setzt euch dort auf die Särge«, wies er sie an, nachdem er die Erben eine ganze Weile stumm gemustert hatte. Seine Stimme war rau, klang aber erstaunlich sanft für das Erscheinungsbild, das er bot. Vielleicht würde er doch nicht jedes Versagen mit einem groben

Schlag und rüden Worten ahnden, wie Tammo es bei seinem Anblick befürchtet hatte.

»Lucien sagt, ich soll euch etwas beibringen, das euch hilft und euch stärker macht.« Er zögerte. »Etwas, das ihr noch nicht könnt.« Wieder wanderte sein Blick über die Erben und nun kam er Alisa eher hilflos vor.

»Das kann heiter werden!«, brummte Franz Leopold.

»Ja, womit fangen wir an?«

Alisa meldete sich, und da er sie nur fragend ansah, sprang sie auf und rief: »Wir würden gerne lernen, uns die Ratten dienstbar zu machen, damit wir uns auch ohne Licht in den Gängen zurechtfinden.« Atemlos setzte sie sich wieder und sah ihn gespannt an. Würde er auf ihren Vorschlag eingehen? Hoffentlich!

»Das war kein schlechter Versuch«, lobte Franz Leopold. »Es würde uns Unabhängigkeit im Untergrund von Paris sichern.«

Claude starrte Alisa noch immer an, dann teilte sich sein Bartgewirr. Vermutlich lächelte er. »Das ist schlau von dir gedacht. Mit den Ratten braucht ihr uns nicht mehr. Ihr könntet allein durch die Gänge schnüffeln und eure Neugier befriedigen. Ja, das ist schlau gedacht, Mädchen.«

»Er ist nicht so einfältig, wie er aussieht«, raunte Luciano Ivy zu.

»Und es ist richtig gedacht«, fügte Claude ein wenig lauter hinzu und sah Luciano warnend an. »Ihr sollt selbstständig werden. Ihr müsst euch in der Welt behaupten. Deshalb stimme ich dir zu: Ihr müsst lernen, euch der Ratten zu bedienen.«

Und so begann ihre erste Unterrichtsstunde bei den Pyras in Paris. Obwohl Franz Leopold die Vermutung äußerte, Claude könne nicht zu den einflussreichen Pyras zählen, da ihm zu Anfang nur drei Ratten um die Füße wuselten, schien er etwas von der Sache zu verstehen, was eine kurze Demonstration, bei der mehr als ein Dutzend Ratten auftauchten und dann wieder in die ihnen zugewiesenen Gänge verschwanden, zeigte.

»Zuerst werdet ihr üben, die Ratten in den Gängen und Nischen aufzuspüren.«

»Das haben wir doch alles schon in Irland gelernt«, protestierte Luciano.

»Gut, dann solltet ihr diesen Teil ja schnell beherrschen«, erwiderte Claude, der sich nun nicht mehr aus der Ruhe bringen ließ. »Danach ruft ihr so viele Ratten, wie ihr aufspüren könnt. Ich zeige euch, wie wir es machen, erklären lässt sich das nicht so einfach.«

»Sie benutzen eine andere Technik«, meinte Ivy, die eine der wenigen war, die ihm so aufmerksam zusah, dass sie verstand, was genau er tat. Das lag allerdings auch daran, dass sie darüber hinaus in seine Gedanken sehen konnte.

»Ja, und?«, meinte Luciano, dem es nur mit Mühe gelang, eine Ratte zu sich zu rufen. »Ist doch völlig egal, wie man es anstellt.«

»Nein, ist es nicht«, widersprach Ivy, die mit absoluter Leichtigkeit eine Ratte nach der anderen aufspürte, sie zu sich rief und ihr befahl, zu ihren Füßen auf Befehle zu warten. »Wenn du es so machst, wie du es in Irland gelernt hast, musst du jedes Tier einzeln ansprechen. Du suchst nach den Schwingungen seines Geistes, verbindest den deinen mit ihm und gibst ihm einen Befehl, den es befolgt, wenn du stark genug bist.«

»Eben, geht doch!«, rief Luciano und deutete voller Stolz auf die Ratte zu seinen Füßen. Franz Leopold und Alisa war es immerhin gelungen, jeweils drei Tiere zu sich zu rufen. Alisas Nager stellten sich hintereinander in einer Reihe auf und erhoben sich auf die Hinterbeine.

»Wie viele Ratten kannst du auf diese Weise beherrschen, und was kannst du sonst noch tun, während du dich auf sie konzentrierst?«, fragte Ivy. »Selbst mir gelingt es nicht, mehr als ein halbes Dutzend gleichzeitig unter Kontrolle zu halten, geschweige denn meinen Geist in derselben Zeit mit etwas anderem zu beschäftigen.«

Alisa sah sie interessiert an und merkte gar nicht, dass sich zwei ihrer Nager heimlich wieder davonmachten. »He!«, rief sie empört, als es ihr endlich auffiel, doch da waren sie schon hinter einem der Pfeiler aus aufgestapelten Bruchsteinen verschwunden.

»Da, seht euch Claude an. Das ist nicht zu verachten!«

Der Pyras hatte sich in Ruhe die Versuche der jungen Vampire angesehen, ehe er sich wieder in ihre Mitte begab. Alisa konnte nicht genau sagen, was er tat, aber plötzlich strömten von allen Seiten Ratten herbei und umringten ihn in einem wogenden Kreis aus grauen, fellbedeckten Leibern. Sie konnte sie nicht zählen, so viele waren es. Dann gab er einen unhörbaren Befehl und sie teilten sich in gleichmäßig große Gruppen auf und verschwanden nach allen Himmelsrichtungen in den Gängen. Nur seine drei Ratten, die bereits vorher bei ihm gewesen waren, blieben zurück – zumindest nahm Alisa an, dass es dieselben waren.

»Ich habe die Ratten weggeschickt, dass sie eine Aufgabe für mich erledigen. Sie sollen etwas in Erfahrung bringen und dann zu mir zurückkehren«, erklärte Claude. Er ließ sich auf einem Sarg nieder, verschränkte die Beine und wartete. Nach und nach kamen die Ratten geordnet in ihren Formationen zurück. Sie schienen ihm Nachrichten zu überbringen, denn er nickte jedes Mal zufrieden, doch sosehr Alisa sich auch anstrengte, sie konnte nichts verstehen. Dann, als die letzte Gruppe Ratten kam, verzog er das Gesicht und schüttelte kurz den Kopf, als würde ihm nicht gefallen, was sie ihm mitteilten.

»Kannst du die Gedanken der Ratten auffangen?«, fragte sie Ivy.

»Ja, aber es ist schwierig, da sie sich überlagern und die Botschaft dadurch verzerrt wird.«

»Er hat sie ausgeschickt, einige Ausgänge zu überprüfen«, mischte sich Franz Leopold ein. »Die ersten Gruppen meldeten erwartungsgemäß und zu seiner Zufriedenheit, dass die Schlösser, die die Inspekteure der Stadt an den Gittern angebracht haben, ordnungsgemäß verschlossen sind, doch die letzte Gruppe fand den Zugang nur zugeschoben, das Schloss aufgebrochen.«

Alisa und Luciano sahen ihn verwundert an. »Du konntest die Nachricht verstehen, wo nicht einmal Ivy das geschafft hat?«

Vielleicht erwog er kurz, sich mit den falschen Federn zu schmücken, doch seine Ehrlichkeit siegte, und er schüttelte den Kopf. »Nein, aber es war nicht sonderlich schwer, in Claudes Geist zu lesen, der – wenn ich das einmal so sagen darf – nicht gerade der komplizierteste ist, den ich je besucht habe.«

»Ach so«, sagte Luciano halb erleichtert, halb enttäuscht. »Das hätte Ivy auch hingekriegt.«

»Hätte sie, ja, doch sie plagen stets zu viele Skrupel. Ich will ihr nicht wünschen, dass sie einst in eine Situation gerät, wo dieses falsche Zögern Kopf und Kragen bedeutet! Moral ist etwas für Menschen.«

Ivy war natürlich anderer Meinung, verzichtete aber darauf, mit Franz Leopold ein Streitgespräch zu beginnen, denn Claude sprach wieder und versuchte, den Erben zu erklären, wie sie das Kollektiv der Ratten für ihre Zwecke nutzen konnten. Man musste Rudel mit einem starken Anführer zusammenstellen und sich dann auf diesen fixieren.

»Ziel ist es, dass sie einfach da sind, in eurer Nähe, und dass sie euch berichten, was sie aufspüren. Das kann auf Befehl geschehen so wie eben, es kann aber auch vom Führungstier jedes Rudels ausgehen, die sich melden, wenn sie etwas Ungewöhnliches oder Interessantes entdecken. Der große Vorteil ist, dass ihr euch nicht auf jedes einzelne Tier konzentrieren müsst und euer Geist daher weiter nahezu frei bleibt, sich mit anderen Dingen zu beschäftigen, ohne die Gruppe zu verlieren. Ja, sie bleiben sogar in der Phase eurer Todesstarre mit euch verbunden und sind am Abend, wenn ihr erwacht, bereit, euch zu berichten, was während des Tages geschehen ist, und eure Befehle für die Nacht zu empfangen.«

Beifälliges Raunen erhob sich. Sogar Karl Philipp hob den Kopf und musterte den Pyras interessiert.

»Unsere Seigneurs und einige Altehrwürdige schaffen es sogar, während der Todesstarre Nachrichten zu empfangen und Anweisungen zu geben«, behauptete Claude, doch das wollte Alisa nicht so recht glauben.

»Wie soll das funktionieren?«

»Nicht umsonst heißt der Zustand Todesstarre«, stimmte ihr Luciano zu.

Ivy wiegte den Kopf. »Vielleicht haben sie einen Weg gefunden, ihren Geist vor der Starre zu schützen, sodass er nur ihren Körper befällt. Einige unserer Servienten haben schließlich auch gelernt, dem Schlaf einige Zeit zu widerstehen, selbst wenn sie in einen Zustand von Schwäche geraten.«

»Nicht nur die«, sagte Franz Leopold leise und mied ihren Blick. »Auch du kannst das, wie wir wissen.« Ivy tat so, als hörte sie seine Worte nicht, und fuhr stattdessen scheinbar ungerührt fort:

»Ich habe gar das Gerücht gehört, unter den Vyrad in London gäbe es Vampire, die es geschafft haben, den Fluch der Todesstarre völlig abzuschütteln und – fast so stark wie in der Nacht – auch bei Tageslicht umherzustreifen.«

»Sie können in die Sonne?«, rief Luciano ungläubig.

Ivy schüttelte den Kopf. »Nein, den direkten Sonnenstrahlen können auch sie sich nicht aussetzen. Aber wenn sie sich im Schatten aufhalten, passiert ihnen nichts.«

»Ich weiß nicht, ob ich das glauben kann, oder ob das wieder eine dieser Angebereien der Vyrad ist, die sich für die Elite der Vampire halten«, entgegnete Franz Leopold.

»Ich werde Malcolm fragen«, kündigte Alisa an und verstummte dann hastig, als Claude zu ihnen herübersah.

»Habt ihr es verstanden oder sind noch Fragen? Wenn nicht, dann beginnt mit den Übungen.«

Alisa und Luciano sahen einander betreten an. Sie hatten nichts von der Erklärung des Pyras mitbekommen. Auch Franz Leopold wusste vermutlich nicht mehr, verbarg dies jedoch hinter seiner hochmütigen Miene. Ivy dagegen hatte einen Teil ihrer Aufmerksamkeit weiterhin auf den Pyras gerichtet und erklärte den dreien, was sie machen sollten. Alisa atmete auf. Selbst wenn Claude in seinem Wesen nicht so wild war, wie sein Äußeres es vermuten ließ, hätte sie nicht gern zugegeben, dass sie seine Ausführung verpasst hatte, und um eine erneute Erklärung gebeten.

So übten die Erben den Rest der Nacht, wie sie Ratten aufspüren und anlocken, sie in Gruppen teilen und ihnen Aufgaben übertragen konnten. Dabei war es zuerst einmal entscheidend zu erkennen, zu welcher Art die Ratte gehörte, die ihr Geist in den Gängen draußen aufstöberte. Es war gar nicht einfach, an Tiere heranzukommen, die noch keinem Pyras unterstanden, denn es wäre natürlich äußerst unhöflich gewesen, einem anderen seine Tiere abspenstig zu machen. Das konnte durchaus als kriegerischer Akt verstanden und dementsprechend geahndet werden, warnte Claude.

Ein weiteres Problem war, dass sie schon von fern feststellen mussten, ob es sich um die starken und gelehrigen norwegischen Ratten handelte. Zwar hatte diese eingewanderte Art die meisten der Pariser Ratten ausgerottet, doch hier und dort war es den einheimischen Tieren gelungen zu überleben. Sie taugten allerdings nicht für ihre Übungen, vor allem auch deshalb, weil die Norweger sich sofort auf sie gestürzt hätten.

»Ihr müsst außerdem darauf achten, dass ihr passende Rudel zusammenstellt, und die Hierarchie, in der sie zusammenarbeiten und sich austauschen sollen, ihrer natürlichen Rangordnung angleicht. Ein Führungstier und sein Gefolge. Wenn ihr zwei starke Tiere zusammenzwingt, werden sie zuallererst die Führung klären und so lange kämpfen, bis einer nachgibt oder getötet wird. In dieser Zeit sind sie nicht offen für eure Befehle!«, warnte Claude.

»Wer hätte gedacht, dass ein paar Ratten so kompliziert sind«, stöhnte Luciano. Und auch die anderen mussten nach ihren ersten Versuchen zugeben, dass die Aufgabe komplexer war, als sie es erwartet hätten.

Wie schon in den ersten beiden Akademiejahren kristallisierte sich bald heraus, dass die Mitglieder der verschiedenen Clans sich unterschiedlich gut schlugen. Und wieder gehörten die Nosferas zu denen, die kein glückliches Händchen zu haben schienen.

»Tiere sind einfach nicht unser Ding«, stöhnte Luciano. Und auch die Vyrad taten sich schwer. Dass Franz Leopolds Vetter und seine Cousinen nicht weiterkamen, lag allerdings eher daran, dass sie sich keine erkennbare Mühe gaben.

In den frühen Morgenstunden, als die Erben erschöpft auf ihren Särgen saßen, meldeten Ivys beide Nager, die sie behalten hatte, die Rückkehr der Pyras. Neugierig drängten sich Alisa, Luciano, Ivy und Franz Leopold näher, um zu erfahren, was sich ereignet hatte. Sie erkannten schon von Weitem an ihren Mienen, dass die Suche nicht von Erfolg gekrönt gewesen war.

»Meinst du, er wurde vernichtet?«, raunte Alisa.

»Nein, aber sie haben keine Spur des Seigneurs entdecken können. Nicht einmal ihre Ratten konnten ihn aufspüren, weshalb sie wütend, aber auch irritiert sind«, sagte Franz Leopold, der es wieder einmal nicht lassen konnte, die Gedanken ihrer Gastgeber auszuforschen. »Sie können sich nicht vorstellen, wohin man ihn geschafft haben könnte. Ja, eine Atmosphäre der Besorgnis hüllt sie wie eine Wolke ein.«

»Vielleicht sollten wir uns mal ein wenig in und unter Paris umsehen«, meinte Luciano, und seine Augen glänzten vor Abenteuerlust.

»Ach, und du meinst, wir könnten dort fündig werden, wo die Pyras in ihrem eigenen Revier versagt haben?«, spottete Franz Leopold, doch es war nicht zu überhören, wie sehr er von dem Einfall angetan war.

* * *

Oscar Wilde schlenderte die nächtliche Straße entlang und trat dann in das Lokal am Fuß des Montmartre, über dem sich wie geisterhafte Wesen Windmühlenflügel gegen den nächtlichen Himmel abzeichneten. Nach der klaren Luft des Abends musste er unter der Tür stehen bleiben und heftig blinzeln, ehe er in den Rauchschwaden etwas erkennen konnte. Weindunst hüllte ihn ein, unter den sich noch etwas anderes mischte. Es roch nach Kräutern und ein wenig bitter. Die grüne Fee – wie man den Absinth nannte – war hier wie an vielen Orten, wo sich die Künstler und Literaten trafen, zu Hause. Er ließ den Blick schweifen, bis er an dem Gesuchten hängen blieb. Da, an einem Ecktisch, saß er in Gesellschaft zweier anderer Männer. Natürlich hatte sein Freund Bram Stoker keinen Absinth vor sich auf dem Tisch stehen, sondern nur ein Glas mit rotem Wein. Die anderen träufelten verklärt Wasser auf ein Stück Zucker, der auf einem durchbrochenen Silberlöffel über dem Glas lag, und sahen zu, wie es in die grünliche Flüssigkeit tropfte und dort neblig weiße Schlieren zog. Den Mann, der ihm den Rücken zuwandte, kannte Oscar nicht. Den Zwergwüchsigen zu Brams Linken dafür umso besser. Es war der junge Maler und Grafiker Henri de Toulouse-Lautrec, der aus der ältesten Adelsfamilie Frankreichs stammte, die sich bis zu Karl dem Großen zurückverfolgen ließ. Man munkelte, sein Zwergwuchs sei auf die inzestuösen Verbindungen innerhalb der Familie zurückzuführen, mit der die Grafen von Toulouse versuchten, die Zersplitterung ihrer Ländereien aufzuhalten. Lautrec hob sein Glas und prostete Oscar zu. »Ah, Wilde, setzen Sie sich zu uns. Wir überlegen gerade, ob wir noch ins Reine Blanche rübergehen.«

»Es soll ein paar neue Tänzerinnen geben, deren Beine durchaus sehenswert sind«, sagte der Mann, den Oscar zum ersten Mal sah.

»Studien, rein berufliche Studien«, beeilte sich Lautrec mit einem Augenzwinkern zu versichern. »Ich kann nicht immer Pferde und Jagdhunde malen. Die Zeiten sind vorbei.«

»Nun widmet sich unser junger Freund lieber der Studie des weiblichen Körpers«, sagte Bram trocken.

»Aber ja! Ich will mich Degas' Schule anschließen. Ist er nicht unser aller Vorbild?«

»Wenn es darum geht, die Formen der Ballettratten zu studieren?«, fragte Oscar vergnügt.

»Dann wollen Sie das Tanzlokal mit uns besuchen?«, hakte Lautrec nach. »Es ist berühmt.«

Oscar überlegte nicht lange. »Warum nicht?« Er setzte sich zu den Männern, bestellte Absinth und wandte sich an Bram. »Aber deshalb habe ich dich nicht gesucht. Ich saß gerade mit einem faszinierenden Zoologen beisammen. Alfred Girard ist sein Name und er ist zurzeit mit ganz besonderen Forschungen befasst.« Er machte ein geheimnisvolles Gesicht.

»Ja, und?«, fragte Bram, der sich nicht vorstellen konnte, was daran sein Interesse wecken sollte.

»Er wirkte ein wenig ausgelaugt und trug Kratzspuren an der Wange, sodass ich mich nicht zurückhalten konnte und ihn fragte, ob er bei seinen Studien einem der Löwen zu nahe gekommen sei. Darauf stöhnte er und meinte, wenn es nur das gewesen wäre! Und nun gib acht, mein Freund. Er hat die vergangene Nacht damit verbracht, ein Monster im Untergrund von Paris zu jagen.«

Nun hatte er Brams ungeteilte Aufmerksamkeit. »Ein Monster? Was für ein Monster?«

Oskar schmunzelte und dehnte die Auflösung hinaus. Es reizte ihn, den Freund ein wenig zappeln zu lassen.

»Nun rede schon!«

»Ja, ein Monster, so sagte er, als er mir die Erscheinung beschrieb, doch zuvor belegte er das Ziel ihrer groß angelegten Jagd mit einem anderen Namen: das Phantom der Oper!«

Bram sprang auf. »Sie haben es doch nicht etwa getötet?«

Oscar schüttelte den Kopf. »Nein, mein Freund, Beschützer aller fantastischen Wesen. Sie haben es lebendig eingefangen.«

»Wo ist es jetzt?«, drängte Bram begierig.

Oscar legte den Kopf schräg. »Das kann ich dir nicht sagen. Leider überfiel den guten Zoologen in diesem Moment ein unerwarteter Anflug von Nüchternheit, und er meinte, er dürfe nicht darüber sprechen. Ich solle vergessen, was er gesagt habe. Nicht einmal meine berühmte Wortgewandtheit konnte ihm auch nur einen Hinweis entlocken. Doch du musst nicht so enttäuscht dreinschauen. Ich habe auf dem Weg hierher nachgedacht und da ist mir ein Name eingefallen. Der Gute sprach vom Jardin des Plantes. Wie wäre es, wenn wir dem Herrn Direktor Henri Ernest Baillon morgen einen Besuch abstatten? Vielleicht weiß er mehr über den Vorfall.«

Bram Stoker trank sein Glas leer und erhob sich. »Eine vortreffliche Idee.«

»Ja, und nun lass uns nach den Tänzerinnen sehen.«

EIN MONSTER HINTER GITTERN

»Monsieur, was wollen Sie hier? Sie haben hier keinen Zutritt, also bitte begeben Sie sich wieder in den für die Öffentlichkeit freigegebenen Teil unserer Menagerie. Haben Sie die Schilder nicht gesehen? Außerdem schließen wir gleich. Es ist bereits dunkel.«

»Doch, ich habe die Schilder sehr wohl gesehen. Sie haben sie ja überall aufhängen lassen. Man stolpert geradezu über sie«, antwortete der so Gerügte freundlich.

Henri Ernest Baillon sah den Fremden irritiert an. Wollte er ihn verspotten? Er sprach in fließendem Französisch, jedoch eindeutig mit Akzent. Diese Ausländer! Der Direktor des Jardin des Plantes seufzte.

»Werter Herr, ich glaube, ich habe mich nicht klar ausgedrückt.«

Der Fremde, der groß und kräftig gebaut war, das schwarze Haar an den Schläfen von Grau durchzogen, unterbrach ihn, verbeugte sich und streckte ihm die Hand entgegen, die Baillon verwirrt ergriff. »Sie haben sich durchaus verständlich gemacht, Monsieur le Directeur, und auch Ihre Schilder sollten ihren Zweck erfüllen, nur, ich bin aus einem bestimmten Grund hier und habe Sie gesucht, um Ihnen einen Vorschlag zu unterbreiten. Doch zuvor möchte ich mich vorstellen. Mein Name ist Carmelo Riccardo, und ich vermute, dass meine Erfahrungen und Kenntnisse Ihnen sehr nützlich sein werden.«

Baillon zog die Hand zurück. »Sind Sie Zoologe? Suchen Sie Arbeit? Es tut mir leid, doch wir können momentan keine weiteren Einstellungen vornehmen. Das Budget wird immer knapper, Sie verstehen, man setzt das Geld lieber anderweitig ein als in die Erforschung der Tier- und Pflanzenwelt.«

Carmelo wiegelte ab. »Eine Anstellung suche ich nicht. Dennoch kann ich meine Dienste natürlich nicht umsonst anbieten. Jeder muss leben, Monsieur le Directeur, und Paris ist eine teure Stadt. Ich glaube jedoch, dass sich durchaus Interessenten finden werden, die die Bezahlung zu übernehmen bereit sind, wenn das Problem an richtiger Stelle bekannt wird, sodass es nicht *Ihr* Budget sein wird, das man belasten muss.«

»Wovon reden Sie?« Der Direktor wurde langsam ungeduldig. Was war das für ein seltsamer Mensch? Sollte er einige der Zoowärter rufen und ihn hinauswerfen lassen? Freiwillig schien der Fremde das Gelände nicht verlassen zu wollen. Wenigstens jetzt noch nicht.

»Ah, ich sehe, Sie verlieren die Geduld. Geben Sie mir noch eine Minute, mich zu erklären. Ich bin gekommen, die Kreatur zu betrachten, die Sie das Glück hatten einzufangen. Ich weiß, dass sie hier unter strenger Quarantäne verwahrt wird, doch ich vermute, Sie ahnen nicht, mit was Sie es zu tun haben. Daher will ich Ihnen meine Erfahrungen zur Verfügung stellen, die ich mit den seltsamsten Wesen in zahlreichen Ländern der Welt gesammelt habe.«

»Woher wissen Sie? – Ich meine, ich weiß nicht, wovon Sie sprechen, mein Herr.«

»Monsieur le Directeur, ersparen Sie uns diese Farce. Es ist nicht wichtig, wie ich es erfahren habe. Ich weiß von der Sache, und ich bin überzeugt, dass Sie meine Hilfe brauchen. Sie werden zugeben müssen, dass Sie es noch nie mit solch einer Kreatur zu tun hatten, nicht wahr?«

Es blieb ihm nichts anderes übrig, als zu nicken.

»Sehen Sie und das Wesen ist Ihnen noch immer ein Rätsel.«

»Wir haben schon viel bei unseren Beobachtungen erfahren«, protestierte Baillon.

»So? Ich vermute, Sie haben noch nicht einmal herausgefunden, wovon er sich ernährt. Habe ich recht? Haben Sie ihm verschiedene Dinge angeboten, doch er hat alles zurückgewiesen?«

Der Direktor sah ihn erstaunt an. »Ja, woher wissen Sie das?«

Carmelo hob die Schultern. »Ich weiß es nicht, ich vermute es nur. Genauso wie ich vermute, dass es kein menschliches Wesen ist, auch wenn seine Züge den unseren ähneln.«

Die Reaktion des Direktors war eine Mischung aus einem Nicken und einem Schulterzucken. Carmelo nahm das als Aufforderung fortzufahren.

»Lassen Sie mich das Wesen sehen, dann kann ich Ihnen sagen, ob meine Vermutung richtig ist und ob ich Ihnen helfen kann. Diese erste Einschätzung ist für Sie kostenfrei. Danach können wir uns über einen möglichen Vertrag unterhalten. Kommen wir nicht zu einer Einigung, verlasse ich Sie ohne Groll, und Sie werden nichts mehr von mir hören. Ich werde natürlich über alles Stillschweigen bewahren, was ich hier gesehen habe.« Er blickte den Direktor des Jardin des Plantes erwartungsvoll an. Der zögerte noch immer. Sein innerer Kampf war ihm deutlich am Gesicht abzulesen. Carmelo wartete und versuchte, den Anschein von Gelassenheit zu wahren.

»Und Sie schwören mir, dass Sie nichts über das Wesen verlautbaren werden? Gegenüber keiner Menschenseele?«

»Ich schwöre es!«, sagte Carmelo feierlich, obwohl sein Puls sich beschleunigte, und er den Direktor am liebsten gepackt und geschüttelt hätte, um endlich die erhoffte Zusage zu hören.

»Nun gut, es kann ja nicht schaden, wenn Sie, wie Sie sagen, Experte für seltsame Kreaturen sind«, meinte der Direktor, wohl um seine eigenen Zweifel beiseitezuschieben. Dann endlich löste er seinen Schlüsselbund von einer Kette am Gürtel und winkte Carmelo auffordernd zu. »Kommen Sie, Monsieur Riccardo. Ich werde Ihnen das unglaubliche Wesen vorführen, das zu Forschungszwecken in meine Obhut gegeben wurde.«

Nun, nachdem er sich eine Entscheidung abgerungen hatte, ging Henri Ernest Baillon forschen Schrittes voran. Er führte Carmelo zu einem modernen Bau mit schmalen, vergitterten Fenstern. Er öffnete eine Pforte und dann noch einmal eine schwere Tür aus Eisen. »Kommen Sie, kommen Sie«, rief er und eilte voran eine Treppe hinunter, einen düsteren Gang entlang und durch eine dritte Tür, die in einen dunklen Raum führte. »Dies ist unser Quarantäneraum. Absolut sicher gegen die Umwelt abgeschirmt. Hier kommt keine Ratte oder Maus rein oder raus! Wir wollen bei unseren Untersuchungen unerklärlicher Phänomene ganz sichergehen, dass die Experimente nicht beeinflusst und dadurch die Ergebnisse verfälscht werden.«

Erst als der Direktor zwei Gaslampen entzündete, sah Carmelo, dass der hintere Teil des Raums von einem Käfig mit starkem Gitter eingenommen wurde. Im vorderen Bereich, den sie nun betraten, stand ein einfacher Sekretär mit einer aufgeschlagenen Ledermappe und zahlreichen aufeinandergestapelten Folianten. Auch in einem schlichten Regal sah er Bücher und Ordner mit Papieren. Zwei Stühle standen in sicherem Abstand vor dem Gitter. Auf einem Tisch entdeckte er seltsame Instrumente, aber auch eine Schüssel mit einem fleischigen Knochen, eine andere mit Eintopf, ein dunkles Brot und einen Becher. Die Instrumente daneben widersprachen allerdings jeder Gastlichkeit. Es waren Scheren und zangenähnliche Dinge, an der Wand lehnte eine lange Stange mit einer Spitze. Kleine, mit Korken verschlossene Fläschchen standen an der Wand aufgereiht. Einige enthielten ein paar Haare, andere eine klumpig dunkle Flüssigkeit.

Carmelo wandte sich dem hinteren Teil des fensterlosen Raumes zu, der neben dem nackten Steinboden nichts zu bieten hatte. Außer natürlich dem Wesen, das dort gefangen gehalten wurde. Carmelo hatte schon viel in seinem Leben gesehen, doch bei diesem Anblick setzte sein Atem kurz aus. Das Wesen sah aus wie ein Mensch – allerdings nur auf den ersten Blick! Sein Körper war gedrungen, breit und muskulös, die Arme wirkten unnatürlich lang. Doch es waren vor allem die Gesichtszüge mit dem breiten, vorgeschobenen Kinn und den wilden, hasserfüllten Augen, die jenseits von allem Menschlichen lagen.

»Nun, was sagen Sie?«, drängte der Direktor, nachdem Carmelo an das Gitter getreten war und die Kreatur eine Weile schweigend betrachtet hatte.

»Ich hörte, er habe Reißzähne wie ein Wolf«, sagte Carmelo.

»Ja, nehmen Sie die Stange. Er wird danach schnappen. Dann können Sie es gut erkennen.« Der Direktor drückte ihm das hintere Ende der Eisenstange in die Hand. »Nur zu. Es kann Ihnen nichts passieren«, forderte er Carmelo auf, sein Zögern missverstehend. So hässlich und unmenschlich diese Kreatur auch schien, wallte dennoch etwas wie Mitleid in ihm auf, sie in diesem Zustand zu sehen.

Die Bestie war mit dicken Tauen gefesselt. Die zerrissenen Reste dünnerer Seile zeugten von ersten vergeblichen Versuchen, sie zu bändigen. Eine schwere Eisenkette war mit Ringen an den Fußgelenken befestigt, eine zweite um den Leib geschlungen, eine weitere um die Kehle gelegt. Alle drei waren an Ringen an der hinteren Wand befestigt. So kauerte die Bestie, zur Bewegungslosigkeit verdammt, auf dem nackten Boden. Ihr Blick allerdings schwor, dass sie sich rächen und diejenigen in Stücke reißen würde, die ihr das angetan hatten.

Carmelo schüttelte die Schwäche ab und betrachtete das Wesen mit dem gewohnten berufsmäßigen Abstand. Er hatte schon viele Vampire gesehen, in ihrer Erscheinung einfachen Menschen gleichend, aber auch schöne, elegante und gebildete. Dieser hier glich mehr den Erzählungen, die er bei seiner Reise durch die Länder der Karpaten gehört hatte, die Walachei und das Fürstentum Moldau, die nun zusammen das Königreich Rumänien bilden würden, und vor allem in Transsilvanien, das unter dem Namen Siebenbürgen im vergangenen Jahrhundert Österreich-Ungarn zugeschlagen worden war. Carmelo hatte diese Geschichten gesammelt und peinlich genau notiert, doch es war ihm nie ein Vertreter dieser grausamen, tierhaften Vampire über den Weg gelaufen. Nun fand er ein Wesen, das den Beschreibungen und seinen Vorstellungen von diesen sehr nahekam. Wie gelangte so ein Vampir nach Paris? Wenn er denn einer war!

Carmelo schob die Stange durch das Gitter und näherte die Spitze dem Gesicht des Gefangenen. Der Hass in seinen Augen ließ ihn schaudern, doch er versuchte, sich nichts anmerken zu lassen.

Entgegen der Ankündigung des Direktors schnappte das Wesen nicht nach der Stange, beging aber auch keine sinnlosen Versuche, ihr auszuweichen. Carmelo berührte den Mund und schob die Oberlippe ein wenig hoch. Die Spitze der Stange war so scharf, dass ein Blutfaden über die Lippe und das stoppelbärtige Kinn rann. Das Gebiss war kräftig, aber keineswegs das eines Raubtieres, wie der junge Mann in der Oper es beschrieben hatte. Wollte er sich nur wichtigmachen und hatte deshalb maßlos übertrieben? Nicht unbedingt, wie Carmelo wusste.

»Fällt Ihnen etwas an seinen Zähnen auf?«, fragte Carmelo und schob die Lippen noch einmal auseinander.

»Sie halten das nun vielleicht für ein Gruselmärchen«, begann der Direktor vorsichtig, »doch ich versichere Ihnen, sie verändern sich. Als ich ihn das erste Mal sah und er hier tobte wie ein Wilder, konnte ich deutlich lange, spitze Reißzähne ausmachen!«

Carmelo nickte nur. »Wurde er bei seiner Gefangennahme verletzt? Ich sehe hier in seinen Kleidern und Haaren getrocknetes Blut. Ist es sein eigenes oder das seiner Häscher?«

»Sowohl als auch«, gab der Direktor zu. »Ich war nicht dabei, als sie ihn in einem unterirdischen Gang nahe der Oper überwältigten, doch ich weiß, dass er sich trotz des Netzes heftig gewehrt hat. Er soll auch zwei der Gendarmen gebissen haben. Er selbst kam mit mehreren Schnitt- und Schürfwunden hier an.«

»Ich sehe keine«, sagte Carmelo.

Der Direktor nickte eifrig. »Das ist noch so ein seltsames Phänomen. Die beiden tiefsten Wunden an seinen Armen sind noch zu sehen, wenn Sie den rechten Ärmel ein wenig hochschieben, da neben dem langen Riss im Stoff. Aber all die anderen Verletzungen waren nach einem Tag verschwunden, den er in einer Art Ohnmacht verbrachte.«

Carmelo nickte bedächtig. Er war sich seiner Sache inzwischen sicher. Er hatte einen Vampir vor sich, dennoch fragte er weiter.

»Ohnmacht?«

»Ja«, rief der Direktor. »Als die Männer ihn in der Nacht hierherbrachten, wehrte er sich mit allen Kräften, und es gelang uns nicht mehr, ihn zu überwältigen, nachdem wir ihn in diesen Käfig gebracht und er sich von dem Netz befreit hatte. Nichts konnte ihn beruhigen. Und dann plötzlich sackte er in sich zusammen, fiel zu Boden, schloss die Augen und regte sich nicht mehr bis zum Abend. Wir nutzten die Zeit, ihn zu binden, um ungefährdet den Käfig betreten und einige Experimente mit ihm machen zu können, um endlich zu erfahren, womit wir es zu tun haben. Und herauszufinden, wie wir uns gegen so eine Kreatur zur Wehr setzen können, sollte es – wovor Gott uns bewahren möge – noch mehr von ihnen geben.«

»Ein vernünftiger Gedanke. Ich habe die Erfahrung gemacht, wo es einen gibt, gibt es einen ganzen Clan von ihnen.«

»Ich hoffe doch nicht«, sagte der Direktor, eine Spur blasser um die Nase. »Wir wissen immer noch nicht, was er ist. Wie sollen wir diese Spezies bekämpfen?«

»In diesem Punkt kann ich Ihnen weiterhelfen.« Carmelo nahm einen Lappen und ein kleines Messer vom Tisch mit den Untersuchungsgeräten. Er schnitt sich damit in den Finger und ließ einige Tropfen auf das Tuch fallen. Dann steckte er es vorn auf die Spitze der Stange. »Passen Sie gut auf, Herr Direktor!«

Er steckte die Stange durch das Gitter und war noch nicht in Reichweite des Gefesselten gekommen, als dessen leblose Glieder plötzlich erwachten. Er wäre aufgesprungen, hätten die Ketten es nicht verhindert. Wild zerrte er an seinen Fesseln und riss den Mund zu einem Schrei auf, der dem Heulen eines Wolfes glich.

»Sehen Sie das?«, rief Carmelo und deutete auf die beiden Eckzähne, die nun lang und spitz bis über die Unterlippe ragten und noch immer zu wachsen schienen.

»Unglaublich!«, hauchte der Direktor und ließ sich auf einen der Stühle sinken.

»Nun haben Sie auch die Antwort auf die Frage, wovon er sich ernährt und warum er Ihr Essen verschmäht hat. Er ist ein Vampir, der nach menschlichem Blut lechzt!«

»Gott bewahre!«, rief der Direktor. »Ich dachte, diese Geschöpfe gehörten in Sagen und Geschichten, mit denen man Kinder erschreckt.«

»Ich versichere Ihnen, so ist es nicht. Sie existieren mitten unter uns, oft lange unerkannt, denn sie sind Meister der Täuschung und des Tarnens, die sich in nächtliche Schatten auflösen können und so ihre ahnungslosen Opfer überraschen. Sie trinken Blut, sie töten und sie machen unschuldige Menschen zu ihresgleichen!« Anklagend deutete er auf den Gefesselten hinter den Gittern, wieder ganz der große Vampirjäger. Direktor Baillon schwieg entsetzt.

»Glauben Sie wirklich noch immer, Sie hätten das Phantom der Oper gefangen?«

Baillon schüttelte den Kopf. »Ich weiß nicht. Ich habe Beschreibungen über ihn gehört und das da passt nicht im Geringsten. Er soll ein hochgewachsener, magerer Mann sein, stets im schwarzem Frack und mit einer Maske vor dem Gesicht, um seine grässliche Fratze, die einem Totenschädel gleicht, zu verbergen.«

Carmelo nickte zustimmend. »Ja, so habe ich es auch gehört, und ich sage Ihnen: Vielleicht haben die Männer das Phantom in den Gängen unter der Oper gejagt, gefangen aber haben sie einen Vampir, und der ist sicher nicht der Einzige, der in Paris sein Unwesen treibt. Erkundigen Sie sich! Gehen Sie zu den Ärzten, in die Krankenhäuser oder zu Ihrem Gesundheitsinspekteur und fragen Sie nach seltsamen Fällen von Blutarmut und Gedächtnisverlust. Fragen Sie die Kriminalpolizei nach ungeklärten Morden, nach bleichen, blutleeren Leichen mit Bisswunden am Hals. Ich sage Ihnen, Sie werden fündig werden, mehr als Ihnen lieb ist!«

Die beiden Männer schwiegen. Carmelo wusste, er musste dem Direktor Zeit geben, sich des Ausmaßes der Bedrohung bewusst zu werden, die von einer solchen Horde nächtlich herumschleichender, blutsaugender Bestien ausging, ehe er ihm seine Hilfe bei der Bekämpfung anbot und sein Honorar für diesen Akt der Güte nannte. Die Stille dehnte sich.

»Was können wir tun? Wir wissen ja gar nicht, ob es noch mehr von seiner Art gibt.«

Aha, er wollte sich drücken, sich in Sicherheit wiegen, weil die eine Bestie nun in seiner Hand war und keinen Schaden mehr anrichten konnte.

»Erkundigen Sie sich«, sagte Carmelo wieder. »Dann werden wir noch einmal miteinander sprechen. Rufen Sie alle zusammen, die in diesem Fall mitreden wollen und müssen, dann können Sie gemeinsam entscheiden.« Er hob den Hut und deutete eine Verbeugung an.

»Wie kann ich Sie erreichen?«, fragte der Direktor.

»Ich werde Sie erreichen«, gab Carmelo zurück. »In zwei Tagen komme ich wieder, kurz vor Sonnenuntergang. Dann sollten Sie alle versammelt haben. Oder Sie sagen mir, dass Sie nicht interessiert sind.« Er tippte noch einmal an seinen Hut. »Und nun wünsche ich eine Gute Nacht, Monsieur le Directeur.«

Mit beschwingten Schritten verließ Carmelo den Jardin des Plantes, dessen große Tore für die Nacht längst geschlossen waren.

***

Am Abend machten sich Clanführer Lucien und seine Getreuen samt ihren Ratten wieder auf die Suche nach dem verschollenen Seigneur. Die Erben blieben unter der Aufsicht weniger Servienten zurück und übten in den ersten Stunden noch einmal den Umgang mit ihren zukünftigen Helfern. Das Schwierigste war nach wie vor, sie unter Kontrolle zu halten, ohne sich wirklich auf jede Einzelne zu konzentrieren. Die Kontrolle musste im Untergrund des Geistes nebenher weiterlaufen, ohne dabei die Beschäftigung mit einer anderen Sache zu stören. Keinen wunderte, dass Ivy und Mervyn die schnellsten Erfolge vorzuweisen hatten – wenn auch Mervyn weit hinter Ivy zurückblieb, aber auch das war zumindest für Alisa, Franz Leopold und Luciano keine Überraschung.

Dieses Mal führten Jolanda und Gaston die Aufsicht. Tammo versuchte, Jolanda über ihr Leben bei der Räuberbande auszufragen, die vor ein paar Jahrzehnten ihr Versteck in einer Gipshöhle draußen bei der Sickergrube von Montfaucon gehabt hatte. Obwohl sie als junge Frau zum Vampir gemacht worden war, hatte sie bereits ein Dutzend Jahre bei der Mörderbande eines gewissen Rotarm gelebt, so viel hatte Tammo mit seiner hartnäckigen Fragerei erfahren. Sie hatten das kleine, dürre Mädchen wohl für manche Missetat gebraucht, für die die anderen zu groß oder schwer gewesen waren. Auch heute war ihr Körper einer zwanzigjährigen Frau kleiner und zierlicher als gewöhnlich, dennoch wagte keiner, ihre Stärke zu bezweifeln oder ihren Jähzorn herauszufordern. Diesen bekam Tammo fast zu spüren, der mit seiner Fragerei nicht lockerließ, obgleich sie ihn schon zweimal ermahnt hatte, er solle sich um seine Aufgabe kümmern und sie nicht weiter belästigen. Fernand griff nach seinem Arm.

»Lass es!«, raunte er. »Sie ist schlimmer als Claude und Sébastien zusammen, wenn sie in Wut gerät, und du bist ganz kurz davor, dass sie dir das Fell gerbt.«

Tammo war so schlau, sich den Rat zu Herzen zu nehmen, und machte sich wieder an seine Übung.

Kurz darauf ließ Gaston sie ohne eine Erklärung allein und verschwand in einem der Gänge. Auch Jolanda langweilte sich herzlich und dachte bald nur noch an ihren wachsenden Blutdurst, wie Franz Leopold den anderen verriet.

»Du weißt, dass es unhöflich ist, die Gedanken anderer zu lesen und dann auch noch weiterzuerzählen«, mahnte Ivy.

»Mag sein, aber es ist interessant«, gab er unbeeindruckt zurück. »Lange hält sie nicht mehr durch«, prophezeite er, ohne sie aus den Augen zu lassen. Und richtig, kaum eine halbe Stunde später wies Jolanda die Erben an, brav in der großen Halle zu bleiben und zu üben. Sie drohte noch, sie werde den Fortschritt am anderen Abend kontrollieren, dann war sie verschwunden.

Luciano rekelte sich. »Feierabend! Ich würde jetzt gern mit ihr gehen und mir eine ordentliche Blutportion besorgen.«

»Wo denn? Draußen bei den Abdeckern in Montfaucon?«, fragte Alisa.

Luciano leckte sich die Lippen. »Warum nicht?«

»Erstens weil das ziemlich weit ist – im Nordosten der Stadt, jenseits der Seine«, mischte sich Joanne ein, die seine Worte gehört hatte. »Und zweitens gibt es dort keine Abdecker mehr, genauso wenig wie die Voirie und die meisten Gipshöhlen. Sie wurden alle gesprengt. Die Abtrittgruben sind heute weiter im Norden im Wald von Bondy. Die Reste der gesprengten Voirie und der Gipshöhlen hat Baron Haussmann zu einem Park umbauen lassen, mit Seen, Grotten, Wasserfällen und Bergspitzen. Die Pariser lieben ihn!«

»Dann halt nicht«, gab Luciano resignierend auf. »Was machen wir dann?«, fragte er, nachdem sich Joanne abgewandt hatte.

»Ich finde, wir sollten den Pyras bei ihrer Suche nach ihrem verschwundenen Clanführer ein wenig unter die Arme greifen«, sagte Franz Leopold, und nichts deutete darauf hin, dass er dies im Scherz sagte.

Alisa sah die Aussichtslosigkeit eines solchen Unternehmens und auch den Ärger, den es mit sich bringen würde, dennoch siegte die Abenteuerlust.

»Du kommst doch mit, Ivy, oder?«, drängte sie. »Ich meine natürlich, du und Seymour«, verbesserte sie sich hastig, als sie den Blick des Wolfes bemerkte. Er schien dadurch allerdings nicht besänftigt.

Ivy lächelte ein wenig schief. »Wie kann ich euch alleine in euer Verderben laufen lassen? Wenn wir euch nicht abhalten können, dann begleiten wir euch.«

»Uns von unserem Vorhaben abhalten?«, rief Franz Leopold und machte ein kriegerisches Gesicht. »Versuche es nur!«

Ivy wehrte mit einem milden Lächeln ab. »Nein danke. Womöglich riskiere ich, gebissen oder in einen Sarg gesperrt zu werden. Nein, wenden wir uns besser der Vorbereitung dieses Unternehmens zu. Was brauchen wir, damit es gelingt?«

Luciano hob ungeduldig die Schultern. »Was sollten wir dafür brauchen? Wir sehen und hören uns um, suchen Spuren. Das ist alles.«

»Wollt ihr eine Lampe mitnehmen oder die Ratten?«, fuhr Ivy fort. »Ich könnte auch ein paar Fledermäuse rufen.«

»Fledermäuse!«, entschieden Alisa und Franz Leopold gleichzeitig. »Das ist einfacher als Ratten.«

»Noch«, meinte Alisa zuversichtlich. »In ein paar Nächten kann das schon ganz anders aussehen. Allerdings liebe ich das Echobild, das die Fledermäuse uns vermitteln. Die Ratten können einfach kein so detailliertes Bild der Umgebung liefern ...«

Luciano war es egal. »Hauptsache, ich laufe nicht gegen irgendwelche Pfeiler.«

»... solange Ivy dich führt«, ergänzte Franz Leopold missmutig.

Ivy sagte nichts. Sie forschte bereits nach Fledermäusen in den Gängen und rief sie zu sich. »Leider nur zwei. Vielleicht finden wir unterwegs noch welche.« Sobald die Tiere nahe genug waren, übergab sie ihre Führung Alisa und Franz Leopold. Sie selbst lockte ein paar Ratten an, überprüfte vorher aber sorgfältig, ob sie einem der

Pyras gehörten. Nicht dass sie noch mehr Ärger heraufbeschworen, als sie eh schon bekommen würden.

»Brauchen wir sonst noch etwas?«

Die anderen sahen sie nur ungeduldig an, als eine Stimme neben ihnen erklang. »Ich würde sagen, das hier!«

Es war wieder Joanne und sie ließ ihren Bund an Schlüsseln, Nadeln und Haken an einem Lederband hin und her schwingen. »Ohne die kommt ihr nicht weit. Alle Gitter und Türen sind verschlossen.«

»Nicht alle«, widersprach Franz Leopold. »Haben die Ratten nicht einen Zugang offen vorgefunden?«

Joanne nickte. »Ja, es kommt immer mal wieder vor, dass die Menschen ein Schloss sprengen – Diebe auf der Flucht vor den Gendarmen, Schmuggler auf der Suche nach neuen Wegen in die Stadt, ja auch Kinder der Straße, die sich für die Nacht lieber in einem der Abwasserkanäle oder den verlassenen Steinbruchhöhlen einrichten, statt unter freiem Himmel Regen und Schnee ausgesetzt zu sein.«

»Versperrt ihr ihnen dann den Zugang wieder?«, fragte Franz Leopold interessiert.

Joanne schüttelte den Kopf. »Meist sind es die Gendarmen. Es gibt spezielle Untergrundpatrouillen und Inspekteure, die auf alles Jagd machen, was ihrer Gesellschaft dort oben ein Dorn im Auge ist.«

»Vampire zum Beispiel?«, vermutete Luciano.

Joanne tat ein wenig beleidigt. »Natürlich nicht! Glaubst du, wir sind so ungeschickt, uns in ihr Bewusstsein zu drängen. Nein, sie haben mit ihren Räuberbanden, den Schmugglern, den Aufständischen und Widerstandskämpfern vor und nach jeder Revolution genug zu jagen.«

»Wir werden schon einen Weg finden«, sagte Luciano zuversichtlich. »Wir haben Ratten, die sich hier auskennen.«

»Die ihr auch aus der Ferne lenken könnt?« Joanne war skeptisch.

»Ivy kann alles!«, rief Luciano überzeugt.

»Und ich bin auch nicht ganz unerfahren im Öffnen von Schlössern«, ergänzte Alisa und zog ihre Sammlung von Einbruchswerkzeug aus ihrer Hüfttasche. Joanne begutachtete sie interessiert.

»Dennoch, was immer ihr auch vorhabt, es wird nicht funktionieren. Wo wollt ihr hin? Wie euch zurechtfinden? Geht ihr hinauf und fragt die Passanten nach dem Weg?«

»Wenn es sein muss«, gab Franz Leopold zurück.

»Wir könnten aber auch die, die sich hier auskennt, fragen, ob sie uns begleitet und uns führt«, sagte Ivy freundlich.

Joanne strahlte. »Ja, klar. Wo wollt ihr denn hin?«

»Zur Oper, das heißt zuerst zu der Stelle, an der euer Seigneur verschwunden ist.«

»Das ist ein weiter Weg«, gab Joanne zu bedenken. »Die Oper liegt auf der anderen Seite der Seine.«

»Ja, und? Die Nacht ist noch jung, wir sind schnell und wir wollen Paris kennenlernen«, widersprach Luciano.

Joanne grinste noch breiter. Sie stieß einen Pfiff aus, dem sofort vier Ratten folgten. »Also, dann los. Ich führe euch auf dem schnellsten Weg zur Oper.«

»Und ich dachte, sie will uns unseren Ausflug vermiesen«, sagte Alisa leise zu Ivy. »Wer hätte gedacht, dass sie mitkommen will!«

»Fernand und Tammo haben sich alleine davongemacht. Ich denke, sie hat keine Lust, die ganze Nacht in der Höhle zu sitzen und auf ihre Rückkehr zu warten«, vermutete Ivy.

* * *

Beim Geräusch der sich nähernden Schritte sprang Latona auf und ließ Alexandre Dumas' Roman *Le Comte de Monte-Christo,* in dem sie seit Stunden gelesen hatte, achtlos auf das Ruhebett fallen. Die Schritte verhallten vor der Tür, die Klinke senkte sich. Lautlos wurde die Tür aufgeschoben.

»Carmelo! Wo warst du so lange?«

»Ach, du bist noch wach?«

Mit schuldbewusster Miene trat Carmelo in das Hotelzimmer, das er mit einem weiteren angrenzenden Schlafzimmer zusammen mit Latona bewohnte.

»Ja, ich bin noch wach! Ich konnte nicht schlafen, denn ich habe mir Sorgen gemacht. Sagtest du nach dem Essen nicht, du würdest dir nur noch kurz die Beine vertreten, das Kaninchen läge dir ein wenig schwer im Magen? Und nun ist es weit nach Mitternacht!«

Carmelo trat ein und schloss die Tür hinter sich. Er schien mit sich zu ringen. »Verzeih, es lag nicht in meiner Absicht, dich zu beunruhigen. Du sagtest, du seist müde und wolltest zu Bett gehen, daher dachte ich mir nichts dabei.«

Latona machte eine ungeduldige Handbewegung. »Wo bist du so lange gewesen?«

Ein ärgerlicher Zug trat in seine Miene. »Ich glaube, du verkennst die Tatsachen. Ich bin der Onkel und du die Nichte, nicht andersherum. Ich bin dir keine Rechenschaft schuldig.«

Traurig ließ sich Latona auf das Ruhebett sinken. »Du verbirgst etwas vor mir. Hast du etwa dein Versprechen gebrochen?« Tränen traten ihr in die Augen.

Carmelo versuchte sich an einem beruhigenden Lächeln. Er durchquerte das Zimmer und ließ sich neben ihr auf die gepolsterte Bank sinken.

»Was machst du dir nur für Gedanken. Vergiss diese Geschichten endlich. Kein Blutsauger soll dein Leben mehr belasten.«

»Dann sage mir, wo du gewesen bist und was dich so lange aufgehalten hat.«

Carmelo seufzte. Er zögerte noch einen Moment. »Gut, wenn du es unbedingt wissen willst. Auch wenn das kein Gesprächsthema für ein junges Mädchen ist.« Sie sah ihn nur ernst an.

»Ich habe auf der Straße einen alten Bekannten getroffen, der auf dem Weg in ein Lokal war, das in Paris immer mehr an Berühmtheit erlangt. Ein Tanzlokal, in das man allerdings keine anständige Frau mitnehmen würde. Die Damen, ich meine die Tänzerinnen, sind eher spärlich bekleidet, daher trifft man in dieser Lokalität am Pigalle auch fast nur Männer unter den Gästen an.«

»Und? Hat es dir gefallen?«, fragte Latona kühl.

»Äh ja, ich kann es nicht abstreiten. Die Tänzerinnen sind gut gewachsen und schön anzusehen.«

Die Verzweiflung wich Neugier. »Erzählst du mir davon? Wie ist es? Was tanzen sie dort? Wie sind sie angezogen?«

»Wie ich schon sagte, das ist nichts für dich. Geh nun zu Bett.«

»Du wirst mich also niemals dorthin ausführen«, sagte Latona missmutig.

»Nein, ganz bestimmt nicht! Lass uns morgen ins Theater gehen oder in die Operette. Wir müssen unbedingt Jacques Offenbachs *Orphée aux Enfers* sehen – oder *Orpheus in der Unterwelt*, wie es übersetzt heißt.«

»Ja, gerne«, sagte Latona, obwohl sie sich des Gefühls nicht erwehren konnte, ihr Onkel verberge noch immer etwas vor ihr und wolle sie mit diesem Angebot nur von ihrer Spur ablenken.

»Gute Nacht!«, sagte er bestimmt und drückte ihr einen Kuss auf die Stirn.

Sie erwiderte den Gruß, erhob sich und ging in ihr Schlafzimmer nebenan. Während sie sich auskleidete und unter die dicke Daunendecke schlüpfte, versuchte sie zu ergründen, was sie so irritierte.

Es ist sein Geruch, dachte sie beim Einschlafen. Er riecht nicht nach Wein und billigem Parfum, wie man es nach dem Besuch eines solchen Etablissements erwarten sollte. Sie roch etwas anderes, Seltsames, das sie nicht bestimmen konnte.

In dieser Nacht träumte Latona von wilden Tieren und den weiten, kahlen Fluren eines Krankenhauses und seinem unverkennbaren Geruch nach Wunden, fiebernden Menschen und Karbol.

SELTSAME LICHTER IN
DER UNTERWELT

Joanne brachte sie rasch voran. Sie wusste genau, welche Pfade sie einschlagen, welche Gitter öffnen und Leitern sie erklimmen mussten. Die Ratten fanden stets ihren eigenen Weg, waren aber immer in der Nähe und lieferten Ivy erstaunliche Informationen, die sie, so gut es ging, mit Luciano teilte. Er verließ sich ganz auf Ivy, hielt ihre Hand und ließ sich führen. Alisa und Franz Leopold kamen hinter ihnen her, hielten aber ein wenig Abstand. Ivy konnte ihr Geplänkel hören. Dann wieder schwiegen sie einmütig und ließen sich von den Echobildern ihrer Fledermäuse beeindrucken.

Plötzlich hielt Joanne inne. »Leise, wir müssen mal sehen, ob wir dort vorne durch die Höhle kommen. Vorsichtig jetzt!«

»Was ist das?«, raunte Ivy. Schon bevor sie den Lichtschimmer bemerkte, der rasch heller wurde, hatten die Ratten ihr den Eindruck einer großen Kaverne gesandt, in der sich Menschen aufhielten. Die Nager konnten sie riechen, zusammen mit einem beißenden, rauchigen Gestank, den weder die Tiere noch Ivy einordnen konnten. Nun, da sie um zwei weitere Ecken gebogen waren, wurde das Licht blendend hell. Ivy kniff die Augen zusammen.

»Es wird noch schlimmer, passt auf, dass ihr die Augen schließt, wenn der Blitz kommt. Ich sage euch Bescheid«, warnte Joanne.

Nun konnte sie auch menschliche Stimmen hören und die Männer selbst riechen. Es mussten zwei oder drei sein.

»Wir ziehen uns lieber zurück«, entschied Joanne, nachdem sie aufmerksam gelauscht hatte, dann fluchte sie. »Das wird ein ganz schöner Umweg. Die anderen Passagen sind vermauert.« Sie verstummte. »Augen zu!«, zischte sie.

Die anderen gehorchten, ohne zu fragen. Ein Lichtblitz erhellte den Gang, der sie sogar durch die geschlossenen Lider blendete. Der Gestank des Rauches drang ihnen in die Nase.

»Was war das?«, fragte Ivy und wunderte sich, dass sich Franz Leopold und Luciano nach Alisa umdrehten.

»Das erinnert mich an etwas«, knurrte Franz Leopold.

»Oh ja, mich auch«, stimmte ihm Luciano heiter zu. Ivy und Joanne blickten Alisa fragend an. Diese nickte langsam.

»Ja, so wie es riecht, ist es das gleiche Material. Wenn man dünne Magnesiumstreifen oder auch ein Pulver dieses Metalls verbrennt, gibt es einen solchen Lichtblitz. Es geht unheimlich schnell und das Licht ist für einen Augenblick sehr grell.«

»Was du so alles weißt«, wunderte sich Ivy.

Alisa war ein wenig verlegen. »Ja, ich trage immer ein wenig Magnesium bei mir und habe es bereits erfolgreich angewendet.«

»Ja, den Erfolg könnte man durchschlagend nennen«, grinste Luciano, während Franz Leopold missmutig zu Boden starrte.

»Da scheint irgendetwas an mir vorbeigegangen zu sein«, meinte Ivy. »Wollt ihr es mir nicht erzählen?«

»Gerne!«, sagte Luciano. »Es war in Rom, zu Beginn des ersten Akademiejahres …«

»Vielleicht ein anderes Mal«, widersprach Alisa, während Franz Leopold stumm blieb. Ivy drang nicht länger in sie. Sie fing ein paar Gedanken über die Domus Aurea und einen ungleichen Kampf zwischen zwei Dracas und einem Nosferas auf und konnte sich den Rest zusammenreimen.

»Ja, und wozu brauchen es die Menschen?«, fragte sie, nachdem Joanne sie vor einem weiteren Lichtblitz gewarnt hatte und sie erneut die Augen schließen mussten.

»Sie nennen es Fotografie«, sagte Alisa, als die wohltuende Dunkelheit sie wieder umhüllte. »Sie machen Abbilder von der Wirklichkeit und bannen sie auf Papier. Es gehen zwar die Farben verloren, aber ansonsten wird alles naturgetreu festgehalten.«

»Ach ja, solche Bilder habe ich schon gesehen. Anscheinend brauchen sie viel Licht dazu.«

»Oder sie müssen die Linse vorne auf dem Apparat sehr lange offen lassen. Vermutlich sammelt sich dann das wenige Licht an. Allerdings darf sich das Objekt, das sie auf die Platte und dann auf Papier bannen wollen, während dieser Zeit überhaupt nicht bewegen. Sonst wird die Aufnahme unscharf.«

»Du bist wie immer ein unerschöpflicher Quell des Wissens.« Sicher wider Willen klang Franz Leopolds Stimme bewundernd.

Auch Joanne nickte beeindruckt. »Deshalb verwendet er diese Puppen. Ich habe mich immer gefragt, warum er nicht einen der Arbeiter oder Besucher bittet, für die Aufnahmen zu posieren.«

»Was?«

»Ich zeige es euch. Kommt weiter, aber haltet euch verborgen – vor allem Seymour sollte seine Nase nicht zu weit vorstrecken. Es wäre nicht gut, wenn sie ihn entdecken.« Der Wolf brummte missmutig.

Die anderen folgten Joanne, die sich, eng an die Wand gedrückt, langsam näher schlich. Endlich konnten sie um die Ecke in eine weiträumige Höhle sehen, deren Decke von mehreren noch aus dem ursprünglichen Kalkstein bestehenden Pfeilern gestützt wurde. Links von ihnen, im hinteren Drittel, entdeckten sie vier Männer. Nein, das war seltsam. Es waren nur drei Menschen. Der Vierte war eine Art Puppe in Lebensgröße, die wie ein einfacher Arbeiter gekleidet war. Sie trug sogar die typische, zottelige Haartracht der *carriers*. Einer der Männer stellte die Puppe neben eine Steinsäule in Positur, als sei sie in einem Steinbruch bei der Arbeit, ein anderer richtete die Gaslampen nach Anweisungen des Dritten aus, der hinter dem Fotoapparat stand. Der große schwarze Kasten war auf einem hölzernen Dreibein befestigt.

»Mehr nach links. Das Gesicht und der Steinbrecher in seiner Hand müssen besser ausgeleuchtet werden«, sagte der Mann hinter der Kamera.

»Was macht er da und warum?«, wisperte Ivy.

»Das ist Nadar, der berühmte Fotograf, in dessen Atelier am Boulevard des Capucines sich alle möglichen Künstler einfinden, um sich von ihm ablichten zu lassen. Ganz Paris redet über ihn, seit er anfing, Fotografien in den Abwasserkanälen, den Katakomben und unterirdischen Steinbrüchen zu machen. Jetzt bereitet er eine Aufnahme ohne diesen hellen Blitz vor. Das dauert zehn oder zwölf Minuten, und so lange dürfen die Männer nicht herumlaufen, sonst regt er sich ganz fürchterlich auf.«

»Wie kommen wir jetzt weiter?«, fragte Franz Leopold.

»Wir schleichen uns dort an der gegenüberliegenden Wand entlang«, schlug Joanne vor. »Dort dringt kaum Licht hin. Wir sind schnell und außerdem sind sie auf ihre Arbeit konzentriert. Ansonsten müssten wir einen großen Umweg auf uns nehmen oder an die Oberfläche steigen.«

Das war natürlich auch eine verlockende Möglichkeit, aber Ivy stimmte Joanne zu, dass es einfacher war, die Höhle hier zu queren.

»Seymour, bleib dicht bei mir!« Der Wolf schien eine Antwort nicht für notwendig zu erachten. Joanne sah noch einmal zu den drei Männern hinüber, dann gab sie das Signal.

Lautlos huschten die Vampire und der Wolf an der Wand entlang und erreichten die schützende Dunkelheit des gegenüberliegenden Ganges, ohne dass die Menschen etwas bemerkten. Sie warteten kurz, bis die Ratten, die sie noch immer begleiteten, sie wieder eingeholt hatten, dann setzten sie ihren Weg in gemächlicherem Tempo fort.

Alisa war in ihren Gedanken noch immer bei dem Fotografen in der Höhle hinter ihnen. »Zwölf Minuten«, murmelte sie. »So lange dauert es bei diesen Lichtverhältnissen, dass eine Aufnahme hell und scharf wird. Das ist interessant. Kein Wunder, dass er sich lebensechter Puppen bedient. Menschen können nicht so lange still halten.«

»Für einen Vampir wäre das keine Schwierigkeit«, sagte Luciano verächtlich.

»Du musst auch nicht atmen, wenn du nicht willst«, erinnerte ihn Alisa.

»Es ist ja nicht nur das«, widersprach er. »Wir sind viel schneller als sie, wenn wir wollen, aber eben auch völlig reglos, wenn es sein muss über Stunden. Unser Wille gebietet über unseren Körper. Die Menschen sind schwache Geschöpfe, die unendlich vielen äußeren Einflüssen und Zwängen unterworfen sind.«

Ivy wiegte den Kopf. »Sicher, an körperlicher Kraft und Schnelligkeit sind wir ihnen überlegen, aber ich weiß nicht, wer den größeren

Zwängen unterliegt. Sie können sich Tag und Nacht frei bewegen, wir fallen in eine Todesstarre, die wir nicht durchbrechen können, und verbrennen, wenn uns ein Sonnenstrahl trifft. Sie trinken und essen die unterschiedlichsten Dinge. Uns dürstet nur nach Blut, und wenn wir keines bekommen, werden wir immer stärker von diesem einen Drang beherrscht. Eine freie Wahl haben wir nicht.«

Luciano hob die Schultern. Er wollte sich auf kein philosophisches Streitgespräch mit Ivy einlassen. Es war ihm lieber, still neben ihr herzulaufen und ihre Hand in der seinen zu spüren.

Alisa beschleunigte ihre Schritte, bis sie neben Joanne ging, und fragte sie noch ein wenig über Nadar aus. Joanne legte grübelnd die Stirn in Falten.

»Ich weiß nur, dass er Fotografien von Schauspielern und Malern macht und im Schaufenster seines Ateliers ausstellt und dass er ein Luftgefährt gebaut hat und damit geflogen ist.«

»Ein Ballon?«, rief Alisa erstaunt. Joanne nickte.

»Ha!«, rief die Vamalia triumphierend. »Dann habe ich schon von ihm gehört. Nadar hat ein Schraubenluftschiff konstruiert, und man behauptet, er habe damit Jules Vernes zu dem Roman *Fünf Wochen im Ballon* inspiriert. Er nannte seinen Riesenballon *Le Géant* und flog mit ihm von Paris bis nach Hannover. Zusammen mit Jules Vernes hat er eine Gesellschaft gegründet, die die Konstruktion von Luftschiffen fördert.«

Zu Lucianos Erleichterung erreichten sie nun die Seine und mussten sich entscheiden, ob sie die unterirdischen Gänge verlassen oder den Fluss in einem Abwasserkanal unterqueren wollten. Alisa unterbrach ihren Vortrag.

»Was schlägst du vor?«, fragte sie Joanne.

Diese überlegte einige Augenblicke. »Es geht beides. Fernand und ich sind schon öfter durch den Kanal gegangen. Das Rohr ist weit genug, dass man sich gut bewegen kann, und schon ist man wieder oben.«

»Und nur ein wenig nass und mit allem besudelt, was an menschlichen Hinterlassenschaften im Kanal so herumschwimmt«, ergänzte Franz Leopold, erntete von Joanne aber nur ein Schulterzucken.

»Es wundert mich, dass ihr Pyras bei dieser Einstellung überhaupt noch an Beute herankommt. Riechen die Menschen euch nicht schon über Meilen?«

Joanne ignorierte seine Bemerkung und wandte sich stattdessen an Ivy. »Was ist mit deinem Wolf. Er muss atmen, nicht wahr?«

Ivy nickte. »Ja, er ist kein schlechter Taucher, aber wenn es nicht unbedingt notwendig ist, würde ich vorschlagen, wir gehen an die Oberfläche und benutzen eine der Brücken.«

»Ist mir auch recht. Also dann kommt.« Joanne führte die Freunde zu einer Leiter – die sie Seymour hinaufheben mussten –, schloss das Gitter am Ende auf und trat dann in eine einsame, nächtliche Gasse hinaus, die sie zum Seineufer brachte. Lautlose Schatten huschten über die Brücke und verschwanden am anderen Ufer wieder unter der Erde.

»Wir sollten an der Stelle anfangen, an der die Spur eures Seigneurs zum letzten Mal aufgenommen werden konnte«, sagte Franz Leopold. Joanne nickte.

»Wir sind auf dem Weg dorthin.«

»Kennst du die Stelle denn? Du warst bei der Suche doch nicht dabei«, wunderte sich Luciano.

»Nein, ich kenne sie nicht«, gab Joanne freimütig zu.

»Aber wie kannst du dann behaupten …?«, begann Alisa, aber Franz Leopold unterbrach sie.

»Die Ratten sind unsere Führer, falls dir das noch nicht aufgefallen sein sollte, nicht Joanne. Sie folgt ihren Anweisungen.«

»So ist es«, bestätigte die Pyras und stieg in einen der schmaleren Kanäle ab, in dem zum Glück nur wenig Wasser floss. Dafür häufte sich zu beiden Seiten stinkender Unrat, um den sie, so gut es ging, herumbalancierten.

»Es ist schon eine erstaunliche Symbiose, die die Pyras mit den Rattenstämmen eingegangen sind«, meinte Ivy, als sie wieder in einen trockenen Gang wechselten, der eher wie ein ausgedehnter Keller oder ein Verlies anmutete.

»Still!«, stieß Franz Leopold aus. »Spürt ihr es nicht? Dort vor uns ist ein Mensch unterwegs.«

Die anderen blieben stehen und nahmen die Witterung auf. Es gab hier viele Gerüche. Zu viele. Von Ratten, Vampiren und Menschen. Doch sie alle waren Tage oder zumindest mehrere Stunden alt. Darüber schwebte etwas – ganz frisch –, das zu einem Menschen gehören musste. Hier an dieser Stelle war er allerdings nicht langgekommen.

»Dort vorn ist eine Kreuzung, die rechts in die Gewölbe unter der Oper und zum unterirdischen See führt«, wisperte Joanne den anderen zu.

Vorsichtig näherten sie sich der Stelle und merkten, dass der Geruch intensiver wurde. Ja, er war aus diesem Gang gekommen und ging nun vor ihnen den Weg, den auch die Ratten ihnen wiesen.

»Es ist seltsam«, meinte Alisa und zog die Nase kraus.

»Was?«, wollte Luciano wissen.

»Der Geruch dieses Menschen. Er ist anders. Da ist etwas Wildes, wie man es bei den Werwölfen wahrnehmen kann, und doch ist es kein Raubtier. Und dann sind da noch Spuren von ganz fremden Stoffen, die ich nicht aufschlüsseln kann. Ein wenig Schwefel? Schwarzpulver? Etwas Ätzendes? Und etwas unangenehm Süßliches.«

Ivy war ein paar Schritte vorgetreten und lauschte in den Gang hinein. »Ich kann nichts hören und Seymour auch nicht. Wir müssten seine Schritte vernehmen. Kein Mensch kann sich so leise fortbewegen!«

»Dann hat er sich irgendwo am Weg verborgen«, schlussfolgerte Franz Leopold.

Joanne schüttelte den Kopf. »Nein, er ist tatsächlich fast so leise wie ein Vampir unterwegs. Ich habe nie herausgefunden, wie er das schafft. Vermutlich liegt es daran, dass er so ähnlich lebt wie wir – ich meine nicht, dass er Blut trinkt –, doch er lebt vor den Menschen verborgen in der Dunkelheit der unterirdischen Gewölbe.«

»Wer?«, fragte Luciano.

»Der Mann vor uns, den die anderen Menschen das Phantom der Oper nennen.«

***

»Eine seltsame Zeit«, sagte Alain Viré und strich sich sein dunkelbraunes Haar zurück. Er war mit seinem Sohn Armand gekommen, ein aufgeweckter Junge von etwa zehn Jahren, der sich neugierig umsah und die exotischen Tiere in ihren Käfigen betrachtete.

Der junge Geograf und Höhlenforscher Edouard-Alfred Martel nickte. »Und Sie sind sich ganz sicher, dass er sieben Uhr *abends* gesagt hat?«

Alfred Girard, der führende Zoologe am Institut, das zum Jardin des Plantes gehörte, nickte. »Ja, das war sein ausdrücklicher Wunsch. Das heißt, eigentlich der Wunsch des Mannes, den er uns vorstellen möchte. Wo er nur bleibt?«

In der Nähe quietschte eines der Gittertore, und als die Männer sich umwandten, sahen sie Baillon zusammen mit Olivier Halanzier-Dufresnoy, den Direktor der Oper, einen Mann in den Kleidern eines einfachen Bühnenarbeiters und einen fremden Herrn um die fünfzig, den Baillon ihnen als Carmelo Riccardo vorstellte.

»Wir müssen uns beeilen«, drängte Carmelo und schob Baillon auf die Tür des Quarantänehauses zu.

»Warum?«, wollte dieser verdutzt wissen. »Sie haben doch auf diesem späten Termin bestanden und gesagt, wir sollten uns für die gesamte Nacht nichts anderes vornehmen.«

»Ja, nun aber ist Eile geboten, damit ich den ersten Beweis für seine Identität erbringen kann«, sagte Carmelo und eilte auf den Raum mit den Gittern zu, in dem das gefangene Wesen in einem todesähnlichen Schlaf am Boden kauerte. Die anderen Männer folgten ihnen und drängten sich hinter den beiden in den Raum. Obgleich sowohl Martel als auch Girard beim Einfangen der Kreatur mitgeholfen hatten, stand ihnen die Neugier ins Gesicht geschrieben. Am unverhohlensten drängte sich der Junge nach vorn und betrachtete das erstarrte Biest, das selbst jetzt noch wild und gefährlich wirkte.

»*Das* soll das Phantom der Oper sein?« Die helle Stimme des Jungen schallte durch den Raum.

»Es ist ja noch immer bewusstlos«, sagte Martel enttäuscht. »Ich dachte, die Betäubungspfeile hätten nicht gewirkt.«

»Vielleicht haben sie eine Weile gebraucht, um zu wirken, und nun kreist zu viel Betäubungsmittel durch seinen Körper. Wenn wir Pech haben, wacht er gar nicht mehr auf«, meinte der Zoologe düster.

»Das müssen Sie nicht befürchten«, widersprach Carmelo. »Er wird jeden Augenblick erwachen und wilder sein denn je.«

»Woher wollen Sie das wissen?«, fragte der Zoologe verblüfft, doch da stieß der junge Viré einen Schrei aus. »Seht! Es kommt zu sich.«

Und wirklich. Ein Zittern durchlief den massigen Körper, dann sprang die Bestie unvermittelt auf die Beine und nahm eine Stellung wie zum Angriff ein – soweit ihre Fesseln es ihr gestatteten.

»Wie konnten Sie das wissen?«, drängte nun auch Martel.

»Die Sonne ist untergegangen«, antwortete Carmelo schlicht, ohne sich um die fragenden Gesichter zu kümmern.

»Nun, ist das euer Phantom?«, wollte er vom Direktor der Oper wissen, der aber schob den Bühnenarbeiter vor. »Er ist einer der wenigen, die ihm von Angesicht zu Angesicht gegenübergestanden und dies nicht mit dem Leben bezahlt haben«, sagte er mit schwacher Stimme und wischte sich den Schweiß mit einem riesigen Taschentuch vom Schädel, obwohl es hier drinnen eher kühl war. Der alte Mann überlegte nicht lange und schüttelte vehement den Kopf.

»Ich weiß nicht, was Sie da eingefangen haben. Bei Gott, von so einer Kreatur habe ich noch nie gehört, aber das Phantom der Oper ist es ganz sicher nicht! Hätte mich auch gewundert, wenn er sich so einfach in eine Falle locken und einsperren hätte lassen. Er ist ein Magier, der sich sogar in Rauch auflösen kann. Man kann ihn nicht festhalten!«, sagte er mit Ehrfurcht in der Stimme. Nach dieser langen Rede trat er zurück, verschränkte die Arme vor der Brust und sagte nichts mehr.

»Sie hören es«, schnaufte der Direktor der Oper. »Er ist es nicht. Er gleicht auch nicht den Beschreibungen, die man hört.«

»Dann haben Sie das Phantom nie mit eigenen Augen gesehen?«, wunderte sich der Höhlenforscher Martel.

»Nein, und ich lege auch keinen Wert darauf. Können wir dann gehen? Wie ich sehe, konnten Sie mein Problem nicht beseitigen, daher geht mich das dort drin nichts mehr an. Meine Herren, ich empfehle mich. Ich erwarte heute Abend ein volles Opernhaus und muss mich um meine Gäste kümmern. Komm, Rémi, gehen wir.«

Die beiden Männer verließen den Jardin des Plantes und ließen die anderen schweigend in Betrachtung der Kreatur zurück, die ab und zu knurrte und die Zähne zeigte.

»Die Eckzähne sind außergewöhnlich lang und spitz«, sagte der Junge fachmännisch und beugte sich ein wenig vor. »Was frisst es? Haben Sie es herausgefunden, Monsieur Girard?« Er drehte sich zu dem Zoologen um, der den Kopf schüttelte.

»Er reagiert auf Blut«, sagte Henri Ernest Baillon leise, seine Stimme zitterte leicht. Der Junge drehte sich mit einem Ruck um.

»Menschenblut?« Der Direktor nickte kaum merklich.

»Dann ist das hier ein Vampir!« Armand betrachtete den Gefangenen mit Interesse. »Hast du gehört, Papa? Ihr habt einen Vampir gefangen.«

»Das hast du richtig erkannt, mein Junge«, bestätigte Carmelo. Die anderen Männer sahen einander an. Ihre Blicke schwankten zwischen ungläubig und ein wenig furchtsam.

»Ich habe es gewusst!«, rief Armand triumphierend. »Maman sagt immer, diese Geschichten über Vampire seien erfunden, um kleine Kinder zu erschrecken.«

»Nein, das sind sie nicht«, widersprach Carmelo, »und es gibt mehr Vampire auf dieser Welt, als wir uns vorstellen möchten.«

»Dann glauben Sie, in Paris gibt es noch mehr wie ihn?«, wollte der Junge wissen. Ihn schien der Gedanke nicht zu beunruhigen.

»Ich bin davon überzeugt. Sie leben in Rudeln, in großen Familienverbänden. Das hier ist nur der Anfang!« Carmelo machte eine Pause und ließ den Blick über die Gesichter der Männer schweifen, um die Wirkung seiner Worte zu prüfen.

»Woher wissen Sie das? Kennen Sie sich mit Vampiren aus, Monsieur?«, erhob sich wieder die helle Stimme des Jungen.

»Ich habe in vielen Ländern dieser Erde Vampire gejagt und vernichtet«, sagte Carmelo. »In Rom gab es Dutzende von ihnen. Alte und Junge, Männer und Frauen, aber alle gefährlich – tödlich! Es ist eine Seuche, die sich ausbreitet.«

»Wie die Cholera?«, fragte der Junge.

»Ja, so kann man sagen«, stimmte Carmelo zu. »Sie suchen sich ihre Opfer, rauben ihr Blut und machen sie zu einem der Ihren. So werden sie immer mehr, bis sie ganz Paris unterwandert haben. Meine Herren, Sie haben allen Grund zur Furcht. Die Vampire sind unter Ihnen und Sie können bei Nacht nirgends mehr sicher sein!«

»Nun übertreiben Sie aber!«, protestierte der Zoologe. »Wie könnte das sein, wo in Paris noch nie ein Vampir gesichtet wurde! Noch nie habe ich etwas von einem Angriff dieser Blutsauger gehört.«

»Weil Sie nicht richtig hinhören«, meinte Carmelo und wandte sich an Baillon. »Herr Direktor, ich habe Ihnen eine Aufgabe gegeben. Haben Sie sie erfüllt? Ich denke schon, sonst wären wir wohl nicht zu dieser Stunde hier versammelt.«

Baillon nickte ein wenig gequält. »Ja, ich habe sowohl in den Krankenhäusern als auch bei der Polizei nachgefragt.«

»Und?«

»Es gibt erschreckend viele Opfer mit Wunden an Hals und Kehle, die unter Schwäche und Blutarmut leiden, verwirrt sind und sich an einzelne Stunden oder ganze Tage nicht erinnern können.«

»Und die Toten?«

»Leichen, ja, blass und blutleer, draußen in den Gipshöhlen oder im Süden in den alten Steinbrüchen. Ein paar wurden durch die Sammler der großen Abwasserkanäle angeschwemmt. Meist wurden sie nicht als vermisst gemeldet. Die verschwundenen Personen, nach denen ich ebenfalls fragen sollte, sind nicht eindeutig in ihrer Zahl zu bestimmen. In Paris verschwinden viele Menschen und keiner kümmert sich darum. Gerade wenn dies nicht in bürgerlichen Kreisen passiert, sondern unter denen, die keine feste Arbeit und keine Wohnung haben, können sie mir nicht helfen, hat der Kriminalpolizist gesagt.«

Carmelo beugte sich vor. »Ich will nicht behaupten, dass alle Mordopfer und Vermissten auf das Konto der Vampire gehen, aber diese Kreaturen«, er deutete mit einer ausholenden Geste auf den Gefesselten, »sind mit Sicherheit für die allermeisten verantwortlich. Sie dürfen nicht die Augen vor der Wahrheit verschließen. Sie müssen die Bestien, die den Untergrund von Paris verseuchen, vernichten!«

Erst herrschte Totenstille, die nur ab und zu durch das Knurren des Vampirs durchbrochen wurde, dann begannen die Männer, aufgeregt durcheinanderzureden. Carmelo lehnte sich gegen die Wand und wartete geduldig. Sie würden schon noch zur einzig richtigen Entscheidung kommen – hoffte er jedenfalls. Dann wäre ein langer und bequemer Aufenthalt in Paris gesichert, und er würde auch nicht das luxuriöse Hotel verlassen müssen, in dessen Zimmerfluchten er sich mit Latona eingemietet hatte.

Latona. Der Gedanke an sie versetzte ihm einen Stich und ein ungutes Gefühl breitete sich in seiner Magengrube aus. Wie sollte es ihm gelingen, seine Jagd nach den Vampiren vor ihr geheim zu halten? Er würde sich verdammt gute Ausflüchte suchen müssen. Sie war für ihr Alter viel zu aufgeweckt und schlau. Sie einzuweihen, kam gar nicht infrage. Nicht nach der Sache in Rom und seinem Versprechen. Er würde es nicht ertragen, die Enttäuschung über seinen Verrat in ihren Augen lesen zu müssen. Doch hatte er eine Wahl?

»Nun, meine Herren?«, fragte er, als die Diskussion ein wenig ruhiger wurde.

»Ich bin dafür, dass diese Kreaturen vernichtet werden!«, rief Alain Viré.

»Sie sind gefährlich und wider die Natur«, stimmte ihm der Direktor zu.

»Man sollte einige behalten und sie studieren«, schlug Girard, der Zoologe, vor.

»Und ich bin dafür, dass wir sie erst einmal finden, bevor wir weiter überlegen, was wir mit ihnen anstellen!«, sagte Edouard-Alfred Martel ruhig. Die Männer starrten ihn an. Der Junge kicherte hinter vorgehaltener Hand.

»Sie haben dieses Exemplar in den unterirdischen Gängen gefunden?«, sagte Carmelo und unterdrückte seinen Ärger über die spöttische Bemerkung des jungen Höhlenforschers. »Dort werden auch die anderen sein.«

Martel nickte. »Da stimme ich Ihnen zu. Nur ich wiederhole, dort unten müssen wir sie erst einmal finden.«

Carmelo bemerkte, dass der Direktor schauderte und ein wenig betreten dreinblickte. »Es wird doch Pläne von diesen Schächten und Gängen geben!«

»Oh ja, die gibt es«, sagte der Höhlenforscher heiter. »Unzählige Pläne für noch mehr Kavernen, Höhlen, Abwasserkanäle und Korridore. Sie müssen wissen, die Pariser waren von jeher fleißig, ihren Untergrund zu unterminieren. Schon im Mittelalter, nein falsch, schon unter den Römern wurden Schächte angelegt und Kalkstein im Süden und Gips im Norden in großem Stil abgebaut. Sie müssen sich in einer Tiefe von zwanzig bis vierzig Metern mehrere Stockwerke eines Labyrinths unterschiedlichster Kavernen vorstellen. Natürlich unterhöhlten sie damals nicht ihre Stadt, doch die Stadt wucherte im Laufe der Jahrhunderte über die Steinbrüche hinweg. Als die Häuser und Straßen darüber mancherorts absackten, wurde ein Inspekteur benannt, der die Gänge zu kartieren begann. Einige Jahre war er mit seinen Helfern beschäftigt, die unzähligen Systeme zu finden und zu begehen. Sie mauerten viele zu, stützten ab, verfüllten und schafften neue Gänge auf der Suche nach dem, was sie vielleicht übersehen haben könnten. Danach kamen die Schmuggler, die sich unter der Zollmauer durchgruben, dann der Ausbau der Abwasserkanäle unter Baron Haussmann. Es sind mehrere hundert Kilometer Gänge, verteilt auf mindestens vier bis fünf Stockwerke, die den Untergrund von Paris durchziehen. Ein gewaltiges Unterfangen, die Vampire dort aufzuspüren, mit Kartenmaterial oder ohne.«

Carmelo blinzelte, als wäre er aus einem Albtraum erwacht. Das würde schwierig werden, ja, vielleicht sogar unmöglich. Wie sollte er das alleine schaffen? Rom zu durchstreifen und mithilfe der Hinweise des Zirkels Vampire aufzuspüren, war ein Kinderspiel gewesen, aber das hier? Das hörte sich gar nicht gut an. Der Fang hier beruhte allein auf einem glücklichen Zufall. Das durfte nicht wahr sein! Doch aufzugeben war er nicht bereit. Er brauchte das Geld.

Und wenn er eine Schar Männer anheuerte? Dann müsste er sie bezahlen, was seinen eigenen Gewinn schmälern würde. Außerdem, wie viele Gendarmen oder Männer der Nationalgarde konnten gut genug mit einem Schwert umgehen, um gegen einen Vampir zu bestehen? Ganz davon abgesehen wusste er nicht, wie er so plötzlich an weitere gute Klingen aus Silber herankommen sollte.

Dann Fallen auslegen? Eine Treibjagd und Netze? Auch dazu mussten sie das Gebiet erst einmal eingrenzen und würden eine ganze Truppe von Männern brauchen. Sein Mut sank. Er sah sich in Gedanken bereits seine Koffer packen und zumindest in ein einfacheres Quartier umziehen.

»Wie vernichtet man einen Vampir? Ist es wahr, dass man ihm eine silberne Klinge ins Herz stoßen und ihm dann den Kopf herunterschlagen muss?«, unterbrach der Junge seine Gedanken.

Carmelo nickte. »Ja, das ist die übliche Methode. Alle anderen Verletzungen heilen während ihrer Todesstarre bei Tag – wobei ich bei meinen Studien festgestellt habe, dass es zwei Arten von Vampiren geben muss. Die einen sind nach nur einem Tag wieder völlig unversehrt, egal wie schwer die Verletzung war. Andere brauchen je nach Tiefe ihrer Wunden oder der Schwere der Knochenbrüche drei oder auch mehr Tage.« Er betrachtete das Wesen hinter Gittern wieder mit Interesse. »Aber jetzt, da wir ein Exemplar zur Verfügung haben, können wir ja ein paar Experimente mit ihm machen.« Er sah sich fragend um. Der Zoologe nickte begeistert, während der junge Höhlenforscher eher ablehnend dreinsah.

»Wir könnten noch einen Fachmann der Medizin hinzuziehen«, regte Direktor Baillon an.

»Oder einen Alchimisten«, schlug Martel mehr zum Spaß vor, doch die Herren nickten eifrig.

»Ja, ein Chemiker und ein Arzt«, rief Girard begeistert, während sich Carmelo an seine ersten Tests mit dem gefangenen Vampir machte.

»Ich führe das Protokoll«, bot Martel an, nahm ein Klemmbrett vom Sekretär und befestigte einige leere Blätter.

So verging die Nacht. Sorgfältig hielt der junge Höhlenforscher die Ergebnisse fest. Längst schlief Armand auf einer Decke in der Ecke auf dem Boden, während sein Vater und die anderen Männer nicht genug von ihren Experimenten bekommen konnten. Es war wie ein Rausch, und sie sprühten vor Einfällen, was man an dieser seltsamen und gefährlichen Kreatur noch ausprobieren könnte. Zu Anfang versuchte der Vampir, sich den meist unangenehmen und oft schmerzhaften Tests zu entziehen, doch die starken Eisenketten hielten ihn unerbittlich fest. Bald ergab er sich in sein Schicksal. Nur die Augen der Bestie rollten in ihren blutunterlaufenen Höhlen. Stunden vergingen. Plötzlich lief ein Zittern durch den massigen Körper. Der Vampir zuckte, seine Lider schlossen sich, und er sackte zur Seite, wo er reglos liegen blieb.

»Da, sehen Sie? Er ist wieder bewusstlos geworden«, rief Viré.

»Wie ist das passiert?«, fragte Martel verblüfft.

»Was haben Sie ihm als Letztes verabreicht?«, wollte Baillon wissen.

Carmelo blieb als Einziger gelassen. »Er ist bewusstlos? Aber ja, und das hat nichts mit den Experimenten zu tun. Wenn Sie hinausgehen, meine Herren, werden Sie sehen, dass die Sonne aufgegangen ist.«

»Schon?«, wunderte sich Direktor Baillon. »Nun, dann können wir nichts weiter tun. Er wird in diesem Zustand verbleiben, bis die Sonne wieder untergegangen ist, nicht wahr?« Carmelo nickte.

»Gut, gehen wir, meine Herren«, sagte Girard gähnend. »Treffen wir uns heute Abend wieder, um fortzufahren. Ich werde derweil mit ein paar Kollegen anderer wissenschaftlicher Disziplinen sprechen, die vielleicht Nützliches zu unseren Forschungen beitragen können.«

Schwatzend verließen die Wissenschaftler den Raum. Carmelo drehte sich unter der Tür noch einmal um und betrachtete die gequälte Kreatur, die still in ihrem Käfig lag. So etwas wie Mitgefühl wallte in ihm auf und er wandte sich rasch ab. Direktor Baillon löschte die Gaslampen und verschloss die Tür.

DAS PHANTOM DER OPER

»Wohin geht ihr?«, fragte Malcolm, als er Tammo und Fernand bemerkte, die sich gerade heimlich davonmachen wollten. Er hätte lachen mögen, so sehr spiegelte sich in ihren Gesichtern, dass sie bei etwas Verbotenem ertappt worden waren.

Tammo verschränkte trotzig die Arme vor der Brust. »Das geht dich gar nichts an.«

Malcolm verbarg ein Lächeln. »Nein, da hast du sicher recht. Aber es interessiert mich.«

»Warum? Willst du uns melden? Bei wem? Ist ja keiner mehr da.«

Malcolm schüttelte den Kopf. »Melden? Auf Ideen kommst du. Ich wollte nur wissen, ob ihr etwas Interessantes vorhabt, und mich euch vielleicht anschließen, um hier nicht in Langeweile zu vergehen.«

»Ich wollte Tammo den Jardin des Plantes zeigen«, sagte Fernand.

»Den Botanischen Garten?«, wiederholte Malcolm verblüfft. »Also ich weiß nicht.« Er sah Fernand überrascht an. Wenn er eines von diesem Vampir nicht gedacht hätte, dann dass er sich für einen Park voller *Pflanzen* interessierte.

»Willst du nun mitkommen oder lieber doch nicht?«, fragte Tammo. Ein lauernder Ausdruck trat in seine Miene. Malcolm verstand.

»Ihr geht gar nicht in den Botanischen Garten? Das hat Fernand nur gesagt, um mich abzuschrecken, nicht wahr?«

Fernand grinste breit und ließ die Zähne sehen. »Du irrst dich. Wir gehen wirklich in den Jardin des Plantes.«

»Und was soll es dort Interessantes geben?«

»Die Tiere«, platzte Tammo hervor. »Sie haben dort eine Menagerie mit vielen wilden Tieren aus allen Ländern der Welt.«

»Nun ja, einige Käfige sind noch immer leer«, räumte Fernand ein. »Doch es treffen alle paar Monate neue Tiere ein. Es ist sicher nicht einfach, die ganzen Löwen und Gorillas, Elefanten und Tiger wieder heranzuschaffen, nachdem die Tiere vor zehn Jahren alle geschlachtet und aufgegessen wurden.«

»Was? Wieso denn?«, wollte Malcolm wissen, der sich wie selbstverständlich mit den beiden auf den Weg machte.

»Ach, das war nach dem Krieg gegen die Preußen wegen irgendeines Prinzen von Hohenzollern, der nicht in Spanien König werden sollte. Keine Ahnung, jedenfalls schrie in Paris jeder, der Kaiser solle gegen die Preußen ziehen, was er dann auch tat – allerdings nur, um gegen sie zu verlieren. Und dann rückten sie natürlich in Frankreich ein, besiegten ihn und nahmen seine Armee gefangen. Der Kaiser dankte ab, es gab mal wieder eine Republik, Paris wurde belagert und ausgehungert, und so mussten die Zootiere dran glauben und kamen auf den Teller. Das war noch bevor die Kommune ausgerufen wurde und es schon wieder Revolution und Bürgerkrieg in den Gassen von Paris gab.«

»Das ging mir alles ein wenig zu schnell«, bekannte Malcolm. »Kaiser, Krieg, Republik, Kommune? Was ist das und welcher Kaiser? Napoleon?«

Doch Fernand war schon weitergegangen. Im Zickzack führte er sie durch die Gänge und Höhlungen der alten Steinbrüche, da der direkte Weg immer wieder vermauert oder zugeschüttet war. »Da ist mal ein ganzer Straßenzug mit mehreren Häusern versackt«, sagte er, als er sie durch einen engen Tunnel lotste, um einen riesigen Schutthaufen zu umgehen. »Diesen Gang haben dann die Schmuggler gegraben. Seht, dort ist der Aufstieg zu einem Schacht, der uns mitten in den Tiergarten führt. Folgt mir!«

Flink erklomm Fernand die Stufen und hob einen schweren Deckel an, der polternd aufklappte und herrlich frische Nachtluft hereinströmen ließ.

***

»Das Phantom der Oper?«, wiederholten die anderen und sahen einander verblüfft an.

Alisa wollte noch mehr fragen, doch Joanne legte den Zeigefinger auf die Lippen und ging vorsichtig weiter.

»Er muss hier irgendwo sein«, wisperte sie.

Die Vampire öffneten ihre Sinne für die fremde Witterung und schritten langsam den Gang entlang. Ein weiterer Geruch überlagerte die Spur. Schwelte da irgendetwas? Zu sehen war nichts. Nur undurchdringliche Finsternis. Joanne scharte die Ratten eng um ihre Füße.

»Ich schicke die Fledermaus vor«, flüsterte Alisa Ivy ins Ohr und sandte das Tier den Gang hinunter. Es flatterte bis zu einer Verzweigung, deren Kreuzungspunkt zu einem Raum erweitert war, mit gerundeten Wänden und gewölbter Decke. Von dem Phantom war nichts zu sehen. Und doch sagte ihr ein seltsames Kribbeln unter der Haut, dass es ganz in der Nähe sein musste. Sie rief die Fledermaus zurück. Das Tier hatte die Erben fast wieder erreicht, als vor ihnen unvermittelt ein Licht aufblitzte. Obwohl es nicht so grell war wie das des Fotografen, kniffen sie erschreckt die Augen zu und fuhren zurück. Luciano stieß einen Schrei aus. Die Fledermäuse und Ratten zogen sich ein Stück in den dunklen Gang zurück. Joanne brummte nur missmutig. »Ich habe es geahnt.«

Als sich die Vampire an die Helligkeit gewöhnt hatten, sahen sie sich erstaunt um. Es war niemand zu sehen. Dennoch brannte nun ein Licht in einer Schale hoch oben an der Wand. Alisa schnupperte.

»Das ist kein Gas oder Öl. Es ist irgendeine andere Substanz, die ich nicht kenne.«

»Ist doch egal, was es ist«, sagte Luciano. »Aber warum brennt es plötzlich? Wer hat es entzündet? Ich kann niemanden sehen.«

Joanne machte eine wegwerfende Handbewegung. »Nur eines seiner Kunststückchen, mit denen er die Menschen beeindruckt und auf Distanz hält. Sie halten ihn für einen großen schwarzen Magier, der allerlei gefährliche Zaubersprüche beherrscht. Es ist auch immer mal wieder die Rede von einer Spiegelfolterkammer, aus der es kein Entrinnen gibt, und von seinem Zauberseil, mit dem er aus dem Nichts seine Feinde erdrosselt.«

»Hast du die Folterkammer gesehen?«, wollte Luciano wissen.

»Nein, wahrscheinlich nur eine der Geschichten, die die Ängste der leichtgläubigen Menschen schüren sollen.«

Noch während Joanne sprach, ließ eine Ahnung Ivy herumfahren. Sie hatte den Mund noch nicht zu einer Warnung geöffnet, als ein Mann aus dem Nichts zu treten schien. Ivy war fassungslos. Wie hatte es ihm gelingen können, unbemerkt so nah an sie heranzukommen, und wo kam er überhaupt her? Sie sah undeutlich eine Lücke in der gemauerten Wand, die zuvor ganz sicher noch nicht dort gewesen war. Oder hatten sie sie übersehen, geblendet von dem plötzlichen Lichtschein?

Nur einen Wimpernschlag später hatten auch die anderen die Gestalt entdeckt. Seymour sprang zwischen den Mann und Ivy und fletschte drohend die Zähne. Alisa und Luciano rissen den Mund auf. Selbst Franz Leopold gelang es nicht, seine Maske der Gleichgültigkeit aufrechtzuerhalten.

Die Erscheinung war groß und dünn, beinahe mager, dennoch gut gebaut und ohne Zweifel ein Mensch, obwohl das Bouquet der Gerüche fremdartig erschien. Sein Körper steckte in einem schwarzen Frack von solider Qualität, der von einem guten Schneider angefertigt worden sein musste, Hemd und Halsbinde schimmerten blütenweiß. An den Händen trug er weiße Seidenhandschuhe. In der Rechten hielt er einen Stock mit Elfenbeinknauf. So weit war nichts zu erkennen, was ihn von anderen Männern der Gesellschaft unterschied, die sich für den Abend gekleidet hatten, wäre da nicht die weiße Maske gewesen, hinter der er sein Gesicht vollkommen verbarg. Durch die Schlitze funkelten dunkle Augen, die wie die der Vampire in ihren Tiefen rot zu schimmern schienen. Die Ränder der Maske gingen in einen schwarzen Haarschopf über – sauber geschnitten und gepflegt.

»Das Phantom der Oper«, hauchte Alisa und starrte den Fremden noch immer an.

Er deutete so etwas wie eine Verbeugung an. »Keine Schatten an der Wand. Da muss man nicht lange rätseln. Vampire und ein weißer Wolf in meinem Revier«, sagte er in seiner vollen, seltsam betörenden Stimme, die man seinem sehnigen Körper nicht zugetraut hätte.

»Was ist euer Begehr? Dies ist kein Ort für euch. Dem Vampir, der hier vor ein paar Nächten entlangkam, ist er jedenfalls nicht gut bekommen. Und nun suchen die anderen verzweifelt seine Spuren.« Er lachte. Es war kein bösartiges Lachen. Eher ein wenig traurig. »Ja, die Falle war klug gestellt. Doch das Wild war das falsche. Auch wenn ich nicht sagen kann, ob ihnen das gleich klar war. Sie waren so voller Triumph, als sie mit ihrer Beute abzogen.«

»Die Falle war für Sie bestimmt, nicht wahr?«, sagte Ivy, die den Blick nicht von der Gestalt abwenden konnte. Seymour, der schützend zwischen ihr und dem seltsamen Fremden stand, sträubte das Fell und knurrte leise.

Wieder verbeugte sich das Phantom. Die Augen hinter den Schlitzen waren nun auf Ivy gerichtet. »Ja, die Falle war für mich gedacht. Die Pariser geben sich alle Mühe, mich einzufangen und aus ihrer Oper zu entfernen.«

»Warum? Was haben Sie getan?«, fragte Alisa interessiert.

»Getan?« Das Phantom schien zu überlegen. »Ich habe das Verbrechen begangen, nicht so zu sein wie sie und dennoch zu überleben.«

»Die Menschen nennen ihn ein Monster, einen lebenden Toten, und sie haben Angst vor ihm, weil er Magie ausübt und ohne Gnade tötet«, sagte Joanne, als rede sie über einen abwesenden Dritten.

Das Phantom wandte sich ihr zu. Es war ihm nicht anzumerken, ob ihn ihre Worte erzürnten oder verletzten.

»Ja, das würden die Menschen wohl sagen, wenn man sie fragte. Und doch habe ich nicht einen von ihnen ermordet, seit ich in Paris bin. Ja, seit ich Persien verlassen habe, denn ich habe meinem Freund, dem ich mein Leben verdanke, einen Schwur geleistet. Ich töte nur noch, wenn mein eigenes Leben in Gefahr ist. Ihr dagegen lebt vom Blut der Menschen, tötet für eure Lust und euren Hunger, ohne Mitleid, ohne Gewissen. Ich möchte gar nicht wissen, wie viele Jahr für Jahr im Labyrinth der Finsternis verschwinden und nicht wieder auftauchen. Und dennoch jagen die Menschen mich und stellen mir Fallen. Euch, die ihr die wahre Gefahr darstellt, bemerken sie nicht.«

»Vielleicht liegt es daran, dass wir alles tun, um von ihnen nicht bemerkt zu werden, statt uns in ihrer Oper einzunisten, das Ensemble und die Arbeiter in Angst und Schrecken zu versetzen und damit jeden Monat eine ordentliche Summe zu erpressen«, gab Joanne zurück.

»Das mag sein«, gab das Phantom zu. »Und nun zieht weiter und meidet fortan mein Revier. Ihr vier scheint hier fremd zu sein, daher sage ich es in aller Höflichkeit. Die Vampire und ich haben es von Anfang an so gehandhabt, dass wir unsere Bedürfnisse gegenseitig respektieren und uns aus dem Weg gehen.«

»Noch eine Frage«, rief Ivy schnell. »Wissen Sie, wohin man den Vampir gebracht hat, der in die Falle getappt ist? Hält man ihn gefangen oder hat man ihn vernichtet?«

Wieder starrte das Phantom Ivy mit diesem intensiven Blick an. »Ich weiß es nicht. Ich habe mich nicht darum gekümmert. Jedenfalls war er noch am Leben – oder wie man das sonst bei eurer Spezies nennen soll –, als sie ihn von hier wegschafften und oben am Place de la Madeleine in eine geschlossene Kutsche luden, mit der sie sonst die Toten zu ihrer letzten Ruhestätte bringen.«

»Und von da an verliert sich die Spur«, sagte Joanne und nickte. »Deshalb konnten Lucien und seine Getreuen ihn nicht finden.«

»Es wird verdammt schwierig, ihn oder auch nur seine Reste aufzuspüren, sollten sie ihn aus der Stadt gebracht haben«, meinte Franz Leopold.

»Haben Sie irgendeinen Hinweis für uns, der uns weiterhelfen könnte, Monsieur …?«, bat Ivy.

»Ich heiße Erik«, sagte das Phantom schroff. »Nein, ich weiß nichts, und ich habe euch bereits gesagt, dass unsere Begegnung nun ein Ende finden wird.«

Ivy blieb hartnäckig. »Erik, da die Falle Sie hätte treffen sollen, wird in der Oper vielleicht darüber gesprochen. Wäre es zu viel verlangt, wenn Sie ein wenig die Augen und Ohren offen hielten?«

»Ja, allerdings! Wir haben nichts miteinander zu schaffen. Wir sollten nicht einmal miteinander reden. Ihr seid Vampire …«

»Und Sie sind ein Mensch, der von anderen Menschen genauso missverstanden, gehasst, gefürchtet und verfolgt wird wie unsereins überall auf der Welt«, ergänzte Ivy mit sanfter Stimme.

Erik starrte sie schweigend an. Seine dunklen Augen glänzten.

»Vielleicht höre ich etwas, vielleicht auch nicht. Ich muss jetzt gehen. Und auch ihr solltet zu euresgleichen zurückkehren.« Er machte eine Handbewegung, als greife er etwas aus der Luft. Mit der anderen, auf die wohl kein Mensch geachtet hätte, langte er in seine Tasche. Ein Lichtblitz blendete die Vampire. Nur Ivy war geistesgegenwärtig genug, rechtzeitig die Augen zu schließen. Sie erhaschte gerade noch seinen Schatten, der durch eine verborgene Tür in der Wand verschwand. Die Lampe im Gang erlosch und ließ die Vampire in der gewohnten Dunkelheit zurück.

»Und was machen wir jetzt?«, wollte Luciano wissen.

»Ich fürchte, uns wird nichts anderes übrig bleiben, als unverrichteter Dinge zurückzukehren. Es ist schon spät.« Alisa machte ein unzufriedenes Gesicht. »Dabei haben wir noch gar nichts erreicht!«

»Nun, immerhin durften wir das Phantom der Pariser Oper kennenlernen und geistreich mit ihm plaudern«, spottete Franz Leopold.

»Und wir wissen, dass die Falle ihm galt und hier in Paris nicht etwa Vampirjäger am Werk sind«, ergänzte Ivy. »Auch wenn wir die Spur des Seigneurs noch nicht aufnehmen konnten, finde ich das eine beruhigende Nachricht, vor allem nach dem, was wir in Rom erlebt haben.«

»Ja, und die Ausgestoßenen, die Sébastien verdächtigt hat, scheinen ebenfalls nichts damit zu tun zu haben«, fügte Alisa an.

Sie machten sich auf den Rückweg. Joanne übernahm wieder die Führung. Mit der Dunkelheit waren auch die Ratten und Fledermäuse auf ihren Ruf hin zurückgekehrt und so kamen sie gut voran.

»Vielleicht hört sich Erik ja wirklich ein wenig in der Oper um«, sagte Ivy.

»Meinst du?« Luciano schüttelte zweifelnd den Kopf.

»Und wenn nicht, dann tun wir es eben«, rief Alisa mit einem breiten Lächeln auf den Lippen. »Findet ihr nicht, dass wir auch ein wenig von Paris kennenlernen sollten? Das neue Opernhaus von Garnier ist in aller Munde. Die Aufführungen sollen grandios sein! So etwas dürfen wir uns nicht entgehen lassen. Das wird Seigneur Lucien sicher auch so sehen. Er wird seinen Gästen etwas bieten wollen!«

Joanne blieb stehen und wandte sich zu Alisa um. »Darauf würde ich nicht wetten. Die Eröffnung des Opernhauses liegt nun schon fast fünf Jahre zurück und keiner der Pyras hat bisher auch nur eine Aufführung gesehen.«

»Was?« Alisa konnte es nicht glauben, doch Franz Leopold machte ein Gesicht, als habe er es immer schon geahnt.

»Sieh sie dir an! Kannst du dir auch nur einen Pyras unter den Opernhausgästen vorstellen, ohne dass eine Massenpanik ausbricht? Vermutlich haben sie nicht einen Anzug in ihren Katakomben dort unten, mit dem man sich in der Oper sehen lassen könnte.«

Joanne warf den Kopf zurück. »Na und? Wir legen eben auf andere Dinge Wert. Das Gesinge der Menschen vor irgendwelchen bunten Pappkulissen, was soll uns das interessieren?«

»Kann euch nicht einmal die Ansammlung wohlriechender Besucher locken?«, wunderte sich Luciano.

»Wozu der Aufwand? Wir finden in unseren Gängen und auf den dunklen Gassen genug frisches Blut für alle. Warum sollten wir uns dann in unbequeme Kleider zwängen, uns seltsame Frisuren und Hüte zulegen und uns in ein hell erleuchtetes Opernhaus begeben?«

»Wieder einmal muss ich feststellen, dass man über Kultur und Geschmack einfach nicht streiten kann«, näselte Franz Leopold. »Entweder man hat sie oder man hat sie nicht. Es wäre zu viel gewesen, auch nur einen Hauch davon bei euch Pyras zu erhoffen.«

Joanne biss sich auf die Lippe und stürmte wieder voran, dass die anderen sich eilen mussten, sie nicht zu verlieren. Den Rest des Weges legten sie schweigend zurück.

**

»Ich habe von zwei zuverlässigen Zeugen erfahren, dass das Phantom gestern der abendlichen Opernvorstellung in seiner gewohnten Loge fünf beigewohnt hat. Tut mir leid, mein Lieber.«

Bram Stoker sah seinen Freund Oscar an. »Dann muss ich es wohl glauben.« Er schwankte zwischen Enttäuschung und Erleichterung.

Die beiden Männer schlenderten den von zahlreichen Gaslaternen erleuchteten Boulevard Saint Germain entlang. Doch nun war Bram nicht mehr bei der Sache und hatte weder Freude daran, die teuren exotischen Waren der Läden zu bestaunen, noch die luxuriös gekleideten Damen und Herren, die wie sie an diesem lauen Abend auf dem Boulevard unterwegs waren. Ungeduldig stieß er die Spitze seines Stocks bei jedem Schritt auf das Pflaster. Oscar beobachtete ihn eine Weile von der Seite und lachte dann laut auf.

»Ach Bram, nun lass dir nicht von einem Phantom den schönen Abend verderben. Du wirst seiner schon noch habhaft werden, so wie ich dich kenne. Ansonsten werde ich dich nachts auf die Friedhöfe begleiten, bis wir eine deiner gruseligen Gestalten aufgespürt haben, die dir keine Ruhe mehr lassen. Versprochen! Großes Ehrenwort! Wir verlassen Paris nicht, ohne einem Wesen aus dem Schattenreich begegnet zu sein.«

Bram ignorierte die Spötteleien seines Freundes. »Dann hat dieser Mann in der Bar, mit dem du gesprochen hast, dir nur einen Bären aufgebunden. Kein Wunder, dass er dir nicht sagen wollte, wohin sie das Phantom gebracht haben.«

Oscar überlegte einige Augenblicke – oder war er von einem grünseidenen Halstuch und Handschuhen gleicher Farbe in einem der Schaufenster so fasziniert, dass er sich mit der Antwort Zeit ließ?

»Nein, das glaube ich nicht«, sagte er endlich. »Er war wirklich stolz auf die Tat und dann über sich selbst erschrocken, weil er das Geheimnis mit seiner vom Wein gelockerten Zunge ausgeplaudert hat. Wenn mich meine Menschenkenntnis nicht völlig im Stich lässt, dann würde ich behaupten, er hat die Wahrheit gesagt.«

»Und wieso saß das Phantom dann gestern Abend ungerührt in seiner Opernloge?«, fuhr Bram seinen Freund heftiger an, als er es beabsichtigt hatte.

Oscar nahm es gelassen. »Er ist ihnen entkommen? Oder sie haben ihn freigelassen, nachdem sie erfahren hatten, was sie wissen wollten?«

Bram zog eine Grimasse. »Das glaubst du nicht ernsthaft, oder? Ich habe mich ein wenig hinter der Bühne herumgetrieben und bei den Arbeitern und den Mädchen vom Ballettcorps Erkundigungen eingezogen. – Grins nicht so! Es ging mir nicht um die Ballettratten. Du weißt, dass ich glücklich verheiratet bin.«

»Als ob das eine etwas mit dem anderen zu tun hätte«, murmelte Oscar, doch Bram ging nicht darauf ein.

»Das Phantom führt sich auf, als sei es der Herr des Hauses, und ist dem Direktor eine arge Last. Es mischt sich in Besetzungen ein, vergrault Ensemblemitglieder, die ihm nicht passen, und treibt manche Tänzerin zu Schreikrämpfen. Auch gibt es immer wieder Arbeiter, die sich weigern, Hand an die Kulissen zu legen. Mit jedem Stockwerk, das man tiefer steigt, werden sie ängstlicher und trauen sich gar nur zu zweit oder dritt hinunter zu den unteren Aufzügen. So etwas tut einem Theaterbetrieb nicht gut – ganz zu schweigen von den zehntausend Francs, die das Phantom monatlich einfordert!«

Oscar lachte hell auf. »Dein Phantom gefällt mir immer besser. Es hat Kunstsinn und weiß sich gut zu kleiden – wie ich gehört habe –, und es hat eine einfache, praktisch arbeitsfreie Methode gefunden, seinen Unterhalt zu bestreiten. Erpressung, das sollte ich mir merken, für den Fall, dass meine Schneider und Wirte mir keinen Kredit mehr geben wollen. Zehntausend Francs pro Monat!« Oscar pfiff durch die Zähne. »Ich frage mich, wie er es schafft, so viel Geld zu verbrauchen. Er ist ja schließlich nicht Stammgast in diesen sündhaft teuren Etablissements am Pigalle – zumindest ist mir das nicht bekannt.«

»Hm«, antwortete sein Freund abwesend.

Oscar blieb stehen und sah ihn von der Seite an. »Was ist mit dir? Du bist nicht bei der Sache, und das, obwohl wir über dein Lieblingsthema sprechen.« Der Vorwurf in seiner Stimme war nicht zu überhören.

»Siehst du dieses Mädchen dort vorn?«

»Das dünne Ding mit dem schwarzen Haar? Sie ist ja noch ein halbes Kind! Von ihr lässt du dich ablenken? Mein Freund, ich habe dich anscheinend falsch eingeschätzt.«

»Rede keinen Unsinn!«, wehrte Bram ein wenig unwirsch ab. »Sieh sie dir genau an. Wie sie gekleidet ist und sich bewegt.«

»Ja, und?«

Inzwischen begannen sich die Straßen zu leeren. Zumindest hatte sich der Anteil der Passanten sehr zugunsten der männlichen Flanierenden verschoben. Frauen waren nur noch in Begleitung eines Ehemanns, Bruders oder Vaters unterwegs. Anständige Frauen der Gesellschaft zumindest.

»Sie sieht nicht so aus, als dürfte sie um diese Zeit hier alleine unterwegs sein«, sagte Bram mit der strengen Stimme eines fürsorglichen Vaters.

Oscar betrachtete das Mädchen, das gerade eine der Gaslaternen passierte, aufmerksam, dann nickte er. »Ja, du hast recht. Sie wirkt nicht wie ein leichtfertiges Mädchen von der Straße. Und sie scheint recht zielstrebig. Sieh doch, mein Freund, ich glaube, sie beschattet jemanden.«

Die beiden Freunde folgten dem Mädchen, das anscheinend selbst auf Verfolgungsjagd war.

Bram runzelte die Stirn. »Ja, es ist der Mann dort vorn in dem dunklen Gehrock mit den gestreiften Hosen und der schwarzen Melone. Er scheint keinen Verdacht zu schöpfen, so wie er voranschreitet und den Spazierstock schwingt.«

»Was sie wohl von ihm will? Ich kann sein Gesicht nicht sehen, doch nach seiner Statur und der Art, wie er sich bewegt, zu urteilen, ist er wesentlich älter als sie«, fügte Oscar hinzu, der an der Sache Spaß zu gewinnen schien. »Was meinst du, will sie von ihm? Eine Liebesaffäre?«

»Ich bin überzeugt, dass sie ein anständiges Mädchen aus gutem Hause ist!«, betonte Bram.

»Ja, ja«, beschwichtigte Oscar. »Dennoch könnte er ihr Verlobter sein und sie misstraut seiner Treue und will sich nun selbst überzeugen. Was meinst du? Komm, sag etwas. Irgendeinen Einfall musst du doch haben. Vielleicht bekommen wir die Gelegenheit, herauszufinden, wer mit seiner Vermutung näher dran ist. Los, du musst einen Vorschlag abgeben«, forderte ihn sein Freund fröhlich auf.

Bram ließ sich widerstrebend auf das Spiel ein. Irgendetwas trieb ihn, dem Mädchen weiter zu folgen und eine Erklärung für ihr seltsames Verhalten zu finden.

»Also Bram. Was schlägst du vor?«

»Er ist ihr Vater, der mit einer Ausrede jeden Abend das Haus verlässt und das Geld der Familie durchbringt. Die Mutter ist unglücklich und weiß nicht mehr, wie sie die Gläubiger ruhig stellen kann. Lange genug hat die Tochter dem schweigend zugesehen, nun will sie wissen, wo der Vater jede Nacht hingeht und was sie in den Ruin treibt.«

Oscar lachte. »Du hast eine blühende Fantasie, mein Freund. Ich glaube, ich sollte dir zuraten, deinen Arbeitgeber und Tyrannen Henry Irving zu verlassen und dich der Romanschreiberei zu widmen. Nun gut, wir werden sehen.«

Eine Weile folgten sie schweigend ihrem Wild.

»Jetzt verlassen wir das Quartier Latin gleich wieder. Worauf haben wir uns da eingelassen?«, stöhnte Oscar, als der Mann die Gebäude der Sorbonne hinter sich ließ und weiter nach Osten strebte. Bram hielt den Atem an und warf seinem Freund einen Blick zu. Würde er die Verfolgung nun abbrechen und zu einer seiner abendlichen Vergnügungen zurückkehren? Nein, Oscar machte ein entschlossenes Gesicht und marschierte weiter.

»Wir haben eine Wette abgeschlossen, und wenn ich mit meiner Vermutung näher liege, dann darfst du morgen die Zeche übernehmen, wenn du mich ins Folies Bergère an der Rue Trévise begleitest.«

»Ein Varieté?«, fragte Bram und schmunzelte.

»Ja, ein *grand spectacle* mit Damen, die sich sehen lassen können.«

»Nun gut, mein Freund, ich schlage ein. Ich fürchte, eine Erholung werden wir morgen brauchen, denn dies scheint eine lange und anstrengende Nacht zu werden.«

IM JARDIN DES PLANTES

Carmelo schritt weit aus und schwang seinen Spazierstock. Endlich erreichte er die schmale Pforte, die ihn in den Jardin des Plantes einlassen würde, nachdem die Haupttore längst geschlossen waren und sich die Besucher des Zoos und Gartens zerstreut hatten. Carmelo lauschte nach dem Schlag der Glocke einer nahen Kirche. Ja, er war noch zur rechten Zeit. Natürlich hätte er eine Droschke nehmen und so viel schneller hier sein können, doch ihm war nach einem strammen Marsch gewesen, um seine Gedanken zu sortieren und sich darüber klar zu werden, wie er weiter vorgehen wollte. Wenn er sich jetzt geschickt anstellte, dann war seine Zukunft gesichert. Seine und Latonas Zukunft. Wider Willen musste er sich eingestehen, dass sie ihm ans Herz gewachsen war und dass sie sich vom Fratz zu einem ansehnlichen, jungen Mädchen gemausert hatte – auch wenn sie nie eine Schönheit im klassischen Sinn sein würde. Sie war beherzt und klug, und man konnte sie zu jeder Gesellschaft mitnehmen, ohne befürchten zu müssen, dass sie sich nicht passend zu benehmen wusste. Er musste sich eingestehen, dass er es bedauerte, sie bei seiner Jagd nicht an seiner Seite zu wissen. Sie hätte sich großartig geschlagen! Ja, er musste auf eine wertvolle Assistentin verzichten. Doch Carmelo kannte auch ihren Dickschädel, und ihm war klar, dass sie sich nicht nur nicht überreden lassen würde, ihn bei der Jagd zu unterstützen, sie würde ihm die Hölle heißmachen, wenn sie davon erfuhr und alles daransetzen, dass er den Auftrag zurückwies und sich an sein Versprechen von Rom hielt.

Auf sein Klopfen hin wurde ihm die schwere Tür geöffnet. Die Männer waren schon alle versammelt und warteten ungeduldig auf ihn. Dieses Mal waren neben dem ihm bekannten Zoologen, dem Geografen und Höhlenforscher und dem Direktor des Botanischen Gartens zwei Chemiker namens Michel Chevreul und Pierre Eugene

Marcelin, ein Arzt aus der Hôpital Cochin mit Namen Karl G. West-phal und der bekannte Forscher Louis Pasteur anwesend. Sie alle wa-ren an den Experimenten mit der unbekannten Kreatur interessiert und machten sich eifrig Notizen. Carmelo betrachtete neugierig den berühmten Wissenschaftler, der die neue Disziplin Mikrobiologie in großen Schritten vorantrieb. Er passte so gar nicht in das Bild, das er sich von einem so brillanten Geist gemacht hätte. Pasteur war nur mittelgroß und hinkte stark, was von einer halbseitigen Lähmung herrührte. Sein Haar war bereits ergraut, der gestutzte Vollbart fast weiß. In seinem schäbigen braunen Rock, der viel zu groß um seinen mageren Körper herabhing, war er schlechter als nur unelegant gekleidet.

Dennoch war man wohl beraten, in seiner Gegenwart die Zunge zu hüten. Carmelo hatte gehört, er sei ein streitbarer Geist, der sich gern zu Wutausbrüchen hinreißen ließ, wenn einer seiner Kollegen es wagte, respektlos über ihn oder seine Forschungsarbeit zu sprechen. Pasteur hatte an der mittelalterlichen Vorstellung der Urzeugung ge-rüttelt, die davon ausging, dass unter manchen Umständen Belebtes aus Unbelebtem entstehen kann. Das nahmen ihm viele der Kollegen übel. »Die grotesken Theorien dieses kleinen bakterientollen Che-mikers« oder »die Mikrobe ist klein und Pasteur ihr Prophet«, sagten sie. Angeblich war Pasteurs Zorn fürchterlich gewesen, als man ihm diese Worte hinterbrachte. Carmelos Blick kreuzte sich mit dem des Wissenschaftlers und er spürte die starke Persönlichkeit hinter der schwächlichen Fassade.

»Wir können beginnen!«, sagte Pasteur, ohne den Blick abzuwen-den.

Carmelo senkte den Kopf. »Gerne. Ich bin bereit.«

Er wiederholte einige Versuche aus der Nacht zuvor, damit sich die neu hinzugekommenen Forscher ein eigenes Bild machen konnten, und fuhr dann fort, indem er ihnen zeigte, wie der Vampir auf Ver-letzungen mit Eisen- oder Stahlwaffen im Gegensatz zu den Gerät-schaften mit einem hohen Silberanteil reagierte. Dann begann er, das Versuchsobjekt mit Knoblauch und Weihwasser zu quälen. Die Wissenschaftler sahen aufmerksam zu, fragten immer mal wieder nach und machten sich Notizen. Natürlich stellten sie bald die Frage, die er gefürchtet hatte: Wie er eine Gruppe dieser Bestien im weitläufigen Untergrund von Paris aufstöbern und alleine zur Strecke bringen wollte. Carmelo antwortete ausweichend.

»Ich arbeite an einer neuen, revolutionären Methode, die aber noch in der Phase der Erprobung ist. Bevor ich sie nicht abschließend getestet habe, will ich noch keine Einzelheiten bekannt geben. Leider fehlen mir noch ein wesentlicher Teil der Ausrüstung und passende Räumlichkeiten für meine Versuchsreihe.«

Die Wissenschaftler nickten. Nur einer war nicht so leicht zufriedenzustellen. »Wollen Sie uns nicht wenigstens einen Anhaltspunkt geben, auf welcher Basis Ihre Methode aufgebaut ist? Welche Gerätschaften fehlen Ihnen? Wir haben hier die wichtigsten Wissenschaften vertreten. Vielleicht kann Ihnen in einem unserer Labore geholfen werden?«

»Ja, Doktor? Verzeihen Sie, ich habe Ihren Namen vergessen.«

»Karl Westphal, Doktor der Medizin. Eigentlich im Ruhestand, doch das Schreiben von Abhandlungen und medizinischen Werken für die Nachwelt allein befriedigte mich nicht, und so trieb mich der Forschereifer ans Hôpital de Cochin nach Paris. Das Spital für venerische Krankheiten«, fügte er hinzu, als er Carmelos fragenden Blick sah.

»Venerische Krankheiten? Oh, Sie meinen Syphilis und solche Dinge«, sagte er ein wenig verlegen.

Der Doktor nickte. »Ja, das war mein Fachgebiet. Ich habe unter dem Pseudonym Friedrich Richter ein Buch verfasst, das jeder Mann lesen und sich zu Herzen nehmen sollte, wenn er sich vor der Gefahr einer Ansteckung schützen will.«

Doch Carmelo hörte gar nicht mehr richtig zu. Er kaute auf seiner Unterlippe und stützte das Kinn in die Hand, dann ruckte sein Kopf nach oben und er sah den Arzt mit großen Augen an.

»Doktor Westphal, haben Sie in Ihrer Klinik vielleicht einen Raum, in dem man unser Untersuchungsobjekt sicher unterbringen könnte?«

»Was? Aber warum denn?« Der Arzt war verblüfft.

»Nun, ich könnte mir vorstellen, dass Sie genau über die Ausrüstung verfügen, die wir brauchen. Es wäre ein Versuch wert.«

Der deutsche Arzt zögerte. »Nun ja, das könnten wir schon arrangieren. Was meinen Sie, Doktor Pasteur?«

Louis Pasteur, der sich bisher stumm im Hintergrund gehalten hatte, trat vor. »Sie wissen, dass ich auf anderen Gebieten tätig bin. Ich beschäftige mich mit mikroskopisch kleinen Lebewesen, die uns krank machen, doch vielleicht sind diese Blutsauger auch eine Art Seuche, die man ähnlich bekämpfen kann wie die Tollwut und den Milzbrand.«

»Wollen Sie einen Impfstoff gegen Vampire entwickeln?«, fragte Girard ein wenig spöttisch. »Oder sie durch Pasteurisierung unschädlich machen?«

»Nein, Herr Kollege, damit würden wir vermutlich keinen Erfolg haben«, gab Louis Pasteur freundlich zurück. Die Spöttelei schien ihm ausnahmsweise nichts auszumachen. Ernst wandte er sich wieder an die anderen. »Ich weiß nicht, welche Versuche Monsieur Carmelo an der Klinik durchführen will, doch ich hätte durchaus auch ein paar Theorien beizusteuern. Jedenfalls rate ich dringend dazu, das Forschungsobjekt in einem streng isolierten Teil des Hospitals unterzubringen, der so gesichert wird, als hätten wir es mit einem Seuchenfall zu tun.«

Doktor Westphal nickte. »Ich werde alles veranlassen. Ich bin zuversichtlich, dass wir schon morgen beginnen können.«

Carmelo lächelte in die Runde und rieb sich die Hände. »Großartig«, sagte er, doch das Gefühl in seiner Magengrube sprach nicht von Begeisterung.

* * *

Latona verbarg sich im Schatten eines großen Busches, dessen Blattspitzen sich bereits herbstlich rot färbten. Wo wollte ihr Onkel nur hin? Fast bereute sie es, sich auf diese Verfolgung eingelassen zu haben. Ihr taten die Füße weh, doch nun lohnte es sich nicht mehr umzukehren, nachdem er sie durch die halbe Stadt geführt hatte. Dass er sie belogen hatte, war ihr bereits klar, als er, statt die Seine zu queren und nach Norden auf den Montmartre zuzustreben, an dessen Fuß sich die Varietés und Vergnügungslokale befanden, stets weiter nach Osten gegangen war. Aber wo befanden sie sich jetzt? Es waren kaum mehr Menschen unterwegs. Die belebten Straßen hatten sie hinter sich gelassen. Latona versuchte, sich den Stadtplan ins Gedächtnis zu rufen, den sie vor einigen Tagen betrachtet hatte. Das Quartier Latin lag hinter ihnen, und sie mussten bald auf die Seine stoßen, die sich nach den Inseln der Cité und St. Louis nach Süden wand. Latona sah sich um. Eine Mauer erstreckte sich nach links und rechts, dahinter waren alte Bäume zu sehen. Carmelo passierte ein geschlossenes Gittertor zwischen gemauerten Pfeilern, bog um eine Ecke und näherte sich dann einer schmalen Pforte. Das Türlein öffnete sich mit einem leisen Seufzer, und Carmelo verschwand im Dickicht dahinter, ohne sich auch nur einmal umzusehen. Latona hastete über die Straße, wartete einen Augenblick und schlüpfte ebenfalls durch die Pforte. Düster erhoben sich Büsche und weit ausladende Bäume über Rasenflächen und Blumenrabatten und verdeckten den Sternenhimmel. Ein Stück weiter vorn konnte sie zu ihrer Rechten ein hohes Gebäude erahnen, das im Nachtlicht seltsam schimmerte. Latona brauchte eine Weile, ehe sie begriff, dass sich die Sterne in unzähligen Scheiben spiegelten. Ein riesiges Gewächshaus, unter dessen Glas- und Eisenkonstruktion ausgewachsene Palmen und andere exotische Gewächse wuchsen. Das hier musste der Jardin des Plantes sein, in den ihr Onkel sie bereits bei Tag geführt hatte. Allerdings waren sie einen anderen Weg gegangen. Was aber zum Henker wollte er hier mitten in der Nacht? Hastig sah sie sich um. Er folgte dem breiten, von Bäumen zu beiden Seiten gesäumten Hauptweg, der den Park wie ein Boulevard durchschnitt. Sie musste ein wenig warten. Der Weg bot ihr keine Deckung, sodass er sie sehen musste, würde er sich nur einmal umdrehen. Sie folgte ihm mit den Augen und erwartete, er würde den Botanischen Garten bis zum Ende durchschreiten, aber da wandte er sich unvermittelt nach links und auf ein Tor in einer Mauer zu.

Sie hatte gerade den vom Sternenlicht beschienenen Hauptweg überquert und wollte ihm nacheilen, als ein Geräusch an ihr Ohr drang. Kam da jemand? Wer konnte das sein? Sie lauschte, und es war ihr, als könnte sie zwei gedämpfte Stimmen hören. Der Botanische Garten schien in dieser Nacht eine große Anziehungskraft auszuüben. Latona beschloss, einen kleinen Umweg auf sich zu nehmen, um zu dem zweiten Tor zu gelangen. Der etwas tiefer angelegte Garten der alpinen Pflanzen mit seinen engen, verschlungenen Pfaden bot mehr Schutz als der breite Weg. Am Ende musste sie zwar eine Mauer erklimmen, doch die großen, rauen Natursteinblöcke waren kein Hindernis für sie. Und auch die zweite Pforte ließ sich problemlos öffnen. Sie huschte hinter einen Baum und blieb dann stehen, um sich zu orientieren. Der Weg führte zu beiden Seiten um ein verspieltes Gebäude mit mehreren sechseckigen Pavillons herum. Seltsame Geräusche und noch fremdartigere Gerüche hüllten sie ein. Ein Nachtvogel schrie, dann war ein Stück weiter weg ein Brüllen zu hören, das sie zusammenzucken ließ. Aus einem Gebäude weiter rechts schallte irres Lachen. Himmel! Was war das? Sie klammerte sich an die raue Rinde. Das Häuschen zu ihrer Linken schien zur Vorderseite nur mit einem Gitter verschlossen zu sein. Ein Brummen erklang und ein scharfer Geruch stieg ihr in die Nase. Plötzlich verstand sie und hätte vor Erleichterung fast gekichert. Sie war im Tiergarten gelandet. Das Lachen war vermutlich von einem der Riesenaffen gekommen oder einem anderen Tier, das vom Brüllen der Raubkatze erwacht war. Dieses Rätsel hatte sich gelöst, doch die Motive ihres Onkels schienen ihr noch unverständlicher.

Wo war er überhaupt? Sie ließ den Blick schweifen. War dort nicht ein Schatten, der hinter dem Pavillon verschwand? Sie eilte so leise wie möglich weiter. Es war ihr, als hörte sie seine Schritte auf dem Kies knirschen. Sie überquerte einen kleinen Wasserlauf. Der schmale Weg mündete in einen breiteren, hinter dem sich nach rechts und links verschieden hohe Gebäude reihten. Direkt neben ihr erstreckte sich eine Reihe von Volieren, hinter deren Gittern verschiedene farbige Papageien saßen. Ein großer grüner Papagei protestierte verschlafen. Doch wo war ihr Onkel?

Nichts regte sich. Verflucht! Sie hatte zu viel Abstand gelassen und nun war er ihr entwischt. Latona trat an das nächste Gebäude heran und drückte die Klinke der Tür herunter, aber sie war verschlossen. *Reptiles,* las sie auf einem Schild. Ohne viel Hoffnung ging sie zum nächsten Haus, das anscheinend Labore und andere Räumlichkeiten beherbergte, die der Öffentlichkeit nicht zugänglich waren. Jedenfalls sagten dies die Verbotsschilder. Sie versuchte ihr Glück gerade an einer dritten Tür, als sie hinter sich ein Geräusch vernahm. Latona fuhr herum. Zwei Männer umrundeten die Papageienkäfige. Hektisch sah sich Latona nach einem Versteck um. Es gab nichts. Nur ein paar niedere Büsche und die glatte Hauswand. So blieb sie wie versteinert stehen. Vielleicht übersahen sie sie in dem trüben Licht. Sie ließ die beiden nicht aus den Augen. Waren sie aus dem gleichen Grund hier wie ihr Onkel? Traf sich hier eine Verschwörergruppe ähnlich der in Rom? Wenn ja, was war ihr Ziel? Vielleicht hatte sie Glück, und die beiden führten sie zum Treffpunkt, nachdem sie Carmelo dummerweise aus den Augen verloren hatte.

Die beiden blieben stehen und sahen sich suchend um, dann wandten sie sich nach rechts und traten auf den Weg hinaus. Der Mond kam hinter den Wolken hervor und beleuchtete ihre Gesichter. Sie kamen Latona seltsam bekannt vor. Hatte sie die beiden nicht schon vor einem Schaufenster auf dem Boulevard Saint Germain gesehen und dann bei der Sorbonne? Auch da hatten sie sich lässig gegeben, als würden sie keine Eile kennen, sich zurückgelehnt und zum Turm mit der Kuppel hinaufgesehen.

Hatten diese Männer wirklich dasselbe Ziel wie Carmelo oder waren sie, wie Latona, auf einer Verfolgungsjagd? Aber welches Interesse könnten sie an ihrem Onkel haben?

Etwas streifte ihre Sinne. Es war kein Geräusch und auch kein Geruch, aber es erschütterte sie so, dass sie die beiden Männer vergaß, ja selbst ihren Onkel und warum sie hier war. Ein Prickeln lief wie eine Welle über ihren Körper. Ihre Nackenhaare stellten sich auf. Ihre Pupillen zuckten unruhig. Latonas Blick huschte über Büsche, Bäume und die Volieren, die mit dem dahinter aufragenden Felsen zu verschmelzen schienen, sie konnte jedoch nichts Ungewöhnliches entdecken. Und dennoch war da etwas in der Nacht. Sie wusste es, auch wenn sie es nicht greifen konnte. Ein Stöhnen zog sich in ihrer

Kehle zusammen, das sie nur mit Mühe unterdrücken konnte. Sie legte sich die Hand auf die Lippen, die zu brennen schienen.

»Verzeihen Sie, Mademoiselle, dass wir Sie ansprechen ...«

Latona stieß einen Schrei aus und machte einen Satz zur Seite. Sie war so abgelenkt gewesen, dass sie nicht bemerkt hatte, wie die beiden Männer sich ihr genähert hatten.

Der Erste hob abwehrend die Hände und trat einen Schritt zurück.

»Beruhigen Sie sich, wir wollen Ihnen ganz bestimmt nichts Böses! Wir haben uns mit den besten Absichten genähert«, suchte der andere sie zu beschwichtigen, hob seinen Hut und verbeugte sich. »Mein Name ist Bram Stoker, und das hier ist mein Freund Oscar Wilde, beide aus Irland und auf Reisen hier in Paris.«

Latona ließ ihren Blick abschätzend über die beiden Männer huschen. Sie waren gut gekleidet und ihre Gesichter strahlten Offenheit aus. Der, den sein Freund als Oscar Wilde vorgestellt hatte, war größer und massiger, mit dunklem Haar und einem seltsam intensiven Blick unter den schweren Lidern. Er war nicht wirklich schön, hatte aber etwas Faszinierendes. Der andere, Bram Stoker, war schlanker, athletischer und wirkte ernsthaft und grundehrlich. Nein, vermutlich musste sie sich vor ihnen nicht fürchten.

»Latona Canning«, stellte sie sich kurz vor. »Was wünschen die Herren?«, fragte sie auf Englisch.

»Verzeihen Sie, dass wir Sie so einfach ansprechen, Miss«, antwortete Bram Stoker, »aber mein Freund und ich kamen zu der Erkenntnis, dass ein Fräulein wie Sie um diese Zeit nicht alleine durch Paris streifen sollte – und auch der einsame Park ist zu dieser Stunde sicher nicht der rechte Platz.«

»Ich denke nicht, dass Sie das etwas angeht«, erwiderte Latona schroff.

»Da gebe ich Ihnen recht, Miss, und dennoch müssen die Umstände unsere Einmischung verzeihen. Sie fielen uns bereits in Saint Germain auf, wie Sie einem Mann folgten, der nun allerdings verschwunden scheint ...«

»Und da haben wir beschlossen, Ihnen nun unsererseits zu folgen«, ergänzte Oscar und lächelte verschmitzt.

»Sie haben mich verfolgt?«, rief Latona empört.

»Ja, und außerdem eine Wette abgeschlossen, deren Ausgang noch zu klären ist. Wir müssen wissen, auf wessen Kosten wir morgen Abend ausgehen. Daher ist es unumgänglich, dass wir erfahren, warum Sie dem Herrn durch halb Paris nachgelaufen sind und uns gezwungen haben, uns wunde Füße zu holen.« Oscar deutete auf seine nun verstaubten Lackschuhe und zog eine Grimasse.

Latona starrte ihn fassungslos an und wusste nicht, ob sie lachen oder sich ärgern sollte. Die Situation war absurd und das sagte sie ihm auch. Oscar nickte.

»Ja, das sehe ich auch so. Ein nächtliches Stelldichein im Tiergarten ist durchaus ungewöhnlich, aber ich muss gestehen, wir haben beide eine Vorliebe für absurde Situationen und seltsame Orte. Mein Freund hier zieht allerdings Friedhöfe vor, auf denen er Vampire und andere Nachtwesen zu entdecken hofft.«

»Oscar, lass das!«, schimpfte Bram leise, Latona dagegen betrachtete ihn mit neu erwachtem Misstrauen.

»Mr Stoker, Sie glauben an Vampire?«

»Ja«, gab er widerstrebend zu.

»Und wozu wollen Sie sie aufsuchen? Um sie zu vernichten?« Sie konnte nicht verhindern, dass ihre Stimme bitter klang.

Bram Stoker hob erstaunt die Augenbrauen. »Was? Aber nein. Ich will sie studieren. Mehr über sie erfahren. Ich finde sie – faszinierend.« Er sah verlegen zu Boden. War er gar rot geworden? Latona musterte ihn, bis er den Kopf hob und ihren Blick erwiderte.

»Das ist ja alles sehr schön, doch könnten wir die Unterhaltung auf dem Rückweg fortsetzen? Ich verspüre höllischen Hunger und habe das Bedürfnis, in die Zivilisation zurückzukehren. Allerdings nicht zu Fuß! Ich hoffe, wir stoßen auf dem Weg zur Sorbonne auf eine Droschke.«

Bram Stoker verneigte sich vor Latona. »Darf ich Ihnen den Arm reichen, Miss?«

»Wenn Sie glauben, dass ich mit zwei fremden Männern in eine Droschke steige, dann irren Sie sich gewaltig!«, rief Latona empört. »Was denken Sie von mir?«

»Dass Sie ein anständiges Mädchen sind, keine Frage«, seufzte Oscar. »Diese Situation hier wollen wir nicht zu sehr bewerten!«

»Natürlich werde ich Sie zu Fuß nach Hause begleiten«, bot Bram an, das Stöhnen seines Freundes ignorierend.

»Nun gut, wollen wir sehen, wie weit wir kommen«, stimmte Oscar mit kläglicher Stimme zu.

Gemeinsam verließen sie den Botanischen Garten und machten sich auf den Rückweg.

»Nun müssen Sie uns aber verraten, warum Sie dem Herrn gefolgt sind!«, verlangte Oscar, als sie bereits durch das Quartier Latin schlenderten.

Latona schmunzelte. »Ah, die Wette muss natürlich entschieden werden.« Inzwischen fand sie richtig Gefallen an der Gesellschaft der beiden Herren. »Was haben Sie denn vermutet?«

»Ich vermute eine amouröse Verwicklung«, gab Oscar zu. »Ein Drama der Eifersucht! Ein Verlobter, gegen den Sie den Verdacht hegen, dass er Sie hintergeht. Während mein Freund Bram ein Familiendrama sah, einen Vater, der die Familie belügt und sie mit seinem geheimen nächtlichen Treiben ruiniert.«

»Mein Verlobter?«, rief Latona aus und schwankte zwischen Entrüstung und Lachen. »Carmelo ist dazu viel zu alt! Er ist mein Onkel, bei dem ich lebe, seit meine Eltern verstorben sind.«

Oscar machte ein Gesicht tragischer Verzweiflung. »Ich fürchte, damit sind meine Chancen auf einen Gewinn soeben vernichtet worden.«

»Er ruiniert uns allerdings auch nicht. Hoffe ich jedenfalls. Dennoch hat er mich belogen, was seine nächtlichen Aktivitäten angeht, die ihn eindeutig nicht zum Pigalle geführt haben!« Latona seufzte. »Mehr weiß ich leider immer noch nicht. Es ist Ihre Schuld, dass ich ihn verloren habe!«, fuhr sie ihre Begleiter an.

»Sie werden es doch nicht noch einmal versuchen?«, wagte Bram zu fragen, obwohl ihm die Antwort klar war.

»Natürlich! Er weigert sich, mir die Wahrheit zu sagen, und ich muss einfach wissen, ob er dabei ist, sich – uns – in ernsthafte Schwierigkeiten zu bringen.« Ihre Stimme war immer leiser geworden und endete in einem leisen Schluchzen. Natürlich konnten ihre Begleiter nicht die leiseste Ahnung haben, woran sie dachte. Ein paar blaue Augen schienen ihr zu folgen und bis in ihre Seele zu blicken.

✻ ✻ ✻

Tammo war begeistert. Er stürzte von einem Käfig zum nächsten und konnte sich an den exotischen Tieren gar nicht sattsehen. Fernand wusste über jedes Tier Bescheid und konnte nicht selten sagen, wann es gebracht worden war und woher es stammte. Nicht alle waren in der Wildnis ihrer Heimatländer gefangen worden. Einige hatte der Direktor anderen Zoos oder auch mal einem fahrenden Tierbändiger abgekauft. Malcolm blieb in einigem Abstand stehen und beobachtete die beiden Jungen in ihrer Begeisterung. Er selbst konnte sich nur mäßig an den Geschöpfen hinter Gittern erfreuen. Am meisten hatte ihn die riesige neue Voliere beeindruckt, unter deren mit einem Netz überspannten Stahlkonstruktion Bäume bis zwanzig Meter Höhe wachsen konnten. Hier gab es Büsche, einen See und einen Wasserlauf mit einer Brücke. Kraniche und andere große Vögel ruhten am Ufer. Ein paar graue Papageien mit leuchtend roten Schwänzen flogen kreischend auf, als der Vampir durch die Riesenvoliere schlenderte. Eine seltsame Stimmung hatte ihn ergriffen. Düster und melancholisch, sodass er lieber alleine unter den alten Bäumen des Botanischen Gartens umherspaziert wäre.

Tammo presste das Gesicht zwischen die Stäbe eines Käfigs, in dem ein alter Tiger ruhte, und versuchte, ihn mit verschiedenen Zischlauten anzulocken. Der Tiger hob träge den Kopf und ließ ein dumpfes Grollen hören. Ein Stück weiter erwachten die Gorillas und rüttelten an den Stäben.

Malcolm überließ die beiden ihrem Spiel und schlenderte an den von Blumenrabatten unterbrochenen Gehegen vorbei. Er trat unter die Äste einer ausladenden Ulme und umrundete ein Beet mit späten Rosen. Ihre roten Blütenblätter wirkten im Mondlicht fast schwarz. Der süße Geruch stieg ihm in die Nase. Doch ihm wehte noch ein anderer Duft entgegen. Malcolm blieb wie versteinert stehen, die Hand noch nach einer der weit geöffneten Blüten ausgestreckt.

Das war nicht möglich! Und doch. Wie konnte er sich irren? Er hatte noch nie einen Duft vergessen!

Malcolm witterte in alle Richtungen, um zu erkunden, wohin sie gegangen war. Er konnte sich nicht erklären, wie sie hierherkam. Ganz egal. Sie war hier! Wie gerne wollte er seinen Sinnen vertrauen. Fragte er sich nicht seit dem Tag des Abschieds in Rom, ob er sie jemals wiedersehen würde? Und hatte er es nicht Nacht für Nacht heimlich gehofft?

Er folgte der Spur, merkte aber schnell, dass er falsch lief. Der Duft wurde kaum merklich schwächer. Hier durch diese Pforte hatte sie den Tiergarten betreten und war dann unter dem Baum kurz stehen geblieben. Dann war sie um das Haus mit den Pavillons gegangen und den Weg entlang über die kleine gewölbte Brücke. Bedächtig folgte er ihrem Duft. Würde er gleich vor ihr stehen? Was konnte er sagen? Wie sein Versagen wiedergutmachen? Er hatte nichts zu ihrer Rettung unternommen. Tatenlos hatte er zugesehen, wie die Nosferas sie und ihren Oheim aus ihrem Zimmer geschleppt und zu dem Zug gebracht hatten, der sie wer weiß wohin bringen sollte. Nach Sibirien? Nach Persien oder China? Malcolm wusste es nicht. Und dennoch war sie nun hier in diesem nächtlichen Garten in Paris.

Du hattest keine Wahl, sagte er sich. *Wenn du den Nosferas zu erkennen gegeben hättest, dass du sie kennst und sie dir am Herzen liegt, hätten sie ihr vielleicht etwas angetan, um ein Exempel zu statuieren.*

Würde sie ihm Vorwürfe machen? Ihn gar ignorieren und mit Verachtung strafen? Das sollte sie nicht wagen!

Warum nicht?, fragte eine böse Stimme in ihm. *Willst du ihr drohen? Wirst du ihr Blut nehmen, wenn sie dir nicht gehorsam ist? Ihre Seele und ihr Leben?*

Nein, natürlich nicht. Er würde es ihr erklären und sie um Verzeihung bitten. Und doch musste er bei dem Gedanken an ihr Blut trocken schlucken. Wie köstlich musste es sein, nachdem ihre Lippen schon so herrlich geschmeckt hatten.

Im Rausch seiner Gedanken gefangen, umrundete Malcolm eine Reihe von Volieren mit Papageien, Geiern und anderen großen Greifen und blieb dann wie erstarrt stehen. Da war sie. Kein Zweifel.

Sie versuchte, die Tür eines Gebäudes zu öffnen, in dem Reptilien gehalten wurden, deren Geruch ihm schwer und süßlich in die Nase stieg. Malcolm bemerkte wohl, dass noch zwei Männer den Tierpark betreten hatten, aber das kümmerte ihn nicht. All seine Sinne waren auf Latona gerichtet. Malcolm erklomm den künstlichen Felsen, an den die Volieren angebaut waren, und ließ sich darauf nieder.

Den Kopf in beide Hände gestützt, ein versonnenes Lächeln auf den Lippen, beobachtete er sie und malte sich aus, wie ihr Wiedersehen gleich verlaufen würde. Er überlegte, welche Worte er wählen sollte.

Latona sah sich um und huschte zum nächsten Haus. Sie betätigte die Klinke einer Tür, die jedoch offensichtlich verschlossen war. Sie versuchte es an der nächsten. Malcolm kaute auf seiner Unterlippe und begann, sich zu fragen, was sie dort unten tat, noch dazu zu dieser Nachtstunde. Das war für ein Mädchen ihres Standes nicht üblich! Aber war das etwas Neues? Bereits in Rom hatte sie mit ihrem ungewöhnlichen Verhalten seine Aufmerksamkeit erregt. Wieder musste er lächeln. Dann aber fiel ihm etwas ein. Er war so von ihrem Duft überrascht und betört gewesen, dass er auf nichts anderes geachtet hatte. Nun aber begriff er, dass er noch einen anderen Menschen witterte, den er kannte: ihren Onkel Carmelo, den Vampirjäger von Rom! Hatte er nicht geschworen, sich nie wieder einem Vampir zu nähern? Malcolm konnte für ihn und Latona nur hoffen, dass er sich noch immer an dieses Versprechen hielt. Ansonsten würde es ihm schlecht bekommen. Und Latona ebenfalls.

Etwas in ihm zog sich schmerzhaft zusammen. Er richtete seinen Blick wieder auf das Mädchen, das noch immer vor der dritten Tür stand, nun aber mitten in der Bewegung innehielt und mit erhobenem Haupt in die Nacht starrte. Sah sie zu ihm herüber? Sie konnte ihn nicht entdeckt haben. Ihre menschlichen Augen waren zu schwach, um in den Schatten der Nacht einen Vampir auf einem von Efeu bedeckten Felsen ausmachen zu können. Und doch bebte sie am ganzen Körper. Es wurde Zeit, zu ihr zu gehen. Malcolm wollte sich schon in Bewegung setzen, als die beiden Männer, die er beiläufig schon lange bemerkt hatte, an den Volieren entlanggingen und direkt auf Latona zustrebten. Malcolm hielt inne. Jetzt sprachen sie das Mädchen an. Das durfte nicht wahr sein! Er fühlte eine wilde Wut in sich aufsteigen, und es kostete ihn Mühe, nicht hinunterzustürzen und den Männern die Kehlen herauszureißen. Doch ein Rest an Vernunft sagte ihm, dass dies kein guter Einstieg für ein Wiedersehen mit Latona wäre. So klammerte er sich mit beiden Händen an die rauen Steine und verfolgte das Gespräch der beiden Fremden mit dem Mädchen. Nur noch ein paar Sätze, dann würden sie sich sicher verabschieden und ihren Weg fortsetzen. Bald schon musste Malcolm zu seinem Entsetzen erkennen, dass Latona mit ihnen gehen würde. Sie wollten sie nach Hause begleiten. Wie in Trance beobachtete er, wie sie sie durch die Menagerie zurück in den Park führten. Dann kam wieder Leben in ihn. Er konnte ihnen folgen. Irgendwann würden sie sich trennen. Dann war sie alleine – und er würde wissen, wo sie wohnte. Mit einem riesigen Satz sprang der Vampir vom Felsen hinab.

»Malcolm? Wo bist du?«

Widerstrebend hielt er inne, um Fernand zu antworten. »Hier. Was ist los?«

»Kommst du? Tammo hat den Tiger für heute Nacht genug geärgert. Außerdem hat ihm der Gorilla fast den Arm ausgerissen, als er ihm die Hand schütteln wollte.« Fernand lachte leise. »Lass uns zurückgehen. Wir wollen uns keinen Ärger einhandeln.«

Malcolm zögerte. »Geht ohne mich. Ich will mich noch ein wenig umsehen.«

Fernand schüttelte den Kopf. »Das kommt nicht infrage. Was hast du vor?«

»Das ist meine Sache«, sagte Malcolm abweisend. »Du bist nicht für mich verantwortlich. Ich werde schon rechtzeitig vor Sonnenaufgang zurück sein.«

Fernand schüttelte heftig den Kopf. »Nein, das kann ich nicht zulassen. Nicht dass mir persönlich so viel an dir liegt, aber es fällt auf meine Familie zurück, wenn einem der Erben unter ihrer Obhut etwas zustößt. Willst du, dass die Vyrad innerhalb weniger Monate noch einen ihrer Nachkommen verlieren?«

»Wie sprichst du denn mit mir, Kleiner?«, fuhr ihn Malcolm hochmütig an, um zu verbergen, wie sehr ihn die Erinnerung an die Vernichtung seiner Cousine traf. »Ich bin drei Jahre älter als du und kann sehr wohl auf mich selbst aufpassen. Wenn ich es gewollt hätte, dann hätte ich über den Sommer am Ritual teilnehmen können und wäre gar nicht in die Akademie zurückgekehrt.«

Fernand neigte den Kopf. »Das ist schon möglich. Nun aber bist du hier, und für einen Fremden ist es nicht leicht, sich alleine zurechtzufinden. Alle Gitter und Türen in den Untergrund sind verschlossen – die wenigen ungesicherten wirst du vermutlich nicht finden. Ohne das da kommst du alleine nicht zurück.« Er hob seine Ansammlung von Schlüsseln hoch und ließ sie vor Malcolms Nase baumeln. »Und sage nun nicht, du könntest die Gitter ja aufbrechen. Was glaubst du, was für einen Aufstand die Patrouillen dann in dieser Gegend veranstalten würden. Das könnte großen Ärger geben!«

Malcolm stieß einen Seufzer aus. »Nun gut, dann gehen wir halt zusammen zurück.«

Schweigend tappte er hinter den beiden Jungen durch das unterirdische Labyrinth zurück zum Lager der Pyras unter dem Val de Grâce.

Sie ist in Paris. Wir sind in derselben Stadt. Wie schwierig kann es für einen Vampir sein, sie aufzuspüren?

Malcolm fühlte die Zuversicht zurückkehren. Diese Nacht hatte er sie verloren. Doch er würde ihre Spur aufnehmen und Latona schon bald wiederfinden. Er war sich ganz sicher.

NOCH EINE VERFOLGUNGSJAGD

Zu ihrem großen Erstaunen erhielten die Freunde keine Strafe. Ja, ihre Gastgeber machten ihnen bei ihrer Rückkehr nicht einmal Vorwürfe. War es den Pyras überhaupt aufgefallen, dass sie sich davongemacht hatten? Oder war es ihnen gleichgültig? Alisa bemerkte, dass auch Tammo und Fernand wieder zurück waren. Ihr Bruder hielt den rechten Arm ein wenig steif, und über seine Wange zog sich ein tiefer, blutiger Kratzer, aber ansonsten schien er guter Dinge zu sein.

Auch wenn die Pyras gegen ihren Ausflug anscheinend nichts einzuwenden hatten, hieß das nicht, dass sich die Freunde keine Vorhaltungen anhören mussten. Hindrik und Matthias kamen ihnen entgegen. Matthias machte zwar nur ein finsteres Gesicht, Hindrik dagegen nahm kein Blatt vor den Mund und sagte ihnen nur allzu deutlich, was er von diesem Alleingang hielt. Auch Dario kam kurz herüber, um sich zu überzeugen, dass Luciano wohlauf war. Die beiden Lycana hoben nur kurz die Köpfe und sahen Ivy und Seymour mit ernster Miene an.

»Wir wollten unseren Gastgebern nur bei ihrer Suche helfen«, sagte Alisa hoheitsvoll zu Hindrik.

»Ach, du meinst, ihr, die ihr von Paris noch nichts gesehen habt, kennt euch besser aus als die Pyras?«

»Ist es unsere Schuld, dass wir noch nicht herumgeführt wurden?«

Hindrik schüttelte verzweifelt den Kopf. »Das ist nicht der Punkt. Immer mischt ihr euch in alles ein und bringt euch in Gefahr.«

Alisa machte eine wegwerfende Geste. »Ach, da kann ich dich beruhigen. Wir haben aus zuverlässiger Quelle erfahren, dass es sich hier nicht wie in Rom um Vampirjäger handelt, die uns allen die Herzen durchbohren und die Köpfe herunterschlagen wollen. Seigneur Thibaut ist nur durch Zufall in eine Falle geraten, die nicht für ihn gedacht war.«

»Was?« Hindrik starrte sie verblüfft an. »Woher wollt ihr das wissen?«

»Natürlich weil wir mit dem Mann gesprochen haben, den es hätte treffen sollen«, gab Alisa gnädig Auskunft und freute sich über die fassungslose Miene der Servienten.

»Du nimmst mich auf den Arm«, sagte Hindrik nur. Als jedoch sogar Ivy die Behauptung bekräftigte, blieb ihm nichts anderes übrig, als ihr Glauben zu schenken.

»Das solltet ihr Seigneur Lucien berichten«, sagte er schwach. »Vielleicht hilft ihm diese Information bei der Suche nach seinem Bruder weiter.«

»Aber gerne«, sagte Alisa und lächelte breit. »Wir sind jederzeit bereit zu helfen! Warum seid ihr uns übrigens nicht gefolgt? Nicht dass es mir so nicht lieber ist«, fügte sie mit einem entwaffnenden Augenaufschlag hinzu.

»Wir haben es versucht«, knurrte Hindrik. »Aber wir stießen sehr bald an ein verschlossenes Gitter. Natürlich hätten wir es aus seiner Verankerung reißen können, aber ich denke, das hätte Seigneur Lucien nicht gefallen. Da sind wir umgekehrt. Wir haben noch über zwei andere Gänge versucht, eure Spuren wieder aufzunehmen, aber das Gewirr ist unglaublich und führt einen überallhin, nur nicht an den Ort, wo man eigentlich hinwill! Also blieb uns nichts anderes übrig, als umzukehren und hier auf eure Rückkehr zu warten.«

»Ah, der berühmte Schlüsselbund, den jeder Pyras bei sich trägt.« Natürlich hatte sie sich geärgert, dass ihre Gastgeber den Erben keine Schlüssel zu den zahlreichen Türen und Gittern zur Verfügung gestellt hatten, andererseits erwies es sich jetzt als vorteilhaft, dass ihre Servienten ebenfalls keine besaßen.

»Ich habe noch versucht, einen der Pyras zu überreden, uns zu führen, aber die beiden, die noch hier waren, zeigten sich nicht interessiert. Was will man erwarten? Stumpfsinniges Franzosenpack!« Der Servient war sichtlich erbost.

»Hindrik! Wie kannst du so etwas sagen? Untersteh dich, unsere Gastgeber zu beschimpfen. Ich will so etwas nie wieder hören!« Alisa war entsetzt, doch der Servient gab sich störrisch.

»Mir kann niemand den Mund verbieten. Ich sage, was ich will, und dass ich von den Franzosen nichts halte, darf jeder wissen.«

»Ich erkenne dich nicht wieder. Hast nicht du immer davon gesprochen, wie wichtig es ist, dass die Clans Frieden schließen und sich gegenseitig unterstützen, damit die Akademie ein Erfolg wird? Dass wir den anderen gegenüber offen sein sollen, um von ihnen zu lernen?«

»Schon, ich habe auch nichts gegen die Lycana, die Vyrad und die Nosferas. Ja, selbst die Dracas sind, wenn man ihr arrogantes Gehabe ignoriert, gar nicht so schlecht. Ihre geistigen Fähigkeiten sind enorm und werden euch stark und mächtig machen, wenn sie ihr Wissen an euch weitergegeben haben. Aber was ist das hier?« Er zeigte verächtlich in die Runde. »Was kann euch das nützen?«

»Wahrscheinlich gibt es keinen Clan, bei dem wir unseren Orientierungssinn besser schulen können, bei dem wir mehr Mittel und Wege kennenlernen, uns an unwirtlichen Orten zurechtzufinden.«

Der Servient spuckte verächtlich aus. »Wenn man es genau betrachtet, sind die Pyras arroganter als die Dracas. Die Dracas besitzen wenigstens Fähigkeiten, auf die sie zu Recht stolz sein können, und pflegen einen kultivierten Lebensstil. Die Pyras dagegen sind schlimmer als Höhlentiere. Sie überschätzen sich wie alle Franzosen, die sich für einen Teil einer *grande nation* halten. Sie meinten, sich einen Kaiser krönen und die Welt unterjochen zu können. Aber dann den Preußen den Verzicht auf ihre Erbansprüche in Spanien vorzuschreiben! Auf bittere Weise mussten sie erfahren, dass sie ganz und gar nicht allmächtig sind. Sie haben mehr als nur ein Waterloo erlitten und damit bekommen, was sie verdient haben!«

»Aber vorher hat Napoleon fast ganz Europa besiegt und dabei alle deutschen Länder eingenommen«, erinnerte Alisa. »Er war ein großer Feldherr und Stratege, das kannst du nicht abstreiten. Er kam bis nach Moskau!«

»Und was passierte dann? Seine Armee ist ihm verhungert, weil die Russen einfach schlauer waren. Wie ich sage. Sie überschätzen sich und gehen an dieser Arroganz früher oder später zugrunde!«

»An Arroganz kann man zugrunde gehen?«, erkundigte sich Franz

Leopold, der die letzten Worte des Servienten vernommen hatte. »Sprichst du gerade so freundlich über meine Familie?«

»Nein, er meint die Pyras«, stellte Alisa richtig.

»Was? Wir sollen als der Clan, der Arroganz und Überheblichkeit für sich gepachtet hat, entthront werden?«, rief Franz Leopold in gespieltem Entsetzen.

»Sieht so aus. Wir waren gerade bei Napoleon, dessen Stolz und Eitelkeit seine Armee in Russland in den Tod führten«, gab Alisa Auskunft.

Hindrik war noch nicht fertig. »Und was hat ihnen ihre Kriegstreiberei gegen Preußen und die deutschen Fürstentümer eingebracht? Ha, auch ihr zweiter Kaiser und seine Armee gefangen, Paris eingeschlossen und belagert und die Schmach, zusehen zu müssen, wie unser König von Preußen im Spiegelsaal von Versailles zum Kaiser der Deutschen gekrönt wird, während sie sich unter dem Donner des Kanonenfeuers vor Hunger fast gegenseitig an die Kehle gegangen sind!«

»Ja, ich kenne die Geschichte, aber ich bin mir nicht sicher, ob das klug war.«

»Was? Sie für ihre Arroganz büßen zu lassen? Du vergisst, es war der Franzosenkönig Napoleon III., der uns den Krieg erklärte, nicht andersherum«, erinnerte Hindrik.

»Wir mussten uns wehren, natürlich, aber sie derart zu provozieren, wäre nicht nötig gewesen«, meinte Alisa. »Unsere Reichsgründung in ihrem Versailles werden die Franzosen niemals vergessen.«

»Und wenn schon.« Hindrik zuckte mit den Achseln. »Sollen sie daran ersticken, wenn sie es nicht schlucken wollen.«

Alisa schüttelte den Kopf. »Ich sage dir, irgendwann fällt diese Tat auf uns zurück. Dann werden die Franzosen in der stärkeren Position sein und sie werden sich am deutschen Volk grausam rächen.«

Bevor Hindrik etwas erwidern konnte, lief Tammo an ihm vorbei und erinnerte ihn daran, dass es ja noch einen weiteren Vamalia gab, der eine Strafpredigt verdient hatte. Mit grimmiger Miene machte sich Hindrik auf, Alisas Bruder zur Rede zu stellen.

»Wer hätte das gedacht«, murmelte Franz Leopold und sah Hindrik nachdenklich hinterher.

»Ja, er hat schon früher durchblicken lassen, wie unrecht es ihm ist, Tammo immer in Begleitung der beiden Pyras zu sehen, doch dass seine Abneigung so groß ist, war mir nicht bewusst«, sagte Alisa bekümmert.

Franz Leopold zuckte mit den Schultern. »Was soll's. Er wird nicht der Einzige sein, der nationale Feindschaften hegt. Die Engländer verachten die Iren, die Deutschen die Franzosen und umgekehrt. Jeder hat so seine Feindbilder, auf die er herabsehen kann.«

»Und die Österreicher?«

Franz Leopold deutete ein Lächeln an. »Wir Dracas? Wir sehen auf alle herab, wusstest du das nicht?«

Alisa lächelte zurück. »Doch, eigentlich schon, aber manchmal vergesse ich, wie überheblich und eingebildet ihr seid!«

Franz Leopold zog sich mit einer Verbeugung zurück, und Alisa beschloss, zu Malcolm hinüberzugehen. Lächelnd blieb sie vor ihm stehen. Er schien sie jedoch überhaupt nicht zu bemerken.

Das konnte nicht sein! Die Sinne eines Vampirs waren bei Nacht so geschärft, dass sie jeden Menschen oder anderen Vampir in ihrer Nähe sofort wahrnahmen. Warum ignorierte er sie? Alisa fiel nichts ein, womit sie ihn verärgert haben könnte. Sollte sie wieder gehen?

»Malcolm? Ist etwas mit dir?«

Er schien aus tiefen Gedanken aufzuschrecken. »Was? Oh, Alisa, du, was gibt es?«

»Darf ich mich setzen?«

Er starrte sie wieder einige Augenblicke mit glasigem Blick an, ehe er von seinem Sarg aufsprang und sie mit einer Handbewegung aufforderte, sich dort niederzulassen. Dann sank er neben sie auf das vom Alter dunkel gewordene Holz.

»Geht es dir nicht gut? Du bist ganz anders als sonst. Also wenn ich etwas gesagt oder getan habe, dann war das sicher nicht mit Absicht, und wir sollten darüber sprechen …« Sie sah ihn atemlos an.

Malcolm versuchte sich an einem Lächeln. »Nein, natürlich hast du nichts getan. Ich war mit meinen Gedanken nur woanders. Entschuldige bitte. Ich freue mich, wenn du zu mir kommst. Für gewöhnlich scheint dir die Gesellschaft deiner Freunde ja zu genügen.«

Alisa wollte protestieren, aber sie schluckte die Worte hinunter. Sie wollte sich nicht auf einen Streit einlassen, der zu leicht außer Kontrolle geraten konnte.

Sollte sie ihm von ihrer Begegnung mit dem Phantom erzählen? Das war eine spannende Geschichte, die zu berichten lohnte. Andererseits war sie wieder mit ihren Freunden unterwegs gewesen, was Malcolms Vorwurf untermauern würde. Daher fragte sie lieber, was er in dieser Nacht nach dem Ende der Übung gemacht hatte.

»Ich war mit deinem Bruder und Fernand draußen im Botanischen Garten«, gab Malcolm bereitwillig Auskunft.

»Was?« Alisa konnte ihre Überraschung nicht verbergen.

»Was erstaunt dich daran so? Dass ich – wie ihr auch – mich unerlaubt davongemacht habe, statt hier gelangweilt Stunde um Stunde herumzusitzen?«

»Nein, dass du dir ausgerechnet meinen jüngeren Bruder als Gesellschaft ausgesucht hast, der meiner Meinung nach mehr als nervtötend ist.« Alisa zog eine Grimasse.

Malcolm lächelte leicht. »Ich muss zugeben, dass ich mich weniger von deinem Bruder angezogen fühlte – obwohl ich nichts gegen ihn habe – als von Fernand oder genauer gesagt von Fernands Schlüssel«, präzisierte er, als er Alisas ungläubigen Gesichtsausdruck bemerkte. Nun nickte sie.

»Das verstehe ich gut. Ohne Joanne wären wir nicht weit gekommen. Und zu unserer Schande muss ich gestehen, dass das nicht nur daran lag, dass wir keine Schlüssel hatten. Ich dachte ja immer, ich hätte einen guten Orientierungssinn, doch hier unten weiß ich oft nicht, wie ich weitergehen soll. Es ist alles so verschachtelt, dass ich auf dem Rückweg lieber meiner eigenen Spur folgen würde, als eine andere Route zu wählen.«

»Ich weiß, was du meinst, und habe mich auch schon gefragt, ob sie das durch die Hilfe ihrer Ratten schaffen oder selbst spüren, wo genau sie sich befinden. Schließlich geht es hier nicht nur darum zu erahnen, wo Norden ist!«

»Wart ihr wirklich im Botanischen Garten? Ich kann mir beim besten Willen nicht vorstellen, dass das ein Ausflugsziel ist, das mein Bruder wählen würde. Hat er mit einer Kiefer gekämpft oder wo hat er sich seine blutige Schramme geholt?«

Malcolm grinste. »Nein, der Angreifer war nicht grün und gehörte eher zur Familie der Katzen, Gattung Panthera. Es war ein Tiger aus Südchina, wenn ich das Schild richtig gelesen habe.«

»Ein Tiger?« Sie sah ihn misstrauisch an.

»Und seinen Arm hat ein Gorilla ein wenig zu heftig geschüttelt, dem es nicht nach Austausch von Freundlichkeiten war. Ja, ich vermute, er war eher ungehalten, zu solch einer Stunde aus seinem wohlverdienten Schlaf gerissen zu werden.«

Alisa sah ihn verdutzt an, dann hellte sich ihre Miene auf. »Du wolltest mich an der Nase herumführen. Botanischer Garten? Ihr wart in einer Menagerie!«

»Ja, aber sie gehört zum Jardin des Plantes, das war schon richtig ausgedrückt. Doch tröste dich, ich wäre auch fast Opfer dieser Finte geworden. Auf die Weise wollten Tammo und Fernand mich davon abhalten, sie zu begleiten.«

»Was haben sie hier in Paris noch für Tiere? In Hamburg gibt es den Tierhändler Carl Hagenbeck, der jedes Jahr mehrere Expeditionen nach Afrika unternimmt und exotische Tiere und Menschen mitbringt, die er in seiner Völkerschau ausstellt. Tammo und ich waren einmal dort und haben neben den schwarzen Menschen auch Löwen, einen Elefanten und Affen gesehen. Hagenbeck will, glaube ich, bald einen Zirkus aufmachen und dort jede Menge Wildtiere präsentieren, die er gezähmt hat. Was gab es denn außer dem Tiger und dem Gorilla noch in dem Zoo zu sehen?«

»Papageien und andere Vögel in einer riesigen Voliere und in einigen kleineren Käfigen.« Er hielt inne und machte ein seltsam verzücktes Gesicht. Dann hob er die Schultern. »Keine Ahnung. Ich habe nicht so sehr darauf geachtet.«

»Was? Du bist mit den beiden heimlich in den Zoo gegangen und hast nicht auf die Tiere geachtet?«

Malcolm blickte verlegen drein. Sie konnte geradezu beobachten, wie er sein Gehirn nach einer plausiblen Erklärung durchsuchte. Die Wahrheit würde sie von ihm nicht zu hören bekommen. So viel war klar. Aber warum nicht? Welches Geheimnis konnte hinter diesem Verhalten stecken? Alisa zermarterte sich den Kopf, aber ihr fiel nichts ein. Seltsam. Sehr seltsam. Sie hörte ihm gar nicht mehr zu, als er stotternd Ausflüchte suchte. Es kränkte sie, dass er sie so abspeiste. Enttäuscht verabschiedete sie sich von ihm und kehrte zu Ivy, Luciano und Franz Leopold zurück.

* * *

»Sie wollen mich also wirklich begleiten?«, fragte Latona ungläubig. »Das ist kein Trick, um mich bei meinem Onkel zu verraten oder so?«

Bram Stoker sah sie ernst an. »Nein, Miss, das habe ich Ihnen doch versprochen, nachdem ich vergeblich versucht habe, Ihnen den Schwur abzuringen, es nicht wieder zu tun. Ich finde diese Verfolgungsjagd nicht gut. Er wird seine Gründe haben, dass er Ihnen nicht die Wahrheit sagen kann, und es schmerzt ihn sicher, zu einer Lüge gezwungen zu sein, aber es gibt nun einmal viele Dinge auf dieser Welt, die für junge Damen nicht geeignet sind, weil sie ihr Zartgefühl verletzen würden.«

Latona schnaubte abfällig durch die Nase. Sie wusste, dass dies keine angemessene Reaktion für eine Dame war, und sie machte es auch nicht besser dadurch, dass sie Bram versicherte, er könne sich gar nicht vorstellen, was ihr Onkel ihrem weiblichen Gemüt auf den Reisen schon zugemutet hätte. Natürlich forderte er sie nicht auf, davon zu berichten, das wäre ja nicht schicklich gewesen, doch seine Neugier konnte er nicht ganz verbergen.

Latona verdrehte die Augen. Man hatte es schon schwer mit den Konventionen. Alles, was interessant war, oder Nervenkitzel und Spaß versprach, war für junge Damen verboten. Sollte für sie nur die Langeweile bleiben? Sie seufzte tief.

»Was quält Sie, Miss Latona. Lassen Sie mich an Ihren Gedanken teilhaben«, forderte sie Bram Stoker auf und goss ihr noch ein wenig Tee nach. Sie saßen in der großen Eingangshalle ihres Hotels unter der Aufsicht sämtlicher Portiers, Kofferträger, Butler und Kellner, doch vermutlich war selbst daran etwas auszusetzen, nur weil er ein Mann war, der nicht zur Verwandtschaft gehörte, und sie keine Anstandsdame vorzuweisen hatte.

»Er wird mit mir im Hotel zu Abend essen und dann aufbrechen«, wiederholte Latona.

»Ich werde bereit sein«, versicherte Bram Stoker, der sich vermutlich fragte, wie er sich auf so etwas nur hatte einlassen können. Wenn ihr Onkel sie in dieser Nacht zusammen erwischte, konnte das für den Iren sehr unangenehm werden. Andererseits war es ihm anscheinend noch weniger recht, wenn Latona ohne Schutz durch die nächtlichen Straßen streifte. Sie konnte nichts für sein Dilemma. Dass sie zu solchen Mitteln greifen musste, um die Wahrheit zu erfahren, war ja schließlich die Schuld ihres Onkels!

Latona leerte ihre Tasse, stand auf und strich etwas nervös ihr Kleid glatt. »Ich gehe jetzt lieber hinauf ins Zimmer, damit Carmelo uns nicht zusammen sieht. Das würde sicher lästige Fragen nach sich ziehen.« Da konnte Bram ihr nur zustimmen. Er erhob sich gleichfalls, verbeugte sich und begleitete sie noch bis zum Fahrstuhl, wo er sie der Obhut des Boys in seiner prächtigen roten Uniform überließ.

Drei Stunden später verließen sie kurz nach ihrem Onkel zusammen das Hotel.

»Schnell, er geht dort den Boulevard hinunter«, sagte Latona aufgeregt und zog an Brams Arm.

»Nur mit der Ruhe. Wir sollten nicht zu nahe heran, um seine Aufmerksamkeit nicht zu erregen.«

»Wir dürfen ihn aber auf keinen Fall wieder verlieren! Das war vergangene Nacht Ihre Schuld!«

»Mein Vergehen ist mir bewusst«, antwortete Bram mit gespielter Reue, ohne sein Lächeln verbergen zu können.

»Das sollte es auch!«, meinte Latona streng und stöhnte dann auf. »Oh nein, er winkt eine Droschke herbei.«

»Dann werden wir in dieser Nacht nichts erreichen.«

Ein störrischer Zug trat in Latonas Gesicht. »Nein, ich lasse ihn nicht entwischen. Dann folgen wir ihm eben in einem Wagen.«

»Wie Sie gestern richtig bemerkten, gehört es sich für eine junge

Dame nicht, mit fremden Herren eine Droschke zu teilen«, rief Bram ihr ins Gedächtnis, doch Latona wehrte ab.

»Sie sind ja nun kein Fremder mehr. Wir haben im Hotel zusammen Tee getrunken und Schokoladeneclairs gegessen.«

Ob ihn das überzeugte, wusste Latona nicht, doch da sie gebieterisch die Hand hob, als eine freie Droschke vorbeirollte, ergab sich Bram in sein Schicksal, bot ihr den Arm und half ihr in die Kutsche.

»Folgen Sie dieser Droschke dort vorn, schnell«, rief Latona dem Kutscher zu. Der wartete erst ein zustimmendes Nicken ihres Begleiters ab, ehe er die Peitsche schwang. Latona bemerkte es wohl und hatte nun genug Zeit, sich wieder einmal über die ungerechte Welt zu ärgern.

Die Fahrt schien wieder zum Botanischen Garten zu gehen, zumindest war Latona davon überzeugt, bis sie den Boulevard Saint Michel erreichten. Zu ihrer Überraschung bog der Wagen vor ihnen nach rechts ab und folgte der Ausfallstraße nach Süden, die noch im vorigen Jahrhundert Rue d'Enfer – Höllenstraße – geheißen hatte. Vielleicht in Erinnerung an den in Sünde lebenden Diable Vauvert, wie sie König Robert II. nannten, der vor den Mauern der mittelalterlichen Stadt sein prächtiges Liebesnest für sich und seine Gattin hatte errichten lassen. Der Papst erhob Einspruch gegen die Ehe mit seiner Cousine und ließ den König, als der nicht von ihr lassen wollte, exkommunizieren. Nun musste der König klein beigeben, der inzestuösen Beziehung abschwören und eine andere Gattin wählen. Er verließ das Schloss, das nach und nach verfiel. Später ließen sich Wegelagerer und anderes Gesindel in den Ruinen nieder. Nachts sah man von dort im Schein lodernder Flammen Schwefeldämpfe aufsteigen. Mitte des 13. Jahrhunderts gebot der König dem teuflischen Treiben ein Ende und übertrug die Ländereien den Kartäusermönchen, die in den verlassenen Steinbrüchen unter dem Kloster ihre Liköre brauten und lagerten.

Mit Geschichten solcher Art unterhielt Bram seine junge Begleiterin, die dennoch vor Nervosität nicht still sitzen konnte. Endlich bog der Wagen vor ihnen nach links ab, folgte noch zwei kleineren Gassen und hielt dann vor einem großen Tor, von dem aus nach beiden Seiten eine geschlossene Häuserreihe das Gelände wie eine Mauer umschloss. Die Droschke hielt. Sie sah ihren Onkel dem Kutscher einige Münzen in die Hand drücken, dann stieg er aus und trat auf das Tor zu. Anscheinend wurde er trotz der nächtlichen Stunde erwartet, denn der Pförtner ließ ihn ohne langes Reden eintreten. Das Tor schloss sich wieder hinter ihm.

»Wo sind wir?«, fragte Latona ihren Kutscher.

»Das ist das Hôpital Cochin.«

»Ein Krankenhaus?«

»Ja, Mademoiselle, ein Krankenhaus.« Er schien noch mehr sagen zu wollen, doch dann brach er ab und blickte verlegen zur Seite. Verwirrt runzelte Latona die Stirn und sah zu Bram Stoker hinüber, der sich offensichtlich auch keinen Reim darauf machen konnte.

»Was für eine Art Spital ist das hier?«

Wieder dieser Gesichtsausdruck und ein rascher Seitenblick auf Latona. Plötzlich huschte Verstehen über Brams Miene.

»Werden hier Patienten behandelt, die – wie die Ärzte es nennen – an ›venerischen Krankheiten‹ leiden?« Mit diesem Ausdruck konnte der Kutscher nichts anfangen.

»Die spanische Krankheit?«, versuchte es Bram noch einmal.

Der Kutscher nickte. »Ja, genau, solche Leute sind hier. Das hier ist kein Ort für eine junge Dame, wenn Sie mir diese Bemerkung erlauben, Monsieur.«

»Da gebe ich Ihnen recht, und daher schlage ich vor, wir machen uns auf den Rückweg und Sie bringen uns zum Hotel zurück.«

Der Kutscher nickte und ließ die Pferde wieder antraben.

»He!«, protestierte Latona. »Was soll das? Anhalten! Ich will aussteigen! Ich will wissen, was hier vor sich geht.«

»Dort können Sie nicht hinein«, sagte Bram mit sanfter Stimme, was sie noch mehr erzürnte.

»Ich bin kein kleines Kind. Sagen Sie mir, was hier los ist! Diese spanische Krankheit, was ist das? Oh, stellen Sie sich nicht so an. Ah, jetzt weiß ich, worum es geht. Syphilis, nicht wahr?« Bram nickte zögernd.

Latona warf die Arme in die Luft. »Herr im Himmel, gib mir Geduld mit den Männern. Das wäre also wieder einmal ein Thema, das man vor einer Dame auf keinen Fall erwähnen darf. Für wie unwissend ihr uns immer haltet! Aber das wären wir ja auch, wenn es nach euch ginge. Gut, gut, schauen Sie mich nicht so entsetzt an, ich habe nicht vor, Sie über Details dieser Krankheit auszufragen.«

Plötzlich fiel ihr etwas ein, das ihr ein flaues Gefühl im Magen bereitete. Sie senkte ihre Stimme. »Mr Stoker, glauben Sie, mein Onkel ist zu diesem Krankenhaus gefahren, um sich behandeln zu lassen?«

»Ich weiß es nicht, aber der Verdacht drängt sich auf«, antwortete Bram unglücklich.

»Würde man es ihm nicht anmerken, wenn er krank wäre?«, widersprach sie mit einem Hauch von Verzweiflung.

»Nicht unbedingt.«

»Ist diese Krankheit heilbar?«

»Nun, wir wissen ja nicht, woran er genau leidet. Viele Krankheiten sind heutzutage heilbar. Es gibt großartige Männer, wie beispielsweise Louis Pasteur, die mit ihren Forschungen die Medizin weit vorangetrieben haben. Es werden immer mehr Impfstoffe und Medikamente entwickelt, sodass stets Hoffnung besteht.«

»Und die Syphilis?«

»Ich weiß nicht, ob man sie vollständig heilen kann. Doch zumindest gibt es Kuren, die das Leiden lindern und dem Patienten noch ein langes Leben bescheren. Ich kann mir gut vorstellen, dass sie hier in diesem Hospital auf eine lange Erfahrung zurückblicken und die Kranken in guten Händen sind.«

»Und ich habe ihm wer weiß was unterstellt«, sagte Latona und stützte das Kinn in beide Hände. So blieb sie schweigsam, während die Kutsche sie nach Saint Germain de Prés zurückbrachte.

»Vielleicht hat er Van Helsing gar nicht wegen der Vampire aufgesucht«, sagte sie zu sich. »Vielleicht war es die Krankheit, die ihn quälte und die er nicht einordnen konnte. Möglicherweise dachte er, er habe sich bei seiner Arbeit in Rom infiziert, und wollte von Van Helsing hören, was zu tun sein. Schließlich ist er Spezialist für obskure Krankheiten!«

Erst jetzt bemerkte Latona, dass Bram Stoker sie mit weit aufgerissenen Augen musterte.

»Vergessen Sie es. Ich habe nur zu mir selbst gesprochen.«

»Sie waren bei Van Helsing?«, stieß er hervor.

»Ja, bevor wir nach Paris kamen. Warum? Kennen Sie ihn?«

»Nein, aber ich würde ihn sehr gerne kennenlernen.« Bram Stoker holte tief Luft. »Miss Latona, dürfte ich so dreist sein, Sie zu bitten, noch einmal mit mir Tee zu trinken und mir von Ihrem Besuch bei Professor van Helsing zu berichten?«

»Aber gerne, Mr Stoker, das bin ich Ihnen schuldig, nach all den Umständen, die ich Ihnen bereitet habe«, stimmte Latona großzügig zu.

ORIENTIERUNGSÜBUNGEN

Am Abend wartete Seigneur Lucien auf die Erben und kündigte eine Nacht mit vielen Übungen an. Nicht alle waren so begeistert wie Alisa. Sébastien, Gaston und Jolanda würden ihnen zeigen, worauf es ankam. Anschließend machte er sich wieder mit dem größten Teil seiner Getreuen davon. Vermutlich um nach den mit jeder Nacht weiter verblassenden Spuren seines verschwundenen Bruders zu forschen. Nur ein paar Altehrwürdige blieben zurück. Mit krummen Rücken schlurften sie durch die Höhle. Ihre Haare waren lang und verfilzt und hingen ihnen über die eingefallenen, faltigen Gesichter. Nur ihre Augen waren noch flink und wachsam und die langen Reißzähne blitzten scharf. Die restlichen Zähne waren nur noch schwärzliche Stumpen oder schon längst ausgefallen. Die Kleider, die sie trugen, hätten vielleicht zu den Räuberbanden in den Gipsgruben im Norden gepasst.

»Es ist Besuchernacht«, schnarrte einer von ihnen und grinste breit.

»Oh ja, lasst uns in die Katakomben hinübergehen. Ein kurzer Weg zu einer Ansammlung wahrer Köstlichkeiten. Es werden wieder Massen an Neugierigen kommen, die sich an Knochen und Schädeln ergötzen wollen. Starke, gesunde Männer«, sagte der Erste.

»Junge, wohlriechende Frauen«, seufzte ein anderer.

»Sie werden ihre Kinder dabeihaben mit frischem, unschuldigem Blut«, lechzte ein anderer. Gut gelaunt machten sich die Altehrwürdigen auf den Weg. Ivy sah ihnen nach, bis Sébastien die Erben zu sich rief. Die ersten Stunden übten sie noch einmal mit den Ratten. Es fiel ihnen zwar nicht mehr schwer, die Tiere aufzuspüren und zu sich zu rufen – zumindest wenn sie nicht zu weit weg waren –, doch sie zu führen und ihnen Aufgaben zuzuteilen, ohne sich vollkommen auf sie zu konzentrieren, war schwer und glückte ihnen noch nicht.

Selbst so Fortgeschrittene wie Franz Leopold, Alisa, Mervyn und, ja, auch Anna Christina verloren ihre Ratten immer wieder, sobald ihnen Sébastien eine zusätzliche Aufgabe zuteilte, die ihren Geist zu sehr beanspruchte.

Ivy sah ihren Freunden zu und half, wo sie nur konnte. Sie selbst hatte das Prinzip schnell durchschaut und schaffte es bereits nach wenigen Versuchen, ein Stück ihres Geistes vom Rest zu isolieren, der stets für die Verbindung mit den Ratten zur Verfügung stand. In diesem Teil ihres Bewusstseins wurden auch die Rückmeldungen der Nager verarbeitet, was sie rochen, hörten und sahen, sodass Ivy mit ihrer Hilfe einen wesentlich größeren Bereich ihrer Umgebung erfassen konnte, als es ihr mit ihren Sinnesorganen allein möglich gewesen wäre. Während sie den anderen half oder eine der Test-aufgaben erledigte, die Sébastien ihr stellte, folgte sie mit einer ihrer Ratten den Altehrwürdigen bis in die Katakomben, wo sie sich auf-teilten und an Stellen verbargen, an denen das Fackellicht des Be-sucherstroms sie nicht erreichen konnte. Schon vernahm sie die auf-geregten Stimmen der Menschen, die sich in dieser Nacht durch das Reich der Toten führen ließen. Ein paar davon würden die Neugier mit Blut bezahlen.

Eine andere Ratte folgte einer sich rasch verengenden Röhre, durch die sich ein Vampir in seiner gewöhnlichen Gestalt nicht hätte zwängen können. Ivy fing ein Bild der ineinander verkeilten Gesteins-massen auf. Ah, hier war die Steindecke eingebrochen und hatte eine der Kavernen bis auf diesen schmalen Korridor verschüttet. Hatte sich die Schwäche im Gestein weiter fortgesetzt und war bis zur Oberfläche gedrungen, dann mussten dort oben irgendwann einmal Häuser oder Teile einer Straße unvermittelt in die Tiefe gesackt sein. Die Ratte hatte einen Eindringling in ihrem Revier entdeckt und rief nun ihr Rudel herbei, um das fremde Tier zur Strecke zu bringen.

Ivys dritte Ratte schnüffelte in einem Gang, in dem es nach Tier-kadavern roch. Der Eindruck war so stark, dass Ivy sich fast von ihrer eigenen Aufgabe ablenken ließ. Was war das? Sie zweigte ein wenig mehr ihrer Konzentration ab und richtete sie auf die Ratte, die ihr ein Bild von einem Brunnenschacht lieferte, der halb gefüllt war von – ja, was war das? Der Geist der Ratte sandte ihr Katzen. Tote Katzen. Nein, nur ihre Köpfe. Tief unten in dem trockenen Brunnen stapelten sich nur noch blanke Schädel. Das interessierte die Ratte nicht. Die Köpfe ganz oben dagegen waren noch frisch und weckten ihren Appetit. Ivy zog ihre Gedanken wieder ein Stück zurück. Sollte sie es sich schmecken lassen. Viel eher interessierte sie die Frage, was die Katzenschädel dort zu suchen hatten. Wurden in diesem Teil des Labyrinths satanische Messen gefeiert? Das war gar nicht so unwahrscheinlich. Die Satanskulte blühten seit Jahrzehnten immer mehr auf, vermutlich auch in Frankreich. Vielleicht eine Gegenbewegung zu den Wissenschaften, die die Natur immer schneller Stück für Stück entzauberten.

Sébastien beendete die Übung, um etwas Neues zu versuchen. Mit einem Stöhnen der Erleichterung entließen die Erben ihre Ratten. Nur Ivy behielt die Tiere weiter an ihren Geist gebunden.

»Ich versuche, wenigstens eine weiter zu kontrollieren«, verriet ihr Alisa. »Ein gutes Training, nicht wahr?«

Ivy stimmte ihr zu. »Du hast beachtliche Fortschritte gemacht.«

»Ja, aber bei Weitem nicht wie du«, seufzte Alisa. »Ich verliere sie noch viel zu oft.«

Ivy legte ihr tröstend den Arm um die Schulter. »Das ist nicht schlimm. Das passiert mir auch immer wieder.«

Das war eine Lüge!, erklang Franz Leopolds Stimme in ihrem Kopf. *Aber eine edle Lüge der Freundschaft. Ich bin wirklich gerührt!*

»Und was machen wir jetzt?«, drängte Tammo, der es müde wurde, sich immer neue Ratten zu suchen, nur um sie bei der ersten Ablenkung wieder zu verlieren. Dass Fernand und Joanne grinsend danebensaßen und ihre Ratten tanzen ließen, machte die Sache nicht gerade besser.

»Wir werden nun Übungen zur Orientierung machen«, gab Sébastien Auskunft.

»Dass wir uns hier unten nicht verlaufen? Haltet ihr uns für stumpfsinnige Menschen, die nach drei Schritten nicht mehr wissen, wo hinten und wo vorn ist? Wir sind Vampire. Wir verirren uns nicht!«

Sébastien zeigte so etwas wie ein Lächeln. »Das war eine lange

Rede, Tammo de Vamalia, daher schlage ich vor, du fängst an und zeigst uns, wie einfach das alles ist.«

Tammo erwiderte den Blick mit Misstrauen und trat vorsichtshalber zwei Schritte zurück, doch das nützte ihm nichts. Sébastien hob einen Sarg auf, als sei er eine Papierschachtel, und stellte ihn Tammo zu Füßen.

»Leg dich hinein«, befahl er. Tammo blieb nichts anderes übrig, als zu gehorchen. Der Deckel schlug zu.

»Und was jetzt?«, drang seine Stimme dumpf durch das Holz. Auch die anderen sahen einander fragend an. Was hatte Sébastien mit Tammo vor?

Das sollten sie gleich erfahren. Der Pyras winkte die beiden Servienten heran. Gaston und Jolanda hoben den Sarg auf.

»So, Tammo, wir werden nun den Sarg umhertragen, und du wirst uns genau sagen, in welche Richtung und wie weit er bewegt wird. Beschreibe den Weg, so gut es geht. Sage uns, wie viele Fuß oder Meter du dich nach Westen, Norden, Süden oder Osten bewegt hast und wie weit hinauf oder hinunter.«

Falls sich Tammo noch der Illusion hingab, die Aufgabe würde einfach zu lösen sein, so wurde er schnell eines Besseren belehrt. Die beiden Pyras gingen mal schnell, mal langsam, hoben den Sarg an oder ließen ihn fast auf dem Boden schleifen, trugen Tammo mit dem Kopf voraus, dann seitlich oder mit den Füßen nach vorne. Sie hoben ihn in schmale Durchgänge und ließen ihn in einen Schacht hinunter. Dann drehten sie den Sarg dreimal um seine Achse und liefen anschließend eine abschüssige Rampe hinunter. Schnell hatte Tammo jede Orientierung verloren. Ab und zu erkannte er wieder, wo Norden war und in welche Richtung er getragen wurde, ob es hinauf oder hinunterging, aber wie weit weg er von der Höhle der Pyras war, wusste er nicht, und so war er äußerst erstaunt festzustellen, dass ihn die Servienten genau an der gleichen Stelle wieder absetzten, an der er in den Sarg gestiegen war.

»Ich dachte, ich sei einige Hundert Schritte weiter westlich und in einem höher gelegenen Gang«, gestand er und kletterte mit einem Schnauben der Unzufriedenheit aus dem Sarg. »Das Ganze war auch nicht gerecht«, beschwerte er sich bei Sébastien. Seine Scheu gegenüber dem wild aussehenden Pyras hatte er offensichtlich verloren.

»Warum nicht?«

»Weil man das gar nicht schaffen kann.«

»Nein?«

»Nein!«, rief Tammo und stampfte zur Bekräftigung mit dem Fuß auf.

»Gut, dann wollen wir es Fernand versuchen lassen.«

»In Ordnung, aber seine Ratte muss mit in den Sarg«, verlangte Tammo.

»Wie du befiehlst.« Sébastien grinste breit und auch Fernand schien der Aufgabe wegen nicht bange zu sein. Wieder schlossen die Servienten den Deckel und trugen den Sarg kreuz und quer durch das unterirdische Labyrinth des fünften und dreizehnten Arrondissements, wie Steingravuren an diversen Kreuzungen verrieten. Ab und zu war Fernands gedämpfte Stimme zu hören, wenn er mit unglaublicher Sicherheit verkündete, an welcher Stelle sie sich gerade befanden. Ivy, die noch dazu die Bilder in seinem Kopf auffing, war beeindruckt, wie exakt sie mit der Wirklichkeit übereinstimmten, die die Vampire im Schein ihrer mitgebrachten Lampe zu sehen bekamen.

»Das ist ja kein Wunder. Er kennt die Gänge, ich nicht«, murrte Tammo. Dennoch musste auch er anerkennen, wie erstaunlich genau Fernand jede Richtungsänderung und jeden Höhenunterschied benennen konnte.

»Halt! Nun sind wir genau an der Stelle, an der ich in den Sarg gestiegen bin«, tönte es aus dem Innern. »Ihr könnt ihn jetzt absetzen.« Die Servienten gehorchten und Fernand klappte den Deckel auf.

»Diese Vorstellung war nicht gerade hilfreich«, maulte Tammo. Fernand sprang mit einem breiten Grinsen aus dem Sarg und klopfte Tammo herzhaft auf den Rücken.

»Verzeih, Kumpel, ich konnte es nicht über mich bringen, den Verlierer zu spielen. Aber du lernst das schon. Da bin ich mir sicher.«

»Hoffentlich!«, knurrte er.

Nun waren die anderen dran. Sie übten noch bis Mitternacht auf diese Weise, dann brachen sie auf, um ihre neuen Fähigkeiten in einer anderen Umgebung zu testen. Sébastien, Gaston und Jolanda führten sie weit nach Westen. Die meisten der Erben wurden von ihren Schatten begleitet. Nur Vincent blieb in der großen Halle zurück. Die Pyras hatten sich endlich dazu herabgelassen, die Särge der Erben vom Nordbahnhof abzuholen, und Vincent wollte prüfen, ob seine wertvollen Bücher keinen Schaden genommen hatten.

Die Pyras und ihre Gäste folgten zuerst einem langen, geraden Gang, dann durchquerten sie ein weitläufiges Steinbruchsystem.

»Es ist das größte unter Paris«, sagte Jolanda. »Es zieht sich über das gesamte vierzehnte Arrondissement und noch weit darüber hinaus. Hier üben wir später, wenn ihr gelernt habt, eure Sinne für die Position, in der ihr euch befindet, zu schärfen.«

»Heute Nacht gehen wir auf die andere Seite der Seine nach Passy und Chaillot. Die Gänge dort sind für unsere Übungen gut geeignet«, fügte Gaston hinzu, als sie in einen Abwasserkanal stiegen. »Wir sind jetzt am Rand des Champs du Mars, dem großen Exerzierplatz. Und direkt auf der anderen Seite des Flusses geht es los.«

An dieser Stelle verbreiterte sich der etwas erhöhte Rand des Abwasserleiters zu einem runden Raum, in dem allerlei Reinigungsutensilien lagerten, unter anderem eine schwere Kugel von mindestens zwei Schritt Durchmesser. Auf der anderen Seite verschwand die wassergefüllte Rinne wieder in einem Tunnel, dessen Bett unvermittelt steil hinabführte und das Wasser in die Tiefe stürzen ließ.

Alisa deutete auf die Kugel. »Was ist denn das?«

»Sie nennen sie *boule de curage*. Damit reinigen sie den Siphon«, erklärte Joanne. »Der Kanal entlässt sein Wasser nicht in den Fluss. Er ist eine geschlossene Röhre, die unter der Seine hindurchführt und auf der anderen Seite in ähnlicher Höhe weitergeht, um das Wasser nach Nordwesten abzuleiten. Es wird erst weiter flussabwärts in die Seine geleitet, damit das Trinkwasser aus dem Fluss in Paris nicht immer durch das eigene Abwasser verschmutzt wird, wie das vor den neuen Kanälen von Baron Haussmann üblich war.«

Tammo beugte sich über die Rinne, in der das rauschende Abwasser verschwand. »Tauchen wir jetzt da hindurch? Das macht bestimmt Spaß.«

»Höllischen Spaß«, murmelte Franz Leopold und zog eine Grimasse.

»Für Seymour ist das nichts«, widersprach Ivy alarmiert. Doch zu ihrer Erleichterung und Tammos Enttäuschung schüttelte Sébastien den Kopf. »Nein, wir nehmen die neue Brücke am Port de l'Alma. Auf der anderen Seite kommen wir ohne Schwierigkeiten hinunter in die alten Steinbruchgänge.«

Sie begannen mit ihren Übungen. Sébastien versammelte sie in einer Kaverne und beschrieb der ersten Gruppe einen Weg, der sie ein Stück durch das Labyrinth und wieder zurück führen würde.

»Der Gang führt genau nach Südwesten, dann an der Kreuzung nehmt ihr den, der auf fünf Schritt einen Fuß ansteigt. An der nächsten Gabelung müsst ihr nach Westen und dann so lange dem Weg folgen, bis ihr an eine Abzweigung kommt, die erst nach Nordwesten und dann – nachdem sie sich ein wenig geneigt hat – mit einer kleinen Abweichung nach Norden führt.«

So ging es weiter, und die Erben beschlich das Gefühl, die Aufgabe könne sich als tückischer erweisen, als sie es für möglich gehalten hatten. Sébastien sandte die Ersten los, ehe er die Nächsten auf einen anderen Weg schickte. Ivy fragte sich, ob der Pyras sich die verschiedenen Routen merken konnte, um später prüfen zu können, ob jemand falsch gegangen war. Jolanda folgte den Ersten in einigem Abstand. Die anderen würde sie später anhand ihrer Spuren kontrollieren. Bald waren alle auf dem Weg. Es stand ihnen frei, es mit einem Partner oder allein zu versuchen. Natürlich standen Joanne und Fernand nicht zur Verfügung, wie Tammo erfahren musste. Sie halfen den Servienten, die Aufgabe zu überwachen. Nach und nach kehrten die ersten Erben zum Startpunkt zurück, einige allerdings blieben verschwunden. Sébastien wartete noch ein wenig, dann ließ er sie suchen.

Während Fernand und Jolanda noch auf dem Weg waren, die verirrten Schäflein einzusammeln, vergab Sébastien die nächste Aufgabe, die noch schwieriger schien. Ivy zog mit Seymour als Erste los. Sie spürte, dass sowohl Alisa als auch Luciano enttäuscht waren, dass sie ihre Begleitung ablehnte, doch sie blieb hart. Bevor sie ging, warf sie Franz Leopold noch einen Blick zu. Wäre auch er gern mit ihr gegangen? Seine Miene war unergründlich. Er verstand es immer besser, seine Gedanken und Gefühle vor ihr zu verbergen. Rasch wandte sich Ivy ab und verschwand in der Finsternis des felsigen Ganges.

Ivy hatte zwar den richtigen Ausgang aus der Höhle gewählt, bog dann aber, kaum dass sie außer Sicht war, an der ersten Möglichkeit nach Nordosten ab. Ein wenig nagte das schlechte Gewissen an ihr, als sie nach dem eisernen Ring mit den Schlüsseln und Haken in ihrer Tasche tastete, den sie Alisa heimlich abgenommen hatte. Die Vamalia würde ihr zürnen, dass Ivy sie nicht mitgenommen hatte, aber Ivy hatte das Gefühl, ihre Mission würde eher gelingen, wenn sie es alleine versuchte. Sie rief sich noch drei Ratten, zusätzlich zu denen, die sie bereits mitgebracht hatte, und schickte sie in alle erdenklichen Richtungen voraus. Ivy hatte die Stadtkarte grob im Kopf und wusste, dass sie dem Bogen der Seine in gewissem Abstand folgen und dann nach Osten gehen musste. Doch wie ihr Weg verlaufen würde, wusste sie noch nicht. Sie ignorierte die Kommentare, die Seymour in Gedanken sandte. Er war alles andere als begeistert von ihrem Alleingang.

»Gib jetzt Ruhe!«, herrschte sie ihn an. »Ich muss mich auf die Ratten konzentrieren.«

Lüg nicht!, gab Seymour zurück. *Du lernst wohl niemals dazu, Ivy-Máire? Wir sind hier nicht in Irland!*

»Eben! Hier werde ich nicht verfolgt, und keiner versucht, mich zu vernichten. Es geht hier um etwas ganz anderes«, konterte Ivy.

Um etwas, das uns nichts angeht!

»Es geht die Pyras an, mit denen die Lycana einen Pakt geschlossen haben. Also geht es auch uns etwas an.«

Seymour brummte weiter vor sich hin, doch Ivy ignorierte ihn. Schnell ließen sie den Bereich des Steinbruchs hinter sich. Ivy dachte schon, sie müsse an die Oberfläche, um ihren Weg fortzusetzen, doch die Ratten zeigten ihr einen Kontrolltunnel, der sie in einen der Abwasserkanäle führte. Dieses Mal war es einer der engen mittelalterlichen Schächte, auf dessen morastigem Grund sie nur langsam vorankam. Sie sandte den Ratten das Bild eines großen Sammlers und hoffte, sie würden ihr Anliegen verstehen und sie so schnell wie möglich zu einem der weiten Kanäle führen. Bald hatten sie ihn erreicht. Noch eine Abzweigung zu einem Seitenarm, dann eine Leiter, die die Ratten durch einen schmalen Riss in der Wand überwanden. Nun stand sie vor einer verschlossenen Gittertür. Ivy zog die Schlüssel und Häkchen hervor, die sie Alisa abgenommen hatte, und versuchte ihr Glück. Von den Schlüsseln passte keiner. Also musste sie sich an das Einbrecherwerkzeug halten. Sie schob zwei der gebogenen Eisennadeln ins Schloss und drehte sie vorsichtig, aber sie rutschten immer wieder ab. Die Tür blieb zu.

Was machst du denn so lange? Das kann doch nicht so schwer sein, wenn Alisa das hinbekommt.

»Stör mich jetzt nicht! Alisa hat schließlich mehr Übung damit.«

Ja, mit ihren fünfzehn Jahren ist sie ja auch schon viel erfahrener, spottete der Werwolf.

»Was Einbrüche und Schlösserknacken betrifft, vermutlich schon«, gab Ivy gereizt zurück.

Dann hast du deine einhundert Jahre mit Dingen verschwendet, die dir nicht helfen, neckte der Wolf, doch Ivy war nicht zu Scherzen aufgelegt.

»Ich werde jetzt nicht wegen dieser Gittertür umkehren«, fauchte sie und startete einen neuen Versuch.

»Verflucht!«, rief sie, als die Haken wieder abglitten. »So geht das nicht.« Ivy wich einen Schritt zurück und trat dann so heftig gegen das Schloss, dass es zerbrach. Die Gittertür sprang auf und schlug gegen die Wand, dass das Dröhnen sich durch alle Gänge ausbreitete.

»Du kannst dir jeden Kommentar sparen«, warnte sie den Wolf.

Wollte ich dazu denn etwas sagen?

»Ja, und ich will es nicht hören. Komm jetzt. Sie werden uns bereits suchen. Ich muss ihn rechtzeitig finden.«

Ivy betrat den Gang, dem sie unter Joannes Führung schon einmal gefolgt war. So weit, so gut, doch wo konnte sein Versteck sein? Unter der Oper, so viel war klar. Und die Oper musste noch ein Stück weiter östlich von hier liegen. Ivy sandte den Ratten das Bild eines großen Gebäudes mit vielen Menschen, mit Musik und Gesang, und sofort machten sie sich auf den Weg, nicht jedoch ohne Ivys Vorstellung von der Garnieroper zu korrigieren. Ivy konnte nur staunen.

»Hast du diese Bilder ebenfalls empfangen?«, fragte sie Seymour.

Ich teile meinen Geist nicht mit Ratten, wehrte er ab.

»Die Oper muss so prächtig sein, dass ich sie mir unbedingt ansehen muss, ehe wir von Paris abreisen.«

Ivy versuchte, ihre Gedanken wieder auf ihr Ziel zu fixieren, und begriff, dass sie es bereits erreicht hatte. Das Phantom hatte sie gefunden. Es war hinter ihr, im Dunkeln in einer Nische oder hinter einer Geheimtür verborgen, und beobachtete sie. Nein, Erik konnte sie mit seinen Menschenaugen in der tiefen Finsternis nicht sehen. Das war unmöglich und doch waren seine Sinne auf sie ausgerichtet.

Aber da war noch etwas anderes. Ein bedrohlicher Schatten, der sich ihr näherte. Mehr als ein Jahr war vergangen, seit er sie in Rom zu sich gerufen hatte. Er hatte ihr angekündigt, dass er sie im Auge behalten und wieder aufsuchen werde. Dass in ihrem Jahr in Irland nichts dergleichen geschehen war, hatte sie in trügerischer Sicherheit gewiegt und sie den Vorfall fast vergessen lassen.

Ivy stöhnte leise. Ein Irrtum war ausgeschlossen. Wie um jeden noch so kleinen Zweifel auszulöschen, begann der Echsenring an ihrem Finger zu brennen, als würde er von Flammen umlodert. Ivy umklammerte ihre Hand und wich langsam zurück, auch wenn ihr klar war, wie unsinnig diese Reaktion war. Er ließ sich nicht aufhalten. Durch nichts und niemanden. Seymour winselte und kniff den Schwanz zwischen die Hinterbeine. Der Druck dieser unbekannten Macht war anscheinend so groß, dass Seymour sich nicht wandeln, ja nicht einmal mehr seine Gedanken in Worte fassen und mit Ivy teilen konnte.

Ivy spürte, wie sich der Schatten verdichtete und die Form eines großen Mannes annahm. Sie wagte nicht, ihn anzusehen, widerstand aber dem Drang, vor ihm auf die Knie zu fallen. Sie ahnte mehr, als dass sie sah, wie sich seine Hand näherte, um sie zu berühren. Sie wusste nicht, warum, doch ihr kam es vor, als wäre es ihr Ende, würde ihm das gelingen.

Ivy nahm all ihre Kraft zusammen, um sich dagegen zu wehren.

Das Feuer in dem Echsenring schien zu erlöschen, doch die Vampirin fühlte sich wie zwischen zwei Mühlsteinen zerquetscht.

Da flammte plötzlich Licht im Korridor auf. Ein gleißend helles Licht, das Ivy an den Fotografen Nadar und seine Arbeit in den Steinbruchhöhlen erinnerte. Sie kniff die Augen so fest zusammen, wie sie nur konnte. Dennoch fuhr ein Schmerz von ihren Lidern bis in den Kopf. Den mächtigen Schatten aber schien es noch stärker zu treffen. Sie spürte seine Überraschung und dann seinen Schmerz, vermischt mit Wut, die sie rückwärts gegen die Wand schleuderte. Dann begann er, sich aufzulösen. Er zog sich zurück. Die Macht verwehte, noch ehe das grelle Licht verlosch.

Ivy wartete, bis es wieder dunkel hinter ihren Lidern wurde, dann erst öffnete sie die Augen. Es war stockfinster um sie herum, und dennoch wusste sie, dass das Phantom nur wenige Meter von ihr entfernt in ihre Richtung sah.

»Seien Sie gegrüßt, Monsieur Erik, Phantom der Oper. Wenn Sie ein wenig näher kommen, können wir uns unterhalten. Und ein wenig Licht wäre sicher hilfreich. Ich meine natürlich, nicht ganz so viel wie eben. Ich nehme an, das war Ihre Magie? Sie kam zur rechten Zeit, den Schatten zu verjagen, der mir nichts Gutes wollte. Ich habe Ihnen zu danken.«

Ivy sandte ihren Geist aus, um den seinen zu erfassen. Sie fühlte sein Zögern. Er erwog, sich zurückzuziehen. Er war eher verunsichert als erzürnt über ihr erneutes Eindringen. Ivy versuchte, beruhigend auf ihn einzuwirken und gleichzeitig ein wenig seine Neugier anzustacheln. Sie gab sich nicht die Blöße, nach seinem Versteck zu suchen. Womöglich die Wände abzutasten oder auf dem Boden herumzukriechen, um einen verborgenen Mechanismus zu finden. Ivy stand einfach nur da, in ihrem silbrig schimmernden Gewand, das seltsamerweise weder zerknittert noch schmutzig war. Nur der Saum war nass und daher ein wenig dunkler. Ihre nackten Füße lugten darunter hervor. Seymour hatte neben ihr Platz genommen. Hoch aufgerichtet saß er da. Ihre Hand ruhte auf seinem Kopf. Sie wusste, dass Erik noch da war, doch noch hatte er sich nicht entschieden.

Zeige dich! Komm zu mir, forderten ihre Gedanken ihn auf. Nur Augenblicke später flammte ein helles Licht auf, nicht so hell wie vorher, doch grell genug, dass es Ivy für einen Moment zwang, die Augen zu schließen. Als sie sie wieder öffnete, stand das Phantom keine drei Schritte von ihr entfernt in dem Gang, eine Laterne in der Hand.

»Die großen Verbündeten des Magiers. Blitz, Donner und Rauch, um das Publikum zu erschrecken und zu ergötzen und um die wahren Absichten zu verbergen«, begrüßte ihn Ivy.

Das Phantom trug wie bei ihrer letzten Begegnung einen modischen Frack, der auf seinen schmalen Körper zugeschnitten war. Die weiße Maske verhüllte sein Gesicht. Er verbeugte sich galant, seine Stimme dagegen klang ein wenig schroff.

»Du irrst dich. Die Menschen betrügen sich selbst. Sie scheinen nach jeder Ablenkung zu gieren und verfallen ihr nur zu leicht. Auch ohne Blitz, Donner und Rauch würden sie die Wahrheit nicht erkennen.«

»Und wie lautet die Wahrheit?«

»Jeder hat seine eigene Wahrheit«, antwortete er ausweichend. »Warum bist du zurückgekehrt, obwohl ich euch unmissverständlich klargemacht habe, dass dies hier mein Revier ist und ich keine Vampire dulden werde.«

Ivy ließ sich nicht aus der Ruhe bringen. »Normalerweise würde ich deinen Wunsch akzeptieren. Doch ganz besondere Umstände führen mich hierher.«

»Was ist mit deinen Freunden? Hatten sie nicht den Mut, dich zu dem mörderischen Phantom zu begleiten?«

»Ich muss dich enttäuschen. Dein Ruf mag bei den Menschen so schrecklich sein, dass sie ängstlich vor dir zittern. Bei uns weckst du eher Neugierde. Wenn ich meinen Freunden gesagt hätte, was ich vorhabe, wären sie nun an meiner Seite. Doch ich hoffte, dich zugänglicher zu finden, wenn ich alleine komme – nun ja, fast alleine. Seymour bleibt stets an meiner Seite.«

Erik beugte sich ein wenig vor und betrachtete den Wolf eingehend. »Er ist kein gewöhnlicher Wolf.«

»Nein, er ist ein Werwolf«, sagte Ivy offen und fing einen Laut der Überraschung von Seymour auf. Dies war nichts, das sie jedem auf die Nase band! Ja, bis auf die Lycana und ihre drei Freunde wusste niemand davon. Ivy war selbst ein wenig über sich erstaunt, dass sie ihm das erzählte.

Erik betrachtete Seymour eingehend. »Ja, ich glaube dir. Man sieht es in seinen Augen. Ich meine, dass er kein gewöhnliches Tier ist. Einem Werwolf bin ich bislang nicht einmal auf meinen Reisen nach Russland und Persien begegnet.«

»Du scheinst ein bewegtes Leben hinter dir zu haben.«

Erik nickte. »Ja, so könnte man sagen. Doch wir schweifen ab. Du hast mir noch immer nicht verraten, warum du bei mir eingedrungen bist.«

Ivy fragte sich, ob er die Einsamkeit wirklich genoss, oder ob nicht andere Gründe ihn dazu trieben, sich zu verstecken. Waren die menschenleeren, dunklen Gänge ein Schutz für seine Seele? Ein Schutz vor den anderen? Sie wusste, dass Menschen auf jede Abweichung von dem, was sie als normal empfanden, mit Furcht oder Zerstörung reagierten. Wer anders als ein Vampir konnte das besser nachempfinden!

»Ich bin gekommen, um dich zu fragen, was du über den gefangenen Vampir herausbekommen hast.«

Trotz der Maske schien es Ivy, als nehme sein Gesicht einen mürrischen Zug an. »Warum hätte ich mich darum kümmern sollen?«

»Es gibt viele Gründe«, sagte Ivy sanft. »Weil die Falle eigentlich dir galt und einen Unbeteiligten traf. Weil wir dich darum gebeten haben?«

»Ich kümmere mich nicht um andere. Schon lange nicht mehr«, gab das Phantom schroff zurück.

»Aber du hast die Menschen reden hören. In deiner Oper geschieht nichts ohne dein Wissen. Daher bin ich überzeugt, dass du etwas erfahren hast, das uns bei unserer Suche weiterhelfen kann.«

»Warum sorgst du dich um ihn und setzt dich so für ihn ein?«, rief das Phantom aus.

»Weil er einer meiner Art ist. Ein Vampir der Pyras, die hier seit Jahrhunderten im Untergrund von Paris existieren.«

»Du bist nicht wie er. Ich habe bei meinen Streifzügen schon viele

Vampire getroffen. Zuerst sahen sie mich als Beute, aber es gelang mir, ihnen Respekt einzuflößen, bis sie mich schließlich in Ruhe ließen und mein Revier mieden – meistens jedenfalls. Er ist also selbst schuld, dass er in die Falle lief, die mir zugedacht war.«

»Du bist in deinem Urteil sehr hart.«

Erik schnaubte vernehmlich. »Was vermisst du? Menschliche Güte und Mitleid? Gnade? Die gibt es nicht für alle.«

Ivy nickte. »Mit dir hat zeit deines Lebens niemand Mitleid gehabt.«

»Ich brauche kein Mitleid!«, protestierte Erik.

»Aber Güte«, sagte Ivy.

Erik schwieg, als müsste er sich erst wieder sammeln. »Geh jetzt. Du bist anders als der Vampir, den sie gefangen haben. Kennst du ihn überhaupt? Weißt du, für was du dich einsetzt?«

»Du meinst, *er* ist eigentlich das Monster, für das viele Menschen *dich* halten?«

Erik antwortete nicht, doch Ivy wusste, dass sie seine Gedanken getroffen hatte.

»Du bist anders«, sagte er noch einmal.

»Ja, das stimmt. Jeder Vampir ist anders, auch wenn wir uns in unseren Clans entlang der Blutlinien gleichen. Das ist wie bei den Menschen. Meine Heimat ist Irland und dort war ich einst vor einhundert Jahren die Tochter einer großen Druidin.«

Erik trat vor und griff nach ihrer Hand. Zierlich, weiß und schmal mit langen Fingern und spitz zulaufenden Fingernägeln, lag sie in der seinen.

»Wenn du möchtest, können wir uns die lange Nacht mit Geschichten verkürzen. Ich schlafe nicht viel. Willst du mitkommen? Ich führe dich in mein Reich am unterirdischen See, das außer mir noch kein menschliches Auge gesehen hat.«

Ivy erwiderte den Druck seiner Hand. »Ich komme gerne mit, denn es wird dein Geheimnis bleiben. Kein menschliches Auge wird es zu sehen bekommen.«

Und so folgte Ivy dem Phantom zu seinem Versteck unter der Pariser Oper.

ERIKS VERBORGENES REICH

»Gehst du heute Abend wieder alleine aus?«, fragte Latona ihren Onkel. Der drehte sich abrupt zu ihr um. Es war nicht die Frage an sich, die er durchaus schon öfter aus ihrem Mund gehört hatte. Es war der Tonfall, der ihn verwirrt die Stirn runzeln ließ. Er hatte schon alle Nuancen von Zorn, Trotz und Wut gehört und selbst ein weinerliches Flehen, sie nicht alleine zurückzulassen. Doch heute klang die Frage sanft, fast mitleidig.

»Ja, ich gehe wieder aus. Das haben wir doch besprochen, nicht wahr? Ich unternehme am Nachmittag etwas mit dir und abends treffe ich mich mit meinem Bekannten.«

»Den du mir immer noch nicht vorgestellt hast.« Die Bemerkung schien ihr entschlüpft, ehe sie darüber nachgedacht hatte. Rasch winkte sie ab. »Ja, ich weiß, du möchtest ihn mir nicht vorstellen, da er kein rechter Umgang für ein Mädchen ist«, wiederholte sie die Worte ihres Onkels. »Ist schon gut. Ich werde zu Bett gehen. Ich nehme an, es wird wieder spät.«

Carmelo musterte seine Nichte aufmerksam. Die ungewohnte Nachgiebigkeit machte ihn misstrauisch.

»Du wirst doch nicht irgendeine Dummheit begehen, sobald ich das Hotel verlassen habe?«

»Ich? Aber nein!« Latona war die Unschuld selbst. »Nein, ich bin heute sehr müde.« Sie gähnte. »Ich werde früh zu Bett gehen. Aber morgen möchte ich mit dir noch einmal in den Jardin des Plantes. Dieses Mal in die Menagerie!«

»Was?« Er starrte sie aus weit aufgerissenen Augen an. »In den Tiergarten? Warum? Ich meine, wie kommst du darauf?«

»Weil ich mir die Tiere ansehen will«, sagte Latona. »Ist er dazu nicht da?«

»Äh, ja, natürlich. Entschuldige, ich bin heute anscheinend etwas durcheinander. Wenn du in den Zoo möchtest, dann gehen wir selbstverständlich dorthin. Aber bitte erst am Nachmittag. Ich möchte zumindest ein paar Stunden schlafen, denn ich kann nicht garantieren, dass ich vor den frühen Morgenstunden zurück sein werde.«

»Mach dir um mich keine Gedanken«, wehrte Latona ab, sprang auf und umarmte ihren Onkel. Der erwiderte die Umarmung, trat dann aber zurück und betrachtete sie aufmerksam.

»Irgendetwas stimmt heute nicht mit dir. Sag es mir! Was ist los?«

Latona zuckte mit den Schultern und kehrte zu ihrem Roman von Victor Hugo zurück. »Nichts, was soll denn los sein?«

»Bist du etwa krank?«

Latona schüttelte vehement den Kopf. »*Ich* bin nicht krank!«

Vielleicht hatte sie das Wort »ich« zu sehr betont, doch falls er es bemerkt hatte, ging er nicht darauf ein. Er wollte offensichtlich nicht darüber sprechen. War ihm sein Leiden peinlich, dass er es vor seiner Nichte verbarg? Oder wusste er, dass es schlimm um ihn stand, und wollte sie nicht beunruhigen? Sie musterte ihn verstohlen. Äußerlich sah man ihm nichts an. Er schien trotz seiner fünfzig Jahre und seiner in Paris wieder zunehmenden Leibesfülle noch im Vollbesitz seiner Kräfte zu sein und auch die rote Gesichtsfarbe war alles andere als kränklich. Vielleicht war alles nicht so schlimm. Latona schluckte den Kloß in ihrem Hals hinunter. Hoffentlich! Was blieb ihr auf dieser Welt, wenn Carmelo etwas zustieß? Wer würde sich dann um sie kümmern? Er hatte ihr sicher nicht das Leben in Wohlstand, und Sicherheit beschert, das ihre Eltern sich für sie erwünscht hätten, doch aufregend und interessant war es gewesen. Langeweile kannte sie nicht mehr, seit ihr Onkel sie aus dem Internat abgeholt hatte.

»Ich wünsche dir alles Gute«, flüsterte sie, als er die Tür hinter sich geschlossen hatte.

Nur eines war seltsam, dachte sie, als sie sich auskleidete und unter die weiche Daunendecke schlüpfte. Warum ging er immer nachts ins Spital? Waren die Ärzte zu dieser Zeit noch da, um Behandlungen durchzuführen?

***

»Ivy ist noch nicht zurück?« Luciano sah sich ungläubig um. Als er sie nicht entdecken konnte, breitete sich ein Lächeln in seinem Gesicht aus. Triumphierend stieß er die Faust in die Luft. »Ja! Gewonnen. Wir haben Ivy besiegt. Ich kann es kaum glauben. Das werde ich ihr noch lange unter die Nase reiben, das versichere ich euch.«

Alisa und Franz Leopold tauschten Blicke. »Ja, man kann es kaum glauben«, wiederholte der Dracas, allerdings in einem ganz anderen Tonfall.

»Es ist schlichtweg unmöglich!«, meinte Alisa, und in ihrer Stimme lag Besorgnis.

»Du meinst, ihr ist etwas zugestoßen?«, hakte Luciano nach. »Das wiederum kann ich mir nicht vorstellen. Wir sprechen von Ivy! Ich muss nicht aussprechen, was sie ist und wie viel Erfahrung sie in ihren vielen Jahren gesammelt hat.« Ein schmerzlicher Ausdruck huschte über Franz Leopolds Gesicht, doch er schwieg. »Und noch dazu hat sie Seymour an ihrer Seite!«

»Eben«, meinte Alisa. »Und da glaubst du, dass sie zu so einer Übung länger braucht als wir? Sieh mal, selbst Tammo und Chiara sind inzwischen zurück.«

Luciano sah sich um. Es fehlten noch einige, doch die hatten sich wahrscheinlich verlaufen. Sébastien hatte ihnen bereits die Servienten nachgeschickt, um sie zurückzuholen. Das konnte eine Weile dauern.

Alisa lehnte sich gegen die Wand und verschränkte die Arme vor der Brust. »Was machen wir jetzt?«

»Ich denke, wir alle wissen, dass Ivy sich heimlich von der Truppe entfernt hat«, sagte Franz Leopold.

»Aber warum sollte sie das tun? Noch dazu, ohne uns mitzunehmen oder auch nur Bescheid zu sagen?«, fragte Luciano.

Auch Alisa war ratlos. »Wenn sie es uns gesagt hätte, wären wir mitgekommen. Das weiß sie.«

»Was nur den Schluss zulässt, dass sie uns nicht dabeihaben will«, ergänzte Franz Leopold. »Denn sie weiß genau, dass sie uns nicht zurückhalten kann, wenn sie etwas Spannendes und noch dazu Verbotenes vorhat.« Er grinste schwach.

»So wird es sein, aber um was könnte es sich handeln? Mir fällt nichts ein.«

»Und ich kann mir noch weniger denken, warum sie uns nicht dabeihaben will«, fügte Luciano hinzu. Er war sichtlich gekränkt.

»Die andere Frage ist, machen wir Sébastien darauf aufmerksam oder warten wir, bis er selbst darauf kommt«, sagte Alisa leise und nickte in Richtung des grobschlächtigen Pyras. »Noch scheint er keine Gedanken dieser Art zu hegen. Er vermutet Ivy bei denen, die noch in den Steinbrüchen umherirren auf der Suche nach dem Weg, den sie finden sollte.«

»Aber Niall ist nervös«, stellte Franz Leopold fest. »Er und Bridget werden bald Alarm schlagen.« Die Freunde sahen einander an und überlegten.

»Ich vertraue Ivy«, sagte Alisa schließlich. »Wenn sie etwas vorhat, dann ist es sicher wichtig und sie hat sich die Sache vorher gut überlegt.«

Franz Leopold nickte. »Dann sollten wir ihr für ihr Vorhaben so lange wie möglich den Rücken freihalten.«

»Ich finde es trotzdem ungerecht, dass sie uns nicht mitgenommen hat«, murrte Luciano.

»Vielleicht wollte sie einfach nur mal im unterirdischen Paris unterwegs sein, ohne dich ständig am Händchen halten zu müssen?«

Luciano funkelte Franz Leopold böse an, doch ehe ihm eine passende Erwiderung einfiel, ging Alisa dazwischen.

»Hört auf, ihr beiden. Seht nur, Niall will mit Sébastien sprechen. Wir sollten ihn noch ein wenig aufhalten.« Forsch trat Alisa auf Niall zu und versperrte dem Lycana den Weg. Sie verwickelte ihn in ein Gespräch über die Übungen in Irland und die Unterschiede zur Ausbildung in Paris, obwohl er ihr deutlich zeigte, dass er dafür im Moment keinen Sinn hatte. Alisa blieb hartnäckig, bis er sie schroff zurückwies.

»Was ist denn los?«, fragte sie ihn bemüht unschuldig.

»Ist dir nicht aufgefallen, dass Ivy und Seymour noch nicht zurück sind, obwohl sie die Ersten waren, die aufgebrochen sind?«

Alisa riss in gespielter Überraschung die Augen auf. »Ja, das ist ungewöhnlich, aber es fehlen auch noch einige Vyrad, Dracas und Nosferas. Jolanda und Gaston werden die verirrten Schafe in den Gängen einsammeln.«

»Ivy hat sich nicht verirrt!«, knurrte Niall. Plötzlich packte er Alisa an ihrem Kittel. »Und das weißt du auch ganz genau, nicht wahr? Sag mir, was sie vorhat.«

Alisa versuchte, sich aus seinem Griff zu befreien, und mimte Empörung. »Ich weiß gar nichts!«

»Nein? Du willst mir sagen, sie ist gegangen, ohne ihre Freunde einzuweihen?«

»Genau das hat sie getan«, antwortete Alisa schlicht, und Niall schien zu spüren, dass ihre Enttäuschung echt war. Er ließ sie los und wechselte einen Blick mit Bridget.

»Ich glaube dir. Umso wichtiger ist es, dass ich mit Sébastien spreche. Also halte mich nicht länger auf.«

Franz Leopold und Luciano, die die Szene beobachtet hatten, rückten so unauffällig wie möglich an Sébastien heran, um mitzubekommen, was er entschied.

»Wir warten, bis Jolanda und Gaston mit den restlichen Erben zurück sind. Dann können wir uns aufteilen. Ich führe euch auf eurer Suche nach Ivy und dem Wolf, während die anderen mit Gaston und Jolanda zum Val de Grâce zurückkehren.«

Niall und Bridget waren nicht einverstanden, doch sie scheuten sich auch, sich allein ins Labyrinth der Gänge zu wagen. So schritt Niall wie ein gefangenes Tier auf und ab und wartete ungeduldig auf die verspäteten Rückkehrer. Bridget dagegen schien wie erstarrt. Alisa, Luciano und Franz Leopold postierten sich in ihrer Nähe. Sie würden sich unter keinen Umständen zurückschicken lassen! Sie würden die beiden Lycana und die anderen auf ihrer Suche nach Ivy und Seymour begleiten!

***

Ivy und Seymour folgten Erik durch die gewölbten Gänge. Er trug die Blendlaterne, deren Strahl einen Lichtstreif aus der Finsternis schnitt und den Weg vor ihnen erhellte. Drumherum blieb es dunkel. Erik drehte sich nicht einmal um, um zu sehen, ob sie ihm folgte. Entweder spürte er ihre Anwesenheit, oder er war sich sicher, dass sie es sich nicht anders überlegen würde. Warum auch? Ihr Interesse an ihm war geweckt, seit sie ihn das erste Mal erblickt hatte, und so etwas wie Angst, die einen Menschen vielleicht hätte zögern lassen, kannte sie nicht. Ja, es erstaunte sie eher, dass er, der trotz allem nur ein Mensch war, keinerlei Furcht in Gesellschaft zweier Geschöpfe der Nacht empfand, die nur allzu leicht sein Leben auslöschen konnten.

Dachte er allen Ernstes, er hätte gegen sie eine Chance? War er während seiner langen Isolation so überheblich oder weltfremd geworden, dass er sich selbst für einen großen Magier hielt, ein Phantom, das keiner fassen und dem keiner etwas anhaben konnte? Oder fürchtete er den Tod nicht? Ja, trieb ihn vielleicht Todessehnsucht, und hoffte er, Ivy oder Seymour würden ihn von seinem einsamen Dasein erlösen? Oder vertraute er ihr einfach? Die dritte Möglichkeit rührte sie. Ja, er konnte ihr vertrauen. Sie würde nichts tun, das ihm schadete.

Nun werde nicht sentimental!, hörte sie Seymours Gedanken, der sich wieder einmal unaufgefordert ihrem Geist genähert hatte. *Spürst du es? Die Luft wird immer feuchter. Hat er nicht von einem See gesprochen? Wie kann die Oper auf einem See errichtet worden sein?*

Diese Frage stellte Ivy, als sie am Ufer standen und über die schwarze Oberfläche blickten, die sich glatt wie ein Spiegel vor ihnen ausbreitete.

Erik lachte. »Nein, so war es natürlich nicht. Den See gab es zuvor nicht. Als sie anfingen, die *cuve,* die Grube für die neue Oper, auszuheben, durchstießen sie eine Wasser führende Schicht. Und damit meine ich nicht die üblichen Klüfte und Risse, aus denen ein wenig Wasser rinnt. Es war wohl ein unterirdischer Nebenarm der Seine. Die Grube füllte sich innerhalb weniger Stunden. Ich sah die Fundamente in sich zusammenstürzen und alarmierte Garnier, der sofort angelaufen kam.«

»Du hast mit Garnier zusammengearbeitet?«

»Ja, er war in meinem Leben einer der wenigen Menschen, die mir und meinen Fähigkeiten Vertrauen geschenkt haben. Ich konnte bei vielen seiner Entwürfe eigene Ideen einbringen und bei den Bauarbeiten selbst Hand anlegen. Natürlich blieb ich stets im Hintergrund. Es ist seine Oper und ihm gebührt der Ruhm.«

»Du bist ein Baumeister?«, fragte Ivy, während Erik ein kleines Boot aus dem Nichts zu holen schien und ihr bedeutete einzusteigen. Sie ließ sich auf die schmale Holzbank nieder, Seymour sprang an Bord, während Erik nach den Rudern griff.

»Bereits als Kind habe ich mich mit den Zeichnungen und Berechnungen meines Großvaters und meines Vaters befasst, die meine Mutter aufbewahrte. Großvater war Architekt, mein Vater einer seiner Steinmetze. Als junger Mann, nachdem ich das Haus meiner Mutter verlassen hatte, ging ich bei einem Baumeister in die Lehre. Ich war viele Jahre dort und habe alles über die Baukunst gelernt. Er war mein Meister, bis – ja, bis das Leben mich weitertrieb.«

Ivy hatte das Gefühl, er habe etwas anderes sagen wollen. Sie spürte eine Welle von Schmerz, aber auch Wut, und so fragte sie ihn nicht. Etwas Schreckliches war vorgefallen, das sein Vertrauen zu seinem Meister zerstört und ihn zur Flucht getrieben hatte. Das Bild eines jungen Mädchens blitzte auf, dessen Züge denen des Meisters glichen.

»Und wie kam es zu der Anlage dieses Sees?«, fragte sie stattdessen, um ihn wieder auf ungefährlicheres Terrain zu führen.

»Es war meine Idee, dem Wasser so Herr zu werden. Während der Bauarbeiten saugten wir das Wasser mit Dampfpumpen ab und legten eine doppelte Wanne an, gegen die das Gebäude mit Bitumen versiegelt wurde, um es vor der Erosion des fließenden Wassers zu schützen, denn es gibt nichts, was Stein mehr angreift und ein Gebäude schneller zerstört als Wasser!«

»Eine gewaltige Aufgabe!«, vermutete Ivy, während das Boot über den künstlichen See glitt.

»Ja, acht Monate lang stampften die Dampfpumpen, bis wir im Januar 1862 endlich das Betonfundament gießen konnten.«

Erik band das Boot an einem kleinen Steg fest und ging dann am Ufer entlang bis zu einer unauffälligen Nische, in der er irgendeinen Mechanismus betätigte. Ein Stück weiter tat sich eine Öffnung auf. Was Ivy für massiven Fels gehalten hatte, war eine geschickt modellierte Täuschung. Ob er das bei den Bühnenbildnern abgeschaut hatte?

»Hast du schon damals entschieden, dir hier einen Ort zu schaffen, an dem du dich von der Welt zurückziehen kannst, die nicht das in dir sieht, was du bist, sondern sich stets von Äußerlichkeiten ablenken lässt?«

Er beobachtete sie durch die Schlitze seiner Maske. »Ja, so ist es. Du siehst mehr als die anderen«, murmelte er mehr zu sich selbst, ehe er zu seinem normalen Tonfall zurückkehrte. »Die Gewölbe der Fundamente sollten mein Heim werden. Die gegen die Feuchtigkeit schützenden doppelten Wände waren ideal, mir geheime Wege zu schaffen, von denen aus ich alles sehen kann, was in meiner Oper vor sich geht, aber selbst nicht entdeckt werde.«

»Deine Oper«, wiederholte Ivy nachdenklich. »Ich vermute, die Herren der Stadt und der Direktor der Oper sehen das ein wenig anders.«

»Ja, das tun sie, aber das ist mir gleich!«, erwiderte Erik heftig. »Ich habe nicht wenig zum Bau des Opernhauses beigetragen. Garnier hat dafür den Ruhm und das Gehalt bekommen. Was ich jetzt fordere, steht mir zu!«

»Ja, er bekommt den Ruhm, du die Furcht der Menschen.«

Erik hob die Schultern. »Das ist mir gleich. Sollen sie mich fürchten.«

»Was die Menschen fürchten, das verfolgen und vernichten sie«, gab Ivy zu bedenken.

Erik packte Ivy hart am Arm. »Nun, dann ist das eben der Preis. Ich werde mich nicht wieder begaffen lassen, bespucken und schlagen, dafür dass Gott bei meiner Geburt gerade woanders hingesehen hat. Ich werde mich nicht mehr ducken und auch nicht fliehen. Wenn sie mich nicht unter sich leben lassen, gut, ich bin hier glücklich in meiner Welt, aber diese werde ich mir so angenehm wie möglich gestalten!«

»Und dazu brauchst du das Geld des Direktors«, ergänzte Ivy und befreite ihren Arm aus seinem erstaunlich eisernen Griff.

»Und wenn schon«, brummte er unwillig. »Aber nun komm herein und sage mir, ob sich meine Mühen gelohnt haben.«

Er öffnete die letzte Tür, die seinen Bau vor der feindlichen Welt verschloss. Erik trat einen Schritt zur Seite und griff nach einer Art Klingelzug. Sofort flammten einige Gaslampen auf und beleuchteten ein Gemach, das von seiner Größe her einem Fürstenschloss angemessen gewesen wäre. Die Wände waren von schweren Gobelins verhängt, der Boden weich mit Teppichen und Fellen gepolstert. Die Mitte des Raumes beherrschten ein Klavier und eine Orgel, deren Pfeifen fast die gesamte hintere Wand einnahmen. Um sie herum lagen Blätter mit Notenfolgen verstreut. Rechts sah Ivy einen Diwan, einen Tisch und bequem wirkende Sessel. Ein Torbogen führte in einen weiteren Raum, in dem sie Hunderte von Buchrücken, dicht an dicht in hohen Regalen, erahnte. Auf der anderen Seite war ein Podest, auf dem Erik anscheinend schlief. Ivy trat ein Stück näher und betrachtete das Arrangement schweigend. Es war ein riesiger, offener Sarg aus schwarzem Ebenholz, mit weißem Samt ausgeschlagen. Darüber hatte er einen schwarzen Baldachin drapiert. Ein Kissen und eine dicke Decke zeigten, dass Erik den Sarg wirklich als Bett benutzte.

»Nun, gefällt dir mein Lager?«, fragte er und sah sie herausfordernd an.

Ivy drehte sich zu ihm um und lächelte ihn an. »Wir haben mehr gemeinsam, als ich dachte. Auch ich schlafe in einem Sarg, wenn auch nicht in einem solch prächtigen!«

Erik sah sie verdutzt an, dann lachte er leise. »Du bist ein bemerkenswertes Mädchen. Ich habe dich noch gar nicht gefragt, wie du heißt, irische Vampirin mit dem Silberhaar.«

»Ivy-Máire de Lycana«, antwortete sie und verbeugte sich, die Handflächen an die Brust gelegt. »Meine Freunde nennen mich Ivy.«

»Ich heiße Erik und habe keine Freunde, die mich bei meinem Namen nennen.«

»Keine Freunde? Keine Familie?«

»Nein!« Er zögerte. »Vielleicht könnte ich Nadir als eine Art Freund betrachten, doch ich lasse ihn nicht hier herunter. Er überwacht mich – oder glaubt zumindest, er könnte mich überwachen.« Erik lachte bitter.

»Das klingt nicht nach einem Freund.«

»Er hat mir das Leben gerettet und ließ mich dafür schwören, keine Morde mehr zu begehen. Ich versprach, nur noch in Notwehr zu töten. Und nun meint er, mich durch seine Anwesenheit in Paris ständig an mein Versprechen erinnern zu müssen. Vermutlich will er selbst den Dolch gegen mich erheben, sollte ich dagegen verstoßen.«

Ivy ging durch das Zimmer und betrachtete die Details, die für einen guten, aber auch kostspieligen Geschmack sprachen: die silbernen Kerzenleuchter und der Lüster, die feinen Stoffe, die über die Sessel drapiert waren, die alten Bilderrahmen, in denen architektonische Zeichnungen steckten. Eine große chinesische Bodenvase, eine gläserne Vitrine mit allerlei Kostbarkeiten, unter anderem ein gebogener Dolch, der mit Juwelen besetzt war, und einige Schmuckstücke, die alt und wertvoll wirkten, aber auch irgendwie fremdartig.

»Diese Kleinode stammen nicht von hier, nicht wahr?«

Erik schüttelte den Kopf. »Ich habe sie aus Persien mitgebracht. Und die Gegenstände dort drüben sind aus Russland.«

»Was macht man mit dieser großen Kanne?«, fragte Ivy und bewunderte die feine Silberarbeit.

»Das ist ein Samowar, ein Wasserkocher. Mit dem heißen Wasser wird dann der starke Tee in der kleinen Kanne aufgegossen und verdünnt. Die schönsten Samoware werden in der Stadt Tula gefertigt. Ich nehme an, du möchtest keinen Tee?«

Ivy schüttelte den Kopf. »Nein, wie du vermutlich weißt, kann ich nur Blut zu mir nehmen.« Erik neigte den Kopf, sagte aber nichts.

»Du bist weit herumgekommen. Wirst du Paris auch bald den Rücken kehren?«

Erik schüttelte den Kopf. »Nicht wenn man mich nicht dazu zwingt. Es war mir bisher nur nicht vergönnt, mich dauerhaft niederzulassen. Aber hier bin ich meinen Wurzeln wieder nahe. In Frankreich bin ich geboren. Und hier will ich bleiben.«

Ivys Blick wanderte weiter durch den Raum. Rechts neben dem Podest mit dem Sarg führte eine Tür in ein weiteres Zimmer.

»Darf ich?«

Er zögerte, dann jedoch ging er ihr voran. Der Raum strahlte eine völlig andere Atmosphäre aus. War das große Gemach ein Ausdruck von Exzentrik und dem Bedürfnis nach Luxus, fand sich in diesem Zimmer gediegene Bürgerlichkeit wieder. Das massive Bett, die soliden Leinenbezüge, die Kommode, der Waschtisch mit seinem ovalen Spiegel, eine Truhe und ein Schrank. Die Teppiche schienen französisch zu sein, nicht wie die im anderen Zimmer, die die verschlungenen Muster und die Farbenpracht des Orients widerspiegelten. Über einem Stuhl lag ein Damenkleid von guter Qualität, das mit seiner für eine Krinoline bestimmten Rockweite bestimmt schon zwanzig Jahre aus der Mode war. Der passende Hut hing an der Rückenlehne. Das Zimmer vermittelte den Eindruck, als würde die Dame, die es bewohnte, jeden Augenblick zurückkehren, eines der Büchlein in die Hand nehmen, die auf dem Nachttisch lagen, oder sich für das Abendessen im Kreise der Familie umziehen. Nur das schwarze Schleiertuch, das den Spiegel verhängte, störte das Bild. Ivy wandte sich um und sah Erik fragend an.

»Es ist mein Erbe, das einzige, das ich aus dem Haus meiner Mutter mitgenommen habe«, erklärte er in schroffem Ton.

»Dann war es das Zimmer deiner Mutter?«

»Ja, in diesem Bett ist sie gestorben. Zu ihren Lebzeiten habe ich es nicht oft betreten.«

»Warum nicht?«

»Sie wollte es nicht. Ich sollte mich lieber in meinem Zimmer unter dem Dach aufhalten. Sie wollte überhaupt so wenig wie möglich daran erinnert werden, welches Monster sie zur Welt gebracht hat.«

Die Worte klangen so bitter, dass Ivy sich zurückhalten musste, nicht die Hand auszustrecken, um ihm tröstend die Schulter zu streicheln. Aber da war der Moment auch schon verweht. Er stand wieder mit gestrafftem Rücken da, eine Aura von Stolz und Stärke um sich.

»Gehen wir wieder hinüber.« Er wartete auf sie und schloss die Tür hinter ihr.

Ivy trat auf das Klavier zu und drückte ein paar aufeinanderfolgende Tasten, dass eine leise Tonfolge erklang. »Wie gerne würde ich dieses Instrument spielen können. Ihm zarte Weisen und gewaltige Choräle entlocken.« Überall lagen Stapel von Notenpapier herum. Einige waren gedruckt, viele aber schienen selbst geschrieben zu sein. Ivy hob ihren Blick zu Erik, der sie durch seine Maske beobachtete. »Kannst du spielen?«

Die Maske bewegte sich, als zöge er dahinter eine Grimasse. »Ja, ich habe das Klavierspiel bereits in meiner Kindheit erlernt, von meiner Mutter und von Marie, ihrer Freundin – oder besser Gesellschafterin. Die einzige Person, die es in meiner Gegenwart auszuhalten schien – außer vielleicht Vater Mansart, zu dessen kirchlichen Pflichten die Barmherzigkeit ja gehörte.« Wieder dieser harte, bittere Ton. »Meine Mutter hat Opernarien gesungen. Ihre Stimme war schön und ich habe sie auf dem Klavier begleitet. Ich glaube, da war ich fünf.« Für ihn schien das selbstverständlich.

»Willst du etwas für mich spielen?«, bat Ivy.

Erik nickte und setzte sich an die Orgel. Zuerst schwebten seine langen, schmalen Finger, die so weiß wie Ivys waren, bewegungslos über den Tasten, dann ließ er sie kraftvoll fallen. Ein brausender Akkord erfüllte das unterirdische Gemach. Dann begann er zu spielen. Innerhalb weniger Augenblicke schien er ihre Anwesenheit vergessen zu haben. Er bewegte sich in einer Trance, die Körper und Geist erfasst hatte. Die gewaltigen Töne hüllten sie beide ein, wiegten sie, ließen sie erzittern. Ivy erschauderte. Plötzlich hielt er inne und sah fragend zu ihr herüber.

»Wundervoll!« Sie erhob sich und trat zu den Orgelpfeifen. »Dass man diesen Röhren solche Töne entlocken kann!«

Erik wechselte zum Klavier und spielte nun sanft und leise. Dann begann er zu singen. Langsam wandte sich Ivy zu ihm um. Sie konnte erst gar nicht fassen, dass er es war, der diese reinen Töne sang. Das erste Stück kannte sie nicht, doch dann sang er eine Arie aus einer Oper von Verdi und dann einige Takte aus Rossinis *La Cenerentola*. Plötzlich ließ Erik die Hände sinken, sein Gesang brach ab. Er starrte zu dem verschlossenen Eingang hinüber. Ivy und Seymour folgten seinem Blick. Was war los? Weder Ivy noch der Wolf hörten oder witterten etwas, das seine Unruhe erklären konnte.

Ein Glöckchen klingelte. Erik sprang auf. Dann erklang ein zweites Klingeln. »Wir bekommen Besuch. Ich fürchte, sie sind auf der Suche nach dir.«

Er hatte es bereits geahnt, noch ehe der Alarm ausgelöst worden war! Doch wie konnten Vampire so unachtsam sein, einen Draht zu berühren oder was das Phantom sich sonst ausgedacht hatte, um sich rechtzeitig warnen zu lassen. Waren die Pyras so plump und unaufmerksam wie Menschen? Oder hatten gar ihre Freunde den Fehler begangen?

Luciano!, dachte Seymour. Ivy rügte ihn, obwohl auch er ihr in den Sinn gekommen war. Vielleicht hatten die Pyras das Signal absichtlich gegeben, aus Respekt vor Eriks Revier.

Gleichgültig wie es gelaufen war, das Klingeln mahnte sie zum Aufbruch. Ivy erhob sich. »Dann gehe ich jetzt besser. Der Tag naht.«

»Und du wirst offensichtlich bereits vermisst«, ergänzte Erik, der ebenfalls aufstand. »Uns bleibt noch genug Zeit, dass ich dich mit dem Boot übersetze.« Er bot ihr die Hand, die sie ergriff, als wäre sie eine Dame und bräuchte einen starken Arm, um auf unebenem Grund nicht zu straucheln.

»Du hast mir noch nichts über den Pyras gesagt, der statt deiner gefangen wurde.«

»Dies war der Grund, weswegen du mich aufgesucht hast. Ja, fast hätte ich das vergessen.« Erik blieb stehen und schien zu überlegen. »Versucht es in der Menagerie des Jardin des Plantes«, sagte er schließlich. »Ich habe sie über diesen Ort reden hören. Sie scheinen ihren Gefangenen nicht sofort vernichtet zu haben. Mehr kann ich dazu nicht sagen.«

Ivy überließ wieder Erik die Ruder, die er mit kräftigen Bewegungen durch das Wasser zog. Ob er sich bewusst war, dass sie über weit größere Körperkräfte verfügte? Drüben angekommen, ließ sie sich von ihm beim Aussteigen helfen. Er zögerte und hielt ihre Hand länger, als nötig gewesen wäre. Dann beugte er sich vor und hauchte einen Kuss auf ihre Finger.

»Du bist hier jederzeit herzlich willkommen. Tritt nur ans Ufer, und ich werde dich holen. – Dich und Seymour.« Er lächelte hinter seiner Maske. »Ich vermute, alleine wird er dich nicht gehen lassen.«

»Da vermutest du richtig. Er ist stets an meiner Seite.« Sie reichte Erik noch einmal feierlich die Hand. Er umfasste sie mit beiden Händen, die in weißen Handschuhen steckten. »Also bis bald, wir werden uns wiedersehen. Wirst du mir dann deine Oper zeigen?«

»Es wird mir eine Ehre sein. Nur ob wir deinen Wolf mit in die Loge nehmen können, kann ich nicht versprechen.«

»Wir werden eine Lösung finden«, sagte Ivy, ohne sich um Seymours missmutiges Brummen zu kümmern. »Und danke, dass du mich vor dem Schatten bewahrt hast.«

»Es war mir eine Ehre, denn ich weiß, er wollte dir nichts Gutes.«

»Nein, so viel ist gewiss«, stimmte ihm Ivy zu. »Auch wenn alles andere noch im Nebel verborgen liegt.«

Ivy wandte sich ab und ließ so schnell, wie es ihr möglich war, den See hinter sich. Sie konnte nicht sagen, warum, doch es drängte sie, nicht hier, so nah an Eriks Versteck, mit den Pyras und ihren Freunden zusammenzutreffen. Sie fühlte Eriks Blick in ihrem Rücken und sah in ihrem Geist seine einsame Gestalt mit der Laterne, bis die Dunkelheit sie verschluckte.

SPURENSUCHE IN DER MENAGERIE

»Und du hast nicht einen Augenblick daran gedacht, uns zu fragen? Wir wären mitgekommen! Haben wir dir in Irland nicht bewiesen, dass wir Freunde sind und zu dir stehen, egal welche Gefahren zu überwinden sind?« Luciano ereiferte sich zunehmend.

»Natürlich hat sie daran gedacht«, meinte Franz Leopold, der Ivy scharf musterte. »Aber dann kam sie zu der Einsicht, dass sie diesen Weg lieber ohne uns geht. Und da sie weiß, wie hartnäckig wir sein können, hat sie uns lieber erst gar nicht informiert, nicht wahr, Ivy-Máire?«

»Er ist ein verletztes, scheues Wesen«, erwiderte die Lycana.

»Ich dachte, er ist ein gnadenloser Mörder, der alle in der Oper in Angst und Schrecken versetzt?«, murmelte Luciano, doch Ivy ging nicht darauf ein.

»Erik hat mir Vertrauen geschenkt und mir unglaublich viel erzählt. Das wäre nicht geschehen, wenn wir in einer ganzen Gruppe in sein Revier eingedrungen wären. Entweder er wäre gar nicht erst aufgetaucht, oder er hätte sich so bedrängt gefühlt, dass er sich mit seiner Magie gegen uns zu verteidigen gesucht hätte. Jedenfalls wäre der Versuch, etwas über den Verbleib des Seigneurs zu erfahren, vergeblich gewesen.«

»Und was hat dir das Phantom nun alles Nützliches für unsere Suche mit auf den Weg gegeben?«, bohrte Franz Leopold nach.

»Er gab uns den Rat, uns in der Menagerie umzusehen.«

»Und weiter?«, drängte Alisa, die bisher geschwiegen hatte.

»Nichts weiter. Das ist doch schon ein Anfang.«

»Sonst hat er nichts gesagt?«, fiel Franz Leopold ein. »Ich kann es nicht glauben. Du musst weit mehr als eine Stunde mit ihm zusammen gewesen sein, und da ist das Einzige, was du aus ihm herausbekommen hast, wir sollen im Tiergarten suchen?«

Ivy sah ein wenig verlegen zu Boden. »Wir haben über anderes gesprochen. Er hat mir viel erzählt, und noch mehr haben mir die Dinge gesagt, die er nicht ausgesprochen hat. Er ist eine unglaubliche Persönlichkeit.«

»Er ist nur ein Mensch«, widersprach Luciano.

»Nein, *nur* ein Mensch, das kann man so nicht sagen. Er hat Talente und Fähigkeiten, die ihn weit über die anderen erheben.«

»Wie zum Beispiel lautlos und schnell töten?«, schlug Franz Leopold vor.

»Er hat hier in Paris niemanden ermordet«, ereiferte sich Ivy. »Das ist eine Lüge, die die sensationsgierigen Menschen verbreiten, um ihn jagen zu können, denn sie fürchten sich vor allem, was anders ist als sie.«

»Welch leidenschaftliche Worte.« Ivy funkelte Franz Leopold an, sagte aber nichts weiter.

»Wir könnten uns selbst von seinen Talenten überzeugen, wenn du uns mitnehmen und ihm vorstellen würdest«, schlug Alisa vor.

Ivy zögerte. »Ich weiß nicht, ob ich ihn damit überfallen kann. Er würde es vielleicht als Vertrauensbruch deuten. Er ist in seinem Leben schon so oft hintergangen und enttäuscht worden. Ich müsste ihn erst fragen …«

Luciano schlug die Hände über dem Kopf zusammen. »Ich fasse es nicht! Habe ich gerade richtig gehört, dass Ivy vorhat, sich noch öfter mit diesem Phantom zu treffen?«

»Ja, und offensichtlich nicht, um ihm Hinweise abzuringen, die den Pyras hilfreich sein könnten«, ergänzte Franz Leopold.

Ivy wusste nicht, was sie ihren Freunden antworten sollte. Da waren so viele widersprüchliche Gefühle in ihr, die sie selbst erst einmal ordnen musste. Es war ganz anders als das, was sie für Franz Leopold empfand, dennoch fühlte sie sich zu diesem ungewöhnlichen Menschen hingezogen und ahnte, dass er ihr noch viel geben konnte. Ivy war erleichtert, als nun Sébastien zu ihnen aufschloss und sie von ihren Freunden trennte, sodass sie um eine Antwort herumkam – vorläufig zumindest. Sie erzählte dem Pyras, was sie erfahren hatte, der daraufhin erklärte, er werde gleich nach ihrer Rückkehr mit Seigneur Lucien sprechen. Für heute Nacht war es zu spät, um noch zum Jardin des Plantes aufzubrechen, doch sobald an diesem Abend die Dunkelheit hereinbrach, würden sie sich auf den Weg machen. Ivy nahm sich vor, dass dies nicht ohne sie und ihre Freunde geschehen würde!

»Ich weiß nicht, ob man sich auf die Worte dieses Menschen verlassen kann, der sich hinter einer Maske verbirgt, aber es schadet nichts, dem Vorschlag nachzugehen«, brummte Sébastien ein wenig abfällig.

Es fiel Ivy schwer, sich nicht sofort zu Eriks Verteidigung aufzuschwingen, aber sie schwieg. Sie hätte dem Phantom keinen Gefallen erwiesen und sich selbst vermutlich auch nicht. Sie konnte nicht hoffen, bei den Pyras Verständnis zu finden.

Klug gedacht, mischte sich Seymour in ihre Gedanken ein, der verdächtig lange geschwiegen hatte. Ja, jetzt da sie darüber nachdachte, fiel ihr auf, dass er schon in Eriks Versteck ungewöhnlich still gewesen war.

Ach, das fällt dir doch noch auf?, kommentierte er sarkastisch.

»Du darfst mir gerne deine Meinung über Erik sagen«, forderte Ivy den Wolf auf.

Wie großzügig.

»Nun sei nicht kindisch. Was hältst du von ihm?«

Seymour schwieg lange, sodass Ivy schon glaubte, er würde ihr nicht antworten, doch anscheinend dachte er ernsthaft über das Phantom und ihre Begegnung nach.

Er gleicht einem Pulverfass, an dem eine Lunte schwelt. Nein, fall nicht gleich über mich her und bezichtige mich der Eifersucht und Ungerechtigkeit. Es ist wahr und du weißt es. Er versteckt hinter seiner Maske nicht nur einen körperlichen Makel, er versucht, eine zutiefst verwundete Seele zu verbergen. Oh ja, seine Talente und sein Wissen sind für einen Menschen erstaunlich, und er ist sicher mehr als einen interessierten Blick wert, doch ich sage dir, die Lunte brennt und das Pulver wird irgendwann explodieren.

»Wenn es nicht jemandem gelingt, die Lunte rechtzeitig zu löschen«, sagte Ivy leise.

Du meinst, du seist dafür auserwählt? Wenn du nicht über so viel Stärke

und Erfahrung verfügen würdest, müsste ich mir Sorgen machen. Bedenke,
wer tief verletzt und gequält wurde, neigt dazu, dies auch anderen Wesen
anzutun.

»Du hast es also auch in seinen Gedanken gelesen?« Ivy fühlte
tiefe Traurigkeit. »Die eigene Mutter wollte ihn nicht ansehen oder
berühren und dabei hätte ein einziger Kuss vielleicht eine Seele
retten und vor Verbitterung bewahren können. Stattdessen zwang
sie ihn, die Maske zu tragen.«

Es war auch zu seinem Schutz.

»Ja, ich weiß, die Menschen, die sein wahres Gesicht zu sehen
bekamen, haben ihn entweder verfolgt oder sich durch seine Zur-
schaustellung zu bereichern versucht.«

Der Wolf schüttelte den Kopf. *Was du alles gesehen hast. Du konntest*
der Versuchung also nicht widerstehen, tief in die Gedanken des Monsters
einzutauchen.

»Es war nicht die Lust an der Sensation! Unterstelle mir keine solch
niederen Beweggründe. Ich will ihn einfach verstehen.«

Und dafür kannst du deine eigenen Regeln ruhig ein wenig überschreiten,
ätzte der Wolf.

Ivy antwortete nicht. Vielleicht hatte er recht. Vielleicht hatte sie
sich selbst zu weit in seine Seele und sein Gedächtnis treiben lassen.
Wie oft hatte sie Franz Leopold gerügt, wenn er den Geist seiner
Freunde auszuforschen versuchte? Nun hatte sie selbst genau das
getan. Nur zu seinem Besten suchte sie sich vor sich selbst zu rechtfertigen. Dennoch fühlte sie sich schlecht.

Später, als sie die Höhle unter dem Val de Grâce erreicht hatten
und sich die Vampire in ihre Särge zurückzuziehen begannen, gesellte sich Alisa noch einmal zu ihr und setzte sich auf die Kante von
Ivys Sarg.

»Du willst ihn wiedersehen, nicht wahr?«

Ivy musste nicht fragen, wen sie meinte. »Ja, er ist zwar ein Mensch,
doch ein so außergewöhnlicher, dass ich meine Bekanntschaft mit
ihm vertiefen will.«

»Dann frage ihn, ob er sich mit uns treffen will. Vielleicht wäre es
eine gute Idee, wenn wir mit den anderen Erben eine Nacht der Kul-

tur in der Oper begingen. Er betrachtet zwar das ganze Opernhaus als sein Revier, aber dort zwischen den Opernbesuchern ist es doch so etwas wie neutraler Boden. Das dürfte ihn weniger verschrecken.«

Ivy nickte. »Ja, ich denke, du hast recht. Der Vorschlag ist gut. Du bist sehr einfühlsam.«

Alisa wehrte ab. »Eher neugierig und daher findig, wie ich mein Ziel erreichen kann. Doch nun bin ich erst einmal gespannt, was wir im Jardin des Plantes entdecken.« Ein entschlossener Ausdruck trat in ihre Miene. »Denn ich werde auf keinen Fall zurückbleiben, wenn sich die Pyras auf die Suche machen. Und wenn wir ihnen heimlich folgen müssen.«

»Du kannst dir meiner Unterstützung sicher sein. Auch ich möchte dringend aus erster Hand erfahren, ob Eriks Hinweis uns weiterhilft.«

Mit einem Lächeln wünschte sie Alisa eine gute Ruhe und ein sicheres Erwachen. Dann klappte Ivy den Deckel zu und Seymour nahm auf dem polierten Holz seinen Platz ein.

✳ ✳ ✳

»Nun? Gefällt es dir?« Obwohl Carmelo sich sichtlich bemühte, gleichmütig und freundlich zu wirken, spürte Latona seine unterdrückte Unruhe. Er fühlte sich unwohl und sah sich immer wieder um, wenn er glaubte, seine Nichte sei abgelenkt, doch sie beobachtete ihn genau, auch wenn ihre Aufmerksamkeit auf Elefanten, Tiger, Affen oder Löwen gerichtet schien.

Was war mit ihm los? Litt er Schmerzen oder dachte er voll Unbehagen an seinen nächsten Besuch im Hôpital Cochin? Wenn er ihr doch nur Vertrauen schenken und sie einweihen würde. Dann könnten sie offen darüber reden, und vielleicht würde es ihr gelingen, ihm zu helfen, und wenn sie ihm nur ein wenig Trost gab. Warum war er so stur? Unmut stieg in ihr auf, während sie vor einem Bassin im Reptilienhaus stand und auf die Krokodile hinabsah, die aus Ägypten stammten, wie ein Schild am Zaun verriet. Hielt er sie für so zimperlich? Er, der sie als Lockvogel benutzt hatte, um Vampire zu töten, mit dem Schwert ihr Herz zu durchbohren und ihnen dann den Kopf abzuschlagen? Latona war, als könnte sie wieder das klebrige Blut an ihren Händen spüren. Zorn überschwemmte sie wie eine Welle. Dafür war sie gut gewesen. Nun aber durfte plötzlich ihr jungfräuliches Zartgefühl nicht verletzt werden!

»Das sind schon hässliche Biester und voll gefährlicher Hinterlist«, sagte ihr Onkel, der ihre finstere Miene offensichtlich auf die Krokodile bezog.

»Ja, so ist es wohl«, antwortete Latona abwehrend, verließ das Reptilienhaus und ging auf die Volieren mit den Papageien und Geiern zu. Latona warf einen verstohlenen Blick in die Richtung des unscheinbaren Hauses mit den nur für das Personal bestimmten Laborräumen. Sie spürte, dass die Nervosität ihres Onkels wuchs. Was konnte es hier geben, das ihn so aus dem Gleichgewicht brachte?

»Wenn du noch mehr große Vögel sehen willst, dann lass uns in die riesige Voliere mit den Kranichen und Pelikanen gehen.«

Diese befand sich ein ganzes Stück entfernt. Wollte er sie von hier weglocken? Aber warum? Latona sah sich aufmerksam um. Das Gebäude schien nichts Aufregendes zu beherbergen. Es war schlicht, ja fast abweisend – oder wehrhaft? Statt die bunten Aras aus Südamerika hinter sich zu bewundern, ging Latona weiter auf das Gebäude zu.

»Hier gibt es nichts mehr!«, rief Carmelo eindringlich und lief ihr nach. »Der Zoo ist hier zu Ende. Die Pforte neben dem Haus führt auf die Straße hinaus.«

Latona drückte die Klinke der Tür. Sie war verschlossen.

»Komm jetzt! Das ist verboten. Siehst du nicht die Schilder?«, drängte er. Sie sah ihn einen hektischen Blick auf das Gebäude werfen. Eine zweite Tür, ein Stück von ihnen entfernt, öffnete sich unvermittelt und entließ einen Mann, dessen Kleider und Körperbau von einer gut dotierten Stellung sprachen. Er ließ den Blick schweifen, bis er an Carmelo hängen blieb. Ein Lächeln zeigte, dass er ihn erkannte. Latona hatte das Gefühl, ihr Onkel hätte sich am liebsten in einem Mauseloch verkrochen. Es wirkte fast ein wenig lächerlich, wie der große Vampirjäger Carmelo sich panisch umsah und dem freundlichen Mann zu entkommen suchte. Latona tat nichts, um ihm aus seiner Verlegenheit zu helfen. Nein, sie war viel zu neugierig, wer der

Herr war, daher trat sie zu ihrem Onkel und hakte sich bei ihm unter. Der schien sich entschieden zu haben, sein Heil im direkten Angriff zu suchen. Er nickte dem Herrn zu und hob seinen Hut.

»Monsieur le Directeur, ich grüße Sie. Was für ein herrlicher Herbsttag, um die exotischen Exemplare in Ihrem Tierpark zu bewundern. Meine Nichte Latona findet großen Gefallen daran.« Er wandte sich an Latona. »Das ist Monsieur Henri Ernest Baillon, der Direktor des Jardin des Plantes und damit auch der Menagerie.« Er winkte dem Direktor zum Abschied zu, ehe der mehr als ein paar Worte der Begrüßung sagen konnte. »Wir müssen weiter. Es war mir ein Vergnügen.« Carmelo legte seine Hand auf die seiner Nichte und zog sie mit sich fort. Auf ihre Frage, von woher er Monsieur Baillon kenne, antwortete er ausweichend, man würde ganz Paris abends am Pigalle antreffen.

Später im Hotel, als er sie wieder einmal alleine gelassen hatte, stürzten die Fragen auf sie ein, die Latona sich nicht beantworten konnte.

Wenn er abends gar nicht in die Varietés vom Pigalle ging, sondern ins Krankenhaus, wo hatte er dann den Direktor kennengelernt? Und noch viel wichtiger: Was hatte er an dem ersten Abend, an dem sie ihn verfolgt hatte, im Tiergarten zu suchen gehabt? Die einzige Erklärung, die ihr einfiel, war, dass der Direktor ebenfalls zu den heimlichen Patienten des Hôpital Cochin gehörte. Waren sie in dieser Nacht zusammen dorthin gegangen? Es war eine Möglichkeit, aber sie überzeugte Latona nicht so recht. Vor allem dass diese Besuche stets nachts abgehalten wurden, kam ihr mehr als nur ungewöhnlich vor. Irgendetwas ging hier vor sich. Und der Verdacht in ihr wurde immer dringlicher, dass es ihr nicht gefallen würde.

※ ※ ※

Zu Alisas großer Überraschung hatten die Pyras nichts dagegen einzuwenden, die Erben in den Jardin des Plantes mitzunehmen.

»Ihr könnt ein wenig mit den Ratten üben und euch die Tiere ansehen, die sie dort in den Käfigen und Gehegen ausstellen«, schlug Seigneur Lucien ein wenig abwesend vor und zog sich dann mit seinen engsten Getreuen zurück, um ihnen Anweisungen zu erteilen. Alisa starrte ihm verdutzt nach.

»Damit hast du nicht gerechnet«, meinte Franz Leopold. »Hast dir wohl eine lange Reihe von Argumenten zurechtgelegt, die du nun gar nicht benötigst.«

»Ja, stimmt. Wer hätte das gedacht. Die Pyras überraschen mich noch immer. Ich kann sie nicht einschätzen. Bei uns wäre das ganz anders gelaufen.«

»Dann sei froh, dass sie so einfach zu handhaben sind«, schlug Franz Leopold vor.

»Einfach? Ich weiß nicht. Sagen wir, anders zu handhaben. Einfach birgt die Gefahr, dass man sie unterschätzt und das eines Tages bereuen muss.«

Franz Leopold hob nur die Schultern und gesellte sich zu Ivy und Luciano, die sich bereits den Pyras anschlossen, die sich auf den Weg zum Botanischen Garten machten. Alisas Blick fiel auf Malcolm, der versonnen in seinen Sarg schaute. Er bemerkte nicht einmal, wie sie an seine Seite trat, um zu sehen, was ihn so sehr fesselte, dass seine Sinne wie betäubt waren. Es war etwas Kleines, Rotes aus Stoff.

Alisa stieß einen Ruf des Erstaunens aus. »Die rote Maske!«

Malcolm starrte sie entsetzt an. Mit einer hastigen Bewegung riss er die Maske an sich und ließ sie unter seiner Jacke verschwinden, obwohl es dafür jetzt zu spät war.

Alisa streckte die Hand danach aus. »Zeig mal her. Ist das die Maske aus Rom?«

Widerstrebend zog Malcolm sie wieder hervor und ließ Alisa den weichen Stoff fühlen. »Ja, es ist eine der Masken des Zirkels aus Rom«, gab er zu.

»Warum hast du sie mitgenommen und was machst du jetzt mit ihr?«

Malcolm versuchte sich an einem Lächeln. »Nach unserem Abenteuer in Rom habe ich mir eine zur Erinnerung mitgenommen. Sie fiel mir gerade zufällig in die Hände, und da dachte ich daran, was wir dort bei den Nosferas alles zusammen erlebt haben. Komm jetzt, wir wollen doch nicht als Einzige hier in der Halle zurückbleiben.« Er steckte die Maske wieder ein und lief den Dracas nach, die gerade als Letzte mit missmutiger Miene die steinerne Kammer verließen.

»Was um alles in der Welt sollen wir in einem Tiergarten?«, murrte Anna Christina, doch zum ersten Mal hörten sie Marie Luise ihr widersprechen.

»Ich freue mich, die fremden Tiere zu sehen«, sagte sie schüchtern, verstummte aber unter dem verächtlichen Blick ihres Vetters Karl Philipp.

Alisa und Malcolm folgten ihnen in einigem Abstand. Alisa zermarterte sich den Kopf, worüber sie reden könnten, da die rote Maske offensichtlich nicht dazugehörte. Dabei hätte sie da einiges brennend interessiert! Das Schweigen dehnte sich zwischen ihnen aus, und dieses Mal unternahm Malcolm nichts, um die zunehmend peinliche Stille zu durchbrechen. Nein, er bemerkte sie offensichtlich nicht einmal. Schien Alisa an seiner Seite gar nicht wahrzunehmen! Seltsamerweise kränkte es sie nicht. Sie war nur neugierig, warum er sich so verhielt.

Alisa begann, sich zu langweilen. So konzentrierte sie sich auf die Dinge, die sie bis jetzt von den Pyras gelernt hatten, und versuchte, eine genaue Vorstellung davon zu bekommen, wie ihr Weg verlief und wo sie sich im Bezug zu der großen Halle befanden. Doch es war gar nicht so einfach, den Überblick über Höhen, Winkel und Entfernungen zu behalten. Was für ein Vorteil, wenn einem das erst einmal in Fleisch und Blut übergegangen war und man es – wie mit den Ratten – einfach nebenher erfasste und damit den größten Teil der Gedanken weiterhin frei für andere Dinge halten konnte!

»Dort vorne links um die Ecke ist der Ausstieg in den Park«, hörte sie die Stimme ihres Bruders. Das nahm Alisa zum Anlass, sich von Malcolm zu verabschieden, der es vermutlich gar nicht bemerkte, und sich Luciano und Ivy anzuschließen.

»Wir müssen in der Nähe von Seigneur Lucien und Sébastien bleiben«, sagte Alisa leise, »damit wir mitbekommen, wenn sie eine Spur finden.«

Die anderen waren damit einverstanden und hielten sich so unauffällig wie möglich vor den Gehegen auf, von denen aus sie die Pyras im Auge behalten konnten.

»Jetzt versuchen sie, da drüben eine Tür zu öffnen. Sie ist abgeschlossen, aber Sébastien scheint einen Schlüssel zu haben – nein, ich glaube, er benutzt seinen Dietrich«, verkündete Alisa leise, die – im Gegensatz zu Luciano – den Tieren hinter den Gittern nicht einen Blick schenkte. Der Nosferas dagegen war hin- und hergerissen, ob er sich nicht lieber auch noch all die anderen Exoten im Zoo ansehen und die Beschattung der Pyras Alisa und Franz Leopold überlassen sollte. Denn der Dracas zeigte ein ebenso großes Interesse an der Suche wie die Vamalia. Was Ivy wirklich wollte, konnte man sich nie sicher sein. Luciano stellte sich neben sie.

»Hast du schon einmal ein so prächtiges Exemplar von einem Tiger gesehen?«, fragte er Ivy.

Sie lächelte ihn an und schüttelte den Kopf. »Nein, ich muss zugeben, ich bin beeindruckt – und Seymour auch. Sieh dir nur sein gesträubtes Fell an.«

»Sollen wir uns weiter dort drüben umsehen? Dort scheint es noch viele andere faszinierende Geschöpfe zu geben ...« Luciano bemerkte Alisas ungläubigen Blick, während Franz Leopolds Lippen sich zu einem höhnischen Lächeln kräuselten. Gleich würde er wieder eine seiner ätzenden Bemerkungen loslassen. Darum fügte Luciano hastig hinzu: »Das müsste als Tarnung genügen, während wir dort drüben nach Spuren suchen, die die Pyras vielleicht übersehen haben.«

Ivy durchschaute die Finte sicherlich, doch sie ließ sich nichts anmerken. »Eine sehr gute Idee. Was hilft es, wenn wir alle hier herumstehen und zu Lucien und seinen Getreuen hinüberstarren. Verteilen wir uns. Alisa und Franz Leopold bleiben hier, Luciano, Seymour und ich schauen uns auf der anderen Seite des Zoos um und tun so, als würden wir uns für die fantastischen Tiere interessieren.« Sie zwinkerte Luciano zu und ging dann mit ihm davon. Alisa und Franz Leopold sahen ihnen nach.

»Habe ich das gerade wirklich erleben müssen?«, fragte Franz Leopold und zog angewidert die Lippe hoch. »Er versucht, uns zu belügen, um seine kindlichen Wünsche zu verbergen!«

»Na, bei deiner Reaktion ist das durchaus verständlich«, gab Alisa zu bedenken.

»Verständlich? Ein Bedürfnis, sich Tiere anzusehen, das größer ist als das Drängen, das Geheimnis um die Entführung eines Vampirs zu lüften?«

Alisa schüttelte vehement den Kopf. »Nein, das allerdings nicht. Ich kann mir nichts vorstellen, was mich jetzt von dieser Fährte ablenken würde. – Oder kaum etwas«, fügte sie langsam hinzu, während sich ihr Blick auf Malcolm heftete, der zwischen den Papageienvolieren und dem Gebäude, in das nun einige der Pyras eindrangen, in seltsamen Schlangenlinien umherging und dann in einen Pfad einbog, der über eine kleine Brücke führte.

»Er sieht aus, als ob er einer Spur folgen würde«, sagte Alisa.

»Und ich wette, es ist nicht die von Seigneur Thibaut. Los komm, der Zugang durch die Metalltür ist jetzt frei.« Franz Leopold huschte auf die andere Seite des Weges und dann an der Mauer des Gebäudes entlang auf die nun angelehnte Stahltür zu. Als er sie erreichte, wandte er sich zu Alisa um, die ihm allerdings nicht gefolgt war. Sie stand noch immer an der Kreuzung und beobachtete Malcolm, der eine Art langsamen Tanz aufführte, zumindest sah es so aus, wie er sich um die Blumen und zwischen den beschnittenen Büschen bewegte.

»Alisa!«

»Ja?« Sie riss sich los und blinzelte. Dann schien sie sich wieder ihrer eigentlichen Mission zu erinnern und eilte Franz Leopold nach. Hinter ihm schlüpfte sie ins Innere des Gebäudes.

***

Malcolm stand mit geschlossenen Augen da und nahm Witterung auf. Irrte er sich? War der Wunsch, sie zu finden, so groß, dass seine Sinne ihm einen Streich spielten? Er konnte sie riechen, obwohl es mehrere Tage her wer, dass sie im Botanischen Garten gewesen war. Er hätte sich nicht darüber gewundert, wenn der Duft schwächer gewesen wäre und er sich dicht über den Boden hätte beugen müssen, um ihrer Fährte zu folgen, aber das war nicht nötig. Er roch Latonas

Duft ganz deutlich hier auf diesem Weg, dort an der Blumenrabatte, am Stamm dieses Baumes. Plötzlich blieb er stehen, bückte sich und berührte mit der Nase fast den Boden. Da war es auch, aber ganz zart und fast schon verflogen. Und dennoch war es ihr Duft. Den würde er niemals vergessen. Malcolm kehrte zu einer Stelle zurück, an der er ihn deutlicher wahrgenommen hatte. Es war auch ihr Geruch, doch in Verbindung mit einem anderen Duft, ein Parfum, das der ersten Spur fehlte.

Malcolm richtete sich wieder auf und drehte sich einmal im Kreis, wobei er den Blick schweifen ließ. Da er nicht annahm, dass ihn seine Sinne narrten, konnte dies nur eines bedeuten: Latona war seit dieser Nacht noch einmal im Tiergarten gewesen.

Warum war sie zurückgekommen? Hatte sie doch bemerkt, wie er sie beobachtet hatte? Sie konnte ihn nicht gesehen haben! Latona war ein Mensch, ein normales Mädchen. Nein, das stimmte so wohl nicht, sie war außergewöhnlich und hatte schärfere, wachere Sinne. Also wäre es möglich, dass sie seine Anwesenheit gespürt hatte. Und dann war sie zurückgekommen, um ihn zu suchen? Malcolm blieb stehen und runzelte die Stirn. Nein, das konnte nicht sein. Die frischere Spur war nur wenige Stunden alt. Sie musste irgendwann am Nachmittag entstanden sein, als die Sonne noch am Himmel stand. Wie hätte sie erwarten können, Malcolm zu dieser Zeit hier zu sehen? Sie wusste, dass er ein Vampir war. Was also hatte sie dann hier gemacht? War sie wieder in Begleitung der beiden Männer gewesen, die in der Nacht wie aus dem Nichts aufgetaucht waren und sie angesprochen hatten? Er unterdrückte einen Seufzer. Wer konnte schon sagen, was passiert wäre, wenn die Männer nicht diesen Augenblick für ihren Auftritt gewählt hätten. Sie waren schuld, dass er sie gefunden und sogleich wieder verloren hatte! Wut schäumte in ihm auf. Dieser unglückliche Zufall sollte ihn nicht daran hindern, Latona wiederzusehen.

Malcolm unterdrückte den Zorn und öffnete seine Sinne für die anderen Duftnoten auf dem Boden. Wie erstarrt blieb er stehen. Wie hatte er das übersehen können? Alleine war sie an diesem Nachmittag nicht in den Tiergarten gekommen. Ihr Onkel, der Vampirjäger Carmelo, war an ihrer Seite gewesen. Sollte dieser Besuch einem anderen Zweck gedient haben als nachmittäglicher Zerstreuung? Was hatte Carmelo hier zu suchen gehabt? Malcolm wollte nicht so recht glauben, dass er seiner Nichte nur ein harmloses Vergnügen hatte bieten wollen. Und wieder fiel ihm die ungewöhnliche Stunde ein, zu der er Latona zum ersten Mal hier entdeckt hatte. Ein saurer Geschmack stieg in seinem Hals auf. War der Vampirjäger trotz seines Schwurs wieder zu seinem blutigen Handwerk zurückgekehrt? Und half Latona dabei?

Er musste sie finden! Er musste Latona fragen, ob ihr Onkel und sie Jagd auf die Pyras und Erben der anderen Vampirclans machten.

Wie jedoch sollte er das anstellen? Natürlich konnte er gut Spuren lesen und Fährten verfolgen, doch an diesem und an den vergangenen Tagen waren so viele Menschen über die Wege flaniert und auf den Straßen von Paris umhergewandert, dass es nicht leicht werden würde, Latonas Duft nicht zu verlieren und ihr Pariser Domizil zu finden. Und wenn sie in einen Wagen gestiegen war?

Malcolm überlegte. Seine Hand tastete nach der roten Maske in seiner Tasche. Eine Idee nahm Gestalt an. Er zog die Maske heraus, betrachtete sie und ließ dann den Blick aufmerksam umherschweifen. Vielleicht würde Latona wieder hierherkommen und sein Zeichen sehen. Dann wäre es an ihr, ihm einen Ort zu nennen, an dem sie sich treffen könnten. Doch wie sollte er sicherstellen, dass niemand die Maske entdeckte und mitnahm? Es musste ein Platz sein, an dem man sie sehen, aber nicht leicht erreichen konnte. Sein Blick blieb an den künstlichen Felsen hinter den Papageienvolieren hängen. Ja, das war gut. Man konnte zwar über den Baum und seinen ausladenden Ast hinauf, einfach war das für einen Menschen aber nicht. Sehen konnte man die Felsspitze allerdings selbst hier vom Weg aus.

Kurzentschlossen erklomm Malcolm den Felsen und platzierte die rote Maske auf einer von Efeu umrankten Spitze. Zufrieden mit seinem Werk, sprang er ins Gras zurück.

DIE ROTE MASKE

»Wo sind die Pyras?«, fragte Franz Leopold. Sie drückten sich in eine Nische und lauschten. Hier oben schien sich niemand mehr aufzuhalten.

»Ich glaube, sie sind unten im Keller«, gab Alisa nach einigen Augenblicken zurück.

Franz Leopold sandte seine Gedanken auf die Suche nach den Pyras und nickte dann. »Gut, dann wollen wir uns hier oben einmal umsehen.«

»Was ist das für ein seltsames Gebäude?«, raunte Alisa dem Dracas zu, als sie in einige Räume spähten. Manche waren bereits von den Pyras geöffnet und nicht wieder verschlossen worden. Zwei Schlösser öffnete Alisa mit ihrem eigenen Dietrich, den Ivy ihr zurückgegeben hatte.

»Sehr seltsam«, wiederholte Alisa. Nachdem sie einige Labore durchschritten hatten, kamen sie in einen Raum ohne Fenster, dessen Boden und Wände weiß und völlig glatt waren. Nur einige Gitterkäfige, ein metallener Tisch und ein Regal mit Instrumenten, Fläschchen und Schalen aus Glas, Porzellan oder Metall waren zu sehen.

Im nächsten, ebenfalls fensterlosen Raum befand sich nur ein sehr großer Käfig, in dem ein trübsinnig dreinsehender schwarzer Panther saß. Durch einen Verband an seinem Hinterlauf sickerte gelbliche Flüssigkeit. Er hob nicht einmal den Blick, als die beiden Vampire eintraten.

»Sie haben ihn betäubt«, sagte Franz Leopold und schnupperte. »Riechst du das? Das ist auch für uns nicht gerade bekömmlich.«

Alisa trat an den Käfig und sah auf das apathische Tier hinab. »Dann ist das eine Art Hospital für Tiere?«

»Möglich, aber warum haben die Räume keine Fenster und solch schwere Türen?«

Nur die Labore nach vorne raus und die Zimmer, in denen Bücher und Sekretäre standen, hatten Fenster. Dort war auch ein Sammelsurium an ausgestopften Exoten zu bewundern. Außerdem besaß der Zoo eine Sammlung säuberlich aufgespießter Käfer und Schmetterlinge und eine Glasvitrine mit allerlei Eiern – das kleinste kaum fingernagelgroß, das größte sicher mehrere Pfund schwer.

Die beiden Vampire kehrten zu den kahlen Räumen auf der hinteren Seite des Gebäudes zurück. Alisa drehte sich noch einmal um und betrachtete die Tür, die die beiden Teile des Hauses voneinander schied. Sie war von massivem Stahl und schien absolut dicht zu schließen.

»Ich habe mich gefragt, wie es in Paris einen Ort geben kann, an den keine Ratte gelangt«, sagte sie nachdenklich. »Nun haben wir die Antwort.«

Franz Leopold sah sich um. »Ja, du hast recht. Hier ist nicht einmal für die kleinste Maus ein Durchkommen. Du meinst also, sie haben Seigneur Thibaut hierhergebracht?«

Alisa wiegte den Kopf. »Das wäre eine Möglichkeit. Noch konnte ich keine Spur entdecken, die zu ihm passen könnte, aber es ist denkbar. Die Frage ist nur, warum?«

»Um ihn erst zu untersuchen und dann der Öffentlichkeit zu präsentieren?«, schlug Franz Leopold vor. »Ich weiß nicht, wofür du das hier hältst, aber ich denke, es ist eine Quarantänestation, in der die neuen Tiere für eine Weile untergebracht und beobachtet werden, ehe man sie zu den anderen nach draußen in die Gehege bringt.«

Alisa nickte. »Ja, der Gedanke ist mir ebenfalls gekommen. Die Frage ist, wie lange die Quarantäne in der Regel dauert, und wann sie vorhaben, den Clanführer in ein Außengehege zu verlegen.«

»Das würde ihm nicht bekommen«, sagte Franz Leopold.

Alisa schauderte. Sie stellte sich vor, wie der Vampir in einen Käfig verfrachtet wurde, um dann – vor den Augen der staunenden Menge – beim ersten Sonnenstrahl qualvoll zu verbrennen.

»Meinst du, sie wissen, dass er ein Vampir ist, und wollen seine Vernichtung als Sensation öffentlich zelebrieren?«

Franz Leopold hob abwehrend die Hände. »Noch wissen wir nicht einmal, ob sie ihn wirklich hierhergebracht haben. Die Annahme beruht allein auf dem Hinweis, den Ivy von dem Phantom erhalten hat.«

Alisa sah sich noch einmal um. »Aber das würde alles passen.«

Franz Leopold nickte und legte dann den Zeigefinger an die Lippen. »Hörst du das? Es klingt, als hätten sie etwas Spannendes gefunden.«

Ohne darauf zu achten, ob sie entdeckt würden, liefen sie den Gang entlang und eine Treppe hinunter den Stimmen nach. Franz Leopold hetzte so durch den Korridor, dass Alisa kaum Schritt halten konnte. Sie mussten flink sein, wollten sie sichergehen, dass sie etwas erfuhren, ehe man sie wieder nach draußen verfrachtete.

Abrupt hielt Franz Leopold vor einer offenen Tür an und Alisa schlitterte fast in ihn hinein. »War er hier?«, fragte sie atemlos.

Franz Leopold hob die Schultern. »Keine Ahnung, an Pyrasgeruch fehlt es jedenfalls nicht.«

Neugierig drängten sich die beiden in den Raum, in dem sich bereits Seigneur Lucien, Sébastien, Gaston, Jolanda, Claude und einige Pyras aufhielten, deren Namen sie nicht kannten. Sie alle hatten den Blick abgewandt und starrten auf einen riesigen Käfig, der mit seinen starken Gittern den gesamten hinteren Teil des Raumes einnahm. Jolanda und Gaston untersuchten die Instrumente, die auf einem Rollwagen lagen. Sie beugten sich dicht darüber und schnupperten geräuschvoll. Seigneur Lucien machte sich ungestüm an dem Gitter zu schaffen, konnte es aber erst öffnen, als Sébastien den Mechanismus auslöste. Der Clanführer war sichtlich so erregt, dass er die Stäbe lieber gleich aus der Wand gerissen hätte. Sébastien, der von seiner Statur eigentlich wilder und unbeherrschter wirkte, legte seinem Clanführer beruhigend die Hand auf den Arm. Auf Alisa und Franz Leopold achtete niemand, was den beiden nur recht sein konnte. Langsam traten sie näher. Fragend sahen sie sich an, doch die Antwort ließ nicht lange auf sich warten.

»Sie haben ihn hier gefangen gehalten!«, knirschte Lucien. »Sein Blut klebt an diesen Fesseln und ist über den Boden geflossen.«

»An diesen Gefäßen und Instrumenten ist sein Geruch auch überall«, bestätigte Gaston. Er hielt ein kleines Fläschchen in die Höhe, in der träge eine dunkle Flüssigkeit schwappte. »Selbst wenn ich den Korken nicht entferne, würde ich schwören, das ist sein Blut. Und in dem anderen Behältnis sind Hautstücke und Haare von ihm.« Er zeigte den Vampiren die beiden Fläschchen. Sie knurrten und zeigten die Reißzähne.

»Diese Menschen haben es gewagt, meinen Bruder zu foltern«, brüllte Seigneur Lucien.

»Wenn sie ihm Schmerzen zugefügt haben, dann sicher nicht mit Absicht«, widersprach Gaston.

»Sie wollten ihm Informationen entlocken, doch ich bin mir sicher, sie sind damit gescheitert«, vermutete Jolanda.

Gaston schüttelte den Kopf. »Nein, ich glaube, sie haben ihre Neugier befriedigt und ihn einer – wie sie es nennen – wissenschaftlichen Untersuchung unterzogen.«

»Es ist mir egal, wie sie es nennen«, schrie Lucien erbost. »Sie haben meinem Bruder Schaden zugefügt und das werden sie büßen!«

»Das könnte sehr hässlich werden«, raunte Franz Leopold Alisa zu, die bang nickte. Nicht dass diese Menschen ihr besonders leidtaten, aber es konnte ungeahnte Folgen haben, wenn die Pyras zu einem Rachefeldzug bliesen. Wenn sie nicht länger nur die verlorenen und ausgestoßenen Menschen töteten, die sie in der Unterwelt aufspürten, sondern angesehene Mitglieder der Pariser Gesellschaft, wie den Direktor des Zoos und die Wissenschaftler, die mit ihm zusammengearbeitet hatten.

»Ich hoffe, sie brechen nicht gleich auf, sondern beruhigen sich erst einmal und kommen wieder zur Vernunft, ehe sie diese folgenschwere Entscheidung treffen«, flüsterte Alisa.

»Vernunft? Die Pyras? Sieh sie dir an. Ich wage zu bezweifeln, dass ihnen auch nur das Wort etwas sagt.«

Alisa holte tief Luft, dann rief sie über den Tumult hinweg: »Sollten wir uns nicht erst einmal fragen, wo Seigneur Thibaut jetzt ist? Die Menschen haben ihn von hier weggebracht, nachdem sie mit ihren Untersuchungen fertig waren.« Sie musste ihren ganzen Mut im Angesicht der geballten Wut der Pyras zusammennehmen, um weiterzusprechen. »Wir sollten die Käfige untersuchen – alle Käfige hier in der Menagerie! Vielleicht planen sie, den Menschen von Paris ein nie da gewesenes Schauspiel zu bieten, wenn die Sonne aufgeht.«

Für einen Moment verstummten die Pyras und starrten Alisa sprachlos an. Dann stürmte Seigneur Lucien auf sie zu, packte sie an der Schulter und schüttelte sie, dass ihre Zähne aufeinanderschlugen.

»Was weißt du darüber?«

»Nihihchst«, versuchte Alisa zu antworten. Sébastien fiel dem Clanführer in den Arm und löste seine Hand von der Schulter der Vamalia.

»Sprich, Mädchen!«, forderte er sie barsch auf.

»Es ist nur ein Einfall, der mir kam. Sie stellen hier alle möglichen exotischen Tiere aus. Das Unbekannte, Wilde ist eine Sensation. Warum nicht mit noch etwas Spektakulärerem werben und die Kassen füllen? Einem echten Vampir zum Beispiel?«

Jolanda nickte Alisa anerkennend zu. »Du hast recht. Es sind zwar einige von uns bereits im Park unterwegs, um ihn zu durchsuchen, doch es schadet nicht, wenn wir sie dabei unterstützen. Wir werden jeden Fußbreit dieses Zoos in Augenschein nehmen! Los, machen wir uns auf den Weg.«

Gaston verzog das Gesicht zu einer Grimasse. »Seine Fährte hier unten ist mehr als vierundzwanzig Stunden alt. Wir kommen zu spät.«

Die Pyras ballten die Fäuste und bleckten die Zähne, dann stürmten sie hinaus und die Treppe hinauf. Alisa und Franz Leopold pressten sich gegen die Wand, um nicht von ihnen umgerannt zu werden. Etwas langsamer folgten sie den Pyras ins Freie.

»Dann wollen wir hoffen, dass sie nicht in einem der Gehege ein Häufchen Asche finden, das einst ihr Clanführer war«, sagte Alisa bedrückt.

»Du bist immer so mitfühlend, selbst mit ungehobelten Clanführern, die du kaum kennst«, spottete Franz Leopold, doch Alisa ging nicht darauf ein.

»Du hast sie erlebt. Was glaubst du wohl, was passiert, wenn die Pariser so dumm waren, den Führer der Pyras von der Sonne verbrennen zu lassen? Das bedeutet Krieg! Einen blutigen Krieg, bei dem vermutlich nicht nur Pariser und Pyras ihr Leben lassen. Solange wir hier sind, betrifft uns das alle – und außerdem kann es mir auch nicht gleichgültig sein, was mit Fernand und Joanne passiert.«

»Puh, was für eine flammende Rede. Da wird mir ja ganz schwindelig davon.« Doch seine Stimme war ernst.

Sie traten aus der Tür ins Freie und sahen sich um. Die Pyras hatten sich in Gruppen aufgeteilt und suchten nun sämtliche Gebäude und Gehege nach ihrem Anführer ab. Die meisten waren schon weitergehastet. Sie sahen nur noch Claude und Jolanda, die versuchten, in die Volieren einzudringen.

Alisa ließ den Blick weiter an dem künstlichen Felsen entlangschweifen, bis er plötzlich an einem roten Etwas hängen blieb, das dort im Efeu befestigt war. Alisa blinzelte. Litt sie unter Halluzinationen? Ohne auf Franz Leopold zu achten, der gerade etwas zu ihr sagte, schritt sie bedächtig auf die Felsen zu, die rote Maske stets im Blick.

»Was meinst du, Alisa? Alisa!«

Sie hatte keine Zeit für seine Empörung. Hier ging etwas sehr Seltsames vor sich, und sie musste wissen, was.

»Ich rede mit dir! Willst du mir nun auch die geringste Höflichkeit versagen?« Die Hände erbost in die Hüften gestemmt, kam er ihr nach.

»Siehst du das dort oben? Kommt es dir nicht bekannt vor?«

Franz Leopold folgte ihrem Blick und stieß einen Pfiff der Überraschung aus. »Eine rote Maske! Willst du etwa behaupten, das ist eine *dieser* roten Masken?«

»Aus Rom? Vom Zirkel des Kardinals? Das werden wir gleich wissen!« Entschlossen erklomm Alisa den Fels mit einem riesigen Satz. Franz Leopold tat es ihr gleich und folgte ihr. Gleichzeitig griffen sie nach dem weichen Stoff, doch Alisa war ein wenig schneller, zog die Maske rasch zu sich und drückte sie an ihre Brust.

»Es ist eine der Masken aus Rom«, sagte Franz Leopold bestimmt. »Aber wie zum Teufel kommt sie nach Paris? Meinst du, die Mitglieder des Zirkels, die die Nosferas ungeschoren davonkommen ließen, sind nun hier in Paris, um weiter gegen Vampire vorzugehen?«

Alisa zögerte und drehte die Maske in ihren Händen. Sie roch daran und nahm die verschiedenen Düfte auf. Sie wusste, wer die Maske zuletzt gehabt hatte.

»Das wäre möglich, aber ich glaube es nicht«, sagte sie widerstrebend.

»Und wie ist sie deiner Meinung nach hierhergekommen? Alleine aus Rom hergeflogen?«

»Nein, sie kam in einem Sarg«, sagte Alisa. »Mit den Erben von Hamburg nach Paris.«

Franz Leopold sah sie an, als habe sie den Verstand verloren. Dann griff er nach der Maske und wand sie Alisa aus der Hand. Er hielt sie sich unter die Nase.

»Malcolm? Was hat Malcolm mit ihr zu schaffen?«

Alisa seufzte. »Das ist eine lange Geschichte. Sie hat etwas mit einem Mädchen aus Rom zu tun, doch du brauchst mich nicht so anzusehen, ich werde sie dir nicht erzählen. Wie könnte ich Malcolms Vertrauen missbrauchen?«

Franz Leopold grinste, dass sie seine Eckzähne sehen konnte. »Oh, du brauchst mir nichts zu erzählen. Ich kann es auch aus deinen Gedanken lesen.«

»Untersteh dich!«, zischte sie böse, befestigte die Maske wieder so, wie Malcolm sie zurückgelassen hatte, und sprang vom Felsen. Dann beugte sie sich nach vorn und begann, in sich weitenden Kreisen umherzugehen.

Franz Leopold betrachtete sie eine Weile schweigend. »Darf man fragen, was das wird?«

Alisa hielt inne. »Man darf. Ich überprüfe, ob ich eine Witterung aufnehmen kann, die ich kenne. – Aus Rom kenne!«

Franz Leopold ließ sich zu Boden gleiten und kam zu ihr. »Und? Was gefunden?«

Alisa sah ihn an. »Ja, ich fürchte schon. Komm einmal hier herüber. Dort ist die Fährte am deutlichsten. Nun? Sagt sie dir etwas?«

Franz Leopold ließ sich Zeit. Er sog ein paar Mal die Luft ein, dann sah er Alisa gerade ins Gesicht. »Es sind der Vampirjäger und das Mädchen, nicht wahr?«

Alisa nickte. »Ja, sie sind es, und ich kann mir nicht vorstellen, dass es für uns etwas Gutes bedeutet, sie hier in Paris anzutreffen.«

»Und was schlägst du jetzt vor?«

Alisa hob die Schultern. »Wenn ich das wüsste. Als Erstes sollten wir mit Ivy und Luciano darüber sprechen.«

»Und Malcolm?« Franz Leopold sah sie mit hochgezogenen Augenbrauen an.

»Malcolm?« Alisa lachte ein wenig bitter auf. »Glaube mir, Malcolm weiß, dass sie hier sind. Sonst hätte er die Maske nicht auf dem Felsen platziert.«

Franz Leopold sagte nichts. Vielleicht weil er wusste, dass sie ihm keine weiteren Erklärungen geben würde, vielleicht weil er sich nicht für Malcolm und seine Taten interessierte oder weil er bereits viel zu viel in Alisas Gedanken gelesen hatte.

***

»Ich werde mich nachher ein wenig von euch entfernen«, raunte Ivy Alisa auf dem Rückweg zu.

Obwohl die Nacht noch einige Stunden andauern würde, sammelten die Pyras die Erben und ihre Begleiter zur Rückkehr in die Höhlen unter dem Val de Grâce. Sie hatten das Gelände der Menagerie durchkämmt, jedoch nichts gefunden, das auf den Verbleib von Seigneur Thibaut hinwies. Zum Glück auch nicht ein Körnchen Asche! Nein, die Menschen schienen ihn an einen anderen Ort gebracht zu haben, um ihn weiter gefangen zu halten oder dort zu vernichten. Das wusste niemand zu sagen. Nun hatte Seigneur Lucien die Rückkehr angeordnet, da es im Botanischen Garten nichts mehr für sie zu tun gab.

»Warum sagst du mir das?«, fragte Alisa genauso leise zurück. »Du weißt, dass ich dieses Mal mitkommen werde!«

Ivy schüttelte den Kopf. »Nein, das geht nicht.«

»Warum verrätst du es mir dann?«

Ivy lächelte die Freundin entwaffnend an. »Weil ich versprochen habe, dir deine Werkzeuge nicht mehr ungefragt wegzunehmen, ich sie aber für meinen Weg brauchen werde.«

Alisa sah die Lycana vorwurfsvoll an. »Das ist dreist! Du sagst mir, ich darf dich nicht begleiten, aber meine Schlüssel willst du benutzen!«

»Ja, genau darum bitte ich dich, denn du bist meine Freundin und wirst dafür Verständnis haben.«

»Und jetzt kommst du mir noch so! Das ist Erpressung.«

Ivys Lächeln wurde noch eine Spur herzlicher. »Ich gebe es zu. Dennoch bitte ich dich um die Schlüssel und bleibe dabei, dass ich alleine gehen muss.«

»Wohin? Nein, du musst nichts sagen. Du wirst das Phantom aufsuchen, richtig?«

»Ja, ich gehe zu Erik. Ich habe ihm gesagt, dass ich wiederkomme.«

»Meinst du, er weiß noch mehr?«

Ivy überlegte. »Vielleicht. Einen Versuch ist es wert.«

»Warum hat er es dir dann nicht gleich gesagt? Um dich wieder zu ihm zu locken?«

»Aber nein«, wehrte sie ab. »So etwas läge ihm fern.«

Alisa musterte sie ernst. »Bist du dir sicher, dass du zu ihm gehst, weil du dir Informationen über Seigneur Thibaut erhoffst? Gibt es nicht andere Gründe, die viel schwerer wiegen?«

Ivy merkte, wie ihre Miene sich verschloss. Die Frage war berechtigt. Auch Seymour hatte sie ihr gestellt, aber noch scheute sie sich, sie zu beantworten.

Warum drängte es sie, das Phantom so bald wie nur möglich wiederzusehen? Hatte sie Mitleid mit seiner Einsamkeit? Seiner verletzten Seele? Mitleid mit dem Wesen, das sein Leben lang von den Menschen verspottet und gedemütigt, zur Schau gestellt und geschlagen, verfolgt und bedroht worden war, weil es anders war als sie. Hässlich. Furcht einflößend.

Nein, das war nicht der Grund. Was dann?

Weil sie ihn bewunderte, seine Talente, sein Wissen und mehr über ihn erfahren wollte? Weil sein facettenreiches Wesen, das nicht ganz Mensch war, sondern auch ein wenig wildes Tier, sie anzog?

Vielleicht traf alles davon zu, doch musste sie sich darüber Rechenschaft ablegen? Konnte sie nicht einfach dem Verlangen nachgeben und zu ihm gehen? Was Seymour dazu zu sagen hatte, wusste sie, denn er hatte nicht mit Vorhaltungen gespart, seit sie den Entschluss gefasst hatte, Erik wieder aufzusuchen. Die Quintessenz seiner Vorwürfe war, dass sie sich völlig unnötig in Gefahr begab. Unnötig? Ja, es war nicht nötig, Erik zu besuchen. Aber Ivy wollte es und sie würde sich nicht aufhalten lassen!

»Wirst du mir deine Schlüssel geben?«

Alisa seufzte. »Kann ich denn anders? Wir sind Freunde.« Sie zog den Ring mit ihrem Werkzeug aus der Gürteltasche und reichte ihn Ivy. »Aber du musst Erik fragen, ob wir das nächste Mal mitkommen dürfen. Ich bin ja so neugierig darauf, ihn näher kennenzulernen.«

»Ich verspreche es. Erik soll uns in die Oper führen. Es wäre eine Schande, wenn wir Paris verließen, ohne einmal dort gewesen zu sein.«

»Das hört sich gut an«, meinte Alisa halbwegs versöhnt. »Dann mach, dass du fortkommst, und pass auf dich auf.«

Ivy drückte Alisa dankbar die Hand. »Ich bin rechtzeitig vor Sonnenaufgang zurück in meinem Sarg.«

»Das will ich dir auch geraten haben«, brummte die Vamalia. »Sonst hetze ich dir Hindrik auf den Hals. Der ist nicht so nachlässig wie Bridget und Niall und würde sich wie ein Bluthund an deine Fersen heften.«

»Ich werde es mir merken«, sagte Ivy und huschte bei der nächsten Kreuzung unbemerkt durch einen anderen Gang davon.

✶ ✶ ✶

»Können wir heute Abend nicht einmal gemeinsam ausgehen? Du kannst mir deinen Freund ruhig vorstellen. So schlimm wird er nicht sein, wenn er Gnade vor deinen Augen findet, Onkel Carmelo!«

Carmelo sah von seinem Essen auf. Latona wusste nicht, wie sie seine Miene deuten sollte, erfreut war er von ihrem Vorschlag jedenfalls ganz und gar nicht. Dennoch fügte sie hinzu, ohne ihn zu Wort kommen zu lassen. »Wir wollten uns doch zusammen *La Grande-Duchesse de Gérolstein* von Offenbach ansehen. Das hast du versprochen. Und in eine der Tanzhallen wolltest du mich auch mitnehmen. Und behaupte nun nicht, die seien nichts für anständige Mädchen, denn du selbst hast gesagt, es gäbe am Fuß des Montmartre durchaus auch Häuser, in die du mich guten Gewissens mitnehmen könntest.«

»Das habe ich gesagt?« Ihr Onkel fühlte sich sichtlich unwohl in seiner Haut, und sie sah ihm an, dass er nach einem Ausweg suchte, sie hinzuhalten. »Es geht nicht, Latona. Ich habe heute schon etwas vor und die nächsten zwei Abende wird es sicher auch nichts, aber dann, ich verspreche dir, dann werden wir ausgehen. Sei ein braves Mädchen und gedulde dich.«

Sie hätte am liebsten ihre Serviette zerknüllt und auf den Tisch geworfen, ihn angebrüllt, sie habe es satt, und er solle ihr endlich sagen, was gespielt würde, doch das getraute sie sich in dem vornehmen Restaurant, in das er sie geführt hatte, nicht. Also schluckte sie ihren Ärger wieder einmal hinunter und gab ihm in Gedanken eine allerletzte Chance. Gut, drei Nächte würde sie noch warten, wenn sich dann nichts änderte, würde sie zu anderen Mitteln greifen müssen. Welche diese sein würden, wusste sie noch nicht so genau, aber ihr würde schon etwas einfallen.

»Nun gut«, sagte sie so würdevoll wie möglich. »Dann geh mit deinem Freund in die Etablissements, in denen Mädchen wie ich keinen Zutritt haben, während ich mich wieder auf einen ach so spannenden Abend alleine mit einem Buch freue.«

Sie merkte selbst, wie kindisch ihr Trotz klang, aber nun war es schon gesagt. Ihr Onkel schwankte sichtlich zwischen Tadel und dem Versuch, sie zu trösten, entschied sich dann aber, sie zurechtzuweisen. Latona nahm es schweigend hin und sagte bis zum Ende des Mahls nicht mehr viel. Und da ihr Onkel ebenfalls seinen Gedanken nachhing, wurde es auch eine stille Heimfahrt. Im großen Vestibül des Hotels verabschiedete sich ihr Onkel von ihr und eilte zu der Droschke zurück, die noch auf ihn wartete. Latona sah ihr nach, bis sie um die nächste Ecke verschwunden war. Dann raffte sie ihr Kleid und eilte ins Zimmer hoch, allerdings nicht, um sich in ihr Bett zu legen und einen weiteren Roman zu lesen. Sie setzte sich an den

Sekretär, schrieb eilig eine Notiz, faltete sie zusammen und eilte in die Halle zurück.

»Bitte besorgen Sie diesen Brief für mich, sofort, an Monsieur Bram Stoker. Das Hotel ist in der Rue de Rivoli.«

Der Portier nahm die Münzen, die sie ihm hinhielt, verbeugte sich und winkte einen jungen Burschen herbei. Dem gab er die kleinere der Münzen und schickte ihn dann eiligst auf seinen Weg. Latona blieb nur, auf ihr Zimmer zurückzukehren und zu warten.

ALTE LEGENDEN

Ivy folgte den Gängen. Seymour blieb eng an ihrer Seite. Er schwieg. Sein Versuch, sie aufzuhalten, war gescheitert. Nun bestand seine Aufgabe einzig und alleine darin, sie sicher zum Versteck des Phantoms zu geleiten und sie ebenso unversehrt vor Sonnenaufgang zu ihrem Sarg zurückzubringen. Auch Ivy blieb schweigsam und hing ihren Gedanken nach, ohne sie mit ihm zu teilen. Plötzlich blieb Seymour stehen und schnappte nach ihrem Gewand.

»Was soll das?«, begann sie, doch da spürte sie es bereits selbst. Ivy stöhnte wie unter großem Schmerz und presste sich beide Handflächen gegen die Schläfen. Sie krümmte sich. Der Schatten war hier ganz in der Nähe.

Zurück, wir müssen schnell zurück! Seymour knurrte und drängte sich noch enger an ihre Seite.

»Wir sind bereits jenseits der Seine. Der Weg ist zu weit. Komm schnell, Erik ist bestimmt irgendwo in der Nähe.«

Was das Phantom gegen die Macht des Schattens ausrichten konnte, darüber dachte sie nicht nach. Erik war – trotz allem – nur ein Mensch. Und der Schatten? Etwas Großes, Allmächtiges, das Blut, Geist und Seele raubte. Und dennoch war es Erik einmal gelungen, ihn zu vertreiben. Konnte er ein zweites Mal erfolgreich sein?

Wenn das Phantom überhaupt in der Nähe ist! Ich kann ihn nicht spüren.

Ivy versuchte, sich aus der bedrückenden Macht zu lösen, um in ihrem Geist nach Erik zu tasten. Nein, Seymour hatte recht. Er war nicht in der Nähe. Oder waren ihre Sinne nur zu betäubt?

»Wir müssen uns selbst helfen«, ächzte sie und krallte die Finger in Seymours Fell, um sich Mut zu machen. Da die Beine ihr den Dienst verweigerten, blieb Ivy nichts anderes übrig, als den Schatten hier zu erwarten.

Es war finster in den unterirdischen Gängen. Und dennoch kam es ihr so vor, als würde es sich noch mehr verdunkeln. Obwohl sie ihn nicht sehen konnte, wusste sie, dass er ganz nah war. Dann hallte seine Stimme in ihrem Kopf, dass sie meinte, er müsse ihr zerspringen.

Ivy-Máire, mein Instinkt hat mich nicht getäuscht. Du bist meinem Ruf gefolgt und zurückgekommen. Allein, wie ich es befohlen habe – bis auf den Werwolf an deiner Seite, aber der soll uns nicht stören.

Seymour machte einen halbherzigen Schritt nach vorn und jaulte dann wie unter heftigen Schmerzen auf. Ivy krallte sich noch fester in seinen Pelz.

Bleib hier. Du kannst mir nicht helfen, aber viel verlieren.

Seymour antwortete nicht. Hatte er ihre Gedanken nicht empfangen oder wurden die seinen blockiert?

Der Schatten kam näher. Sie musste nichts sehen, um dessen gewiss zu sein.

Wer auch immer du bist, du irrst dich! Ich bin nicht deinem Ruf gefolgt, ja habe ihn nicht einmal vernommen.

Der Schatten schien zu lachen. *Meine einfältige Ivy-Máire. Glaubst du deine eigenen Worte etwa? Du hast mein Zeichen an dich genommen und kannst es nicht mehr ablegen. Denn es ist mein Wille, dass du den Ring trägst.*

Ivy sah auf ihre Hand hinab. Würde es ihr gelingen, den Ring abzustreifen? Die Aura des Schattens bedrängte sie. Nein, so würde sie es nicht schaffen, ihm zu widerstehen.

Erik, dachte Ivy, *Erik, warum bist du nicht hier mit deinem gleißenden Licht!*

»Solch einen Zufall kann es nicht immer geben«, schnurrte der Schatten selbstzufrieden. Offensichtlich bereitete es ihm keine Schwierigkeiten, in ihren Gedanken wie in einem offenen Buch zu lesen. Das erschreckte Ivy. Wie konnte ihm das gelingen? Sie war gut darin, ihren Geist zu verschließen, und stark. Sie hatte die Kraft von einhundert Jahren Erfahrung.

Und dennoch wird es dir bei mir nichts nützen. Denn meine Macht ist größer, als du es dir vorstellen kannst, kleine Ivy, deshalb gib deinen Widerstand auf. Komm zu mir. Du musst nur ein paar Schritte tun und meine Hand ergreifen.

»Warum sollte ich das tun?« Ivy umklammerte den Reif aus Connemara-Marmor um ihren Arm, der mit jedem Tag ein wenig seiner Kraft verlor, doch noch wohnte die Seele ihres Landes in ihm und schützte sie.

Weil es gut für dich ist, gab der Schatten sanft zurück.

»Wer sagt das? Ich bestimme selbst, was gut für mich ist, also verschwindet von hier und lasst mich und die Meinen in Ruhe.« Ivy war selbst erstaunt, dass es ihr gelang, ihren Geist so weit aus seiner Umklammerung zu lösen, dass sie diese Worte sprechen konnte.

»Das nützt dir nichts. Glaub mir, es wird angenehmer für dich, wenn du freiwillig zu mir kommst!«

Die Drohung hallte in ihrem Kopf wider und schmerzte. Der Echsenring schien ihren ganzen Arm zu verbrennen, und dennoch wusste sie tief in ihrem Innern, dass er ihr nicht die ganze Wahrheit gesagt hatte. Sie spürte, wie er lockte und an ihr zog, doch Ivy bewegte sich keinen Zoll nach vorne. Seymours Fell in ihrer Hand schien ihr Kraft und Klarheit zu geben. Sie konnte dem Ruf widerstehen, wenn sie sich genug konzentrierte. Ja, sie wusste, sie musste es tun, wenn sie sich nicht verloren geben wollte.

»Geht! Ich werde Euch nicht folgen!«

Der Schmerz wurde stärker und schien sie zu verbrennen, doch sie spürte auch Zorn in ihm auflodern. Nur weil sie ihm widersprochen hatte? Oder weil er wusste, dass all seine Macht ihm nicht helfen konnte, Ivy zu diesem Schritt zu zwingen? Ivy fühlte, wie er tiefer in ihren Geist einzudringen versuchte, um ihren Willen zu lähmen und ihm seine Befehle einzuflüstern. Nein! Das durfte nicht geschehen.

Plötzlich hörte sie die Stimme ihrer Mutter, der Druidin Tara, in ihrem Kopf. *Du musst dich nicht so quälen, mein Kind. In unserem Land schlummern ungeahnte Kräfte. Wir müssen nur lernen, sie uns nutzbar zu machen. Die Kelten und ihre Druiden konnten die Kraftlinien erspüren. Ihre Heiligtümer sind häufig über den Kreuzungspunkten mächtiger Energieflüsse zu finden. Lerne, sie zu gebrauchen, und keine Macht der Welt wird dir Schaden zufügen können.*

Sie war jetzt nicht in Irland, doch beschränkten sich die Energieflüsse der Erde auf das kleine grüne Land im nördlichen Ozean?

Nein! Auch unter Paris gab es eine mächtige Kraftlinie. Die Menschen nannten sie Meridian und sie verlief genau durch das Pariser Observatorium und den Louvre. Erstaunt stellte Ivy fest, dass der Meridian auch durch die Oper strömte und damit Eriks versteckte Gemächer im Energiefluss lagen. Ja, er floss auch hier durch diesen Gang. Ivy konnte ihn spüren, wenn sie sich nur ein wenig konzentrierte. Sie konnte sich der Energie bedienen und sie in ihren Körper und Geist aufnehmen.

»Lass diese Spielereien und komm zu mir!« Ivy sah in ihrem Geist das Bild einer knochigen weißen Hand mit langen, spitzen Fingernägeln, die nach ihr griff. Die Augen der Echse, die sich um seinen Ringfinger schlang, schienen zu lodern. Ivy streckte ihm abwehrend ihre Handflächen entgegen. Der Marmor ihres Armreifs schien zu knistern, als die Kraft der Erde durch seine Kristalle floss.

»Weiche! Du kannst mich nicht berühren!«, rief sie und war über die Festigkeit ihrer Stimme selbst überrascht. Ja, das stimmte. Erst als sie es aussprach, wusste sie, dass es das war, was ihn so wütend machte. Solange sie nicht freiwillig zu ihm kam, war er trotz seiner Kräfte ihr gegenüber machtlos.

»Geh fort und verlass Paris«, forderte sie den mächtigen Schatten auf. »Ich werde dir niemals aus freien Stücken folgen!«

Er schien ein Stück näher zu kommen. Aasgeruch hüllte Ivy ein und der Duft von frischem Blut.

»Ja, du hast recht, ich kann dir nichts tun, doch fühle dich nicht zu sicher. Die Zeit ist auf meiner Seite. Bald schon wirst du nichts mehr haben, das dich vor meiner Hand schützt. Verlass dich darauf, Ivy-Máire, dann komme ich wieder. Egal wo du auch sein wirst, ich werde dich finden.«

Sein Zorn traf sie wie eine Woge und warf sie um. Er löste sich in Nebel auf und fuhr über sie hinweg. Das war das Letzte, was in Ivys Bewusstsein drang. Dann lösten sich ihre Gedanken in Schwärze auf. Ihr Kopf schlug auf dem Felsgrund auf.

***

Es war dunkel um sie. Nein, undurchdringlicher Nebel umhüllte ihren Geist. Sie konnte ihn nicht verjagen. Er floss träge und unbeirrt in jeden Winkel und hielt ihre Gedanken in seinem zähen Strom fest. Dann hörte sie Musik. Wundervolle Musik. Sie wusste, dass dies die Harmonien waren, die Menschen zu Tränen rührten. Ivy wusste, sie konnte nicht weinen, ihre Seele – wenn sie denn noch eine besaß – war jedoch so berührt, dass ihre Sinne sich nur noch auf diese Melodie konzentrierten. Sie wollte sich aufrichten, riechen und sehen, wo sie sich befand und was um sie herum vor sich ging, doch sie konnte nur der Musik lauschen.

Plötzlich brach die Melodie ab. Für einen Augenblick noch klang sie von einer gewölbten Decke und den Wänden nach, ehe sie erlosch. Dann hörte Ivy eine Stimme, die ihr bekannt vorkam.

»Hat sie sich eben bewegt?«

Eine feuchte Nase strich an ihrer Wange entlang. *Ivy? Kannst du meine Gedanken empfangen?*

Seymour! Und Erik? Ivy schlug die Augen auf und blinzelte in der Helligkeit, die die Kerzen in den Leuchtern zu beiden Seiten des Klaviers verströmten. Das Phantom der Oper saß auf dem Schemel, die schlanken Hände noch immer auf den Tasten, und sah zu ihr herüber. Wie gewohnt trug er seinen schwarzen Frack und die weiße Maske vor dem Gesicht. Neben ihr hockte Seymour. Sie spürte seinen heißen Atem auf ihrer Haut.

»Ja, ich glaube, sie ist erwacht«, bestätigte Erik seine Vermutung und erhob sich. Langsam kam er auf sie zu und blieb dann am Fuß des Podests stehen. Nun erst bemerkte Ivy, dass sie in dem offenen Sarg unter dem Baldachin lag, den Erik als seine Ruhestätte hier aufgestellt hatte.

Wie passend, dachte sie und richtete sich auf.

»Was ist passiert? Seymour war nicht sehr gesprächig, als er dich herbrachte.«

»*Seymour* hat mich zu dir gebracht?«, rief Ivy verwundert aus.

»Sieht so aus. Irgendwie musst du ja ans Ufer des Sees gekommen sein. Ich habe euch dann mit dem Boot übergesetzt.«

Du hast dich gewandelt! Wie sonst hättest du mich tragen können?

Außergewöhnliche Begebenheiten verlangen außergewöhnliche Mittel, verteidigte sich der Werwolf. *Habe ich nicht in Irland auf Catrionas Anweisung hin euer Schiff während des Tages gesteuert, als der Augenblick es erforderte? Ich habe mich zurückgewandelt, ehe er kam.* Er nickte in Eriks Richtung.

Das war kein Vorwurf, stellte Ivy richtig. *Ich wundere mich nur, dass du mich ausgerechnet zu Erik gebracht hast, wo du doch – sagen wir – gewisse Vorbehalte gegen ihn hegst.*

Ja, er ist nur ein Mensch und noch dazu einer, dessen Reaktionen nicht vorhersehbar sind. Dennoch vertraust du ihm, das genügt mir.

Ivy hob erstaunt die Brauen. *Das ist ja etwas ganz Neues.*

Und außerdem war es viel näher als zu den Pyras zurück. Wir hätten die Brücke queren müssen oder durch diesen Siphon tauchen.

Und so hast du entschieden, es wäre besser, hierherzukommen. Das war eine kluge Entscheidung.

Erik sah sie aufmerksam an. »Ihr sprecht miteinander, nicht wahr? Wie funktioniert das? Könnt ihr Gedanken lesen?«

Ivy nickte. »Ja, so in der Art. Wir können unseren Geist verbinden und unsere Gedanken austauschen.«

Erik betrachtete sie interessiert. »Haben alle Vampire diese Gabe? Kann man das lernen? Das wäre eine machtvolle Fähigkeit.«

Ivy schüttelte den Kopf. »Nein, so einfach ist das nicht. Es gibt Vampire, die starke, geistige Kräfte entwickelt haben, andere müssen es erst mühsam lernen. Wieder andere werden die Fähigkeit niemals erlangen.«

»Und woran liegt es, dass es manche können und andere nicht?« Erik ließ nicht locker.

Ivy überlegte. »Wie soll ich dir das am besten erklären.« Und dann begann sie, von reinen und unreinen Vampiren zu sprechen und von den Clans, die sich auseinandergelebt, ja, jahrhundertelang Krieg gegeneinander geführt hatten.

»Jede Familie hat unterschiedliche Fähigkeiten und Talente weiterentwickelt, andere wiederum vernachlässigt und über die Generationen vergessen. Die Dracas in Wien beispielsweise sind Meister der Geisteskräfte und der Manipulation. Wir Lycana aus Irland dagegen haben gelernt, uns die Natur unterzuordnen, uns in Fledermäuse und Wölfe zu wandeln.«

»Die anderen, die bei dir waren, als wir uns das erste Mal sahen, waren das auch Lycana? Nur eine sah aus wie die Vampire von Paris.«

»Das hast du richtig erkannt. Joanne ist eine Pyras aus Paris. Die blonde Vampirin ist eine Vamalia aus Hamburg, der Junge mit den kurzen abstehenden Haaren ein Nosferas aus Rom und der andere mit dem ebenmäßig schönen Gesicht ein Wiener Dracas.«

Erik runzelte die Stirn. »Ja, ich habe von diesen Clans gelesen, die sich über Europa zerstreuten.«

Ivy und der Wolf starrten ihn an. »Du hast über die Vampirclans gelesen? Wo? Ich meine, welche Bücher gibt es über uns und unsere Geschichte, und wie kam es, dass sie in deine Hände gerieten? In Menschenhände!«

Nun war es an Erik, erstaunt dreinzusehen. »Du glaubst, die Menschen wissen nichts über euch? Es mag sein, dass manche der Schriften von Vampiren selbst verfasst wurden. Nach dem, was du mir erzählt hast, vermute ich nun, es waren vor allem Vampire unreinen Blutes, die nach ihrer Wandlung noch so viel Menschliches hatten, dass sie begannen, ihre neuen Erfahrungen niederzuschreiben. Doch viele der Aufsätze und Bücher stammen von Menschen. Ich habe sie auf meinen Reisen gesammelt und hierhergebracht.« Er deutete zu dem Torbogen hinüber, hinter dem Ivy schon bei ihrem ersten Besuch die vielen Bücherregale entdeckt hatte.

»Die meisten stammen aus den Ländern im Osten, dem Russischen Reich, Ungarn, Rumänien oder dem Persischen Reich. Sie alle haben ihre Legenden und Sagen um blutsaugende Wesen, die Untoten, die Wiedergänger, die aus dem Grab steigen, Kinder und Jungfrauen rauben, ihr Blut trinken, das Vieh an Seuchen sterben lassen. Sie kommen als Fledermäuse und Nebel, als Albdruck und schöne, bleiche Menschen mit spitzen Zähnen. Stets in der Nacht, denn die Sonne vernichtet ihre Kräfte. Gegen sie helfen Weihwasser und Kreuze, aber auch Knoblauch und manch anderes Kraut. Manches davon ist wahr, anderes nicht. Man muss die Berichte genau vergleichen und stets berücksichtigen, wer der Verfasser ist und in welchem Zustand er sich befand, als er von seinem Erlebnis berichtete.«

Sie gingen gemeinsam durch das Gemach und unter dem Torbogen hindurch. Der Raum dahinter war größer, als man es hätte erahnen können, und enthielt noch viel mehr Bücher. Sie stapelten sich dicht an dicht, füllten deckenhohe Regale. Schränke mit alten Schriftrollen und nachlässig zu Paketen geschnürte Pergamente standen zur Linken. Dieses Kabinett war ein Vermögen wert und barg einen Schatz an Wissen quer durch die Jahrhunderte. Ivy las einige Aufschriften auf den Rücken der ledernen Folianten, während Erik weiter über Vampire sprach. Die Bücher waren in einem Dutzend verschiedener Sprachen verfasst. Wie viele davon beherrschte das Phantom mit der Maske?

»Du bist klug und du weißt sehr viel über uns«, meinte Ivy.

»Ja, mein Interesse war bereits geweckt, als ich das erste Mal von Wiedergängern und Blutsaugern hörte. Das war bei den Zigeunern, mit denen ich einige Zeit umherzog.« Seine Stimmung verdüsterte sich. Es war, als habe man die Kerzen der Leuchter ausgeblasen. Ivy fing seine Gedanken auf. Sie wankte ein wenig zurück. Die Erinnerungen glichen finsteren Albträumen von einem Käfig und einer gaffenden Menge. Sie sah Erik als mageren, verstörten Jungen in einer Ecke kauern, das entstellte Gesicht in den Händen vergraben. Ein riesiger, fetter Mann mit öligem schwarzen Haar hielt seine Maske hoch. Das Publikum johlte. Sie schrien, sie wollten den Totenschädel sehen, den man ihnen versprochen hatte. Kleine Steine flogen durch die Stäbe und trafen Erik an Kopf und Schultern. Der Mann packte seine Peitsche, schlug auf ihn ein und schrie wüste Worte, doch Erik reagierte nicht. Da rief sein Peiniger einen Gehilfen zu sich in den Käfig. Gemeinsam packten sie Erik und zerrten ihn zum Gitter zurück. Sie fesselten seine Fußknöchel und Handgelenke an die Stäbe und schlangen grob ein Seil um seinen Hals, das sie ebenfalls am Gitter befestigten, sodass er den Kopf nicht senken konnte, wollte er sich nicht selbst erwürgen. Die beiden Männer brauchten all ihre Kraft, um den schmächtigen Knaben zu bändigen. Seine Verzweiflung und sein Schmerz schlugen über Ivy zusammen.

Sie zitterte und musste sich zusammenreißen, um sich nicht auf dem Boden zusammenzukauern. Schließlich berührte sie sanft Eriks Arm. Er zuckte zusammen und starrte sie so wild an, als wollte er sich in seinem Zorn auf sie stürzen.

»Und wann fingst du an, die Bücher und Aufzeichnungen zu sammeln?«, fragte sie leichthin, als habe sie nichts bemerkt. Vielleicht war das besser als ihr Mitgefühl.

Erik straffte die Schultern. Die Erinnerungen verwehten. Er war wieder ruhig und freundlich, ja fast heiter. »Das hier drüben war mein erstes.« Er reckte sich und reichte ihr einen alten Band in fleckigem braunen Leder. Ivy schlug ihn auf.

»Was sind das für Zeichen? Kannst du sie entziffern?«

»Aber ja!«, lachte er. »Das ist Russisch. Soll ich dir etwas daraus vorlesen? Hier, diese Stelle fand ich besonders spannend. Ja, ich glaube, als ich das hier las, war mein Interesse geweckt, und ich entschloss mich, mehr über Vampire herauszufinden.«

Er las die Passage erst auf Russisch vor und übersetzte sie dann. Nun nahm er einige Papiere aus Siebenbürgen zur Hand und anschließend einen prächtigen Folianten mit Ledereinband und Goldschnitt, der aus Persien stammte. Mit all diesen Sprachen schien er keine Schwierigkeiten zu haben.

»Du versetzt mich immer mehr in Erstaunen«, sagte Ivy, als er das Buch fast liebevoll ins Regal zurückstellte. »Deine Talente und dein Wissen scheinen unerschöpflich. Dabei kannst du noch gar nicht so viele Jahre auf der Welt sein.«

»Fast fünfzig!«, widersprach Erik. »Das ist schon eine ordentliche Zahl an Jahren, um zu lernen und Erfahrungen zu sammeln. Für einen Menschen natürlich. Und wie ist es mit dir? Du siehst noch sehr jung aus, scheinst aber über große Kräfte zu verfügen – auch wenn der andere Vampir dir überlegen war.«

»Meine Zeit in der Welt der Untoten bringt es auf zwei Mal deine Lebensspanne.«

»Ah, dann gehörst du nicht zu den Vampiren reinen Blutes. Du warst einst ein Mensch. Ein junges Mädchen, als du gebissen und zum Vampir gewandelt wurdest.«

Ivy nickte. »Das ist richtig. Vor einhundert Jahren wurde ich zum Vampir.« Plötzlich hielt sie inne. »Wer ist dieser andere Vampir, von dem du gerade gesprochen hast?«

Erik wandte sich ihr erstaunt zu. »Der riesenhafte Vampir mit dem schwarzen Umhang, der dir nun schon zum zweiten Mal in meinem Revier aufgelauert hat. Das erste Mal gelang es mir, ihn mit meinem Magnesiumblitz zu verjagen, dieses Mal war ich leider nicht zur Stelle. Aber du bist ihm trotzdem entkommen.«

Ivy verengte die Augen zu Schlitzen. »Woher weißt du das, wenn du nicht zur Stelle warst?«

»Du hast von ihm gesprochen, während du in deiner Ohnmacht lagst.« Erik beugte sich vor und nahm ihre Hand. »Du trägst seinen Ring!«

Hastig entzog Ivy ihm die Hand und verbarg den Echsenring in ihrem Ärmel. »Du nennst den Schatten einen Vampir. Wie kommst du darauf? Habe ich das gesagt?«

»Nein, das musstest du nicht. Es war mir sofort klar. Er ist doch ein Vampir, oder?«

Ivy nickte nachdenklich. »Ja, er ist ein Vampir. Der Meister.« Sie wunderte sich selbst, warum sie ihn so nannte. Das Wort war plötzlich in ihr aufgestiegen und schien das richtige zu sein. »Der Meister«, wiederholte sie leise, und ein Schauder rann ihr über den Rücken.

»Reden wir von etwas anderem«, schlug Erik vor und klappte das Buch, das er aus dem Regal gezogen hatte, energisch zu. »Soll ich dir die Oper zeigen?«

Ivy sah an ihrem einfachen Gewand hinunter. »Ich glaube nicht, dass dies der richtige Aufzug dafür ist.«

Erik lachte. »Die Vorstellung ist längst vorüber und alle Besucher und Darsteller sind nach Hause gegangen. Es sind nur noch ein paar der Bühnenarbeiter da, die in den Kulissen zu schlafen pflegen, und die alte Schließerin, die in ihrem Zimmer ruht. Niemand wird uns sehen.«

Ivy haderte mit sich. »Ich würde wirklich gerne, doch ich fürchte, es ist schon zu spät für mich. Es wird Zeit für den Rückweg.«

Erik versuchte, seine Enttäuschung zu verbergen. »Kein Sonnenstrahl wird dich treffen. Ich kenne Wege, von denen die Finsternis nie weicht.«

»Dennoch muss ich vor Sonnenaufgang zu meinem Ruhelager zurückkehren.«

»Deinem Sarg?«

Ivy nickte. »Ja, meinem Sarg. Ich würde jedoch gerne wieder- kommen und dein Angebot annehmen.«

Erik verbeugte sich. »Es wird mir ein Vergnügen sein. Ich werde dich jede Nacht erwarten. Komm, wann immer du möchtest.«

Ivy zögerte. »Ich würde das nächste Mal gerne mit meinen Freun- den kommen. Alisa lechzt danach, die Oper zu sehen.« Erik wich ein Stück zurück. Sie spürte seine Abwehr. »Bitte, du kannst ihnen vertrauen. Gib ihnen die Chance, dir zu zeigen, dass auch sie deiner Freundschaft wert sind.«

Erik schwankte. Sie konnte den raschen Wechsel seiner Gefühle spüren. »Wenn du in Begleitung kommst, dann wird der Meister es nicht wagen, sich dir zu nähern«, sagte er nach einer Weile.

»So ist es«, stimmte ihm Ivy zu, obwohl sie zu wissen glaubte, dass sie ihm in Paris nicht mehr begegnen würde. Hatte er sein Vorhaben aufgegeben? Nein! Diese Hoffnung durfte sie nicht hegen. Er hatte sich nur zurückgezogen. Weil er zu schwach war oder Ivy zu stark? Ivy sah auf ihren Armreif aus grünem Marmor hinab. Noch konnte sie ihm widerstehen. Bang stellte sie sich die Frage: Wie lange noch? Mit jedem Tag schwand die Kraft ihres Landes, die sie stärkte. Und der Meister wusste es. Dies war nur ein Test gewesen, um zu er- spüren, wie mächtig der Schutz noch war. Die Zeit arbeitete für ihn. Er musste nur warten …

* * *

»Das gibt es doch gar nicht!«, rief Luciano nun schon zum dritten Mal und warf die Arme in die Luft. Er hatte wieder eine Runde durch die große Halle und die anschließenden Kavernen beendet, um sich zu versichern, dass Ivy und Seymour tatsächlich noch immer nicht zurück waren.

»Doch, das gibt es. Sie hat sich wieder einmal davongemacht, ohne auch nur einem ihrer Freunde Bescheid zu sagen. Wohin sie gegangen ist, das können wir nur ahnen. Ich tippe auf ihren neuen Phantomfreund Erik.«

»Äh, ganz so stimmt das nicht«, wagte Alisa einzuwenden.

»Was stimmt nicht?«, riefen die beiden Jungen.

»Sie hat es mir gesagt, wollte mich aber nicht mitnehmen. Ich habe ihr meine Schlüssel überlassen.«

»Und wann wolltest du uns davon erzählen?«, verlangte Franz Leopold zu wissen.

»Eigentlich gar nicht«, gab Alisa kleinlaut zu. »Ich weiß nicht, ob es Ivy recht ist.«

»Das ist doch die Höhe!«, ereiferte sich Luciano. »Dir hat sie es gesagt und uns nicht? Die Mädchen halten wieder einmal zusammen und schließen uns aus. Das ist einfach nur ungerecht.«

»Damit hat das weniger zu tun«, widersprach Alisa. »Wenn du die Schlüssel gehabt hättest, wäre sie zu dir gekommen.«

Das schien Luciano ein wenig zu besänftigen. Franz Leopold dagegen war nach wie vor verstimmt, auch wenn er es nicht so lautstark zeigte wie Luciano. Alisa warf ihm einen schnellen Blick zu. War er eifersüchtig auf das Phantom, dem Ivy so viel Interesse entgegenbrachte? Dabei hatte er am allerwenigsten ein Recht darauf. Schließlich war er es gewesen, der Ivy und ihre Gefühle zurückgewiesen hatte, nur weil sie keine Lycana reinen Blutes war.

Franz Leopolds Stimme riss sie aus ihren Überlegungen. »Alisa, es wäre mir sehr lieb, wenn du aufhören könntest, dir Gedanken über die Gemütslage anderer zu machen und dich in solch absurde Vermutungen zu versteigen.« Damit wandte er sich ab und schritt davon. Luciano sah ihm irritiert nach. »Der hat ja wieder eine Laune.« Er zog grübelnd die Stirn in Falten. »Weißt du was? Ich glaube, er ist noch immer in Ivy verliebt, ist aber zu hochmütig, um zu akzeptieren, dass sie nichts mehr von ihm wissen will. Dabei sollte er froh sein, dass sie ihn überhaupt noch in ihrer Nähe duldet!«

Noch ein eifersüchtiger Kerl, dachte Alisa und schüttelte ein wenig genervt den Kopf. Na, hoffentlich kam Ivy bald zurück. Wenigstens mit ihr konnte man noch vernünftig reden.

DER ZAUBER DER MUSIK

»Miss Latona, es tut mir aufrichtig leid, doch ich habe Ihre Nachricht erst spät in der Nacht erhalten, als ich mit meinem Freund Oscar ins Hotel zurückkehrte. Aber wir können morgen in die Oper gehen, wenn Sie möchten.«

Latona verzieh ihm gnädig, obwohl sie sich am Abend zuvor, während sie stundenlang auf eine Nachricht wartete, geschworen hatte, diesem treulosen Bram Stoker nicht einmal mehr einen Blick zu gönnen. Nun ging sie neben ihm her durch die Cité, die Insel inmitten der Seine, die einst das Zentrum des mittelalterlichen Paris gewesen war. Sie hielten auf dem weitläufigen Platz vor der Kathedrale Notre-Dame an und sahen zu den beiden quadratischen Türmen auf, wo der bucklige Glöckner gehaust hatte – wenn man Hugos Roman Glauben schenken wollte. Latona versuchte, sich vorzustellen, wie die Cité früher ausgesehen haben mochte, zu der Zeit, als Victor Hugo, aber auch Eugène Sue ihre Romane geschrieben hatten. Bevor Baron Haussmann die Abrisskommandos losschickte und die dicht an dicht gebauten, heruntergekommenen Häuser dem Erdboden gleichmachen ließ. Die schmutzigen, engen Gassen verschwanden, die zwielichtigen Menschen und die schummrigen Spelunken. Stattdessen waren in den vergangenen zehn Jahren riesige Plätze entstanden und Bauten, die sich groß, modern und Respekt einflößend auf der Insel erhoben, die aber kein Leben mehr in sich trugen: die Präfektur der Polizei, die Kaserne und der Justizpalast, der die alte Königsburg mit ihren Rundtürmen in sich aufgenommen hatte.

Latona fragte sich, wie viele Menschen ihre Wohnungen verloren hatten und von der Insel vertrieben worden waren. Es mussten mehrere Tausend gewesen sein.

Sie verließen die Cité und schlenderten in Richtung Jardin des Plantes. Latona hatte ihre Hand in Brams Armbeuge gelegt und passte sich seinem ausgreifenden Schritt an. Ihre für die Pariser Mode zu weiten Röcke schwangen um die Knöchel, und sie genoss es, nicht zu dem enervierenden Trippelschritt der Damen gezwungen zu sein.

Bram Stoker war ein ernsthafter Mann, doch gerade das fand Latona anziehend. Er versuchte nicht, sie mit irgendwelchem hohlen Gesellschaftsklatsch zu unterhalten, und behandelte sie auch nicht wie ein zerbrechliches Wesen, dem man höchstens den Geist eines Spatzes zuschrieb. Er unterhielt sich angeregt mit ihr und hörte aufmerksam zu, wenn Latona etwas von ihren Erfahrungen berichtete, die sie auf ihren Reisen mit ihrem Onkel gesammelt hatte. Wie selbstverständlich kamen sie auf die Phänomene der Wiedergänger und anderer Untoten und vor allem auf Vampire zu sprechen. Erstaunlich, was Bram Stoker alles wusste. Er schwärmte von einem ungarischen Wissenschaftler, den er gerne einmal getroffen hätte. Ármin Vámbéry war sein Name.

Sie lenkten ihre Schritte in den Tiergarten bis zu der Stelle, wo sie sich zum ersten Mal begegnet waren. Bram schlug gerade vor, sich auf den Rückweg zu machen, als Latona erstarrte. Was war das dort oben auf dem efeuüberwucherten Felsen? Mit den hölzernen Bewegungen einer Puppe tappte sie näher. Sie beschirmte die Augen und blinzelte.

»Miss Latona? Was ist mit Ihnen? Geht es Ihnen nicht gut? Kommen Sie, Sie sollten sich ein wenig auf der Bank dort drüben ausruhen. Ich mache mir Vorwürfe, dass ich Sie an diesem warmen Tag zu einem solch langen Fußmarsch mitgenommen habe.«

Ein Teil ihres Geistes registrierte, dass Bram plötzlich unsinnige Dinge redete, doch der größte Teil war auf das kleine rote Ding auf dem Felsen gerichtet. Obwohl es nicht sein konnte, wusste Latona, was der Anblick der roten Maske zu bedeuten hatte: Malcolm musste sich hier in Paris befinden. Es konnte gar nicht anders sein, denn jede Faser ihres Selbst wollte, dass es so war.

Aber warum hatte er die Maske dort oben platziert? Es durchfuhr sie wie ein Blitz: Malcolm war in dieser Nacht hier gewesen! All ihre Sinne hatten es ihr sagen wollen, sie war jedoch nicht bereit gewesen, es zu glauben. Er war hier gewesen und hatte sie beobachtet und nun sandte er die rote Maske als Zeichen.

»Mr Stoker, könnten Sie mir bitte die Stoffmaske von diesem Felsen herunterholen?«, bat sie ihn, ohne sich darum zu kümmern, wie unhöflich es war, ihm ins Wort zu fallen.

»Was?« Er blinzelte irritiert.

»Mir geht es wunderbar. Sie können mich ruhig wieder loslassen«, sagte Latona ungeduldig. »Ich möchte nur die Maske von dort oben!«

Bram Stoker warf ihr noch einen besorgten Blick zu, dann näherte er sich dem Fels und versuchte, ihrem Wunsch nachzukommen. Er brauchte zwar eine Weile und glitt zweimal von den glatten Steinen ab, doch schließlich hielt er die Maske in den Händen und reichte sie seiner Begleiterin mit einer Verbeugung.

Ohne darüber nachzudenken, welchen Eindruck es auf Bram machen würde, drückte sie die Maske an Mund und Nase, sog den Geruch ein und küsste den roten Stoff. Bildete sie sich das nur ein oder konnte sie Malcolms Duft tatsächlich riechen? Ihr Herz schlug unregelmäßig. Malcolm war hier gewesen und hatte dieses Zeichen für sie hinterlassen. Eine andere Möglichkeit wollte sie gar nicht in Betracht ziehen. Es wäre zu schmerzhaft gewesen.

»Kennen Sie diese Maske? Gehe ich recht in der Annahme, dass sie ein Zeichen für Sie war?«

Neugierig sah Bram das Mädchen von der Seite an, während sie sich durch den Park zurückführen ließ. Latona überlegte, wie viel sie diesem Mann anvertrauen konnte. Immerhin schien er viel von Vampiren zu verstehen und sah seine Lebensaufgabe nicht darin, sie zu vernichten. Zögernd begann Latona, von Rom zu erzählen. Über ihre entflammten Gefühle und den Kuss sprach sie nicht, doch vielleicht konnte sich Bram den Rest ja zusammenreimen.

Eine Nachricht für Malcolm zu hinterlassen, kam Latona nicht in den Sinn. Wozu? Malcolm war ein Vampir und in ihren Augen allmächtig. Wie sonst hätte er sie so weit weg von Rom in Paris aufspüren können? Da schien es eine Kleinigkeit, das Hotel, in dem sie wohnte, ausfindig zu machen.

»Du nimmst uns heute Nacht mit? Nein, wie gnädig!«, sagte Franz Leopold sarkastisch und deutete eine spöttische Verbeugung an.

»Du brauchst ja nicht mitzukommen«, brauste Luciano auf. »Alisa und ich sind jedenfalls sehr daran interessiert, dieses Phantom näher in Augenschein zu nehmen. Er soll ja eine Monsterfratze hinter seiner Maske verbergen, bei deren Anblick jedes zarte Frauengemüt in Ohnmacht fällt. Vielleicht lässt er sich überreden, uns einen Blick darauf werfen zu lassen.«

»Untersteh dich, ihn darum zu bitten!«, rief Ivy, die ausnahmsweise aufgebracht klang.

»Warum denn? Wenn er so außergewöhnlich hässlich ist, dann würde sich das lohnen.«

»Weil ich es nicht dulde, dass du seine Gefühle verletzt!«, sagte Ivy bestimmt.

Die anderen sahen sie an. Luciano verwirrt, Alisa neugierig und Franz Leopold mit aufgesetzter Überheblichkeit.

»Warum kümmerst du dich so um die Empfindlichkeiten eines Ungeheuers, das noch dazu nur ein Mensch ist?«, wunderte sich Luciano.

»Er muss dich ja sehr beeindruckt haben«, murmelte Alisa.

Franz Leopold dagegen schwieg und ließ den Blick durch die Höhle schweifen, scheinbar an der Versammlung der Pyras interessiert, die auf der anderen Seite stattfand.

»Ich kann dich nicht zu ihm bringen, wenn du mir nicht versprichst, Erik höflich und mit Respekt zu behandeln«, sagte Ivy streng.

Luciano hob die Achseln. »Ja, gut. Ich versteh nicht, warum du dich für ihn ereiferst, aber wenn es dir so wichtig ist, dann will ich mich daran halten.«

Ivy schien zufrieden. »Gut, dann gehen wir, sobald der Unterricht zu Ende ist.«

Joanne trat zu ihnen. Die letzten Worte hatte sie offensichtlich noch gehört. »Braucht ihr wieder einen Führer? Dann folgt mir. Das wird sonst eine verteufelt langweilige Nacht, wenn sie uns hier wieder alleine zurücklassen.« Sie wandte sich einem der Ausgänge zu, doch Alisa packte sie am Ärmel. »Nach dem Unterricht!«

Joanne grinste breit. »Ich glaube nicht, dass die Lektionen heute stattfinden. Irgendetwas Ungewöhnliches geht vor. Sébastien hat von Patrouillen in den Steinbrüchen weiter westlich unter dem Jardin du Luxembourg berichtet, und Gaston sagt, er habe eine Gruppe Männer in Uniformen gesehen, die, mit Lampen ausgerüstet von den Katakomben herkommend, die Gänge absuchen. So viele Menschen sind lange nicht mehr hier heruntergekommen. Nun hat Lucien Jolanda und Claude zu den Gipsbrüchen nach Montmartre und zum Butte Chaumonts geschickt, um zu sehen, wie die Lage dort ist.«

»Wonach suchen sie?«, fragte Alisa.

»Nach uns jedenfalls nicht«, meinte Joanne mit einer lässigen Handbewegung. »Vielleicht sind ihnen wieder einmal irgendwelche Häftlinge entlaufen, die sie nun im Untergrund suchen. Oder irgendeine unzufriedene Gruppe plant eine Revolte und wurde verraten. Die alten Steinbrüche und Abwasserkanäle waren von jeher die Zuflucht der Verfolgten. In der Zeit nach der sogenannten Schreckensherrschaft der Kommune, im Jahr 71, flohen viele ihrer Anhänger hier herunter. Die neue Regierung ließ sie gnadenlos verfolgen und jagen. Unzähliger konnte sie in unseren Gängen und Höhlen habhaft werden. Manche, die vor Erschöpfung bereits kein Gewehr mehr halten konnten, haben sie verhaftet. Viele wurden gleich an Ort und Stelle erschossen und ihre Leichen hier unten gelassen. Ich kann mich noch erinnern, dass ich mit Gaston unterwegs war, als wir auf solch eine Todespatrouille trafen, die ein Dutzend Kommunarden gestellt hatte. Der Kampf gegen die Kommune war eine blutige Zeit, daher nennen die Pariser diese Woche auch *semaine sanglante.*«

Ein altehrwürdiger Pyras, dessen Name sie nicht kannten, den sie aber schon öfter mit dem Clanführer Lucien zusammen gesehen hatten, trat zu ihnen und unterbrach Joannes Bericht. Wie Joanne bereits vermutet hatte, sollte es in dieser Nacht keinen Unterricht geben. Sie sollten alleine an ihrer Technik feilen. Die Pyras hätten in diesen Stunden Dringlicheres zu tun, als sich um die Erben zu kümmern. Die jungen Vampire bemühten sich, nicht zu sehr zu strahlen.

Als würden sie sich zum Üben in die Gänge begeben, verließen die Erben die Höhle. Erst als sie von ihren Servienten nicht mehr gesehen werden konnten, lief Joanne los. Die anderen folgten ihr. Erstaunlich schnell erreichten sie die Tunnel rechts der Seine, die das Phantom zu seinem Revier erklärt hatte, ohne dass sie von irgendeinem Wesen behelligt worden wären. Allerdings mussten sie dreimal einer Patrouille von jeweils acht Uniformierten ausweichen, die, bewaffnet und mit Lampen versehen, durch die unterirdischen Gänge schlichen. Sie schienen eifrig darauf bedacht, keine Geräusche zu machen, was ihnen kläglich misslang.

Es war für die Vampire nicht schwer, sich vor ihnen versteckt zu halten. Vermutlich hätten sie direkt hinter ihnen vorbeigehen können, ohne entdeckt zu werden, vermutete Luciano verächtlich.

Franz Leopold nickte. »Ja, sie hätten nicht einmal dich bemerkt! Menschen sind schon erstaunlich blind und taub.«

»Das ist sehr ungewöhnlich«, sagte Joanne, als sie die dritte Patrouille unbemerkt passiert hatten. »Vielleicht steht die nächste Revolution ins Haus? Ich sage euch, dann wird es aufregend! Vielleicht bauen sie wieder Barrikaden in den Straßen und schießen mit Kanonenkugeln und Kartäschen. Jedenfalls wird dann wieder viel Blut fließen«, sagte sie und leckte sich über die Lippen.

»Wir können nur hoffen, dass wir dann auch etwas davon abbekommen«, meinte Luciano, den ihre Worte offensichtlich durstig machten.

Wenn sie überhaupt nach Aufständischen suchen, dachte Alisa. Obwohl sie so gut bewaffnet waren, hüllte der Geruch von Furcht sie ein. Waren es nur die dunklen Gänge, die sie so in Unruhe versetzten, und ein paar Abtrünnige, die sich hier versteckt halten sollten? Das konnte sie sich kaum vorstellen. Die Männer wirkten wie erfahrene Kämpfer, die sich nicht so leicht aus der Ruhe bringen ließen. Was also ließ sie bei jedem Geräusch einer Ratte oder eines fallenden Wassertropfens mit weit aufgerissenen Augen herumfahren?

Sie dachte an Malcolm, die rote Maske und an den Geruch, den sie im Tiergarten aufgefangen hatte. Carmelo, der Vampirjäger aus Rom, der geschworen hatte, sich von nun an von Vampiren fernzuhalten. Konnte er etwas mit diesen ungewohnten Aktivitäten zu tun haben? Alisa haderte mit sich. Sollte sie diese Überlegungen jemandem mitteilen? Was würde Malcolm dazu sagen?

Die Freunde erreichten den unterirdischen See, wo sie bereits erwartet wurden. Licht flammte auf und erhellte den schlanken Mann in Frack und Umhang, der aufrecht in seinem Boot stand.

»Ihr seid früh dran«, begrüßte er die jungen Vampire und neigte den Kopf. Sie erwiderten den Gruß und stellten sich nacheinander vor. Das Phantom sah jeden von ihnen aufmerksam an, so als müsse es sich die Gesichtszüge zu jedem Namen genau einprägen.

»Ja, der Unterricht fiel überraschend aus«, bestätigte Ivy. »Wir sollen unseren Orientierungssinn trainieren.«

»Und dieses Training hat euch ganz zufällig hier ans Ufer des Sees geführt?«

Franz Leopold zog eine Grimasse. »Nein, ganz absichtlich, was bestätigt, dass wir die uns aufgetragene Lektion erfolgreich absolviert haben.«

Das Phantom schien hinter seiner Maske zu lächeln. Dann wandte es sich wieder Ivy zu. »Du wolltest, dass ich deinen Freunden die Oper zeige, doch noch ist sie voller Gäste. Der zweite Akt hat eben erst begonnen. In diesem Aufzug kann ich euch nicht mitnehmen. Nicht einmal ihr könnt euch in den hell erleuchteten Sälen unbemerkt zwischen die Gäste mischen.«

»Nein, das wird wohl nicht gehen«, gab ihm Ivy recht.

Alisa war enttäuscht. »Gibt es denn keinen verborgenen Platz, von dem aus wir einen Blick hineinwerfen können?«

Das Phantom schüttelte den Kopf. »Das könnten wir zwar schon, doch ich denke, ihr habt einen besseren Eindruck, wenn wir warten, bis sich die Besucher zurückgezogen haben. Dann führe ich euch herum.«

»Und was machen wir so lange?«, wollte Luciano wissen.

»Wir könnten uns die Kerker ansehen, in denen die Kommunarden ihre Gefangenen eingesperrt haben«, schlug Joanne vor. »Die Oper war noch nicht ganz fertig, als sie von den Anführern der Kommune zu ihrem Hauptquartier ernannt wurde. Sie haben sich hier verschanzt und fässerweise Schießpulver in die Keller eingelagert, mit dem sie die ganze Oper sprengen wollten, sollte die Gefahr bestehen, eingenommen zu werden.«

Das Phantom schüttelte den Kopf. »Ganz so dramatisch war es nicht. Ja, sie haben einige ihrer Gegner in den Kellern eingesperrt und die Oper in ihr Hauptquartier und Waffenlager verwandelt, aber ich denke nicht, dass sie ernsthaft vorhatten, sie zu sprengen und sich selbst unter den Trümmern zu begraben.«

Joanne zog ein enttäuschtes Gesicht. »So wie du das sagst, ist es gar nicht mehr spannend.«

»Entspricht aber eher der Wahrheit, Mademoiselle«, sagte Erik mit einer Verbeugung in Richtung der Pyras.

»Dürfen wir uns derweil in deiner wundervollen Bibliothek umsehen?«, bat Ivy. Alisa sah, wie das Phantom zusammenzuckte. Der Vorschlag war ihm gar nicht recht, was die Vamalia nicht wunderte. Er hatte sich ein Versteck im Untergrund gebaut. Das hatte sicher einen Grund. Es war jedoch nur eine Zuflucht, solange es geheim blieb! Mit jedem Mitwisser stieg die Gefahr, dass der Ort von denen entdeckt wurde, die man am allerwenigsten dort vorfinden wollte. Was die Frage aufwarf: Wer waren seine Feinde oder Verfolger? Wollten ihm alle Menschen Böses?

Zu Alisas Überraschung entschied sich das Phantom, Ivys Wunsch nachzukommen, und lud sie ein, in seinem Kahn Platz zu nehmen. Alisa sprang hinein und setzte sich schnell, da Luciano das Ruderboot gefährlich ins Schwanken brachte. Rasch griff sie nach seiner Hand und zog ihn neben sich auf die Bank. Franz Leopold dagegen stieg so leichtfüßig ein, dass man es bei geschlossenen Augen nicht einmal bemerkt hätte. Er murmelte etwas über die Nosferas und ihre fast menschliche Geschicklichkeit, das Luciano geflissentlich überhörte.

Das Phantom ruderte sie auf die andere Seite hinüber und machte den Kahn an einem Steg fest. Für einen so hageren Menschen war er recht kräftig. Alisa musterte ihn neugierig von der Seite. Mit einem Ruck drehte sich Erik um und sah ihr in die Augen. Er musste den Blick gespürt haben und schaute sie nun völlig furchtlos, ja, herausfordernd an. Endlich wandte er sich den anderen wieder zu.

»Darf ich euch bitten, mir in meine Gemächer zu folgen«, sagte er höflich. Er ging vor ihnen her und betätigte den Mechanismus, der die Wand zum Verschwinden brachte und den Weg in sein Versteck freigab. Die Vampire warteten, bis Erik die Leuchter entzündet hatte, obwohl sie natürlich nicht einmal annähernd so viel Licht gebraucht hätten. Ja, Joanne kniff sogar die Augen zusammen und brauchte eine Weile, um sich an die Helligkeit so weit zu gewöhnen, dass sie sich, ohne zu zwinkern, umsehen konnte.

Alisa staunte. Ivy hatte nicht sehr viele Einzelheiten berichtet und so war sie von der Pracht und der ungewöhnlichen Ausstattung überrascht.

»Ah, ein Klavier und sogar eine Orgel«, sagte Franz Leopold. »Du kannst spielen?«

»Er ist ein Meister!«, antwortete Ivy schnell. Vielleicht fürchtete sie, sein wie immer etwas herablassender Ton könnte Erik beleidigen. Zu ihrer Überraschung fuhr der Dracas fort:

»Für ein Klavier ist es ein gutes Instrument. Wir haben in Wien einen Flügel, dessen Klang unübertroffen ist. Nun, vielleicht liegt es auch an der guten Akustik in unserer Halle«, fügte er hinzu und nahm auf dem Schemel Platz. Er streckte die Finger und hielt kurz über den Elfenbeintasten inne. »Darf ich?«

Eriks Rücken und Schultern entspannten sich sichtlich. »Bitte«, forderte er den Dracas auf.

Franz Leopold ließ ein paar Töne erklingen. Eine einfache Melodie, sanft und schmeichelnd. Dann erklang ein Akkord, erst leise und dann in seiner vollen Kraft, dass der Raum zu schwingen schien. Er variierte ihn in einem eigenen kleinen Stück, die Spannung wurde quälend, bis sie sich endlich in Harmonie auflöste.

Alisa wusste nicht, was sie erwartet hatte. Ein wenig Geklimper? Ein paar disharmonische Akkorde? Nein, wenn sie genauer darüber nachgedacht hätte, wäre ihr klar geworden, das würde nicht zu Franz Leopold und seinem Hang zum Perfektionismus passen. Widerstrebend musste Alisa ihm zugestehen, dass er gute Gründe für seinen Stolz hatte – was seine unerträgliche Arroganz natürlich auf keinen Fall rechtfertigte!

»Der Klang ist gut«, sagte Franz Leopold. Seine Hände fielen wieder auf die Tasten nieder. Alisa war, als habe sie dieses gewaltige Konzertstück schon einmal gehört. Erik erkannte es offensichtlich sofort.

»Ah, Beethoven, ich habe seine Symphonien immer gemocht. Sie lassen einen erschaudern, fassen unsere Seele und halten sie bis zum letzten Ton gefangen.«

Das war eine gute Beschreibung der Musik, die das unterirdische Gemach erfüllte. Selbst Luciano und Joanne standen reglos da und lauschten. Als die letzten Töne verklangen, war es Alisa, als erwache sie aus einem Traum. Franz Leopold griff nach einigen von Hand beschriebenen Notenblättern, die auf dem Klavier lagen.

»Was ist das für ein Stück?« Er schlug einige Tasten an.

»Nein, das ist nichts für dich!«, rief Erik, entriss ihm die Blätter und drückte sie an seine Brust.

»Was soll das sein? Das kann keiner spielen«, behauptete Franz Leopold.

»Es ist nicht leicht«, gab Erik ein wenig missmutig zu, »doch von einem guten Orchester und entsprechenden Sängern durchaus zu meistern. Und ich werde nur die Besten in meiner Oper dulden!«

»Ist es deine eigene Komposition?«, fragte Ivy und trat näher. Sie ließ den Blick über die Notenblätter wandern, soweit sie nicht von Eriks Griff verdeckt wurden. »Willst du uns nicht daraus vorspielen? Wird das eine Oper?«

Erik nickte. »Ja, es ist die Geschichte von Don Juan, dem die Frauen nicht widerstehen konnten.«

»Lass hören!«, forderte Franz Leopold ihn auf und gab den Klavierstuhl frei.

»Das Werk ist noch nicht ganz fertig. Ich muss noch an einigen Tonsprüngen feilen und auch die Besetzung der Orchesterstimmen ist an manchen Stellen noch nicht perfekt.«

Franz Leopold hob die Schultern. »Da wir kein Orchester zur Demonstration hierhaben, ist das egal.«

Erik zögerte noch immer, und es waren wohl Ivys Lächeln und ihr Bitten, die ihn doch noch dazu bewogen, am Klavier Platz zu nehmen. Allerdings sprang er sofort wieder auf, ohne auch nur eine Taste berührt zu haben.

»Nein! Nein, das Klavier ist ein zu triviales Instrument, um einen Eindruck des Werks zu vermitteln!«, rief er mit einer Stimme, die nach Verzweiflung klang. Er eilte zur Orgel hinüber. Die Notenblätter ließ er zurück. Offensichtlich brauchte er sie nicht mehr. Die komplizierten Folgen der gegeneinanderlaufenden Stimmen waren alle in seinem Kopf.

Die Musik war so gewaltig, dass Alisa nicht wusste, ob sie sie ertragen konnte, oder ob sie lieber vor dieser unheimlichen Macht davonlaufen sollte, die die Sinne mit unsichtbaren, aber festen Bändern umspann und gefangen nahm. Diese Musik war schön und schrecklich zugleich. Und sie war gefährlich! Der Klang aus den Orgelpfeifen rann kalt und heiß durch ihre Adern und schüttelte ihren ganzen Körper. Dann wurden die Töne sanfter, die Melodie weicher. Erik begann zu singen. Mit offenen Mündern starrten die Vampire ihn an. Selbst Franz Leopold konnte sich dem Zauber nicht entziehen, obwohl der Kampf in seiner Miene abzulesen war. Es würde immer ein Rätsel bleiben, wie ein Mensch, dem die Natur das Aussehen eines Scheusals gegeben hatte, eine solch reine und betörende Stimme haben konnte. Als Erik geendet hatte und die Musik verklungen war, standen sie alle stumm da. Keiner konnte und wollte den Zauber durchbrechen, der unsichtbar noch in der Luft hing.

Alisa begann zu verstehen, warum Ivy von Erik fasziniert war. Er glich keinem anderen Menschen, dem sie bisher begegnet war, auch nur annähernd.

GESCHICHTE EINES
UNGARISCHEN VAMPIRFORSCHERS

Es war Erik, der die Stille auflöste. Er erhob sich und deutete auf den Torbogen, der in seine Bibliothek führte. »Wolltet ihr euch nicht die Bücher ansehen?«

Das war ein Stichwort, dem Alisa nicht widerstehen konnte. Sie strahlte Erik an und dankte ihm überschwänglich. Dann eilte sie durch das Gemach auf den Bogen zu, hinter dem sich die handgeschriebenen und gedruckten Schätze bis an die Decke stapelten. Franz Leopold folgte ihr, während Luciano sich mit einem Seufzer auf einem der Sessel niederließ. Auch Joanne hielt offensichtlich nicht viel von Büchern. Sie schlenderte lieber durch das Gemach und bewunderte die Gegenstände, die Erik aus den exotischen Ländern mitgebracht hatte, durch die er im Laufe seines Lebens gereist war. Am längsten verweilte die Pyras bei der Vitrine mit den Waffen.

»Der Dolch dort gefällt mir«, sagte Joanne und deutete auf eine zierliche Waffe, deren kurze, gebogene Klinge sehr scharf wirkte. Der Griff war mit bunten, geschliffenen Steinen und Perlen besetzt, während die Klinge in seltsam dunkler blauer Farbe schimmerte.

»Eine interessante Wahl«, sagte Erik, der zu ihr getreten war. »Er hat einst der Khanum, der Mutter des Schahs von Persien, gehört – der mächtigsten Person des Landes, auch wenn der Schah das nicht gerne hören würde. Sie beherrschte zwei Dinge: das politische Intrigenspiel, an dessen Ende irgendjemand den Tod fand oder in Verbannung geschickt wurde, und den Biss der Viper, wie es die Sklaven des Palasts hinter vorgehaltener Hand nannten. Der schnelle, lautlose Tod durch diesen Dolch. Das Gift auf seiner Klinge ist so stark, dass ein winziger Schnitt in der Haut genügt. Es führt in nur wenigen Stunden zu einem qualvollen Tod, den nichts und niemand aufhalten kann.« Erik sah die Vampirin an. »Nein, ich glaube, das wäre nichts für dich. Vermutlich würdest du dir Magengrimmen von dem vergifteten Blut holen. Verlass dich lieber auf deine Zähne. Sie scheinen mir ähnlich scharf und auf ihre Weise ebenso tödlich.«

Joanne grinste ihn an, dass er ihre Zähne in ihrer ganzen Pracht bewundern konnte. »Schon möglich. Was hast du eigentlich dort beim Schah von Persien gemacht, dass du an den Dolch der Khanum rangekommen bist? Du bist doch nicht etwa in den Palast eingebrochen?« Sie betrachtete ihn neugierig.

Erik schüttelte den Kopf. »Nein, ich war hochoffiziell an den Hof geladen – was man nicht mit einer freiwilligen Entscheidung verwechseln darf! Ich hatte die Wahl, mich mit meinen magischen und baumeisterlichen Künsten ihren Wünschen voll und ganz zur Verfügung zu stellen oder ihre Wut zu entfachen, was meinen baldigen Tod bedeutet hätte. Sie hat ihren Daroga, ihren Polizeiminister, bis nach Russland gesandt, um mich holen zu lassen!«

Ivy gesellte sich zu ihnen. »Und was musstest du für sie machen?«

Die Maske hob und senkte sich, als er eine Grimasse zog. »Ich durfte sie mit magischen Tricks unterhalten und für sie töten, denn an solchen Spielen ergötzt sie sich. Ich schuf ihr eine Folterkammer aus Spiegeln und einen Echopalast, in dem die Wände Ohren haben. Ich vermute, er hat vielen ahnungslosen Besuchern, die ihre Zunge nicht hüten konnten, den Tod gebracht. Mich wollte sie, nachdem der Palast fertig war, natürlich ebenfalls beseitigen. Wie hätte sie noch ruhig schlafen können, wenn der Meister, der in der Lage war, auch einem anderen Herrscher einen solchen Palast zu bauen, draußen frei herumlief?« Erik ließ ein bitteres Lachen hören. »Nein, eine solch außergewöhnliche Leistung musste mit dem Tod des Magiers enden, der sich darüber hinaus weigerte, weitere Hinrichtungen zu ihrer Ergötzung vorzuführen, und auch ihren Einladungen zu solchen Schauspielen nicht mehr folgte.«

»Und deshalb wollte sie dich ermorden lassen?«, hakte Joanne nach. »Menschen sind manches Mal schlimmere Bestien, als sie das von unsereins behaupten.«

Erik nickte. »Ja, und die Khanum ganz besonders.«

»Wie konntest du ihren Häschern entkommen?«, fragte Ivy.

»Mein Freund Nadir, der Daroga, hat mir geholfen, das Land zu verlassen. Allerdings musste ich ihm schwören, niemals wieder zu morden. Nadir konnte der Khanum zwar überzeugend vorlügen, dass mich auf der Flucht der Tod ereilt habe, doch er hat sie dadurch um das Vergnügen betrogen, mich sterben zu sehen. Also fiel er in Ungnade, verlor all sein Habe und musste nach Frankreich fliehen. Nun schleicht er durch Paris und hält ein Auge auf mich.«

Erik schüttelte sich, als müsse er eine unangenehme Erinnerung vertreiben. Abrupt wandte er sich ab und gesellte sich zu Alisa und Franz Leopold, die jeder mit einem Buch in der Hand dastanden und lasen.

»Welche Themen interessieren euch? Der Bereich dort drüben, wo der Dracas steht, ist der Architektur vorbehalten.«

»Das wäre mir glatt entgangen«, murmelte Franz Leopold, der in einigen Zeichnungen über den Bogenbau blätterte. Erik ging nicht darauf ein.

»Hier steht die klassische Literatur, da einige moderne Romane, weiter rechts die Sammlung von Märchen, Geschichten und Gedichten, geordnet nach den Ländern, die ich bereist habe. Und dort sind die Werke der Magie mit Berichten über große Magier – wobei die meisten nur billige Komödianten waren«, verriet er Alisa. »Nur wenige beherrschten die hohe Kunst der Illusion.«

Ivy kam zu ihnen herüber. »Sagtest du nicht, in deinem Besitz seien noch mehr Werke über unseresgleichen? Du weißt sehr viel über Vampire!«

»Ja, dort drüben sind alle Geschichten und Bücher, die ich gesammelt habe. Es geht nicht nur um Vampire, es sind auch andere Phänomene und untote Wesen beschrieben. Werwölfe stehen auf der linken Seite. Dieses Buch hier finde ich am aufschlussreichsten. Es stammt aus Siebenbürgen und benennt alle sieben Vampirclans, die über ganz Europa verteilt sind. Manchmal kam mir fast der Verdacht, der Verfasser sei selbst ein Vampir. Wer sonst hätte diesen Einblick?«

»Ein Vampir, der über uns schreibt und unsere Geheimnisse ausplaudert?«, mischte sich Luciano ein. Er war empört.

Alisa nahm Erik das Buch aus den Händen, als wäre es ein wertvoller Schatz. »Es sind übrigens nur sechs«, korrigierte sie.

»Was?«

»Sechs Vampirclans. Du sagtest sieben. Die Lycana in Irland, die Vyrad in England, die Vamalia im Deutschen Reich, die Pyras in Frankreich, die Dracas in Österreich-Ungarn und die Nosferas in Italien. Das sind sechs.«

»Und der Clan in Siebenbürgen, der heute zum Königreich Rumänien gehört, was ist mit dem?«, wandte Erik ein.

»Ein Clan in Rumänien?«, wiederholte Franz Leopold und sah die anderen erstaunt an.

»Das wäre ja ein Ding«, hauchte Joanne.

»Das würde einiges erklären«, meinte Alisa und drängte sich an Ivys Seite, um auch etwas sehen zu können.

Sie starrten auf die beschriebenen Blätter. »Kannst du diese Schrift lesen?«, fragte Alisa enttäuscht. »Ich weiß nicht einmal, welche Sprache das ist.«

Ivy schüttelte den Kopf. »Nein, leider sagen mir diese Zeichen und Wörter auch nichts.«

»Du musst uns daraus vorlesen«, bat Alisa das Phantom, das bekannte, sich leidlich gut damit auszukennen.

»Er hat sich geirrt«, meinte Luciano. »Warum sonst hat nie jemand einen siebten Clan auch nur erwähnt? Warum waren sie nicht bei der Konferenz am Genfer See? Und warum haben sie ihre Erben nicht auf die Akademie geschickt? Ein Vampirclan, von dem niemand etwas weiß? Wie wahrscheinlich ist das?«

»Vielleicht wissen unsere Clanführer ja davon und haben seine Existenz nur vor uns geheim gehalten?«, sagte Alisa langsam. »Erinnert ihr euch an die Bibliothek in der Domus Aurea? Als Ivy etwas über die Geschichte der Clans wissen wollte, waren die Bücher plötzlich alle verschwunden. Das würde erklären, warum!«

Luciano sah sie noch immer zweifelnd an und auch Joanne schüttelte den Kopf.

Ivy blickte in die Runde. »Alisa hat recht. Ich weiß, dass dort in den Karpaten euer aller Ursprung liegt, aber mir war nicht bekannt, dass es in Rumänien heute noch Vampire gibt. Viel weiß ich nicht über sie, man schweigt das Thema tot. Aber ich habe gehört, die wenigen Mitglieder der Familie seien im letzten Krieg von den Vyrad in London vernichtet worden.«

»Ach, und warum hast du uns das nie erzählt?«, wollte Franz Leopold wissen.

Ivy hob die Schultern. »Wie ich sagte, es ist kein Thema, über das man spricht. Außerdem ist das mehrere Dutzend Jahre her. Wie alt ist das Buch denn? Kann ich es einmal sehen?« Alisa reichte ihr den Band.

»Der Autor lebt noch. Er hat es erst vor zehn Jahren geschrieben«, antwortete Erik. »Nach ihm soll es diesen Clan noch immer geben.«

Sie mussten wissen, was in diesem Buch stand! Alle Augen richteten sich auf Erik, der eine Seite aufschlug und daraus vorzulesen begann. Er sprach erst die fremdländischen Worte aus und übersetzte sie dann ins Französische.

»Von allen Vampiren, die ich in den verschiedenen Orten Europas angetroffen habe, fand ich die grausamsten aller Blutsauger in den Karpaten«, übersetzte Joanne. »Große, hagere Gestalten, deren Wangenknochen scharf hervortreten, sind die reinen Blutes, mit schwarzem Haar und dunklen Augen, die in der Nacht wie Rubine schimmern und einem Furcht durch alle Adern jagen.«

»Das hat kein Vampir geschrieben«, behauptete Luciano.

»Oder er wollte nicht, dass man ihn als solchen erkennt«, widersprach Alisa. »Weiter!«

»Ihre Diener sind vom Schlag der Menschen hier, kleiner, kräftiger, mit gebeugtem Haupt, denn sie sind ja aus ihnen hervorgegangen. Meist töten die Vampire ihre Opfer, wenn sie Nacht für Nacht in die Dörfer herabsteigen. Die Menschen wissen um die Gefahr und schützen ihre Häuser mit ganzen Girlanden aus Knoblauch. Jede Tür, jedes Fenster werden regelmäßig mit Weihwasser bestrichen, und es gibt keinen Türsturz, in den nicht ein Kreuz geschnitzt wäre. Den jungen Mädchen flechten sie Knoblauchblüten in ihre Kränze. Und doch gibt es immer wieder Menschen, die nach Einbruch der Dunkelheit draußen anzutreffen sind und ihr Blut den nächtlichen Wiedergängern lassen.« Erik machte eine Pause und sah in die Runde.

»Weiter!«, riefen Alisa und Joanne ungeduldig.

»Wie ich bereits erwähnt habe, töten sie ihre Opfer und lassen nur deren blutleere Hülle zurück, nicht wie die Vampire in Wien und Paris, in London, Rom und Hamburg, die den Menschen oft ihr Leben lassen. Wobei es auch in diesen Städten und in den Weiten Irlands vorkommt, dass die Polizei auf einen bleichen Leichnam stößt, dessen Mörder nicht ermittelt werden kann. Früher, sagt man, hätte es mehr Tote mit hässlichen Wunden am Hals gegeben. Es konnte genauso der Arzt sein wie der Kaufmann, der Handwerker oder der Knecht, die adelige Dame oder die Magd, die Dirne oder das Bauernweib. Keiner konnte sich vor diesen nächtlichen Angriffen in Sicherheit wiegen. Heutzutage sind nicht nur die tödlichen Übergriffe in den zivilisierten Städten des Westens weniger geworden, sie scheinen sich auch hauptsächlich gegen Landstreicher und Tagelöhner, Dirnen und Diebesgesindel zu richten. Ich habe mich schon oft gefragt, was dahintersteckt. Wissen die Vampire, dass die Methoden der Kriminalpolizei immer ausgefeilter werden und sie Morde unerbittlich verfolgen? Besonders wenn das Opfer aus der besseren Gesellschaft stammt?«

»Natürlich wissen wir das«, rief Alisa. »Für wie einfältig hält der uns? Gerade aus diesem Grund haben die Clans beschlossen, die Menschen nicht mehr zu töten, sondern nur so viel Blut von ihnen zu nehmen, dass sie sich wieder erholen können.«

»Alle Clans?«, wandte Franz Leopold ein. »Jener geheimnisvolle in den rumänischen Bergen offensichtlich nicht, wenn wir dem Autor Glauben schenken können. Und – nebenbei bemerkt – nehmen es unsere Freunde, die Pyras, damit auch nicht so genau.«

»Ruhe!«, herrschte ihn Joanne an. »Wir wollen noch mehr erfahren.«

»Ich schweife ab«, schrieb der Autor. »Ich war bei den grausigen Vampiren der Karpaten, die nicht nur den Tod in die Dörfer bringen. Sie holen sich auch manch einen Menschen, der mehr zu beklagen ist als die Toten, deren Körper die Familien begraben können und deren Seelen zum Allmächtigen aufsteigen. Diejenigen, die sie rauben, erwartet ein schlimmeres Schicksal. Die Vampire machen sie zu ihresgleichen. Man sagt, sie saugen ihre Opfer aus und zwingen sie, im Augenblick des Todes vom Blut des Vampirs zu trinken. Das Opfer stirbt scheinbar, sein Herz hört auf zu schlagen, sein Atem stockt, doch in der folgenden Nacht wandelt es sich zu einem untoten Blutsauger, der ihnen in aller Ewigkeit zu Diensten stehen muss.«

»Das wissen wir auch«, sagte Luciano mit einer ungeduldigen Geste.

»Ja, aber beunruhigend ist, dass es der Autor weiß und so deutlich niedergeschrieben hat«, sagte Alisa. »Man kann nur hoffen, dass dies kein Werk ist, das eine Verbreitung wie die Romane von Dumas oder Hugo hat.«

Ivy nickte. »Vor allem wenn er zu den Methoden kommt, Vampire zu vernichten. Denn ich gehe jede Wette ein, dass er sich in diesem Werk auch damit beschäftigt.« Sie sah Erik fragend an. Der nickte.

»Wie heißt der Autor eigentlich?«, wollte Franz Leopold wissen.

»Es soll von einem Ungarn namens Ármin Vámbéry sein«, gab Erik Auskunft. »Ob er ein Mensch ist, bleibt fraglich.«

Er klappte das Buch zu. »Wolltet ihr nicht die Oper besichtigen? Wir haben lange genug gewartet. Die Gäste haben das Haus verlassen und auch die Künstler und Arbeiter sind auf dem Weg zu ihren Familien.«

Sosehr sich Alisa darauf gefreut hatte, die berühmte Garnier-Oper zu sehen, so hin- und hergerissen war sie nun. War es nicht wichtiger zu erfahren, was in dem Buch stand?

»Ich kann euch weitere interessante Stellen heraussuchen«, bot Erik an. »Wir können sie lesen, wenn ihr wiederkommt.«

»Gut, wenn das so ist«, gab Alisa nach.

Das Phantom ruderte sie wieder über den See und führte sie dann über verschlungene Pfade immer höher, bis sie die unteren Kulissen der Opernbühne erreichten. Er zeigte immer mal wieder auf eine der riesigen, bemalten Holzkonstruktionen und bunten, schweren Leinwände und nannte ihnen die Oper und die Szene, in der sie auf der Bühne zu sehen waren.

»Das ist aus *Faust*, zweite Szene, und das aus *Nabucco*, erster Aufzug. Das hier gehört zu *Lohengrin*, die Hochzeitsszene.«

»Ich würde das, was in dem Buch steht, nicht so ernst nehmen. Der Schreiber hat vielleicht nur eine blühende Fantasie«, sagte Luciano, der ein wenig zurückgeblieben war.

»Dafür nennt er aber eine Menge Details und weiß gut über Vampire Bescheid«, gab Ivy zu bedenken.

»Ja, stimmt schon«, musste Luciano einräumen. »Das ist jedoch kein Beweis, dass es in Rumänien wirklich noch einen Clan gibt. Das zumindest kann eine Erfindung sein. Er hat anderswo etwas über Vampire erfahren, mag ja sein, und lässt sie nun in Rumänien ihr Unwesen treiben.«

Alisa gesellte sich zu ihnen. »Das ist eine Möglichkeit. Anderseits muss ich immer an diese Vampire denken, in deren Begleitung Leandro uns in Irland verfolgt hat. Sie wollten uns Böses! Und sie waren von keinem Clan, den wir kennen. Selbst wenn sie sich von ihrer Familie losgesagt hätten, müssten sie dann nicht noch ihren unverkennbaren Geruch mit sich führen?«

Ivy nickte. »Ja, genau das hat mir sehr viel Kopfzerbrechen bereitet. Wenn es wirklich noch einen rumänischen Clan gäbe, dann würde dies vieles erklären. Selbst die Beschreibung ihrer Erscheinung stimmt mit dem überein, was wir gesehen haben.« Sie verstummte und spielte an dem Echsenring an ihrem Finger. War der machtvolle Schatten vielleicht auch einer von ihnen? Aber was um alles in der Welt wollte er von ihr, dass er sie nach Rom und nun bis nach Paris verfolgte?

Sie ging in Gedanken versunken hinter den anderen her, bis sie das weitläufige Foyer erreichten, von dem aus sich das große Treppenhaus öffnete.

»Das ist ja unglaublich«, hauchte Alisa, und selbst Franz Leopold entschlüpften Worte des Staunens und der Anerkennung.

»Da könnt ihr in Wien nicht mithalten, nicht wahr?« Luciano genoss es offensichtlich, die Dracas von den Franzosen überflügelt zu sehen. Falls sich Franz Leopold darüber ärgerte, gab er sich nicht die Blöße, es zu zeigen.

»Nein, unser Opernhaus kann sich nicht mit diesem messen. Ich wüsste gar kein Gebäude in Wien, das dieser Pracht und diesem dramatisch inszenierten Raum gleichkäme.«

Erik war von diesem Lob entzückt. »Ich habe viele Nächte über den Entwürfen gebrütet, bis ich die Pläne Garniers perfektionieren konnte. So ist keine Treppenstufe gleich der anderen. Sie schwingen sich erst nach außen und dann nach innen und scheinen so der lebendigen Natur mit ihrem Wachsen und Vergehen verbunden. Wir haben für die Säulen und Böden Steine in der ganzen Welt zusammengesucht. Mehr als zwei Dutzend verschiedenfarbige Marmore, Granite und andere Gesteine sind hier harmonisch zusammengefügt. Dort ist beispielsweise der meergrüne Marmor und hier schwarzer Dinant-Marmor, daneben der königsgelbe Veroneser Marmor und violette Breccie aus Serravezza. Der Onyx stammt aus Algerien, der Jaspis vom Mont Blanc.«

Erik schaltete das Gaslicht einiger Lüster ein, um die Farbenpracht hervorzubringen, und eilte mit jugendlicher Begeisterung von einem Detail zum nächsten: die prächtigen Mosaikböden, die kunstvollen Kapitelle der Säulen, die Figuren und Bilder, die vergoldeten Rahmen der Spiegel.

Vor den Spiegeln, die nur Eriks Gestalt wiedergaben, mochten sich die Vampire nicht aufhalten. Rasch eilten sie weiter. Sie hatten erst einen kleinen Teil der Oper besichtigt, als Ivy sich bei Erik entschuldigte und zur Rückkehr mahnte. Er wirkte enttäuscht, schlug aber sogleich vor, die Führung ein anderes Mal fortzusetzen.

»Außerdem müsst ihr unbedingt am Samstag in zwei Wochen zur Aufführung kommen. Es wird ein großes Ereignis, über das ganz Paris jetzt schon spricht. Verdi hat zugesagt, seine *Aida* hier selbst zu dirigieren!«

Alisas Augen glänzten. »Oh ja, das wäre wunderbar. Wir werden es schon einrichten können, dass wir die Vorstellung nicht versäumen!«

»Wobei ich vermute, dass außer mir keiner über die angemessene Garderobe für diesen Abend verfügt«, wandte Franz Leopold ein und ließ den Blick mit erhobenen Augenbrauen über seine Begleiter schweifen, mit denen wirklich kein Staat zu machen war. Erik stimmte dem Dracas zu. Alisa seufzte.

»Wir werden bis dahin passende Gewänder für uns besorgt haben«, sagte Ivy bestimmt. Alisa sah sie neugierig an. Als sie sich kurze Zeit später von Erik verabschiedet hatten und auf dem Heimweg waren, fragte sie, wie Ivy das anstellen wollte.

»Die Pyras haben sicher keine feinen Kleider in irgendwelchen Särgen gelagert – und wenn, gehe ich jede Wette ein, dass sie hoffnungslos veraltet sind und nach Moder riechen.«

»Das könnte schon sein«, gab Joanne heiter zu. »Ich kann mich nicht erinnern, dass je Mitglieder der Familie zu einem Ball oder ins Theater gegangen wären.«

»Welch Verschwendung!«, meinte Franz Leopold.

»Da fällt mir ein, irgendwo müssten die Kleiderkisten noch sein«, meinte Joanne und zog nachdenklich die Stirn kraus.

»Welche Kleider?«, fragte Alisa begierig. »Luxuriöse Abendgarderobe?«

Joanne hob die Schultern. »Luxuriös ganz sicher, ja. Ich weiß nicht mehr, wer sie aus der Abtei in die Kavernen heruntergebracht hat. Das war irgendwann zur Zeit der Revolution, als das Val de Grâce noch eine Abtei der Benediktinerinnen war. Daher auch die prachtvolle Kuppelkirche und der Kreuzgang. Erst während der Revolution wurde es zu einem Hospital des Militärs. Damals wurden viele Orden aufgelöst oder vertrieben.«

»Und nun willst du uns ein paar alte Ordenskutten der Schwestern für die Oper empfehlen?« Alisa wusste nicht, ob sie lachen oder sich ärgern sollte.

»Nein, das sind keine Ordenskleider«, wehrte Joanne ab. »Das sind alles königliche Gewänder aus dem Haus der Bourbonen aus schweren Stoffen mit Stickereien und Perlen und Edelsteinen. Es gibt Handschuhe und Fächer und Seidenstrümpfe, Schuhe mit hohen Absätzen und Perücken. Und ich glaube, auch ein paar Reifröcke.«

»Aus welcher Modeepoche stammen sie?«, fragte Franz Leopold scheinbar interessiert und feixte zu Alisa hinüber.

Joanne überlegte. »Vielleicht haben die Sachen Anna gehört. Sie kam aus deinem Land, aus Österreich.«

»Du meinst nicht etwa *die* Anna von Österreich, die mit Ludwig XIII. verheiratet wurde?«, erkundigte sich Franz Leopold mit einem unterdrückten Lachen.

»Doch, genau die. Sie holte die Benediktinerinnen aus dem sumpfigen Tal der Bièvre hierher und schenkte ihnen dieses Kloster. Die

Königin richtete sich hier eine eigene Wohnung ein, in der sie sich anscheinend lieber aufhielt als in ihrem riesigen Palast. Sie soll sich ja auch nicht gerade gut mit Kardinal Richelieu verstanden haben, der – wie man sagt – der eigentliche Machthaber Frankreichs in dieser Zeit war. Er führte Krieg gegen Spanien und verdächtigte Anna, mit ihrem Bruder, dem spanischen König, gegen Frankreich zu intrigieren. Richelieu verbot ihr sogar, das Val de Grâce weiter zu besuchen.«

»Ein Kardinal, der seinen Schäfchen den Klosterbesuch untersagt. Merkwürdiger Zeitgenosse«, spottete Luciano.

»Nach Richelieus Tod bekam Anna nach zwanzig unfruchtbaren Ehejahren endlich einen Sohn. Zum Dank baute sie die Abtei in den prächtigen Palast um, der er heute noch ist, und ließ auch die Klosterkirche mit der Kuppel errichten. In einem der Anbauten wollte sie ihren Lebensabend verbringen. Ich denke, die Kleiderkisten stammen aus ihren Gemächern dort.«

»Und das war wann?«, fragte Ivy nach. »Sie muss zwischen 1640 und 1650 gestorben sein, nicht wahr?«

Joanne nickte. Die anderen sahen sich an und prusteten vor Lachen.

»Was denn?«, wunderte sich die Pyras.

»Nichts gegen die barocke Lebensart«, sagte Alisa, noch immer vor sich hinkichernd. »Sie wussten sich mit prächtigen Dingen zu umgeben, aber ich fürchte, wir würden in Königin Annas Kleidern dennoch unangenehm auffallen – und seien noch so viele Edelsteine und Perlen aufgestickt.«

Joanne schien das nicht ganz einzusehen. »Was anderes haben wir nicht. Ihr könnt euch entscheiden.«

Alisa sah zu Ivy. »Da hörst du es. Und ich kann mir nicht vorstellen, dass Seigneur Lucien oder Sébastien uns Kleider für die Oper besorgt.«

Luciano grinste. »Das ist eine belustigende Vorstellung.«

»Belustigend oder auch absurd. Ich sehe jedenfalls noch nicht, wie wir in zwei Wochen Kleider für die Oper auftreiben wollen.«

Angesichts Alisas Verzweiflung konnte sich Ivy eines Lächelns nicht erwehren. Sie legte der Freundin den Arm um die Schulter.

»Du bist doch sonst nie um einen Einfall verlegen. Warum so pessimistisch? Sind Paris' Avenuen nicht berühmt für ihre luxuriösen Modesalons? Da wird sich schon etwas finden.«

Franz Leopold grinste. »Täuschen mich meine Ohren oder schlägt unsere überaus korrekte Ivy-Máire gerade vor, dass wir irgendwo einbrechen und uns Fräcke und Kleider stehlen sollen? Denn ich vermute einmal, dass du genauso wenig wie wir über die nötigen Summen verfügst, sie zu bezahlen.«

Ivy hob die Schultern und lächelte entschuldigend. »Die Not heiligt die Mittel.«

»Ach, und in diesem Fall heißt die Not: Wir dürfen auf keinen Fall versäumen, wenn Verdi seine *Aida* dirigiert.« Franz Leopold lachte.

»Genau«, gab Ivy würdevoll zurück.

Joanne unterbrach sie. »Könntet ihr euch für einen Augenblick auf etwas Wichtigeres konzentrieren?«

»Was kann es schon Wichtigeres geben als Verdi und seine *Aida*«, entgegnete Luciano, und es schien ihm fast ernst damit zu sein.

»Verdammt, haltet doch mal den Mund und setzt eure Nasen ein!«, fauchte Joanne. »Riecht ihr denn gar nichts Außergewöhnliches, das uns stutzig machen sollte?«

Die Freunde verstummten.

»Hier waren vor kaum einer Stunde Menschen«, sagte Franz Leopold dann.

»Eine ganze Menge Menschen«, bestätigte Alisa. »Ich würde sagen, mindestens zehn oder zwölf.«

»Sie hatten Hunde dabei«, meinte Ivy und sah Seymour aufmerksam an. Der bestätigte ihre Wahrnehmung.

»Und es riecht nach Rauch«, meinte Luciano, wohl um auch etwas beizutragen. »Die Menschen scheinen einige Kavernen weiter ein Feuer angezündet zu haben.«

»Ja, vermutlich haben sie sich niedergesetzt, um sich die Hände ein wenig zu wärmen oder sich ein Schwein am Spieß über den Flammen zu rösten«, spottete Franz Leopold, doch Joanne nickte Luciano anerkennend zu.

»Ja, sie haben ein Feuer gemacht, und ich frage mich, warum.«

Ivy und Alisa sahen sie an. »Vielleicht ist es wirklich nur ein Feuer, um sich ein Mahl zu bereiten und sich zu wärmen. Das ist für Menschen nicht ungewöhnlich. Hier unten hausen doch einige, die an der Oberfläche aus verschiedenen Gründen verfolgt werden. Sei es nun, dass sie rauben und stehlen oder weil sie einer anderen Politik anhängen und bei irgendeiner Revolution auf der falschen Seite standen«, schlug Alisa vor.

Ivy nickte zustimmend. »Haben nicht Claude und Jolanda von diesen Menschen erzählt, denen nicht wenige eurer Servienten und noch mehr eurer täglichen Opfer entstammen?«

»Aber doch nicht hier!«, rief Joanne, als sei dies offensichtlich. »Was sollten sie hier zu suchen haben? Sie sind im Norden in den Gipshöhlen oder ganz im Süden der Stadt in den Steinbrüchen von Montsouris, wo die meisten Höhlen noch offen zugänglich sind. Hier sind viele Gänge vermauert oder führen durch Abwasserkanäle direkt zu belebten Straßen. Keine gute Möglichkeit, unbemerkt ein- und auszusteigen. Gerade deshalb haben sich einige von uns mit ihren Särgen in diese verborgenen Höhlen zurückgezogen, die die Menschen nicht zufällig auf der Suche nach einem Schlafplatz betreten.«

»Und was brennt dann dort?«, fragte Luciano.

»Gerade diese Frage beunruhigt mich«, gab Joanne zu und wandte sich einer Abzweigung nach Westen zu, die sie von ihrem Rückweg zum Val de Grâce wegführte. Keiner ihrer Begleiter hatte gegen diesen Umweg etwas einzuwenden. Sie waren ebenfalls neugierig.

»Wo sind wir hier?«, fragte Luciano nach einer Weile.

Joanne führte sie eine enge, gewundene Treppe hinauf. »Wir kommen nun zu den Höhlen unter dem Jardin du Luxembourg.«

Auch hier gab es Kavernen, Stollen und Schächte auf mehreren Ebenen. Der Rauch zog allerdings eindeutig von einer der höher gelegenen zu ihnen herab. Joanne wurde immer unruhiger.

»Was vermutest du?«, drängte Alisa.

»Die Särge!«, sagte Ivy an ihrer statt. Ob sie das selbst vermutete oder in Joannes Gedanken gelesen hatte, wusste Alisa nicht, jedenfalls nickte die Pyras mit grimmiger Miene.

Die Erben folgten einem niederen, gewundenen Gang, der eindeutig viel später als die Stollen gegraben worden war, bis er sich zu einem großen rechteckigen Raum weitete. Nun war der Geruch beißend und umwallte sie in dunklen Schwaden. Joanne, die als Erste die Höhle erreichte, blieb so dicht vor dem Eingang stehen, dass Luciano sie rüde zur Seite schieben musste, damit die anderen auch etwas sehen konnten. Wobei es nicht viel zu sehen gab. Der Rauch kam von einem bereits niedergebrannten Feuer in der rechten Ecke. Was vielleicht einmal fünf oder sechs massive Holzsärge gewesen waren, war jetzt nur ein Haufen Kohle. An manchen Stellen glühte es noch rot. Doch auch sie würden bald verlöschen. Es gab in der Höhle keine weitere Nahrung für die Flammen. Alisa trat näher, um die Reste zu betrachten und die Witterung aufzunehmen, als sie deutlich ihren Namen hörte. Sie musste sich nicht umdrehen, um zu wissen, wer sie rief. Dennoch wandte sie sich ihm zu.

»Ah, Hindrik, wie schön, dich zu sehen!«

»Heuchlerin!«, schimpfte er. »Ich muss nicht fragen, was ihr hier zu suchen habt. Ihr musstet ja unbedingt auf eigene Faust herausfinden, was die ungewöhnlichen Aktivitäten der Menschen hier unten zu bedeuten haben. Es kam euch natürlich nicht in den Sinn abzuwarten, bis die Pyras der Sache auf den Grund gegangen sind und euch davon berichten?«

Alisa schwieg. Wenn er dachte, sie wären die ganze Zeit auf den Spuren der Menschen durch die Gänge gelaufen, konnte ihr das nur recht sein. Es war nicht nötig, das Phantom zu erwähnen.

»Viel herausgefunden haben wir nicht«, sagte sie stattdessen, was ja auch der Wahrheit entsprach. »Wisst ihr denn inzwischen, was die Menschen suchen und warum sie die Särge angezündet haben?« Sie sah in die Runde. Natürlich war Hindrik nicht alleine hier. Neben Matthias zählte Alisa noch fünf Pyras, von denen sie allerdings nur Gaston mit Namen kannte. Zu ihrer Enttäuschung waren sie nicht bereit, den Erben irgendetwas zu erzählen. Sie forderten sie nur auf, in die Kavernen unter dem Val de Grâce zurückzukehren, wo sich im Augenblick alle Pyras versammelten. Eine Wahl hatten sie nicht, denn Hindrik und die anderen begleiteten sie und achteten darauf, dass sie den direkten Weg nahmen.

VERBRANNTE SÄRGE

Am nächsten Abend wurde der Unterricht fortgesetzt. Die Patrouillen der Menschen hatten sich in den frühen Morgenstunden an die Oberfläche zurückgezogen. Natürlich war es den Männern nicht gelungen, auch nur eines Vampirs habhaft zu werden – falls sie überhaupt nach ihnen gesucht hatten, was sowohl Seigneur Lucien als auch Sébastien bezweifelten. Jolanda dagegen war überzeugt, dass die Menschen irgendetwas gegen die Pyras im Schilde führten. Gaston und Claude verlachten sie.

»Und was ist mit den Särgen in den oberen Höhlen unter dem Jardin du Luxembourg und drüben in den Quartieren der Unreinen bei den Buttes Chaumont? Ja, drüben in den Gipshöhlen haben sie alle Särge verbrannt, die sie finden konnten!«

Claude machte eine wegwerfende Handbewegung. »Ja, sie haben einige der verstreuten Lager gefunden, und? Sie waren nicht wie die Kavernen des Val de Grâce geschützt, aber das wussten jene, die nicht bei uns bleiben wollten. Die Menschen haben ein paar Särge zerstört. Ist das schlimm? Man kann sich neue Särge beschaffen. Die Friedhöfe quellen über, und in den Krypten ist manch edles Stück zu finden, falls einer darauf Wert legt.«

Gaston mischte sich ein. »Es ist seltsam, das gebe ich gerne zu, doch nichts, was uns beunruhigen müsste. Sie hatten ja nicht einmal Waffen bei sich, mit denen sie uns ernsthaft Schaden hätten zufügen können. Es ist ihnen unmöglich, unter das Val de Grâce einzudringen. Nun rücken wir halt alle ein wenig zusammen, so wie es früher war. Wir sind alle Pyras, ob wir nun reinen Blutes sind und von der Linie unserer Seigneurs abstammen oder einst Menschen waren, die in den Labyrinthen unter der Stadt einem Schicksal begegnet sind, das sie von ihrem lausigen Leben befreit und ihnen die Unsterblichkeit und den Rausch des Blutes beschert hat.«

Und so wurde es in den Ebenen unter dem Hospital recht eng. Die Altehrwürdigen zogen sich in die tiefste der Höhlen zurück, daneben, nur einige Stufen höher, richteten sich die Begleiter der Erben ein. Über ein paar Stufen führte der Gang zu einer Kaverne, die von vielen Jüngeren der Pyras mit ihren Särgen belegt wurde, aber auch von Gaston, Jolanda und Claude. Die Erben selbst blieben in der oberen Höhle, die durch eine Säulenreihe von der langen Kammer abgetrennt war, in der Seigneur Lucien und seine engsten Berater ihre Särge stehen hatten. In einer weiteren Höhle ruhten die restlichen Familienmitglieder.

Während die Erben unter Aufsicht ihr Training absolvierten – wobei sie in dem eng begrenzten Komplex unter dem Val de Grâce bleiben mussten –, zogen die Pyras wieder los. Die Patrouillen waren noch bei Tageslicht in die Unterwelt zurückgekehrt und streiften nun in immer weiteren Kreisen durch die Außenbezirke. Die Pyras begnügten sich damit, ihnen zu folgen und sie zu beobachten. Sie mussten sich nicht sonderlich bemühen, von den Menschen unentdeckt zu bleiben. Es geschah nichts Bemerkenswertes in dieser Nacht, außer dass in einer Kammer noch einmal Särge verbrannt wurden und im Norden an den Buttes Chaumont eine Patrouille ein paar *réprouvés* bei ihrem Mahl störten und sie zwangen, sich davonzumachen und ihre geschwächten Opfer zurückzulassen. Diese waren zwei Lumpensammler, die in der Nähe des Parks in den Resten einer gesprengten Höhle ihr Nachtquartier hatten. Die Patrouille nahm die beiden Männer mit und brachte sie ins Hôpital Cochin. Warum gerade in dieses Krankenhaus, darüber machten sich die Vampire keine Gedanken.

Das alles erfuhren die Erben erst gegen Morgen, als Hindrik mit den Pyras und ihren Begleitern zurückkehrte. Eine einzige Gruppe war losgeschickt worden, die Suche nach dem Clanführer fortzusetzen, kehrte aber ohne eine neue Spur zurück.

Obwohl Alisa und Franz Leopold die Lektion in dieser Nacht mit Bravour meisterten, war die Stimmung gereizt.

»Warum seid ihr nur so schlecht gelaunt?«, wollte Luciano wissen, der sich seine Ration Blut schmecken ließ, die die Pyras für die

Erben besorgt hatten. »Die Aufgaben waren heute doch ganz erträglich.«

»Sie waren geradezu lächerlich einfach«, korrigierte Franz Leopold.

»Ja, in diesem eng begrenzten Gebiet ist das keine Herausforderung«, ergänzte Alisa. »Wir haben sie alle geschafft, selbst Chiara und Marie Luise, die sich sonst noch immer hoffnungslos verlaufen haben.«

Luciano hob die Schultern. »Eben, das ist doch kein Grund für so eine Laune.«

»Für jemanden, der so anspruchslos ist wie du, vielleicht nicht«, ätzte Franz Leopold. »Aber ich habe Besseres zu tun, als meine Nächte mit sinnlosem Kinderkram zu verschwenden.«

»Zum Beispiel?«, hakte Luciano nach.

»Mit eigenen Augen sehen, was vor sich geht«, rief Franz Leopold.

»Unsere Sinne weiter schärfen oder vor ganz neue Aufgaben gestellt werden«, sagte Alisa.

»In Eriks Bücherei nachsehen, was noch über diesen fremden Clan zu finden ist«, ergänzte der Dracas.

»Uns Kleider besorgen, um Verdis *Aida* sehen zu können«, fügte die Vamalia an.

»Alles ist besser, als die Zeit auf diese Weise totzuschlagen«, endete Franz Leopold, und Alisa nickte zustimmend.

Luciano sah von einem zum anderen. »Ich weiß ja nicht, was mit euch beiden los ist, aber diese plötzliche Einigkeit ist mir nicht geheuer. Ich fand eure ewige Zankerei ja immer nervtötend, aber wenn ich so darüber nachdenke, dann wäre es mir, glaube ich, lieber, wenn ihr dazu zurückkehren könntet, denn freundschaftlich verbunden seid ihr einfach unerträglich!« Mit steifen Schritten stakste er davon. Alisa und Franz Leopold sahen einander an.

»Wir? Freundschaft und Einigkeit? Nie und nimmer!«, rief Alisa und rückte ein wenig von dem Dracas ab.

»Nein, das wird eine Ausnahme bleiben, dass wir einmal einer Meinung sind«, bestätigte Franz Leopold und gesellte sich zu seiner Familie. Alisa sah ihm nach.

»Das hört sich ja fast so an, als würde Luciano meinen, Franz Leopold und ich seien einander ähnlich«, sagte Alisa zu Ivy und zog eine Grimasse des Abscheus.

»Wäre das denn so schlimm?«

»Das ist keine ernst gemeinte Frage, oder? Schlimm ist gar kein Ausdruck! Das wäre furchtbar, eine Katastrophe! Aber was rege ich mich auf? Es ist einfach nur absurd! Es gibt nichts, in dem Franz Leopold und ich uns auch nur ein wenig ähneln!«

»Aber deshalb dürft ihr doch mal einer Meinung sein.« Ivy grinste.

»Das ist nicht zum Lachen!«, gab Alisa heftig zurück. »Aber um deine Frage zu beantworten: Wenn es nicht zu häufig vorkommt, dann ist es nicht allzu schlimm.«

Ivy wurde ernst. »Er ist doch dein Freund, nicht wahr? Ich jedenfalls sehe ihn als einen guten und verlässlichen Freund.«

Alisa zögerte. »Ja, wenn du es so siehst. Er ist mutig, und ich denke, wir können uns im Ernstfall auf ihn verlassen – aber deshalb bin ich ihm noch lange nicht ähnlich!«

* * *

Bram Stoker schlenderte um die Oper herum. Er betrachtete sie aufmerksam von allen Seiten, darin unterschied er sich nicht von den vielen anderen Besuchern. Sie war ja auch ein Meisterwerk der Baukunst! Er trat auf dem Platz ein Stück zurück, um die Hauptfassade mit einem Blick erfassen zu können. Die klassischen Säulen, Konsolen und Gesimse, die vielen Farben des Marmors und das Gold an Büsten und Kapitellen. Alles war verspielt bis ins kleinste Detail und fügte sich dennoch zu einem großartigen Ganzen, das auf jeder Seite von einer Figurengruppe gekrönt wurde. Die in der Sonne golden glänzenden Skulpturen waren der Dichtkunst und der Harmonie gewidmet. Doch sosehr Bram Stoker die architektonische Meisterleistung Garniers bewunderte, seine Gedanken waren mehr auf das Innere der Oper gerichtet. Genauer gesagt auf das Wesen, das dort hauste und der Direktion das Leben schwer machte. Noch immer war er dem Phantom keinen Schritt näher gekommen. Wie konnte er es aufspüren? Jeden Abend die Oper besuchen und auf einen Zufall hoffen? Das würde seine Finanzen schwer belasten, vor allem wenn er sich in einer der Logen einzumieten gedachte. Was Oscar von diesem Vorschlag hielt, wusste er, auch ohne ihn dem Freund zu unterbreiten. Zwar war es für Oscar durchaus in Ordnung, jeden Abend mit seinen neuen Dichterfreunden in einem Varieté oder einem Tanzlokal wie dem Reine Blanche zu verbringen, ein Dauergast in der Oper zu werden – vor allem aus dem zweifelhaften Grund, einem Phantom zu begegnen –, würde er dagegen als verrückt bezeichnen. Vielleicht war es das ja auch, dachte Bram mit einem Schmunzeln.

Er schlenderte an der westlichen Fassade entlang und umrundete die geschwungene Auffahrt zur Kaiserloge, die niemals einen Regenten gesehen hatte. Die Geschichte hatte die Bauzeit überholt, Krieg und Aufstand den Kaiser zum Abdanken gezwungen. Zum Glück war der Umbruch gekommen, bevor Ausbau und Dekoration der westlichen Galerie und des eigenen Treppenhauses für Kaiser Napoléon III. und seine Gemahlin Eugénie weitere Unsummen des längst überschrittenen Budgets verschlangen. So konnte Garnier sich diesen Prunk sparen, ließ den Teil der Oper schlicht und roh. Man konnte ihn schließlich immer noch ausbauen, sollte dereinst wieder ein König oder Kaiser in Frankreich regieren.

Bram ging weiter, doch dann blieb er unvermittelt stehen. Er hatte plötzlich das Gefühl, beobachtet zu werden. Der Blick prickelte unangenehm in seinem Nacken. Ein Vampir, war sein erster Gedanke, aber schon im nächsten Augenblick musste er über sich selbst lachen. Ein Vampir? Am helllichten Tag? Vielleicht sollte er sich Gedanken über den Zustand seines Geistes machen. Bram wollte seinen Weg fortsetzen, das Gefühl war jedoch so stark, dass er sich umdrehte. Wer sonst außer einem Vampir hatte die Macht eines solchen Blickes? Das Phantom? Für einen Moment setzte sein Herzschlag aus, nur um danach noch viel rascher zu schlagen. Seine Augen huschten umher. Es waren viele Menschen unterwegs, die den sonnigen Tag nutzten, doch keiner schenkte dem Besucher aus Irland Beachtung. Außer einem schlanken Mann mit etwas dunklerer Hautfarbe und ergrautem Haar, das ehemals schwarz gewesen sein musste. Die dunklen Augen waren starr auf Bram gerichtet. Also, wenn das das Phantom sein sollte, dann waren die Geschichten, die man sich erzählte, reine Ammenmärchen! Der Mann hatte durchaus einnehmende Züge. Von einem Totenschädel keine Spur. Und bis auf den seltsam durchdringenden Blick – hatte er auch nur einmal gezwinkert? – schien er weder magische Kräfte zu besitzen noch besonders Furcht einflößend zu sein. Bram stieß ein nervöses Lachen aus. Nein, wie albern. Das war ganz gewiss nicht das Phantom. Dennoch wollte er wissen, warum der Fremde ihn noch immer musterte. Entschlossen ging er auf ihn zu.

»Monsieur? Kann ich Ihnen irgendwie behilflich sein?«

Der Fremde hob die dichten dunklen Augenbrauen. »Behilflich? Nein, warum?«

Bram überlegte, woher er stammen konnte. Nicht nur die dunklere Hautfarbe und die Augen sprachen von einem fremden Land. Seine ganze Erscheinung strahlte etwas Exotisches aus. Zwar trug er einen unauffälligen, aber durchaus der Mode entsprechenden Anzug, sein Umhang dagegen war von ungewöhnlich kräftiger Farbe und die Kopfbedeckung musste irgendwo aus dem fernen Osten stammen. Seine Aussprache hatte einen singenden Klang.

»Sie haben mich so intensiv betrachtet – ich will nicht beobachtet sagen –, dass mir der Gedanke kam, Sie könnten eine Frage an mich haben«, fuhr Bram fort und beobachtete genau die Reaktion des Fremden. Ein Kranz von Lachfältchen erschien um dessen Augen.

»Beobachtet wäre aber genau das richtige Wort gewesen. Ja, ich habe mit Interesse verfolgt, wie Sie – in einen inneren Kampf verstrickt – bereits zum dritten Mal die Oper umrunden.«

»Und seitdem folgen Sie mir?« Der Fremde nickte. Bram schämte sich fast, dass er ihn erst jetzt bemerkt hatte.

»Ich weiß, es ist unhöflich«, fuhr der Mann fort. »Und dennoch würde ich es wieder tun.«

»Weshalb? Warum interessieren Sie sich für mich?«

»Weil Sie sich für das Phantom interessieren.«

Die Antwort verblüffte Bram so sehr, dass er den Fremden eine ganze Weile nur anstarren konnte. »Woher wissen Sie das? Und wer sind Sie?«, stieß er schließlich hervor.

Der Fremde verbeugte sich. »Verzeihen Sie, mein Name ist Nadir, und ich war einst der Daroga von Mazenderan – der Polizeichef des Schahs von Persien«, fügte er hinzu, als er den verwirrten Gesichtsausdruck seines Gegenübers gewahrte. »Heute bin ich nur noch ein einsamer, alternder Mann in der Fremde. Und Ihr Name ist Bram Stoker aus Irland, soweit ich es in Erfahrung bringen konnte, Manager eines Londoner Theaters und auch Journalist?«

Brams Verwirrung wuchs. »Ja, das stimmt. Woher wissen Sie das alles?«

Der Perser drehte entschuldigend die Handflächen nach oben. »Ich habe meine Methoden, Erkundigungen einzuziehen. Ich hörte, dass Sie mit einer ungewöhnlichen Hartnäckigkeit Fragen über das Phantom stellen. Dahinter schien mir mehr zu stecken als nur die oberflächliche Neugier der Besucher, die von Erik erfahren.«

»Erik?«, hakte Bram nach. »Sie kennen das Phantom persönlich?«

»Lassen Sie uns ein paar Schritte gehen«, schlug der Perser vor. »Und dann verraten Sie mir, was Sie mit Ihrer Suche bezwecken. Was wollen Sie tun, wenn Sie das Glück oder das Pech haben, dem Phantom zu begegnen? Wollen Sie sich mit einer Jagdtrophäe ein Denkmal setzen oder mit seiner Geschichte Ihren Ruhm als Schriftsteller begründen? Hat Ihnen niemand gesagt, dass Sie mit dieser Suche Ihr Leben in Gefahr bringen? Er ist ein großer Magier und ein gefährlicher Mann, wenn er sich in die Enge getrieben sieht.«

Bram wehrte ab. »Ersteres ganz sicher nicht! Ich fühlte mich einfach von den Gerüchten, die ich hörte, angezogen. Jagd und Trophäen sind mir fern. Ich sammle viele Geschichten von ungewöhnlichen Phänomenen und von Wesen, die es eigentlich nicht geben dürfte.«

»Zum Beispiel?«

»Vampire«, gab Bram zögernd zu und warf dem Perser einen Blick zu, um zu sehen, wie er darauf reagierte. Er nickte nachdenklich.

»Mein Leben lang sammle ich Geschichten über sie und werde irgendwann ein Buch darüber schreiben.«

»Von solchen Kreaturen habe ich in Persien gehört, nur scheinen sie mehr in den Karpaten und in Siebenbürgen ihr Unwesen zu treiben. Glauben Sie etwa, das Phantom sei ein Vampir?«

»Ich weiß es nicht. Sie haben ihn Erik genannt. Woher kennen Sie ihn?«

»Erik war Hofmagier und Palastbauer des Schahs – oder besser gesagt der Khanum, seiner Mutter. Man sollte nie die Macht der Frauen unterschätzen! Ich selbst habe ihn auf Geheiß der Khanum in Russland auf einem Jahrmarkt aufgespürt und ihn überredet, mit nach Persien zu kommen.«

»Dann ist das Phantom – Erik – ein normaler Mensch?«

Der Perser wiegte den Kopf hin und her. »Ein Mensch, ja, ganz sicher, aber normal? Nein, normal in keiner Hinsicht. Er ist in allem außergewöhnlich. In seinen Talenten, in der Brillanz seines Geistes und seines kreativen Schaffens, aber auch in seinem entstellten Äußeren, der Verletzung seiner Seele und der zerstörerischen Wut, die aus dieser herrührt. Er ist ein Engel der Musik und der Baukunst und gleichzeitig ein Dämon des Verderbens, der mehr Menschen auf dem Gewissen hat, als ich mir vorstellen will.«

Bram schwieg eine Weile. Er musste das Gehörte erst einmal verdauen. »Warum sind Sie hier?«, fragte er schließlich.

»Er hat mir einen Dienst erwiesen und ich ihm. Leider fiel ich dadurch bei der Khanum in Ungnade und war gezwungen, das Land sehr rasch zu verlassen. Mein Weg trieb mich nach Paris. Vielleicht ist es mein Schicksal, als einziger Freund, den er besitzt, über Erik zu wachen. Zu sehen, dass er sein Versprechen einhält, das er mir gab, und wenn er es bricht, sein Richter und sein Henker zu sein.«

Bram fühlte einen kalten Schauder über den Rücken rinnen. »Was hat er Ihnen versprochen?«

»Nur noch aus Notwehr zu töten«, antwortete Nadir schlicht.

»Warum erzählen Sie mir das alles?«, wollte Bram wissen, als sie den großen Platz vor der Hauptfassade wieder erreichten.

»Sehen Sie, ich rühme mich einer guten Menschenkenntnis, und Sie scheinen mir nicht der Mann, der eine solche Sache einer mysteriösen Warnung wegen aufgibt. Nein, ich vermute, das hätte Ihren Starrsinn nur angestachelt. Im Laufe meiner Erkundigungen, die ich über Sie einzog, kam ich zu dem Ergebnis, dass nur Offenheit und der Appell an Ihr gutes Herz Sie überzeugen können, von Erik und seiner Geschichte abzulassen. Schreiben Sie über übernatürliche Phänomene, über Vampire und andere Wesen der Nacht, aber lassen Sie das Phantom im Dunkel des Vergessens, wenn Sie nicht wollen, dass Schreckliches passiert. Man würde ihn jagen und er sich mit allen Mitteln eines in die Enge getriebenen Raubtieres wehren! Ich sage Ihnen, das würde das Leben von Unschuldigen kosten. Können Sie das mit Ihrem Gewissen vereinbaren?«

Bram Stoker fühlte sich wider Willen berührt, doch wollte er sich von diesem Meister der Manipulation auch nicht von seinem Vorhaben abbringen lassen.

»Wird das Phantom nicht bereits gejagt? Bei meiner Ankunft in Paris hörte ich gar, es sei gelungen, ihn in eine Falle zu treiben und gefangen zu nehmen.«

Der Perser schüttelte den Kopf. »Diese Information war falsch, wie Sie inzwischen vermutlich selbst wissen. Ja, sie haben Erik mal wieder gejagt und ihre Fallen gestellt, doch die können ihm nicht gefährlich werden. Er weiß ihnen auszuweichen und sich in sein Versteck zurückzuziehen. Es gefällt der Direktion natürlich nicht, diesen unbequemen Gast in der Oper zu haben, der noch dazu jeden Monat Tribut fordert, aber ihre Angst vor ihm ist viel zu groß, um Maßnahmen zu ergreifen, die ihn wirklich in Bedrängnis bringen könnten. Es ist eine Art Gleichgewicht entstanden, das allen Sicherheit bietet.«

Bram bezweifelte, dass der Direktor des Opernhauses das genauso sah.

»Und was haben sie dann in den Labyrinthen unter der Oper gefangen?«, wollte er wissen.

Nadirs Miene wurde nachdenklich. »Ja, das habe ich mich auch gefragt. Zuerst dachte ich, sie hätten das Gerücht gestreut, um einen Erfolg vorzutäuschen. Man kann dann später getrost behaupten, er sei wieder entwischt, doch Erik hat mir versichert, dass etwas anderes zappelnd in ihrem Netz hing.« Er hob den Blick und sah Bram forschend an. »Nun, was glauben Sie, könnte das gewesen sein?«

Es war der Tonfall, der Bram sagen ließ: »Ein Vampir?«

Nadir nickte. »Ja, ein Vampir. Und so wie es aussieht, halten sie ihn noch immer irgendwo gefangen, um ihn zu studieren. Das ist zumindest Eriks Meinung. Man muss seinen Feind kennen, will man ihn vernichten.«

Bram nickte nur. Der Perser wartete einige Augenblicke, als Bram jedoch weiterschwieg, fuhr er fort: »Ich appelliere an Ihren Sinn für das Gute und Gerechte. Vergessen Sie das Phantom und richten Sie Ihre Suche auf den Vampir. Ist es nicht das, was Sie für Ihre Forschungen brauchen? Und dann schreiben Sie Ihr Buch, Erik aber lassen Sie in der Gnade der Finsternis, die er selbst gewählt hat.«

✳✳✳

In der nächsten Nacht blieben die Menschen verschwunden. Und auch eine Nacht später war keine Patrouille mehr zu entdecken. Die Ruhe kehrte allerdings nicht in den Untergrund von Paris zurück. Arbeitertrupps stiegen in die Abwasserkanäle und alten Steinbrüche im Süden der Stadt herab und begannen, Rohre zu verlegen und seltsame Maschinen aufzubauen. Die Männer waren darauf bedacht, ihre Arbeitszeiten peinlich genau einzuhalten und vor Sonnenuntergang zu ihren Familien zurückzukehren, sodass es zu keiner Begegnung mit den erwachenden Vampiren kam. Eine Gruppe von Pyras betrachtete am Abend das Werk. Zum Glück hatten die Gastgeber dieses Mal nichts dagegen, dass sich ein paar der Erben dem Erkundungsgang anschlossen, da die unterirdische Baustelle nicht weit vom Val de Grâce gelegen war.

»Was das wohl werden soll?«, fragte Ivy. »Die Rohre sehen anders aus als die Trinkwasserleitungen, die wir entlang der Decke der neueren Abwasserkanäle gesehen haben. Und vor allem, was ist das für eine Maschine?« Sie betrachtete sie neugierig. Luciano war genauso ratlos und sah Alisa fragend an.

»Ja, das ist ein Rätsel, das einer Vamalia würdig ist, als Kennerin menschlicher Erfindungen«, spottete Franz Leopold. »Nun, lass hören, was haben die Menschen sich wieder für ein Teufelszeug ausgedacht?«

Alisa ließ sich mit ihrer Antwort Zeit. Sie umrundete die Maschine ein paar Mal, betrachtete sich die Anschlüsse und Rohre und drehte sich dann zu den wartenden Freunden um. »In diesen Rohren ist kein Wasser, sondern Luft.«

»Sehr sinnvoll«, meinte Luciano und lachte.

»Ja, und zwar keine normale Luft, wie sie uns hier umgibt, sondern Luft, die unter einem höheren Druck steht, also durch diese Pumpen zusammengepresst wurde. Man nennt sie Druckluft.«

»Du willst uns auf den Arm nehmen. Zusammengepresste Luft? Wozu sollte die denn dienen? Meinst du, die Pariser haben mit ihren qualmenden Fabrikschloten die Luft so verpestet wie das Seinewasser mit ihren Abfällen, dass sie sich nicht nur frisches Wasser über kilometerlange Leitungen heranschaffen, sondern auch noch reine Luft?«

Alisa hob die Schultern. »Klingt zwar verrückt, doch was tun die Menschen nicht alles.« Sie sah Joanne an, die gerade zu ihnen trat. »Weißt du, wozu sie diese Druckluft brauchen?«

Joanne grinste. »Jedenfalls nicht, weil sie sie einatmen wollen, obwohl das in manchen Stadtvierteln gar keine so schlechte Idee wäre. Da kann man froh sein, wenn man als Vampir das Atmen einfach lassen kann. Nein, diese Druckluft dient dazu, ihnen die Zeit zu sagen.«

»Das verstehe ich nicht. Kannst du uns das erklären?«, bat Alisa.

»Auf der Exposition Universelle, der Weltausstellung vor zwei Jahren, wurde ein Mann namens Victor Popp mit einer Silbermedaille geehrt, ein Ingenieur aus dem Land der Dracas, der ein Verfahren vorgestellt hat, die Zeit aller öffentlichen Uhren zu vereinheitlichen.« Die jungen Vampire starrten sie immer noch fragend an.

»Die Druckluft stellt die Uhren – wie, weiß ich nicht. Jedenfalls fingen die Menschen sofort an, solche Rohre zu verlegen und vierzehn Uhren auf verschiedenen öffentlichen Plätzen miteinander zu verbinden. Anscheinend war die Erfindung gut, denn der Bau der Röhren schritt rasch fort und viele Handwerksbetriebe und Fabriken schlossen sich an. Ich glaube allerdings nicht, um Uhren zu stellen. Sie nutzen sie für Maschinen, die ihnen die Arbeit erleichtern. In einigen großen Hotels betreiben sie Aufzüge damit. Nun hat sich wohl auch das Krankenhaus einen Anschluss legen lassen.« Sie zeigte zur Decke hinauf. »Wir sind hier unter dem Hôpital Cochin.«

»Dann hat dieser Bau nichts mit den Patrouillen zu tun, die die Särge verbrannt haben«, vermutete Franz Leopold.

Joanne hob die Schultern. »Offensichtlich nicht. Seigneur Lucien und Sébastien machen sich nur Sorgen, weil die Menschen die Verbindungsleitung durch einen Gang direkt hinter unseren Höhlen verlegen und unseren Särgen so verdammt nahe kommen. Die Altehrwürdigen und einige der erfahrenen Servienten arbeiten mit Hochdruck daran, die magische Abwehr an allen Zugängen zu unseren Kavernen zu verstärken, damit die Menschen nicht versehentlich auf die Gemächer stoßen.«

»Und das funktioniert?«, fragte Luciano skeptisch.

»Hat es bei der Domus Aurea nicht auch funktioniert?«, gab Joanne etwas schnippisch zurück.

»Ja, schon«, meinte Luciano gedehnt. »Dieser Schutz wurde aber auch von den Nosferas errichtet.«

»Ja und? Willst du damit sagen, die Pyras seien zu so etwas nicht in der Lage?«

»Ich denke nur an die ganzen Särge, die in den vergangenen Nächten verbrannt wurden.«

»Diese Kavernen waren alle ungeschützt«, erinnerte Joanne. »Es ist nicht leicht, einen solchen Schutzzauber aufrechtzuerhalten, daher werden nur die Hauptkavernen damit abgeschottet. Es steht jedem frei zu wählen, ob er seinen Sarg innerhalb dieses Schutzfeldes aufstellen will oder lieber für sich ist und darauf verzichtet.«

»Dieser Vorfall hat wohl einige Einzelgänger bekehrt und sie in die Arme der Familie zurückgetrieben«, meinte Franz Leopold trocken.

»Wir sollten zurückgehen und sehen, ob wir helfen können«, schlug Ivy vor.

»Helfen? Bei der Errichtung der magischen Abwehr?«, vergewisserte sich Luciano.

»Ja, daran dachte ich«, bestätigte Ivy. Luciano zog eine Grimasse.

»Was schaust du so drein?«, fragte Joanne. »Kannst du oder willst du uns nicht helfen? Hast du nicht gerade die Fähigkeiten der Nosferas auf diesem Gebiet herausgestellt?«

»Ich würde ja schon helfen, aber ich kann es nicht – noch nicht«, gab er kleinlaut zu. »Dafür sind bei uns die Altehrwürdigen zuständig.«

Franz Leopold öffnete den Mund, doch Alisa kam ihm zuvor. »Ich kann leider auch nicht helfen. Ich habe keine Ahnung, was man dabei machen muss.« Alle Blicke wanderten zu Ivy.

»Also, wie gesagt, ich könnte schon helfen.«

Joanne riss die Augen auf. »Du könntest?«

Die Freunde wechselten Blicke. Ivy hatte sich in eine schwierige Lage manövriert. Außer ihnen und Malcolm wusste niemand, dass Ivy keine Erbin der Lycana, sondern eine Unreine war, die bereits ein Jahrhundert Erfahrung mitbrachte. Und so sollte es auch bleiben. Seymour tat seinen Unmut durch leises Knurren kund.

»Weißt du, bei uns ist das eine Kunst, die früh geübt wird.« Sie warf ihren Freunden einen entschuldigenden Blick für ihre Lüge zu. Nun ja, eine richtige Lüge musste man es ja nicht nennen. Es war nicht mehr als eine Beugung der Wahrheit, wie sie Alisa später versicherte.

»Als ob es darauf ankommt«, sagte die Vamalia. »Du musst dein Geheimnis wahren, willst du nicht riskieren, in Schimpf und Schande von der Akademie gejagt zu werden.«

»Ich weiß.« Ivy seufzte bedrückt. Seymour winselte und drückte tröstend seine Schnauze in ihre Hand.

»Ach, wie schön könnte es sein, wenn in allen Familien Reine und Unreine gleich viel wert wären und ich dieses Versteckspiel nicht nötig hätte, um zu ihnen zu reisen und von ihnen zu lernen.«

Alisa nickte. »Das können leider keine Versammlung und kein Vertrag der Welt erreichen. Zumindest nicht so schnell. Und bevor wir nicht bei den Dracas waren, solltest du dein Geheimnis auf keinen Fall lüften! Die Dracas kennen kein Pardon, wenn es um die althergebrachte Rangordnung geht. Schau dir nur an, wie Anna Christina und Karl Philipp ihre Schatten behandeln. Es ist eine Schande, aber wir können nichts dagegen tun. Selbst Franz Leopold ist nicht gerade freundlich oder rücksichtsvoll Matthias gegenüber.« Ivy seufzte noch einmal. »Was bereitet er ihm Probleme und Sorgen, ohne auch nur einen Gedanken daran zu verschwenden, wie Matthias seinem Auftrag, ihn zu schützen, nachkommen soll. – Was? Warum lachst du?«

Ivy brauchte eine Weile, bis sie sich beruhigt hatte: »Erben, die ihren Beschützern Sorgen bereiten, weil sie sich unbedacht in Abenteuer stürzen und sich ständig unerlaubt davonmachen? Sprichst du wirklich von Franz Leopold und Matthias? Fällt dir da niemand sonst ein, auf den das ebenso passen könnte?«

Alisa zog einen Schmollmund. »Du meinst aber nicht etwa mich und Hindrik?«

Ivy tat, als müsste sie überlegen. »Der Gedanke ist mir allerdings gekommen.«

»Langsam reicht es«, beschwerte sich Alisa. »Schon wieder werde ich mit Franz Leopold verglichen. Lass dir das nicht zur Gewohnheit werden, mich mit dem in einen Topf zu werfen!«

»Du und ich in einem Topf?«, erklang eine amüsierte Stimme hinter ihr. »Das stelle ich mir wirklich schauderhaft vor. Darf ich fragen, um welchen Topf es sich handelt? Nur aus Interesse. Es klingt ein wenig nach Teufelsküche.«

Ivy lächelte. »Ja, so ähnlich. Dort gerätst du gleich hin, solltest du Alisa weiter reizen.«

Franz Leopold musterte die Vamalia. »Ja, da könntest du recht haben. Der Dampfdruck steigt und kann jeden Augenblick den Deckel emporschleudern, wenn wir bei den Küchenvergleichen bleiben wollen.«

Ivy lachte, Alisa jedoch fuhr ihn an, endlich den Mund zu halten. Sie stürmte davon. Franz Leopold sah ihr ein wenig verwundert nach.

»Habe ich etwas Falsches gesagt? Ich dachte, die Vamalia würde ein wenig Humor besitzen, aber da habe ich mich anscheinend geirrt.«

Ivy legte ihm die Hand auf den Arm. Franz Leopold zuckte kaum merklich zusammen, zog ihn jedoch nicht zurück.

»Alisa besitzt Humor und das weißt du auch. Sie ist in manchen Dingen eben ein wenig unsicher. Du solltest Nachsicht üben, statt sie immer aufzuziehen und zu reizen.«

»Unsicher? Die Vamalia? Die vor Wissen nur so sprüht und alles besser weiß und kann?«, widersprach Franz Leopold.

»Das eine hat mit dem anderen nichts zu tun und das weißt du auch. Oder willst du behaupten, du würdest nicht mehr in den Gedanken und Gefühlen anderer lesen? Leo, das nehme ich dir nicht ab!«

Franz Leopold öffnete den Mund zum Protest, schloss ihn dann aber wieder. Seine Miene wurde nachdenklich. »Ja, du hast recht. Das ist ja seltsam. Sehr seltsam.« Kopfschüttelnd ging er davon.

TEUFELSBESCHWÖRUNG

Obwohl endlich wieder Ruhe in die unterirdische Welt der Pyras einkehrte, standen die Erben unter ständiger Aufsicht. Zwei der Altehrwürdigen übernahmen nun die Schulung. Martine war eine Vampirin von erschreckenden Ausmaßen. Obwohl ihre Haut zerknittert war wie altes Pergament, machte sie den Eindruck von außergewöhnlicher Körperkraft. Henri dagegen wirkte schmächtig. Er war sicherlich auch einige Jahrzehnte älter als Martine, ging ein wenig gebeugt und ließ die Schultern hängen. Dennoch schien sein Geist noch sehr hell zu sein, und seine Sinne waren von geradezu unheimlicher Schärfe, was Luciano als Erster erfahren musste, als er bei Henris Anblick eine abfällige Bemerkung in Ivys Ohr flüsterte. Der Alte, der sich mit Seigneur Lucien unterhalten hatte, verstummte, drehte sich um und sah Luciano durch die weitläufige Höhle hinweg mit einem Blick an, dass der Nosferas einige Schritte zurücktaumelte.

»Das kann er nicht gehört haben«, murmelte Luciano entsetzt.

»Doch, er kann«, schnarrte Henri. »Und er findet, dass das eine sehr respektlose Bemerkung war. Du kannst dich gleich meiner Prüfung stellen, dann werden wir ja sehen, ob du deine Meinung über die Alten revidieren musst.«

»Verzeihung«, hauchte Luciano, aber das nützte ihm nichts. Er musste vortreten und wurde richtig in die Mangel genommen.

»Was hat er denn gesagt?«, fragte Franz Leopold neugierig.

»Das werde ich nicht wiederholen«, gab Ivy zurück.

Zumindest nicht, solange der Alte mit den scharfen Ohren in der Nähe ist, sandte ihr Franz Leopold in Gedanken.

Genau! Du kannst nur hoffen, dass er nicht auch noch Gedanken über diese Entfernung auffangen kann, denn sonst bist du der Nächste.

Franz Leopold hob lässig die Schultern. *Und? Das würde mir nichts ausmachen. Welche Aufgabe kann er mir schon stellen, der ich nicht gewachsen wäre?*

Es ist immer wieder schön zu sehen, wie unerschütterlich dein Selbstbewusstsein ist!

Alisa sah misstrauisch von Franz Leopold zu Ivy. »Ihr unterhaltet euch doch schon wieder!«

»Ja, das kann in manchen Fällen recht nützlich sein«, gab der Dracas zu.

Alisa stöhnte. »Wenn ich das doch endlich auch könnte.«

»Nun, vielleicht werden wir dir in Wien die Grundlagen dieser hohen Kunst beibringen. Doch mach dir nicht zu viele Hoffnungen. Nur den größten Geistern ist es gegeben, Gedankenflüsse so zu beherrschen und zu leiten, dass es gelingt, lautlos zu kommunizieren. Und nur die wenigsten können gar ungefragt in den Geist eines anderen eindringen, ihm lauschen und ihn beeinflussen.«

»Ach, und zu den größten Geistern zählst du mich wohl nicht, was? Du glaubst, du bist mir geistig überlegen?« Alisa baute sich vor ihm auf.

»Du musst mich nicht niederschlagen, nur weil ich es wage, die Wahrheit auszusprechen«, sagte Franz Leopold kühl. »Körperliche Gewalt ist übrigens eine ganz typische Reaktion bei geistiger Überforderung, wenn verbal keine Argumente mehr vorhanden sind. Sieh dir die Pyras an ...«

Henri unterbrach Franz Leopold und zitierte ihn zu sich. Offensichtlich hatte er ihr Gespräch gehört, obwohl er Luciano bei seiner Übung durch die ganze Höhle gefolgt war. Nun schien für ihn der Zeitpunkt gekommen, den Dracas ranzunehmen. Alisa sah ihm nach, empört, keine Gelegenheit mehr zu haben, etwas zu erwidern. Luciano kam sichtlich ausgepumpt, aber erleichtert, dass er den Klauen Henris entkommen war, zu den beiden Vampirinnen zurück.

»Nun, wie war ich? Habt ihr gesehen, wie ich mich angestellt habe?«

Alisa schüttelte den Kopf, doch Ivy nickte anerkennend. »Gar nicht schlecht. Ich habe dir eine meiner Ratten hinterhergeschickt, die mir deine Fortschritte berichtet hat.«

»Hast du jetzt immer einige Ratten unter deinem Befehl, nicht nur bei den Übungen?«, fragte Alisa verwundert.

Ivy nickte. »Aber ja. Ich finde, das haben sich die Pyras schlau ausgedacht und über Generationen zu einer Perfektion gebracht, die man nur bewundern kann.«

»Und du lernst das alles in ein paar Nächten«, grummelte Luciano. »Das ist alles so ungerecht.«

Franz Leopold schlug sich gut und wurde in Gnaden wieder entlassen, während Martine nun Malcolm und Tammo prüfte. Henri trat in die Mitte der Höhle, stützte die Hände in die Hüften und sah sich um.

»Wo zum Teufel bleiben Ghislaine und Chloé? Sie haben versprochen, einige der Erben bei ihren Übungen zu beaufsichtigen.«

Gaston kam zu ihnen geschlendert. »Ghislaine und Chloé? Die habe ich heute Nacht noch gar nicht gesehen. Vielleicht haben sie es vergessen und sind mit den anderen zum Jahrmarkt. Einige wollten sich heute unter die Menschenmenge mischen. Aber ich geh mal runter in die Kaverne nachsehen, ob sie noch da sind«, bot er an und lief leichtfüßig auf die Treppe zu.

Er blieb verschwunden, bis Malcolm und Tammo ihre Übung beendet hatten und Henri gerade Anna Christina und Mervyn aufrief. Als Gaston wieder in der Höhle auftauchte, brach Henri seine Erklärung mitten im Satz ab und fuhr herum, obwohl der Pyras noch kein Wort gesagt hatte.

»Was ist los?«

Auch Ivy reckte sich ein wenig und Seymour knurrte mit gesträubtem Fell. Als Gaston näher trat, konnte auch Alisa erkennen, dass er ungewöhnlich angespannt wirkte.

»Was ist geschehen? Hast du sie gefunden?«, drängte Martine.

»Ja, ich habe sie gefunden«, sagte Gaston und runzelte die Stirn. Nun wirkte er eher verwirrt. »Sie kommen gleich hoch. Sie haben es – ja, vergessen.«

»Vergessen? Ha!«, polterte Martine, und ihre Stimme hallte dröhnend von den Wänden wider. »Sie sind drei Dutzend Jahre jünger als ich, aber ihr Geist ist dem Schwachsinn nahe!« Sie verstummte und starrte zu dem Torbogen, hinter dem die Treppe in die unteren Ebenen führte. Zwei Altehrwürdige kamen in die Höhle getappt.

»Wir haben den Sonnenuntergang verschlafen«, sagte Chloé blinzelnd.

»Ihr habt was?«, rief Martine fassungslos.

»Das ist ein Scherz«, meinte Luciano. »Man kann den Sonnenuntergang nicht verschlafen!«

»Die beiden sehen nicht so aus, als seien sie zu Scherzen aufgelegt«, wandte Ivy ein. »Nein, ich kann ihre Verwirrung spüren.«

»Schlechtes Blut!«, behauptete Luciano. »Sie haben gestern sicher schlechtes Blut getrunken.«

»Vielleicht waren sie am Pigalle oben«, meinte Joanne, die kopfschüttelnd zu ihnen trat. »Dort sind die Menschen berauscht von Wein oder, noch schlimmer, von Absinth. Das ist uns Vampiren nicht zuträglich, aber die Altehrwürdigen sollten das eigentlich wissen!«

Ähnliche Gedanken schien Sébastien zu hegen, als er kurz darauf auftauchte, um zu sehen, wie die Erben vorankamen. Er schien mit ihren Fortschritten zufrieden, wenn Alisa sein Gebrumm richtig interpretierte. Dann richtete er seinen Blick auf die beiden altehrwürdigen Vampirinnen, die immer noch wirkten, als wären sie in einem Traum gefangen. Eine Weile musterte er sie schweigend, dann rief er sie mit barscher Stimme zu sich.

»Geht euch stärken. Das kann ja keiner mitansehen. Und achtet darauf, dass ihr dieses Mal bekömmliches Blut zu euch nehmt.« Die beiden gingen leicht schwankend davon.

»Man sollte meinen, so etwas passiert nur jungen, unerfahrenen Vampiren«, murmelte er, »aber offensichtlich werden nicht nur Menschen im Alter senil.«

»Und, was habt ihr in Erfahrung gebracht?«, fragte Henri. Die jungen Vampire spitzten die Ohren.

»Nicht viel. Die Menschen scheinen ihre Patrouillen endgültig eingestellt zu haben, wobei ich mir immer noch nicht denken kann, wozu sie eigentlich dienten, denn erreicht haben sie ja damit nichts. Und auch von der Suche nach Thibaut weiß ich nichts Neues zu berichten. Er scheint wie vom Erdboden verschluckt.«

Falls die Freunde gehofft hatten, nun, da die Menschen ihre Besuche in der Unterwelt eingestellt hatten, wieder mehr Freiheiten zu genießen, so wurden sie enttäuscht. Offensichtlich hatten Seigneur Lucien und seine Getreuen Gefallen daran gefunden, die Erben von ihren Altehrwürdigen beschäftigen und überwachen zu lassen, während sie selbst es sich bei ihren nächtlichen Ausflügen gut gehen ließen – so zumindest drückte es Luciano in seiner Empörung aus. Auch Alisa war unzufrieden.

»Wenn es uns nicht bald gelingt, ihrer Aufmerksamkeit zu entkommen, dann können wir den Opernbesuch vergessen.«

»Vielleicht sollten wir Seigneur Lucien ganz offiziell um Erlaubnis bitten«, schlug Ivy vor.

»Bei dem Kulturverständnis, das die Pyras zeigen, eine ganz prächtige Idee«, meinte Franz Leopold sarkastisch.

»Warten wir noch ein paar Nächte. Vielleicht bekommen sie das Ganze schnell über«, hoffte Luciano.

An diesem Abend wirkte Henri noch älter als in der Nacht zuvor und Martine war in ihren Anweisungen unkonzentriert und ein wenig fahrig in ihren Bewegungen. Zweimal stolperte sie über eine Unebenheit am Boden und lehnte sich dann eine Weile mit geschlossenen Lidern gegen eine Säule. Die Erben tauschten fragende Blicke.

»Wo zum Henker sind die beiden nun schon wieder?«, polterte Martine, deren Laune heute einem Gewittersturm glich. »Ich geh sie holen, und wehe, sie haben wieder verschlafen!«

»Ich komme mit.« Henri tappte hinter ihr her.

Einige Erben schlossen sich an und folgten den beiden Pyras die Treppen zur untersten Ebene des ehemaligen Steinbruchs hinunter. Hier im Quartier der Altehrwürdigen waren sie bisher noch nicht gewesen, und so trieb sie die Neugier zu sehen, wie die alten Pyras hausten.

»Schlicht!«, war das Einzige, was Alisa dazu einfiel. Selbst für eine Vamalia, deren Gemächer ebenfalls auf jeden Zierrat oder Schmuck verzichteten, war die karge Kaverne mit ihren einfachen Holzsärgen zu spartanisch gehalten.

»Nein, mit überflüssiger Bequemlichkeit halten die sich hier nicht auf«, meinte Luciano, der sicher an die üppigen Ruhebetten, die Statuen, Gemälde und vergoldeten Säulen dachte, die im Flügel der Domus Aurea, den die Altehrwürdigen der Nosferas bewohnten, zu finden waren.

»Seltsam«, hauchte Ivy und sah sich um. Sie tauschte beunruhigte Blicke mit Seymour, der leise jaulte.

»Ja, seltsam, aber so sind die Pyras halt«, meinte Luciano mit einer lässigen Geste.

»Ich glaube nicht, dass Ivy den fehlenden Zierrat und die nicht vorhandenen Samtbezüge meint«, korrigierte Franz Leopold. »Hier ist etwas oberfaul.«

Sie sahen, wie Henri zu einer Reihe geschlossener Särge schritt und nacheinander die Deckel aufklappte. Alisa entfuhr ein Ausruf des Erstaunens. Sie waren nicht leer, wie man es Stunden nach Sonnenuntergang erwartet hätte. Einige der Pyras bewegten sich nun und setzten sich langsam auf. Andere blieben, in ihrer Todesstarre gefangen, bewegungslos liegen. Ganz am anderen Ende, wo ein Durchgang zu den ein wenig höher gelegenen Höhlen der fremden Servienten führte, saßen Ghislaine und Chloé auf ihren Särgen. Als sie Henri und Martine sahen, erhoben sie sich schwerfällig und kamen auf sie zu.

Wenn schon Henri alt aussah, so schienen die beiden geradewegs dem Grab entstiegen – nachdem die Verwesung schon einige Tage ihr Werk getan hatte –, so zumindest beschrieb Luciano den Eindruck, den sie heute machten, und die anderen konnten ihm nicht vorwerfen, er würde übertreiben. Die Altehrwürdigen bewegten sich schwankend und ein wenig hölzern wie Marionetten, die von einem fremden Willen gelenkt wurden. Joanne klappte einfach nur der Mund herunter und Fernand stieß einen Schrei aus. Offensichtlich hatten sie so etwas noch nicht erlebt.

Henri drehte sich zu den beiden um. »Geht hoch und sucht Lucien oder Sébastien oder wen ihr von der hohen Familie finden könnt.«

Die Pyras waren wie der Blitz verschwunden, aber Alisa reagierte noch schneller. »Wir kommen mit und helfen! Das ist nur zu unser aller Sicherheit!«

Franz Leopold und Ivy eilten ihr hinterher. Seymour überholte sie noch auf der Treppe und war bereits oben in der Haupthöhle an Joannes Seite.

»Luciano, nun komm schon!«, rief Ivy über die Schulter zurück.

Oben in der großen Halle blieben Joanne und Fernand kurz stehen, sodass Luciano aufschließen konnte. Auch Tammo folgte ihnen.

»Wohin?«, fragte Fernand, wobei Alisa nicht sagen konnte, ob die Frage an Joanne oder an die Ratten gerichtet war. Dann liefen sie auf den Ausgang in Richtung Westen zu, der in den langen Gang nach Süden einbog.

»Gehen wir zu den Katakomben?«, fragte Alisa.

Joanne schüttelte den Kopf. »Nein, wir bleiben auf dem Weg nach Süden. Sie sind in den Kavernen unter dem Hôpital Sainte Anne.«

»Warum dort?«, fragte Ivy nach.

»Lasst euch überraschen!«, meinte Fernand und kicherte. Er setzte seine Ratte auf den Boden und schien ihr stumm Anweisungen zu geben. Das Tier quiekte kurz und wuselte davon.

Die Freunde sahen einander fragend an, doch Fernand und Joanne waren nicht bereit, mehr zu verraten. Sie gaben nicht einmal Tammos Quengeln nach. Falls Ivy oder Franz Leopold etwas in ihren Gedanken lasen, so behielten sie es jedenfalls für sich. So versuchte Alisa, eine der Ratten vorauszuschicken und auszuhorchen, da sie jedoch nicht genau wusste, wo das Krankenhaus lag, schickte sie das Tier auf Verdacht einfach immer nach Süden.

Sie musste sich nicht lange gedulden. Bald übermittelte ihr die Ratte seltsame Geräusche und Gerüche, dann sah sie rötliches Licht über die Wände zucken. Zuerst hörte sie nur ein Rauschen und Poltern, dann eine Art Gesang. Nach was roch es da? Etwas Beißendes. Schwefel?

Alisa blieb verwundert stehen. »Feuer und Schwefel? Vielleicht noch ein wenig heißes Pech und dazu wundersame Gesänge und magische Kräutertränke?« Luciano sah sie verständnislos an, aber Franz Leopold und Ivy nickten.

»Da scheint etwas sehr Merkwürdiges vor sich zu gehen.«

»Wenn ich es nicht besser wüsste, würde ich sagen, dort vorne in den Kavernen sind die Diener der Hölle zu Gast«, ergänzte Ivy und sah fragend zu Joanne und Fernand.

»Ihr habt viel gelernt«, lobten sie. »Ihr schafft es schon beinahe so gut wie wir, euch der Ratten und ihrer Sinne zu bedienen. Ja, man könnte das dort vorne als eine satanische Messe bezeichnen. Sie beschwören den Höllenfürst und ergötzen sich an ihrer eigenen Angst, wenn er dann im Flammenmeer mit Pech- und Schwefeldampf erscheint.«

Die Vampire eilten weiter. Dieses Spektakel wollten sie auf keinen Fall versäumen, auch wenn Alisa nicht an den Teufel glaubte. Doch vielleicht wurde sie gleich eines Besseren belehrt. Die Vamalia rief ihre Ratte zurück. Schon konnten sie ein schwaches rötliches Flackern erkennen und dann drangen die Gesänge zu ihnen. Joanne gab ihnen ein Zeichen und so verlangsamten sie ihre Schritte. Vorsichtig näherten sie sich dem Ende des Ganges. Die Stimmen wurden lauter. Sie konnten nun durch Feuer- und Schwefelgestank die Menschen riechen, die sich dort vorne eng zusammendrängten. Genauer gesagt rochen sie ihre Furcht. Luciano leckte sich die Lippen.

»Ach, warum können wir uns nicht ein wenig an ihnen laben. Sie sind so auf ihre Beschwörung konzentriert, dass niemand etwas merken würde. Und wenn man nach solch einer Begegnung ein wenig geschwächt ist, wen wundert's?«

»Das ist wohl auch der Grund, aus dem die Pyras hier sind«, murmelte Ivy.

Franz Leopold sagte nur kalt: »Versuche es. Wir werden sehen, ob du die Stärke hast, dich rechtzeitig zu lösen, oder ob du dich in deinem Rausch in den Strudel des Todes ziehen lässt.«

»So wie es dir beinahe passiert ist?«, fragte Alisa.

»Rede nicht über Dinge, von denen du keine Ahnung hast!«, fuhr er sie an. Er dachte gar nicht daran, ihre Neugier endlich zu befriedigen und über den Vorfall zu sprechen.

Joanne unterbrach sie. »Kommt mit. Dort oben ist ein Durchbruch, von dem wir alles beobachten können.«

Die anderen folgten ihr neugierig durch den ansteigenden Gang, der in einem Bogen um die Höhle herumführte, und drängten sich dann an dem runden Loch zusammen, das den Blick nach unten freigab. Links von ihnen, in der Nähe des nördlichen Ausgangs, sahen sie eine Gruppe von Menschen, die einen Kreis gebildet hatten und sich an den Händen hielten. Dreizehn zählte Alisa. Natürlich, was sonst. Die Anzahl war nicht dem Zufall überlassen worden. In der Mitte des Kreises stand eine rauchende Lampe, die einen seltsamen Kräuterduft verströmte. Um sich herum hatten sie mit einem weißen Pulver sorgfältig eine Linie gezogen. Die Menschen wiegten sich im Rhythmus ihres Singsangs vor und zurück.

»Na, ob dieser Bannkreis den Höllenfürst von ihren Seelen fernhalten kann?«, spottete Luciano. »Wenn ja, muss der Teufel ein armseliger Geselle sein.«

»Das ist er. Seht nur, es geht los!« Fernand deutete zum anderen Ende der Höhle, wo nun die Flammen fast bis zur Decke stießen. Der Schwefelgeruch verstärkte sich. Ein Klirren wie von schweren Ketten erklang, dann ein klägliches Meckern. Das Licht warf einen riesigen, gehörnten Schatten an die Wand. Eine der Frauen im Kreis stieß einen Schrei des Entsetzens aus.

Ein schauriges Heulen kam von der anderen Seite. Der Ziegenbock zog die Kette, die rot zu glühen schien, scheppernd über den Boden und verschwand dann für einen Moment hinter einer Säule, auf deren anderer Seite nun eine Gestalt hervortrat, auf dem Kopf geschwungene Ziegenhörner, die glühende Kette über der Schulter. Ihr Körper war in ein zottiges Fell gehüllt, dessen Gestank bis zu ihrem Beobachtungsloch aufstieg. Doch Alisa drang noch etwas anderes in die Nase.

»Der Teufel riecht nach Menschenschweiß!«

Joanne grinste. »Ja, woher das wohl kommt?«

Fernand zeigte in eine Ecke, die die Menschen von unten nicht sehen konnten. »Seht ihr die Höllenhunde? Die hölzernen Trichter verstärken ihr Heulen, dass es auch recht infernalisch klingt. Die Hörner und den Pelz hat der Mann sich nur umgebunden. Und die Kette ist bestimmt nicht glühend. Sie ist mit roter Farbe bemalt.«

»Alles nur ein fauler Zauber«, fasste Luciano zusammen. »Aber was soll das Ganze? Ich hatte den Eindruck, die Menschen dort unten haben Angst, als sei der Teufel wirklich unter ihnen.«

»Die Angst der Menschen ist vermutlich das einzig Echte dort unten«, meinte Ivy. »Und ich denke, es geht um Geld, nicht wahr?«

Joanne nickte. »Ja, der mit den Hunden, der Teufelsdarsteller, und der eine im Kreis, der keine Angst ausstrahlt, sind die Veranstalter des Spektakels. Sie locken ihre Opfer mit dem Versprechen einer echten satanischen Beschwörung gegen eine ganze Menge Münzen hier herunter.«

»Na, geboten bekommen sie jedenfalls etwas für ihr Geld«, sagte Franz Leopold trocken, als die Hunde wieder schaurig zu heulen begannen und der »Teufel« Ketten schwingend hinter den Flammen tanzte, dass sein Schatten riesenhaft an die Wand geworfen wurde. Die Frau, die vorhin aufgeschrien hatte, sank mit einem Stöhnen in die Knie.

»Du darfst den Kreis nicht unterbrechen«, rief ihr Nachbar leicht panisch und umklammerte ihre Hand. Mühsam rappelte sie sich wieder auf.

»Diese Scharlatane treten in die Fußstapfen etlicher anderer, die schon seit mehr als einhundert Jahren die Menschen hier mit angeblichen Höllenerscheinungen um ihr Geld erleichtern. Der Erste war ein Monsieur César, der dieses Geschäft lange erfolgreich betrieb, bis man ihn schnappte. Er hat damals immerhin noch den Tod auf dem Scheiterhaufen riskiert, was die übliche Strafe für Teufelsanbetung und derlei war. So beeilte er sich dann auch, bei seiner Verhaftung zu versichern, dass dies nur eine Gaunerei gewesen und er keinesfalls vom rechten Glauben abgewichen sei!« Joanne grinste.

Sie sahen zu den ängstlichen Menschen hinunter und lachten leise. Da entdeckte Alisa die Vampire. Sie näherten sich aus dem Hintergrund, blieben aber stets in den Schatten von Blöcken und Säulen den Blicken der Menschen entzogen.

Auch Joanne hatte sie gesehen. »Wir nähern uns dem Ende der Vorführung.«

Die Flammen erloschen plötzlich. Der »Teufel« und sein Kumpane schrien auf. Dann hauchte auch die kleine Lampe in der Mitte des Kreises ihr Leben aus, und Finsternis hüllte die Besucher und ihre Betrüger ein, die nun allesamt verwirrt und furchtsam waren. Die jungen Vampire konnten auf ihrem Beobachtungsposten nur erahnen, was sich dort unten abspielte.

»Kommt, wir gehen zu ihnen. Sie werden ihren Durst schnell gestillt haben und die Höhle dann verlassen. Nicht dass wir sie jetzt noch verfehlen.«

Mit den Sinnen ihrer Ratte fiel es Alisa nicht schwer, Joanne und Fernand zu folgen, die schon auf halbem Weg nach unten waren. Ivy nahm Luciano sicherheitshalber an die Hand.

Der Blutgeruch war überwältigend. Alisa schluckte trocken und spürte, wie ihre Eckzähne mit Macht hervorbrachen. Es fiel ihr schwer, sich auf ihre anderen Sinne zu konzentrieren. Die Gier schien sie auszufüllen und für alles andere blind und taub zu machen. Was würde der Geschmack auslösen, wenn schon allein der Geruch von Menschenblut sie so aus der Fassung brachte? Alisa schüttelte wild den Kopf, um klar zu werden. Da spürte sie Ivys kalte Hand in der ihren. Ihre Gedanken halfen ihr, den Rausch zu bekämpfen, bis ihre Sinne wieder normal funktionierten.

»Danke«, wisperte sie.

Alisa konnte zwar nicht viel sehen, doch ihre Witterung führte sie direkt auf den Kreis der Menschen zu, die mit blutenden Wunden am Hals auf dem Boden kauerten. Die Vampire hatten ihre Mahlzeit beendet und von ihren Opfern abgelassen. Was nun aus ihnen wurde, war ihnen gleichgültig. Vermutlich waren sie nicht so geschwächt, dass es sie das Leben kosten würde. Für einige Stunden jedoch würden sie hier apathisch liegen oder in tiefen Schlaf fallen. Dann würden sie erwachen und verwirrt nach ihren Erinnerungen suchen. Vielleicht würden sie sich noch an den Ziegenbock und den tanzenden Teufel erinnern und dieses atemberaubende Abenteuer mit nach Hause nehmen. Das Spektakel hatte sich gelohnt und war jede Münze wert, die sie dafür gezahlt hatten. Sie wussten nun, dass man den Höllenfürsten nicht ungestraft beschwören durfte, und waren Gott und seinen Heiligen dankbar, dass ihre Seele dennoch gerettet und sie selbst mit dem Leben davongekommen waren. Das war eine Geschichte, die man hinter vorgehaltener Hand noch seinen Enkeln berichten konnte.

Was allerdings die Veranstalter davon hielten?, fragte sich Alisa amüsiert. Dass sie mit ihrem Betrug Satan erzürnt und tatsächlich auf den Plan gerufen hatten? Das würde ihnen eine Lehre sein!

NUR EIN HAUCH VON SCHWÄCHE

Malcolm sah, wie die beiden Pyras mit den Freunden und dem weißen Wolf im Schlepptau aus der Höhle verschwanden. Er folgte ihnen die Treppe hinauf bis in die große Halle. An Unterricht war im Moment nicht zu denken. Die Pyras und die Erben mit ihren Servienten schwirrten umher wie ein aufgeregter Bienenschwarm.

Sollte er wirklich gehen? Malcolm sah sich suchend um. Niemand achtete auf ihn. Die meisten Erben lauschten den Gesprächen der Pyras, um mehr zu erfahren. Die Servienten waren an ihrer Seite und achteten auf ihre Schützlinge – außer Vincent, der kindliche Vyrad, der wie üblich in seinem aufgeklappten Sarg saß, so in die Lektüre eines neuen Buches vertieft, dass nichts und niemand ihn hätte stören können. Der Einzige, der hin und wieder zu ihm herübersah, war Raymond. Malcolm wartete ab, bis er sich zu Rowena umwandte, um sich unbemerkt aus der Höhle zu schleichen.

Den Weg zu finden, bereitete ihm keine Schwierigkeiten. Er war ihn ja bereits mit Fernand gegangen. Außerdem musste er feststellen, dass das Training der Pyras die Sache erleichterte. Er hätte nicht gedacht, hier etwas Nützliches lernen zu können. Auch die Sache mit den Ratten war gut. Malcolm rief sich gleich zwei der Nager und stellte sie in seinen Dienst. Sollten sie erschnüffeln, ob der Weg vor ihm frei war. Auf unliebsame Überraschungen legte er keinen Wert.

Schon bald hatte Malcolm den Ausstieg erreicht, der ihn in den Jardin des Plantes führte. Er kletterte ins Freie und sah sich um. Der Park lag verlassen und düster da, wie es sich für diese Nachtzeit gehörte. Ab und zu erklang der Schrei eines exotischen Tieres. Malcolm witterte nach allen Seiten. Natürlich stieg ihm der Geruch zahlreicher Menschen in die Nase, die diesen Weg heute entlanggegangen waren, der Duft, nach dem er suchte, war jedoch nicht darunter. Dennoch hatte er Hoffnung. Es gab viele Wege durch den Park und den Tiergarten.

Malcolm querte den Hauptweg und sprang über die Abzäunung, die den Botanischen Garten vom Tierpark trennte. Er eilte an dem Haus mit den sechseckigen Pavillons vorbei auf die andere Seite des Parks zu dem künstlichen Felsen, an dessen Vorderseite die Papageienvolieren angebaut waren. Dort oben hatte er die Maske befestigt. Ein Blick sagte ihm, dass sie nicht mehr da war. Malcolm fühlte, wie seine Brust ein wenig enger wurde. Was war das für ein Flattern in seinem Innern? Mit zwei großen Sprüngen hatte er die Stelle erreicht und beugte sich hinab. Er sog die Luft ein und prüfte sie sorgfältig. War dort irgendwo auch nur ein Hauch von Latona? Er kniete sich auf den Felsen und näherte sein Gesicht den Zweigen des Efeus. Nichts. Er nahm schwach die Note eines Mannes wahr, die ihm vage bekannt vorkam. Die Spur musste Tage alt sein. Malcolm sprang wieder hinunter und suchte die Gegend sorgfältig ab. Einmal glaubte er, ihren Geruch gefunden zu haben, doch er musste sich eingestehen, dass er nicht sicher war, ob ihn seine Sinne narrten. Zu viele neuere Düfte überlagerten ihn. Enttäuscht blieb Malcolm stehen. Sein Blick schweifte wieder zu der Stelle, an der er die Maske gelassen hatte.

War Latona zurückgekommen? Hatte sie die Maske gesehen? Oder hatte irgendein Passant das rote Ding entdeckt und beschlossen, es mitzunehmen? Dabei hatte er sie absichtlich so weit oben befestigt, dass sie nicht so leicht zu erreichen war. – Allerdings hatte er es damit auch für Latona fast unmöglich gemacht, sie sich zu holen, musste er sich eingestehen. Wie sollte ein Mädchen im langen Kleid auf den Felsen gelangen, ohne einen Skandal heraufzubeschwören? Daran hatte er zuvor nicht gedacht. Wie dumm von ihm. Sie war ja keine Vampirin wie Alisa, der dieser Sprung – Kleid hin oder her – keine Schwierigkeiten bereitet hätte. Wütend auf sich selbst, trat Malcolm noch einmal an den Fels heran. Wenn Latona zurückgekommen war, hatte sie die Maske sicherlich entdeckt und erkannt. Was, wenn sie nicht alleine gewesen wäre? Hätte sie dann nicht ihren Begleiter geschickt, das begehrte Stück für sie herunterzuholen? Konnte das der Geruch sein, den er oben wahrgenommen hatte? Wer war dieser Mann? Eine Welle von Eifersucht wallte in Malcolm auf. Der Vampirjäger? Nein, diesen Geruch hätte er sicher erkannt. Einer der Männer, mit denen sie in der Nacht hier zusammengetroffen war? Malcolm konnte es nicht mit Sicherheit sagen. Eine innere Stimme verbreitete Zuversicht und flüsterte ihm zu, die Maske sei nun in Latonas Händen. Doch warum in aller Welt hatte sie dann keine Nachricht für ihn zurückgelassen? Wie sollte er sie finden? Er war ihr keinen Schritt nähergekommen.

Oder hatte sie seine Botschaft zwar verstanden, wollte aber nicht, dass er sie fand? Hatte sie gar Angst vor ihm? Sich vor einem Vampir zu fürchten, war für ein junges Mädchen nicht unklug, musste Malcolm zugeben, auch wenn ihn die Vorstellung ein wenig empörte. Hatte er etwa in Rom versucht, ihr etwas anzutun? Er hatte mehr als eine Gelegenheit verstreichen lassen, obwohl es ihm ganz und gar nicht leichtgefallen war. Wusste sie das nicht? Oder wollte sie seine Selbstbeherrschung lieber nicht länger testen?

Egal wie die Antworten auf die unzähligen Fragen lauteten, die ihm durch den Kopf schossen, Tatsache war, die Maske war weg, und er konnte keinen Hinweis entdecken, der ihn zu Latona brachte. Enttäuscht ging Malcolm noch ein wenig auf und ab, bis sein Schritt ihn vor die Tür führte, hinter der die Pyras Hinweise auf ihren verschwundenen Clanführer gefunden hatten. Mit den Gedanken bei Latona, ließ er den Blick an der Vorderfront des Hauses entlangschweifen. Malcolm fragte sich gerade, ob er nun unverrichteter Dinge zum Val de Grâce zurückkehren sollte, als sein Blick an einem Fenster zu einem Schreibzimmer hängen blieb, das nicht vollständig geschlossen war. Malcolm betrachtete den Spalt, der ihn zum Eintreten einzuladen schien. Warum nicht? Wenn er schon einmal hier war, konnte er sich auch in der Quarantänestation des Tiergartens umsehen, die zum Vampirgefängnis geworden war. Malcolm schlüpfte ins Haus. Er trat auf den Gang hinaus und öffnete alle Türen, fand aber nichts Interessantes. Dann stieg er die Treppe hinunter in den Keller und betrat den Raum, in dem Seigneur Thibaut gefangen gehalten worden war, doch nichts erinnerte mehr an den Pyras, nur der Gitterkäfig war noch da. Ein wenig enttäuscht verließ er den Keller, obwohl er nicht sagen konnte, was er erwartet hatte zu finden. Malcolm öffnete die letzte Tür, die ihn in einen Raum führte, dessen Mitte von einem großen quadratischen Tisch eingenommen wurde. An der Wand standen einige Stühle. Ein kleiner Sekretär enthielt Schreibutensilien und Papier. Was seine Aufmerksamkeit erregte, war eine Karte, die auf dem Tisch ausgebreitet lag. Sein Französisch war nicht sehr gut, doch er erkannte, dass es ein Stadtplan von Paris war. Die Straßen und Häuserblocks an der Oberfläche waren allerdings nur als Umrisse in blasser Farbe zu sehen – es war eine *carte du Paris souterrain*. Malcolm beugte sich interessiert darüber. Dort verlief die Seine. Die verschieden dicken blauen Linien sollten wohl die Abwasserkanäle darstellen, die sich in den Sammler ergossen. Er fand auch den Siphon, der das Schmutzwasser unter dem Flussbett hindurchführte, um es zusammen mit dem aus dem nördlichen Sammler seineabwärts zu schaffen. Die Linien und Flächen von dunklerem Blau waren vielleicht das Trinkwasser, das in langen Aquädukten herangeführt und in dem riesigen, unterirdischen Reservoir unter dem Parc Montsouris gespeichert wurde. Andere Linien und Flächen waren mit *carrières* beschriftet. Die Erben hatten im Laufe ihrer Übungen ja bereits einen Teil der alten Steinbrüche erkundet, doch dass das Labyrinth so weitläufig war, hätte Malcolm nicht gedacht. Da die Gänge in verschiedenen Ebenen verliefen, hatten die Menschen versucht, durch Schraffuren und unterschiedliche Farbtiefen der Höhenlage gerecht zu werden. Malcolm hatte keine Schwierigkeiten, in seinem Geist ein räumliches Bild entstehen zu lassen. Ein paar gewundene Verbindungen zwischen den Kavernen waren mit dünnen grünen Linien markiert und mit *contrebande* beschriftet. Ah, das waren die Wege, die die Schmuggler unter der Zollmauer gegraben hatten. In einer weiteren Farbe waren Linien ergänzt, die sternförmig von mehreren Knotenpunkten aus verliefen und dann den Abwasserkanälen oder anderen Gängen folgten. *Réseau pneumatique* stand in der Legende. Eine gestrichelte Linie führte vom Hôpital Cochin nach Norden und dann weiträumig im Kreis um einen fast leeren Fleck. Was war das? Müssten hier nicht die Kammern des Val de Grâce eingezeichnet sein? Von allen Seiten näherten sich

Gänge, durch die Malcolm schon selbst geschritten war, endeten dann aber diffus wie im Nebel. Nur ein paar gestrichelte Linien gaben vage die Lage einiger Kavernen an. Malcolm versuchte, die dünnen Buchstaben an der Seite zu entziffern. Was sollte das heißen? *Cartes historiques?* Für einen Moment war Malcolm verwirrt, dann verstand er. Das war der magische Schutz der Pyras, der Wall aus Furcht, der um ihr Domizil gezogen war. Die Vermesser hatten sich nicht weiter nähern können und so die Karte mehr schlecht als recht mit Informationen aus älteren Dokumenten ergänzt. Und auch die neue Leitung für Druckluft hatten sie nicht auf dem direkten Weg durch das Gebiet der Pyras bauen können, sondern in einem Kreis um die Zone herumgelegt. Malcolm grinste. Offensichtlich waren die Pyras fähiger, als er ursprünglich angenommen hatte. Die Karte gefiel ihm. Kurzentschlossen faltete er sie zusammen und steckte sie ein, ehe er sich auf den Rückweg machte.

Falls Malcolm gehofft hatte, er werde die Höhle so unbemerkt wieder betreten, wie er sie verlassen hatte, so täuschte er sich. Kaum hatte er den ersten Schritt hineingesetzt, als sich ihm eine kleine und sichtlich erboste Gestalt in den Weg stellte. Dahinter tauchten Rowena und Raymond auf. Während Rowena den üblichen verträumten Ausdruck zur Schau trug, wandelte sich Raymonds Miene von besorgt in erleichtert. Der Servient dagegen war sichtlich erzürnt.

»Was denkst du dir eigentlich?«, herrschte ihn Vincent mit seiner hellen Stimme an. Malcolm hatte gelernt, den Servienten nicht nach seinem kindlichen Äußeren zu beurteilen. Vincent war eine ernst zu nehmende Persönlichkeit mit einem großen Erfahrungsschatz, dennoch war Malcolm nicht bereit, sich ihm wie ein ungezogener Junge unterzuordnen, daher antwortete er kühl:

»Ich war unterwegs. Ist etwas dagegen einzuwenden? Soviel ich weiß, sind die Pyras noch immer zu sehr mit ihren eigenen Problemen beschäftigt, um sich um eine sinnvolle Ausbildung zu kümmern.«

Damit konnte er Vincent nicht aus dem Konzept bringen. »Ja, es findet im Moment kein Unterricht statt, aber das heißt nicht, dass jeder machen kann, was er will. Wir wissen ja noch gar nicht, was los ist. Ob es eine Bedrohung gibt, und wenn ja, in welcher Gestalt sie auf uns zukommt.«

»Eine Bedrohung? Die Schlafkrankheit für Vampire? Das ist doch einmal etwas Neues«, spottete Malcolm. »Ich fühle mich auch schon ganz müde und es verlangt mich nach meinem Sarg!«

Vincent ließ die Arme sinken und sah nun fast traurig aus. »Das ist nichts, worüber du spotten solltest. Ich habe so eine Ahnung, dass das erst die Spitze des Eisberges ist und es noch viel schlimmer kommt.«

Malcolm ließ sich durch diesen Stimmungswechsel nicht einschüchtern. Erst Zorn, dann düstere Ahnungen? Was würde der kleine Servient als Nächstes versuchen? Betont heiter grinste er ihn an und schlug ihm auf den Rücken.

»Mach nicht so ein Gesicht. Schau, ich habe etwas gefunden, das dich interessieren wird.«

Malcolm zog die Karte hervor, trat an einen von Vincents Büchersärgen und breitete sie darauf aus. Wie erwartet ließ sich Vincent von seiner Strafpredigt ablenken.

»Lass sehen. Eine Karte von Paris?«

»Paris *souterrain*«, präzisierte Malcolm. »Gar nicht schlecht, was?«

»Ja, das ist interessant«, sagte Vincent langsam und beugte sich über das Blatt.

* * *

»Wohin jetzt?«, fragte Alisa.

Während die Pyras – allen voran Seigneur Lucien – zu den Kavernen unter dem Val de Grâce zurückeilten, machten sich die Freunde unter Joanne und Fernands Führung auf, die anderen Pyras zu suchen und zu ihrem Clanführer zu rufen.

»Lucien sagt, Sébastien und die anderen halten sich irgendwo in der Nähe des Jardin du Luxembourg auf, das heißt, in den Höhlen unter dem ehemaligen Kartäuserkloster, wo die Mönche ihren Likör gebraut und gelagert haben.«

»Wie kommen wir am schnellsten dorthin?«, fragte Ivy.

Joanne musste nicht überlegen. »Zu den Katakomben, dann den

langen, geraden Gang nach Norden, an der Kreuzung nach Westen, dann sind wir schon unter dem südlichen Ende des Parks, der eigentlich noch zum Observatorium gehört.«

»Also, dann los«, drängte Alisa und gesellte sich zu Fernand, der wieder einmal seine Ratte vorgeschickt hatte, um rechtzeitig vor umherstreunenden Menschen oder anderen unliebsamen Überraschungen gewarnt zu sein. Tammo wich nicht von seiner Seite. Kurz darauf erreichten sie den Teil der Steinbrüche, der von Knochen und Schädeln ausgefüllt war, verließen den Pfad aber sogleich wieder, der von den Besucherschwärmen begangen wurde, obgleich es hier heute Nacht keine Menschen gab. Fernand bog um die nächste Ecke, Alisa dicht hinter ihm. Sie hatte es geschafft, eine Fledermaus aufzuspüren, und ließ sich die Umgebung von ihr zeigen. Die Ratten waren zwar auch gut und eigentlich leichter zu führen, doch das Schallbild der Fledermaus war unübertroffen in seiner Detailgenauigkeit, während die Ratten eher ein grobes Bild lieferten, das sich mehr an Gerüchen orientierte. Da tauchte plötzlich eine kleine Burg in ihrem Geist auf. Sie maß etwa drei Schritte. Was war denn das? Alisa blieb stehen und befühlte den sauber mit Hammer und Meißel bearbeiteten Fels. Joanne kam hinter ihr zum Halten.

»Es ist ein echtes Kunstwerk geworden, nicht wahr?«, sagte sie.

»Hat einer der Pyras das erschaffen?«, wollte Ivy wissen.

Joanne lachte und schüttelte den Kopf. »Nein, mit solchen Dingen vertreiben wir uns nicht die Zeit. Das hat vor einhundert Jahren ein Mann namens Décure aus dem Fels gemeißelt, der für den *inspecteur des carrières* hier unten arbeitete – und auch hier unten blieb! Ich denke, seine Überreste sind dort irgendwo drüben unter dem großen Steinhaufen. Diese Burg ist übrigens ein Modell des Gefängnisses von Port Mahon. Dort war Décure einige Jahre als Kriegsgefangener der Engländer eingesperrt. Als er dann hier unten die Arbeit aufnahm, begann er mit diesem Modell. Gaston sagt, er hat sechs Jahre wie besessen daran gearbeitet und ist während dieser Zeit niemals nach oben gegangen. Décure hatte sich die Höhle zu einem Salon eingerichtet. Seht, dort drüben ist der Tisch mit zwei Bänken. Als er dann allerdings noch eine Treppe zur höheren Ebene schlagen wollte, gab die Decke nach, und es entstand eine der gefährlichen *fontis*, wie die Menschen sie nennen. Die Decke bricht ein, und es lösen sich in Form eines Zuckerhuts immer neue Schichten darüber, bis sie zur Oberfläche durchbricht und dort einen Krater bildet. Das war Décures Verhängnis. Doch lasst uns weitergehen.«

Sie folgten dem langen geraden Stollen erst nach Norden und dann nach Westen. Zum Park hinauf wählte Joanne einen engen, gewundenen Gang, da hier unter der alten Zollmauer so gut wie alle ursprünglichen Verbindungsgänge zwischen den Kavernen zugemauert worden waren, als den Machthabern aufging, wie prächtig die Pariser ihre Zollschranke buchstäblich unterliefen. So mussten die Schmuggler eben neue Verbindungen graben, wenn sie ihr lukratives Geschäft vor allem mit Wein nicht aufgeben wollten.

Bald hatten sie das Ende des Verbindungstunnels erreicht und konnten sich wieder aufrichten. Hier begannen die Steinbrüche, die sich unter dem früheren Château Vauvert ausdehnten, an dessen Stelle später im Mittelalter die Kartäuser Mönche Quartier bezogen hatten. Die Reste des riesigen Klosterareals mit seinen zahlreichen Gebäuden und Gärten nahmen heute Schloss und Park du Luxembourg ein.

»Sie waren noch vor kurzer Zeit hier«, stellte Ivy fest, und auch Alisa konnte die Witterung von Sébastien und den anderen Pyras aufnehmen.

»Los, hinterher!«, forderte Fernand und lief schon wieder los. Er durchquerte eine weitläufige Kaverne und bog dann in einen Gang ein. Der Geruch von Verwesung schlug den Erben entgegen. Alisa hielt schlitternd an.

»Was ist das?«, rief sie. Einem Menschen wäre es von diesem bestialischen Gestank übel geworden, die jungen Vampire dagegen schnupperten eher interessiert und auch ein wenig verwirrt. Der Geruch war so stark, dass er die Spur der Pyras überdeckte.

»Ist dort vorne ein Friedhof? Ich rieche alle Phasen des Zerfalls. Das ist nicht einfach nur *ein* toter Körper!«, behauptete Alisa.

»Es sind allerdings auch keine Menschen«, präzisierte Franz Leopold.

Alisa musste ihm zustimmen. Sie folgten Joanne und Fernand um eine Biegung, wo sich der Gang zu einem quadratischen Raum weitete, in dessen Mitte ein runder, gemauerter Brunnenschacht zu sehen war. Einige der Steine waren herausgebrochen und durch diese Lücken entströmte der betäubende Gestank. Alisa steckte neugierig den Kopf durch eines der Löcher. Der vermutlich ausgetrocknete Brunnen war meterhoch mit Köpfen verstopft. Abgeschlagene Katzenköpfe in jedem Zustand der Verwesung. Die untersten mochten inzwischen nur noch blanke Knochen sein, die obersten waren noch keinen Tag alt.

»Katzenköpfe?«, sagte Luciano verwundert, der durch ein anderes Loch spähte. »Was soll das? Werden hier auch schwarze Messen gefeiert? Dann scheint das eine lange Tradition zu haben, bei der Anzahl an geopferten Katzen!«

»Und sie müssen sich hier jede Nacht treffen«, ergänzte Franz Leopold.

»Ich hätte nicht gedacht, dass die Teufelsanbetung in Paris so beliebt ist«, meinte Ivy.

Fernand und Joanne sahen einander an und kicherten. »Nein, als Teufelsanbetung kann man das nicht bezeichnen.«

»Wenn ihr dort drüben in der Nische der gewundenen Treppe folgt, dann führt sie euch in einen Keller. Der Ausgang ist zwar vernagelt und von allerlei Gerümpel blockiert, aber das konnte uns natürlich nicht abhalten, als wir damals wissen wollten, was es mit den Katzenköpfen im Brunnen auf sich hat.«

»Und?«, drängte Alisa.

Joanne führte die Geschichte fort. »Der Keller gehört zu einem Haus, in dem sich ein nicht unbekanntes Restaurant befindet.«

Alisa und Ivy warfen sich einen Blick zu. Sie ahnten, was nun kommen würde.

»Und was haben die so auf ihrer Speisekarte?« Franz Leopold feixte.

»Die Spezialitäten heißen *gibelotte* und *civet* – also Kaninchen-Ragout und Hasenkeule«, übersetzte Joanne. Luciano prustete los.

»Den Gästen scheint es trotzdem zu munden. Das Restaurant gibt es, seit ich denken kann, und die Spezialitäten scheinen nach wie vor gefragt«, spottete Fernand.

»Ja, das kann man wohl sagen«, meinte Alisa mit einem letzten Blick auf den Kadaverhaufen im alten Brunnen.

Sie eilten weiter und trafen nur wenige Minuten später auf Sébastien, Jolanda und einige andere Pyras. Offensichtlich hatten sie ihren Blutdurst für diese Nacht gestillt und waren bereits auf dem Rückweg. Als sie die beunruhigende Nachricht hörten, beschleunigten sie ihre Schritte. Die Freunde folgten ihnen und so erreichten sie bald darauf die Höhlen der Pyras. Natürlich waren Seigneur Lucien und seine Begleiter längst angekommen. Die Freunde fanden sie, die anderen Erben und ihre Servienten in der oberen großen Halle beisammen. Unter ihnen waren auch die Altehrwürdigen, wobei einige von ihnen einen noch zerzausteren Eindruck machten als sonst, erschöpft und ausgelaugt wirkten. Seigneur Lucien war gerade dabei, sie nach der vergangenen Nacht zu befragen.

»Und? Was hast du erfahren?«, mischte sich Sébastien ein. Alisa und die anderen drängten sich heran, damit sie seine Worte nicht verpassten. Nur Ivy hielt sich zurück. Dafür stand Seymour mit aufgerichteten Ohren dabei.

»Wetten, dass er ihr jedes Wort sofort übermittelt«, raunte Luciano ein wenig neidisch. Alisa nickte.

»Ihr wart also gestern noch auf diesem Jahrmarkt in Faubourg Saint Antoine vor den Toren draußen?«

Chloé schien zu überlegen. »Ja, ich glaube, es war gestern. Ich fühlte mich so seltsam, aber ich bin mit den anderen mitgegangen. Henri, Mireille, Martine, André, Éloise und einige andere. Ich weiß es nicht mehr. Es waren auch ein paar der Servienten dabei.« Sie ließ den Blick schweifen, doch er war verschleiert und irrte hin und her, bis er an Jolanda hängen blieb. Chloé hob die zitternde Hand. »Sie war auch mit – denke ich.«

Seigneur Lucien drehte sich zu der Servientin um. »Stimmt das?«

Jolanda hob die Schultern. »Wir sind erst gegen drei dort angekommen, da wir ja erst loskamen, nachdem der Unterricht beendet war.

Daher war auf dem Jahrmarkt nichts mehr los. An einem Lagerfeuer saßen noch ein paar Gestalten. Einer führte ein wenig Hokuspokus vor. Man roch schon von Weitem, dass ihr Blut vergoren war wie das Gebräu, das in einem Kessel brodelte. So hielten wir uns an die Schlafenden in den Wagen und Zelten, deren Blut noch rein war – zumindest so rein, dass es uns nicht schaden konnte.«

Sébastien knurrte abfällig. »Das trifft auf dich zu und die anderen Servienten, die bei euch waren. Unsere Altehrwürdigen scheinen ihre Wahl weniger glücklich getroffen zu haben. Ich kann es nicht glauben, dass sie so in ihrem Urteilsvermögen getrübt sind!« Er ließ den Blick über den desolaten Haufen schweifen und schüttelte den Kopf. »Man sollte wissen, wann der Zeitpunkt gekommen ist, abzutreten«, sagte er leise zu Seigneur Lucien, der ihn strafend ansah.

»Es steht dir nicht zu, so etwas zu sagen!«

»Vielleicht gibt es etwas Neues, mit dem sich die Menschen berauschen, ihre Sinne trüben und ihre Gesundheit zerstören«, schlug Gaston vor. »Früher tranken sie sich mit Wein und Gebranntem um den Verstand, dann nahmen sie Opium und Absinth. Es gibt immer wieder etwas Neues. Wer weiß, vielleicht hat das wandernde Volk etwas nach Paris gebracht, das auf ungewohnt heftige Weise unsere Sinne betäubt, wenn wir davon trinken. Ich schlage vor, dass ein paar von uns diesen Jahrmarkt und das Blut, das dort kreist, genauer untersuchen.«

Seigneur Lucien war einverstanden und schickte Gaston mit drei anderen Servienten los.

»Und warum hat dann Jolanda nichts abbekommen?«, wollte ein kleiner, dürrer Pyras wissen, dessen Name Alisa nicht kannte.

»Vielleicht hat sie Glück gehabt«, sagte Claude mit einem Schulterzucken.

»Sie und alle anderen Servienten?«, fasste der Schmächtige nach und hob die Brauen.

Darüber diskutierten später auch Alisa und die Freunde. »Es hört sich für mich nicht nach einem Zufall an, dass es die Altehrwürdigen getroffen hat, aber keinen der Servienten. Das ist zu unwahrscheinlich.«

»Was denkst du?«, wollte Luciano wissen. Er sah zwar Alisa an, doch Franz Leopold gab die Antwort.

»Entweder verfügen die Servienten über feinere Sinne, haben die Gefahr gewittert und vermieden, während die Alten – abgestumpft wie sie sind – das verdorbene Blut getrunken haben. Oder ...«

»... sie haben alle von dem Blut getrunken, aber bei den Altehrwürdigen wirkt es stärker als bei den Servienten«, übernahm Alisa wieder.

Luciano wiegte den Kopf hin und her. »Von so etwas habe ich noch nie gehört. Haltet ihr das wirklich für möglich?«

Auch Franz Leopold und Alisa mussten zugeben, dass sie bisher keinen Fall kannten, bei dem Servienten und Reine so verschieden reagierten.

»Ich frage mich nur, warum es Ghislaine ebenfalls so schlecht geht«, mischte sich Ivy ein, die scheinbar gar nicht zugehört hatte. »Sie war nicht bei den Jahrmarktsleuten, hat sie behauptet?«

»Vielleicht weiß sie nicht einmal mehr, was sie getan oder wovon sie getrunken hat«, meinte Luciano.

Ivy war nicht überzeugt. »Es ist jedenfalls sehr, sehr merkwürdig. Ich habe so etwas noch nie gesehen.«

»In deinen ganzen einhundert Jahren nicht?«, fragte Franz Leopold ein wenig scharf.

Ivy zuckte zusammen, sagte aber ruhig: »Nein, in meinen ganzen einhundert Jahren nicht.«

»Kaum zu glauben, wo doch auf der Insel so viel Whiskey getrunken wird«, scherzte Luciano.

»Kein Mensch kann so viel Whiskey im Blut haben, dass ein Vampir am nächsten Tag den Sonnenuntergang vergisst!« Ernst sah Ivy in die Runde.

Franz Leopold nickte, aber Alisa war abgelenkt. Sie sah zu Malcolm hinüber, der sich mit Vincent über ein großes Stück Papier beugte. Neugierig trat sie näher. »Was habt ihr denn da?«

»Ein Beutestück, das ein gewisser Vyrad dazu verwenden will, einen unerlaubten Alleingang zu rechtfertigen«, gab Vincent ein wenig säuerlich zurück. Alisa hob fragend die Brauen.

»Nun hör aber endlich auf«, rief Malcolm ärgerlich. »Du tust ja gerade so, als wäre ich noch ein Kind oder hätte mich unter den Klingen einer Horde Vampirjäger alleine davongeschlichen.« Malcolm raffte die Karte zusammen. »Da sie dich nicht besonders zu interessieren scheint, macht es dir ja nichts aus, wenn ich sie Alisa schenke!« Er drehte Vincent den Rücken zu. Der mürrische Ausdruck verschwand und wurde von einem strahlenden Lächeln ersetzt. Er reichte Alisa die Karte mit einer Verbeugung. »Du bist doch an solchen Dingen interessiert.«

Alisa war ein wenig verblüfft. Malcolm hatte in letzter Zeit nicht mehr den Eindruck gemacht, als wäre er an ihrer Gesellschaft interessiert. Viel mehr hatte sich in ihr der Verdacht erhärtet, er würde sich in seine Vernarrtheit in das Mädchen aus Rom hineinsteigern. Warum nun dieses Geschenk? Um Vincent für seine Rüge zu strafen? Vermutlich. Dennoch nahm sie es an.

»Was ist das?«, fragte Alisa und faltete den Plan auseinander. »Oh, eine Karte der unterirdischen Gänge und Kammern. Sieh mal, das hier ist nicht ganz richtig. Hier kreuzen sich die Wege in einem anderen Winkel. Und diese Kaverne müsste in ihren Abmessungen größer sein.«

Malcolm beugte sich über die Karte und betrachtete die Stellen, auf die Alisa deutete. Sein Gesichtsausdruck verriet, dass er versuchte, sich die Orte ins Gedächtnis zurückzurufen. Sie waren im Zuge ihrer Übungen nur einmal dort gewesen. Ob er sich nun erinnerte oder nicht, jedenfalls versicherte er Alisa, dass sie recht habe. Ein wenig erstaunt sah er sie an.

»Du hast eine fantastische Beobachtungsgabe«, sagte er bewundernd, und sie schlug geschmeichelt die Augen nieder.

»Danke, ich muss sagen, die Übungen der Pyras haben für einen Durchbruch gesorgt, den ich nicht für möglich gehalten hätte. Es ist unglaublich, wie sich die Sichtweise ändert, wenn man seine Position stets exakt bestimmen kann. Somit baut sich ganz automatisch ein genaues, räumliches Bild auf, das man nicht wieder vergisst.«

Das konnte Malcolm anscheinend nicht ganz nachempfinden, er nickte aber dennoch.

»Wo hast du diese Karte gefunden?«, fragte Alisa. »Ich kann mir vorstellen, es war eine mühevolle Arbeit für die Menschen, diese Vermessungen durchzuführen und die Ergebnisse zusammenzutragen. Das haben sie nicht in wenigen Tagen gemacht. Ich vermute, das sind Forschungsergebnisse von Jahrzehnten! Vielleicht stammen die Grundlagen sogar noch aus den Zeiten, als die ersten *inspecteurs des carrières* unterwegs waren und die einsturzgefährdeten Gänge ausbesserten. Man sieht ja an vielen Ecken die Jahreszahlen der Arbeiten eingemeißelt.«

Malcolm nickte vage. »Kann sein.«

»Sag schon! Woher hast du das wertvolle Stück?«

»Aus dem Tiergarten«, nuschelte er.

»Was?« Alisa dachte erst, er wolle sie auf den Arm nehmen. Was hatte solch eine Karte in einer Menagerie zu suchen? Dann kam ihr eine Idee. »Nicht etwa aus dem Haus, in dem Seigneur Thibaut gefangen gehalten wurde?«

»Doch.« Malcolm nickte.

»Und was hast du dort gemacht?«

Als er nicht sofort antwortete, war ihr alles klar. Wider Willen spürte sie einen schmerzhaften Stich. »Du hast sie gesucht, nicht wahr?«

»Wen?«, wehrte Malcolm ab, der offensichtlich bereute, sich überhaupt auf dieses Gespräch eingelassen zu haben.

»He, halte mich nicht für einfältig. Das Mädchen aus Rom mit der roten Maske!«

»Sie heißt Latona«, sagte Malcolm leise.

»Sie ist hier in Paris, streite es nicht ab, ich habe ihren Duft im Park bemerkt. Hast du dich mit ihr getroffen?«, fragte Alisa neugierig.

»Nein!«, sagte er nur, fügte aber vermutlich in Gedanken hinzu: Und das geht dich auch nichts an.

Alisa musste ihm da recht geben, konnte aber nicht anders, als weiterzubohren, obwohl sie sich der Gefahr, ihn zu erzürnen, bewusst war. Neugierde war eine nicht zu unterschätzende Kraft!

»Aber du hast es versucht, nicht wahr? Die Maske war für sie bestimmt. Hat Latona sie denn gefunden?«

Malcolm hob die Arme. »Keine Ahnung. Die Maske ist jedenfalls weg, und ich kann nicht sagen, wer sie genommen hat.«

»Doch du lässt nicht locker.« Alisa nickte nachdenklich. »Ist das klug? Du weißt, dass sie mit ihrem Onkel hier ist, dem Vampirjäger. Meinst du nicht, sie könnten zu ihrem früheren Geschäft zurückgekehrt sein?«

»Sie haben einen Eid geschworen!«

»Sie sind Menschen!«

»Und? Was willst du damit sagen? Dass man ihnen aus diesem Grund nicht vertrauen darf?«

Die Entgegnung kam so heftig, dass Alisa einen Schritt zurückwich. Genau das hatte sie damit sagen wollen, traute sich nun aber nicht mehr, es auszusprechen. Malcolm wusste es auch so. Und vermutlich hatte er nur deshalb so reagiert, weil er die gleichen Zweifel in sich trug. Alisa hob beschwichtigend die Hände.

»Sei vorsichtig«, riet sie ihm. »Du könntest dich und sie in Gefahr bringen.«

»Danke für die Warnung«, sagte Malcolm steif.

Mehr konnte sie nicht tun. Alisa bedankte sich noch einmal für die Karte und kehrte dann zu den anderen zurück.

HAUTE COUTURE

Im Laufe der Nacht schien es den Altehrwürdigen besser zu gehen. Sie saßen in der großen Kaverne zusammen und tranken das Blut, das die Servienten auf Anweisung von Seigneur Lucien für sie besorgt hatten. Zu Lucianos Freude brachten sie auch so viel Tierblut mit, dass es für die Erben mehr als reichlich zu trinken gab, und Luciano seit langer Zeit wieder einmal behaupten konnte: Für den Augenblick sei sein Blutdurst gestillt. Dass dieses Gefühl nur kurz anhalten würde, wussten sie alle. Im Moment jedoch waren sie satt und zufrieden, und selbst die mürrischen Mienen von Karl Philipp und Anna Christina glätteten sich, und es schien fast, als würde die Vampirin lächeln, als Franz Leopold zu ihr trat und eine Frage an sie richtete.

»Das sieht nicht so aus, als würde sich heute Nacht noch etwas tun«, meinte Alisa, die sich neben Ivy auf einem der Särge niederließ.

»Was meinst du?« Ivy war mit ihren Gedanken in einem anderen Teil der Stadt unterwegs gewesen. In den geheimen Gemächern unter dem Opernhaus. Sie stellte sich vor, wie Erik an seiner Orgel saß und spielte.

»Ich meine, dass die Pyras offensichtlich keine Anstalten machen, uns heute Nacht weiter zu unterrichten«, sagte Alisa etwas ungeduldig. »Mal wieder! Sehr ernst nehmen sie die Sache ja nicht gerade.«

»Die ungewöhnliche Schwäche ihrer Altehrwürdigen?«

»Nein! Unsere Ausbildung, die Akademie!« Alisa schien nun verärgert. »Wo bist du denn mit deinen Gedanken? Grübelst du noch immer über die Ursachen der Krankheit nach?«

Ivy erwog für einen Moment, ob sie zu dieser Ausrede Zuflucht nehmen sollte, ihr Gefühl der Freundschaft für Alisa hielt sie aber davon ab. »Nein, obwohl ich das vielleicht sollte. Ich habe an Erik gedacht.«

Alisa sah sie aufmerksam an. »Denkst du nicht ein wenig häufig an das Phantom? Du planst doch nicht etwa, dich schon wieder davonzumachen?«

Ivy fiel es schwer, ihre Freundin weiter anzusehen. »Ich habe es mir überlegt. Wie du selbst schon sagtest, wird es heute Nacht wohl keinen weiteren Unterricht geben. Und da dachte ich mir, es könne nicht schaden, eine eigene Orientierungsübung durchzuführen.«

Alisas Blick war misstrauisch. »Ivy-Máire, halte mich nicht für einfältig! Du hast dich in das Phantom verguckt. Streit es bloß nicht ab, denn ich werde es dir sowieso nicht glauben.« Ein wenig verwundert fügte sie hinzu, als dränge sich ihr diese Erkenntnis gerade auf: »Ich hätte nicht gedacht, dass du so sprunghaft in deinen Gefühlen bist – gerade du! Im vergangenen Jahr waren Franz Leopold und du euch so zugetan. Auch wenn ich nicht genau weiß, was zwischen euch war, konnte das keiner übersehen, der euch ein wenig kennt! Und nun verliebst du dich in das Phantom, einen zugegeben genialen, doch eben auch missratenen Menschen. Einen Fehler der Natur!«

»Sind nicht auch wir ein Fehler der Natur?«, sagte Ivy nachdenklich. »Die Menschen, die uns jagen, glauben es zumindest. Wir sind nicht in Gottes Schöpfung vorgesehen, also muss man uns vernichten.«

»Du lenkst ab!«

»Nein, nicht direkt. Die Dunkelheit in ihm ist ein Teil seiner Anziehungskraft. Und dennoch irrst du dich, wenn du glaubst, ich wäre in Erik verliebt. Ich hege keine solchen Gefühle« – nicht mehr, fügte Ivy im Stillen hinzu. »Ich finde ihn und sein Wissen, sein Leben und die Erfahrungen, die er auf seiner Wanderschaft durch ferne Länder gemacht hat, faszinierend. Und ich bin von seiner Musik und seiner Stimme hingerissen.«

»Hm, ja, sie ist unglaublich«, gab Alisa widerstrebend zu, schien aber noch immer nicht überzeugt.

»Vielleicht hat Erik eine Idee, woher die seltsame Schwäche der Altehrwürdigen kommen könnte. Er kennt sich in Paris aus und ist schon einige Jahre hier. Und die hiesige Unterwelt kennt er sicher wie kein anderer.«

Obwohl das Argument gut gewählt war und vernünftig klang,

wollte Alisa es nicht annehmen. »Ha, das hast du dir eben erst ausgedacht, um mich zu überreden!«

»Möglich«, gab Ivy zu. »Aber je mehr ich darüber nachdenke, desto sinnvoller erscheint mir der Einfall.«

»Gib dir keine Mühe!«

»Du würdest mir also deine Schlüssel verweigern?«

Ivy spürte, wie Alisa mit sich haderte. Sie wusste, dass es unfair war, Druck auf die Freundin auszuüben, doch sie brauchte die Schlüssel. Es sei denn, sie wählte den oberirdischen Weg …

Untersteh dich, diesen Gedanken auch nur zu Ende zu denken, mischte sich Seymour ein. *Wir werden nicht durch die halbe Stadt flanieren und uns überall auf der Straße präsentieren!*

Manches Mal war es lästig, dass er immer in ihrem Geist war. Obwohl Ivy nicht ernsthaft daran dachte, fragte sie provokant zurück:

Sind wir nicht auch durch Hamburg und ganz Rom gestreift, ohne dass die Menschen uns bemerkt haben? Es ist bereits weit nach Mitternacht. Paris schläft!

Paris schläft nie und außerdem seid ihr in Rom sehr wohl bemerkt worden! Muss ich dich wirklich an den Vampirjäger mit seiner Silberklinge und an die Folgen dieser Nacht erinnern?

Das schlechte Gewissen wallte in ihr auf, doch es mischte sich auch ein wenig Trotz darunter. *Du musst mich nicht an deine Verletzung erinnern und dass das Silber dich vernichtet hätte, wäre Tara nicht rechtzeitig nach Rom gekommen. Und dennoch muss ich dir sagen, dass dieser Kampf nicht notwendig gewesen wäre. Sie hätten uns nicht eingeholt. Du hast dich selbst leichtsinnig in Gefahr begeben.*

Seymour schwieg. Er war beleidigt, oder ihm fiel nichts ein, was er darauf hätte erwidern können. Recht geben wollte er Ivy natürlich auf keinen Fall.

Alisa sah die Freundin noch immer unentschlossen an, dann seufzte sie und öffnete ihre Gürteltasche. »Da, nimm die Schlüssel, wobei es mir lieber wäre, wenn ich dich begleiten dürfte.«

Ivy wog den Schlüsselbund in der Hand. »Warum eigentlich nicht? Ja, wir trainieren unseren Orientierungssinn. Ziel ist – neben einem Abstecher bei Erik – ein Modesalon, in dem wir uns einkleiden können. Der Opernabend rückt näher und wir haben noch nichts zum Anziehen!«

Ivy sah, wie Alisa ungläubig den Mund öffnete. »Ist das dein Ernst?«

»Aber ja, warum sollte ich den Abend mit Verdi vergessen haben?«

Alisa machte eine unbestimmte Geste in Richtung der Altehrwürdigen. »Weil es jetzt Dringlicheres gibt?«

»Für die Pyras offensichtlich, doch für uns? Wozu sind wir hier? Um unsere Kräfte zu vermehren – und um die Kultur der anderen Clans kennenzulernen. Das ist die Basis für eine dauerhafte Verständigung.«

Alisa gluckste. »Du legst dir das fein zurecht. Die Kultur der anderen Clans? Bei den Pyras kann man einen Opernbesuch nur schwerlich dazurechnen.«

»Na und? Es ist die Kultur Frankreichs oder besser gesagt die Kultur von Paris«, zog sich Ivy würdevoll aus der Affäre. »Und außerdem möchte ich zu gerne *Aida* erleben, wenn der Meister selbst dirigiert!«

Alisa steckte den Schlüssel wieder in ihre Tasche und grinste die Freundin an. »Wie kann ich mich solch schlagenden Argumenten entziehen? Gehen wir!«

Doch sie hatten die Rechnung ohne Franz Leopold gemacht, der ihnen am Ausgang den Weg verstellte.

»Ihr beiden habt doch nicht etwa vor, ohne männlichen Schutz durch die Unterwelt von Paris zu spazieren?«

»Nein, haben wir nicht«, gab Alisa zurück. »Seymour begleitet uns.«

»Seymour! Ha, entschuldige Kumpel, ich will dich nicht beleidigen, aber ich spreche hier von Vampiren, nicht von einem Kerl, der sich stets hinter einem Wolfspelz versteckt hält.«

Der Werwolf schnappte in Franz Leopolds Richtung, der sich schnell in Sicherheit brachte. Nun bemerkte auch Luciano, der mit seiner Cousine Chiara und Mervyn bei einem irischen Würfelspiel saß, dass etwas vor sich ging. Er übergab seinen Platz an Sören und eilte zu den Freunden hinüber. Fragend sah er von den Vampirinnen zu Franz Leopold.

»Sie wollten sich gerade ohne uns verabschieden!«, klärte ihn der Dracas auf.

»Was?« Luciano sah ungläubig von der einen zur anderen. In seiner Miene war deutlich zu lesen, dass er gekränkt war.

»Wir wollten uns nur für die Oper Kleider besorgen«, sagte Alisa schnell, um ihn zu versöhnen. »Langweiliger Weiberkram!«

»Und ich? Brauche ich keinen Frack? Ihr habt doch nicht etwa daran gedacht, mir irgendeinen mitzubringen, der dann womöglich nicht richtig sitzt? Das ist nicht akzeptabel! Nicht wenn ich zu einer Aufführung gehe, bei der Verdi persönlich anwesend ist. Ich kann es kaum mehr erwarten. In Rom durfte ich ihn nur ein einziges Mal erleben und es war einfach großartig!«

Alisa und Ivy tauschten Blicke und gaben lieber nicht zu, dass sie sich über seine Ausstattung gar keine Gedanken gemacht hatten.

»Ich kann nicht anders, auch wenn es mir wehtut, ich muss für unseren Nosferas in die Bresche springen«, sagte Franz Leopold ein wenig gestelzt. »Ein Frack muss richtig sitzen, ob nun Verdi zu Besuch kommt oder nicht.« Luciano sah den Dracas erstaunt an. Von dieser Seite war er keine Schützenhilfe gewohnt.

»Ich komme mit, um euch zu beraten. In Sachen Kleidung habt ihr alle noch viel zu lernen!«, beschloss Franz Leopold. »Habt ihr schon eine Ahnung, wo ihr eure Suche nach der richtigen Garderobe beginnen wollt?«

Ivy und Alisa schüttelten die Köpfe. »Ich dachte, wir gehen in irgendeines der Bekleidungsgeschäfte an einem der Boulevards.«

Auf diese Bemerkung hin warf Franz Leopold der Lycana jenen Blick zu, mit dem er normalerweise Luciano bedachte, wenn dieser sich wieder einmal besonders ungeschickt anstellte.

»Sprich, ihr habt keine Ahnung, wo man etwas herbekommt, das der neusten Mode entspricht und in den Augen der Gesellschaft bestehen kann.« Er schüttelte den Kopf. »Wartet einen Moment. Ich werde mich erkundigen.« Franz Leopold ging davon.

»Also ich kann mir nicht vorstellen, dass auch nur einer der Pyras weiß, wo es modische Abendkleider gibt, egal ob er erst zwanzig oder schon hunderte Jahre in Paris weilt«, meinte Alisa.

»Er geht auch nicht zu einem der Pyras«, stellte Luciano fest. »Er fragt Anna Christina!«

Tatsächlich ging Franz Leopold schnurstracks zu seiner Cousine. Falls sie sich über seine Frage wunderte, so zeigte sie es nicht. Sie überlegte kurz und gab ihm dann eine Auskunft, die ihn zu einem zufriedenen Nicken veranlasste.

»Sie scheint es wirklich zu wissen«, sagte Luciano ein wenig fassungslos. »Wie ist das möglich? Wenn mich nicht alles täuscht, hat sie diesen Höhlenkomplex unter dem Val de Grâce nie verlassen, außer zu den gemeinsamen Übungen.«

»Wir neigen dazu, Anna Christina zu unterschätzen, weil sie sich so intolerant und desinteressiert gibt, doch wir mussten bereits in Irland erkennen, dass viel mehr in ihr steckt, als die Fassade vermuten lässt«, meinte Ivy.

»Wenn ich nur daran denke, wie sie mit dem Degen umgegangen ist«, ergänzte Alisa mit Bewunderung in der Stimme.

Luciano dagegen stöhnte. »Das darf nicht wahr sein. Er bringt sie mit hierher!«

Und wirklich, Anna Christina folgte ihrem Cousin. Ivy und Alisa waren mehr erstaunt als entsetzt. Damit hätten sie nicht gerechnet. Trotz ihrer nach wie vor abweisenden Miene wollte sie ihnen offensichtlich helfen.

»Das kann ich einfach nicht zulassen, sosehr es mir auch widerstrebt«, sagte sie statt einer Begrüßung. »Ich will mir gar nicht vorstellen, in welchen Gewändern ihr auftauchen würdet, ließe man euch alleine etwas auswählen.« Sie schauderte.

»Du willst also mitkommen, um uns zu beraten?«, versicherte sich Ivy.

Anna Christina zögerte. Fiel es ihr zu schwer zuzugeben, dass sie einem Vampir eines anderen Clans helfen wollte? Offensichtlich, denn sie wehrte ab.

»Ich habe selbst vor, mir ein anständiges Kleid zu besorgen. Ich gebe es ja nicht gerne zu, aber in Sachen Mode ist Paris Wien voraus. Auch wenn man nie auf diesen Gedanken käme, wenn man die Pyras sieht und wie sie hausen.« Sie zog die Nase kraus. »Aber wenn wir schon einmal in den Häusern der Haute Couture sind, dann gebe ich euch gerne den ein oder anderen Tipp«, fügte sie großzügig hinzu und ging dann los, ohne sich zu vergewissern, ob die anderen ihr auch folgten. Alisa warf noch einen Blick zurück und suchte Hindrik und Matthias.

»Alles in Ordnung. Hindrik sitzt dort drüben und lauscht mit trübem Blick dem Redeschwall einer jungen Pyras, die, glaube ich, Nicolette heißt. Und Matthias döst dort hinten an der Wand vor sich hin. Sie haben nicht auf uns geachtet«, berichtete Alisa erfreut. »Wir müssen also nicht damit rechnen, dass sie uns gleich nachgelaufen kommen.«

»Hm«, meinte Ivy nur, doch ehe sie darüber nachdenken konnte, was sie daran störte, lenkte Alisas Frage an Anna Christina sie ab. »Wohin gehen wir eigentlich?«

»Die teuersten und damit auch die besten Geschäfte finden wir in der Rue Faubourg St. Honoré oder auch in der Avenue Montaigne. Aber ich denke, wir fangen mit Ersterer an, das ist näher.« Zielstrebig führte die Dracas sie über die Seinebrücke und dann im Untergrund direkt zu ihrem Ziel. Wieder staunten die Vampirinnen, dass Anna Christina sich so gut auskannte und mit der Orientierung und den Himmelsrichtungen der Gänge keinerlei Schwierigkeiten hatte. Durch einen Kanaldeckel in der Rue Faubourg St. Honoré verließen sie die Unterwelt. Zum Glück trug Anna Christina keines ihrer Reifrockungetüme, sonst wäre sie stecken geblieben. Sie gönnte ihrem schmutzig-nassen Rocksaum nur einen kurzen, ärgerlichen Blick, dann strebte sie auf ein prächtiges Gebäude mit einem einladenden Schaufenster zu.

»Hier sind wir richtig«, sagte sie zufrieden und zeigte auf die Auslage. »Das ist genau mein Geschmack!«

Alisa drängte sich zum Schaufenster vor. »Das ist ja unglaublich. Ich habe noch nie so ein Kleid gesehen.«

»Das glaube ich gern!« Anna Christina sah sie abschätzig an. »Und du meinst, du schaffst es, damit in die Oper zu gehen, ohne über den Rocksaum zu stolpern?«

»Jetzt hör aber auf! Sie ist modisch nicht auf dem Laufenden, aber

kein tollpatschiger Mensch«, verteidigte Franz Leopold die Vamalia.
Alisa sah ihn erstaunt an.

»Willst du nicht die Tür öffnen?«, unterbrach Luciano.

»Wenn es nicht geht, kann ich mich auch in eine Fledermaus
wandeln«, bot Ivy an. »Dort oben ist ein Fenster einen Spalt breit
geöffnet.«

Doch das war nicht notwendig. Alisa hatte das Schloss innerhalb
weniger Augenblicke mit ihrem Dietrich geöffnet. Neugierig betraten die Vampire die Verkaufsräume. Sie waren prächtig eingerichtet
mit plüschig bequemen Sesseln und Fußbänken, nur die vielen hohen Spiegel, die nichts von den Eindringlingen zeigten, waren ihnen
unangenehm. So zogen sie sich in die hinteren Räume zurück, wo sie
eine Fülle von noch mehr Kleidern, Taschen, Schuhen, Fächern, aber
auch Anzügen und Fräcken erwartete. Alisas Blick fiel auf ein Kleid
in verschiedenen Blautönen, das nicht ganz so üppig mit Rüschen
und Schleifen dekoriert war wie das Wunderwerk im Schaufenster.
Ivy entschied sich für ein ebenfalls etwas schlichteres Modell aus
weißer Seide, dessen langer Unterrock und Ärmel wundervolle Sil-
berstickereien aufwiesen. Auch Luciano hatte keine Schwierigkeiten,
etwas zu finden, wobei sein erster Griff zu senfgelben Hosen, einer
gestreiften Weste und einer kräftig roten Jacke mit langen Schößen
Franz Leopold wie unter Schmerzen aufstöhnen ließ.

»Das kannst du meinen Augen nicht antun!«, rief er.

Luciano sah an sich hinunter und dann verständnislos zu dem
Dracas. »Meinst du wirklich, das ist zu auffällig?«

»Ja, das denke ich. Wenn du meinen Rat hören willst, dann bleibe
bei Schwarz, klassisch elegantem Schwarz.« Er reichte ihm einen
Frack.

»Wenn du meinst«, gab Luciano ein wenig enttäuscht nach. »Ich
finde das hier aber eleganter.« Alisa kicherte hinter vorgehaltener
Hand, während Luciano sich dem Rat des Dracas beugte. Allerdings
ließ es sich der Nosferas nicht nehmen, die anderen Kleidungsstücke
ebenfalls einzupacken.

Anna Christina dagegen war nicht leicht zufriedenzustellen. Sie
probierte verschiedene Kleider an, hatte aber an allen etwas aus-

zusetzen. Das eine zu kurz, das andere zu eng, beim nächsten die Schleifen zu klein, die Schleppe zu kurz, der Ausschnitt zu tief.

Franz Leopold hatte bald genug. »Dann lass es doch. Wozu brauchst du ein Kleid? Du kommst doch eh nicht mit in die Oper.«

Anna Christina nahm das achte Kleid vom Bügel. »Nein? Rede keinen Blödsinn. Natürlich komme ich mit. Ich habe schon einen Höhlenkoller und will endlich wieder einmal kultivierte Wesen um mich haben – selbst wenn es nur Menschen sind.«

Alisa war deutlich anzusehen, dass sie von dieser Wendung nicht begeistert war, und auch Luciano verdrehte die Augen.

Schließlich entschied sich Anna Christina für vier Kleider mit unterschiedlichen Verzierungen und Schleppen, zwei Fächer, drei Hüte und natürlich passende Schuhe, ein Ridikül und diverse andere Dinge, die eine Dame unbedingt bei sich haben musste.

»Glaube ja nicht, dass ich dir den ganzen Kram bis zum Val de Grâce trage«, murrte Franz Leopold. Überraschenderweise bot Luciano an, ihr beim Transport der sperrigen Bündel behilflich zu sein.

»Pass aber auf, dass du das eine Ende nicht ins Wasser hängen lässt«, fuhr sie ihn an.

Sie machten sich auf den Rückweg. Inzwischen war es so spät, dass an einen Besuch bei Erik nicht mehr zu denken war. Ivy war darüber fast ein wenig froh. Was hätte er dazu gesagt, dass sie Anna Christina mitbrachten? Sie war nicht gerade für ihr Taktgefühl bekannt, und Ivy ahnte, dass es Dinge gab, die Erik nicht ertragen konnte. Wenn Anna Christina allerdings vorhatte, sie in die Oper zu begleiten, dann war die Begegnung nur aufgeschoben. Ivy bekam ein mulmiges Gefühl. Hoffentlich kam es bei der Aufführung von *Aida* nicht zu einem Eklat. Sie überlegte gerade, ob es nicht eine Möglichkeit gäbe, das zu verhindern, als sie entdeckte, dass Alisa nicht nur ihr Kleid unter dem Arm trug.

»Was ist das andere?«

Alisa schien ein wenig verlegen. »Ein Frack.«

»Ein Frack? Überlegst du dir, im Frack in die Oper zu gehen?« Ivy kannte Alisas Vorliebe für die bequemeren Männerkleider, doch ob das das Richtige für diesen Anlass war?

»Natürlich nicht!«, wehrte sie ab. »Der ist für Malcolm.«

Ivy sagte erst einmal nichts, und so fuhr Alisa hastig fort: »Wenn Anna Christina sich uns anschließt, dann kann auch keiner was sagen, wenn ich Malcolm einlade. Er wird sich sicher freuen. Ich denke, so eine Aufführung hat er auch noch nicht erlebt, und außerdem ist das Opernhaus wirklich sehenswert und …« Sie brach ab. Anscheinend fielen ihr keine weiteren Argumente ein.

»… und außerdem möchtest du ihn gerne dabeihaben«, ergänzte Ivy. »Ist das nicht Grund genug?«

»Wenn du es so siehst«, meinte Alisa mit Erleichterung in der Stimme, blickte aber zu Boden.

✳✳✳

Am nächsten Abend hielt Sébastien halbherzig ein paar Übungen mit ihnen ab, aber er war nicht bei der Sache. Sie erhielten weder Lob noch Tadel, egal wie sie sich anstellten.

»Wie sollen wir vorankommen, wenn wir weder Anleitung noch Kritik bekommen?« Alisa war erbost.

»Ich kann gerne ein wenig auf deinen Schwächen herumreiten«, bot Franz Leopold an.

»Ich verzichte!«, zischte die Vamalia.

Er zuckte mit gespieltem Entsetzen zurück. »Hu, da ist aber heute jemand schlecht gelaunt und vielleicht sogar gefährlich?«

»Lass sie in Ruhe«, wies ihn Ivy zurecht.

Franz Leopold fuhr zu ihr herum. »Das hört sich auch sehr griesgrämig an. Was ist denn mit euch los?«

Ivy kehrte zu ihrem gewohnten Gleichmut zurück. »Entschuldige, ich wollte dich nicht anfahren. Ich bedaure es nur ebenfalls, dass unser Unterricht nur noch, wie soll ich sagen, rudimentär abgehalten wird. Wir wollen noch so viel lernen.«

»Von den Pyras?« Franz Leopold kräuselte die Lippe. »Ich gebe ja zu, dass die Sache mit den Ratten nicht schlecht und mich die Gabe, den eigenen Standort zu erspüren und jede Richtungsabweichung zu erkennen, erstaunt hat, aber mehr erwarte ich wirklich nicht.«

»Ich glaube, dass es durchaus noch überraschende Fähigkeiten zu entdecken gibt«, widersprach Ivy. »Und außerdem haben die meisten von uns noch viel Training nötig. Sie brauchen noch zu viel ihrer Konzentration für die Führung der Tiere und blockieren damit ihren Geist für andere Dinge.«

Die Freunde erledigten schweigend ihre Aufgaben und trafen sich anschließend wieder in der großen Halle, wo sich auch einige der Altehrwürdigen aufhielten. Natürlich ließen die Kräfte der Vampire im Alter nach, doch das Bild, das sie boten, war erschreckend. Sie saßen nur teilnahmslos herum, den Blick trübe in die Ferne gerichtet, oder tappten wie Greise umher, verwirrt und ohne Ziel.

»Ist es nicht ein Bild des Jammers?«, sagte Luciano mit Abscheu in der Stimme.

»Wobei ich sagen muss, ich finde, auch einige jüngere Pyras sehen heute nicht gut aus«, meinte Alisa nachdenklich.

»Nicht gut?«, spottete Luciano. »Du meinst, noch schlimmer, als sie so schon aussehen?«

»Ich meine, dass sie irgendwie erschöpft wirken.«

»Hindrik und Matthias aber auch«, mischte sich Ivy ein, die bisher geschwiegen hatte, ihre Finger nachdenklich in Seymours Fell vergraben. »Und sieh dir eure drei Schatten an, Luciano!«

»Ich habe keinen Schatten mehr«, wehrte der Nosferas ab.

»Paris scheint durch und durch verdorben zu sein, bis ins Blut«, meinte Franz Leopold.

»Wie kann das sein?«, widersprach Alisa. »Sébastien sagt, so etwas gab es noch nie. Jedenfalls nicht in diesem Ausmaß. Sicher hat der eine oder andere mal einen Nachtschwärmer erwischt, dessen Blut nicht bekömmlich war, und musste eine Weile leiden. Doch nach der nächsten Totenstarre war alles wieder in Ordnung.«

»Ja, es ist unerklärlich und ein wenig unheimlich«, stimmte ihr Ivy zu.

»Na, wenigstens scheinen ihre Rinder und Schweine gesund zu sein«, meinte Luciano fröhlich. Er genehmigte sich noch eine der Blutrationen, die die Servienten unermüdlich herbeischafften.

»Die sind für die schwachen Altehrwürdigen gedacht«, mahnte ihn Alisa.

Luciano ließ sich nicht abhalten. »Ach was. Die Pyras wollen sicher nicht, dass einer der fremden Erben unter ihrer Obhut plötzlich tattrig wird. Also können sie nichts dagegen haben, wenn wir dem mit einer weiteren Stärkung entgegenwirken.«

Franz Leopold schürzte die Lippen. »Dass du schwächelst und vom Fleisch fällst, ist unwahrscheinlich. Ich vermute eher, dass du so fett wie dein Cousin Maurizio bist, bis du nach Rom zurückfährst.«

»Ich bin größer und schlanker geworden«, entrüstete sich Luciano, reckte sich in die Höhe und zog den Bauch ein.

Franz Leopold wiegte den Kopf hin und her. »Mag sein, dass das im vergangenen Jahr zutraf. Allzu freigiebig haben uns die Lycana ja nicht mit Blut versorgt. Aber seit wir hier sind, scheinst du jede Nacht nach mehr zu verlangen. Du wirst noch deinen Frack sprengen!«

Luciano blickte panisch an sich hinab und sah dann flehend zu den beiden Vampirinnen, um von ihnen zu hören, dass Franz Leopold wieder einmal schauderhaft übertrieb. Doch Alisa und selbst Ivy schwiegen. Plötzlich schmeckte ihm das Blut nicht mehr und er schob den halb vollen Becher zur Seite.

»Wer weiß, vielleicht sind auch ihre Rinder verseucht«, sagte er.

So floss die Nacht ereignislos dahin. Alisa borgte sich ein Buch von Vincent und vertiefte sich in die spannende Geschichte, während Ivy ein wenig abseits stumme Zwiesprache mit Seymour hielt. Ihre Miene war ernst und voller Sorge. Franz Leopold schlenderte ziellos umher und blieb dann bei seinem Vetter stehen. Mit ein paar alten Spießen, die sie irgendwo in den Höhlen aufgetrieben hatten, übten sie sich im Fechtkampf. Luciano sah ihnen wider Willen bewundernd zu. Schon bald hatte Karl Philipp keine Lust mehr und warf den Spieß beiseite. Zu Lucianos Überraschung nahm Anna Christina ihn auf und wog ihn abschätzend in der Hand. Sie trug, wie in den vergangenen Nächten zuvor, keinen Reifrock mehr unter ihrem Kleid, da er in den manchmal engen Gängen zu hinderlich war. Ihre Servientin Rajka hatte ihr den Saum gekürzt, sodass er nun um ihre Knöchel schwang und nicht mehr über den Höhlenboden schleifte. Marie Luise dagegen weigerte sich hartnäckig, sich den Pariser Gegebenheiten anzupassen. Sie saß in ihrem ausladenden Kleid mit einer

Miene des Leidens auf ihrem Sarg und ließ sich von ihrer Dienerin Karolina die Haare zu immer neuen kunstvollen Frisuren aufstecken. Sie verließ diesen Rückzugsort nur, wenn es gar nicht anders ging und die Pyras eine Übung anordneten. Ansonsten blieb sie die ganze Nacht dort sitzen und ließ sich von Karolina bedienen.

Ich würde vor Langeweile vergehen, dachte Luciano und schenkte ihr einen verächtlichen Blick. Wie konnte man nur so dumm und zickig sein? Sein Blick wanderte zurück zu Anna Christina und Franz Leopold, die sich nun mit einigen Schritten Abstand gegenüberstanden und sich abschätzend fixierten.

»Nun, lieber Vetter, wirst du es wirklich wagen, gegen mich anzutreten?« Sie raffte mit der einen Hand elegant ihren weiten Rock und hob mit der anderen den Spieß wie zum Gruß.

Franz Leopold verneigte sich. »Es wird mir ein Vergnügen sein, dir eine Lektion in Demut zu erteilen, liebe Cousine.«

Er schlug so schnell zu, dass Luciano meinte, er müsse die Vampirin zu Boden geschleudert haben, doch Anna Christina parierte und ging nun ihrerseits mit einer raschen Schlagfolge auf ihren Vetter los. Die Schläge hallten wie Schüsse durch die hohe Kaverne und bald hatten die beiden die Aufmerksamkeit aller Anwesenden auf sich gelenkt. Selbst Alisa legte ihr Buch beiseite und sah den beiden zu. Luciano trat zu ihr. »Eine kleine Wette gefällig? Ich sage, unser Leo macht sie fertig.«

Alisa verfolgte kritisch den nächsten Schlagabtausch. »Ich halte dagegen. Ich sage es ja nicht gern, aber Anna Christina ist brillant. Sie wird dem übersteigerten Selbstbewusstsein unseres Freundes einen Dämpfer versetzen.«

»Na, sie leidet auch nicht gerade an Selbstunterschätzung«, meinte Luciano.

Alisa hob die Schultern und lächelte zu ihm hoch. »Man kann nicht alles haben. In diesem Fall ziehe ich es vor, dass Leo eine Lektion erteilt bekommt. Das kann für ihn nur von Nutzen sein.«

»Ob er das auch so sieht?«, meinte Luciano grinsend.

»Das ist mir egal, Hauptsache, er wird ein wenig zurechtgestutzt!«

»Muss er das denn?«, fragte Ivy, die unbemerkt hinter sie getreten war und den Kampf ebenfalls aufmerksam verfolgte.

»Aber ja!«, riefen Luciano und Alisa gleichzeitig.

Ivy seufzte und schüttelte den Kopf. »Ist euch nicht aufgefallen, wie sehr er sich in den vergangenen beiden Jahren verändert hat?«

»Das ist mir entgangen. Du bist viel zu weich, Ivy, und voreingenommen, was Leo betrifft«, sagte Luciano. Alisa dagegen schwieg. Ein nachdenklicher Ausdruck trat in ihre Miene.

Mehr als eine Stunde wogte der Kampf hin und her, ohne dass einer der beiden die Oberhand gewinnen konnte. Schließlich ließen sie beide die Spieße sinken, lächelten einander an und neigten die Köpfe.

»Es war mir ein Vergnügen«, sagte Franz Leopold gelassen, als habe er die Stunde lesend in seinem Sarg verbracht.

»Mir auch«, gab Anna Christina zu, und ihre Augen blitzten. Alisa dachte, dass sie niemals schöner ausgesehen hatte.

VERDI IN DER OPER

Ein Herr erwartete sie in der Halle? Latona sah den Pagen neugierig an. Sie kannte nicht viele Herren, die in ihrem Hotel vorsprechen würden und sie zu sehen wünschten.

»Hat er dir denn keine Karte gegeben?«

»Oh, Verzeihung Mademoiselle, natürlich.« Der Page wurde rot und überreichte ihr die Karte mit einer übertrieben tiefen Verbeugung.

Bram Stoker, natürlich, wer sonst? Was er wohl wollte? Ein angenehmes Prickeln lief ihren Rücken hinunter. Latona wäre fast losgeeilt, womöglich mit gerafften Röcken in die Halle gestürzt, doch sie erinnerte sich gerade noch rechtzeitig daran, was sich schickte. Sie dankte dem Pagen und sandte ihn mit der Nachricht zurück, sie werde hinunterkommen, sobald es ihr möglich sei. Dann schloss sie mit klopfendem Herzen die Tür. Sie konnte sich ihre Reaktion nicht erklären. Bram Stoker war mit seinen mehr als dreißig Jahren fast ein alter Mann in ihren Augen. Doppelt so alt wie sie selbst. Latona war also keinesfalls in ihn verliebt. Es war eher so eine Ahnung, dass sein Besuch etwas Aufregendes bedeutete. Mit verschränkten Armen blieb sie an die Tür gelehnt stehen und überlegte, wie lange sie ihn warten lassen sollte. Was war einer Dame von Welt angemessen? Latona hatte keine Ahnung. Sie ging in ihr Schlafzimmer und griff nach der roten Maske, die Bram Stoker von der Mauer geholt hatte. Sie presste den weichen Stoff gegen ihre Wange. So verharrte sie eine Weile. Nach kaum fünf Minuten hielt sie es nicht mehr aus, verstaute die Maske in ihrem Ridikül und eilte zum Aufzug, um sich vom Liftboy in die Halle fahren zu lassen.

»Mr Stoker, was für eine Überraschung«, begrüßte sie ihn und reichte ihm die Hand. »Was führt Sie hierher?«

Er geleitete sie zu einem Tischchen abseits in einer Nische, bestellte für sich Tee und für Latona eine heiße Schokolade und Gebäck, ehe er sie von ihrer Ungeduld erlöste.

»Ich bin gekommen, um Sie zu fragen, ob Sie morgen Abend mit mir ausgehen würden.« Sie sah ihn erstaunt an, und er beeilte sich zu versichern. »Meine Absichten sind vollkommen ehrenhaft … Mir ist klar, dass Ihr Onkel Einwände erheben könnte, aber ich schwöre …«

»Beim Grab Ihrer Mutter?«

»Beim Grab meiner …« Er sah sie an. »Sie machen sich über mich lustig!«

Latona kicherte. »Ja, Mr Stoker. Wohin wollen Sie denn mit mir gehen?«

»Es ist mir gelungen, für morgen Abend zwei Karten für die Oper zu bekommen. Es ist *die* Sensation in Paris. Verdi dirigiert seine *Aida*!«

Latona machte große Augen. »Ich habe davon gehört. Heute Morgen beim Frühstück haben alle davon gesprochen. Doch was ist mit Ihrem Freund Oscar? Möchte er Sie nicht begleiten?«

Bram wirkte ein wenig verlegen. »Nein, es sind leider nur Karten im Parkett, und er sagte mir, dass nichts auf der Welt ihn noch einmal dazu bringen könnte, zwischen – äh – Leuten zu sitzen, die nicht der Gesellschaft angehören.«

Latonas Lächeln vertiefte sich. »Hat er das so formuliert? Das kann ich mir nicht vorstellen.«

Bram lächelte etwas schief zurück. »Nein, seine Wortwahl war: unter dem gemeinen Pöbel.«

»Und nun fragen Sie mich?«

»Verstehen Sie das nicht falsch. Ich möchte wirklich gerne mit Ihnen in die Oper. Ich hoffe, es macht Ihnen nichts aus, im Parkett zu sitzen.«

»Die Logen sind ganz schrecklich teuer, nicht wahr?«, erkundigte sich Latona. Noch ehe sie es ausgesprochen hatte, wurde ihr Fehler ihr bewusst. Über Geld durfte man in der Gesellschaft ja nicht sprechen. Da hatte ihre direkte Art wieder mal die Oberhand behalten. Sie sah, wie sich Bram wand.

»Äh ja, das auch, außerdem sind sie seit Monaten ausverkauft. Seit bekannt wurde, dass der Maestro persönlich dirigieren wird. Nun, wie ist es? Haben Sie Lust? Ich kann bei Ihrem Onkel vorsprechen, damit Sie keine Schwierigkeiten bekommen.«

»Auf keinen Fall!«, rief Latona. »Er braucht es nicht zu wissen. Wir warten, bis er das Hotel verlässt. Er geht so gegen sieben. Geben Sie mir eine Stunde, um mich umzuziehen – ich muss damit warten, bis er weg ist, sonst würde er womöglich Fragen stellen –, aber dann können wir gehen. Ist das zu spät?«

Bram Stoker schüttelte den Kopf. »Nein, ganz und gar nicht. Wichtige Menschen kommen stets ein wenig später, damit ihr Auftritt gebührend bewundert wird.«

Latona lächelte ihm verschwörerisch zu. »Also um acht. Ich komme in die Halle herunter, sobald ich fertig bin.«

»Ich werde Sie hier erwarten. Dann bis morgen Abend. Ich freue mich sehr.«

»Ich freue mich auch«, wiederholte sie, während sie sich überlegte, was zum Teufel sie an diesem glanzvollen Abend tragen sollte. Vielleicht könnte sie ihren Onkel überzeugen, dass sie unbedingt neue Kleider benötigte. Er war in großzügiger Stimmung. Sie würde ausprobieren, wie großzügig …

* * *

Alisa öffnete den Deckel und setzte sich schwungvoll auf. Heute war die Nacht, der sie seit zwei Wochen entgegenfieberte. Verdis *Aida*. Ein Opernbesuch mit ihren Freunden in Begleitung des Phantoms! Sie spürte ein freudiges Kribbeln, das sie lächeln ließ. Doch dann erlosch ihr Lächeln. Wenn sie überhaupt gehen durften! Was, wenn Seigneur Lucien es ihnen verbot? Natürlich konnten sie versuchen, wieder einmal unentdeckt zu entwischen, doch wie sollten sie das in Abendgarderobe anstellen? Bisher war Alisa zuversichtlich gewesen und überzeugt, dass nichts und niemand ihnen diesen Opernabend verderben konnte, nun aber stellten sich Zweifel ein. Wie sollten sie den Pyras begreiflich machen, wie einzigartig und wichtig solch ein Ereignis war? Nein, sie würden es nicht verstehen.

Alisa sprang aus dem Sarg und sah sich kritisch um. War heute wieder alles in Ordnung? Wie ging es den Altehrwürdigen? Noch war keiner von ihnen zu sehen. Alisa trat zu Ivy.

»Wie machen wir es? Sollen wir versuchen, uns heimlich davonzuschleichen, und uns erst bei Erik für die Oper umziehen?«

Franz Leopold, der ihre letzten Worte gehört hatte, stimmte ihr zu. »Was sie nicht wissen, können sie auch nicht verbieten!«

Ivy war dafür, um Erlaubnis zu bitten. »Wir werden viele Stunden weg sein. Was, wenn sie uns suchen?«

Franz Leopold hob die Schultern. »Sollen sie. Sie werden uns ja kaum bis in die Oper folgen, um uns mitten in der Vorführung aus der Loge zu zerren.« Er grinste. »Wobei das ein erstklassiger Skandal wäre, der in Paris sicher noch in Jahren für Gesprächsstoff sorgen würde.«

»Was machen wir, wenn sie Nein sagen?«, meinte Alisa. »Dann müssen wir uns fügen. Ihr glaubt doch nicht etwa, dass wir dann noch die Gelegenheit bekommen, uns unbemerkt davonzumachen?«

»Nein, vermutlich nicht«, musste Ivy zugeben, dennoch bestand sie darauf, den Clanführer zu informieren. Die anderen waren nicht überzeugt, konnten jedoch nicht verhindern, dass sie mit Seymour zu Seigneur Lucien ging.

»Oh nein«, jammerte Luciano, der sich mit wirrem Haar in seinem Sarg aufsetzte. »Sie verdirbt uns alles. Ich kann diesen Auftritt einfach nicht versäumen! Daran darf ich gar nicht denken.«

»Wirst du dich sonst in Verzweiflung im Sonnenlicht auflösen?«, fragte Franz Leopold.

»Darüber sollte man nicht scherzen«, meinte Alisa und schüttelte sich. Das Bild der vernichteten Nosferas im Brunnenschacht stieg in ihr auf und sie meinte, den Gestank von Verbranntem wieder riechen zu können.

»Man kann über alles scherzen«, widersprach Franz Leopold kühl.

»Da kommen Ivy und Seymour«, rief Luciano und war mit einem Satz aus seinem Sarg. Alisa hatte ihn noch nie so schnell aufstehen sehen. Die drei blickten ihr neugierig entgegen, doch ihre Miene ließ nicht erkennen, ob sie Erfolg gehabt hatte oder ihnen gleich die niederschmetternde Absage mitteilen würde. Alisa fühlte, wie sie ganz zappelig wurde.

»Nun? Was ist? Was hat Seigneur Lucien gesagt?«

Ein feines Lächeln umzuckte ihre Mundwinkel. »Er hat viel gesagt. Dass er nicht verstehen kann, was wir daran finden, beispielsweise. Oder dass die hohen Frauenstimmen in ihm das unbändige Verlangen wecken, sie sofort mit einem Biss zum Schweigen zu bringen.«

Franz Leopold zog eine Grimasse. »Ich wusste ja gar nicht, dass es dir Vergnügen bereitet, grausam zu sein. Eine ganz neue Seite unserer Lycana.«

»Ich? Grausam?« Ivy sah ihn verwundert an.

»Aber ja. Sieh dir Lucianos Gesicht an. Er leidet Höllenqualen, während du dir einen Spaß daraus machst, uns auf die Folter zu spannen.«

Luciano sah wirklich so aus, als hätte er Schmerzen. Ivy legte die Hand auf seinen Arm. »Du kannst dich entspannen. Wir werden in die Oper gehen!«

Luciano sah sie mit weit aufgerissenen Augen an, als habe er ihre Worte nicht verstanden. Dann riss er die Arme hoch und stieß einen Freudenschrei aus.

»Diese Reaktion finde ich nun doch ein wenig übertrieben«, meinte Franz Leopold und sah mit hochgezogenen Augenbrauen zu Alisa hinüber. »Du wirst nun nicht etwa auch etwas Unüberlegtes tun? Anderen Vampiren um den Hals fallen oder so?«

Alisa grinste. »Nein, keine Sorge. Ich gehe dir nicht an den Hals, aber ich freue mich ebenso, dass wir gehen dürfen. Es wäre sonst schwierig geworden.«

»Du hättest dich dennoch nicht abhalten lassen?« Franz Leopold sah sie interessiert an.

»Nein«, sagte Alisa. »Auf keinen Fall.«

Luciano griff nach seinem neuen Frack. »Gehen wir? Wo ziehen wir uns um? Gleich hier oder bei Erik in der Höhle?«

»Seigneur Lucien hat eine Bedingung genannt«, fügte Ivy hinzu.

»Oh, jetzt kommt's«, maulte Luciano.

»Nicht so schlimm. Wir sollen nur zwei unserer Servienten mitnehmen, dass sie ein Auge auf uns haben. Er meinte, die Pyras hätten heute Nacht keine Zeit für uns.«

»Dann werde ich Hindrik mal von seinem Glück berichten«, sagte Alisa. Sie war nicht begeistert, an diesem Abend die beiden Servienten im Schlepptau zu haben, doch wie Ivy gesagt hatte, es hätte schlimmer kommen können. Das Problem war allerdings, dass weder Matthias noch Hindrik einen Frack oder anderen Anzug besaßen, in dem sie in der festlichen Gesellschaft der Opernbesucher nicht aufgefallen wären.

»Ist doch gut«, raunte Luciano Alisa zu, als sie sich auf den Weg machten. »Dann müssen sie eben irgendwo in Eriks Gemächern zurückbleiben und auf uns warten, statt uns ununterbrochen mit ihrem Wachhundblick im Nacken zu sitzen.«

✳ ✳ ✳

Alisa fühlte sich ungewöhnlich leicht, als sie die große Freitreppe hinaufschritt. Es war ihr, als wäre sie Teil eines Theaterstücks und betrete eine Bühne. Neben ihr ging Ivy mit Luciano. Er hatte sich so schnell an ihre Seite gedrängt, dass Franz Leopold keine Gelegenheit blieb, sie um ihren Arm zu bitten. Und da er anscheinend keine Lust auf die Gesellschaft seiner Cousine verspürte, hatte er sich vor Alisa verbeugt und ihr den Arm gereicht. Nun schwebte die Vamalia neben ihm durch das unvergleichlich prachtvolle Treppenhaus und musste feststellen, dass die Erben der Vampirclans nicht wenig Aufsehen erregten. Herren und Damen der Gesellschaft beugten sich über die Marmorbrüstungen und richteten ihre Operngläser auf die sechs ungewöhnlichen Gestalten mit den ebenmäßigen, blassen Gesichtern. Erik hatte sich am Ausgang des geheimen Ganges von ihnen verabschiedet und würde sie in seiner Loge erwarten. Die Servienten und der Wolf mussten zurückbleiben. Während Hindrik und Matthias das mit ungewohntem Gleichmut hinnahmen, war Seymour außer sich. Erst nach ein paar scharfen, gälischen Worten von Ivy verstellte er ihr den Weg nicht länger und begab sich stattdessen – wenn auch noch immer missmutig – zu Hindrik. Die drei mussten nun in einer kargen Kammer in einem der vielen Kellergeschosse warten, bis die Opernbesucher zurückkehrten, denn Erik hatte sich geweigert, die drei in seine Gemächer zu lassen. Verständlich, fanden Ivy und Alisa, nachdem sie nicht nur Anna Christina und Malcolm mitgebracht hatten, sondern auch noch die beiden Servienten. Die Maske hatte seine Mimik verborgen, doch an seinen Augen glaubte Alisa, Eriks Missmut zu erkennen. Zuerst hatte er nur Ivy zu sich gebeten und nun wurden es jedes Mal mehr. Vermutlich bereute er es bereits, ihnen sein Versteck gezeigt und sie in die Oper eingeladen zu haben. Dennoch war Eriks Stimme ruhig und freundlich, als er sie am Seeufer empfing und sie zu einem großen Raum mit gewölbter Decke führte, wo sie sich für die Oper umziehen konnten. Anna Christina zog die Nase hoch und beschwerte sich über das ungastliche Quartier, das allerdings nicht unbequemer war als die alten Steinbruchkavernen der Pyras. Und mit den großen Spiegeln in Eriks Gemach hätten sie sowieso nichts anfangen können. Dennoch sah Anna Christina missmutig drein. Wahrscheinlich ärgerte sie sich darüber, dass sie Eriks Versteck nicht zu Gesicht bekam, vermutete Alisa.

»Möglich«, sagte Ivy zurückhaltend. Sicher hatte sie die Antwort in Anna Christinas Gedanken gelesen, war aber wieder einmal nicht bereit, ihr Wissen mit Alisa zu teilen.

Die sechs jungen Vampire umrundeten die Galerie und schritten durch den Mondsalon ins große Foyer. Die Räume erstrahlten im hellen Glanz der Lüster und über allem lag der berauschende Duft vieler Menschen. Luciano duckte sich ein wenig, als sie an einem Spiegel vorbeischlenderten.

»Vielleicht sollten wir die Spiegel meiden«, raunte Alisa dem Dracas an ihrer Seite zu.

»Ein guter Rat, aber gar nicht so einfach in die Tat umzusetzen. Es gibt hier einfach zu viele Spiegel.«

So waren die Erben ganz froh, als der letzte Gong erklang, der die Zuschauer zu ihren Plätzen rief. Zwar beharrte Anna Christina darauf, dass es schrecklich unelegant sei, die Loge aufzusuchen, solange der Vorhang sich noch nicht gehoben hatte, doch schließlich gab sie nach. Vielleicht waren ihr die Spiegel auch unangenehm. Dagegen schien ihr Malcolms Begleitung mehr als nur angenehm zu sein. Alisa hörte sie zwei Mal hell auflachen über etwas, das Malcolm ihr zugeflüstert hatte. Alisa verrenkte den Hals und bewegte sich ein wenig in die Richtung der beiden, um zu hören, über was sie sprachen.

»Möchtest du tauschen? Ich bringe dich hin und reiße meine Cousine aus seinen Armen. Nun, was sagst du?«

Alisa erwog für einen Augenblick, das Angebot anzunehmen, doch ihre Angst vor dem, was Franz Leopold zu Malcolm sagen würde, hielt sie zurück.

»Nein danke, ich bin ganz zufrieden so«, sagte sie ein wenig steif, sodass der Dracas in lautes Lachen ausbrach.

»Das Lügen müssen wir noch ein wenig üben«, spottete er, während er Alisa auf die Logentür mit der Nummer fünf zuführte.

Erik war noch nicht da und so machten es sich die sechs jungen Vampire auf den dunkelrot bezogenen Sesseln bequem. Alisa drängte sich sogleich nach vorn, um gut sehen zu können. Luciano überließ Ivy den zweiten vorderen Sessel mit einer Verbeugung. Alisa lehnte sich über die Brüstung und betrachtete die Menschen, die nun zu ihren Plätzen im Parkett und in den anderen Logen strömten.

»Das hätte Garnier aber besser anordnen können«, meinte Alisa unzufrieden.

»Was meinst du?«, erkundigte sich Ivy, die ebenfalls den Blick schweifen ließ.

»Die Logen. Sie sind einander zugewandt, sodass man von den seitlichen die Bühne nur unvollständig sehen kann. Man muss sich vorbeugen und den Hals verrenken, um etwas zu sehen! Da sind die Plätze im Parkett viel besser. Ich verstehe gar nicht, dass die Leute so viel mehr für diese Logen bezahlen.«

Ivy tat so, als müsse sie überlegen. »Vielleicht weil sie mehr daran interessiert sind, ihre Garderobe in einem passenden Rahmen zu präsentieren und zu sehen, wer sonst noch gekommen ist und was die anderen Damen und Herren tragen?«

»Vermutlich«, schnaubte Alisa verächtlich. »Und was auf der Bühne geschieht, ist zweitrangig.«

»Ah, endlich hast du verstanden, wie die Gesellschaft des Adels und des Geldes funktioniert«, gratulierte ihr Franz Leopold.

»Schsch! Da kommt der Meister!« Luciano sprang von seinem Sitz auf und zeigte nach vorn. Die anderen drängten sich an die Brüstung, um einen Blick auf den großen Verdi werfen zu können. Beifall brandete auf. Gemessenen Schrittes ging Verdi zwischen den Musikern hindurch, die sich ehrerbietig vor ihm verneigten. Natürlich trug er einen schwarzen Frack. Ein Zylinder thronte auf seinem weißen Haar. Sein ebenfalls weißer Bart war voll und am Kinn sauber gestutzt. Obwohl er einen Stock mit einem auffälligen Elfenbeinknauf mit sich führte, schien er ihn nicht zu brauchen. Er hielt sich auffällig gerade und ließ den Blick aus klaren blauen Augen über die begeisterte Menge wandern.

Auch Luciano klatschte enthusiastisch. »Er muss bereits auf die siebzig zugehen. Ein stolzes Alter für einen Menschen.«

»Ein stolzer Mann durch und durch«, sagte Alisa. Dieser Verdi gefiel ihr. Erwartungsvoll ließ sie sich auf ihren Sessel sinken.

Der Maestro legte in Ruhe seinen weißen Schal ab. Hängte den Stock an sein Pult und nahm den Dirigentenstab in die Hand. Die Stille fiel wie ein Vorhang herab, und das ganze Opernhaus schien den Atem anzuhalten, alle Sinne nur auf diesen einen Mann gerichtet. Langsam hob er den Taktstock, hielt kurz inne und ließ ihn dann mit einer peitschenden Bewegung herabsausen. Mit diesem Schwung entfesselte er den Zauber der Klänge.

»Wie ich sehe, gefällt euch die Vorstellung.«

Eriks Stimme ließ die jungen Vampire herumfahren. Das Phantom hatte unbemerkt die Loge betreten. Wie war das möglich? Verfügte er über echte, magische Kräfte, oder waren sie so von der Musik fasziniert gewesen, dass sich ein Mensch unbemerkt hatte hereinschleichen können? Alisa sah, dass die anderen ähnlich verwirrt waren.

Falls Erik dies bemerkte, so ließ er es sich nicht anmerken. Mit einer Verbeugung setzte er sich auf den roten Sessel hinter Ivy und schlug elegant die Beine übereinander. Erik beugte sich zu der Lycana und sagte etwas zu ihr, das Alisa in der aufbrandenden Musik nicht hören konnte. Sie wandte sich ihm zu und lächelte.

Die letzten Töne der Ouvertüre verhallten. Der Maestro ließ den Taktstock sinken, wandte sich um und neigte stolz das Haupt. Obwohl noch nicht alle Plätze im Parkett und den Logen besetzt waren, schien der Applaus wie der Auftakt zu einem Sturm, wenn die ersten Böen durch einen Wald rauschen und die Bäume erbeben lassen. Verdi nahm die Huldigung in gerader Haltung und mit einem feinen Lächeln auf den Lippen entgegen. Dann wandte er sich wieder seinen Musikern zu. Der Vorhang hob sich. Die Oper nahm ihren Lauf. Alisa war so von der Geschichte und den eindringlichen Klängen gefesselt, dass sie kaum mitbekam, wie sich die Logen um sie herum mit den Mitgliedern der Gesellschaft füllten, deren Name oder Vermögen die Referenz bildeten, in den begehrten Kreis aufgenommen zu werden. Im Parkett drängten sich die einfacheren Bürger, deren Interesse meist mehr auf die Bühne gerichtet war als das der Zuschauer in den Logen. Gerade schob sich ein junges Mädchen am Rand der sechzehnten Reihe auf seinen Sitz, die Wangen gerötet, die Augen vor Begeisterung glänzend. Alisa spürte, wie Malcolm, der schräg hinter ihr saß, sich versteifte. Aus den Augenwinkeln sah sie, wie er sich vorbeugte und etwas im Parkett fixierte. Alisa ließ sich von der Handlung auf der Bühne ablenken und folgte seinem Blick bis zu dem schlanken, jungen Mädchen mit dem aufgesteckten dunklen Haar in einem weißen Kleid mit roten Schleifen und einem roten Überwurf. Der Mann im dunklen Frack neben hier, der vielleicht die doppelte Anzahl an Jahren zählte, neigte sich ihr zu, um zu hören, was sie sagte. Er lächelte wohlwollend, eher wie ein Onkel denn wie ein Bewunderer. Das Mädchen beugte sich ein wenig vor, den Blick unverwandt auf die Bühne gerichtet. Vielleicht ärgerte sie sich darüber, die Ouvertüre nicht gehört zu haben. Jetzt jedenfalls schien sie entschlossen, keinen einzigen Ton und keine Regung der Akteure mehr zu verpassen. Ihr Fuß, der in einem roten Seidenschuh steckte, lugte unter dem Saum des Kleides hervor und tippte den Takt mit.

Alisa blinzelte. Das Mädchen war zu weit weg, als dass sie ihren Geruch hätte aufnehmen können, doch obwohl nun nicht mehr alle Gaslichter brannten, war sich Alisa sicher, die Nichte des Vampirjägers vor sich zu haben. Und der Mann neben ihr? Der Jäger Carmelo war es nicht. Aber wer dann? Er kam ihr bekannt vor. Sie kniff die Augen zusammen und überlegte. Wo hatte sie ihn schon einmal gesehen? Ein Friedhof tauchte vor ihrem inneren Auge auf, ein Mann, der schreibend vor einem Grabstein kauerte und dann mit lauter Stimme ein Gedicht sprach. Nein, der Schreiber war es nicht.

Ivy neben ihr wurde auf sie aufmerksam. »Was ist los?«

»Das Mädchen dort unten in der sechzehnten Reihe, siehst du es? Ich sage, es ist die kleine Vampirjägerin aus Rom, und der Mann kommt mir auch bekannt vor. Carmelo ist es nicht, aber wer dann?«

Ivy schwieg einen Augenblick. Wusste sie es auch nicht mehr und musste erst überlegen? Alisa hob den Blick. Nein, sie wirkte eher verblüfft, den Mann hier zu sehen.

»Du erkennst ihn, nicht wahr?«

»Ja, sein Name ist Bram Stoker. Wir haben ihn mit seiner Frau Florence, dem Schauspieler Henry Irving und dem Dichter Oscar Wilde auf dem Friedhof der Fremden in Rom gesehen und dann …«

»Ja, stimmt! Jetzt erinnere ich mich. Du hast ein erstaunliches Gedächtnis. Was wolltest du noch sagen?« Alisa sah Ivy an. Sie spürte eine seltsame Spannung in der Luft.

»Ach nichts.«

»Das ist nicht wahr! Bitte, verrate es mir.« Sie spürte, wie Ivy mit sich rang, und wunderte sich. Was war mit ihr? »Ist er ein Vampirjäger? Weißt du etwas über ihn? Hat es mit dem Verschwinden von Seigneur Thibaut zu tun? Hat er sich deshalb mit Carmelos Nichte zusammengetan?«

Ivy schüttelte den Kopf. »Nein, kein Vampirjäger. Da müsste ich mich schon gründlich in ihm irren, wenn er auf diese Seite gewechselt haben sollte.«

Alisa sah Ivy aus großen Augen an. »Du scheinst ihn besser zu kennen, als ich dachte. Wie kommt das? Du hast ihn in Rom doch nicht etwa noch einmal getroffen?«

»Nicht in Rom. In Irland.«

Alisa öffnete und schloss den Mund. Für einige Augenblicke fragte sie sich, ob Ivy sich einen Spaß mit ihr erlaubte.

»Du kannst es mir glauben. Ich weiß nicht, wie er gerade auf den Friedhof von Aughnanure kam – obwohl ja Irland seine Heimat ist –, doch dort habe ich ihn getroffen und mich mit ihm unterhalten.«

Alisa sah die Freundin misstrauisch an. »*Unterhalten?* Oder trägt er seitdem deine Male an seinem Hals?«

Ivy zeigte dieses feine Lächeln, das ihr Gesicht erstrahlen ließ, als würde es in Mondlicht gebadet. »Nein, das tut er nicht, obwohl ich vielleicht einen winzigen Moment in Versuchung geraten bin, ihn zu probieren. Und ich hätte damit nicht einmal die Regeln verletzt«, fügte sie rasch hinzu. »Ich darf schon seit vielen Jahren Menschenblut trinken!«

Natürlich. Alisa war überrascht, dass ihr der Gedanke nie gekommen war, seit sie wusste, dass Ivy unreinen Blutes und bereits einhundert Jahre alt war. »Und dennoch teilst du jede Nacht das Tierblut mit uns? Oder besorgst du dir heimlich etwas Besseres?«

Ivy lächelte noch immer. »So schlecht ist das Tierblut gar nicht. Es stärkt uns genauso, auch wenn der Geschmack anders und seine Wirkung nicht so berauschend ist, das gebe ich zu. Ich habe mir geschworen, während ich mit euch auf der Akademie bin, teile ich das Leben der Erben und verhalte mich auch so wie alle anderen! Ich würde mich nicht an einem Menschen vergreifen.«

»Und in den Sommermonaten dazwischen?«, hakte Alisa nach.

Ivy hob ein wenig das Kinn. »Was Seymour und ich während unserer Ferien zu uns nehmen, das geht niemanden von der Akademie etwas an.«

»Aha!«, sagte Alisa ein wenig zu laut und handelte sich von den benachbarten Logen prompt unwilliges Zischen ein. Betreten richtete sie ihren Blick wieder auf die Bühne, wo der erste Akt seinem Höhepunkt entgegenstrebte. Das Bühnenbild hatte sich zur Säulenhalle des Vulkantempels gewandelt. Aus dem Inneren des Tempels ertönte der geheimnisvolle Gesang der Priester. Der Oberpriester Ramphis stand bei den anderen am Altar, als der Feldherr Radames hereingeführt wurde, um das heilige Schlachtschwert zu empfangen. Sie stimmten gerade den feierlichen Gesang an, um die Gottheit um ihren Segen zu bitten, als Alisa in der sechzehnten Reihe im Parkett eine Bewegung ausmachte. Das Mädchen erhob sich. Ihr Blick war nicht mehr auf die Bühne gerichtet. Stattdessen starrte sie zur Loge fünf hinauf. Ihr Mund öffnete sich zu einem Schrei.

LOGE FÜNF

Die Oper war unglaublich! Nicht nur die Musik, das Bühnenbild und die Kostüme und die vielen exotischen Statisten, zwischen denen die Akteure standen und ihre Arien sangen. Latonas Blick wanderte auch immer wieder zu Verdi, der nicht mehr von dieser Welt zu sein schien. Er tanzte, er schwebte, er stampfte auf, war Feldherr, Herrscher und Liebender, schwelgte in Sehnsucht, hasste, liebte, triumphierte. Nie würde sie das vergessen. Der Begleiter an ihrer Seite war unwichtig. Die anderen Menschen, die den Zuschauerraum und die Logen füllten, gab es nicht mehr. Sie würde keinen einzigen Augenblick dieses Abends hergeben! Für nichts und niemanden.

Und dennoch gab es da etwas, das ihre Haut zum Kribbeln brachte, das nichts mit der Oper und der Musik zu tun hatte. War das ein Blick, der sich auf sie richtete? Sie wollte nicht darüber nachdenken. Ihre Aufmerksamkeit gehörte der Bühne mit ihren Darstellern und Verdi!

Und doch blieb das Drängen bestehen, ließ sich nicht ganz aus ihrem Bewusstsein verscheuchen.

Nicht jetzt!

Es gelang ihr nicht mehr, sich zu konzentrieren. Wie ein hartnäckiger Parasit saugte es sich an ihrem entblößten Hals fest. Strich liebkosend an der bläulichen Linie entlang, die unter der weißen Haut zu ahnen war.

Die Erkenntnis zuckte wie ein heißer Schmerz durch ihren Körper. Ihre Hand umkrampfte die perlenbestickte Tasche, in der sie die rote Maske stets bei sich trug. War das möglich? Herr im Himmel, Malcolm war hier! Hier in der Oper und er beobachtete sie.

Musik und Schauspiel waren vergessen. Latonas Blick huschte hektisch umher. Sie musste nicht lange suchen. Er zog sie an wie ein Magnet und ließ sie zu Loge fünf im ersten Rang aufsehen. Die bleichen Mädchengesichter vorn kamen ihr bekannt vor, doch sie achtete nicht auf sie. Sie sah nur die blauen Augen ein Stück weiter im Hintergrund, die starr auf sie gerichtet waren. Sein Mund öffnete sich zu einem Lächeln. Ohne zu bemerken, was sie tat, erhob sich Latona langsam von ihrem Sitz. Ihr Mund öffnete sich, und ehe sie es verhindern konnte, war der Schrei über ihre Lippen.»Malcolm!«

Einige Leute wandten sich ihr zu. Verwunderung, Neugier und Ärger schlugen ihr entgegen. Eine Hand griff nach der ihren und zog sie auf den Sitz zurück.

»Miss Latona, was ist mit Ihnen? Fühlen Sie sich nicht wohl?«

Bram Stokers Stimme klang wie von fern an ihr Ohr. Sie schüttelte langsam den Kopf. Es fühlte sich an, als bewege sie sich unter Wasser. Alles war ein wenig verschwommen und träge und nur noch von einem Gedanken beherrscht: Sie musste zu dieser Loge gelangen.

»Miss Latona! Soll ich Sie hinausbringen?« Sie antwortete noch immer nicht. »Was ist dort oben, das Sie beunruhigt?«

»Er ist in Loge fünf«, sagte sie wie in Trance. »Ich muss zu ihm.«

»In Loge fünf? Das Phantom?« Bram klang alarmiert. Die Oper rückte auch für ihn in den Hintergrund.

Latona blinzelte verwirrt. »Phantom? Welches Phantom? Nein, da ist Malcolm. Sehen Sie ihn nicht?« Ihr Geist erinnerte sie vage daran, dass Bram Stoker nicht wissen konnte, wer Malcolm war, und ihn das auch nichts anging. Nun war es zu spät. Bram beugte sich ein wenig nach vorn und sah zu der Loge hinauf. Latona spürte, wie er erstarrte. Er sog so scharf den Atem ein, dass es wie ein Pfeifen klang. Er kannte Malcolm? Nein, wie war das möglich? Und selbst wenn, konnte sie sich seine heftige Reaktion nicht erklären. Es war aber auch nicht *sein* Name, der als ein Stöhnen über Brams Lippen kam. Es klang wie »Ivy-Máire«.

»Sie hat es mir prophezeit. Wir begegnen uns wieder.«

»Ivy-Máire? Wer ist das?« Latona sah aus den Augenwinkeln, dass ihr Begleiter ähnlich erschüttert aussah, wie sie sich fühlte.

»Das Mädchen mit dem Silberhaar. Sie hat es mir in Irland gesagt.«

»Die linke der drei Vampirinnen?« Erst als die Worte verklungen waren, wurde Latona bewusst, was sie gesagt hatte. Bram Stoker und das Mädchen starrten einander für einen Augenblick an.

»Die Vampirin, die vor dem Mann mit der Maske sitzt«, fügte Latona hinzu.

»Das Phantom!«, stieß Bram hervor. Beide sahen wieder zu der Loge hinauf. Die sechs Vampire saßen noch auf den roten Plüschsesseln. Das Phantom jedoch war verschwunden.

Bram und Latona erhoben sich gleichzeitig von ihren Plätzen. Sie mussten nicht darüber sprechen. Sie wussten beide, dass sie so schnell wie möglich zu Loge fünf gelangen mussten. In diesem Moment fiel der Vorhang. Die Zuschauer sprangen von ihren Sitzen, der Applaus brandete auf und wogte durch das Opernhaus. Es war kein Durchkommen! Die beiden waren zwischen Menschenmassen eingekeilt, die sich plaudernd in gemächlichem Schritt auf die Türen zubewegten und in die Gänge hinausströmten. Es kam Latona wie eine Ewigkeit vor, bis sie die Treppe endlich erreicht und die Stufen überwunden hatten. Sie zog an Bram Stokers Arm, doch der ließ es nicht zu, dass sie die Röcke raffte und undamenhaft den Gang entlangrannte. Er schritt so weit aus, wie es ihm in einem Opernhaus gerade noch schicklich vorkam.

Schon von Weitem sahen sie, dass die Tür zur Loge fünf offen stand. Verzweiflung presste ihr Herz zusammen, noch ehe sie einen Blick hineinwerfen konnte. Die Vampire waren weg! Wie konnte er sich davonmachen, nachdem er sie mit diesem Blick angesehen hatte? Latona riss sich von Brams Arm los und legte die letzten drei Schritte so eilig zurück, dass sie sich beinahe den neuen Rock zerriss.

Obwohl sie es bereits wusste, war der Anblick der leeren Loge fast ein Schock. Ihr Herz schmerzte, als wolle es jeden Moment aufhören zu schlagen. Sie trat an die Brüstung vor und sah sich in der Loge um, so als hoffte sie, er würde sich in einem Winkel verbergen. Ihre Knie gaben nach und sie sank auf einen der Stühle. War es der, auf dem Malcolm gesessen hatte?

»Miss Latona, kann ich etwas für Sie tun? Möchten Sie eine Limonade oder ein Eis?«

Latona schüttelte den Kopf. »Nein, danke, lassen Sie mich bitte allein.« Ihre eigene Stimme klang wie aus weiter Ferne. Sie hörte nicht, was er ihr antwortete, doch sie spürte, dass er die Loge verließ. Latona, die bis dahin mit steifem Rücken dagesessen hatte, sackte zusammen. Sie stützte die Ellenbogen auf die Brüstung und verbarg ihr Gesicht in den Händen. Niemand sollte ihre Tränen sehen.

Ein wenig wunderte sie sich über sich selbst, wie tief die Verzweiflung sie erfasste. Hatte sie nicht die ganzen Monate über in Persien und auf der langen Reise zurück gut ohne Malcolm gelebt? Warum nur traf es sie nun so heftig?

Vielleicht hatte sie es ertragen können, ihn weit und für immer verloren zu wissen, doch nun, da er zum Greifen nah war, konnte sie nicht mehr auf ihn verzichten.

Nein? Du wirst es müssen oder willst du hier in einer Opernloge mit gebrochenem Herzen sterben?, flüsterte eine gehässige Stimme in ihrem Innern.

Sie fühlte die tränennasse Bahnen über ihre Wange ziehen, aber sie gab keinen Laut von sich. Nur ihre Schultern bebten.

***

»Verzeiht, wenn ich mich zurückziehe«, sagte Erik und verneigte sich kurz in Richtung seiner Gäste. Und schon war er verschwunden. Für einen Menschen bewegte er sich unglaublich geschmeidig und lautlos! Ivy stimmte Alisa zu, die es laut aussprach.

»Was ist mit ihm?«, wollte Luciano wissen, der den Blick erst von der Bühne abwandte, als der Vorhang fiel.

»Ich vermute, es ist ihm unangenehm, entdeckt zu werden«, meinte Ivy. »So zieht er sich lieber eine Weile zurück. Vielleicht schließt er sich uns bei einem der nächsten Akte wieder an.«

»Entdeckt? Wer hat uns entdeckt?«, fragte Luciano und sah sich verwirrt um.

Franz Leopold schüttelte in gespielter Verzweiflung den Kopf. »Unser Dickerchen hier ist mal wieder der Einzige, der nichts mitbekommen hat. Ich frage mich, wie die Nosferas bis heute überleben konnten, so blind und taub wie sie sind.«

»Das Mädchen dort unten hat nach Malcolm gerufen!«, sagte Anna

Christina, die diese Tatsache offensichtlich noch immer nicht fassen konnte. »Sie hat zu uns heraufgesehen und seinen Namen gerufen!«

Luciano drehte sich mit interessierter Miene zu dem Platz um, auf dem Malcolm gesessen hatte, der nun jedoch ebenfalls leer war. »Wo ist er hin?«

»Das würde ich auch gern wissen«, meinte Alisa. »Er wird sich doch nicht etwa mit dieser Vampirjägerin treffen wollen? Seht, sie verlässt mit ihrem Begleiter den Saal.«

Ivy hob die Schultern, obwohl sie genau das vermutete. Sie hatte für einen Moment in Malcolms Geist geblickt, und die Leidenschaft, die sie dort gespürt hatte, beunruhigte sie. Sein Verlangen konnte dem Vyrad gefährlich werden. Ivy zögerte. Sollte sie den Dingen ihren Lauf lassen? Malcolm war so gut wie erwachsen. Die Vyrad konnten jederzeit das Ritual mit ihm vollziehen, und dann lag die Entscheidung bei ihm, ob er einen Menschen seines Blutes beraubte oder nicht. Nur musste er sich an die Regel halten, den Menschen nicht zu töten, um die Vampire aller Clans nicht noch mehr der Gefahr der Verfolgung auszusetzen. Die Pyras nahmen es mit diesem Verbot nicht so genau. So wie es Ivy in den vergangenen Wochen hier in Paris erlebt hatte, töteten sie durchaus einige ihrer Opfer. Nur nicht gerade während einer Aufführung in der Oper! Und die Opfer der Pyras waren auch keine Mitglieder der besseren Gesellschaft, deren Verschwinden einen Skandal auslöste und alle Kräfte der Kriminalpolizei mobilisierte. Die Pyras beschränkten sich darauf, die dunklen Gestalten aufzugreifen und zu vernichten, die die Pariser gar nicht haben wollten und nicht vermissten. Dennoch verstießen die Pyras damit gegen die Regel, die die Clans gemeinsam aufgestellt hatten.

Malcolm dagegen wollte das Tabu sicher nicht brechen, Ivy fürchtete jedoch, dass er bald nicht mehr Herr über seine Taten sein würde. Sie konnte sich noch genau an die ersten Male erinnern, da sie Menschenblut gekostet hatte, an den Geschmack, der einem den Verstand raubte, das Prickeln und die überschäumende Euphorie, die in einen Rausch überging, den man niemals zu Ende gehen lassen wollte.

Und genau hier lag die Gefahr. Es war so leicht, sich darin zu verlieren und zu vergessen. Zu trinken, bis der letzte Herzschlag verklungen war und die Seele des Menschen sich aus seiner Hülle befreite. Ivy war sich sicher, dass Malcolm Latona nicht töten wollte, bezweifelte aber, ob er stark genug war, zu verzichten, sollte er auch nur einen Tropfen ihres Blutes schmecken.

Doch auch Malcolms Existenz stand auf dem Spiel, sollte er nicht in der Lage sein, seinen Blutdurst zu unterdrücken. Denn selbst wenn ein Vampir sein Opfer tötete, musste er unbedingt von ihm ablassen, wenn der letzte Herzton verhallte. Sonst nahm die befreite Seele den Vampir mit sich. Nicht wenige unreine Vampire genossen nur ein kurzes Dasein, weil sie diesen Rat ihres Schöpfers nicht befolgten – in ihrer ersten Gier nicht befolgen konnten. Wenn Malcolm erst mal von Latonas Blut getrunken hatte, wäre er dann reif genug, sich rechtzeitig von ihr zu lösen?

»Ich glaube, wir sollten Eriks Beispiel folgen und die Loge jetzt verlassen«, unterbrach Alisa ihre Überlegungen. »Wenn ich den Gesichtsausdruck dieses Mädchens richtig deute, dann kommt es schnurstracks hier herauf.«

»Wir werden ihr einen schönen Empfang bereiten«, sagte Luciano mit einem breiten Grinsen, das seine spitzen Zähne entblößte.

Alisa knuffte ihn in den Oberarm. »Rede keinen Unsinn. Ich bin selbst neugierig und würde mir die Kleine gerne ein wenig vornehmen, aber das wäre unklug!«

Ivy unterdrückte ein Lächeln. Die »Kleine«, wie Alisa sie nannte, war bestimmt so groß wie die Vamalia und ein oder zwei Jahre älter. Doch Ivy ahnte, warum Alisa sie gern ein wenig kleiner, vielleicht gar jünger machen wollte. Auch ihr war Malcolms geistige Abwesenheit in den vergangenen Wochen aufgefallen. Nun wussten sie beide, was der Grund dafür war. Man musste keine Gedanken lesen können, um zu wissen, dass Alisas Gefühle verletzt waren.

Die Vampire verließen die Loge und mischten sich unter die Opernbesucher, die in farbenprächtigen Trauben ins Foyer und die große Halle mit dem Treppenaufgang drängten. Ivy sah Franz Leopold, der sich an Alisas Seite gesellte und sie die Treppe hinunterzog.

Hatte auch er in Alisas Geist den fast fanatischen Wunsch gelesen, Malcolm aufzuspüren? Aus welchem Grund wollte er sie daran hindern? Um sie zu ärgern oder ihr eine weitere Kränkung zu ersparen?

Franz Leopold wandte sich kurz zu ihr um und hob die Brauen. Ganz deutlich las Ivy seine Botschaft. *Bemühe dich nicht, es zu ergründen. Auch ich habe gelernt, meinen Geist zu verschließen, wenn es darauf ankommt.*

Alisas Arm umfasst, verschwand er mit ihr in der Menge. Ivy wandte sich kopfschüttelnd ab. Sie spürte Lucianos sehnsüchtigen Blick auf sich ruhen, der neben der gelangweilt wirkenden Anna Christina stand. Nein, sosehr sie Luciano mochte und als treuen Freund schätzen gelernt hatte, in diesem Augenblick wollte sie ihn nicht an ihrer Seite wissen. Sie nutzte den Moment, in dem er für einen Wimpernschlag abgelenkt war, um zu entwischen.

Ivy wusste nicht genau, wo sie Malcolm suchen sollte, doch etwas trieb sie in den Eissalon über dem Eingang der Abonnenten. Der Salon war noch voller als das Foyer. Anscheinend wollte jede hier anwesende Dame in den Genuss der wundervollen Eiscreme kommen, deren Herstellung jetzt sogar im Sommer möglich war. Das Gerät, das die Kühlung ermöglichte, war auf der letzten Weltausstellung präsentiert worden und hatte viel Aufmerksamkeit erregt.

Ivy ließ den Blick schweifen. War Malcolm wirklich hier? Oder narrten sie ihre Sinne? Es zog sie nach rechts. Ein Mann stand dort an der Theke und nahm gerade ein Schälchen mit der kalten Köstlichkeit entgegen. Aber es war nicht Malcolm. Ivy erkannte ihn, noch ehe er sich zu ihr umwandte.

»Es ist, wie ich dir auf dem Friedhof von Aughnanure gesagt habe, Bram Stoker.«

Er lächelte sie an und verneigte sich formvollendet. »Ja, so ist es. Ich war ein ungläubiger Thomas, wie ich gestehen muss, auch wenn meine Hoffnung sich stets an diese Worte klammerte.« Er verbarg seine Überraschung meisterhaft. Nur die Eisschale in seiner Hand zitterte ein wenig. Nun gut, er hatte ja auch einige Minuten Zeit gehabt, sich zu fassen, seit er sie in Loge fünf entdeckt hatte.

»Ivy-Máire, wusstest du, dass es Paris sein würde?«

Die Lycana lächelte ihn an. »Aber nein. Wer bin ich, dass das Schicksal mir mitteilt, welche Fäden es zu spinnen gedenkt? Ich vermute eher, *du* hast versucht, dem Schicksal ein wenig die Hand zu führen.«

»Wie bitte?« Bram Stoker blinzelte sie verwirrt an. Er wusste offensichtlich nicht, worauf sie anspielte, und zwang Ivy, deutlicher zu werden.

»Dachtest du, du könntest uns aufspüren? Hast du dich deshalb mit der Nichte des römischen Vampirjägers Carmelo zusammengetan? Das ist ein gefährliches Spiel, bei dem nur allzu leicht viel Leid entstehen kann – auf beiden Seiten! Hast du das nicht bedacht?«

Bram Stoker blinzelte, als sei er plötzlich aus einem Traum erwacht. »Latona? Heilige Jungfrau, jetzt wird mir so manches klar. Der kranke Onkel, dessen Behandlung im Hospital stets nachts erfolgt. Ich hatte ja keine Ahnung. Weiß Latona überhaupt davon? Das kann ich mir nicht vorstellen.«

»Ich muss deine Illusionen leider zerstören. Sie ist nicht das unschuldige Mädchen, das du gern in ihr sehen möchtest. Sie hat in Rom Vampire gejagt und vernichtet. Das Blut unserer Art klebt an ihren Händen, wenn auch ihr Onkel sicher die treibende Kraft dahinter ist.« Bram Stoker wirkte geschockt.

»Wo ist sie denn, deine Jägerin?«, fragte Ivy ein wenig schärfer.

»Ich habe sie in der Loge zurückgelassen, aber ich schwöre dir, nichts lag ihr ferner, als einen Vampir zu *vernichten*. Ich hatte eher den Eindruck, sie sei es, die in Gefahr schwebt«, fügte er sehr leise hinzu.

Nun lächelte Ivy wieder. »Ich weiß, was du meinst. Wir Vampire haben ein Talent, die kühle Vernunft der Menschen zu verwirren und sie unwiderstehlich anzuziehen.« Ein Hauch von Spott schwang in ihrer Stimme, Bram Stoker dagegen nickte ernst.

»Ja, für uns ist es schwer, uns dagegen zu wehren. Und selbst wenn wir es schaffen, dem Bann zu entrinnen, vergessen können wir nie.«

»Wenn wir es zulassen, dass ihr euch erinnert«, korrigierte Ivy.

Bram Stoker wirkte ein wenig erschrocken. »Du könntest dafür sorgen, dass ich dich vergesse? Mich nicht mehr an unsere Begegnungen erinnere?«

Ivy nickte. »Das hätte ich tun sollen. Es ist nicht gut für uns, wenn sich die Menschen an uns erinnern.«

Bram Stoker trat einen Schritt näher. Das Eis in der Schale schmolz unbeachtet. »Warum hast du mir meine Erinnerung gelassen?«

»Eine Sentimentalität – dumm und gefährlich?«, überlegte Ivy laut.

»Ich würde dir nie schaden! Euch allen nicht!«, betonte er.

»Das konnte ich in deinem Geist lesen, und dennoch könnte der Tag kommen, an dem ich diesen Leichtsinn bereue.«

»Ich schwöre dir, das wird niemals geschehen!«, rief er voller Inbrunst.

»Schwöre nicht. Ihr Menschen seid so leichtfertig darin, Schwüre auszusprechen, und brecht sie mit ebenso leichtem Sinn. Für uns Vampire ist es eine Frage von Überleben oder Vernichtung. Was passiert, wenn das Schicksal dich vor die Entscheidung stellt, einen Menschen, der dir nahesteht, zu retten und dafür einen Vampir zu vernichten?«

Sie sahen einander an und hatten beide den gleichen Gedanken. »Ich muss nach Latona sehen«, sagte Bram. Er forderte Ivy nicht auf, ihn zu begleiten, doch sie hakte sich bei ihm unter und folgte ihm.

***

Latona saß da, das Gesicht noch immer in den Handflächen vergraben. Die Tränen waren versiegt. Die Verzweiflung war so tief, dass Tränen keine Erleichterung mehr verschaffen konnten. Ein wenig Verwunderung mischte sich in ihren Schmerz. Warum tat es so weh? War ihr die Lage nach Rom nicht viel aussichtsloser erschienen? Vielleicht war es einfacher, je unerreichbarer das Ziel ihrer Sehnsucht schien. Es vor Augen zu sehen und ihm dennoch nicht näherkommen zu können, war grausam. Ihre Hand tastete nach der roten Maske. Was sollte sie nun anfangen? Es kam ihr alles so sinnlos vor.

Plötzlich erstarrte Latona. Sie war nicht mehr allein in der Loge. Die Härchen auf ihrer Haut schienen wieder ein Eigenleben zu führen. Latona wollte sich umdrehen, konnte sich aber nicht rühren. Er war ganz nah!

»Bist du gekommen, um mir die Maske zurückzugeben?« Eine

weiße, feingliedrige Hand schob sich in ihr Blickfeld und bewegte sich auf die geöffnete Tasche in ihrem Schoß zu, in der zuoberst die Maske lag. Seine Finger strichen erst über den roten Stoff und dann über ihre Hand. Latona zuckte zusammen. Seine andere Hand legte sich auf ihre Schulter.

»Warum bist du gekommen? Um mir zu sagen, dass ich mich von dir fernhalten soll? Warum hast du die Maske dann mitgenommen?«

Latona fuhr herum und sah in sein schönes Gesicht. Die Fragen waren so absurd, dass sie gar nicht wusste, was sie darauf erwidern sollte.

»War die Maske denn nicht für mich?«, stieß sie ungläubig hervor.

Er lächelte. Gut sah er aus in seinem Frack. Sein Haar schimmerte im Gaslicht rötlicher, als sie es von den mondhellen Nächten Roms in Erinnerung hatte. Ganz blass waren ein paar Sommersprossen auf seiner Nase zu sehen, die ihn fast menschlich erscheinen ließen.

»Natürlich war sie eine Botschaft an dich. Ich habe dich in jener Nacht gesehen, aber du warst nicht allein.«

»Also doch!«, rief Latona. »Ich glaubte, ich würde langsam verrückt.«

»Man soll seinen Sinnen nicht misstrauen. Gerade du nicht. Aber sag mir, warum hast du mir keine Nachricht hinterlassen, wo ich dich finden kann?« Der Schmerz in seiner Stimme überraschte sie noch mehr als seine Worte.

»Eine Nachricht?«

»Ja, ich war wieder dort und habe jeden Fleck abgesucht. Nichts, kein Hinweis, wie ich zu dir gelangen kann. Muss ich daraus nicht schließen, dass du nicht gefunden werden willst?«

»Es wäre mir nie in den Sinn gekommen, ich müsste dir aufschreiben, wo ich wohne«, verteidigte sich Latona. »Du bist ein Vampir!«

Malcolm lachte leise. »Ah, ich sehe, unser Ruf hat uns mächtiger gemacht, als wir sind. Nein, leider war es mir nicht möglich, deiner Fährte durch ganz Paris zu folgen. Sie war schon zu sehr verblasst und von unzähligen Menschen gekreuzt worden.«

»Du hättest mir als Fledermaus folgen können, als du mich mit Mr Stoker und Mr Wilde im Park gesehen hast«, schlug Latona vor.

Wieder lachte der junge Vampir. »Ja, vielleicht hätte ich es versuchen sollen, doch ich muss dir gestehen, mit den Verwandlungen ist es nicht so einfach. Einen Wolf hätte ich vermutlich geschafft, aber eine Fledermaus?« Es schien ihm ein wenig peinlich zu sein, das zugeben zu müssen.

»Ein Wolf wäre nicht sehr praktisch gewesen«, gab Latona zu und schmunzelte bei der Vorstellung, welchen Aufruhr er so in den Straßen von Paris verursacht hätte. Jetzt lachten sie beide. Die Anspannung war verflogen. Latona umfasste seinen Arm und zog ihn auf den Sessel neben sich.

»Erzähl mir alles! Wie ist es dir das vergangene Jahr über ergangen? Was hast du alles erlebt? Und wie kommst du nach Paris?«

»Die Frage kann ich genauso gut dir stellen. Ich wähnte dich in einem Zug ans Ende der Welt und für immer verloren und nun bist du hier in der Oper.«

Er nahm ihre Hände und drückte sie leicht. Die kalte Haut ließ sie schaudern, doch es war ein wohliges Gefühl, das wie Champagner kribbelte: verheißungsvoll und ein wenig bitter.

»Ans Ende der Welt wollten sie uns wirklich schicken«, bestätigte Latona und zog ein wenig die Schultern hoch, als die Erinnerung dieser dramatischen Nacht zurückkehrte. »Sibirien war seine Bestimmung, aber es gelang uns, den Zug zu verlassen, lange bevor er sein Ziel erreichte. Onkel Carmelo beschloss, dass wir unser Glück weiter im Süden versuchen sollten, und so kamen wir bis Persien.« Malcolm staunte. »Ja, wir sind in diesen eineinhalb Jahren viel herumgekommen, bis uns die Sehnsucht wieder ins alte Europa trieb. Und du?«

Malcolm sprach von Irland und Hamburg, das sie überstürzt hatten verlassen müssen, um nun das Jahr in Paris zu verbringen. Seine Worte klangen in ihren Ohren noch schöner als Verdis Arien. Sie konnte ihren Blick nicht von ihm wenden. Ihre Hände hatten sich ineinander verschränkt und hielten sich fest, als müssten sie verhindern, dass sich einer von ihnen plötzlich in Luft auflöste.

Malcolm legte den Arm um ihre Schulter. Er zog ihren Körper näher heran. Erst jetzt merkte sie, dass er aufgehört hatte, von Irland zu erzählen. Sie war seinem Gesicht plötzlich sehr nahe. Sein Blick hielt sie fest, drang in sie ein, liebkoste und schmerzte gleichermaßen. Latona konnte gar nicht anders, als sich vorzubeugen, bis sein kühler Atem über ihre Wange strich. Sie erkannte den Geruch wieder, und es war ihr, als sei sie von einer langen Reise heimgekehrt.

Ganz leicht streiften seine Lippen ihre Haut, so als wollte er prüfen, ob sie vor ihm zurückzuckte. Doch Latona presste sich gegen ihn. Den ersten Kuss hatte er ihr als Lohn für einen Dienst abgerungen, diesen bot sie ihm freiwillig an. Nein, sie forderte ihn gar! Malcolm umfasste sie noch fester, dass sie seinen sehnigen Körper spürte.

Konnte allein der Geschmack seiner Lippen sie so berauschen? Oder war es Vampirmagie? Latona wusste es nicht. Irgendwo in einem verborgenen Winkel ihres Geistes erkannte sie, dass sie in diesem Moment bereit gewesen wäre, für ihn zu sterben. Sich ihm hinzugeben und dann zu vergehen.

Ein winziger Stich. Sie spürte ihn kaum. Latona machte sich keine Gedanken darüber, obwohl sie fühlte, wie seine Küsse heftiger wurden. Sein Körper begann zu beben und schien wie eine Feder gespannt.

Latona konnte und wollte nicht aufhören, ihn zu küssen. Es war, als habe ihr Leben auf diesen Augenblick zugestrebt. Nun war es an der Zeit, die Erfüllung auszukosten. Und sie würde ewig währen.

Latona schmeckte ihn. Und sie schmeckte noch etwas anderes. Blut? Ihr eigenes Blut! Er hatte sie an der Lippe verletzt. Sie fühlte es, ohne dass es sie störte. Es schmerzte nicht. Seine Hände in ihrem Rücken dagegen drohten, sie zu zerbrechen, so sehr hielt er sie umschlungen. Es war, als trete ein Teil ihres Geistes neben sie und beobachte die Veränderung, die mit Malcolm vor sich ging. Was geschah mit ihm? Er kam ihr plötzlich vor wie ein Raubtier, das nicht zu bändigen war, und doch spürte sie keine Angst. Nur Verlangen, sich von Malcolm in die Finsternis ziehen zu lassen.

Er löste seine Lippen von ihren. Die Lippen waren blutrot – benetzt von ihrem Blut? Auch seine Augen blitzten rot, sein Blick war wild und unbeherrscht. Sie hätte sich vor ihm fürchten müssen, stattdessen bot sie ihm ihren Hals. Sie wusste, was er wollte. Ihr kam nicht einmal der Gedanke, es ihm zu verweigern und ihr Leben zu retten. Warum auch? Sie hatte ihn gefunden und nun gehörten sie zusammen.

»Nein! Es ist genug!« Die sanfte und doch eindringliche Stimme irritierte Latona. Sie hatte hier nichts zu suchen. Dieser Augenblick gehörte ihr und Malcolm allein. Sie wartete auf den erlösenden letzten Kuss, doch er blieb aus. Der Druck in ihrem Rücken ließ nach. Dann lösten sich seine Hände von ihr und fielen herab. Sie hätte schreien mögen vor Verzweiflung.

Wie in einer Trance gefangen, erhob sich Malcolm. Er schwankte. Sein Gesicht drückte Verwirrung aus und Qual. Oder spiegelte sich in seinen Augen nur ihr eigener Schmerz? Undeutlich nahm Latona das Mädchen an seiner Seite wahr. Eine Vampirin, das wusste sie, zierlich, mit silbernem Haar, deren Alter sie nicht schätzen konnte. Sie hatte sie schon einmal gesehen. War da nicht ein weißer Wolf bei ihr gewesen?

Die Fremde achtete nicht auf Latona. Sie fixierte Malcolm aus türkisfarbenen Augen und schien einen Bann über ihn zu legen. So kam es Latona jedenfalls vor.

»Beruhige dich«, sagte die Vampirin mit erstaunlich tiefer Stimme. Sie warf Latona einen raschen Blick zu und hielt dann wieder Malcolm fest. »Noch ist nichts Schlimmes geschehen.« Sie zog ein Taschentuch hervor und reichte es Malcolm. »Die Pause ist vorüber. Latona wird sich nun verabschieden und mit ihrem Begleiter zu ihrem Platz zurückkehren.«

Latona war empört. Was erdreistete sich die Silberhaarige, ihr Befehle zu erteilen? Und doch konnte sie nicht anders, als sich ebenfalls zu erheben. Auch ihr wurde ein Tuch gereicht, und sie erhielt den Rat, sich das Blut von den Lippen zu wischen.

»Dein Begleiter wartet. Geh nun!«

Mit unsicheren Schritten tappte Latona auf Bram Stoker zu, den sie erst jetzt im Hintergrund der Loge entdeckte. Er sah sehr besorgt aus. Was sollte das? Ihr ging es gut! Sie war glücklich. Sie hatte Malcolm endlich gefunden. Und nun sollte sie sich wieder von ihm trennen? Würde das das Ende sein?

Sie riss sich von Bram Stokers Arm los. »Malcolm«, rief sie mit schriller Stimme. »Wir sehen uns wieder! Nicht wahr? Versprich es!«

Malcolm wollte zu ihr, doch die Vampirin vertrat ihm den Weg. Sie war so klein und schwach. Warum schob er sie nicht einfach zur Seite? Nein, er blieb vor ihr stehen, sagte aber trotzig:

»Ja, wir sehen uns wieder. Verlass dich darauf. Aber nun geh. Ivy hat recht. Für den Augenblick müssen wir Abschied nehmen.«

Latona ließ zu, dass Bram Stoker ihren Arm nahm und sie hinausbegleitete. Er führte sie die Treppe hinunter, die im Schein der unzähligen Lüster so prächtig war, doch Latona sah sie nicht mehr. Sie merkte kaum, dass sie in den Zuschauerraum zurückkehrten und ihre Plätze einnahmen. Der Applaus war nur ein fernes Rauschen, das in die Musik des zweiten Aktes überging. Der Vorhang hob sich und die Sänger traten auf. Das Orchester spielte, die Darsteller sangen. Es war nur irgendein Geräusch in ihren Ohren. Obwohl ihr Blick unverwandt auf die Bühne gerichtet blieb, war sie nicht wirklich da. Ihr Körper saß in seinem Sessel, ihre Hand lag in der ihres Begleiters, der ihr immer wieder bekümmerte Blicke zuwarf. Ihr Geist jedoch schwebte in einer anderen Welt durch bittersüße Erinnerung, die niemals, niemals enden durfte.

Erst als der nächste Akt zu Ende war und die Zuschauer in frenetischem Jubel von den Sitzen aufsprangen, um Meister Verdi zu huldigen, kehrte Latona in die Wirklichkeit zurück. Sie schüttelte sich und sah zu Bram, der sie aufmerksam musterte.

»Ist alles mit Ihnen in Ordnung?«

»Aber ja! Was sollte mir denn fehlen an diesem herrlichen Opernabend?«, erwiderte Latona, doch es klang selbst in ihren Ohren seltsam künstlich. Ihr Blick wanderte zu Loge fünf hinauf. Sie war leer. Die Vampire hatten die Vorstellung vorzeitig verlassen, und Latona wusste, dass sie heute Nacht nicht mehr zurückkehren würden. Noch einmal überfiel sie die Pein. Ja, so musste es sich anfühlen, in Einsamkeit zu sterben. Sie blinzelte heftig und presste sich die Handflächen gegen die schmerzende Brust.

Bram Stoker beobachtete sie noch immer, sagte aber nichts, und Latona war ihm dafür dankbar.

ASCHE ZU ASCHE, STAUB ZU STAUB

»Ich glaube, Hindrik ist ein wenig eingeschnappt«, vertraute Alisa Ivy auf dem Rückweg an.

»Wie kommst du darauf?«

»Er hat nicht einmal gefragt, wie es war oder warum wir nicht bis zum Ende der Vorstellung geblieben sind. Sieh nur, wie er sich gelangweilt gibt und in einem fort gähnt. Damit will er mich nur provozieren!«

»Hindrik und Matthias haben auch, während wir weg waren, kaum ein Wort gewechselt.«

»Hat Seymour dir das verraten?«

Ivy nickte. »Ja, und sie scheinen mir nicht die Einzigen, die verstimmt sind.«

Alisa sah sich um. Dass Anna Christina missmutig dreinsah, war nichts Ungewöhnliches, aber auch Malcolm wirkte ungewöhnlich verschlossen, und selbst Luciano schmollte. Die Verstimmung des Nosferas lag auf der Hand. Alisa hatte seinen Gesichtsausdruck gesehen, nachdem Ivy sich in der Pause ohne ihn davongemacht hatte. Was allerdings genau mit Malcolm geschehen war, wusste Alisa nicht und brannte geradezu darauf, es zu erfahren.

»Hat er die Jägerin gefunden?«, fragte sie leise.

Ivy zögerte, ehe sie ihr antwortete. »Ja, sie haben miteinander gesprochen.«

»Nur *gesprochen*? Nun sag schon! Was ist zwischen ihnen vorgefallen?«, drängte Alisa, dabei war sie sich gar nicht sicher, ob sie es wirklich wissen wollte.

Ivy schüttelte den Kopf. »Von mir wirst du nichts erfahren. Wenn Malcolm es dir irgendwann selbst erzählen will, ist das seine Sache. Ich werde nicht darüber reden. Auch nicht mit dir.«

Ihr Unmut über diese Antwort hatte sich noch nicht einmal in ihrem Geist manifestiert, als Franz Leopold sich bereits darüber lustig machte.

»Und schon steigt die Zahl der Missmutigen unter uns weiter an. Ivy, ich fürchte, wir gehören nun zu einer bedrohten Minderheit!«

Franz Leopold feixte, und Alisa ärgerte sich, dass es ihr immer noch nicht gelang, ihn aus ihrem Bewusstsein zu verbannen, ohne all ihre Kräfte dafür zu brauchen. Eine oder mehrere Ratten zu lenken, war jedenfalls einfacher.

Und das wundert dich? Willst du mich beleidigen? Du willst doch nicht ernsthaft die Geisteskräfte, die man bei einer Ratte einsetzen muss, mit denen vergleichen, die gegen einen Dracas nötig wären?

»Warum nicht? Sooo groß ist der Unterschied auch wieder nicht«, versuchte Alisa, ihn zu ärgern. Franz Leopold lachte nur.

»Gib dir keine Mühe. Auf mich wirst du deinen Missmut nicht abladen können. Tja, die Neugierde ist eine starke Macht, die nagt und beißt, wenn sie nicht befriedigt wird. Wie die Ratten, um auf das Thema zurückzukommen.«

»Nun tu nur nicht so, als würde dich nicht interessieren, was während der Pause in der Loge vorgefallen ist«, zischte die Vamalia. »Du hast das Menschenblut ebenfalls gerochen! Streite es nicht ab. Sogar Luciano hat es gewittert.«

»Natürlich ist mir das nicht entgangen«, protestierte Franz Leopold. »Aber ich muss mich – im Gegensatz zu dir – nicht mit Betteln aufhalten, wenn ich etwas zu erfahren wünsche.«

»Behaupte nun nicht, du hättest es in Ivys Gedanken gelesen«, höhnte Alisa. »Das nehme ich dir nicht ab. Ivy weiß sich wohl gegen deine Angriffe zu schützen, und freiwillig sagt sie es dir ganz bestimmt nicht, wenn sie mir die Auskunft verweigert.«

Franz Leopold tat so, als müsse er überlegen, dann grinste er breit. »Mag sein. Aber glücklicherweise ist Ivy nicht die einzige Zeugin dieses Vorfalls. Wozu sich mit der späten Beobachterin befassen, wenn man viel näher herankommen kann?«

Keuchend stieß Alisa den Atem aus, als ihr klar wurde, was Franz Leopold meinte. »Ich fasse es nicht! Du hast dich in Malcolms Geist eingeschlichen und seine Geheimnisse belauscht.«

Franz Leopold antwortete nicht, doch sein Gesichtsausdruck sagte alles. Alisa schwankte, ob sie neidisch sein sollte oder mit Malcolm Mitleid empfinden.

Die Vampire hatten die Seine bereits überquert und waren wieder in den Untergrund der Stadt hinabgestiegen, als Ivy unvermittelt stehen blieb. Alisa, die noch zu sehr mit ihren eigenen Gedanken beschäftigt war, bemerkte erst, dass Ivy etwas Ungewöhnliches aufgefangen haben musste, als sie neben der Lycana stehen blieb.

»Was ist?«

»Etwas ist passiert«, sagte Ivy und runzelte die Stirn. Sie sah zu Seymour hinunter, dessen Körperhaltung seine Anspannung verriet. Offensichtlich war er bereit, seinen Groll auf Ivy und die anderen, die es gewagt hatten, ihn vom Besuch der Oper auszuschließen, für den Moment zurückzustellen.

»Und was? Willst du nicht ein wenig genauer werden?«

Ivy zog eine Grimasse. »Das ist nicht so einfach. Sie sind so aufgeregt und wuseln wild durcheinander. Vielleicht wissen sie es selbst noch nicht genau.«

»Wer wuselt? Die Pyras?«, erkundigte sich Luciano, der nun zu ihnen aufschloss. Nun fehlten nur noch die beiden Servienten, die mit den Festgewändern in den Armen hinterhertrödelten.

»Nein, nicht die Pyras«, korrigierte Franz Leopold. »Du meinst die Ratten. *Deine* Ratten, die du vorausgeschickt hast, nicht wahr?«

Ivy nickte. Alisa war wieder einmal erstaunt, wie leicht Ivy die Gewohnheiten anderer Clans übernahm. Sie selbst begnügte sich noch immer mit einer Ratte, die ihr in der Dunkelheit den Weg direkt vor ihren Füßen wies, wenn keine Fledermaus aufzuspüren war. Ja, ab und zu hatte sie auch einen Boten weit vorausgeschickt, doch es passierte ihr noch immer, dass sie ihn verlor, sobald sich ihre Gedanken zu sehr mit etwas anderem beschäftigten.

»Woher weißt du das?«, fuhr sie den Dracas an. »Sind deine Spione ebenfalls unterwegs?«

Franz Leopold sah sie ein wenig erstaunt an. »Nein, aber ich weiß inzwischen, dass Ivy nichts dem Zufall überlässt. Habe ich recht?«

Ivy nickte abwesend. Offensichtlich versuchte sie noch immer, aus den verwirrenden Signalen eine Botschaft herauszulesen. Die anderen schwiegen, um sie nicht abzulenken. Inzwischen hatten auch Matthias und Hindrik aufgeholt. Sie blieben jedoch im Hintergrund und stellten keine Fragen. Alisa warf Hindrik einen raschen Blick zu, doch er erwiderte ihn nicht. So nachtragend kannte sie ihn gar nicht. Hatte er wirklich geglaubt, sie würden ihn ohne passende Garderobe mit in die Oper nehmen?

»Bei allen Dämonen!«, stieß Ivy aus. »Ich hoffe, sie irren sich.« Sie rannte los. Die anderen folgten ihr und überschütteten sie mit Fragen, aber Ivy antwortete nicht. Sie eilte durch die Gänge, ohne auch nur einmal an einer Abzweigung zu zögern. Wieder spürte Alisa einen Hauch von Neid. Ivy lernte alles sofort und gründlich. Sie war einfach perfekt! Beschämt war ihr bewusst, wie ungerecht es war, der Freundin dies zum Vorwurf zu machen.

Das war es ja auch gar nicht. Sie wollte nur ebenso gut sein! Der Gedanke war kaum in ihrem Geist entstanden, als sie sich hektisch nach Franz Leopold umwandte. Hatte er ihn gelesen? Wenn ja, so sagte er wenigstens nichts dazu. Im Moment gab es ja auch Wichtigeres. Alisa mühte sich, schneller voranzukommen, um die Lycana einzuholen.

»Sie sind bereits dabei, zu Staub zu zerfallen«, murmelte Ivy.

»Was?« Alisa riss alarmiert die Augen auf. »Wer? Was ist geschehen? Vampirjäger?«

Ivy hob nur die Schultern. Sie wirkte verwirrt. »Ich kann es nicht sagen. Die Gedanken der Ratten sind so sprunghaft. Ich sehe nur bruchstückhafte Bilder, aber keine Namen oder Gesichter.«

»Wir werden es bald erfahren. Es ist nicht mehr weit.« Alisa erkannte die Abzweigung, die unter dem Jardin du Luxembourg nach Osten auf das Val de Grâce zuführte.

Sie hatten die unsichtbare magische Schranke zum Zufluchtsort der Pyras noch nicht erreicht, als ihnen Fernand und Joanne entgegenkamen. Die beiden Pyras, die bislang nichts aus der Ruhe hatte bringen können, wirkten erschüttert.

»Gut, dass ihr kommt. Fernands Ratte hat Ivys Nager entdeckt, daher wussten wir, dass ihr auf dem Rückweg seid.«

»Keiner darf den geschützten Ort mehr verlassen, hat Seigneur Lucien gesagt.«

»Was ist denn los?«, drängte Alisa.

»Wenn ich die Botschaft der Ratten richtig deute, ist irgendjemand vernichtet worden?«, ergänzte Ivy. Franz Leopold und Luciano drängten sich ebenfalls heran, um nichts zu verpassen. Nur die beiden Servienten gaben sich desinteressiert.

»Jemand?«, wiederholte Joanne bedrückt. »Es sind vier! Vier unserer Altehrwürdigen.«

»Was? Wie das?«, riefen alle durcheinander.

Fernand hob die Arme und ließ sie wieder fallen. »Keine Ahnung. Niemand weiß, was geschehen ist. Kommt mit und seht selbst!«

Die Freunde liefen hinter Joanne und Fernand her, die sie in die Haupthalle brachten und dann die Treppe hinuntereilten, die in die Höhle der Altehrwürdigen führte. Ganz hinten, wo die Kaverne noch einen Schritt tiefer ausgeschachtet war als der Rest, standen vier Särge, in denen die Servienten Ghislaine, Chloé und zwei andere geruht hatten, deren Namen sie nicht kannten. Eine seltsame Stille herrschte hier unten. Ein halbes Dutzend Pyras standen um die offenen Särge herum. Unter ihnen auch Clanführer Lucien, Sébastien, Gaston und die Altehrwürdige Martine, die gar nicht mehr furchterregend und mächtig wirkte. Während sich Lucien und Gaston in leisem Ton unterhielten, starrten Martine und die anderen fassungslos in die Särge. Alisa und die Freunde traten möglichst unauffällig näher, bis auch sie das Innere sehen konnten. Schweigend sahen sie auf die leblosen Körper hinab, die bereits zu zerfallen begannen. Die Konturen ihrer Gesichter verwischten. Die Falten, die sich im Laufe der unzähligen Jahrzehnte an Gesicht und Hals gebildet hatten, wurden rissig. Das Haar verlor seinen Glanz und fiel dann in sich zusammen. Lautlos rieselte der Staub herab. Nach und nach verloren die Kleider ihre Form und sanken in sich zusammen.

Alisa hatte bereits die Körper von Vampiren vergehen sehen. Sie starben natürlich nicht so wie Menschen an Alter und Schwäche oder an heimtückischen Krankheiten wie Cholera, Pest oder schwärenden Wunden. Sie wurden vernichtet. Oder sie beschlossen eines Nachts, dass ihre Zeit abgelaufen war – dann verabschiedeten sie sich, um irgendwo an einem Platz ihrer Wahl die Sonne aufgehen zu sehen. Vampire, die in ihrem Sarg einfach zerfielen, davon hatte Alisa noch nie gehört. Sie sah Ivy fragend an.

»Nein, ich auch nicht«, bestätigte die Lycana. »Ich kann mir nicht vorstellen, was mit ihnen geschehen ist.« Sie drehte sich zu Seymour um, aber der war genauso ratlos wie sie.

»Auch die Pyras haben keine Ahnung«, bestätigte Franz Leopold, der sich wieder einmal nicht hatte zurückhalten können und in die Gedanken der versammelten Clanmitglieder eingedrungen war.

»Sie kamen nicht aus ihren Särgen«, sagte Martine noch immer fassungslos. Ihre Stimme war schleppend. »Und als wir die Deckel öffneten, haben wir das hier gefunden. Das ist doch nicht möglich! Wie kann so etwas passieren? Ich bin nun fast zweihundert Jahre auf dieser Welt und habe noch nie etwas Derartiges erlebt.«

Sébastien hob die Schultern. »Wie wir alle sehen, ist es möglich. Und nun müssen wir herausfinden, wie und warum.« Er blickte sich in der Höhle um. Die anwesenden Altehrwürdigen machten einen kläglichen Eindruck.

»Und wir müssen es schnell herausfinden«, sagte er leise zu Seigneur Lucien. »Denn sonst waren das nicht die letzten Opfer, die wir zu beklagen haben. Sieh sie dir nur an. Das ist nicht die Folge verdorbenen Blutes. Sie haben die vergangenen Nächte nur das getrunken, was wir ihnen gebracht haben. Sie müssten jede Art von Vergiftung längst überwunden haben.«

Der Clanführer nickte ratlos. »Aber was zum Teufel kann die Ursache sein? Mir will keine Erklärung einfallen. Menschen sind hier jedenfalls über Tag nicht eingedrungen. Ihre Fährte würde uns nicht entgehen.«

Franz Leopold, der aufmerksam eine Runde durch die Höhle gedreht hatte und nun wieder zu den anderen stieß, nickte zur Bestätigung. »Keine Menschen!«

»Was machen wir nun mit ihnen?«, fragte Gaston. Dachte er an eine Art Begräbnis? Mit Friedhöfen und der Lagerung von menschlichen Knochen kannte er sich ja aus. Wie viele Tote er in seinem menschlichen Leben wohl ausgegraben und hier in die Katakomben geschafft hatte? Dies war jedoch etwas anderes. Sollte der Staub der Vampire über den Knochen von Menschen verstreut werden?

Auch der Clanführer und Sébastien waren unsicher, wie sie mit dieser Situation umgehen sollten. Vampire benötigten kein Begräbnis!

»Lasst ihre Überreste in den Särgen und bringt sie in eine andere Höhle. Dort, durch den Gang weiter, öffnet sich nach zwanzig Schritt eine kleine Kaverne. Stellt die Särge da ab.«

Alisa kannte die Höhlung. Sie schätzte, dass man dort zwei Dutzend Särge nebeneinander aufstellen konnte. Würde sich die Höhle nach und nach füllen? Oder bald nicht mehr genug Platz bieten? Wer würden die Nächsten sein? Konnte es nur die Altehrwürdigen der Pyras treffen oder alle anderen auch? Der Gedanke ließ sie schaudern.

»Kommt, lasst uns gehen«, flüsterte sie Ivy und Luciano zu.

Luciano nickte. »Ja, gehen wir hinauf in die große Halle. Der Anblick bereitet mir Magenschmerzen. Mir ist schon ganz schwindelig im Kopf.«

»Das halte ich eher für ein Anzeichen deiner übermäßigen Blutgier«, kommentierte Franz Leopold, der sich ihnen anschloss.

Unterricht gab es in dieser Nacht keinen mehr. Die Vampire saßen in kleinen Gruppen beisammen und unterhielten sich leise. Auch Alisa, Ivy, Luciano und Franz Leopold hockten auf ihren Särgen und sprachen über die unglaublichen Vorfälle. Malcolm dagegen hatte sich alleine in eine Ecke verzogen. Seine abwesende Miene und das Lächeln auf seinen Lippen ließen Alisa ahnen, dass er nicht an die vernichteten Pyras dachte. Mit einem Ruck drehte sie sich so herum, dass sie ihn nicht mehr sehen konnte. Es gab Wichtigeres als Malcolm und seine Herzensangelegenheiten!

Grübelnd stützte Alisa das Kinn auf. Was zum Teufel konnte die Altehrwürdigen ausgelöscht haben und warum waren die anderen seit einigen Nächten in einem so schlechten Zustand? Sie brütete, bis es Zeit wurde, die Särge aufzusuchen. Wenn sie Menschen wären, gäbe es unzählige Dinge, die sie dahingerafft haben könnten. Vampire jedoch waren gegen all diese Dinge immun. Oder nicht? War etwas geschehen, das die Vampire für die Seuchen der Menschen anfällig machte? Oder gab es eine neue Krankheit, die nur Vampire befiel?

Alisa legte sich auf den Rücken und schloss den Deckel über sich. Vielleicht war der Gedanke gar nicht so abwegig. Die Medizin hatte in den vergangenen Jahren große Fortschritte gemacht. Immer mehr Impfstoffe oder neue Heilmethoden wurden gefunden. Mussten sie sich auf diese Erfindungen der Menschen konzentrieren, um die Vampire zu retten? Doch dann fielen Alisa Erik und seine umfangreiche Bibliothek ein. Vielleicht sollten sie sich auch dort noch mal umsehen. Waren in seinen Büchern vielleicht unerklärliche Fälle von vernichteten Vampiren überliefert? Vielleicht handelte es sich doch um eine alte Bedrohung, die in Vergessenheit geraten war.

Damit schwanden ihre Sinne, und sie tauchte in die Welt der tödlichen Schwärze, die sie bis zum Abend umgab.

***

Latona blieb in einiger Entfernung von der Klinik stehen. Sie tat so, als würde sie ein Taschentuch in ihrem Ridikül suchen, beobachtete aber verstohlen den Eingang. Noch stand die Sonne tief am herbstlich blauen Himmel. Ihr Onkel würde erst später im Schutz der Dunkelheit hierherkommen, wenn er seine Gewohnheiten nicht geändert hatte. Zumindest gab es kaum mehr eine Nacht, die er nicht außerhalb des Hotels zubrachte. Obwohl ihre Zimmer durch eine Verbindungstür getrennt waren, bekam es Latona sehr wohl mit, dass er stets erst in den frühen Morgenstunden zurückkehrte. Außerdem hatte er sich angewöhnt, das Frühstück zu versäumen und erst zum Mittagsmahl zu erscheinen, um danach den Nachmittag mit seiner Nichte zu verbringen. Er führte sie aus, nicht nur in die Menagerie. Carmelo hatte sie in den vergangenen Tagen auf den Jahrmarkt begleitet, zu einer Kutschfahrt durch den von den vornehmen Mitgliedern der Pariser Gesellschaft bevorzugten Bois de Boulogne mitgenommen oder in den volkstümlichen Bois de Vincennes, hatte die frühen Vorstellungen des Kabaretts besucht, des Varietés oder eine der umjubelten Operetten Offenbachs. Er ging sogar mit ihr einkaufen, blieb geduldig, wenn sie sich in einer der schönen Boutiquen zwischen zwei Hüten oder mehreren Paar Handschuhen nicht entscheiden konnte, kaufte ihr Maroni und Zuckermandeln. Er war geradezu verdächtig großzügig!

Sie wohnten immer noch in dem teuren Hotel am Boulevard St. Germain. Latona hatte vermutet, sie würden dort nach wenigen Nächten ausziehen und sich – wie damals in Rom – eine günstigere Unterkunft suchen. Warum gab er so viel Geld aus? Für das Hotel und für Latonas Wünsche, auf die er früher nie viel Rücksicht genommen hatte. Er schien ihr auch nachgiebiger. War er so krank, dass er ihre letzten gemeinsamen Tage so schön wie möglich gestalten wollte? Oder hatte er eine Geldquelle aufgetan, die ihnen diesen Lebensstil für längere Zeit ermöglichen würde?

Latona beobachtete ihren Onkel genau und konnte keine Anzeichen eines Leidens feststellen. Dass er oft müde und ein wenig abwesend wirkte, war kein Wunder, wenn er sich jede Nacht herumtrieb und nur wenig schlief! Sein Appetit dagegen war mehr als nur gut, seine Haut hatte eine gesunde Farbe, und Latona konnte auch keine verräterischen Flecken oder Pusteln entdecken.

Hatte sie beim Anblick des Hospitals voreilige Schlüsse gezogen? Sie dachte an die Vampire, die sich in Paris versammelt hatten. An Malcolm und seine blauen Augen. Ihre Finger strichen über die Stelle an ihrer Lippe, die seine Zähne verletzt hatten. Sie blutete schon lange nicht mehr. Nur noch eine kleine Kruste erinnerte an die Nacht in der Oper.

Latona riss sich von ihrer Erinnerung an Malcolm los und konzentrierte sich wieder auf ihren Onkel und sein seltsames nächtliches Treiben. Wusste Carmelo von den Vampiren hier? Vermutlich. Sie konnte sich nicht vorstellen, dass dieses Zusammentreffen ein Zufall war.

Wieder warf sie unter gesenkten Lidern einen neugierigen Blick zum Tor hinüber. Eine junge Frau, die sich allerdings bewegte, als lasteten schon viele Dutzend Jahre auf ihrem gebeugten Rücken, schlurfte auf das Tor zu. Ihre Kleider waren alt und zerschlissen, doch einst von kräftiger Farbe gewesen. Das Haar hing ihr in verfilzten Strähnen über den Rücken. Sie klopfte. Ein Uniformierter öffnete.

Latona konnte nicht hören, was gesprochen wurde, doch nach einer Weile ließ er sie mit sichtlichem Widerstreben eintreten und schloss das Tor hinter ihr.

Sollte sie es ebenfalls auf diese Weise versuchen? Dann wäre sie gut beraten, sich Kleidungsstücke zu besorgen, die ihr Anliegen glaubhaft machten. Sie würde sich Gesicht und Hände schmutzig machen und das Haar ein wenig zerzausen, überlegte Latona. Das würde heute Abend allerdings nichts mehr werden, dachte sie enttäuscht.

Wieder wurde das Tor geöffnet. Dieses Mal, um eine Gruppe junger Frauen herauszulassen, die im Gegensatz zu der Leidenden zuvor geradezu vor Leben sprühten. Ihre Gewänder waren schlicht, sauber und in gedeckten Farben gehalten, die Haare ordentlich frisiert. Sie lachten und schlenderten plaudernd die Rue du Faubourg Saint Jacques hinunter. Latona sah ihnen nach und dann an sich hinab. Sie hatte sich für dieses Vorhaben einfach und unauffällig gekleidet und sah den Krankenschwestern – denn dafür hielt sie die jungen Frauen – nicht unähnlich. Der Plan reifte in ihr heran, als sich von der anderen Seite drei Frauen näherten, die ebenfalls in dieses Bild passten. Eine von ihnen war schon recht alt und sah in ihrem düsteren langen Gewand und dem weißen Tuch über dem Haar ein wenig aus wie eine Nonne, die anderen beiden waren jedoch nur ein paar Jahre älter als Latona.

Was konnte ihr schon passieren? Dass sie entlarvt und zurückgeschickt wurde? Und wenn schon. Dass man sie festhielt und ihr Onkel sie auslösen musste? Latona zog unbehaglich die Schultern hoch. Diese Vorstellung war weit unangenehmer, aber dann hätte das Versteckspiel ein Ende und er müsste ihr die Wahrheit gestehen.

Latona straffte entschlossen den Rücken und überquerte die Straße. Wie selbstverständlich schloss sie sich den drei Frauen an, die das erst bemerkten, als der Wachmann ihnen das Tor öffnete.

»Ich bin neu hier«, beantwortete Latona die fragenden Blicke.

»Du sollst hier heute mit der Nachtschicht anfangen?«, vergewisserte sich die ältere Schwester und musterte sie streng. »Dann bist du aber spät dran. Marsch, marsch. Du musst ja noch eingekleidet werden.«

»Oh, daran habe ich nicht gedacht. Ich bin schon ganz aufgeregt«, zwitscherte Latona und folgte den Frauen durch das Tor. Der Wächter machte keine Anstalten, sie aufzuhalten.

»Bei wem sollst du dich melden?«, fragte eine der jüngeren Frauen, als sie einen weitläufigen Hof überquerten, der von schmutzigen Backsteingebäuden von allen Seiten eingeschlossen wurde.

Latona gab sich erschrocken. »Oje, jetzt habe ich in der Aufregung den Namen vergessen.« Sie wühlte in ihrem Ridikül. »Und das Schreiben liegt daheim. Was soll ich nur tun?«

»Du musst doch wissen, mit wem du gesprochen hast! Der Doktor, der dich eingestellt und für heute hierher beordert hat?«

»Aber ja«, rief Latona, deren Gedanken fieberhaft nach einem Ausweg suchten. Sie durfte es nun, da sie einmal im Innern der Mauern war, nicht zulassen, dass man sie sofort wieder wegschickte. »Er hieß, er hieß – ach, jetzt will mir der Name nicht einfallen!«

»Wie sah er denn aus?«, half die Dritte nach, während die alte Schwester ihr einen unwirschen Blick zuwarf. Sie musste Latona für ein einfältiges Ding halten und sich fragen, wer auf den unsinnigen Einfall gekommen war, sie als Krankenschwester einzustellen.

»Er war etwa mittelgroß mit schütterem grauen Haar«, beschrieb sie, in Anlehnung des Mannes, den sie beim letzten Mal durch das Tor hatte kommen sehen. So wie er gekleidet gewesen war und nach der respektvollen Verbeugung des Wächters zu urteilen, konnte er durchaus einer der Ärzte sein.

»Das trifft ja wohl auf eine ganze Reihe unserer Ärzte zu«, brummte die Alte.

»Stand ihm das Haar recht wild vom Kopf und trug er eine Brille?«, half die kleine Brünette weiter, deren breite Aussprache verriet, dass sie aus dem Süden stammte.

»Ja, genau«, rief Latona erleichtert.

»Dann muss das Monsieur le Docteur aus dem Deutschen Reich sein«, vermutete sie. »Hat er denn mit diesem komischen harten Akzent der Deutschen gesprochen?« Latona nickte.

»Dann war es Monsieur Westphal«, rief sie triumphierend. »Ja, ich habe gehört, dass er eine Schwester angefordert hat. Hat er dir gesagt, wie deine Arbeit aussehen wird?«

Da Latona keine Ahnung hatte, was dieser Arzt in der Klinik trieb, schüttelte sie lieber den Kopf.

»Monsieur Westphal betreut die Versuche mit den Ausräucherungsschränken. Du solltest ihm zur Hand gehen, die Patienten während der Behandlung betreuen und die Kammern natürlich auch reinigen und für den nächsten Patienten vorbereiten. Sicher wirst du auch einige Beobachtungen für ihn notieren müssen, denn er will die Wirkung bei möglichst vielen Leidenden studieren. Du kannst doch lesen und schreiben?«

»Aber ja!«, bestätigte Latona ein wenig empört, obwohl ihre französischen Schreibkünste sicher nicht perfekt waren. Englisch und Italienisch beherrschte sie besser.

»Von hier bist du nicht, das hört man«, plapperte die Dunkelhaarige weiter. »Wo kommst du her?«

»Jetzt ist aber Schluss mit dem Geschwätz«, unterbrach sie die Alte barsch. »Bring sie zur Kleiderkammer, dass sie sich eine Schürze anziehen und ihr Haar unter eine Haube stecken kann, und führe sie dann zu Doktor Westphals Studierzimmer!«

Als die beiden jungen Frauen außer Hörweite waren, fragte Latona, was es mit diesen Räucherkammern auf sich hatte. »Ich möchte nicht so dumm vor dem Herrn Doktor dastehen und bisher hat mir niemand etwas erklärt.«

Falls sich die Schwester über ihre Unwissenheit wunderte, so zeigte sie es nicht. »Eigentlich ist das eine alte Methode, die der deutsche Doktor wieder aufnimmt. Wie wohl jeder Arzt weiß, ist der Spanischen Krankheit nur mit Quecksilber beizukommen. Früher haben die Patienten die Dämpfe eingeatmet, doch es ist schon lange bekannt, dass das zu schweren Nebenwirkungen führt. Deshalb wurde es verboten, aber was sonst tun? In Straßburg reiben sie die Haut mit einer Quecksilberpaste ein und es gibt Versuche mit Quecksilberpillen. Monsieur le Docteur Westphal ist der Meinung, dass der Räucherschrank, in dem der Leidende im Quecksilberdampf sitzt, ihn aber nicht einatmet, die am wenigsten schädliche Darreichungsform ist.«

»Dann hat er sicher viele Patienten«, sagte Latona, während sie sich die Schürze überstreifte und die Haube festband.

»Oh ja, er ist viel beschäftigt. Deshalb will er ja noch eine Schwester an seiner Seite haben. Wobei wir hier im Cochin natürlich auch viele andere Krankheiten zu heilen versuchen.«

»Bei den vielen Patienten sind die Kammern sicher Tag und Nacht besetzt«, vermutete Latona und sah die Schwester aufmerksam an. Diese schien überrascht.

»Nachts? Nein, nachts werden sie natürlich nicht verwendet. Der Doktor ist nachts nicht im Haus«, sagte sie und fügte dann an: »Wobei er in letzter Zeit des Öfteren die Nacht hier verbracht haben soll, um an seinen Aufzeichnungen zu arbeiten. Und ich glaube, unten im Behandlungsflügel wurden neue Experimente durchgeführt.« Plötzlich schien ihr etwas aufzufallen. »Aber warum hat er dich zur Nachtschicht bestellt, wenn es für dich jetzt gar nichts zu tun gibt? Ich vermute, die letzten Patienten sind schon längst zurück in ihren Betten.«

Latona überlegte fieberhaft. »Ja, ich denke, der Grund ist, dass ich mich jetzt am Abend, da es keinen Patienten stört, mit allem vertraut machen kann, damit ich morgen gleich eine echte Hilfe sein kann.«

Dieses Argument schien der jungen Schwester einzuleuchten. Sie führte Latona noch einen weiteren Gang entlang und blieb dann vor einer Tür stehen, die nicht anders aussah als die vielen anderen, die sie bisher passiert hatten.

»Hier ist es. Kommst du nun alleine zurecht? Ich muss mich eilen. Die Glocke hat bereits geschlagen und mein Dienst begonnen. Es wird nicht gerne gesehen, wenn man zu spät kommt!«

»Ja, geh«, stimmte ihr Latona aus ganzem Herzen zu, »und vielen Dank!«

Mit erhobener Hand, als wolle sie an die Tür klopfen, wartete sie, bis die Schwester um die nächste Ecke verschwunden war. Dann machte sie sich rasch in die andere Richtung davon.

SEIGNEUR THIBAUT

Als Ivy die Augen aufschlug, wusste sie, dass es eine schlimme Nacht für die Pyras werden würde. Die Ratten tauschten sich bereits darüber aus. Sie spürten, dass sich einige Särge zum letzten Mal unter der Hand ihrer Besitzer geschlossen hatten.

Ivy sandte ihre Gedanken zu Seymour, der bei ihrer ersten Regung vom Deckel des Sargs gesprungen war und sich nun genussvoll streckte.

Komm heraus! Meinst du, es wird dadurch besser, dass du den Augenblick der Wahrheit hinauszögerst? Noch ruhen die meisten in ihren Särgen, also wirst du die Erste sein, die sich vom Fortgang der Katastrophe ein Bild machen kann.

Ivy unterdrückte einen Seufzer. *Die Ratten haben also recht.*

Ich unterhalte mich nicht mit Ratten, gab Seymour zurück. *Ich war selbst unten in der Höhle, und ich konnte spüren, in welchen Särgen kein Vampir mehr erwachen wird.*

Ivy wusste, dass es unklug wäre, das Unvermeidbare noch länger hinauszuzögern. Sie klappte den Deckel auf und sprang aus ihrem Sarg. Dann eilte sie hinter Seymour die beiden Stockwerke zur unteren Kammer hinunter. Der Anblick des freien Platzes in der Vertiefung am anderen Ende schmerzte sie. Mit wachen Sinnen ging Ivy an der Reihe der Särge entlang.

Und?

Ivy nickte ernst. *Ja, du hast recht. Aus fünf der Särge wird heute kein Vampir steigen.*

Die Handflächen auf Henris Sargdeckel gelegt, blieb sie stehen. Sie suchte nach seinem Geist. Ja, er war noch da und würde jeden Augenblick erwachen. Wenigstens er. Ein Gefühl wie Schwindel erfasste sie, als sie zum anderen Ende der Höhle schritt, wo gestern Nacht noch Särge gestanden hatten. Hinter ihr gähnte Seymour vernehmlich. Ivy wandte sich um und warf ihm einen vorwurfsvollen Blick zu.

»Ivy? Bist du hier unten?« Alisa kam die Treppe heruntergestürzt. Ihr folgten gemessenen Schrittes Franz Leopold und ein wenig später Luciano, der noch dabei war, seine Kleider zu ordnen. Besorgt sah sich Alisa um und trat dann auf Ivy zu. Aus einigen Särgen erklangen leise Geräusche. Dann klappten die ersten Deckel auf. Erleichterung breitete sich auf Alisas angespannter Miene aus, wogegen Franz Leopold wie üblich keine Regung zeigte. Luciano gähnte herzhaft.

»Alles in Ordnung, was?«

Ivy schüttelte den Kopf. »Nein, fünf Särge werden sich nie mehr öffnen!«

Die anderen sahen sie betroffen an, wobei sich der Dracas am schnellsten wieder im Griff hatte und so tat, als würden ihn die Probleme der Pyras nichts angehen.

»Bist du sicher?«, drängte Luciano.

Ivy zeigte auf die fünf Särge. Die anderen hatten sich nun fast alle geöffnet. Schwerfällig erhoben sich die Altehrwürdigen. Manche hatten sogar Schwierigkeiten, sich nur aufzusetzen, geschweige denn aus ihrem Sarg zu steigen. Alisa eilte zu einer kleinen, hutzligen Vampirin, die ihr bis zur Brust reichte, griff ihr unter die Arme und zog sie hoch. Vorsichtig stellte sie sie auf die Füße. Die Alte bedankte sich nicht. Sie starrte Alisa nur verwirrt an. Alisa ließ sie los und eilte einem dünnen Mann zu Hilfe, der ebenfalls nicht auf die Beine kam.

»Jetzt fass schon mit an!«, herrschte sie Franz Leopold an, der ungerührt einem massigen Alten zusah, wie er vergebens versuchte, aus seinem Sarg zu klettern. Der Dracas verdrehte die Augen, packte aber zu. Luciano trat an einen noch immer geschlossenen Sarg, aus dem kein Geräusch zu hören war.

»Sollen wir nachsehen?«, fragte er ein wenig beklommen.

Ivy legte die flache Hand auf den Deckel. »Sie ist für immer gegangen. Ihr Körper verfällt bereits. Wir können nichts tun.«

Wie um sich selbst davon zu überzeugen, riss Luciano mit einer entschlossenen Bewegung den Deckel auf und ließ ihn zu Boden krachen, sodass alle zu ihm herumfuhren. Luciano schien es jedoch nicht zu bemerken. Er sah nur in die glanzlosen Augen unter sich, die weit geöffnet zu ihm heraufstarrten, ohne noch etwas sehen zu können. Die Hände waren auf der Brust verkrampft, die Fingernägel wie im Schmerz ins eigene Fleisch gekrallt. Der Mund war zu einer Grimasse verzogen, dass die Zähne und Reste von schwärzlichem Zahnfleisch offen lagen. Luciano konnte einen Schauder nicht unterdrücken. Nicht dass ihm diese Altehrwürdige etwas bedeutet hätte. Er wusste nicht einmal ihren Namen.

»Sie strahlt so ein tiefes Grauen aus«, formulierte Ivy seine Gedanken und legte den Arm um seine Schulter.

»Ich kann es auch fühlen. Mir ist bis tief ins Innerste kalt, und ich denke, ich müsste zittern«, sagte Luciano verwirrt.

Sie spürten die Bewegung auf der Treppe und hörten leise Stimmen. Kurz darauf kamen Seigneur Lucien, Sébastien und einige andere in die Höhle. Ivy und Luciano traten von den Särgen zurück.

»Gehen wir rauf in die Halle«, schlug Ivy vor. Die anderen nickten, Seymour gähnte.

Langsam, fast schleppend kehrten die vier jungen Vampire in die große Halle zurück und ließen sich auf ihre Sargdeckel fallen.

»Ich glaube nicht, dass der Unterricht heute stattfindet«, meinte Luciano nach einer Weile. »Das wird wieder eine langweilige Nacht!«

»Ach, du findest es langweilig, wenn Vampire einfach aufhören zu existieren und zerfallen, als habe eine rätselhafte Seuche sie dahingerafft?«, griff ihn Alisa in so aggressivem Ton an, dass Ivy dachte, sie würde sich gleich auf ihn stürzen.

»Seht dort drüben, Malcolm scheint sich auch nicht wohlzufühlen. Was, wie ich vermute, ganz andere Gründe hat«, sagte sie, um Alisa abzulenken, bereute es aber sofort. Malcolm schritt auf der anderen Seite der Höhle auf und ab und warf immer wieder sehnsüchtige Blicke in den dunklen Gang.

Das Gesicht der Vamalia wurde noch finsterer. »Sollte ich jetzt Mitleid mit seinem Liebesleid haben«, zischte sie.

»Wo sind eigentlich Hindrik und Matthias?«, fragte Ivy rasch.

»Hindrik? Ich habe ihn heute Abend noch gar nicht gesehen.« Alisa blickte sich suchend um. »Seltsam. Er war nicht an meinem Sarg, als ich erwachte. Ich habe ihn aber auch nicht bei Tammo oder Sören gesehen. Oder nur nicht darauf geachtet?«

Tammo lief gerade mit Fernand vorbei. Die beiden schienen sich über irgendetwas zu amüsieren und kicherten in sich hinein.

»Tammo!«

»Was?« Ihr Bruder wandte sich mit ungnädiger Miene zu ihr um.

»Hast du Hindrik gesehen?«

Er schüttelte den Kopf. »Nein, heute noch nicht, und ich hoffe, das bleibt auch so. Er neigt dazu, einem jeden noch so harmlosen Spaß zu verderben, ist dir das noch nicht aufgefallen?«

»Ich denke eher, seine und deine Meinung darüber, was ein *harmloser* Spaß ist, klaffen weit auseinander«, berichtigte Alisa.

Tammo hob nur die Schultern. »Wir gehen jetzt jedenfalls zu den Katakomben hinüber, also halte Hindrik auf, wenn er gleich aufkreuzt, um uns hinterherzuschnüffeln.«

Doch Hindrik tauchte nicht auf. Ivy spürte, wie Alisa unruhig wurde.

»Meinst du, die Pyras haben ihn auf eine Mission geschickt? Aber warum hat er nicht Bescheid gesagt?«

Ivy schwieg. Die einzige Erklärung, die ihr einfiel, wollte sie Alisa nicht sagen. Sie dachte an die vergangene Nacht. An ihren Besuch in der Oper und an das für Hindrik so untypische Verhalten. Matthias war ein stoischer Typ, der nur selten unaufgefordert sprach, aber Hindrik? Eine solche Zurückhaltung war sie von ihm nicht gewohnt. Er war auch nicht der Vampir, der stundenlang beleidigt war und schmollte. Seltsam. Warum hatte sie über das veränderte Verhalten nicht früher nachgedacht? Hatte der Glanz der Opernaufführung sie so sehr geblendet?

Alisa schien ähnliche Gedanken zu hegen und zum gleichen beunruhigenden Schluss zu kommen. Die Vamalia sprang auf. »Ich werde nach ihm sehen!«

»Du willst zur Höhle der Unreinen hinuntergehen?«, fragte Luciano erstaunt.

»Ja, was dagegen?«

»Nein, du musst mich nicht gleich auffressen. Ich frage ja nur.« Er erhob sich, um sie zu begleiten.

»Leo, kommst du auch mit?«, erkundigte sich Ivy.

Der Dracas rekelte sich. »Ja, ich denke, ich werde euch begleiten. Matthias vernachlässigt in letzter Zeit zunehmend seine Pflichten. Seine Abwesenheit heute setzt dem Ganzen die Krone auf. Ich denke, es ist an der Zeit, ihn daran zu erinnern, was er mir als mein Schatten schuldig ist.«

Sie querten die Höhle und stiegen dann die gewundene Treppe hinunter, die über einen weiteren kurzen Gang in die Kaverne führte, in der die Särge der fremden Servienten standen. Alisa blieb unter dem Eingang stehen und ließ den Blick schweifen, dann stürzte sie auf Hindrik zu.

Der Servient der Vamalia saß in seinem offenen Sarg, den Kopf in beide Hände gestützt. Sein blondes Haar wirkte stumpf und ungepflegt. Neben ihm stand Matthias und sah mit besorgter Miene auf ihn herab.

»Hindrik, was ist mit dir?«, rief Alisa und ließ sich neben seinem Sarg auf die Knie fallen.

Ganz langsam wandte er den Kopf. »Alisa? Ich kann es dir nicht sagen. Der Nebel ist so dicht und das Wasser rauscht so laut.«

»Wasser? Hindrik, hier ist weder Wasser noch Nebel!« Sie schüttelte seinen Arm.

Hindrik ging nicht darauf ein. »Dame Elina wird von mir enttäuscht sein«, sagte er träge. Franz Leopold nickte zustimmend, Ivy brachte ihn mit einem strengen Blick zum Schweigen, ehe er seine Gedanken aussprechen konnte.

»Sie kann sich nicht mehr auf mich verlassen«, fuhr Hindrik fort. Seine Hand tastete nach Alisas Fingern. »Sie wird im nächsten Jahr einen anderen mit euch mitschicken müssen.« Er schien angestrengt nachzudenken und fügte dann leise hinzu. »Schade.«

»Rede keinen solchen Unsinn!«, rief Alisa aus und griff nach seinem Arm. »Komm hoch! Matthias, hilf mir. Wir tragen seinen Sarg in die große Halle. Dort kannst du ihn neben meinen stellen. Hindrik, nun komm! Das wird schon wieder. Du hast dich so viele Jahre um uns gekümmert. Jetzt kümmere ich mich um dich.« Sie schleuderte Franz Leopold einen wütenden Blick zu, als sich dessen Augenbrauen nach oben bewegten.

Alisa und Ivy stützten den schwankenden Hindrik, während Matthias seinen Sarg hinter ihnen hertrug. Zweimal stolperte er auf der Treppe und handelte sich von Franz Leopold eine scharfe Rüge ein.

»Wie liebevoll«, spottete der Dracas, als Alisa dem Servienten wieder in seinen Sarg half und ihn bequem zwischen einige Kissen bettete. Sie ignorierte seinen Spott und eilte stattdessen davon, Hindrik eine Ration Tierblut zu besorgen.

»Du musst auf Tammo aufpassen«, ächzte er zwischen den Schlucken, die ihm sichtlich schwerfielen.

»Mit ihm ist alles in Ordnung«, beschwichtigte ihn Alisa und warf Ivy einen Blick zu. Sie verriet Hindrik lieber nicht, dass ihr Bruder sich mit Fernand davongemacht hatte und irgendwo auf der Suche nach einem neuen, spannenden Spiel die Gänge durchstreifte.

Die Pyras sammelten sich in der großen Halle. Anscheinend hatte Seigneur Lucien sie zusammenrufen lassen. Auch die Erben und einige ihrer Servienten näherten sich neugierig, um zu hören, was er zu sagen hatte.

Die erste Nachricht war für die Freunde keine Neuigkeit mehr. Fünf weitere Altehrwürdige waren ausgelöscht, was unter denen, die es noch nicht wussten, aufgeregtes Getuschel auslöste. Seigneur Lucien befahl, die Überreste zu den anderen zu schaffen. Doch das war noch nicht alles. Inzwischen konnte sich keiner mehr der Illusion hingeben, der schreckliche Verfall würde nur ein paar wenige Altehrwürdige betreffen, die dumm genug gewesen waren, sich an ungesundem Blut zu vergreifen. Die Veränderung betraf alle Altehrwürdigen und noch immer konnte sich keiner der Pyras auch nur eine Erklärung für dieses Phänomen vorstellen. So lautete Seigneur Luciens Entscheidung, dass je ein Clanmitglied einen Altehrwürdigen zugeteilt bekommen würde, um den er sich kümmern und ihn mit frischem, gutem Blut versorgen sollte.

»Lasst sie so wenig wie möglich aus den Augen und gebt ihnen

Blut, so viel sie trinken können.«, schärfte er den Pyras ein. »Am besten, ihr stellt ihre Särge neben euren auf.«

Lucien forderte alle auf, beim Umzug der Altehrwürdigen mitzuhelfen, und so stiegen auch die Erben noch einmal in die untere Ebene hinab. Luciano ging neben Ivy und half einem Altehrwürdigen die Treppe hinauf. Ivy sah sich um. Wo war Alisa geblieben? Bei Hindrik? Bevor sie sich zum zweiten Mal hinunterbegab, sah sie bei dem Servienten der Vamalia vorbei, doch der lag alleine in seinem Sarg, die Hände über der Brust gefaltet, die Augen geschlossen. Alisa war nirgends zu sehen. Ivy tastete mit ihren Gedanken nach der Freundin. Sie war nicht mehr in der Höhle, ja nicht einmal mehr innerhalb des geschützten Bereichs. Sie wandte sich Luciano zu, der sich suchend umsah und dann die Schultern hob.

Da wurde Ivy bewusst, dass auch Franz Leopold fehlte. Eine Ahnung stieg in ihr auf, wohin die beiden verschwunden sein konnten.

∗∗∗

Eine Weile streifte Latona ziellos durch die Gebäude und warf einen Blick in Krankensäle, Behandlungszimmer und Kammern, die mit Büchern und Unterlagen vollgestopft waren. Die meisten Türen waren allerdings geschlossen. Latona getraute sich nicht, sie zu öffnen. Wenn sie jemandem auf dem Gang begegnete, senkte sie den Kopf, beschleunigte ihren Schritt und tat sehr beschäftigt. Niemand sprach sie an.

Was tat sie hier eigentlich? Was hoffte sie zu finden? Draußen wurde es dämmrig. Die Sonne strebte dem Horizont entgegen. Wollte sie so lange bleiben, bis ihr Onkel eintraf, und ihn dann zur Rede stellen, dass in der Nacht keine Behandlungen stattfanden? Nun, das hatte er ja auch nicht behauptet, sie selbst hatte sich so seine Besuche im Krankenhaus erklärt. Was also machte er hier, wenn er nicht als Patient kam?

Der Zufall führte Latona einige Treppen tiefer in einen Bereich, dessen zahlreiche Verbotsschilder sie magisch anzogen. Die erste Tür war nicht abgeschlossen. Latona schlüpfte in einen dämmrigen

427

Korridor. Sie lauschte. Es schien niemand hier zu sein. Zaghaft öffnete sie einige Türen und sah in Räume mit Becken und Wannen oder seltsamen Kästen. Sie waren mit dicken Schläuchen an eine Apparatur angeschlossen, die entfernt an einen Ofen erinnerte. Ein seltsamer Geruch hing in der Luft. Konnten das die Räucherkammern sein, von denen die Schwester gesprochen hatte? Latona ging weiter. Wieder versperrte eine schwere Metalltür ihren Weg. Diese war allerdings verschlossen. Die Verbotsschilder wurden dringlicher. Lebensgefahr? Was konnte sich dahinter verbergen? Dreimal drückte sie die Klinke und lehnte sich mit ihrem ganzen Gewicht gegen die Tür. Vergeblich.

War da nicht ein Geräusch? Sie lauschte. Ja, von innen näherten sich Schritte. Gehetzt sah sich Latona um und huschte dann in den Raum mit den Kästen, der der Tür am nächsten war. Keinen Augenblick zu früh. Ein Schlüssel drehte sich im Schloss. Die Tür knarrte in den Angeln und sie konnte zwei Männerstimmen hören. Latona lugte durch einen Spalt auf den schwach erhellten Gang hinaus und sah die beiden in Richtung der ersten Tür verschwinden. Sie hatten nicht wieder abgeschlossen! Latona ergriff die Gelegenheit und schlüpfte durch die Metalltür. Sie hörte, wie die Männer die vordere Gangtür abschlossen. Mit diesem Problem würde sie sich später beschäftigen. Nun wollte sie wissen, was es hier Verbotenes und Gefährliches gab. In einem Krankenhaus mitten in Paris? Mit den Schrecken, die in den nächtlichen Ruinen Roms hausten, konnte das hier sicher nicht mithalten! Hinter den ersten beiden Türen verbarg sich nichts Aufregendes. Das Einzige, was Latona zu beunruhigen begann, war der Geruch, der ihr in die Nase stieg. Was war das? Fremd und doch auch vertraut. Etwas Wildes, Ungezähmtes, unangenehm scharf und doch auch verlockend, ein wenig süßlich wie nach Verwesung. Eine andere Note mischte sich darunter. Warm, klebrig, metallisch. War das etwa Blut? Nun ja, in einem Krankenhaus nicht verwunderlich, sagte sie sich. Latona sah in einen kleinen, gefliesten Raum, in dem einige Glasflaschen mit einer dunkelroten Flüssigkeit auf einem Tisch standen. Der seltsame Geruch jedoch kam von weiter hinten. Latona zögerte. Ihre Füße wollten sich nicht weiterbewegen. Sie spürte, wie sich ihre Nackenhaare aufstellten und ihr Geist ihr Warnungen zuflüsterte.

Das war doch zu albern! Sie wollte jetzt wissen, was sich in diesem Raum verbarg. Latona sah sich in dem Gang um, der nur von einem Notlicht schwach erleuchtet wurde, das vermutlich Tag und Nacht brannte. Fenster gab es hier unten nicht, und so konnte sie auch nicht sagen, ob es draußen bereits dunkel wurde. Die kleine Lampe war fest mit der Wand verschraubt, doch in dem Raum mit den Räucherkästen fand sie eine Petroleumlampe. Sie entzündete den Docht und wartete, bis die Flamme wuchs und sich der warme Lichtschein tröstlich um sie ausbreitete. Erst dann öffnete sie die Tür, die das Geheimnis barg, auf dessen Suche sie war.

Woher Latona das wusste, noch ehe sie die Klinke berührte? Das konnte sie nicht sagen. Es war diese nicht fassbare Ahnung in ihr, dieser Instinkt, der sie manches Mal antrieb, dann wieder innehalten oder auch fliehen ließ. Zuerst hatte sie dieser unerklärlichen Stimme misstraut, doch mit den Jahren hatte sie gelernt, dass es für sie gesünder war, auf sie zu hören. Und nun riet die Stimme ihr zur Vorsicht, sagte ihr aber auch, dass sie an dieser Stelle nicht umkehren sollte, wollte sie die Wahrheit ergründen.

Natürlich wollte sie! Oder doch nicht? War Unwissenheit oft nicht auch Schutz und Segen, der ein ruhiges Gewissen bescherte?

Pah, dagegen hatte sie sich entschieden, als sie das Hotel auf eigene Faust verließ, um das Hôpital Cochin aufzusuchen!

Latona drückte die Klinke herunter und schob die Tür einen Spalt auf. Es war dunkel und totenstill dahinter, und doch fühlte sie ganz deutlich, dass jemand oder etwas in dem Raum war, von dem der raubtierartige Geruch ausging. Entschlossen schob sie die Tür weiter auf und hob die Lampe. Der Lichtschein wanderte durch den Raum, der an sich nicht viel für das Auge bot, nur kahle weiße Wände und einen Käfig aus stabilen Eisenstangen. Im Innern des Käfigs, der vielleicht drei auf drei Meter maß und ebenso hoch war, lag eine Gestalt zusammengekrümmt auf der Erde, das Gesicht in den Armen vergraben. Zaghaft trat Latona näher. Der Lichtschein fiel auf einen großen, kräftigen Mann. Das Haar war lang und verfilzt. Die Kleider einfach, schmutzig und zerschlissen. Wäre sie ihm in den Straßen von Paris begegnet, hätte sie ihn für einen der armen Teufel ohne Obdach und Arbeit gehalten, die sich durch Betteln und Stehlen am Leben hielten und nachts in den alten Steinbrüchen oder in den noch aus der Zeit der Belagerung stammenden Ruinen der Vorstädte schliefen. Doch warum lief es ihr bei seinem Anblick kalt den Rücken herab? Latona trat noch ein wenig näher. Sie räusperte sich, doch der Mann reagierte nicht. Er rührte sich überhaupt nicht! Hatten sie deshalb die Ketten um Hand- und Fußgelenke gelöst? Sie ging in die Knie und starrte auf seinen Rücken und die Flanken. Nein, kein Atemzug hob und senkte diesen Körper. Also entweder war der Mensch hier tot, oder sie hatte es mit einem Wesen zu tun, das nicht atmen musste, um zu existieren.

Plötzlich zuckte der Körper, und ehe Latona Gelegenheit hatte zu reagieren, sprang der massige Mann auf die Füße. Geduckt wie ein in die Ecke gedrängtes Tier stand er da, die muskulösen Arme ausgestreckt, die Hände zu Klauen gekrümmt. Seine Augen lagen tief in den Höhlen. Sein Blick richtete sich auf Latona, die nun ebenfalls aufsprang und instinktiv bis zur Wand zurückwich. Er schob den Kopf nach vorn und schnüffelte vernehmlich. Latona machte sich darauf gefasst, dass er gegen das Gitter springen würde, stattdessen fielen seine Lider herab, er schwankte und fiel polternd zu Boden. Ein jämmerliches Fauchen erklang. Er zog die Oberlippe hoch und entblößte spitze Zähne und bläulich schwarzes Zahnfleisch. Speichel troff aus seinem Mund und tropfte zu Boden. Dann erschlaffte er. Vorsichtig trat Latona näher. Was war mit ihm? Die langen Reißzähne ließen keinen Zweifel, dass es sich um einen Vampir handelte, doch sein Zustand war – trotz des wilden Äußeren – eher erbärmlich zu nennen. Als Latona das Gitter erreichte, öffneten sich träge seine Lider, und er fixierte das Mädchen.

»Du gehörst nicht zu ihnen.« Seine Stimme war schwach und dennoch tief und wohlklingend. »Du dürftest nicht hier sein.«

Latona starrte ihn nur an. Wieder schien seine Kraft zu schwinden, und es dauerte eine Weile, bis er erneut die Augen öffnete. Er richtete sich ein wenig auf und hockte sich dann auf den Boden, den Rücken gegen das Gitter gelehnt.

»Warum bist du hier?«

Nach kurzem Zögern entschied Latona, sich auf das Gespräch mit ihm einzulassen. War sie nicht hier, weil sie Antworten wollte? »Aus Neugierde und weil ich die Wahrheit wissen will.«

Er ließ etwas hören, was ein Lachen oder Stöhnen hätte sein können. »Und was ist die Wahrheit?«

»Dass mein Onkel mich belogen hat!«, stieß Latona wild hervor.

Die Antwort schien ihn zu verwirren. Er schüttelte den Kopf, als müsse er einen aufsteigenden Schwindel vertreiben. »Ich verstehe nicht«, flüsterte er.

»Du bist doch ein Vampir, nicht wahr? Ich irre mich nicht, auch wenn ich nie einem Vampir wie dir begegnet bin.«

»Und ich bin noch keinem Menschen wie dir begegnet! Ja, ich bin ein Vampir«, fügte er noch hinzu. »Mein Name ist Thibaut de Pyras – Seigneur Thibaut, und wie heißt du?«

»Latona.« Sie sah sich in dem kahlen Raum um. »Warum bist du hier?«

»Weil meine Gier mich blind für die Falle machte? Weil ich mich wie das dumme Wild in die von den Jägern gewünschte Richtung treiben ließ?«

»Ja, deshalb konnten sie dich fangen, aber warum bist du hier in diesem Hospital? Warum haben sie dich nicht mit einer silbernen Klinge oder im Sonnenlicht vernichtet?«

»Du weißt ja eine Menge über Vampire, kleines Mädchen Latona.« Mühsam kroch er näher an das Gitter heran.

»Ja, das stimmt, und mein Onkel Carmelo weiß noch mehr. Ich vermute, du hast ihn in den vergangenen Nächten hier gesehen.«

Der Vampir hob die Schultern. »Ich habe viele Menschen in weißen Kitteln gesehen. Es interessiert mich nicht, wer sie sind. Ich will nur endlich hier raus oder meiner Existenz ein Ende setzen.« Er hob den Blick und fixierte Latona aus seinen blutunterlaufenen Augen. »Lass mich hier raus. Die Schlüssel für die Gittertür sind dort in der Schublade.« Wieder wankte er und musste für einige Momente die Augen schließen. War er von Hunger geschwächt? Hoffte er, sie würde so einfältig sein, die Tür zu öffnen und ihm ihr Blut zu geben?

Denn sie zweifelte keinen Augenblick daran, dass er sich sofort auf sie stürzen würde, sollte sie seinen Bitten nachgeben.

»Das kann ich nicht tun!«, widersprach Latona fest.

»Warum? Gehörst du doch zu denen, die mich hier festhalten und quälen?«

»Nein!«, rief sie empört.

»Warum willst du mir dann nicht helfen? Ah, du empfindest Furcht. Du denkst, ich werde mich an dir vergreifen, sobald das Gitter dich nicht mehr vor mir schützt. Das brauchst du nicht. Sieh mich an. Alle Stärke ist aus meinen Gliedern gewichen, alle Schnelligkeit. Es fällt mir sogar schwer, die Worte zu finden.«

Das war nicht gelogen, und dennoch vermutete Latona, dass sein Überlebensinstinkt und Blutdurst ihn nach der ersten Nahrungsquelle greifen lassen würden, die sich ihm bot, und das war sie, mit ihrem warmen jungen Blut. Und sie war sicher, dass seine Körperkräfte – trotz der sichtbaren Schwächung – die ihren noch immer überstiegen.

»Überwinde dich, ich schwöre, dass du es nicht bereuen musst«, drängte Seigneur Thibaut, aber Latona rührte sich noch immer nicht. Plötzlich wandte der Vampir den Kopf mit einem Ruck zur Seite.

»Schnell!«, drängte er. »Sie kommen!«

Latona eilte zur Tür. Nun konnte sie die Schritte ebenfalls hören. Wie der Blitz war sie durch die Stahltür und verbarg sich wieder in der Kammer mit den Räucherkästen. Sie konnte gerade noch die Lampe löschen, als der Schlüssel knirschte und mindestens ein halbes Dutzend Männer den Korridor betraten. Sie vernahm fremde Stimmen, die schnell Französisch sprachen, dann eine, die einen harten, deutschen Akzent hatte. Und dann sprach Carmelo. Ein Irrtum war ausgeschlossen! Ihr Onkel Carmelo, der auf dem Weg zu einem gefangenen Vampir war. Latona wurde es schlecht vor Zorn. Wie konnte er nur! Wie konnte er sich erdreisten, den Schwur zu brechen?

Sie wartete noch, bis die Männer die Stahltür hinter sich geschlossen hatten, dann verließ sie den verbotenen Bereich und kehrte in den Hof zurück. Der Wächter am Tor grüßte sie und ließ sie ohne

Fragen passieren. Erst auf dem halben Weg zurück in ihr Hotel fiel ihr auf, dass sie noch immer Schürze und Haube der Schwesterntracht trug. Nun gut, vielleicht würde sie sie noch einmal brauchen können. Kurz bevor Latona das Hotel erreichte, nahm sie beides ab und wickelte es zu einer unauffälligen Tuchrolle zusammen. Dann trat sie in die große Halle, wo der Portier sie mit einer tiefen Verbeugung begrüßte.

ORPHEUS IN DER UNTERWELT

Alisa eilte den Gang entlang. Bald schon versperrte ein Gitter ihr den Weg. Sie holte den Bund mit den Schlüsseln und Haken aus ihrer Tasche und öffnete das Schloss. Sie wusste, wie der Weg weiterging. Sie waren ihn bereits zweimal gegangen, und die beiden Ratten, die sie sich gerufen hatte, erkundeten bereits den Tunnel vor ihr. Dennoch blieb Alisa zögernd hinter der Gittertür stehen, nachdem sie sie wieder zugeschoben hatte. Das Schloss klickte, als es einrastete. Dann war es wieder still. Alisa rührte sich nicht und lauschte. Sie konnte nichts hören und war sich dennoch sicher, dass dort etwas war. Etwas, das hinter ihr herschlich. Ein Mensch schied aus. Jeder Mensch wäre schon von Weitem deutlich zu hören gewesen – mit Ausnahme von Erik vielleicht. Doch er würde sich kaum auf die linke Seite der Seine verirren. Alisa rief in Gedanken die Ratten zurück, die sich sofort leise raschelnd um ihre Füße scharten. Sie ließ sie zwischen den Gitterstäben hindurchschlüpfen und bis zur letzten Abzweigung zurückhuschen.

Alisa versuchte, sich aus den Sinneseindrücken der Ratten ein Bild zu formen. Da war jemand, eine hochgewachsene Gestalt. Gesichtszüge konnten die Ratten in absoluter Dunkelheit natürlich auch nicht erkennen. Doch sie gaben einen Eindruck der Bewegungen und seinen Geruch wieder, der Alisa sehr bekannt war.

»Verflucht, Leo, was tust du hier?«, begrüßte sie ihn schroff, als er um die Ecke bog und sich dem geschlossenen Gitter näherte.

Franz Leopold tat so, als müsse er überlegen. »Mal sehen, dir folgen, damit du in deinem Leichtsinn nicht in eine Gefahr stürzt, die dich Kopf und Kragen kostet? Ja, das könnte es sein.«

»Ich kann sehr gut alleine auf mich aufpassen«, gab Alisa mürrisch zurück.

»Was so viel heißt, wie: Ich will dich nicht dabeihaben, weil ich selbst noch nicht davon überzeugt bin, dass das, was ich tue, mehr ist als ein Hirngespinst, und keiner davon erfahren soll, wenn der Versuch so sinnlos ist, wie es auf den ersten Blick aussieht.«

»Blödsinn!«

»Ja? Dann kannst du mir ja das Gitter öffnen und mit mir zusammen gehen.« Franz Leopolds Gesicht war nun so nah an den Stäben, dass sie seinen Atem auf ihrer Wange spüren konnte.

»Was ich vorhabe, ist nicht gefährlich. Geh zurück. Die anderen brauchen dich bestimmt dringender.«

»Um Särge zu schleppen oder sabbernde Altehrwürdige zu füttern? Nein danke! Und nun mach das Gitter auf. Je schneller wir weiterkommen, desto früher sind wir wieder zurück.«

Die Vamalia zögerte noch immer. »Das war meine Idee und ich werde sie alleine verfolgen.«

Franz Leopold seufzte. »Wie kann man nur so störrisch sein! Soll ich gegen das Gitter rennen und es aus der Wand herausbrechen oder was willst du?«

Alisa musste wider Willen lachen. »Nein, das will ich dir nicht zumuten. Du könntest deinen Frack ruinieren. Obwohl die Vorstellung etwas Unterhaltsames hat.« Sie zog den Schlüssel hervor und öffnete das Gitter noch einmal.

»Besten Dank. Und nun wollen wir zusehen, dass wir das Phantom schnell aufspüren.«

»Woher weißt du, dass ich zu Erik will?«, fragte Alisa erstaunt.

»Weil ich dich und deine Sucht nach Büchern kenne und der Einfall gar nicht so schlecht ist. Also los.«

In einmütigem Schweigen liefen sie nebeneinander her. Sie verließen den Untergrund bei dem schon vertrauten Schacht, eilten über die Brücke, unter der das Wasser der nächtlichen Seine schäumend dahinschoss, und verschwanden auf der anderen Seite wieder unbemerkt in der Tiefe. Sie nahmen den direkten Weg zum unterirdischen See und vertrauten darauf, dass Eriks Warnsystem ihre Ankunft melden würde.

»Wir brauchen ihn nicht suchen«, sagte Alisa voller Zuversicht. »Er wird uns finden. – Hat uns schon gefunden«, korrigierte sie, als sie seine Anwesenheit unvermittelt in der Nähe spürte. Wie machte er das nur? Er war für einen Menschen einfach unglaublich! Wie erwartet ließ er den Strahl seiner Laterne aufleuchten. Die beiden Vampire zwangen sich, ruhig stehen zu bleiben, während der Lichtschein über ihre Gesichter strich.

»Alisa de Vamalia und Franz Leopold de Dracas, welch angenehme Überraschung.« Das Phantom neigte zur Begrüßung den Kopf. »Ist Ivy nicht mitgekommen?« Alisa spürte seine Enttäuschung, als sie verneinte.

»Nun, was kann ich für euch tun? Ihr wollt doch nicht behaupten, dass euer Besuch in meinem Revier rein zufällig ist.«

»Nein, wir haben dich gesucht, um dich um Hilfe zu bitten.«

Erik sah sie einige Augenblicke starr an. »Womit könnte ein einfacher Mensch euch Vampiren helfen. Sucht ihr noch immer nach dem verschollenen Pyras?«

»Nein – ja – das auch, aber es geht im Augenblick um eine dringlichere Frage, auf die wir uns eine Antwort in deinen Büchern erhoffen.«

Sie spürte, dass sie das Interesse des Phantoms geweckt hatte. »Dann steigt ins Boot, damit wir alles in Ruhe in meinem Gemach besprechen können.«

So lange hielt es Alisa nicht aus. Noch während Erik sie über den See ruderte, sprudelte es aus ihr hervor. Sie erzählte ihm alles, was ihr zu der ungewöhnlichen Veränderung der Altehrwürdigen einfiel, die in ihrem endgültigen Zerfall gipfelte, was es so noch nie gegeben hatte, wie sie am Ende betonte.

Erik schwieg, bis sie sein Domizil erreicht und er die verborgene Tür hinter ihnen geschlossen hatte. Gemessenen Schrittes ging er von einem Leuchter zum nächsten, um die Kerzen zu entzünden. Alisa stand neben Franz Leopold und konnte ihre Ungeduld nicht unterdrücken. Warum sagte er nichts? Warum musste er jetzt so viele Kerzen entzünden? Es gab Wichtigeres zu tun. Die Zeit drängte! Alisa öffnete den Mund, um ihn zur Eile anzutreiben, doch Franz Leopold griff nach ihrer Hand und drückte sie schmerzhaft zusammen.

»Lass ihn«, flüsterte er. »Störe ihn jetzt nicht. Er denkt darüber nach, ob er jemals etwas gehört oder gelesen hat, das uns helfen kann.«

Wieder einmal verspürte Alisa einen kurzen Anflug von Neid auf diese unschätzbare Fähigkeit, die Gedanken von Menschen und anderen Vampiren lesen zu können.

Endlich hielt Erik inne, löschte den dünnen Span, mit dem er die Kerzen entzündet hatte, und kam auf sie zu. Alisa hielt den Atem an.

»Nein«, sagte er bedauernd. »Ich habe auch noch nie von einem derartigen Vorfall gehört, obwohl ich gelesen habe, dass es in Persien einst Vampire gegeben haben soll, die auf geheimnisvolle Weise verschwunden sind. Das ist aber mehr als einhundert Jahre her und ich weiß nichts Näheres darüber.«

Alisa war so enttäuscht, dass es sich anfühlte, als habe er ihr einen Schlag versetzt. »Aber irgendeine Erklärung muss es geben – und auch ein Heilmittel. Die Menschen haben unglaubliche Fortschritte in der Medizin gemacht. Es kann nicht sein, dass sich gegen dieses Leiden nichts finden lässt.«

Erik sah sie aufmerksam an. »Du glaubst, es ist eine Krankheit wie Pest oder Cholera?«

»Was könnte es sonst sein?«

Erik ging ihnen voran in seine Bibliothek. Er strich an den Regalen entlang und zog immer wieder ein Buch heraus, das er Alisa und Franz Leopold reichte, bis sie einen ganzen Stapel in den Armen trugen, während er laut weiterüberlegte.

»Falls es eine der bekannten Krankheiten ist, dann stellt sich die Frage, warum Vampire, die bisher immer immun dagegen waren, nun plötzlich befallen werden? Seht unter den Symptomen der Seuchen und Schwächen nach, die in dem dicken Buch mit dem roten Einband aufgelistet sind. Wir müssen allerdings berücksichtigen, dass sich die Krankheitszeichen bei Vampiren anders äußern könnten.«

»Genauso wie die Wirkung der Heilmittel«, ergänzte Alisa. Erik nickte.

»Richtig. Auch das wissen wir nicht. Das müsste man ausprobieren, doch zuerst müssen wir herausfinden, woran sie leiden.«

»Und wie sie sich das Leiden zugezogen haben«, meinte Franz Leopold, der in einem weiteren medizinischen Werk blätterte. »Hier steht, dass das enge Zusammenleben der Menschen und die unsaubere Trennung ihres Trinkwassers von den Jauchegruben die Krankheiten von einem zum anderen überspringen lassen, dass aber auch Ratten die Seuchen ins Haus bringen.«

Erik wiegte den Kopf hin und her. »Vieles hat mit dem Blut zu tun. Manche sagen, es seien gar nicht die Ratten selbst, sondern die Flöhe, die von Mensch zu Mensch und von Ratte zu Ratte springen, hier und dort ein wenig saugen und so das schlechte Blut verbreiten. Die Mutter des Schahs von Persien, die stets Vergnügen daran fand, neue Foltermethoden zu erfinden, hat einen Versuch gemacht. Es wurde eine ihrer Strafmaßnahmen. Sie nahm ein Messer, ritzte die Haut eines Todkranken und dann – mit der noch blutigen Klinge – die des Menschen, der gewagt hatte, ihren Zorn zu entfachen. Meist brach dieselbe Krankheit nach wenigen Tagen aus und sie starben qualvoll.«

»Warum hat sie diese Menschen nicht gleich töten lassen? Mit einem Schwert ein sauberer Stich?«, fragte Alisa. »Außerdem hatte sie doch diesen vergifteten Dolch.«

»Du hast das Wesen der Khanum nicht erfasst. Sie ergötzte sich an der Todesangst. Die Verurteilten wussten, was sie tat, und doch ist die Hoffnung des Menschen mächtigster Verbündeter. So lebten sie zwischen Hoffen und Todesangst, wachten über ihren Körper, zitterten bei den ersten eingebildeten Anzeichen, bis die echten Symptome ausbrachen und ihnen die Hoffnung Stück für Stück zerbrach, bis nur noch der Todeskampf übrig blieb.«

»Du meinst, die Ratten könnten die Krankheit zu den Pyras bringen?«, überlegte Alisa. »Das ist gar nicht so abwegig. Jeder umgibt sich mit einer ganzen Schar. Die Ratten sind einfach überall.«

»Vampire werden nicht von Flöhen gestochen«, wandte Franz Leopold ein. »Wir Dracas jedenfalls nicht. Bei den Pyras wäre ich mir da allerdings nicht so sicher.«

»Die Frage, die sich außerdem stellt, ist, wie kommt es zu dieser Seuche unter den Vampiren. Ist diese Krankheit auf natürliche Weise entstanden? Ich meine, hat sie auf natürliche Weise auf Vampire übergegriffen oder wird sie ganz bewusst als Waffe gegen eure Spezies eingesetzt?«

»Was?« Die Bücher entglitten Alisas Händen und polterten zu Boden. Erik bückte sich, um sie aufzusammeln. Sein vorwurfsvoller Blick brannte auf ihrer Haut.

»Entschuldige. Du meinst allen Ernstes, die Menschen würden absichtlich eine Krankheit unter uns verbreiten, um uns auszurotten?«

»Wenn sie es könnten, würden sie es, ohne mit der Wimper zu zucken, tun«, sagte Franz Leopold überzeugt. »Ich bezweifle nur, dass sie in ihrer Wissenschaft so weit sind, eine Seuche zu beherrschen und auf uns zu übertragen. Wie sollte das gehen? Außerdem müssten sie so eine Krankheit erst einmal herstellen. Das ist unmöglich!«

Erik zuckte mit den Schultern. »Ich weiß es nicht. Vielleicht ist diese Krankheit von selbst entstanden, und sie haben durch Zufall herausbekommen, welch wertvolle Waffe sie gegen Vampire darstellt. Es war ja nur so ein Gedanke, weiter nichts.«

Alisa trug die Bücher an einen Tisch im großen Gemach und schlug das erste auf. »Egal ob Absicht oder nicht. Das Wichtigste ist, dass wir herausbekommen, um was es sich handelt und wie man es möglicherweise heilen kann.«

Schweigend vertieften sich die drei in die Bücher, schrieben ab und zu etwas heraus, was ihnen interessant erschien, und holten sich dann immer neue Werke, bis Franz Leopold hochschreckte.

»Es wird Zeit. Wir müssen zurück, sonst schaffen wir es nicht rechtzeitig vor dem Sonnenaufgang. Wir sollten zumindest die Brücke hinter uns haben, sonst wird es mehr als nur unangenehm.«

Alisa sah zu Eriks Sarg hinüber. Sie schwankte zwischen dem Wunsch, die Nacht bis zur letzten Minute auszunützen, und dem Verlangen, nach Hindrik zu sehen und sich zu vergewissern, dass mit den anderen alles in Ordnung war.

Erik hatte den Blick anscheinend bemerkt. »Ihr könnt hierbleiben«, bot er an. »Es wird niemand eure Todesstarre stören. Ich glaube, ich werde selbst ein wenig ruhen, obwohl ich nicht mehr viel schlafe, seit das Morphium zu seinem Siegeszug der Zerstörung durch meinen Körper angetreten ist.«

»Wir gehen zurück«, bestimmte Franz Leopold. »Ich möchte nicht, dass irgendjemand etwas Verrücktes unternimmt, nur weil sie annehmen, uns sei etwas zugestoßen.«

Alisa sah ihn überrascht an. So viel Rücksicht auf andere war sie von dem Dracas nicht gewohnt. Ja, sie konnte sich nicht daran erinnern, dass er überhaupt jemals an das Wohl eines Vampirs gedacht hatte, der nicht zu seiner Familie gehörte.

* * *

»Unsere Mademoiselle Latona scheint heute nicht ganz bei der Sache zu sein«, bemerkte Oscar Wilde, der neben ihr den zu diesen frühen Abendstunden belebten Boulevard entlangschlenderte. Mit dem anderen Arm hatte sie sich bei Bram Stoker eingehakt. Schon eine ganze Weile hatte Latona sich nicht mehr an dem leicht gelaunten Gespräch beteiligt.

Es waren erst zwei Tage vergangen, seit sie mit Bram Stoker zum Opernhaus aufgebrochen war, und doch schien dies ein anderes Leben zu sein. Es war eine Welt, in der es Malcolm wiedergab! Doch auch die Begegnung in der Nacht zuvor ließ Latona nicht mehr los. Der gequälte Vampir in seinem Käfig. Sie hörte Oscars Worte wie durch ein fernes Rauschen und konnte kaum deren Sinn erfassen.

»Dabei schien es ihr durchaus wichtig zu sein, Offenbachs *Orpheus in der Unterwelt* zu sehen. Wobei ich mir denken kann, dass es wieder einmal nur um den höllischen Schlussgalopp, den so verruchten Cancan, geht«, spottete Oscar gutmütig und sah Latona von der Seite an. Sie schreckte auf.

»Was? Oh, verzeihen Sie, ich dachte gerade an etwas anderes. Was haben Sie gesagt?« Sie wirkte entsprechend zerknirscht, wie es die Höflichkeit verlangte, doch Bram war sich nicht sicher, ob das Ganze nur gespielt war. Nach den Ereignissen zwei Nächte vorher schien es ihm verständlich, dass sie durcheinander war, was er seinem Freund aber lieber nicht so genau auseinandersetzen wollte.

»Mein Freund Oscar fragt sich, ob es wohl der Cancan ist, der Sie an dem Stück heute besonders reizt«, wiederholte Bram, um sie abzulenken.

Latona lächelte verschmitzt. Nun schien sie auch mit ihren Gedanken wieder bei ihnen zu weilen. »Aber ja, spricht nicht ganz Paris von diesem schrecklich verdorbenen Tanz, der seitdem am Pigalle und überall in den Tanzlokalen zu sehen ist. Was erwarten Sie? Natürlich brenne ich vor Neugier, endlich einmal selbst das anstößige Röckeschwingen und die langen Beine zu bewundern, die die Männer so in Ekstase versetzen.«

Oscar brach in helles Gelächter aus. »Ach, und ich dachte schon, ich müsste mich an dem heutigen Abend langweilen, weil ich – verzeihen Sie, Miss Latona – Kindermädchen spielen soll. Ich entschuldige mich zutiefst für diese Gedanken. Sie sind goldrichtig, meine Liebe, und ich bin ehrlich entzückt über diese so ungewohnt offenen Reden aus dem Mund einer Dame.«

Latona sah ihn ein wenig misstrauisch an, sagte dann aber geziert: »Mr Wilde, ich nehme das als Kompliment. Haben Sie das Stück schon einmal gesehen? Dann erzählen Sie mir die Geschichte von Orpheus in der Unterwelt. Ich gestehe, ich komme bei manchen Opern mit der Handlung nicht gut zurecht. Selbst wenn in einer Sprache gesungen wird, die ich verstehe.«

»Oh ja, ich war mit meinem Freund Bram bereits einige Male in Offenbachs Theater in der Passage Choiseul. Wir haben *Die Herzogin von Gerolstein* gesehen und *Die schöne Helena* und natürlich *Pariser Leben*. Kennen Sie Hortense Schneider? Nein? Sie ist ein prachtvolles Weib – verzeihen Sie, Miss Latona, das ist mir so herausgerutscht. Sie gibt in den meisten Aufführungen die Herzogin und das macht sie ganz wunderbar. Die Männer jedenfalls liegen ihr zu Füßen und stürmen jeden Abend aufs Neue das Theater.«

»Ich würde fast sagen, sie trägt maßgeblich zu Offenbachs anhaltendem Erfolg in Paris bei«, ergänzte Bram. »Doch wir wollten die Geschichte erzählen, die wir heute Abend auf der Bühne geboten bekommen. *Orphée aux enfers,* wie es hier genannt wird.«

Oscar ließ es sich nicht nehmen, es auf seine Weise vorzutragen. »Es beginnt im Theben des alten Griechenlands. Die Ehe von Orpheus und Eurydike ist nicht mehr, wie sie sein sollte. Er betrügt sie mit der Nymphe Chloé. Nein, Sie müssen nicht so entrüstet dreinsehen und abfällig ›Männer‹ murmeln, denn Eurydike kümmert das nicht. Sie hat ihren Geliebten Aristäus. Sie hören, Miss Latona, ein durch und durch moralisches Stück!« Latona lachte hell auf und schien ihren trübseligen Gedanken zumindest im Moment entronnen zu sein.

»Was Eurydike nicht weiß, ist, dass ihr Liebhaber in Wahrheit Pluto, der Herr der Unterwelt, ist. Er will sie verführen, ihm in seinen Hort des Todes zu folgen. Nach einem Streit mit ihrem Gatten scheint der Augenblick gekommen.« Oscar senkte die Stimme und legte einen schaurigen Klang hinein. »Pluto gibt ihr den Kuss des Todes – er beißt sie in den Hals!«

Wie erstarrt blieb Latona stehen und riss erstaunt die Augen auf. »Pluto war ein Vampir? Hat er ihr das Blut ausgesaugt?«

Diese Frage verblüffte Oscar. »Vampir? Das habe ich noch nie gehört, aber wir können den Fall untersuchen. Glücklicherweise haben wir ja den Vampirexperten Bram Stoker an unserer Seite. Nicht wahr, guter Freund? Wie beurteilst du den Fall?«

Wie üblich nahm Bram die als Scherz gedachte Frage seines Freundes zum Anlass, ernsthaft über die Sache nachzudenken. »Vielleicht hat Offenbach wirklich an einen Vampir gedacht, als er seinen Gott der Unterwelt schuf. Ich weiß es nicht. So gut kenne ich ihn nicht.«

Latona entspannte sich wieder und sie nahmen ihren Gleichschritt durch die hell erleuchtete Avenue wieder auf. »Erzählen Sie weiter. Wie nimmt Orpheus die Entführung seiner Frau auf? Ist er entsetzt und fordert Plutos Blut?«

Oscar kicherte. »Aber nein, ganz im Gegenteil. Er ist entzückt, sein Weib auf so bequeme Weise losgeworden zu sein – gut, ich gebe zu, nun dürfen Sie entrüstet aufschreien. Es ist die Macht der öffentlichen Meinung, wie Offenbach es nennt, die ihn zwingt, zu Jupiter zu gehen und seine Frau zurückzufordern. Der hat gerade selbst Krach mit seinem eigenen Weib, die ihm seine Untreue mit schönen Menschenfrauen vorwirft. Jupiter ist über Plutos Vergehen ganz froh, lenkt es doch von seinen eigenen Vergehen ab. Er verspricht,

Orpheus zu helfen, seine Frau zurückzuholen, von deren Schönheit er gehört hat. – Allerdings will er sie nicht für ihren Mann befreien, sondern für sich selbst haben. Jedenfalls reist am Ende der ganze Olymp in die Hölle hinab, um sich Plutos Reich anzusehen.«

Latona schüttelte ein wenig ungläubig den Kopf. »Das wird ja immer schlimmer.«

Bram nickte. »Ja, die Pariser sind gespalten, ob das nun der Gipfel der Unmoral ist oder der Ausdruck Pariser Lebensfreude. Offenbach ist nichts heilig. Er verspottet nicht nur die Götter- und Heroenwelt des antiken Griechenland. Er nimmt damit auch den französischen Hof und die feine Pariser Gesellschaft aufs Korn. Allerdings eher wohlwollend. Er ist nicht auf Umsturz aus, was ihm den Zorn der Opposition einträgt.«

Später, als Latona zwischen den Herren in den plüschigen Sesseln des Zuschauerraumes saß, schweiften ihre Gedanken wieder ab, und ihre Miene verdüsterte sich. Oscar zu ihrer Linken nahm davon keine Notiz. Er schien selbst in seine eigene Welt versunken zu sein. Immer wieder öffnete er die Lippen und sprach einige geflüsterte Worte. Dann legte er den Kopf schief, als lausche er ihrem Nachhall, und nickte mit einem seligen Lächeln.

»Frauen repräsentieren den Triumph der Materie über den Geist, so wie Männer den Triumph des Geistes über die Moral repräsentieren«, verstand Bram, als er sich ein wenig vorbeugte. »Ja, das ist gut, sehr gut. Das muss ich mir merken. Ich bin wirklich ein Genie!«

Bram lehnte sich schmunzelnd in seinen Sitz zurück. Nein, an mangelndem Selbstbewusstsein litt sein Freund wirklich nicht! Er selbst wandte sich wieder dem bunten Treiben auf der Bühne zu, bis der Vorhang nach dem ersten Akt fiel und der Beifall aufbrandete. Die Besucher erhoben sich und drängten hinaus ins Foyer, um eine Erfrischung zu ergattern. Latona blieb sitzen, mit einem ähnlich abwesenden Blick wie Oscar neben ihr, der wohl an einem neuen unvergleichlichen Aphorismus feilte.

»Möchte vielleicht jemand ein Glas Champagner oder lieber eine Limonade mit Rose, Himbeere und Zimt?« Bram richtete seinen Blick auf Latona. Vielleicht lichtete das ihre Stimmung etwas.

»Ja? Oh, der Vorhang ist gefallen. Ja, eine Limonade wäre wunderbar.« Sie sprang auf und hakte sich bei Bram unter, der ihr den Arm anbot.

»Ich weiß, dass es mehr Schick hat, Champagner zu trinken, aber mir schmeckt Limonade einfach besser«, gestand sie ihm im Flüsterton.

»Das kann ich gut verstehen«, gab Bram zurück.

»Meinen Sie nicht, es würde Sie erleichtern, wenn Sie Ihren Kummer mit mir teilten?«, fuhr er fort, als Oscar sich entfernte, die Getränke zu besorgen. »Sie denken an den jungen Vampir, Malcolm, nicht wahr? Er hat Sie nicht ernsthaft verletzt. Sie müssen sich keine Sorgen machen.«

Latona stieß einen tiefen Seufzer aus. »Sie wissen, dass es nicht das ist, was mich belastet. Ach, ich frage mich, was richtig und was falsch ist, was gut und was böse.«

»Eine schwierige Frage«, stimmte Bram zu und wartete mit aufmerksamem Blick.

Latona sprach zögernd weiter. »Ein Vampir ist doch böse, nicht?«

Bram wiegte den Kopf hin und her. »In den Augen der meisten Menschen und besonders der Kirche, ja.«

»Dann darf oder soll man ihn vernichten?«

»Die Kirche fordert es – soweit sie die Existenz dieser Wesen überhaupt zugibt«, meinte Bram vorsichtig.

»Darf man ihn auch quälen? Ihn gefangen nehmen und ihm Schmerz zufügen?«

Bram hob die Augenbrauen. Diese Frage überraschte ihn. Dachte sie etwa gar nicht an Malcolm?

»Ich weiß nicht, wie die Kirche dazu steht, aber meine persönliche Meinung lautet: Nein! Man darf kein Wesen unnötig leiden lassen. Wie kommen Sie auf den Gedanken?«

Latona antwortete nicht, stattdessen fügte sie hinzu: »Und wäre es dann böse oder eine Sünde, einer solchen gequälten Kreatur zu helfen?«

Bram sah sie alarmiert an. »Sie fragen das nicht nur hypothetisch, nicht wahr? Was haben Sie erfahren, das mir noch nicht bekannt ist?«

Er drängte vergebens. Oscar wählte ausgerechnet diesen Augenblick, um mit drei vollen Gläsern zurückzukehren, und so war aus Latona nichts mehr herauszubekommen. Sie wandte sich Oscar mit einem übertriebenen Lächeln zu und begann, mit ihm zu scherzen. Bram war klar, dass sie hier und heute nicht mehr über das Thema sprechen würde. Dafür ließen ihn die Wesen der Nacht nun nicht mehr los, und während des zweiten Aktes war er derjenige, der der Bühne keine Aufmerksamkeit schenkte. Seine Gedanken wanderten zurück nach Irland, auf einen Friedhof und zu einer Vampirin, deren langes Haar silbern im Mondlicht schimmerte. Wann würden sie sich wiedersehen?

**

Die Sonne schickte sich an, über den Horizont zu steigen. Ivy lag in ihrem Sarg, die Hände vor der Brust verschränkt, und berührte den Geist der anderen Vampire, die einer nach dem anderen in ihre Todesstarre sanken. Ihr Gedankenfluss stockte. Alles war, wie es sein sollte. Nun konnte auch sie dem Drängen ihrer Natur nachgeben und in der Schwärze versinken.

Ivy spürte, wie Seymours Ohren überrascht zuckten. *Was ist los?*

Ich weiß es noch nicht. Aber ich werde es herausfinden. Bleib du, wo du hingehörst!

Ivy hörte, wie er sich erhob und von ihrem Sarg sprang. Sie wäre der Sache lieber selbst auf den Grund gegangen, blieb aber vorerst in ihrem Sarg liegen. Vielleicht war Seymour in diesen Tagen ein wenig nervös und übersensibel.

Und?, drängte sie, als sie einige Augenblicke keine Nachricht von Seymour empfing.

Sieh selbst!

Ivy durchquerte in Seymours Sinn die große Halle bis zu den beiden Pfeilern, hinter denen die Vyrad ihre Särge aufgestellt hatten. Der erste gehörte Raymond, der zweite Rowena, daneben ruhte Malcolm. Etwa zwei Schritte entfernt schloss sich Vincents Sarg an, in dem er die Tage verbrachte, zwei weitere, die seine Bücher füllten, und die Särge der beiden Servientinnen Tamaris und Abigail, die mit aus London gekommen waren und denen es wie einigen anderen Servienten nicht gut ging. Sie hatten die ganze Nacht teilnahmslos in ihrem Sarg verbracht. Nur Vincent war nach wie vor munter, und da sein Sarg bereits von Anfang an neben seinen Bücherkisten in der großen Halle gestanden hatte, war es ihm heute Nacht erspart geblieben, seine Lektüre für einen Umzug unterbrechen zu müssen.

Seymour blieb in einiger Entfernung zu den Särgen stehen und betrachtete sie. Er schnüffelte misstrauisch und spielte mit den Ohren. *Er ist noch wach!*

Ivy konzentrierte sich auf die Kisten. Ihr Geist streifte von einer zur nächsten. Raymond und Rowena waren in ihre Starre verfallen, doch als Ivy einen Sarg weiterwanderte, stieß sie auf einen durchaus wachen Geist! Nun hob sich gar der Deckel und Malcolm sprang heraus. Ivy blinzelte überrascht. Die Sonne war bereits aufgegangen! Selbst ihr fiel es schwer, gegen den Drang anzukämpfen, sich der Finsternis zu ergeben. Malcolm kam ihr dagegen unerhört munter vor.

Hatte er diese überaus praktische Fähigkeit bereits im vergangenen Jahr in Irland beherrscht? Wenn ja, sicher nicht so gut. Malcolm schien den Sommer in England sinnvoll genutzt zu haben!

Was hat er nur vor?

Seymour gab ihr keine Antwort, folgte Malcolm jedoch in einigem Abstand durch die Halle. Der Vyrad trat auf einen Sarg zu, der einem Pyras gehörte, öffnete ihn und nahm etwas heraus, ehe er den Deckel wieder schloss. Dann strebte er auf den westlichen Ausgang zu.

Warte mal! Ivy hielt Seymour zurück. *Malcolm ist nicht der Einzige, der wach geblieben ist!*

Seymour fuhr herum. Nun hielt Ivy nichts mehr in ihrem Sarg. Sie schob den Deckel auf und ließ sich geräuschlos hinausgleiten.

Bleib, wo du bist. Ich komme zu dir.

Sie empfing seinen Missmut, ließ sich aber nicht aufhalten. Ivy fühlte sich träge und ungeschickt wie ein Mensch, als sie die Höhle auf der anderen Seite umrundete. Ihre Gedanken jedoch begleiteten die kleine, zierliche Gestalt, die flink wie immer dem Westgang zustrebte, in dem Malcolm bereits verschwunden war. Er brauchte nicht lange, ihn einzuholen.

»Wohin des Wegs?«, hörte sie Vincent betont heiter fragen.

Malcolms Stimme dagegen war abweisend. »Das geht dich nichts an. Kehr zu deinem Sarg zurück.«

»Dir ist vielleicht entgangen, dass die Sonne bereits am Himmel steht? Keine gute Zeit für einen Vampir, durch Paris zu spazieren«, entgegnete Vincent im Plauderton.

»Nein, das ist mir nicht entgangen.«

»Ach ja«, fuhr Vincent fort, »nur deshalb konntest du dem Pyras die Schlüssel vom Hals klauen.«

»Ich habe sie mir nur geliehen«, widersprach Malcolm würdevoll. »Und nun lass mich in Ruhe!«

Sie erreichten das erste Gitter. Malcolm öffnete das Schloss, stieß Vincent zurück und schlüpfte durch den Spalt. Er schob das Gitter zu, ehe sich Vincent wieder gefangen hatte.

Warum lässt er sich das gefallen?, wunderte sich Seymour. *Er ist alt und erfahren. Wie kann er sich so leicht von einem jungen Erben übertölpeln lassen?*

Ich glaube nicht, dass er sich hat übertölpeln lassen, widersprach Ivy, die mit Seymour hinter der letzten Biegung stehen geblieben war.

Sie spürte Vincents Lächeln. Seine Stimme klang ungläubig. »Willst du mich auf diese Weise aufhalten?« Zielstrebig ging er weiter, seine Gestalt schien sich aufzulösen, und dann lag das Gitter hinter ihm. Die flimmernden Umrisse verfestigten sich wieder, als er Malcolm folgte. Der kleine Vampir griff nach dem Arm seines Schützlings.

»Es mag ja sein, dass es für dich um diese Tageszeit zu anstrengend ist, dich in Nebel aufzulösen, und du mit deinen gestohlenen Schlüsseln besser bedient bist, mir bereitet es jedoch keine Schwierigkeiten!«

Sie hörten Malcolm seufzen. »Kannst du mich nicht einfach gehen lassen? Ich bin alt genug, um auf mich aufzupassen!«

Vincent wiegte den Kopf hin und her. »Das bezweifle ich. Und die Antwort lautet: nein! Lord Milton hat mich nicht mit euch mitgeschickt, damit ich dich bei helllichtem Tag in Paris umherirren lasse – und das alles wegen eines Mädchens!«

»Woher weißt du von Latona?«

Vincent stieß einen theatralischen Seufzer aus. »Es ist doch immer das Gleiche. Ist man in einem kindlichen Körper gefangen, wird auch der Geist unterschätzt.« Sanft fügte er hinzu. »Komm mit mir zurück. Zwing mich nicht, dir zu beweisen, dass in diesem kleinen Körper nicht nur große *geistige* Kräfte stecken. Du weißt selbst, dass es ein dummer Einfall war. Um diese Zeit gehören Vampire in ihre Särge.«

Mit hängendem Kopf ließ sich Malcolm zurückführen. Dieses Mal verzichtete auch er auf die Hilfe des Schlüssels. Die beiden Gestalten gingen auf das Gitter zu, verschwammen und wurden für einen Moment fast durchsichtig, ehe sie im Gang dahinter wieder feste Konturen annahmen. Ivy und Seymour zogen sich in einen Nebengang zurück und ließen die beiden passieren. Erst als die Vyrad die Halle erreicht hatten, machten auch sie sich auf den Rückweg.

Ich habe davon gehört, sagte Ivy, als sie sich wieder in ihren Sarg legte. *Doch ich wusste nicht, dass sie diese Kunst so meisterlich beherrschen.*

BÜCHER DER MEDIZIN

Latona saß alleine in ihrem Zimmer und drehte die Schwesternhaube in ihren Händen. Ihre Gedanken waren bei dem Vampir im Hôpital Cochin und schweiften von dort immer wieder zur Loge fünf in der Oper und zu Malcolm. Wann würden sie sich wiedersehen? Er wusste nun, in welchem Hotel sie wohnten. Er würde kommen! Und dann? Dann wären sie zusammen. Für immer.

Genauer wollte sie nicht darüber nachdenken. Latona richtete ihren Geist wieder auf den gefangenen Vampir. Sie konnte ihm nicht helfen. Sie musste hierbleiben und auf Malcolm warten. Sie schalt sich, dass sie am Vorabend Bram Stokers und Oscar Wildes Drängen nachgegeben und mit ihnen ins Offenbach-Theater gegangen war. Vielleicht hatte Malcolm in diesen Stunden versucht, sie zu finden, und sich schließlich wieder auf den Heimweg gemacht. Nein, sie durfte ihn nicht noch einmal enttäuschen.

Latona warf die Haube auf den Boden und griff nach ihrem Roman. Doch sosehr sie sich auch bemühte, sie konnte sich nicht auf die Hauptperson konzentrieren, die junge Wäscherin Gervaise, die von ihrem Liebhaber um ihr Geld gebracht und verlassen wurde und sich mit den beiden Söhnen alleine durchschlagen musste. Die Geschichte deprimierte sie heute und so schlug sie l'Assommoir wieder zu. Warum hatte Zola das Buch überhaupt »Der Totschläger« genannt? Bisher tauchte dieser Begriff lediglich als Name einer Spelunke auf. Nach diesem Titel hatte sich Latona eine andere Geschichte vorgestellt.

Ihr Geist wanderte wieder ins Cochin und seinem Gefangenen. Warum beschäftigte er ihre Gedanken so sehr? Der Vampir war weder schön noch anziehend oder verführerisch wie Malcolm, dem man mit einem Lächeln in die tiefste Hölle folgen würde. Nein, er war roh und unansehnlich, seine Züge wirkten grausam und dennoch fühlte sie so etwas wie Mitleid. Oder war es ihr Sinn für Gerechtigkeit? Es war nicht richtig, was sie ihm antaten!

War es denn richtig gewesen, die Vampire in Rom zu vernichten?

Latona wusste es nicht. Thibaut wollte freigelassen oder vernichtet werden. Das war der Unterschied! Manches Mal gebot es die Lage, wilde Tiere oder andere Bestien zu töten. Doch es gab nichts, das rechtfertigte, irgendeine Kreatur leiden zu lassen.

Latona fasste einen Entschluss. Sie zog sich wieder ihr einfaches graues Kleid an, rollte Schürze und Haube zusammen, warf sich den Umhang über und ging über die Bedienstetenstiege hinunter in die Küche. Dort suchte sie den Küchenjungen auf, der ihr schon zweimal schöne Augen gemacht hatte. Sie zog ihn in eine Ecke, in der sie von den anderen nicht gehört und gesehen werden konnten, drückte dem erstaunten Jungen eine Münze in die Hand und unterbreitete ihm ihre Bitte.

»Du willst was? Aber wozu denn das?«

»Wenn ich gewollt hätte, dass du mir Fragen stellst, hätte ich dir nicht so viel Geld gegeben«, entgegnete Latona kühl.

Er zögerte. »Ich weiß nicht. Wenn der *chef de cuisine* das merkt, dann bekomme ich Ärger und eine Saftige hinter die Ohren.«

»Dann musst du halt aufpassen, dass er dich nicht erwischt«, sagte Latona, die nur mühsam ihre Ungeduld bezähmen konnte. Der Küchenjunge zögerte noch immer. Latona unterdrückte einen Seufzer. Dass Jungen immer so schwierig sein mussten! Allerdings funktionierten sie auch alle gleich. Latona zwang sich zu einem strahlenden Lächeln und sah ihn mit einem Wimpernschlag flehend an.

»Wenn du mir nicht hilfst, wer dann? Ich habe gleich an dich gedacht und wusste, du bist der richtige Mann, der mich nicht im Stich lässt!« Noch einmal spielte sie mit den Wimpern und lächelte, dass ihr Übelkeit in der Kehle brannte. Das war jetzt eben nötig. Sie warf ihm einen kurzen, prüfenden Blick zu. Ja, es wirkte. Er schmolz und lächelte geschmeichelt. Verlegen senkte der Küchenjunge den Blick.

»Aber natürlich helfe ich dir. Du hast dich an den Richtigen gewandt. Warte hier, ich bin gleich zurück.« Er drückte kurz ihre Hän-

de, und Latona musste sich zusammenreißen, um nicht zurückzuzucken.

»Beeile dich«, hauchte sie.

Der Junge sauste davon und kam schon bald mit dem Geforderten
zurück. In eine alte Zeitung gewickelt, schob er es Latona in die
Hand, sah sich aber nervös um, ob keiner den Diebstahl bemerkt
hatte.

»Ich bringe sie dir in ein paar Stunden wieder«, sagte sie und wich
nun doch zurück, als er die Hand nach ihr ausstreckte.

»Du willst sie zurückbringen? Ich verstehe nicht.« Er starrte sie
verwirrt an. »Was hast du damit vor?«

Doch Latona hatte das Päckchen bereits unter ihren Umhang
geschoben und war aus der Küche gehuscht. Sie lief durch die abend-
liche Stadt. Sie musste ihren Schritt immer wieder bewusst zügeln,
um in der Menge der umherschlendernden Passanten nicht aufzufallen. Um diese Zeit hatte es hier in dieser Gegend niemand eilig.
Latona drängte sich zwischen den Studenten der Sorbonne hindurch,
die im Quartier Latin den Abend mit Wein, klugen Reden und ihren
Grisetten im Arm genossen. Dann leerten sich die Gassen, und als
sie das Krankenhaus erreichte, war kaum mehr jemand unterwegs.
In einem einsamen Hof zog sie sich Schürze und Haube über und
trat dann mit einem selbstbewussten Lächeln auf den Wachmann
am Tor zu.

✳✳✳

Am Abend ging es Hindrik ein wenig besser, sodass er seinen Sarg
verlassen konnte. Er stützte sich nur ein wenig auf Alisas Schulter.

»Du musst noch etwas trinken«, befahl sie ihm.

Der Servient stöhnte. »Ich kann nicht mehr. Ich glaube, seit meiner
Wandlung habe ich in einer Nacht nicht mehr so viel Blut zu mir
genommen.«

»Das tut dir gut und kräftigt dich. Noch wissen wir nicht, woher
diese teuflische Heimsuchung kommt.«

»Vielleicht ist der Spuk bald schon vorbei und vergessen. Seht, den
Altehrwürdigen geht es heute Nacht auch besser.«

Hindrik versuchte sich an einer wegwerfenden Geste, die ihm gänzlich misslang und nur seine Schwäche unterstrich. Dennoch war seine Beobachtung richtig.

»Unseren Begleitern dagegen geht es zunehmend schlechter«, warf Ivy ein. »Ich fürchte, es ist noch nicht ausgestanden.«

Alisa saß im Schneidersitz auf ihrem geschlossenen Sarg und blätterte einen Band von Eriks medizinischen Werken durch. Sie hatten all ihre Überredungskünste gebraucht, um ihm die Erlaubnis abzuringen, die Bücher – zumindest für ein oder zwei Nächte – mitnehmen zu dürfen. Schließlich stimmte Erik missmutig zu, holte zwei Säcke und half den beiden Vampiren, seine wertvollen Bücher zu verstauen.

Nun saßen sie beisammen und blätterten in den Büchern. Sie hatten die Bände nach den Sprachen aufgeteilt, die sie am besten beherrschten. Luciano protestierte, als er den riesigen Stapel lateinischer Werke auf seinem Sarg sah, die er durcharbeiten sollte.

»Das ist doch Unsinn! Wonach soll ich überhaupt suchen?«

Alisa warf ihm einen flammenden Blick zu. »Das wissen wir auch nicht genau, doch immerhin besteht eine winzige Chance, dass wir dabei auf etwas stoßen, was uns gegen diese Seuche hilft. Ist das nicht die Mühe wert? Würdest du Francesco retten, wenn er unter den kranken Servienten wäre?«

»Ist er aber nicht. Francesco ist vernichtet, für immer. Eine silberne Kugel hat sein Herz zerfressen, keine geheimnisvolle Seuche«, widersprach Luciano.

»Und was, wenn sie auch nach uns greift? Nach Chiara und Maurizio? Noch fühlen nur unsere Schatten die Schwäche. Doch die Altehrwürdigen der Pyras waren reinen Blutes. Vergiss das nicht.«

Luciano brummte noch ein wenig, nahm sich aber das erste Buch vor. Sie arbeiteten schweigend. Alisa merkte kaum, dass Hindrik davonging. Als er zurückkam, schwankte er wieder stärker und sank kraftlos auf seinen Sarg nieder.

»Bleib lieber hier«, riet sie ihm. »Was wolltest du? Brauchst du noch mehr Blut? Dann sag doch was! Ich bringe es dir.«

Hindrik hob abwehrend die Hände. »Bewahre, nicht noch mehr

Blut. Vor allem keines von Tieren. Nein, ich war unten und habe nach den anderen gesehen. Die Seuche schreitet fort. Viele der anderen Servienten hat es erwischt. Die Vyrad haben ihre Schatten ebenfalls zu sich geholt, und Chiara ist unten gerade dabei, sich um die Nosferas zu kümmern, die erste Anzeichen von Schwäche zeigen. Anderen geht es bereits richtig schlecht. Matthias hockt auf seinem Sarg und starrt vor sich hin. Ich konnte ihm kein einziges Wort entlocken. Die Schatten der Dracas sind alle befallen.«

Nun drang Marie Luises nörgelnde Stimme in Alisas Bewusstsein, die sich darüber beschwerte, dass ihr Schatten ihre Pflichten vernachlässigte. Alisa sah zu Franz Leopold hinüber, der sicher zugehört hatte, sich aber dennoch weiterhin mit seiner Lektüre befasste.

»Hast du nicht gehört?«, herrschte sie ihn an. »Matthias geht es schlecht!«

»Ja, es ist mir nicht entgangen, dass ich auf seine Dienste heute Nacht verzichten muss«, gab der Dracas zurück.

»Ist das alles, was dir dazu einfällt?«, ereiferte sich Alisa.

Franz Leopold blätterte eine Seite um und las ohne aufzusehen weiter.

»He, ich rede mit dir!«

»Und ich versuche, mich auf ein ungarisches Buch der Medizin und der okkulten Praktiken zu konzentrieren. War es nicht deine Idee, dass hier irgendwo in diesem Stapel eine Lösung für das Problem stecken könnte?«

»Ja, und wir suchen ja auch nach besten Kräften weiter, aber bis wir etwas gefunden haben, kann es für Matthias zu spät sein. Willst du warten, bis er morgen oder übermorgen seinen Sargdeckel nicht mehr hebt, und ihn dann zu Staub zerfallen vorfinden?«

»Nein, das möchte ich nicht«, sagte Franz Leopold, nach wie vor in sein Buch vertieft.

»Dann nimm dich gefälligst seiner an! Bring ihn mit seinem Sarg hier herauf, sodass du merkst, wenn es ihm schlechter geht.«

»Und was soll das bringen? Willst du, dass ich vor Mitleid vergehe, wenn ich seinen elenden Anblick vor mir habe?«

Alisa schlug das Buch mit einem Knall zu und sprang auf. »Verflucht, bist du widerlich. Er hat dich fünfzehn Jahre lang umsorgt, all deine Befehle befolgt und deine schlechten Launen ertragen.«

»Dafür werden Schatten erschaffen.«

»Unterbrich mich nicht! Er war immer für dich da und nun braucht er einmal deine Fürsorge und du lässt ihn einfach fallen. Selbst die Nosferas kümmern sich um ihre Servienten. Also hol ihn zu dir und versorge ihn mit Blut. Hindrik geht es heute schon viel besser.«

Mit in die Hüften gestemmten Händen stand Alisa vor ihm, einen solch drohenden Ausdruck im Gesicht, dass Luciano Ivy zuflüsterte, er habe nicht gedacht, die Freundin könne derart angsteinflößend sein.

»Ich an seiner Stelle würde machen, was sie verlangt.«

Franz Leopold dagegen zeigte keinerlei Anzeichen, dass ihn die Vamalia einschüchterte. Dennoch schloss er sanft das Buch und erhob sich.

»Bevor ihr Blut so in Wallung gerät, dass sie selbst zum Pflegefall wird«, murmelte er und ging davon. Alisa lief ihm hinterher. Kurz darauf führte sie den sichtlich geschwächten Matthias in die große Halle. Sie verschwand fast unter der massigen Gestalt des Droschkenkutschers, der sich schwer auf ihre Schulter lehnte. Hinter ihr kam Franz Leopold, der den Sarg seines Schattens trug und mit einem Ausdruck des Abscheus neben seinen auf den Boden stellte.

»Da, leg dich hin«, sagte er barsch. Matthias gehorchte. Vermutlich konnte er gar nicht anders. Luciano wies er an, Blut für seinen Servienten zu holen.

»Warum ich? Warum holst du es nicht selbst?«, gab dieser störrisch zurück.

»Weil ich noch etwas anderes erledigen muss. Also mach schon, dass er mir nicht zusammenbricht und ich mir bis in alle Ewigkeit Alisas Vorwürfe anhören muss.«

»Verdient hättest du es«, maulte Luciano, setzte sich aber in Bewegung, einen Becher zu besorgen. Franz Leopold dagegen ging zu den anderen Dracas und forderte sie auf, ihre Schatten ebenfalls zu sich in die Halle heraufzuholen. Alisa beugte sich zwar tief über ihr Buch, spitzte aber die Ohren, um kein Wort zu verpassen.

»Warum sollten wir das tun?«, widersprach Anna Christina.

»Ich habe noch nie neben einem Unreinen geruht«, protestierte Karl Philipp.

»Das ist unser einfach unwürdig«, bestätigte Marie Luise.

»Tut es einfach. Oder findet ihr es gut, dass sie damit durchkommen, sich mit ihrer kleinen Schwäche vor ihren Aufgaben zu drücken? Sie ziehen sich die ganze Nacht in ihre Särge zurück und fragen nicht einmal nach euren Wünschen? Legt sie neben euch, dann habt ihr sie im Blick und seht sofort, wann sie wieder stark genug sind, Aufträge zu übernehmen.«

Anna Christina nickte nachdenklich. »Ein guter Gedanke. Kommt, wir holen diese Faulenzer hierher, wo wir sie unter unserer Kontrolle haben.«

Karl Philipp erhob sich. »Du trägst die Särge«, bestimmte seine Cousine, und er widersprach ihr nicht. Franz Leopold kehrte zu seiner Arbeit zurück.

»Das ist ja unglaublich!«, stieß Alisa angewidert aus.

Ivy nickte, lächelte aber dabei. »Ja, er hat sofort erkannt, wie er sie dazu bringt, das zu tun, was er fordert.«

»Verflucht! Musst du ihn immer verteidigen?«

* * *

»Wer ist da?« Der Vampir blinzelte ins Licht und hob dann in sichtlichem Schmerz die Hand vor die Augen. »Ich kenne dich«, krächzte er und schnüffelte vernehmlich. Latona starrte ihn entsetzt an. Dann erst reagierte sie und drehte den Docht der Lampe herunter, bis sie selbst kaum noch etwas erkennen konnte. Er sah noch viel schlechter aus als in der Nacht, in der sie ihn das erste Mal gesehen hatte. Das verfilzte Haar war ihm an einigen Stellen in dicken Büscheln ausgegangen. Seine Haut war grau und rissig. An manchen Stellen hatten sich schwärzliche Wunden gebildet.

»Ich heiße Latona und war vor ein paar Nächten schon einmal hier.«

»Und du hast mich nicht befreit«, ergänzte der Vampir und nickte schwankend mit dem Kopf. Er richtete sich ein wenig auf und tappte

455

zwei Schritte auf sie zu, strauchelte dann aber und fiel auf die Knie. Er schlug so hart auf, dass Latona ein Aufschrei entfuhr und sie, ohne zu überlegen, vorstürzte, ihn aufzufangen. Im letzten Moment bemerkte sie, was sie da tat, und ihre Hand zuckte zurück, ehe sie sie zwischen die Gitterstäbe steckte. Der Vampir hob langsam den Kopf und sah sie an. Sein Gesicht war nun das eines Totenschädels. Die Augen lagen so tief, dass sie nur das rote Glühen sah. Er presste sein Gesicht gegen das Gitter und verzog die Lippen, dass sie den dunklen Kiefer mit den spitzen Zähnen sehen konnte. Das Zahnfleisch hatte sich fast völlig zurückgebildet. Bei einem Menschen würden nun bald die ersten Zähne ausfallen. Wie das bei einem Vampir war, wusste Latona nicht. Sie stieß ein nervöses Lachen aus und rutschte noch ein Stück weiter von den Gitterstangen weg, dass er sie nicht erreichen konnte, selbst wenn er unvermittelt den Arm durch das Gitter strecken sollte.

»Ich sehe in deinen Augen, wie schlecht es um mich steht, und dennoch habe ich mich viel länger gehalten als die drei *réprouvés*, die ihnen in die Hände gefallen sind.«

»Ausgestoßene? Was für Ausgestoßene? Menschen?«, wagte Latona zu fragen.

»Nein, Vampire, Pyras, die es vorgezogen haben, sich von der Familie zu trennen und ihre Särge irgendwo außerhalb aufzustellen. Das war nun der Preis. Eine Patrouille hat sie aufgespürt, während sie noch in ihrer Todesstarre verharrten, und sie hierher ins Spital gebracht. Ich habe die drei gesehen.« Der Vampir schnaubte verächtlich. »Ihr Dasein als *réprouvés* ist ihnen nicht bekommen. Selbst vor den Versuchen der Menschen waren sie nur noch Schatten ihrer selbst und sind schon bald unter den Experimenten vergangen. Einer nach dem anderen ist zu Staub zerfallen. Nun bin nur noch ich da, doch auch bei mir dauert es jetzt nicht mehr lange.« Er schwieg und richtete dann seinen Blick wieder auf Latona.

»Warum bist du zurückgekommen? Um zu sehen, wie ich Nacht für Nacht weniger werde? Um dich an meinem Leiden zu ergötzen? Oder bist du hier, um mich zu erlösen?«, fügte er kaum hörbar hinzu. »Zeige mir die Klinge, die du unter deinem Umhang trägst Menschenmädchen.« Wieder witterte er in ihre Richtung und fuhr dann zurück. Die Bewegung war so heftig, dass Latona erneut erschrak. Der Vampir fiel auf den Rücken, zappelte einen Augenblick wie ein armseliger Käfer und kroch dann bis in die gegenüberliegende Ecke seines Gefängnisses.

»Knoblauch«, keuchte er. »Jede Menge Knoblauch!«

Latona öffnete ihren Mantel und zeigte ihm den geflochtenen Zopf Knoblauchknollen, den sie dem Küchenjungen abgeschwatzt hatte. »Ja, ich habe jede Menge bei mir.«

»Keine Erlösung«, stöhnte der Vampir, »nur weitere Qualen bringst du mir. Wie konnte ich so einfältig sein zu hoffen.«

Latona richtete sich auf und trat forsch einen Schritt näher an das Gitter heran. »Du darfst hoffen. Gerade deshalb habe ich den Knoblauch mitgebracht. Denn auch wenn ich es falsch finde, dass man dich hier gefangen hält und quält, so will ich mich nicht selbst leichtfertig in Gefahr bringen.«

Die Kreatur am Boden horchte auf. Seigneur Thibaut erhob sich mühsam auf die Füße und drückte die Knie durch, bis er aufrecht in seinem Käfig stand. Er schob sich das lange Haar aus dem Gesicht und betrachtete Latona aufmerksam aus seinen tief liegenden roten Augen. »Ich sehe keine Falschheit und kann keinen Verrat wittern, nur ein wenig Furcht. Erstaunlich wenig Angst für ein Mädchen. Gibt der Knoblauch dir so viel Sicherheit? Nein, du bist außergewöhnlich beherzt. Eine ängstliche Natur würde dennoch vor mir zittern. Dann hast du dich also entschieden? Was soll es sein?«

Latona war erstaunt. Er machte tatsächlich den Eindruck, als wäre ihm die endgültige Vernichtung ebenso willkommen wie die Freiheit. Entschlossen trat sie an den Tisch, zog die Schublade auf und nahm einen Schlüssel heraus. Der Vampir hatte behauptet, es sei der richtige, die Gitter zu öffnen. Nun würde es sich zeigen, ob er recht hatte. Langsam hob sie den Schlüssel und wandte sich dem Schloss zu. Seigneur Thibaut rührte sich nicht. Er schien wie versteinert. Nur sein Blick folgte jeder von Latonas Bewegungen. Ihre Hand zitterte ein wenig, und sie brauchte zwei Versuche, bis der Schlüssel ins Schloss glitt. Sie holte tief Luft, warf dem Vampir noch einmal einen kurzen Blick zu und drehte dann den schweren Metallring in ihrer Hand. Es klickte leise, dann war die Gittertür entriegelt. Ohne Hast wich Latona bis zur Wand zurück.

»Es ist offen. Du kannst hinaus!«, sagte sie ein wenig verwundert. Sie hatte erwartet, der Vampir würde aus dem Käfig drängen, sobald der Weg frei war, doch es vergingen selbst nach ihrer Aufforderung noch einige Augenblicke, ehe er sich auf die Tür zutastete. Er griff mit einer Hand in die Stäbe, als müsse er sich abstützen, um nicht zu fallen. War er schon so geschwächt? Zu geschwächt, um sich erholen zu können?

Unsinn! Er war ein Vampir. Er musste nur einen Tag in seinem Sarg ruhen und etwas trinken, um zu regenerieren. Menschenblut trinken! Latona schluckte trocken, rührte sich aber nicht und ließ ihn auch nicht aus den Augen. Jetzt verließ Seigneur Thibaut den Käfig und tappte wie ein Betrunkener auf sie zu. Zum ersten Mal fragte sich Latona, ob Knoblauch sie wirklich zuverlässig schützen konnte. Hatte ihr Onkel nicht irgendwann erzählt, dass die verschiedenen Clans im Laufe der Jahrhunderte unglaubliche Fähigkeiten entwickelt hätten und gegen einige der Abwehrzauber nun resistent seien? Jetzt war es zu spät, um sich darüber Gedanken zu machen. Der Vampir war nun nur noch zwei Schritte von ihr entfernt. Er zitterte zwar, doch er stand aufrecht und hielt ihren Blick fest. Nun hob er die Pranke mit den langen, spitzen Klauen. Latona biss die Zähne zusammen und brauchte all ihren Mut, um nicht zurückzuzucken. Vielleicht war das wie mit den wilden Hunden. Erst wenn man Angst zeigte und floh, wurden sie zu Bestien und hetzten der Beute hinterher.

»Außergewöhnlich«, krächzte der Vampir. »Und bewundernswert. Du hättest keinen Knoblauch mitbringen müssen. Ich habe dir mein Wort gegeben, dich nicht anzurühren.« Er klang enttäuscht und wider Willen fühlte sich Latona schuldig.

Er stieß ein kratziges Lachen aus. »Du musst dich jetzt nicht entschuldigen. Ich danke dir und werde mich stets an den Dienst erinnern, den du mir geleistet hast.« Er reckte den Kopf vor und sog geräuschvoll die Luft ein, dann wandte er sich langsam ab und schlurfte auf die Tür zu.

»Warte!«, rief Latona. »Wie willst du unbemerkt aus dem Hospital entkommen?«

»Lass das nur meine Sorge sein. Vampire haben so ihre Möglichkeiten.«

»In deinem Zustand? Hast du dafür genügend Kraft?«

Wieder dieses Schnarren. »Danke der Nachfrage. Es wird schon gehen. Ich habe nicht vor, mich in eine Fledermaus zu wandeln oder als Nebel durch Schlüssellöcher zu gleiten. Diese Fähigkeit haben die Pyras schon lange verloren.«

Er setzte seinen Weg fort. Latona nahm die Lampe und folgte ihm mit einigen Schritten Abstand. Plötzlich hielt er inne.

»Still!« Latona erstarrte. »Hörst du das nicht?« Sie schüttelte tonlos den Kopf.

»Menschenohren!«, sagte er verächtlich. »Man fragt sich, wozu ihr sie überhaupt habt, wenn ihr doch nichts hört. Da kommt jemand! Sechs oder sieben Menschen – Männer, um genau zu sein. Wie konnte ich das vergessen. Es ist die Zeit der Folterknechte«, sagte er bitter.

»Kommen wir noch hinaus?«, flüsterte Latona panisch. »Der Gang dahinter ist ziemlich lang und zu beiden Seiten gibt es nur verschlossene Türen oder Räume ohne Fenster. Wir sind hier in einem Keller unter der Erde.«

»Ich weiß«, sagte der Vampir ruhig. »Geh dort rein, mach das Licht aus und rühr dich nicht!« Er selbst schlüpfte durch die Tür schräg gegenüber. Latona gehorchte, ließ aber einen Spalt, sodass sie auf den Gang hinauslugen konnte. Zunächst sah sie in der Finsternis gar nichts. Die Anspannung trieb ihr den Schweiß auf die Stirn und ihre Nackenhaare richteten sich auf.

ENDLICH FREI!

Ivy klappte das letzte Buch ihres Stapels zu und erhob sich. Die andern waren noch so in ihre Lektüre vertieft, dass sie nicht bemerkten, wie Ivy wegging. Nur Seymour heftete sich an ihre Fersen. Die Lycana stieg in die Höhle der Servienten, in der nur noch ein paar vereinzelte Särge standen. Deren Eigentümer allerdings waren nicht zu sehen. Sie hielten sich vermutlich oben bei ihren Schützlingen auf. Ivy war froh darüber. Da war so eine Ahnung, die sie nicht greifen konnte, und dennoch war sie sich sicher, dass es den Servienten guttat, oben in der großen Halle bei den Erben und den Pyras zu sein. So als könne die Krankheit ihnen nichts anhaben, solange sie alle zusammen waren. Das war Unsinn – oder doch nicht? Erklären konnte sie es jedenfalls nicht.

Ivy folgte dem kurzen Gang zu der gewendelten Treppe, die sie bis ganz nach unten führte. Wo sich noch vor wenigen Nächten ein Sarg an den anderen gereiht hatte – einige davon prächtig mit kunstvollen Verzierungen, den Altehrwürdigen der Pyras angemessen –, empfing sie nun eine leere Kalksteinkaverne, in der nur noch zwei vergessene Särge standen. Sie schienen fast so schnell zerfallen zu wollen wie die, die in ihnen geruht hatten. Vielleicht waren es gerade diese einfachen, vermoderten Särge in der weiten Höhle, die die Atmosphäre von Traurigkeit ausmachten. Ivy ließ sich mitten in der Kaverne auf den Boden sinken und zog die Beine unter den Körper. So saß sie da, die Augen geschlossen, und ließ ihren Geist wandern. Hier hatte es begonnen. Tod und Vernichtung. Sie konnte es spüren. Die Steine schienen den Verfall aufgesogen zu haben und nach und nach wieder auszuatmen.

Waren die Pyras dem Untergang geweiht und ihre Besucher mit ihnen? Sollten sie das Schuljahr vorzeitig beenden und zu ihren eigenen Familien zurückkehren? Die Erben würden sich in Sicherheit bringen und die Pyras ihrem Schicksal überlassen. Die Zeit würde zeigen, ob sie weiter existieren könnten oder für immer verloren waren.

Die Oberhäupter der Clans würden diese Entscheidung begrüßen und doch breitete sich ein bitterer Geschmack in Ivys Mund aus. Ihr Brustkorb hob und senkte sich aus Gewohnheit, doch sie hatte das unsinnige Gefühl, ersticken zu müssen. Seymour an ihrer Seite begann zu winseln. Es klang so kläglich, dass Ivy alarmiert die Augen aufriss. Seine Gedanken erreichten sie nur noch in wirren Wortfetzen.

»Was ist mit dir?« Er antwortete nicht. Die Atmosphäre der Höhle schien ihm noch mehr zuzusetzen als ihr.

»Geh hinauf und leg dich zu den anderen«, gebot sie ihm. »Ich komme gleich nach. Ich muss nachdenken. Ich habe das Gefühl, dort in den Tiefen ist etwas verborgen, das ich aber einfach nicht fassen kann. Geh! Ich folge dir, sobald es mir gelingt, der Erinnerung habhaft zu werden.«

Erst als Ivy es aussprach, wurde ihr klar, dass das, was sie so verzweifelt suchte, tatsächlich eine Erinnerung war. Irgendjemand hatte etwas gesagt, es war noch gar nicht so lange her, sie hatte es in dem Moment nicht für wichtig gehalten und nicht weiter nachgefragt, sodass ihr das Wissen fehlte, das sie jetzt so dringend benötigte.

Seymour erhob sich schwerfällig und trottete auf die Treppe zu. Er schwankte und seine Hinterläufe knickten zweimal weg. Der Anblick schmerzte Ivy, doch sie blieb mitten in der Höhle sitzen und versank wieder in den Bildern der Vergangenheit. Wann war es gewesen und wo? Und wer hatte gesprochen?

Sie streckte die Arme aus, die Handflächen nach oben gerichtet, und verband sich mit den Strömen der Erde, wie ihre Mutter, die Druidin, es ihr beigebracht hatte. Dann ließ sie ihren Geist los, seine eigenen Pfade durch das Gestern und Heute zu gehen.

Ivy sah sich auf einem hohen Berg stehen, umgeben von der klaren Nachtluft, die Weite des irischen Moors zu ihren Füßen. Sie keuchte gequält, von einer giftigen Wolke eingehüllt, die sie immer schwächer werden ließ. Franz Leopold, wie er in Rom zum ersten Mal ihre Hand berührte, ein Brunnenschacht und ein Eisengitter, hinter dem der Vampirjäger sie eingeschlossen hatte. Der Ort verwandelte sich, der Vampir blieb derselbe. Franz Leopold küsste sie auf dem nächtlichen Friedhof. Ein Mann betrat denselben Friedhof. Bram Stoker? Wieder der Ire, dieses Mal im schwarzen Frack im hellen Schein zahlreicher Lüster. Die Erinnerung war neu. Nur wenige Nächte alt. In der Oper. Was sagte er da? Er sprach von Latona und ihrem Onkel, dem Vampirjäger Carmelo aus Rom.

Ivy sprang so hastig auf die Füße, dass es ihr schwindelig wurde und sie schwankte. Den Gedanken jedoch hielt sie fest umklammert. Das war es! Dort würde sie eine Antwort finden. Sie eilte auf die Treppe zu und rannte die Stufen hinauf. Oben angekommen hielt sie unvermittelt inne. Sie hatte eines vergessen. Sie wusste ja gar nicht, wo sich Bram Stoker aufhielt. Sie hatten nicht darüber gesprochen, in welchem Hotel er abgestiegen war – oder wohnte er gar bei einem Bekannten?

Ivy stöhnte und griff sich an die Stirn, hinter der es schmerzhaft zu pochen begann. Das durfte nicht wahr sein! Sie war so nah dran und sollte nun scheitern? Langsam ging sie weiter. Ihre Schritte waren kraftlos. Ivy blieb unter dem Torbogen zur großen Halle stehen und ließ den Blick über die vielen Vampire wandern, die sich hier versammelt hatten und die sie vielleicht retten könnte, hätte sie Bram Stoker nach seiner Adresse gefragt! Es war so absurd, dass sie ein Lachen unterdrücken musste. Ein Lachen, aus Verzweiflung geboren, denn die Lage hielt nichts mehr Heiteres bereit.

Ivy sah zu ihren Freunden hinüber, die noch immer über den Seiten brüteten. Sie würden nicht aufgeben, auch wenn all ihre Anstrengung vergebens war. Ihr Blick wanderte weiter, bis er an Malcolm hängen blieb, der etwas abseits saß, in Gedanken weit, weit weg. Aber natürlich! Warum war sie nicht gleich darauf gekommen! Nun war es ein Lachen der Erleichterung. Sie lief zu Malcolm hinüber und ließ sich neben ihn auf seinen Sarg fallen. Er wandte sich ihr zu und sah sie überrascht an.

»Was gibt es?«, fragte er verwundert.

»Etwas sehr, sehr Wichtiges, bei dem nur du uns helfen kannst.«

***

»Ihre Ergebnisse sind beeindruckend«, sagte Alfred Girard, der Zoologe, der sich an Carmelos Seite begab. »Ich muss Ihnen danken. Sie haben mir eine bis dahin unbekannte Welt gezeigt.«

»Und eine Gefahr, von der wir bisher nichts wussten«, fügte der Chemiker Marcelin ein wenig missmutig hinzu.

Ehe Carmelo etwas antworten konnte, sprang ihm der junge Höhlenforscher Martel bei. »So können Sie das nicht sagen, Pierre. Monsieur Carmelo hat die Gefahr ja nicht über uns gebracht. Sie haust vielleicht schon seit Jahrhunderten im Untergrund von Paris. Er hat lediglich unsere Aufmerksamkeit auf sie gelenkt und uns einen Weg aufgezeigt, ihrer Herr zu werden.«

»Was er sich prächtig bezahlen lässt«, murrte Marcelin leise. »Haben wir bisher nicht auch so ganz gut gelebt?«

Alain Viré stieß einen ärgerlichen Laut aus. »Was sind Sie? Ein Wissenschaftler jedenfalls nicht, wenn Sie die Unwissenheit vorziehen. Oder beschränkt sich Ihr Forscherdrang allein auf den Mikrokosmos Ihrer Arbeit? Ja, Sie hat es nicht betroffen, aber denken Sie an die vielen Menschen, die diesen Blutsaugern zum Opfer gefallen sind und es jede weitere Nacht noch tun. Das betrifft Sie nicht? Weil die Vampire ihre Opfer vornehmlich unter den Armen und Ausgestoßenen suchen, die man nicht vermisst? Wie praktisch für mich und Sie und uns alle hier! Und außerdem ist es ja nicht Ihr Geld. Die Regierung ist durchaus an dieser Säuberung des Untergrunds interessiert.«

Der junge Martel legte ihm beruhigend die Hand auf den Arm. »Reg dich nicht auf, Alain. Es lohnt nicht. Lass uns lieber sehen, dass wir diese Experimente zu einem erfolgreichen Ende führen. Es sieht ja alles sehr vielversprechend aus. Bei den anderen dreien stellte sich das erhoffte Ergebnis sehr schnell ein.«

Sie stiegen die letzten Stufen zum untersten Geschoss des Klinikgebäudes hinab und bogen in den Gang ein, der zu den Behandlungsräumen und Laboren führte.

»Übrigens, wie geht es Armand?«, fragte Martel, als sich die Gruppe von sieben Männern der ersten Tür näherte. »Du hast deinen Jungen schon einige Nächte nicht mehr mitgebracht. Hat Armand das Interesse an unseren Experimenten verloren?«

Alain Viré schüttelte den Kopf. »Nein, aber ich finde es besser, ihn nicht mehr hierherzubringen. Ich glaube, er nimmt sich das Ganze zu sehr zu Herzen. Er beginnt, mit der Kreatur zu leiden. Die anderen drei zerfallen zu sehen, hat ihn tiefer getroffen, als er bereit ist zuzugeben.«

Der Zoologe, der dem Gespräch gelauscht hatte, nickte. »Ja, das Problem kenne ich. Ich habe zwei meiner Assistentinnen aufgeben müssen – junge, intelligente Frauen –, die bei unseren Experimenten an Tieren übermäßiges Mitleid zu entwickeln begannen. Eine ließ sogar eine nicht unerhebliche Anzahl der Tiere frei, was uns in unseren Untersuchungen natürlich einen Rückschlag versetzte.«

»Und wie geht es Armand nun?«, wollte Martel wissen.

»Er stürzt sich in sein eigenes Forschungsprojekt«, gab der Vater Auskunft und schmunzelte. »Er hat ehrgeizige Ziele. Er will der größte Speläologe aller Zeiten werden und nennt mir jedes Mal deinen Namen mit dem Hinweis, was du in deinen jungen Jahren schon alles erforscht und erreicht hast. Du bist sein Held, der Begründer der Höhlenforschung, und dir eifert er nach.«

Martel legte die Hand an die Brust und verbeugte sich leicht. »Ich fühle mich geehrt und werde versuchen, dieser Rolle gerecht zu werden.«

Die beiden Männer lächelten. »Armand hat Direktor Baillon das Versprechen abgerungen, dass er, wenn er alt genug ist, in den Kavernen unter dem Jardin des Plantes Höhlenlabore für seine Forschungen einrichten darf – und ich prophezeie dir, Armand steht in zehn Jahren vor der Tür des Direktors und fordert die Einlösung dieses Versprechens.« Beide lachten, verstummten aber, als sich Karl Westphal mit alarmierter Miene zu ihnen umwandte. Er hatte die Tür mit dem Verbotsschild erreicht und wollte gerade aufschließen, als er bemerkte, dass sie gar nicht verriegelt war.

»War einer von Ihnen hier unten und hat die Tür offen gelassen?«, fragte er in die nun verstummte Runde. Die Männer sahen einander an und schüttelten dann einmütig die Köpfe.

»Haben Sie alle die Schlüssel noch, die ich Ihnen überlassen habe?«

»Ja, natürlich«, murmelten die Männer, nur Carmelo wurde ein wenig blass, als seine Finger die Taschen seines Mantels abtasteten und keinen Schlüssel fanden. Wie war das möglich? Hatte er ihn verloren? Wenn ja, wann und wo? Carmelo passierte den Eingang hinter dem Chemiker Marcelin, als er unvermittelt stehen blieb. Doktor Westphal und der Zoologe Girard waren schon voraus. Viré und Martel stießen fast in seinen Rücken. »Was ist?«

Carmelo schwieg verwirrt. Seine Instinkte warnten ihn deutlicher denn je, doch er scheute sich, den Männern zu einer überstürzten Flucht zu raten, auch wenn es das war, was seine Ahnung ihm sagte. Sie würden nicht auf ihn hören, die gesetzten Herren der Wissenschaft, und ihn seiner irrationalen Ängste wegen verlachen. Trotzdem blieb er wie angewurzelt stehen und ließ den Blick hektisch schweifen. Viré und der junge Geograf sahen ihn verwundert an, als sie an ihm vorbeigingen und den anderen folgten. Für einen Augenblick fragte sich Carmelo, ob er sich nach so vielen Jahren zum ersten Mal irrte. Dann, als Doktor Westphal sich noch einmal umdrehte und die Lampe hob, sah er den Schatten sich aus einer dunklen Türöffnung lösen.

»Passen Sie auf!«, schrie er und wich durch die noch offene Metalltür in den breiteren Gang davor zurück. »Schützen Sie Ihren Hals!«

Er griff an seine Seite, nur um festzustellen, dass er kein Schwert trug. Nicht einmal einen Dolch mit silberner Klinge. In einer Stadt, unter der Dutzende Vampire hausten? Wie hatte er sich nur zu diesem Leichtsinn verleiten lassen können? Würde er nun dafür bezahlen müssen?

Der Schatten bewegte sich auf die Männer zu, die Carmelos Worte wohl gehört hatten, aber nicht wussten, was sie bedeuteten. Er musste in einem wirklich schlechten Zustand sein. Für einen Vampir bewegte er sich so träge, dass Carmelo den Gefangenen erkannte, ehe das Licht unter einem Griff seiner Pranke erlosch. Er hörte Dr. Westphal aufschreien und das Splittern von Glas. Polternd fiel die Lampe zu Boden. Einer der Männer stöhnte. Der metallische Geruch von Blut stieg in die Luft. Carmelo schloss für einen Moment gequält die Augen. So geschwächt die Kreatur auch war, ihre Kräfte überstiegen offensichtlich noch immer die eines Menschen. Wen er sich wohl gegriffen hat?, dachte er, während er sich den Korridor entlang zum Ausgang tastete. Dort draußen war eine Lampe. In seinem jetzigen Zustand war der Vampir vermutlich noch gefährlicher wie ein verwundeter Wolf. Ohne Licht waren sie nur ein Haufen blinder Beutetiere für den Vampir. Und mit Licht? Was waren sie da?

Carmelo fühlte ein hysterisches Lachen in der Kehle. Auch nur eine aufgeschreckte Wildherde, die ihrem Tod aber zumindest in die Augen sehen konnte. Carmelo hatte zu viel Erfahrung mit Vampiren, um sich der Illusion hinzugeben, sie könnten ihn – unbewaffnet, wie sie waren – überwältigen. Ihm blieb nur die eine Hoffnung, die er mit allen Herdentieren teilte. Der Räuber würde sie nicht alle fressen. Vielleicht traf es nur einen der anderen und das eigene Leben bliebe verschont.

Polternd fiel ein schwerer Körper zu Boden. Carmelo brauchte nicht viel Fantasie, um zu wissen, dass der Vampir seine erste hastige Mahlzeit beendet hatte, die ihm helfen würde, seine Schwäche zu überwinden. Stimmen riefen durcheinander. Ein Schmerzensschrei mischte sich darunter. Carmelo dämmerte eine Erkenntnis, die ihn entsetzte. Vielleicht war der Vampir nicht der Räuber, der nur seinen Hunger stillen und seine Kräfte zurückgewinnen wollte. Vielleicht war er der gequälte Gefangene, der auf Rache an allen sann, die ihn gepeinigt hatten! Vielleicht war es in diesem Fall einfach das Klügste, wegzulaufen und sein eigenes Leben zu retten. Eine Stimme in seinem Kopf flüsterte, dass das feige wäre, doch eine andere riet ihm, keinen sinnlosen Heldentod zu sterben. Wenn er eine Waffe gehabt hätte, wäre das etwas anderes gewesen. Carmelo hatte schon die Klinke in der Hand, als ihm etwas einfiel. Im ersten Raum auf der linken Seite, waren da nicht diese beiden dünnen silbernen Stangen, die der Doktor für irgendwelche Behandlungen brauchte? Sie waren angespitzt wie Lanzen. Damit ließe sich etwas anfangen. Eine Waffe und Licht – und ein hoffentlich noch nicht ganz wiederhergestellter Vampir. Diese Rechnung konnte zu seinen Gunsten aufgehen. Er tastete sich an der Wand entlang zur Tür, doch ehe er sie erreichte, flammte vom anderen Ende eine Lampe auf, und eine

Stimme erhob sich, die ihn wie versteinert innehalten ließ. Hatte der Vampir seine Sinne so verwirrt, oder war das dort seine Nichte Latona, die außer sich vor Zorn schrie: »Lass ihn sofort los. Du hast es versprochen!«

✳✳✳

Ivy lief zwischen Seymour und Malcolm durch die finsteren Tunnel. Alisa hatte es nicht einmal bemerkt, als sie sich ihren Schlüsselbund nahm, so sehr war sie in ihre Lektüre vergraben. Der Stapel Papiere, den die Vamalia gerade durchlas, wirkte noch neu und stammte von dem Franzosen Louis Pasteur.

»Es ist unglaublich«, murmelte sie vor sich hin. »Aber wir können uns ja schlecht in kochendes Wasser legen, um all die kleinen, krankmachenden Wesen abzutöten.«

Ohne Seymour hätte Ivy die Gitter auch in Gestalt eines kleinen Tieres passieren können, doch sie wollte ihn nicht zurücklassen. Außerdem wusste sie nicht, wie kräftezehrend es für Malcolm war, sich in Nebel aufzulösen. Da war Alisas Schlüsselbund der einfachere Weg.

Ivy hatte nichts zu ihren Freunden gesagt. Sie wollte nicht stören. Vielleicht war ihre Überlegung ja falsch und dann schreckte sie die drei unnötigerweise auf. Außerdem ahnte sie, dass Malcolms Widerstand noch steigen würde, sollten sich Alisa oder gar Luciano und Franz Leopold ihnen anschließen. So hatte sie ihn schließlich überzeugen können, ihr bei ihrem Vorhaben, das vielleicht die Rettung aller bedeutete, zu helfen.

Nun waren sie schon auf dem halben Weg zu den belebten Straßen links der Seine, in denen einige Luxushotels zu finden waren, darunter auch jenes, in dem sich Carmelo und seine Nichte Latona einquartiert hatten.

Malcolm zürnte ihr, das konnte sie spüren, und es war ihm gar nicht recht, Ivy zu Latona zu führen, trotzdem fügte er sich.

»Welchen Weg nun?«, fragte sie, als Malcolm an einer Verzweigung des Abwasserkanals stehen blieb.

Malcolm hob die Schultern. »Ich habe keine Ahnung. Latona hat mir den Namen des Hotels und die Straße genannt. Woher soll ich wissen, wo sie genau liegt?«

»Dann werden wir jemanden fragen müssen, der es weiß.«

Malcolm zeigte ein dünnes Lächeln. »Na dann, viel Erfolg.« Er wies mit einer ausholenden Geste auf die einsamen Abwasserkanäle, in denen sich nur die Ratten tummelten. Diese hätten ihnen das Hotel zeigen können, wäre Ivy oder Malcolm bekannt gewesen, wie es aussah. Mit Namen fingen die Tiere nichts an.

Ivy lächelte zurück. »Nein, hier unten kann ich natürlich keinen fragen, wie du selbst siehst. Ich werde wohl hinaufmüssen.« Sie wies auf ein Gitter in der Decke, durch das ein wenig Licht hereinsickerte.

»Du bist zwar klein und schlank, aber da passt selbst du nicht durch!«, widersprach Malcolm. »Und Seymour und ich schon gar nicht.«

»Nicht in diesem Körper, ja, sicher. Doch als Fledermaus? Oder möchtest du dich in Nebel wandeln? Ist das nicht eine der Künste, die die Vyrad beherrschen?« Malcolm sah sie erstaunt an. »Ja, ich weiß, ihr geht damit nicht hausieren. Hat euer Clanführer euch angewiesen, diese Fähigkeit vor den anderen geheim zu halten?«

Sie wartete seine Antwort nicht ab, da er offensichtlich nicht wusste, was er darauf sagen sollte. »Du bleibst bei Seymour und wartest hier. Ich bin gleich wieder zurück.«

Ivy rief mühelos die Nebel, ließ sich von ihnen umwirbeln und flatterte nur Augenblicke später als die winzigste Fledermaus, die Malcolm je gesehen hatte, durch den Gitterschacht hinauf in die wolkenverhangene Nacht.

Sobald Ivy die Straße erreichte, wandelte sie sich in einem dunklen Hof zurück und trat dann zwischen die Passanten. Sie achtete darauf, von nicht zu vielen Menschen bemerkt zu werden. Ah, da kamen zwei, die so aussahen, als müssten sie das noble Hotel kennen.

Malcolm und Seymour mussten nicht lange warten, bis die Fledermaus zurückkehrte und Ivy wieder aus dem Nebel trat. »Da lang.«

Sie gingen schweigend weiter. Ivy hatte keine Schwierigkeiten, in den unterirdischen Gängen der Richtung zu folgen, in die die Menschen gezeigt hatten. Nur die Entfernungsangaben waren zu ungenau gewesen, als dass sie annehmen konnte, beim ersten Mal direkt den Keller des Hauses zu treffen. Aber was konnte man bei den groben Sinnen der Menschen schon erwarten?

Endlich brach Malcolm das Schweigen. »Du hast mir noch nicht gesagt, was du mit Latona vorhast.« Er klang bedrückt.

Ivy sah ihn erstaunt an. »Ich will sie nur fragen, weiter nichts. Das habe ich dir doch schon zu Anfang gesagt. Ah, du glaubst mir nicht? Nein, ich versichere dir, es geht mir nur um diese Auskunft. Die Frage ist doch eher, was hast *du* mit ihr vor? Ich weiß, dass du dich noch nicht entschieden hast, obwohl dein Verstand dich immer wieder zu der Erkenntnis führt, dass es kein besseres Ende für euch beide gibt, als sie nicht wiederzusehen.« Ivys Stimme klang sanft, doch sie konnte dadurch die Härte der Tatsachen nicht ändern.

»Das geht dich nichts an!«, erwiderte Malcolm ärgerlich.

Ivy betrachtete ihn bekümmert. »Nein, es geht mich nichts an, doch ich möchte nicht, dass du dich unnötig quälst oder in Schwierig- keiten gerätst – und das wirst du, wenn du wieder alleine mit ihr bist. Deine Selbstbeherrschung ist noch zu brüchig. Was ist, wenn du sie in deiner Gier tötest? Wäre es dann leichter für dich, sie zu vergessen?«

»Sie ist nur ein Mensch!« Der verächtliche Ton misslang ihm. Wen versuchte er hier zu täuschen? Sich selbst?

»Dann dürfte es dir ja nicht schwerfallen, dich von ihr fernzuhal- ten«, erwiderte Ivy. »Denke daran, du hast das Ritual noch nicht begangen und darfst noch nicht Hand an einen Menschen legen.«

»Daran musst du mich nicht erinnern!«, rief er barsch.

Ivy schwieg. Sie standen nun im dritten Keller eines großen Ge- bäudes, das ein Hotel sein konnte. »Versuchen wir es. Komm, dort ist eine Treppe.«

In den unteren beiden Stockwerken war die Treppe zwar breit, doch völlig schmucklos. Dies änderte sich erst in der letzten Biegung, bevor sie eine große Halle erreichten. Das Stimmengewirr, das sie schon im Keller gedämpft vernommen hatten, wurde lauter. Die Stufen waren nun mit kostbarem Teppich belegt, die Wände wechsel- weise mit Holz getäfelt oder mit bestickten Stoffen bespannt. Oben neben dem Zugang stand eine Pflanze in einem großen Messingtopf, die hier sicher nicht heimisch war.

Der Lichterglanz ließ die Vampire blinzeln. Wie weitläufig die Halle war und wie erlesen ausgestattet. Die Damen und Herren der Gesellschaft flanierten zwischen den Säulen auf und ab, nahmen an den kleinen Tischen Platz und bestellten Tee und Kaffee, Gebäck und Wein, warteten auf Bekannte und brachen dann zu ihren Abendgesellschaften oder in eines der Theater auf. Zwischen ihnen huschten Kellner und Gepäckträger in Livree, Botenjungen und andere dienstbare Geister umher. Auch am geschwungenen Tresen der Rezeption herrschte reger Betrieb.

Sie ließen den Blick schweifen, ob Latona nicht an einem der Tische oder auf einem Kanapee in einer Fensternische saß, konnten sie aber nicht entdecken. Hoffentlich war sie auf ihrem Zimmer. Links von ihnen befanden sich die Aufzüge, über die man sich vom Liftboy in seine Etage fahren lassen konnte. Gegenüber führte die große Treppe in die oberen Stockwerke. Doch auch direkt rechts neben ihnen wand sich eine schmale, unscheinbare Treppe nach oben, die vermutlich für das Personal gedacht war.

»Hier können wir ungesehen hinauf. Weißt du die Zimmernummer?« Malcolm nickte widerstrebend.

»Also, dann komm!« Ivy huschte hinter der Palme hervor und lief die Personalstiege hinauf. Seymour und Malcolm folgten ihr. Sie waren nur für einen Augenblick von der Halle aus zu sehen, und sie war sich sicher, dass keiner der Gäste auf sie achtete. Warum auch? Wer interessierte sich schon für diesen etwas verborgenen Teil eines Hotels? Bedienstete mussten unauffällig funktionieren. Und dennoch fühlte Ivy für einen Moment ein Kribbeln in ihrem Nacken, als hätte ein Paar Augen sie erspäht und würde noch immer staunend auf die Stelle starren, die sie wie ein fliehender Schatten passiert hatte. War das möglich? Es war unwahrscheinlich, doch Ivy hatte in ihrem langen Dasein gelernt, auf ihre Instinkte zu vertrauen. Jemand hatte sie entdeckt. Jemand, der ihnen in diesem Moment über die Treppe hinauf folgte.

Seymour, sieh zu, dass er uns nicht überrascht.

Der Wolf blieb ein Stück zurück und witterte achtsam die Treppe hinunter, während Ivy und Malcolm den Gang entlang zu der Zimmertür mit der Nummer 306 eilten. Malcolm klopfte an und lauschte erwartungsvoll auf Latonas Schritte. Nichts geschah. Latona kam nicht. Die Tür war abgeschlossen. Ivy öffnete sie mit Alisas Werkzeug. Neugierig betraten sie die dunkle Zimmerflucht.

»Sie ist nicht da«, seufzte Ivy nach einem Blick auf die leeren Betten in beiden Räumen.

»Und ihr Onkel auch nicht. Zum Glück.« Malcolm zog eine Grimasse.

»Mit dem Onkel wären wir fertig geworden, doch ohne Latona bekommen wir auch keine Antwort auf meine Frage!«

»Sollen wir auf sie warten?«, fragte Malcolm, der interessiert die Sachen betrachtete, die in ihrem Zimmer achtlos über den Boden und das Bett verteilt lagen.

Ivy hob hilflos die Arme. »Uns wird nichts anderes übrig bleiben. Ich hoffe, sie ist nicht die ganze Nacht weg. Die Zeit läuft uns davon.«

Seymour schlüpfte durch die nur angelehnte Tür herein und schob sie hinter sich zu.

»Ist er auf dem Weg hierher?«, fragte Ivy, die seine lautlose Nachricht empfangen hatte. Sie lächelte zufrieden. »Ah, das ist gut. Das erspart uns viel Zeit.«

»Was? Wer?«, wollte Malcolm wissen. Ivy legte den Finger an die Lippen und deutete auf die Tür. Sie huschten durch den Raum und stellten sich zu beiden Seiten auf. Schritte näherten sich über den Teppich. Dann klopfte es.

UNSICHTBARE FEINDE

Franz Leopold klappte den letzten dicken Wälzer zu, gähnte herzhaft und erhob sich. Lässig schlenderte er zu Alisa hinüber, die noch immer tief über den Seiten gebeugt dasaß und las. Die Hände in die Hüften gestützt, blieb er neben ihr stehen und sah auf das aufgeschlagene Buch hinunter.

»Was willst du?«, fragte sie gereizt, ohne aufzusehen, und blätterte die nächste Seite um.

»Nachsehen, warum du nur so langsam vorankommst«, schlug er vor.

»Das ist nicht so einfach!«, rief sie. »Ich habe hier alte Handschriften, die man kaum entziffern kann. Also lass mich in Ruhe arbeiten!«

»Ist mir schon aufgefallen, dass du damit Schwierigkeiten hast. So schlimm finde ich es gar nicht. Wenn man sich an das Schriftbild gewöhnt hat, geht es ganz leicht von der Hand.«

»Wie schön für dich, dass du mal wieder jemanden gefunden hast, dem du deine Genialität unter die Nase reiben kannst. Leider habe ich für solchen Kram jetzt keine Zeit, also pack dich fort!«

Franz Leopold verdrehte die Augen. »Ich frage mich, warum du immer so aggressiv bist. Ich wollte dir nur meine Hilfe anbieten, nachdem ich mit meinem Stapel fertig bin.«

»Verzichte«, sagte Alisa nur und sah noch immer nicht auf.

Franz Leopold seufzte, schob ein paar Bücher und eine Papierrolle beiseite und setzte sich zu ihr. Er griff nach der Rolle.

»Was ist das?«

Nun endlich hob die Vamalia den Blick. »Nichts Wichtiges. Nur eine Karte, die Malcolm gefunden hat.«

Franz Leopold entrollte den Plan dennoch und betrachtete ihn. »Interessant. Der Untergrund von Paris.« Kritisch zog er die Augenbrauen zusammen. »Nun ja, so ganz exakt ist er nicht, aber sie haben sich redlich bemüht, die verschiedenen Stockwerke darzustellen. Ah, und wie es scheint, haben es die Pyras tatsächlich hinbekommen, eine Schutzaura um die Kavernen unter dem Val de Grâce zu errichten. Bemerkenswert. Das hätte ich ihnen gar nicht zugetraut.« Franz Leopold tippte auf den fast leeren Fleck, der nur von ein paar gestrichelten Linien durchbrochen wurde, die mit Fragezeichen und Jahreszahlen versehen waren.

Alisa nickte ein wenig abwesend. Ein Teil ihres Geistes war noch immer auf das Buch auf ihren Knien gerichtet.

»Ja, ist mir auch schon aufgefallen. Die Menschen konnten hier nicht eindringen, deshalb haben sie nur das eingezeichnet, was sie in älteren Karten gefunden haben. Sie waren sogar gezwungen, den neuen Teil des Druckluftsystems in einem Bogen um die Höhlen herumzubauen.« Alisa tippte an die Stelle auf der Karte, als ihr Finger plötzlich zu zittern begann. »Bei allen Dämonen der Hölle, wie konnte ich so blind sein! Dabei hat mir Malcolm die Lösung in die Hände gegeben!«

Franz Leopold musterte sie kritisch. »Was soll das heißen?«

»Ich lag mit meiner Vermutung falsch.«

»Und nun kennst du die Wahrheit?«, hakte Franz Leopold noch immer ungläubig nach.

Alisa nickte. »Ja, ich bin mir sicher, jetzt kenne ich die Wahrheit. Ich dachte, es sei eine Krankheit. Die Symptome schienen mir danach. Und die Art, wie es sich ausbreitete, von einem Sarg zum nächsten. Doch gerade hier habe ich mich narren lassen.«

Franz Leopolds Verwirrung schien noch zuzunehmen. »Malcolm wusste es die ganze Zeit und hat nichts davon gesagt?«

Alisa schüttelte den Kopf. »Nein, das habe ich nicht behauptet. Ich sagte, er hat mir die Lösung in die Hand gegeben – diese Karte nämlich, die er im Quarantäne-Haus im Jardin des Plantes entdeckte. Ich glaube nicht, dass er bemerkt hat, was die Aufzeichnungen bedeuten.«

Franz Leopold runzelte die Stirn und starrte auf den Plan herab. »Du behauptest also, diese Karte verrät uns, was hier vor sich geht und wodurch die Pyras vernichtet werden?«

»Ja«, sagte Alisa schlicht. Sie sah Franz Leopold an, dass er zwischen Ärger über die eigene Unfähigkeit und Unglaube schwankte.

»Schließe die Augen und verfolge den Weg, den die Vernichtung genommen hat. Denke auch an die, denen es jetzt besser zu gehen scheint. Und dann betrachte die Stelle auf der Karte noch einmal«, riet die Vamalia.

Obwohl es ihm sichtlich widerstrebte, folgte Franz Leopold ihren Anweisungen. Als er die Augen wieder öffnete und auf den Bereich mit den wenigen, gestrichelten Linien richtete, stieß er ein kurzes Keuchen aus.

»Das Verderben kommt aus der Tiefe!«

»Ja, die Altehrwürdigen in den untersten Höhlen hat es zuerst getroffen. Von dort steigt es auf und breitet sich aus. Hier oben ist es nur noch nicht angekommen.«

»Noch nicht!«, wiederholte Franz Leopold. »Aber was genau ist es?«

Alisa machte eine klägliche Miene. »Das weiß ich leider immer noch nicht und in diesen Büchern hier werden wir die Antwort nicht finden. Und leider auch kein Gegenmittel.«

Franz Leopold stöhnte. »Was dann? Noch mehr Bücher? Andere Werke?«

»Das dauert zu lange. Wer weiß, wann es uns hier erreicht. Ist der Morgen erst einmal da, liegen wir für zwölf Stunden unbeweglich in unseren Särgen. In dieser Zeit kann zu viel passieren.«

»Hast du eine andere Idee?«

Alisa nickte knapp. »Als Erstes müssen wir wissen, um welche Substanz es sich handelt, und dafür brauchen wir einen Alchemisten oder Chemiker, wie sie es heutzutage nennen.«

Franz Leopold barg den Kopf in den Händen. »Nichts leichter als das. Wollen wir nachsehen, ob an einer der Universitäten noch ein verspätetes Mitglied dieser Fakultät herumläuft, und den Herrn Wissenschaftler in unsere Gewalt bringen?«

»Nein, das halte ich für keine gute Idee. Ich werde lieber den Mann holen, der sich nicht nur in Alchemie auskennt, sondern auch in unserer unterirdischen Welt.«

»Ah, du sprichst von Ivys neuem Freund, dem geheimnisvollen Phantom. Ich wusste nicht, dass er neben seinem Beruf als magietreibender Opernschreck noch seriöse Naturwissenschaften betreibt.«

Seine abfällige Bemerkung schmeckte entschieden nach Eifersucht. Im Augenblick hatten sie jedoch Wichtigeres zu tun. »Seine Magie beruht auf den Wissenschaften, und ich glaube, dass er uns helfen kann.«

»Die Frage ist, *will* er uns helfen?«, säuselte Franz Leopold.

»Wenn es mir nicht gelingt, dann ist es eben Ivys Aufgabe, ihn zu überzeugen«, sagte Alisa fest und erhob sich. Sie rollte die Karte zusammen und sah sich um, konnte jedoch weder Ivy noch Seymour entdecken.

»Wo ist sie?«

Franz Leopold ließ ebenfalls den Blick schweifen. »Verdammt. Sie ist vor einer Weile zu Malcolm gegangen, doch seitdem habe ich sie nicht mehr gesehen.«

»Und Malcolm ist ebenfalls verschwunden«, ergänzte Alisa mit einem Stirnrunzeln.

»Sollen wir warten, bis sie zurück sind?«

Alisa warf Franz Leopold einen strengen Blick zu. »Wir haben keine Zeit zu verlieren. Dann ist es eben an mir, Erik zu überzeugen, dass er uns helfen muss.«

»An uns«, korrigierte Franz Leopold. »Du meinst doch nicht etwa, ich lasse dich alleine gehen?«

»Also, dann komm!«

Sie hatten die große Halle gerade verlassen, als hinter ihnen eilige Fußtritte erklangen. Luciano bog atemlos um die Ecke. »He, ihr erlaubt euch eine Pause, und ich soll alleine weiter über den Büchern brüten? Das ist nicht gerecht!«

Franz Leopold stöhnte. »Du kannst dir so viele Pausen gönnen, wie du willst. Es ist sowieso sinnlos.«

»Was? Und wozu gebe ich mir dann solche Mühe?« Er sah Alisa anklagend an.

»Entschuldige, das ist mir selbst eben erst klar geworden. Aber wir haben eine neue Spur.«

Mit entschlossener Miene stellte sich Luciano an ihre Seite. »Ich bin dabei.«

Franz Leopold brummelte zwar, doch Alisa setzte den Weg fort. »Also gut, komm mit und beeile dich!«

»Was habt ihr herausgefunden?«, verlangte Luciano zu wissen. »He, nun sagt schon. Ich habe ein Recht darauf, alles zu erfahren. Habe nicht auch ich mir die Nacht um die Ohren geschlagen und uralte lateinische Texte über seltsame Krankheiten gelesen?«

»Du hast recht.« Alisa erklärte ihm, zu welchen Schlüssen sie gekommen war.

»Und darauf bist du nur durch eine Karte gekommen?« Luciano pfiff ein wenig ungläubig durch die Zähne. »Aber was genau ist es, das sich dort ansammelt und Vampire so schnell zerstören kann? Ich weiß von einer Höhle bei uns in der Nähe von Neapel, die sie Grotta del Cane, also Hundsgrotte, nennen, weil dort einige Hunde verendet sind. Die Besucher brachten ihre Tiere mit, als sie sich die vulkanische Grotte ansahen, und plötzlich fielen die Tiere um und starben. Als sich die Besitzer zu ihren Hunden hinabbeugten, wurde auch ihnen schwindelig. Sobald sie sich aufrichteten, ging es ihnen besser. Schnell fand man heraus, dass in der Höhle ein Gas austrat, das sich am Boden ansammelte und die Luft verpestete. Da der Eingang ein wenig höher liegt, staut sich das Gift im Innern an.«

Franz Leopold blieb stehen und drehte sich zu Luciano um. »Und warum kommst du erst jetzt mit dieser Geschichte? Wir hätten die Altehrwürdigen retten können, wenn sie rechtzeitig in eine der höher gelegenen Höhlen gebracht worden wären.«

»Woher hätte ich ahnen sollen, dass es sich um giftiges Gas handelt?«, verteidigte sich Luciano. »Alisa hat immer von Krankheiten und Seuchen gesprochen.«

»Auch ich habe von dieser Grotte gehört«, gab Alisa zu. »Soweit ich weiß, handelt es sich jedoch um kohlensaure Luft, in der Menschen nicht atmen können. Wenn sie rechtzeitig wieder nach draußen kommen, erholen sie sich schnell. Die Spaziergänger mit ihren Hunden zeigten auch keine Anzeichen von Krankheit oder Vergiftung wie die Altehrwürdigen und unsere Servienten. Ich denke nicht, dass diese Luft in der Grotte einem Vampir schaden könnte. Wir müssen ja nicht atmen.«

Luciano hob die Schultern. »Dann ist es eben etwas anderes. Es existieren ja schließlich verschiedene Gase. Was ich nicht wusste, ist, dass es einen Vulkan unter Paris gibt. Meint ihr, der könnte plötzlich ausbrechen wie der Vesuv und die Stadt unter sich begraben? Ein neues Pompeji! Sicher eine spannende Sache, die ich aber nicht direkt miterleben möchte. Ich schätze mal, so einem Feuersturm halten nicht einmal Vampire stand.«

»Du denkst, das Ganze hat natürliche Ursachen, und es ist ein Zufall, dass dabei Vampire vernichtet werden?«, fragte Alisa und schüttelte den Kopf. »Oh nein, weder Schwefel noch die anderen Ausdünstungen eines Feuerberges würden uns schaden. Dies ist ein gezielter Angriff! Der Beweis ist in der Karte zu finden. Denk an die neuen Rohre, die um die Höhlen unter dem Val de Grâce verlegt wurden. Die Menschen, die das in Auftrag gegeben haben, wussten genau, was sie taten!«

Die anderen sagten nichts. Jetzt da sie es ausgesprochen hatte, erschütterte selbst Alisa die Tragweite ihrer Worte. Ja, die Menschen hatten schon immer gegen Vampire gekämpft. Das war ihr gutes Recht. Sie verteidigten ihr Blut gegen die nächtlichen Jäger. Nun aber hatte der Kampf eine neue Dimension angenommen. Man stand sich nicht mehr Auge in Auge gegenüber. Die schärferen Sinne gegen den Einfallsreichtum bei Schutzzaubern. Die Schnelligkeit und körperlichen Kräfte des Vampirs gegen die silbernen Klingen und die Entschlossenheit der Menschen.

Das hier war etwas ganz anderes. Welch boshafter, heimtückischer Angriff! Lautlos, unsichtbar und geruchlos. Unaufspürbar. Ohne eine Möglichkeit, sich zu verteidigen. Die Wut loderte so hell in ihr auf, dass sie die Flammen zu spüren glaubte.

»Wir werden ihnen das Handwerk legen«, zischte Alisa. »Und ich empfinde kein Mitleid mit diesen Mördern!«

»Mitleid? Was ist das?«, fragte Luciano, der Mühe hatte, bei Alisas Sturmschritt mitzuhalten.

Sie liefen hinter ihren Ratten den dunklen Gang entlang, doch bald schon hielt ein verschlossenes Gitter sie auf. Franz Leopold trat mit einer auffordernden Geste zur Seite. Alisas Hand war schon in ihrer Gürteltasche, als sie mitten in der Bewegung erstarrte.

Franz Leopold spürte ihr Entsetzen. »Was ist los?«

»Die Schlüssel sind weg! Mein Dietrich, die Haken, alles!«

Sie fühlte seinen Ärger wie eine Welle über sich hinwegschwappen. »Du willst uns sagen, du hast deinen Schlüsselbund verloren?«

Alisa zögerte kurz. »Nein, nicht verloren.« Erinnerungsfetzen huschten durch ihren Geist. War sie wirklich so in die Bücher vertieft gewesen, dass sie es nicht bemerkt hatte? Ivy, wie sie an ihr vorbeistreifte, Seymour, der sie kurz von der anderen Seite ablenkte.

»Ivy hat die Schlüssel genommen«, seufzte sie. Franz Leopold fluchte und kickte gegen das Gitter.

»Müssen wir nun umkehren?«, fragte Luciano.

»Nein!«, rief Alisa wütend und griff nach den Gitterstäben. »Dieses verdammte Ding wird uns nicht aufhalten! Egal ob das den Pyras nun passt oder nicht.« Sie rüttelte vergeblich daran. »Könnt ihr mir vielleicht einmal helfen?«

»Aber gerne. Stets zu Diensten«, erwiderte Franz Leopold liebenswürdig und griff zu. Gemeinsam zerrten sie an den Eisenstäben. Das Gitter kreischte. Der Fels, in dem die Stäbe verankert waren, begann zu bröckeln.

»Los, weiter«, keuchte Alisa, deren Handflächen bereits blutig aufgerissen waren, doch sie bemerkte es nicht.

Mit einem Seufzen gab das Gitter nach und löste sich auf einer Seite aus seiner Verankerung. Die drei Vampire hielten sich nicht lange auf. Sie schlüpften durch den Spalt und liefen weiter.

Weit kamen sie nicht. Das nächste Gitter versperrte ihnen den Weg. Sie rüttelten daran, mussten jedoch einsehen, dass die noch recht neu wirkenden Stäbe felsenfest verankert waren.

»Was jetzt?«, fragte Alisa und sah sich um. Ein paar Schritte weiter führte ein Schacht an die Oberfläche, aber auch der war verschlossen.

»Wir müssen umkehren«, meinte Luciano. »So ein Mist!« Er kickte wütend gegen einen Stein.

Franz Leopold prüfte noch einmal die Eisenstangen. »Nein, wir werden nicht umkehren. Wenn wir in dieser Gestalt nicht durch das Gitter passen, dann eben in einer anderen. Soll unser Jahr in Irland umsonst gewesen sein?«

Alisa machte große Augen. Dass sie da nicht selbst draufgekommen war. Doch so hell die Hoffnung in ihr aufblitzte, so rasch war sie wieder verflogen.

»Ich glaube nicht, dass das geht. Du vergisst, hier unter Paris gibt es keinen grünen Marmor, der uns seine Kräfte leiht.«

»Ja, und?« Trotzig verschränkte Franz Leopold die Arme vor der Brust. »Willst du deshalb gleich aufgeben? Meinst du, Ivy und die anderen Lycana können sich nur in den Mooren von Connemara verwandeln?«

Alisa zögerte. »Nein, das sicher nicht. Aber ich fürchte, wir sind dazu nicht stark genug. Noch nicht. Vielleicht in ein paar Jahren.« Sie seufzte.

Franz Leopold trat ganz dicht an sie heran. »Wer sagt denn, dass wir auf die Energie der Erde verzichten müssen? Denkst du, die Kraftlinien treten nur in Connemara zutage und sonst nirgends auf der Welt?«

Alisa starrte ihn verblüfft an. Sie konnte vage seine Umrisse erkennen. »Nein, das wäre nicht logisch. Aber gerade hier?«

Franz Leopolds Stimme war nur noch ein heiseres Flüstern. »Fühle es. Öffne deine Sinne! Glaubst du, die Menschen haben den Meridian in reiner Willkür durch das Herz von Paris gelegt?«

Alisa schloss die Augen und versuchte, ihren Geist frei zu machen, so wie sie es in Irland gelernt hatten. Sie tastete nach den Strömen der Erde, die den Wesen der Nacht Stärke und Macht gaben – und riss überrascht die Augen auf. Natürlich konnte man die Kraftlinie nicht mit der lodernden Flamme in der Glengowla-Mine vergleichen, wo der Energiefluss in das Herz des Marmors vorstieß, dennoch ließ sich damit etwas anfangen. Der Strom floss ganz nah vorbei, und sie fragte sich, warum sie ihn nicht schon früher bemerkt hatte. Natürlich, das war der Meridian, der unter dem Observatorium, dem Louvre und bis zu Eriks Versteck unter der Oper hindurchfloss.

»Fledermäuse?«, fragte Alisa.

Franz Leopold schüttelte den Kopf. »Nein, Ratten«, meinte er mit einem Hauch von Bedauern. »Das dürfte leichter sein. Obwohl mich die Aussicht, mit dem Bauch durch diesen stinkenden Unrat zu rutschen, nicht gerade in Begeisterung ausbrechen lässt.«

»Wir sollten unsere Kräfte miteinander verbinden«, schlug Alisa vor. »Sicher ist sicher. Ich will nicht in der Wandlung stecken bleiben.«

Franz Leopold zögerte nur einen winzigen Moment. »Gut.«

»He, Augenblick mal!«, rief Luciano, der ihren Austausch wortlos verfolgt hatte. »Und was ist mit mir? Habt ihr euch darüber schon Gedanken gemacht?«

»Wir könnten dir zusammen helfen. Dann müssten wir genug Energie für deine Verwandlung aufbringen können«, schlug Alisa ein wenig unsicher vor.

Franz Leopold war strikt dagegen. »Es wird auch so schon schwer genug. Denk daran, wir müssen auch wieder menschliche Gestalt annehmen. Oder wie willst du sonst mit dem Phantom sprechen?«

Alisa schwankte. Franz Leopolds Worte waren vernünftig – obwohl sie sich wunderte, dass er nicht wie üblich mit seinen unermesslichen Fähigkeiten prahlte, sondern einräumte, dass dies möglicherweise an seine Grenzen ging. Wenn sie sich aus Freundschaft zu Luciano auf seine Bitte einließen, konnte es passieren, dass sie ihm großen Schaden zufügten. Ja, es konnte sie alle in Gefahr bringen. Dass mit unvollendeten Wandlungen nicht zu spaßen war, hatte Luciano bereits schmerzlich am eigenen Leib erfahren müssen. Und hier war keine mächtige Druidin in der Nähe, nicht einmal Ivy würde rechtzeitig einschreiten können.

»Franz Leopold hat recht. Du wirst hierbleiben müssen.« In der Dunkelheit griff Alisa nach Lucianos Hand und drückte sie entschuldigend. Luciano entriss sie ihr und wich zurück.

»Was? Das kann nicht dein Ernst sein! Von Leo bin ich ja nichts anderes gewöhnt, aber dich habe ich für meine Freundin gehalten.« Seine Stimme drückte aus, wie tief verletzt er war.

»Luciano, bitte, mach es uns nicht so schwer. Natürlich bin ich deine Freundin, und gerade deshalb kann ich nicht zulassen, dass du dich einer Gefahr aussetzt, die du nicht abschätzen kannst.«

»Außerdem ist es deine eigene Schuld«, fügte Franz Leopold hinzu. Seine Stimme klang hart. »Wenn du so gut wärst wie ich oder Alisa, dann gäbe es kein Problem.«

Alisa hörte Lucianos Fingerknöchel knacken, und sie konnte sich vorstellen, wie viel Beherrschung es ihn kostete, dem Dracas nicht an den Hals zu gehen.

»Leo, halte den Mund und konzentriere dich lieber auf den Kraftstrom«, herrschte sie ihn an. Zu ihrer Verwunderung entgegnete er nichts. Sanft sagte sie zu Luciano: »Geh zurück in die Halle. Wir sind bald mit Erik zurück. Dann kannst du dich uns wieder anschließen.«

»Oh, wie großzügig unser Fräulein Vamalia heute Nacht wieder ist«, fauchte Luciano. »Nimm nur auf mich keine Rücksicht. Ich werde euch nicht im Weg sein. Heute nicht und nie mehr wieder!« Er wandte sich um und stürzte in die Finsternis davon. Sie hörten ihn gegen eine Felsecke prallen und laut fluchen. Dann verklangen seine Schritte. Alisa wäre fast dem Impuls gefolgt, ihm nachzulaufen. Wie konnte sie es ertragen, einen Freund in dieser Verzweiflung zurückzulassen? Doch Franz Leopold umfasste ihr Handgelenk.

»Im Moment gibt es Wichtigeres. Wenn Luciano das nicht einsieht, dann ist das sein Problem. Willst du für Lucianos Launen riskieren, dass noch mehr Vampire für immer verlöschen? Die Zeit ist nicht auf unserer Seite. Vielleicht ist einer unserer Servienten der Nächste? Sie waren heute Nacht zwar nicht mehr ganz so schwach, aber es ging ihnen alles andere als gut. Egal was dieses Gift ist, seine Wirkung verfliegt jedenfalls nicht sofort wieder, wenn man ihm nicht mehr ausgesetzt ist.«

»Nein, nicht so wie in der Hundegrotte«, bestätigte Alisa bedrückt und reichte ihm beide Hände. »Fangen wir an.«

Sie schlossen die Augen und konzentrierten sich aufeinander. Alisa versuchte, ihr Bewusstsein weit zu öffnen, damit der Dracas sich mit ihr verbinden konnte. Ein Schauder ließ sie erbeben, als sein Geist mühelos in den ihren fuhr. Es war so einfach und doch auch ein wenig unheimlich, wie vertraut es sich anfühlte. Die Barrieren, die ihn zu Anfang stets abgewehrt hatten, schienen verschwunden. Gemeinsam tasteten sie nach der Energie der Erde, die den Meridian entlangströmte. Es konnte beginnen. In ihren Köpfen formten sie die Bilder der beiden Ratten, zu denen sie werden wollten. Nebelschwaden zogen sich zusammen und umwirbelten ihre Körper, die sich aufbäumten und reckten und dann vollständig aufzulösen schienen. Nein, sie zogen sich lediglich zusammen, bis nur zwei kleine, pelzige Nager auf dem feuchten Höhlenboden zurückblieben. Aufgeregt beschnüffelten sie sich gegenseitig.

Hör auf, mich mit deinen Schnurrhaaren zu kitzeln, und rück mir nicht so nah auf den Pelz!

Alisa fuhr ein Stück vor den länglichen gelben Zähnen der anderen Ratte zurück. *Entschuldige. Ich wollte nur wissen, ob mit dir alles in Ordnung ist.*

Bestens, obwohl ich nicht wissen möchte, worin meine Pfoten gerade baden. Also lass uns loslaufen, damit ich diese ekelhafte Gestalt bald wieder abstreifen kann.

Alisa fand es nicht so schrecklich, eine Ratte zu sein. Eher interessant und ungewöhnlich, da die Wahrnehmung des Tieres so anders war. Dennoch konnte sie Franz Leopold nur zustimmen, wenn er zur Eile antrieb. Mit flinken Trippelschritten schlüpften die beiden Nager durch das Gitter und sausten den Gang entlang nach Norden auf das Versteck unter dem Opernhaus zu.

***

Als er sich dem Hotel näherte, verlangsamten sich seine Schritte, bis er an der Straßenecke stehen blieb, den Blick auf den hell erleuchteten Eingang gerichtet. Kutschen fuhren vor, spien ihre wohlhabenden Fahrgäste aus und rollten wieder davon. Leere Droschken kamen und hielten an. Diener in Livree öffneten den Wagenschlag, klappten Stufen herunter und halfen Damen und Herren beim Einsteigen. Auch zu Fuß kamen und gingen die Gäste. Die Damen stets begleitet von einem oder mehreren Herren. Nach Einbruch der Dunkelheit genügte es für eine Dame der Gesellschaft nicht mehr, ihre Zofe oder eine Gesellschafterin mitzunehmen. Die einzigen Frauen, die Bram Stoker alleine oder in kleinen Gruppen das Hotel durch einen der seitlichen Eingänge betreten und verlassen sah, gehörten zu einer anderen Schicht. Für sie war das Hotel kein Ort der Zerstreuung oder Ausgangspunkt aufregender Abendgesellschaften. Für sie war es Schauplatz des täglichen Kampfes, genug zu verdienen, um sich und meist noch einige Kinder satt zu bekommen.

Was tat er hier eigentlich?

Er beobachtete beide Ausgänge und musterte jede Frau, die herauskam. Mit welchem Recht?

Ich bin nur um ihre Sicherheit besorgt, rechtfertigte er sich. Ihre Worte am vorherigen Abend hatten ihn alarmiert. Sie kämpfte um eine Entscheidung und offensichtlich ging es in diesem Fall nicht um den jungen Vampir Malcolm. Wer sonst hätte sie in einen solchen Konflikt stürzen können? Die Gerüchte über das angeblich gefangene Phantom mehrten sich wieder, nur dass es sich bei der Kreatur hinter Gittern nicht um den Schrecken der Oper handeln konnte. Wie aber war es Latona gelungen, das Wesen aufzuspüren? Die Antwort lag auf der Hand: indem sie ihrem Onkel, dem Vampirjäger, gefolgt war. Bram befürchtete, dass ihr Gewissen sie in eine gefährliche Situation treiben konnte.

Deshalb war er hier und beobachtete wie ein Strauchdieb heimlich die Ein- und Ausgänge ihres Hotels.

»Monsieur? Kann ich Ihnen helfen?« Einer der Männer in Livree hatte sich ihm genähert und sprach ihn an.

»Nein, danke«, wehrte Bram Stoker ab.

»Ich habe Sie beobachtet, verzeihen Sie, doch Sie stehen schon ziemlich lange hier in der Kälte vor unserem Hotel …«

Der Bedienstete war zu höflich, um auszusprechen, welchen Verdacht dieses Verhalten nahelegte. Dafür war Bram zu gut gekleidet und der Bedienstete wollte sich ja nicht selbst in Schwierigkeiten bringen. Dennoch würde er es auch nicht hinnehmen, dass Bram weiter auf seinem Beobachtungsposten blieb.

Bram gab ein gezwungenes Lachen von sich. »Ich warte auf meine Nichte, um sie auszuführen, doch ich hätte es wissen müssen, dass sie sich wieder einmal verspätet. Frauen!«

Der Mann in Livree nickte. »Wohnt sie bei uns im Hotel? Dann treten Sie doch ein und warten in der Halle auf sie.«

Nun blieb ihm nichts anderes übrig, als das Angebot dankend anzunehmen. Wie hätte er weggehen können, ohne Misstrauen zu erwecken?

»Ein vernünftiger Gedanke, ja, nach einer Weile merkt man, dass es kälter ist als noch heute Nachmittag.«

Er schenkte dem Bediensteten ein Kopfnicken und ging auf die Tür zu. Die Helligkeit in der Halle ließ ihn blinzeln. Er ließ seinen Blick über die Tische mit den zierlichen Stühlen und die massigen Lehnsessel in den Nischen schweifen, konnte Latona jedoch nicht entdecken. Was nun? Sollte er sich hinter einer der Topfpflanzen verstecken und die Fahrstühle im Auge behalten, damit er ihr heimlich folgen und auf sie aufpassen konnte? Bram zog eine Grimasse. Nein, da war es schon besser, eine Tasse Tee zu bestellen und sich aufzuwärmen. Nicht dass er gleich wieder die Aufmerksamkeit eines der Hotelangestellten auf sich zog.

Vielleicht sollte er hinauf zu ihrem Zimmer gehen und Latona frei heraus auf ihr Vorhaben ansprechen – und seine Hilfe anbieten. Egal was sie vorhatte? Das konnte ins Auge gehen. Hatte er eine Vorstellung davon, was sie plante? Sie war eine energische junge Frau, die vor nichts zurückschreckte. Die Nichte eines berüchtigten Vampirjägers, der sicher nicht zimperlich war. Was sie in ihrem jungen Leben wohl schon alles gesehen hatte?

Bram Stoker konnte sich eines Schauderns nicht erwehren. Er begann zu ahnen, warum sie den für ihr Alter viel zu abgeklärten und manches Mal auch zutiefst traurigen Ausdruck in den Augen hatte. Aber wenn er nicht bereit war, ihr bedingungslos zur Seite zu stehen, was dann? Sie von ihrem Vorhaben abhalten? Wieder verzog er das Gesicht. Die Chancen auf Erfolg waren nicht sehr groß. Sie war verdammt störrisch!

Bram hatte sich noch nicht entschieden, welchen Weg er einschlagen sollte, als eine Bewegung ihn aufmerken ließ. Was war das? Gebannt starrte er auf den etwas zurückversetzten Torbogen in der seitlichen Wand, in den eine schmale Treppe einmündete. Die Palmwedel der Topfpflanze schwangen wie unter einem plötzlichen Luftzug. Als sei jemand vorbeigestreift. Aber da war niemand. Und dennoch drängte sich das Bild der irischen Vampirin und ihres Wolfes in seinen Geist. So klar und eindringlich, dass er keuchte. Wieder sah er zu der leeren Öffnung.

Konnte das sein? Sah sein Geist mehr, als sein Auge erfassen konnte? Wenn ja, dann war das kein Zufall, und sie konnte nur ein Ziel haben.

Bram Stoker hatte seinen Instinkten zu trauen gelernt. Damals, als er als Kind von einer unerklärlichen Krankheit Jahr für Jahr ans Bett gefesselt worden war, hatten sich seine Sinne entwickelt. Seinen Augen bot der stets abgedunkelte kleine Raum nicht viel Anregung, und so blieben ihm, wenn er nicht gerade las, nur sein Gehör, sein Geruchssinn und die Ahnungen. Er nannte sie seinen Instinkt, und es kam ihm vor, als sei er auch heute noch schärfer als bei anderen Menschen, Latona ausgenommen. Vielleicht interessierte er sich gerade deshalb so sehr für das Mädchen und fühlte sich für ihre Sicherheit verantwortlich.

So schnell es ging, ohne aufzufallen, durchquerte Bram Stoker die belebte Eingangshalle und eilte dann die Treppe bis in den dritten Stock hinauf. Er lauschte. Stille. Doch die dicken Teppiche hätten sogar das Geräusch von menschlichen Schritten geschluckt. Er unterdrückte das Verlangen, sich zu räuspern, das seine Nervosität verriet. Vorsichtig lugte er um die Ecke. Der Gang war leer. Er konnte die geschlossene Tür zu Latonas und Carmelos Zimmer sehen. Was sollte er tun? Anklopfen und fragen, ob zufällig ein paar Vampire bei ihr seien, die ihr Leben bedrohten? Wieder dieses Brennen im Hals, das auch ein hysterisches Kichern sein konnte.

Was, wenn ihr Onkel öffnete? Wie sollte er ihm sein dreistes Eindringen erklären?

Er zögerte, doch die Angst, Latona könnte etwas zustoßen, während er noch Strategien und ihre Folgen gegeneinander abwog, brachte ihn in Bewegung. Er hastete über den Gang und klopfte an die Tür.

»Latona? Sind Sie da? Bitte öffnen Sie!«

ALCHEMIE

Seine Ahnung warnte Bram Stoker, doch er war nicht schnell genug. Wie dumm von ihm, anzuklopfen. Zu spät! Die Tür wurde aufgerissen, eine Hand packte ihn beim Kragen und zog ihn ins Zimmer. Die Tür schlug wieder zu. Das Ganze ging so schnell, dass Bram nur ein Keuchen ausstoßen konnte.

Im Zimmer war es dunkel. Er versuchte, sich aus dem Griff zu befreien, doch die eiskalte Hand, die ihn gepackt hielt, war verdammt stark.

»Malcolm, lass ihn los.«

Das war Ivys Stimme. Er spürte, wie sein Herz seltsam ins Stolpern geriet.

»Wenn du meinst.« Die Hand ließ ihn so plötzlich wieder los, dass Bram strauchelte. Er fiel gegen die Tür.

»Hättet ihr etwas dagegen, ein wenig Licht zu machen?«, fragte er mit seltsam ächzender Stimme.

»Es ist hell genug«, wehrte Malcolm ab, aber Ivy kam seiner Bitte nach und entzündete eine der Gaslampen.

»Guten Abend, Bram Stoker. Latona ist leider nicht hier. Wir haben sie ebenfalls vergeblich gesucht. Du weißt nicht zufällig, wo sie sein könnte?«

Ivy sah ihn fest an. Ihr Blick schnürte Bram die Kehle zu, sodass er nur den Kopf schütteln konnte.

»Er lügt!«, rief Malcolm und wollte ihn wieder packen, aber Ivy hielt ihn mit einer Handbewegung zurück.

»Sprich!«

»Ich weiß es wirklich nicht. Ich habe gehofft, sie noch hier anzutreffen, um sie – sie zu beschützen.« Es klang selbst in seinen eigenen Ohren etwas lahm. Ivy schien jedoch nichts dagegen einzuwenden zu haben.

»Sie ist dir also entwischt. Wovor oder wobei wolltest du sie denn beschützen? Mehr als nur den üblichen nächtlichen Gefahren?«

»Es war nur so ein Gedanke, nichts Konkretes«, wehrte Bram ab.

»Eine Ahnung, nicht wahr? Wir sollten uns auf unsere Ahnungen verlassen.« Ivys Gesicht war dem seinen plötzlich sehr nahe. »Es hat etwas mit ihrem Onkel zu tun, dem Vampirjäger, und was er nachts so treibt, nicht wahr? Ist Latona misstrauisch geworden und will es nun genau wissen?«

»Sie hat es bereits herausgefunden«, sagte Bram leise. »Bevor ihr mir das Geheimnis jetzt mit Gewalt zu entreißen versucht: Ich kenne es nicht! Latona wollte mir nichts verraten.«

»Wir werden dir nichts tun«, sagte Ivy. Ihre Stimme war jetzt sehr sanft und ihr Blick schien in seinen Geist zu dringen. »Wohin ist sie ihrem Onkel gefolgt? Du hast mir von einem Krankenhaus erzählt.«

»Zuerst war er im Jardin des Plantes – nein, im Tiergarten in einem großen Haus. Dort haben Oscar und ich Latona das erste Mal angesprochen.«

»Sie haben ihn dort gefangen gehalten«, raunte jetzt Malcolm. »Sprich weiter! Wie heißt das Hospital?«

Doch Bram starrte ihn an. »Der Gefangene! Wer ist er? Ich habe ein Gerücht gehört, es sei das Phantom, doch das kann nicht stimmen. Ist es ein Vampir?«

Ivy nickte. »Ja, das Phantom erfreut sich nach wie vor seiner Freiheit. Es war ein Vampir, der ihnen stattdessen ins Netz ging, einer der Clanführer der Pyras, und wir vermuten, sie halten ihn noch immer an einem geheimen Ort gefangen.«

»Dort, wohin der Vampirjäger jede Nacht unterwegs ist.« Bram begriff. »Das Hôpital Cochin.«

»Was? Bist du sicher?« Ivy starrte ihn verblüfft an. »Das ist nicht möglich. So nah?«

»Dorthin sind wir ihrem Onkel gefolgt. Latona zog wie ich den Schluss, dass er sich dort in Behandlung begeben hat und nicht wollte, dass seine Nichte von dieser – äh peinlichen – Krankheit erfährt.« Malcolm sah die beiden fragend an.

»Erinnerst du dich? Wir sind einmal unter dem Spital hindurchgegangen. Das Schild, auf dem stand, dass sie dort venerische Krankheiten behandeln«, erklärte ihm Ivy.

»Was für Krankheiten?«, fragte Malcolm verwirrt nach.

»Die spanische Krankheit, wie man sie hier nennt, und Ähnliches«, klärte ihn Ivy auf.

»Oh!«, rief Malcolm, während Bram Stoker hastig weitersprach.

»Ich denke, dass Latona noch einmal alleine dort war und etwas entdeckte, was sie sehr durcheinanderbrachte.«

»Und jetzt ist sie wieder dort?«, fragte Ivy.

Bram hob die Schultern. »Ich weiß es nicht, vermute es aber.«

Ivy trat einen Schritt zurück. »Gut, das ist alles, was ich erfahren wollte. Ich danke dir.«

»Und nun? Was habt ihr jetzt vor?« Bram wollte nach ihrem Arm greifen, hielt jedoch mitten in der Bewegung inne, als ihr Blick ihn traf. Rasch zog er ihn wieder zurück. Wie hatte er das nur für einen Moment vergessen können? Sie war nicht irgendein verwirrend schönes Mädchen! Nein, kein Mensch, sondern ein verfluchtes, untotes Wesen, das sich von Menschenblut nährte. Ein Monster in Gestalt einer Sirene. Es schauderte ihn.

»Wir werden uns im Hôpital Cochin einmal umsehen. Vielleicht finden wir dort eine Spur des Vermissten«, gab Ivy mit freundlicher Stimme Antwort, doch in ihren Augen stand die unmissverständliche Warnung, ihr nicht noch einmal zu nahezukommen.

»Und Latona? Was ist mit ihr?«

Ivy hob die Schultern. »Was soll mit ihr sein? Wir kamen nur, um diese Auskunft von ihr zu erhalten. Sie ist für uns nicht weiter von Interesse.«

Bram fixierte Malcolm bei diesen Worten und war sich sicher, dass Ivy nur für sich sprach. Für den jungen Vampir war das Mädchen sehr wohl von Interesse!

»Was, wenn ihr Latona dort begegnet?«

Ivy hob die Schultern. Sah sie das Problem nicht oder interessierte es sie nicht? Entschlossen stellte sich Bram an ihre Seite. »Ich werde euch begleiten?«

»Was?« Malcolm lachte ungläubig. »Sei froh, wenn du diese Begegnung unversehrt überstehst. Willst du dein Schicksal herausfordern?«

Auch Ivy schüttelte den Kopf. »Nein, das halte ich für keine gute Idee. Du wirst hier in diesem Zimmer bleiben. Zumindest so lange, bis wir weg sind.«

»Du kannst mich nicht zwingen«, widersprach Bram störrisch.

Ivy hob die Augenbrauen. »Nein?« Sie schien belustigt. »Natürlich kann ich dich zwingen.«

Sie blies die Lampe aus. Es ging alles so schnell, dass Bram sich noch nicht einmal in Bewegung gesetzt hatte, als die beiden Vampire und der Wolf auch schon durch die Tür schlüpften. Dann knackte es im Schloss und er blieb eingesperrt im Zimmer zurück. Bram warf sich gegen die Tür, doch die war massiv und würde nicht nachgeben. Eher würde er sich die Schulter auskugeln. Fluchend tastete Bram nach der Lampe und machte sich Licht, um seine Lage zu erkunden. Aus dem Fenster konnte er nicht steigen. Zu hoch. Sollte er so viel Lärm machen, dass ihn jemand herausließ? Das könnte allerdings Ärger für ihn bedeuten. Schließlich war er ohne Erlaubnis in das Zimmer von Carmelo und Latona eingedrungen.

Bram Stoker sah sich um. Vielleicht fand er eine Haarnadel oder etwas Ähnliches, mit dem es ihm gelingen konnte, das Schloss zu öffnen. Nicht dass er so etwas schon einmal versucht hätte. Er hatte allerdings davon gehört, dass dies in zwielichtigen Kreisen durchaus üblich war.

Das schlechte Gewissen drückte ihn ein wenig, als er an Latonas Toilettentisch trat. Haarnadeln lagen hier genügend herum. Nun musste er nur noch seine Fingerfertigkeit beweisen.

Als er in den anderen Raum zurückkehrte, fiel sein Blick auf einen Spazierstock mit einem schweren Griff. Bram umschloss ihn und wog ihn in der Hand. Als er ihn drehte, sah er den Mechanismus, mit dem man die äußere Hülle lösen konnte. Sein Herz schlug ein wenig schneller. Ein Stockdegen! Die schlanke silberne Klinge schimmerte im Schein der Lampe. Die perfekte, unauffällige Waffe eines Vampirjägers. Rasch schob er die beiden Teile wieder zusammen und hakte den Verschluss zu. Sollte er ihn mitnehmen? Nur für alle Fälle?

Er dachte an die Nacht in der Oper und an Ivy. Wie großspurig hatte er behauptet, er würde ihr nie schaden! Ihr nicht und allen anderen Vampiren. Er hatte ihr einen Schwur geleistet.

Ivys Stimme klang in seinem Kopf wider: »Schwöre mir nicht. Ihr Menschen seid so leichtfertig darin, Schwüre auszusprechen. Was passiert, wenn das Schicksal dich vor die Entscheidung stellt, einen Menschen, der dir nahesteht, zu retten und dafür einen Vampir zu vernichten?«

Bram sah auf den silbernen Stockdegen in seiner Hand hinab und das Herz wurde ihm schwer. Würden ihre Worte so schnell wahr werden?

Schritte auf dem Flur ließen ihn aufhorchen. Kehrten die Vampire zurück? Nein, sie würde er nicht hören können. Wer dann? Es klang nach dem festen Schritt eines Mannes. Carmelo?

Brams Finger klammerten sich um seine Waffe, aber er widerstand dem Drang, die Klinge herauszuziehen. Er überlegte gerade, ob er den Stock an seinen Platz zurückstellen sollte, als das Schloss knirschte und die Tür aufgestoßen wurde. Statt in die Miene eines grimmigen Carmelo starrte Bram in das erstaunte Gesicht eines jungen Mannes in roter Uniform, der einen Stapel Handtücher in den Armen hielt. Bram erholte sich schneller von dem Schreck. Er grüßte den Hoteljungen freundlich.

»Ich wollte gerade ausgehen«, sagte er und eilte mit schwingendem Stock den Gang entlang auf die Treppe zu. Der Bedienstete starrte ihm mit offenem Mund nach.

***

»Das Hôpital Cochin?«, fragte Malcolm, während die drei durch die unterirdischen Gänge zurückhasteten. »Wie kann das sein? Es ist nur einen Steinwurf vom Val de Grâce entfernt. Die Pyras hätten Seigneur Thibaut längst aufgespürt, wenn er dort versteckt gehalten würde.«

»Der Weg vom Val de Grâce zum Hôpital Cochin ist nicht weit, natürlich«, wandte Ivy ein. »Das gilt aber nur an der Oberfläche. Im Untergrund sind nach Süden hin die alten Gänge in allen Stockwerken vermauert. Man muss einen Umweg nach Ost oder West nehmen, bis man auf den ersten Durchgang trifft. Deshalb kommen die Pyras selten in die Gegend, in der das Cochin liegt.«

Malcolm dachte darüber nach. »Vielleicht hast du recht. Was mich beunruhigt, ist, die Operationsbasis des Vampirjägers so nah am Lager der Pyras zu wissen. Das kann doch kein Zufall sein!«

Ivy schüttelte den Kopf. »Nein, ich fürchte nicht. Der Vampirjäger und das Spital stehen in direktem Zusammenhang mit der Vernichtung der Pyras – wir haben diese Verbindung nur noch nicht gefunden. Aber das wird sich ändern und dann setzen wir dem Ganzen ein Ende!«

Der wilde Ausdruck in ihren Augen nahm Malcolm jeden Zweifel daran, ob ihr das gelingen würde. Sie gingen schweigend nebeneinanderher, bis Seymour unvermittelt stehen blieb. Seine Körperhaltung verriet die Anspannung.

»Was ist?«, flüsterte Malcolm.

»Er hat jemanden gewittert«, gab Ivy so leise wie möglich zurück. Ohne dass sie ihm einen Befehl gegeben hätte, schoss der Wolf mit einem Heulen davon.

»Seymour, bleib hier«, rief Ivy und rannte ihm hinterher. Malcolm stürzte ihr nach.

Der Wolf kam nicht weit. Ein verschlossenes Gitter hielt ihn auf. Jaulend sprang er daran hoch, bis Ivy ihn zur Ordnung rief und das Schloss entriegelte.

»Warte!« Aber er hörte nicht auf sie und rannte um die Ecke.

»Was ist nur in ihn gefahren«, murmelte Ivy, die ihm so schnell wie möglich folgte. Sie sprang um eine Ecke und bremste dann ihren Lauf, als sie den Wolf vor sich erkannte.

»Aber das ist ja Luciano«, rief Ivy, die offensichtlich den Geruch der auf dem Boden kauernden Gestalt erkannt hatte, ehe Malcolm ihn einordnen konnte. Sie stürzte zu ihm.

»Was ist mit dir? Fehlt dir etwas? Fühlst du dich schlecht?« Wie besorgt sie um ihn war.

Luciano hob den Kopf. »Ja, es geht mir schlecht. Danke der Nachfrage.« Das klang eher aggressiv denn leidend.

»Dann fängt es jetzt auch bei uns an. Kannst du gehen? Wir müssen zurück zur großen Halle und mit Seigneur Lucien sprechen. Wir haben etwas erfahren, was uns vielleicht der Lösung dieses verderblichen Rätsels näherbringt. Soll ich dir aufhelfen? Ich stütze dich.«

»Was? Das brauchst du nicht. Ich bin doch kein schwacher Greis.« Luciano sprang auf.

»Was ist los?«, fragte Ivy sanft.

»Wir brauchen keine Hinweise mehr. Alisa und Leo haben das Geheimnis gelöst. Es ist so was wie in der kalabrischen Grotte mit den toten Hunden, aber genau kann das nur die Alchemie klären. Aber das können sie nur ohne mich, weil ich ja ein Risiko für alle wäre!«

Malcolm hoffte, dass er nicht der Einzige war, der überhaupt nichts verstand. War Luciano vielleicht doch von der Seuche befallen und hatte diese – statt wie bei den anderen den Körper – bei dem Nosferas zuerst den Geist angegriffen?

»Willst du uns die Geschichte nicht auf dem Rückweg ausführlich erzählen?«, schlug Ivy vor. Also berichtete der Nosferas, bis sie schließlich verstanden, was passiert war.

»Dann bringen Leo und Alisa das Phantom in die Hallen der Pyras, damit er vor Ort seine Untersuchungen durchführen kann?«, wiederholte Malcolm ungläubig. »Wenn er nur einen Funken Vernunft hat, wird er sich darauf nicht einlassen. Mitten in die Höhle des Löwen, wie die Menschen sagen würden. Das ist doch verrückt! Selbstmord ist das. Er kann nicht erwarten, dort jemals wieder herauszukommen. Sie würden es nicht zulassen, dass er ihre Zuflucht kennt.«

»Noch wahrscheinlicher ist es, dass er gar nicht erst hineinkommt«, vermutete Luciano, der sich ein wenig beruhigt hatte. »Die abwehrende Aura der Angst scheint bei den Menschen ja zu wirken. Und er ist nur ein Mensch, selbst wenn er wie ein Vampir im Dunkeln haust.«

»Ja, das könnte schwierig werden«, stimmt ihm Ivy zu. »Aber auch diese Barriere kann man mit ein wenig Magie überwinden. Geht ihr schon mal weiter. Vielleicht brauchen die anderen meine Hilfe.«

Ehe Malcolm oder Luciano reagieren konnten, hatte sie sich in eine Fledermaus verwandelt und schwirrte durch einen Schacht und ein Gitter hinauf in die Nacht.

Luciano ballte die Fäuste. »Du nicht auch noch!«, schrie er ihr nach. »Das kannst du nicht machen. Verflucht sollt ihr alle sein!«

Seymour schien seine Meinung zu teilen, denn er kläffte wütend.

***

Schwer bepackt kehrten sie zum Quartier der Pyras zurück. Alisa, Franz Leopold und Ivy, die auf halbem Weg zu ihnen gestoßen war, trugen je eine Kiste in den Armen, die viel zu schwer für sie gewesen wäre, hätten sie nur über die Kräfte von Menschen verfügt. Erik hatte sich nur eine Tasche mit einigen Aufzeichnungen umgehängt und übernahm die Aufgabe, mit seinem eigenen Schlüsselbund die Gitter und Türen zu öffnen, die sie passieren mussten. Mit seiner Blendlaterne in den Händen ging er ihnen voraus. Erstaunlicherweise fragte er nur zweimal nach dem Weg, wenn sie eine der unzähligen Abzweigungen erreichten. Ansonsten wählte er zielsicher den richtigen aus, der sie auf schnellstem Weg zu den Pyras bringen würde. Franz Leopold fragte sich, ob das Phantom wusste, wo das Versteck zu finden war. Jedenfalls kannte er sich für einen Menschen viel zu gut in diesem wuchernden Moloch von unterirdischen Gängen aus und strahlte dabei eine solche Ruhe aus, dass der Dracas nur staunen konnte. Franz Leopold hätte nie gedacht, dass er einmal einem Menschen mehr Interesse entgegenbringen würde, als man es für seine nächste Mahlzeit übrig hat. Oder sogar eine gewisse Achtung für ihn empfinden würde! Nun jedoch musste selbst er zugeben, dass das Phantom außergewöhnlich war. Hatte er zu Anfang noch geargwöhnt, dieser Mensch sei einfach nur zu dumm, seine Lage richtig einzuschätzen, und empfinde deshalb keine Angst, so musste er diesen Eindruck nach einem heimlichen Streifzug durch Eriks Geist revidieren. Wobei er nicht einmal sicher war, ob er überhaupt unbemerkt geblieben war. Ihm blitzte da ein Gedanke entgegen, fast als hätte das Phantom dieses Verhalten von ihm erwartet.

Erstaunlich. Ganz erstaunlich.

Er war nicht dumm und er war sich der Gefahr bewusst. Er schätzte seine Chancen, dem Ganzen lebendig zu entkommen, eher gering ein, was ihn aber kaltließ. Seine Gedanken folgten logischen Bahnen und suchten ruhig überlegt die Verfahren zusammen, die am schnellsten ein Ergebnis bringen würden. Außerdem dachte er über mögliche Gifte und die entsprechenden Gegenmaßnahmen nach.

An der nächsten Gittertür blieb Erik stehen, hielt sie den drei Vampiren mit ihrer Last auf und schloss sie dann wieder hinter ihnen.

Er ließ sich nicht einmal einen Fluchtweg offen. Er war nicht dumm und wusste, dass eine Flucht sein Leben nicht retten würde. Wollte er es gar beenden? Legte er es darauf an, zu sterben oder zu einem Vampir gewandelt zu werden?

Franz Leopold spürte, wie sich der Blick hinter der weißen Maske auf ihn richtete. Nein, Erik wollte nicht sterben. Was für ein seltsamer Mensch. Argwöhnisch beäugte er Ivy, die nun neben Erik herging und leise zu ihm sprach. Selbst wenn er ein außergewöhnlicher Mensch war, der durchaus eine gewisse Aufmerksamkeit verdiente, widmete sich Ivy ihm für Franz Leopolds Geschmack mit viel zu großer Leidenschaft. Das nahm langsam Formen an, die man als Schwärmerei bezeichnen konnte. Fast wünschte Franz Leopold, dass diese Nacht mit Eriks Tod endete. Auf keinen Fall wollte er ihn als einen Servienten unter den Vampiren sehen! Nein, das wäre keine gute Lösung.

Seine Gedanken wurden unterbrochen, als Erik plötzlich stehen blieb, als sei er gegen eine unsichtbare Mauer gelaufen. Er hob die Hände und presste sie sich wie unter Schmerzen auf beide Schläfen. Sie hatten den Bannkreis der Pyras erreicht.

Erik machte noch einen beherzten Schritt nach vorn, stöhnte auf und taumelte wieder zurück. Ivy trat noch näher zu ihm und hauchte ihm Worte ins Ohr, unter denen die Anspannung seines Körpers nachließ.

Eine Woge des Zorns überschwemmte Franz Leopold, die ihn selbst überraschte. Verflucht! Sie war nur eine Unreine. Er war darüber hinweg! Und überhaupt. Erik war ein Mensch. Ein dummer, zerbrechlicher Mensch mit einer Lebensspanne kaum länger als eine Ratte. Und genauso unwichtig wie die pelzigen Nager. Gelebt, gestorben und vergessen.

Ivy stellte ihre Kiste ab und legte den Arm um Eriks Taille. Ihre Lippen bewegten sich, während sie ihn in winzigen Schrittchen vorwärtstrieb. Wieder zuckte sein Körper, als habe er einen Schlag erhalten, und Franz Leopold empfing eine Welle von Pein, die das Phantom unglaublich stoisch ertrug. Noch immer empfand er keine Angst, obwohl diese Aura ihn in Panik hätte versetzen müssen. Nach fünf weiteren Schritten entspannte sich Erik wieder. Der Schmerz ließ nach. Er schüttelte sich wie ein Hund und straffte dann den Rücken.

»Alles in Ordnung«, versicherte er Ivy, die ihn besorgt betrachtete. »Du brauchst nicht bei mir zu bleiben.«

Doch Ivy ging weiter so dicht neben ihm, dass sich ihre Arme berührten. Den ersten verdutzten Pyras, den sie trafen, schickte sie in den Gang, die zurückgelassene Kiste zu holen. Vermutlich war er viel zu verwirrt, um zu widersprechen.

Ivy führte das Phantom mitten in die große Höhle. Als Luciano sie entdeckte, stieß er einen Schrei aus. Er lief ein paar schnelle Schritte auf sie zu, dann fiel ihm ein, dass er ja mit ihnen schmollte, und er blieb unschlüssig stehen. Seymour dagegen rannte zu ihr und setzte sich an ihre Seite. Bewegungslos standen sie da, während es in der Halle totenstill wurde. Inzwischen hatte auch der letzte Vampir mitbekommen, dass etwas Ungewöhnliches vor sich ging. Sie bildeten einen Kreis um die Freunde mit ihrem menschlichen Begleiter und starrten sie stumm an. Ihre Feindseligkeit hüllte die kleine Gruppe ein, obwohl Franz Leopold vermutete, dass die meisten von ihnen das Phantom kannten oder zumindest von ihm gehört hatten. Trotz allem war er ein Mensch, und Ivy hatte ihm geholfen, den Schutzbann zu überwinden. Franz Leopold wurde plötzlich bewusst, dass die Feindseligkeit mehr gegen die Erben gerichtet war als gegen den Eindringling. Dieses Problem konnte man schnell und für immer beseitigen, doch was sollte man mit den Erben anderer Clans tun, die hier waren, um von ihnen zu lernen, und den Feind zu ihnen gebracht hatten? Ein ungewohnt mulmiges Gefühl stieg in Franz Leopold auf, als er die Gedanken einiger Pyras auffing.

Sie hatten es ja schon immer geahnt, dass den anderen Clans nicht zu trauen war, und nun wurde ihnen ein neuer Beweis geliefert. Deshalb hatten sich die Familien über Jahrhunderte bekriegt. Nicht in wenigen Köpfen verdichtete sich die Überzeugung, dass die Akademie gescheitert war und die Zeit gekommen, gegen die verräterischen Clans vorzugehen.

Franz Leopold berührte Ivy an der Schulter.

Ja, ich kann ihr Misstrauen und ihren wachsenden Zorn ebenfalls spüren.

Und was gedenkst du, dagegen zu unternehmen? Es ärgerte ihn, dass Nervosität durch seine Gedanken hallte. Und so schüttelte er Ivys Hand, die nach der seinen griff, ungeduldig ab.

Ich werde es ihnen erklären.

Franz Leopold schnaubte. *Oh ja, sie machen mir durchaus den Eindruck, als wären sie für vernünftige Argumente zugänglich. Oder vielleicht doch nicht? Vielleicht ziehen sie es vor, uns sofort in kleine Stücke zu zerfetzen.*

Ivy schüttelte den Kopf. *Nein, keine Angst, sie sind keine wilden Tiere.*

Ich habe keine Angst, auch wenn ich sie sehr wohl für wilde Tiere halte!

»Was ist hier los?« Seigneur Lucien unterbrach das stumme Zwiegespräch. Er drängte sich zwischen Sébastien und zwei anderen Clanmitgliedern durch und sah die jungen Vampire und ihren Begleiter nacheinander durchdringend an.

»Was hat das zu bedeuten?« Auch er klang feindseliger, als sie ihn jemals gehört hatten. Franz Leopold spürte Alisas Beklemmung und Lucianos aufsteigende Angst. Ivy dagegen blieb bewundernswert ruhig.

»Dies ist kein Akt des Verrats gegen die Pyras, Seigneur Lucien, das sei Euch versichert. Es ist eine ungewöhnliche Maßnahme im Kampf gegen eine Heimsuchung, der Nacht für Nacht Vampire zum Opfer fallen!«

Franz Leopold forschte nach den Gefühlen des Pyras. Würden Ivys Worte ihn überzeugen? Für einen Moment mischte sich Unsicherheit in seinen Zorn. Die anderen Vampire zogen den Kreis um sie enger, doch der Clanführer hob abwehrend die Hand.

»Sprich weiter!«, forderte er Ivy auf.

Die Lycana beeilte sich, zum Kern der Sache zu kommen. Auf

Geduld für weitschweifende Erklärungen konnte sie bei den auf-
gebrachten Pyras nicht hoffen.

»Und nun soll er mit seinen Alchemistengeräten irgendwelche
Untersuchungen in unseren Höhlen durchführen?«, wiederholte
Seigneur Lucien und runzelte ein wenig verwirrt die Stirn.

»Ja. Wir fangen dort an, wo die ersten Altehrwürdigen zerfielen«,
bestätigte Ivy. »Wenn Erik herausgefunden hat, was die Ursache ist,
finden wir auch ein Gegenmittel.«

Seigneur Lucien ließ den Blick über die noch immer zornigen
Gesichter um ihn herum schweifen. Hatten sie nicht zugehört, oder
waren sie zu dumm, Ivys Worte zu begreifen? Franz Leopold spürte,
wie sich sein Körper anspannte.

»Lasst sie durch«, befahl der Clanführer. »Haltet euch von dem
Menschen fern und lasst ihn seine Versuche machen, aber bewacht
seine Schritte und sagt mir sofort, wenn er etwas herausgefunden
hat.«

FLUCHT

Ivy neigte den Kopf in Richtung des Clanführers, griff nach Eriks Arm und führte ihn auf die noch immer dichte Mauer der Pyras zu. Sie zögerte nicht und die Vampire ließen sie passieren. Franz Leopold und Alisa folgten mit ihren Kisten. Luciano nahm dem Pyras die dritte Kiste ab und kam ihnen nach. Offensichtlich hatte er sich entschieden, sein Schmollen auf später zu verschieben, wenn es nichts mehr zu versäumen gab. Nun zog er es vor, sie zum Ort des Geschehens zu begleiten.

Unten an der Treppe angekommen, führte Ivy das Phantom zum anderen Ende der Kaverne, wo in der Vertiefung die Särge der Altehrwürdigen gestanden hatten, die zu den ersten Opfern des heimtückischen Anschlags geworden waren.

»Hier?«

Ivy nickte. Erik holte zwei Lampen aus der ersten Kiste, die ein bemerkenswert helles Licht ausstrahlten, und sah sich in der Höhle um. Seine Augen hinter der Maske schienen rötlich zu funkeln wie die eines Vampirs.

Vielleicht ist er gar kein richtiger Mensch mehr, dachte Franz Leopold. Irgendein Zwitter, halb Mensch, halb Geschöpf der Nacht.

Erik warf den Pyras, die ihn vom anderen Ende der Höhle beobachteten, einen kurzen Blick zu, dann konzentrierte er sich ganz auf seine Aufgabe. Er ging in der Vertiefung sehr langsam auf und ab und suchte nach Hinweisen, die ihn auf die Spur des tödlichen Angreifers führen würden.

»Farblos und geruchlos«, sagte er leise vor sich hin. Plötzlich blieb er stehen, beugte sich an der hinteren Wand hinunter und ging dann in die Knie. Sie war zum Teil aus natürlich anstehendem Kalkstein, einige Bereiche aber auch mit behauenen Blöcken vermauert. Erik ließ die Handfläche über den Stein gleiten, ohne ihn zu berühren.

Seine Bewegungen waren ruhig und kontrolliert. Er suchte systematisch die Wand ab, engte den Bereich immer weiter ein und hielt dann über einer Stelle inne. Er drehte den Kopf und sah zu Ivy hinüber, die sofort an seine Seite eilte.

»Hast du etwas gefunden?«

»Ich bin mir nicht sicher.« Er hustete. »Sieh dir den Riss dort im Fels an und die kleinen Kristalle, die sich gebildet haben.« Ivy kniete sich neben ihn. Er nahm ihre Hand und hielt sie vor den kaum wahrnehmbaren Spalt, den er ihr gezeigt hatte. Franz Leopold wäre fast vorgestürzt, um ihm ihre Hand zu entreißen. Doch er unterdrückte den Impuls sofort wieder. Er war an Ivy nicht mehr interessiert. Solange dieser Mensch ihr nichts antat, gab es keinen Grund einzuschreiten.

»Kannst du etwas spüren?«, fragte Erik. »Eure Sinne sind schärfer als meine.« Er schien zu zittern und wieder hustete er.

»Ein Luftzug«, sagte Ivy nach einer Weile. »Von draußen in die Höhle herein.«

Das Phantom nickte. Offensichtlich hatte sie ihm die Antwort gegeben, die er hören wollte. Er erhob sich und holte sich die Kiste, die Luciano getragen hatte. Er nahm einige seltsame Apparaturen mit Glaskolben und einer Feuerschale heraus. Dann schabte er die kleinen Kristalle ab. Manche von ihnen waren hell, an einer anderen Stelle hatte sich ein rötlicher Überzug gebildet. Franz Leopold konnte nicht genau sehen, was Erik tat, nur dass er sie mit verschiedenen Flüssigkeiten mischte. In manchen Röhrchen lösten sie sich auf, in anderen nicht. Dann hielt er die Glaskolben über die Flamme und verdampfte die Flüssigkeit. Wieder hustete er, und dieses Mal klang es so gequält, dass Franz Leopold dachte, das Phantom müsse sich gleich übergeben. Für einen Moment presste er die Hand gegen seinen Magen. Offensichtlich war ihm übel. Sein Atem ging schnell, als sei er gerannt, doch er arbeitete unbeirrt weiter.

Nun nahm Erik ein kleines Stück kupferfarbenen Metalls aus seiner Kiste und tropfte eine der Lösungen darauf. Ein silberner Fleck entstand. Das Phantom nickte langsam. Als Letztes nahm Erik von dem rötlichen Staub und tauchte ihn auf einem breiten weißen Löffel in die Hitze der Flamme, bis Franz Leopold einen silbernen Schimmer wahrzunehmen glaubte. Ein ätzender Hauch umwehte ihn.

Stille kehrte ein. Die Stimmung veränderte sich. Neugier und hoffnungsvolle Erwartung traten an die Stelle von Zorn und Hass. Alle Augen waren auf das Phantom gerichtet, bis es die Utensilien seiner alchemistischen Untersuchung beiseitestellte und die Flamme löschte. Erik hob das Gesicht mit der weißen Maske.

»Und? Weißt du nun, wie der Stoff heißt, der uns zerstört?«, stellte Ivy die Frage, die alle auf den Lippen trugen.

Erik nickte. »Ja, ein altbekanntes, mächtiges Gift. Es kommt unsichtbar und geruchlos daher, wälzt sich unerkannt über den Grund und sammelt sich in Vertiefungen. Von manchen Doktoren noch immer zur Heilung geschätzt, von vielen modernen Ärzten jedoch als zu schädlich und gefährlich aus ihren Therapien verbannt.«

»Wie heißt es?«, fragte Ivy, und Franz Leopold konnte sie nur bewundern, wie ruhig sie noch immer blieb. Er hätte das Phantom am liebsten geschüttelt und angeschrien, er solle endlich damit herausrücken. Doch vielleicht war das seine Rache für die ihm entgegengebrachte Feindseligkeit. Er kostete den Moment aus und zog ihn in die Länge.

»Ein interessanter Stoff«, sagte Erik und grinste grimmig. »Schon im Altertum war er bekannt und seine Gewinnung Jahrhunderte vor der Geburt Christi von Thephrastus beschrieben. Die Griechen nannten ihn *hydrargyrum* – Wassersilber, und Paracelsus mischte ihn in seine Salben. Eine Renaissance erlebte er, als die Syphilis, von Spanien herkommend, ihren grausigen Siegeszug durch Europa antrat.«

Alisa schrie auf und schlug sich die Hand vor den Mund. Franz Leopold warf ihr einen erstaunten Blick zu. »Quecksilber!«, flüsterte sie.

Franz Leopold war wider Willen beeindruck. Es gab einfach nichts, über das Alisa nicht Bescheid wusste. Wie machte sie das nur? Schließlich hatte sie nicht wie Ivy schon ein ganzes Jahrhundert Zeit gehabt, sich dieses Wissen anzueignen.

Erik nickte anerkennend. »Ja, das lebendige Silber, so schön und so tückisch! Und wie wir jetzt feststellen müssen, offensichtlich nicht nur für Menschen schädlich.« Wieder hustete er. »Es ist das einzige Metall, das bei normalen Temperaturen flüssig ist. Doch es verdampft sehr leicht zu einem Gas.«

»Farblos, geruchlos und tödlich«, sagte Alisa erschüttert – und plötzlich wusste sie, wie sie es gemacht hatten. Erregung erfasste Alisa. Sie eilte zu Erik und rollte Malcolms Karte auf dem Boden auf, sodass das Areal unter dem Val de Grâce zu sehen war. Franz Leopold und Luciano traten ebenfalls näher. Alisa zeigte auf die Stelle, an der der undefinierte Bereich in feste Linien überging. »Seht ihr. Die Mauer kann nicht sehr dick sein. Und direkt dort hinter dieser Wand ist die Leitung für Druckluft, die die Menschen neu gebaut haben. Ich gehe jede Wette ein, dass sie das Gift über diese Leitung verteilen. Wenn ich damit falschliege, will ich mich nie mehr aus meinem Sarg erheben!«

»Oh, dieser Wunsch kann dir schnell erfüllt werden. Vermutlich musst du deinen Sarg nur ein paar Tage vor diesen Spalt stellen.« Franz Leopold lächelte nicht bei dieser Vorstellung.

Erik beugte sich über die Karte und fuhr mit dem Finger an der Leitung entlang. Sie führte im Bogen um die Höhlen, durchbrach südlich davon eine Wand, verlief noch ein Stück geradeaus und endete dann in einem Symbol unter einem großen Gebäude.

»Das Hôpital Cochin«, sagte er. »Ja, das passt.«

»Von dort stammt das Quecksilber«, ergänzte Alisa aufgeregt. »Sie verdampfen es für die Behandlung der an Syphilis Erkrankten.«

»Und vergiften damit nebenbei noch ein paar Vampire. Wie praktisch«, fuhr Franz Leopold sarkastisch fort.

»Ja, alle Fäden laufen an diesem Ort zusammen«, sprach Ivy weiter. »Wie Malcolm und ich heute erfahren haben, geht der Vampirjäger Carmelo dort jede Nacht ein und aus. Ich gehe jede Wette ein, dass wir im Spital auch Seigneur Thibaut finden – falls sie sich seiner noch nicht entledigt haben.«

»Du meinst, an ihm haben sie die Wirkung des Quecksilbers auf Vampire ausprobiert?«, fragte Alisa sehr leise.

Ivy nickte ernst. »Ja, das glaube ich.« Die beiden wandten sich zu den Pyras um, die sie noch immer vom Höhleneingang aus beobachteten.

»Sollen wir es ihnen sagen?«, fragte Alisa unsicher.

Ivy wiegte den Kopf hin und her. »Ich würde vorschlagen, wir berichten ihnen vom Quecksilber und der Leitung, die es hierherführt. Sollen sie die Maschine, die das Gift einspeist, und die Rohre zerstören. Der Karte nach zu urteilen, finden sie die Maschine in dieser unterirdischen Kammer unter einem der Nebengebäude des Cochin. Und wir sehen derweil nach, ob Seigneur Thibaut tatsächlich noch zu retten ist.«

Sie wandte sich an Erik, dessen Leib sich zusammenkrampfte. Er würgte und hustete. »Und du, lieber Freund, sieh zu, dass du diesen Ort des Todes verlässt. Wir stehen alle in deiner Schuld und danken dir. Geh hinauf in die frische Nachtluft und atme das Gift aus deinen Lungen. Ich hoffe, es wird für deine Gesundheit keine Folgen haben.«

Erik nahm Ivys Hände in die seinen. »Deine Sorge rührt mich. Komm bald wieder. Ich möchte dir meine neuen Kompositionen vorspielen. Du bist in meinen Gemächern stets willkommen.« Er warf einen Seitenblick auf Alisa, die erwartungsvoll näher getreten war. Franz Leopold kam es vor, als würde das Phantom lächeln. »Du und deine Freunde sind willkommen.« Er neigte den Kopf in Alisas Richtung. »So viele Bücher, die darauf warten, ihre Geheimnisse mit einem wissbegierigen Geist zu teilen.«

Geheimnisse über Vampire und einen Clan in Rumänien, den es eigentlich gar nicht mehr geben dürfte, ergänzte Franz Leopold in Gedanken.

✻ ✻ ✻

Latona huschte in die Behandlungskammer mit den Holzkästen und blies die Lampe aus. Atemlos vor Anspannung, drückte sie sich gegen die Tür, die sie einen Spalt weit offen ließ, und starrte in die Finsternis. Sie konnte auf dem Korridor absolut nichts sehen und nur ahnen, wo sich Seigneur Thibaut befand. Hatte er richtig gehört? Bestimmt. Die Sinne eines Vampirs waren schärfer, selbst in seinem Zustand. Doch vielleicht hatte er sich in der Richtung der Schritte getäuscht. Vielleicht kamen sie nicht hier herunter?

Die Hoffnung währte nicht lange. Nun konnte Latona die Stimmen und Schritte ebenfalls hören. Fremde Männer. Aber war nicht einer unter ihnen, der ihr mehr als gut bekannt war? Sie lauschte angestrengt, konnte seine Stimme aber nicht ausmachen. Nun näherten sie sich der Tür. Sie hörte einen Mann erstaunt feststellen, dass nicht abgeschlossen war. Unwillkürlich zuckte ihre Hand nach dem Schlüssel ihres Onkels in ihrer Tasche.

Die Tür wurde geöffnet und ein Lichtschein erhellte den Korridor. Latona presste ihr linkes Auge an den Spalt und sah einige Männer eintreten, doch wo war der Vampir? Da vernahm sie die Stimme, von der sie gehofft hatte, sie hier unten nicht hören zu müssen.

»Passen Sie auf!«, schrie ihr Onkel Carmelo. »Schützen Sie Ihren Hals!«

Ihre Wut war so groß, dass sie die Bewunderung für seine scharfen Sinne überdeckte. Wie konnte er es wagen! Wie konnte er seinen Schwur brechen und einen Vampir einsperren und so quälen?

Sie sah den Körper, der auf die erstaunten Männer zusprang. Das Licht erlosch. Hatten sie überhaupt verstanden, wovor ihr Onkel sie warnte? Sie reagierten nicht. Liefen nicht davon, versuchten nicht, sich zu wehren. Zumindest klang dies nicht nach einem Kampf mehrerer verzweifelter Männer gegen einen Vampir! Dies hörte sich nach einem zu einfachen Mahl für Seigneur Thibaut an. Latona griff mit zitternden Fingern nach der Lampe. Nein, das würde sie nicht zulassen. Hatte er nicht versprochen, nicht anzugreifen? Sie ignorierte die Stimme, die sie daran erinnerte, dass er dieses Versprechen nur seiner Retterin gegenüber abgegeben hatte.

Latona hörte einen Mann stöhnen und roch das vergossene Blut, dann fiel der Leib schwer zu Boden. War der Mann tot? Für einen Moment überschwemmte sie der Gedanke an Vergeltung. Warum sollte sie eingreifen? Sie hatten es verdient! Was konnte sie überhaupt tun?

Ein anderer Mann schrie in höchstem Schmerz auf und verjagte die bösen Geister aus ihrem Kopf. Sie zündete die Lampe an und erleuchtete den Gang. Mit einem Blick erfasste sie den reglosen Mann auf dem Boden, der in einer sich rasch ausbreitenden Blutlache lag, den Vampir, der einen zweiten Mann gepackt hielt, und vier andere Männer, die erstarrt und mit offenen Mündern dastanden. Ihren Onkel sah sie nicht.

Latona stürmte auf den Vampir zu. »Lass ihn sofort los. Du hast es versprochen!«, schrie sie in maßlosem Zorn, der jedes andere Gefühl verdrängte. Sie schlug mit der Faust auf ihn ein, während die andere Hand die Lampe hochhielt, um ihn zu blenden.

Latona war selbst überrascht, dass der Vampir in seinem Blutrausch Notiz von ihr nahm. Er ließ sein Opfer sinken und wandte sich zu Latona um. Sein Gesicht sah grauenhaft aus, blutverschmiert wie es war. In seinem Blick glitzerte der Wahnsinn, doch als er sprach, klang seine nun nicht mehr kratzige Stimme ruhig.

»Ich habe gar nichts versprochen. Erinnere dich! Ich sagte nur, ich würde meiner Befreierin einen Eid abgelegt haben, sie zu verschonen, nicht mehr. Willst du mich wirklich daran hindern, mir meine Kraft von denen zurückzuholen, die sie mir genommen haben?«

Was sollte sie darauf sagen? Latona schwieg und ließ die Faust sinken. Der Mann zappelte unbeachtet im Griff des Vampirs. Eine Blutspur rann aus zwei Löchern in seinem Hals und verschwand in seinem Kragen, der sich von weiß zu rot färbte. Der Vampir achtete weder auf sein Opfer noch auf Latona. Sein Blick fixierte etwas hinter ihrem Rücken. Seine Augen wurden schmal.

Latona fuhr herum. Für einen Moment kreuzte sich ihr Blick mit dem ihres Onkels, der zwei lange, spitze Stangen in den Händen hielt, die gefährlich silbrig im Licht ihrer Lampe schimmerten.

»Onkel Carmelo«, hauchte Latona.

»Gibt es etwas, das ich über ihn wissen müsste?«, fragte Seigneur Thibaut leise.

Latona nickte. »Er ist ein Vampirjäger. Und er ist gut.«

Der Vampir zog eine Grimasse. »So etwas in der Art schwante mir bereits. Mir war klar, zu den Wissenschaftlern gehört er nicht. Er ist ein Jäger. Und für uns wird es nun Zeit zu gehen. Er ließ sein Opfer achtlos zu Boden fallen. Sein Arm schnellte nach vorn und umschloss Latonas Taille. Sie war so entsetzt, dass sie nicht einmal schreien konnte. Der Knoblauch! Warum konnte der verdammte Knoblauch sie nicht schützen?

Seigneur Thibaut schien ihre Gedanken zu lesen, denn er raunte ihr ins Ohr. »Du hast ihn leider verloren.«

Latona erhaschte einen Blick auf den Knoblauchzopf, der nutzlos auf der Schwelle der offenen Tür lag, dann schlug ihr der Vampir die Lampe aus der Hand. Sie zerbrach auf dem Steinboden und erlosch.

»Und nun lass uns zusehen, dass wir diesen ungastlichen Ort verlassen!«

Latonas Füße verloren den Kontakt zum Boden. Er hob sie so mühelos an wie eine Puppe und klemmte sie unter seinen Arm, dass ihr die Luft aus der Lunge gepresst wurde und sie nicht einmal schreien konnte.

»Nein, mein Herr Vampirjäger, heute bekommst du mich nicht«, hörte sie ihn murmeln. Dann spürte sie, wie er einen Körper zur Seite stieß. Der Protestruf ihres Onkels hing noch in der Luft, als sie den Ausgang erreichten und in den erleuchteten Gang dahinter eintauchten. Die schwere Stahltür fiel hinter ihnen ins Schloss, das Verbotsschild rutschte aus seiner Halterung. Und schon waren sie an der Treppe. Der Vampir nahm drei Stufen auf einmal. Erstaunlich. Welche Fähigkeiten er im Vollbesitz seiner körperlichen Kräfte haben mochte, wollte sich Latona lieber nicht ausmalen. Sie musste sich im Augenblick alleine auf das Atmen konzentrieren, denn noch immer presste er sie an sich, als habe er sie in einen Schraubstock gespannt.

Seigneur Thibaut lief einen weiteren Korridor entlang, der auf der einen Seite Fenster besaß, die auf einen Hof hinausgingen. Am Ende war eine Tür, vermutlich verschlossen, aber das konnte den Vampir nicht aufhalten. Er warf sich mit der Schulter dagegen, dass sie splitternd aus dem Rahmen brach. Mit einem riesigen Satz waren sie draußen. Die kalte, feuchte Luft einer Novembernacht hüllte sie ein. Latona kämpfte gegen den Druck auf ihrer Brust und brach in keuchenden Husten aus. Vielleicht bemerkte Seigneur Thibaut erst jetzt, dass er sie beinahe erstickte. Der Druck ließ nach und dann spürte sie Pflastersteine unter ihren Füßen. Sie keuchte und wankte, doch er hielt sie am Oberarm fest, bis sie ihr Gleichgewicht wiedergefunden hatte.

»Wie willst du hier herauskommen?«, stieß sie zwischen den schnappenden Atemzügen hervor. »Die Mauer ist hoch und es gibt einen Wachmann.«

Der Vampir lachte. »Weder Mauern noch Wachmänner sind mir ein Hindernis. Dennoch werden wir einen anderen Weg nehmen.«

»Wir?«, wiederholte Latona zaghaft.

»Ja, wir. Du möchtest diesen ungemütlichen Ort doch sicher auch verlassen? Oder ist es dir lieber, dich dem Wachmann erklären zu müssen und womöglich von ihm festgehalten zu werden?«

Sie wagte nicht zu entgegnen, dass es ihr weniger gefährlich erschien, sich mit einem Wachmann anzulegen als weiter in der Gesellschaft des Vampirs zu verweilen. Da griff er schon nach ihrer Hand und zog sie mit sich. Der Griff kam ihr weniger kraftvoll vor, und auch seine Schritte wirkten nun schleppend, dennoch hätte Latona es vermutlich nicht geschafft, sich loszureißen und davonzulaufen, selbst wenn sie es versucht hätte. Zu ihrem Erstaunen fühlte sie ein Prickeln, das so gar nicht zu ihrer Angst passte. Wohin würde er sie führen? War das etwa Neugier? Sie musste verrückt geworden sein!

Der Griff um ihr Handgelenk lockerte sich, dennoch folgte sie ihm zu dem Gitter in einer dunklen Ecke des Hofs hinüber, durch das bei starkem Regen das Wasser in die Kanalisation abfloss.

»Sollen wir etwa da hinunter?« Nun war sie doch ein wenig entsetzt.

»Aber ja. Fürchtest du um dein Kleid?«

Eher um mein Leben, dachte Latona, sah aber stumm zu, wie er das Gitter mit beiden Händen umfasste und daran ruckte. Es rührte sich nicht. Seine Miene drückte erst Überraschung und dann Wut aus.

»Schwach und hilflos wie ein Menschenkind«, knurrte er.

Na, ganz so würde ich den Vergleich nicht ziehen, dachte Latona. Ihr stand noch deutlich das Bild vor Augen, wie der Vampir den hilflos zappelnden Wissenschaftler aussaugte.

»Bring mir die Eisenstange dort drüben.«

Latona gehorchte. Sie fragte sich, ob das noch ihr eigener Wille war oder ob der Vampir sie mit irgendeinem Bann belegt hatte. Das war nicht normal!

»Bitte.« Sie reichte ihm die Stange. Er schob das eine Ende unter das Gitter und hebelte es mit einer kräftigen Bewegung auf.

»Wir können«, sagte er einladend. Er bemerkte Latonas Zaudern. »Ich sollte wohl vorangehen. Dort unten ist es für deine Augen ein wenig düster.«

Düster? Stockfinster war es, dass sie nicht einmal die Hand vor Augen hätte sehen können!

Der Vampir zog sie hinter sich her.

✽✽✽

Die Tür schlug zu und die Finsternis kehrte mit einem Schlag zurück. Carmelo stand mit den beiden silbernen Stangen in den Händen da und blinzelte verwirrt. Hatte er das gerade richtig gesehen? Der Vampir hatte seine Nichte entführt!

Das konnte nicht sein. Latona war in ihrem Zimmer im Hotel und las in einem der Romane von Zola, Dumas oder Hugo, die sie wie Süßigkeiten verschlang. In zwei der Buchläden an der Rue de Rivoli wurden sie inzwischen wie alte Stammkunden begrüßt und er mit einem Cognac und die junge Dame mit Konfekt verwöhnt. Seine Sinne mussten ihn trügen.

Und doch war dies zweifellos Latonas Stimme gewesen, und er glaubte, auch ihre Gestalt im Schein der Lampe erkannt zu haben, ehe der Vampir sie zu Boden schleuderte. Aber was tat sie hier im Hôpital Cochin? Wie war sie hierhergekommen und warum? Ihre Worte hatten danach geklungen, als wäre sie mit dem Vampir bekannt. Wie zum Teufel konnte seine Nichte einen Pariser Vampir kennengelernt haben?

Carmelo schüttelte fassungslos den Kopf. Er hatte sie unterschätzt und sich zu wenig um sie gekümmert. Sein Ziel, endlich genug Geld zu verdienen, um sich mit ihr irgendwo in England in einem schönen Cottage auf dem Land zur Ruhe setzen zu können, hatte ihn zu sehr in Atem gehalten und den Blick für alles andere getrübt. Dabei hätte er misstrauisch werden müssen. Er kannte seine Nichte inzwischen gut genug, um zu wissen, dass sie neugierig und sehr hartnäckig war. Ihre scheinbare Nachgiebigkeit hätte die Alarmglocken läuten lassen müssen. Hinterher war man immer schlauer.

Die aufgeregten Stimmen der Männer holten ihn aus seinen Ge-

507

danken. Einer fluchte, dann flammte Licht auf. Zwei Gestalten lagen auf dem von Blut nassen Boden. Der eine musste der Chemiker sein. Er lag still und seltsam verdreht da. In seiner Kehle klaffte ein Loch, aus dem nur noch wenig Blut rann. Selbst aus dieser Entfernung konnte Carmelo sehen, dass ihm nicht mehr zu helfen war. Der andere war Viré, der Vater des wissbegierigen Jungen, der ein paar Mal bei ihren Treffen dabei gewesen war. Er wälzte sich stöhnend auf dem Boden, die Hand gegen den Hals gepresst. Zwischen seinen Fingern drang stoßweise hellrotes Blut hervor. Dr. Westphal und der Zoologe beugten sich über ihn, um die Wunde zu begutachten, während der junge Martel die Lampe hielt.

»Die Arterie ist verletzt«, rief Dr. Westphal. »Wir müssen zusehen, dass er nicht noch mehr Blut verliert, und eine Notoperation vorbereiten. Martel, kommen Sie hierher, Girard, nehmen Sie mein Taschentuch und pressen Sie es gegen die Wunde. Ja, so fest wie möglich.«

Carmelo wusste nicht, wie schlecht es um den Mann stand. Doch egal wie es aussah, er konnte ihm nicht helfen. Dafür waren die Ärzte hier im Spital besser geeignet. Seine Aufgabe war eine andere. Er nahm die beiden Stangen in eine Hand, lief zur Tür und riss sie auf. Im Vorbeieilen riss er eine der kleinen Lampen aus ihrer Halterung und rannte die Treppe hinauf. Wo war der Vampir hingelaufen? Sicher nach draußen. Carmelo hastete den Gang entlang, bis er die aufgebrochene Tür sah. Er war auf dem richtigen Weg. Der Jäger stürzte auf den nächtlichen Hof hinaus und sah sich um. Halb hoffte er, Latona irgendwo zu entdecken, halb fürchtete er, in was für einem Zustand er sie vorfinden könnte. Was hatte der Vampir mit ihr vor? Hielt er sie als Geisel, um unbehelligt das ummauerte Gelände des Hospitals zu verlassen? Dies war nicht das Bagno! Und Carmelo zweifelte, ob selbst die Sicherheitsvorkehrungen einer Strafanstalt einen Vampir aufhalten konnten. Wozu hatte er sie dann mitgenommen? Um sich unterwegs an ihrem Blut zu stärken? Oder um sich für allen Schmerz, der ihm angetan worden war, zu rächen? Wusste er, dass Latona seine Nichte war?

Carmelo spürte, wie seine Kehle eng wurde. Oder nahm er sie gar mit, um sie zu einer der Ihren zu machen? Bei diesem Gedanken wurde ihm schlecht. Doch die Reue kam zu spät. Er hatte den Schwur gebrochen. Latona hatte ihn viele Dutzend Male an sein Versprechen erinnert und ihn gewarnt, nicht leichtfertig damit umzugehen. Nun musste sie für sein Vergehen bezahlen.

Die Gedanken schwirrten ihm durch den Kopf, während er den Hof nach einem Hinweis absuchte, wohin der Vampir seine Nichte entführt hatte.

Denk nach!, befahl er sich. Wohin wird er fliehen? In die Dunkelheit. In den Schutz seiner Welt. Da entdeckte er das herausgebrochene Gitter, das in die Abwasserkanäle hinunterführte. Carmelo überlegte nicht lange und kletterte den Schacht hinunter, bis er den Grund des schmalen, überwölbten Ganges erreichte, über dessen Boden das Schmutzwasser aus der Klinik dem großen Sammler und dann der Seine zufloss. Er lauschte, konnte aber außer dem Glucksen des Wassers nichts hören. Rasch folgte er dem Gang, bis er sich das erste Mal verzweigte. Carmelo fluchte. Welche Chance hatte er, Latona in diesem Labyrinth rechtzeitig zu finden? Dies war die Welt der Vampire. Und sie hatten alle Vorteile auf ihrer Seite. Ratlos ließ er den Lichtschein schweifen. Durch den rechten Kanal floss das Wasser weiter. Der linke stieg ein wenig an und war, bis auf ein kleines Rinnsal, trocken. Noch einmal sah er in beide Kanäle. Wohin würde er sie bringen? Da entdeckte er im linken Gang einen nassen Fußabdruck. Hier entlang! Carmelo nahm die Verfolgung auf. Er hörte ihre Schritte.

✳ ✳ ✳

In Latonas Ohren begann es zu rauschen. Rasch verlor sie jede Orientierung. Sie spürte zwar, dass er ab und zu die Richtung änderte, konnte aber nicht sagen, ob sie nun nach Norden, Süden, Osten oder weiterhin nach Westen gingen. Zuerst waren sie einem Abwasserkanal gefolgt. Das hatte sie deutlich riechen können, doch dann waren sie ein Stockwerk tiefer geklettert. Der Boden wurde trocken und es roch nur noch nach feuchtem Fels. Mal hörte sie Wasser tropfen, dann umwehte sie ein Luftzug. Der Vampir hielt nicht an, doch er schwankte nun wieder stärker. Sie spürte ihn zittern. Was würde er machen, wenn seine Kräfte ihn weiter verließen? Würde er sich der Quelle an jungem, stärkendem Blut bedienen, die er noch immer an der Hand hinter sich herzog? Die Angst bäumte sich wie ein Ungeheuer in ihr auf. Sie schalt sich und versuchte, das Gefühl der Panik zu unterdrücken, aber es gelang ihr nicht. Wenn sie wenigstens etwas hätte sehen können! Die absolute Finsternis raubte ihr den letzten Rest an Selbstbeherrschung. Latona spürte, wie sie am ganzen Körper zu beben begann. Wie konnte sie hoffen, dass er es nicht bemerkte? War nicht die Angst des Opfers genau das, was das Raubtier zum Angriff reizte?

Unvermittelt blieb der Vampir stehen, sodass Latona gegen ihn prallte. Er taumelte. War er schon so schwach, dass sie sich losreißen konnte?

Er kicherte leise. »Ah, ich fühle es, dein Mut kehrt zurück und mit ihm deine Kämpfernatur. Ich gebe zu, der Angstschweiß hat mir nicht wenig Appetit gemacht, aber nun sei ganz ruhig. Hörst du das? Es müsste deine Hoffnung beflügeln.«

Er schwieg, und Latona hielt den Atem an, um zu lauschen. Was meinte er? Ein fernes Knacken und Rascheln, Wassertropfen, ein säuselnder Luftzug. Dann hörte sie es. Schritte. Eilige Schritte, die plötzlich verstummten. Ein unterdrücktes Gemurmel. Ein Fluch? War dort in der Ferne nicht auch ein Lichtschein zu ahnen?

»Er weiß nicht, welchem Gang er folgen soll, nun da er deine Schritte nicht mehr hören kann«, flüsterte der Vampir ihr zu.

Wer war *er*? Onkel Carmelo, der die Verfolgung durch die Unterwelt aufgenommen hatte? Das traute sie ihm zu. Er kam, um sie zu retten! Er kam, um den Vampir an ihrer Seite zu vernichten, der ihr nichts getan hatte – bisher jedenfalls noch nicht. Ihr Kopf begann zu dröhnen. Was sollte sie tun? Sie hatte den Vampir aus seiner qualvollen Gefangenschaft befreit. Wollte sie, dass Carmelos Klinge ihn nun vernichtete? Doch was würde mit ihr geschehen, wenn sie zuließ, dass er sie noch tiefer in seine unterirdische Welt der Dunkelheit zerrte? Wäre das ihr Tod oder gar der Beginn eines ruhelosen Daseins in Ewigkeit?

Malcolm, schoss es durch ihren Kopf. Dann wäre sie Malcolm ebenbürtig. Sie würde mit ihm gehen und seine Nächte mit ihm teilen, für immer. Warum dann die Angst? Was, wenn er sie einfach tötete und ihren Körper hier zurückließ? Dann war alles verloren.

Ehe sie über die Folgen nachdachte, entschlüpfte ihren Lippen ein Klagelaut. Nicht sehr laut, doch ihr Verfolger schien ihn gehört zu haben. Seine Füße setzten ihren Weg fort. Der Vampir ließ das Mädchen los. Er stieß ein Geräusch aus, das eher resignierend denn wütend klang. Seigneur Thibaut taumelte gegen die Wand zurück. Ein seltsames Knacken ertönte wie das Brechen eines tönernen Kruges. Etwas fiel zu Boden. Der Lichtschein, den Latona bisher nur hatte erahnen können, kam in Begleitung rascher Schritte näher und trieb die Dunkelheit zurück. Latona riss die Augen auf. Sie erkannte eine große, kammerartige Kaverne, die sich über breite Gänge in drei Richtungen fortsetzte, doch die Wände waren weder von natürlichem Fels noch waren sie gemauert. Da war etwas aufgestapelt. Vom Boden bis fast zur Decke und bis in die Gänge weit jenseits des Lichtscheins. Latona kniff die Augen zusammen. Ihre verwirrte Fantasie musste ihr einen Streich spielen. Das konnte nicht sein. Sie sah einige Ratten um Seigneur Thibauts Füße wuseln, doch sie waren es nicht, die das Entsetzen in ihr hervorriefen. Es war der Gegenstand zu Seigneur Thibauts Füßen: ein menschlicher Schädel. Kein Zweifel. Überall stapelten sich weitere Schädel und Abertausende von Knochen. Vor ihrem inneren Auge fügte sich eine grausige Szenerie zusammen. Dutzende Vampire, die einen Festschmaus hielten und die menschlichen Leichen entlang der Wände aufstapelten. Latona wankte zurück, stieß mit dem Rücken gegen einen der Stapel und fand sich in einem Hagel von Knochen wieder. Schützend riss sie die Arme hoch, kniff die Augen zusammen und schrie, dass es ihr in den Ohren gellte.

MALCOLM UND LATONA

Ivy, Alisa, Franz Leopold und Luciano warteten, bis die Pyras in dem Gang verschwunden waren, dessen Stützmauer den direkten Weg nach Süden versperrte. Sie mussten das Hindernis im Osten umrunden. Mit Äxten und schweren Stangen bewaffnet, waren sie wild entschlossen, das tödliche Menschenwerk zu zerstören. Diese Maschinen würden kein Gift mehr erzeugen. Und diese Rohre keine Quecksilberdämpfe mehr in ihre Höhlen leiten.

»Gehen wir«, schlug Luciano vor, als die Meute aufgebrachter Pyras verschwunden war. Den Erben hatten sie befohlen, in der Haupthalle zu bleiben, obwohl Alisa empört darauf hinwies, dass sie die Lösung des schrecklichen Rätsels ihnen zu verdanken hatten.

»Das ist nichts für Kinder«, hatte Seigneur Lucien geknurrt.

»Kinder!«, fauchte Luciano. »Wer hat in Rom die Verschwörung um die Männer mit der roten Maske aufgedeckt? Und in Irland? Was war in Irland?«

Franz Leopold wies ihn auf die Sinnlosigkeit hin, seine Fragen in den verlassenen Höhlengang zu schleudern.

Trotzig verschränkte Luciano die Arme vor der Brust. »Wir werden nicht hier herumsitzen, bis sie zurückkommen!«

»Nein, das werden wir nicht«, stimmte ihm Ivy beinahe heiter zu. »Wir werden im Spital nachsehen, ob Seigneur Thibaut noch zu retten ist.«

»Gehen wir«, sagte Luciano, aber Ivy hielt ihn zurück.

»Nicht in diese Richtung. Wir können sie nicht unbemerkt überholen. Und wenn sie erst einmal dabei sind, die Maschine zu zerstören, kommen wir nicht an ihnen vorbei in die Kellerräume des Spitals.«

»Und wenn wir das schmale Loch nutzen, das die Menschen in die Mauer geschlagen haben, als sie die Rohrleitung bauten?«, schlug

Alisa vor. »Es ist eine Abkürzung, die uns direkt auf die Südseite der Mauer führt. Dann sind wir vor ihnen da. Als Ratten müssten wir hindurchpassen. Franz Leopold und ich können uns wandeln, wenn wir unsere Kräfte verbinden. Und wenn du Luciano hilfst?«

Ivy schüttelte den Kopf. »Das wäre kein Problem, aber was ist mit Seymour? Ich will ihn nicht noch einmal zurücklassen.« Franz Leopold brummte missmutig, Alisa stieß einen Seufzer aus, aber keiner widersprach.

»Also, dann nehmen wir den Weg, der unter dem Observatorium hindurchführt«, sagte Alisa und strebte bereits auf den Ausgang zu, der sie in westlicher Richtung um die Mauer herumführen würde. Sobald sie außer Sichtweite waren, begannen sie zu laufen. Seymour hetzte ihnen voraus. Er kannte den Weg. Hinter ihm kamen Ivy und Franz Leopold, der sich seinen Degen umgegürtet hatte, und mit einigem Abstand Luciano. Alisa ließ sich absichtlich ein wenig zurückfallen. Sie hielt an, als die anderen um die nächste Ecke bogen, und folgte ihnen dann wieder, die Stirn in nachdenkliche Falten gelegt.

»Alisa, wo bleibst du?«, rief Franz Leopold ungeduldig.

Ivys Frage klang besorgt. »Fühlst du dich nicht wohl? Hast du zu viel Quecksilber eingeatmet? Sollen wir langsamer laufen?«

»Nicht nötig«, gab Alisa zurück, die rasch wieder aufholte. Die Stirn noch immer gerunzelt.

»Was ist?«, fragte Ivy, der wieder einmal nichts entging.

»Ich dachte, ich hätte hinter uns Schritte gehört, aber ich habe mich wohl geirrt«, log Alisa.

Schneller, als sie gedacht hatten, erreichten sie den tiefen Schacht, der unter dem Observatorium scheinbar bodenlos in die Tiefe führte. Franz Leopold hatte die Galerie schon umrundet und den Gang, der sie nach Osten zum Spital bringen würde, erreicht, als er unvermittelt stehen blieb und prüfend die Luft einsog.

»Was ist?«, wollte Alisa wissen und schnupperte ebenfalls. Sie öffnete tonlos den Mund.

Es war Ivy, die den Namen aussprach. »Latona!«

»Und sie war nicht alleine«, ergänzte Franz Leopold. »Ein Pyras, dessen Geruch annähernd dem von Seigneur Lucien gleicht, war bei ihr.«

»Wie ist das möglich?«, hauchte Alisa.

»Sie hat vor uns gefunden, was wir zu suchen gekommen sind!«, sagte Ivy.

»Du meinst, sie hat ihn befreit?«, fragte Alisa.

»Das glaube ich weniger«, widersprach Franz Leopold. »Kommt hierher und sagt mir, ob euch nicht auch dieser Geruch verdammt vertraut vorkommt!«

Die drei folgten seinem Ruf und nahmen die Witterung auf. Sie sahen einander ernst an.

»Von wegen, sie ist gekommen, ihn zu retten«, meinte Franz Leopold verächtlich. »Sie wusste von Anfang an, wo sie ihn gefangen halten. Sie arbeitet wieder mit dem Vampirjäger zusammen, und nun, da sie fürchten mussten, wir seien ihnen auf die Spur gekommen, schaffen sie Seigneur Thibaut in ein anderes Versteck.«

Ivy schüttelte irritiert den Kopf. »Das ergibt keinen Sinn. Woher sollten sie wissen, dass wir ihnen auf die Schliche gekommen sind, und warum wählen sie ausgerechnet das Revier der Vampire, um ihn fortzubringen? Sie müssen doch damit rechnen, dass sie hier unten am ehesten aufgespürt werden.«

Luciano hob die Achseln. »Was erwartest du. Es sind nur einfältige Menschen. Du darfst von ihnen keine zu großen geistigen Leistungen erwarten.«

Ivy schüttelte noch immer den Kopf. »Carmelo ist nicht dumm, das hat er in Rom bewiesen. Nein, irgendetwas übersehen wir.«

»Egal was, wir werden es nicht ergründen, wenn wir hier weiter herumstehen. Sehen wir zu, dass wir sie einholen!«

Sie folgten Franz Leopolds Vorschlag, umrundeten die Galerie und bogen in den Gang ein, der erst nach Süden und dann nach Westen verlief.

»Ich weiß, wohin dieser Weg führt«, keuchte Luciano. »Hier waren wir bei unserer ersten Führung mit Joanne und Fernand.«

»Das ist richtig«, stellte Alisa fest. »Hier geht es zu den Katakomben.«

Ivy sagte nichts und folgte Seymour, der den Torbogen bereits erreicht hatte, der sie in den Höhlentrakt der Katakomben führte. Ein Schrei ertönte. Ein hoher, lang gezogener Ton voller Angst. Die vier fuhren zurück.

»Was ist das?«, keuchte Luciano, der schon wieder außer Atem war. »Sind heute Nacht wieder Führungen?«

»So schreit niemand, der sich vor den Schädeln graust«, widersprach Alisa. »Dies ist ein Schrei in Todesangst.«

Sie begegnete Ivys Blick und beide rannten wie auf ein unsichtbares Kommando wieder los. Nun verstummte die Frauenstimme und stattdessen brüllte ein Mann. Ein sehr zorniger Mann, der den jungen Vampiren wohl bekannt war: der Vampirjäger Carmelo.

»Dieses Mal kommt er nicht davon!«, rief Luciano und ballte die Fäuste. »Er hat seinen Schwur gebrochen und sein Recht zu leben damit verwirkt.«

Franz Leopold zog im Laufen seinen Degen. »Und seine Nichte ebenfalls, die falsche Schlange, die sich an Malcolm herangemacht hat.« Seymour jaulte. Die beiden Vampirinnen schwiegen, liefen aber noch schneller. Der ferne Schein der Lampe wies ihnen bereits den Weg.

***

»Rühr dich nicht von der Stelle«, sagte Carmelo mit beherrschter Stimme. »Du bist jetzt in Sicherheit.«

Nur der ein wenig gepresste Tonfall verriet, dass er durch die dunklen Gänge hinter ihnen hergerannt war. Er stellte seine Lampe nahe einer der Schädelwände ab, sodass die schaurige Kulisse, aber auch Latona und Seigneur Thibaut vom Lichtschein erfasst wurden. Ohne den Vampir aus den Augen zu lassen, wechselte Carmelo eine der beiden silbernen Stangen in die linke Hand. Langsam trat er näher. Seigneur Thibaut lehnte noch immer an der Wand aus Schädeln, ein paar Ratten zu seinen Füßen. Sein Gesicht war zu einer Grimasse verzerrt. Er sah nicht aus, als würde er fliehen oder sich wehren können. Nein, er wirkte eher, als würden seine Beine ihm jeden Moment den Dienst versagen und seinen zitternden Körper zu Boden sacken lassen.

»Ja, sieh mich an, Vampir«, zischte Carmelo. »Du selbst hast dein Ende besiegelt! Du hättest dich nicht an meiner Nichte vergreifen sollen.«

Der Vampir lachte leise. »Was ich an euch Menschen schon immer verwunderlich fand, ist, wie blind ihr nicht nur mit den Augen seid.«

Carmelo hob die beiden Spitzen und richtete sie auf die Brust des Vampirs.

»Nein!«, kreischte Latona. »Das darfst du nicht. Er hat dir nichts getan.«

»Bleib, wo du bist!«, rief Carmelo, doch er hielt kurz inne und warf seiner Nichte einen besorgten Blick zu.

»Lass ihn in Ruhe!«, schrie Latona.

In Carmelos Miene trat Wut. »Was hat er dir getan?«

Endlich fiel die Lähmung von Latona ab und sie stürzte nach vorn. Zwischen den Vampir und die zum vernichtenden Stoß erhobenen Silberspitzen. »Was er mir getan hat? Nichts! Frage dich stattdessen, was ihr ihm angetan habt!« Tränen rannen ihr über die Wangen.

Carmelo starrte sie fassungslos an. Seine Stimme klang nun weich. »Latona, er ist ein Vampir! Nacht für Nacht hat er unschuldigen Menschen das Blut ausgesaugt. Er ist ein heimtückischer Mörder. Er ist das Böse, das wir vernichten müssen. Geh zur Seite!«

»Du hast es in Rom geschworen!«, rief sie nur und rührte sich nicht vom Fleck.

Nun wirkte ihr Onkel ärgerlich. »Kann man einem untoten Wesen einen Schwur leisten? Das hat nichts zu bedeuten! Und nun lass es uns zu Ende bringen.«

Ehe Latona begriff, was er vorhatte, sprang er auf sie zu und stieß sie unsanft zur Seite, sodass sie taumelte und gegen einen pyramidenförmigen Stapel von Oberschenkelknochen fiel. Mit Getöse löste sich die akribische Ordnung zu einem chaotischen Haufen auf und begrub das Mädchen unter sich. Latona schrie und versuchte, sich zu befreien. Als Carmelo sah, dass ihr nichts geschehen war, drang er wieder auf den Vampir ein, der sich noch immer nicht von der Stelle gerührt hatte.

»Es ist zu Ende!«, sagte Carmelo und hob die Stangen zum Stoß.

»Die Frage ist nur, für wen!«

Bevor Carmelo sich fragen konnte, woher die fremde Stimme kam, traf ihn etwas Schweres und schleuderte ihn zur Seite. Eine der Stangen wurde ihm aus den Händen gerissen und rollte klappernd davon. Aus den Augenwinkeln erhaschte Carmelo ein großes weißes Tier. Ein Wolf? Sein nächster Blick erfasste vier schattenhafte Gestalten, die so schnell auf ihn zukamen, dass er sie erst erkennen konnte, als sie innehielten und sich zwischen ihm und dem nun auf dem Boden zusammengesunkenen Vampir aufbauten. Diese Gestalten kannte er. Die beiden Jungen und die beiden Mädchen. Der weiße Wolf. – Rom!

Carmelo klappte stumm den Mund auf und auch Latona schwieg.

* * *

Franz Leopold zog seinen Degen, noch ehe sie in den Lichtschein sprangen, der die Katakombe erhellte. Es sah den Pyras zusammengesunken am Boden kauern und das Mädchen, halb unter einem Berg von Knochen begraben. Der Vampirjäger hielt zwei silberne Spieße in den Händen, zum vernichtenden Stoß erhoben. Mit Latona konnte er sich später befassen. Carmelo hieß die unmittelbare Gefahr.

Franz Leopold schnellte in einem riesigen Satz nach vorn und schaffte es, die beiden Stangen im Stoß zur Seite zu reißen. Eine entfiel Carmelos Hand und rollte bis zur Wand. Der Dracas wirbelte herum, um ihn vollends zu entwaffnen, doch zu seinem Erstaunen hatte der Vampirjäger bereits sein Gleichgewicht wiedergefunden. Die Klinge des Degens traf auf den Silberstab. Das Klirren hallte in den Ohren. Franz Leopold sprang zurück und griff ein zweites Mal an. Wieder wurde sein Hieb pariert. Für einen Menschen focht Carmelo erstaunlich gut. Franz Leopold versuchte es mit einer Finte, doch sein Gegner kam ihm zuvor.

Ah, das würde ein spannender Kampf werden. Warum nicht. Es konnte nicht schaden, ein wenig Spaß bei der Sache zu haben. Franz Leopold tänzelte um ihn herum und tauschte mit ihm eine immer schneller werdende Folge von Schlägen aus.

»Latona, wirf mir den zweiten Stab zu!«, rief Carmelo.

Seine Nichte hatte sich inzwischen aus dem Knochenhaufen befreit und sprang auf den Stab zu, der nur wenige Schritte neben ihr gelandet war. Sie hob ihn auf und sah zögernd zu ihrem Onkel herüber.

»Wirf ihn her. Mach schon!« Sie rührte sich nicht.

Da legten sich zwei Hände um ihren Hals. »Das würde ich lieber nicht tun«, säuselte eine Stimme in Italienisch. Sie erstarrte und leistete keinen Widerstand, als Luciano ihr die Waffe abnahm. Die Hände hatten sich zwar von ihrem Hals gelöst, doch nun stand der Nosferas mit erhobenem Spieß vor ihr. Die silberne Spitze drückte auf ihre Brust.

»Du hast den Tod verdient«, erklärte Luciano. »Wir Nosferas haben euch eine zweite Chance gegeben, obwohl eure Verbrechen in Rom euer Blut verlangt hätten. Wir aber waren großzügig. Und was macht ihr? Ihr brecht euren Schwur und kommt nach Paris, um wieder Jagd auf Vampire zu machen! Sag selbst, wie anders als mit deinem Tod kannst du diese Schuld begleichen?«

Latona öffnete nur tonlos den Mund und schloss ihn wieder. Luciano verstärkte den Druck auf ihre Brust. Ein kleiner roter Fleck färbte ihr Kleid und begann, sich auf dem hellen Stoff auszubreiten.

»Sprich! Erkennst du deine Schuld an?«

Doch sie starrte nur auf den Kampf zwischen ihrem Onkel und Franz Leopold. Der Atem des Vampirjägers ging nun schneller. Er begann zu keuchen. Seine Bewegungen wurden langsamer, und alle konnten sehen, dass sich das Gefecht dem Ende näherte. Ein Ende, das vermutlich selbst Carmelo voraussah.

Der Vampirjäger wich zurück. Franz Leopold sprang vor und stieß in dem Moment zu, als Carmelos Stiefel auf einen der verstreuten Oberschenkelknochen trat. Um das Gleichgewicht nicht zu verlieren, warf er sich nach vorn und erstarrte dann mitten in der Bewegung. Fast ungläubig sah er auf den Degen hinab, der nun tief in seiner Brust steckte. So tief, dass die Spitze am Rücken wieder austrat. Carmelo gab keinen Laut von sich, als er auf die Knie fiel. Dafür hatte Latona ihre Stimme wiedergefunden und schrie vor Entsetzen auf. Franz Leopold blickte den Jäger mit unbewegter Miene an. Dann zog er den Degen mit einem Ruck heraus. Blut strömte aus den beiden Wunden und färbte den Rock rot. Carmelo wandte den Kopf und sah zu seiner Nichte.

»Es tut mir leid«, sagte er mühsam. »Ich habe deinen Eltern versprochen, dich zu beschützen und dir ein gutes Leben zu bieten. Ich habe versagt. Es tut mir leid.« Dann fiel er zur Seite. Latonas Schrei wurde zu einem Schluchzen.

»So, und nun zu dir.« Lucianos Stimme klang grimmig entschlossen. Ivy und Alisa hoben beschwichtigend die Hände, doch ehe sie ihm Einhalt gebieten konnten, schoss ein Schatten aus dem Gang, durch den sie gekommen waren, und riss Luciano samt seiner Waffe zu Boden.

»Malcolm!«, rief Latona.

»Du hast kein Recht, sie zu töten!«, herrschte der Vyrad Luciano an. »Sie hat von all dem nichts gewusst. Sie ist nicht für den Wortbruch ihres Onkels verantwortlich.«

Luciano rappelte sich auf, doch ehe er wieder nach dem Stab greifen konnte, hatte Malcolm Latona an sich gezogen. »Halte dich fest!« Sie schlang die Arme um seinen Nacken und schon war er mit ihr im nächsten Gang verschwunden.

»Hinterher!«, rief Luciano erbost und schwang den Silberstab.

»Ja, so leicht lassen wir sie nicht entkommen«, war auch Franz Leopolds Meinung.

Ivy griff nach seinem Arm. »Hört ihr das?«

Auch Alisa, die neben dem Clanführer kniete, hob lauschend den Kopf. »Was ist das?«

»Es müssen die Pyras sein, die ihr Werk der Zerstörung beendet haben«, vermutete Ivy und schickte Seymour zu ihnen, um sie zu holen.

»Ich hoffe nur, für Seigneur Thibaut ist es nicht zu spät«, sagte Alisa. »Er hat das Bewusstsein verloren.«

»Er braucht dringend frisches Blut, das nicht von Quecksilber verseucht ist«, meinte Ivy, die zu ihr geeilt war.

»Dann holen wir die Vampirjägerin zurück!«, schlug Luciano mit grimmiger Miene vor.

»Nein, das dauert zu lange. Carmelos Blut tut es auch«, widersprach Franz Leopold. »Rasch! Er ist noch nicht tot.«

Der Dracas schleppte den Sterbenden zu Seigneur Thibaut und schüttelte den Pyras, bis der zuckte und leise stöhnte.

»Ihr müsst Euch stärken«, beschwor ihn Ivy.

Der Geruch des vergossenen Blutes war stark genug, seine Instinkte zu leiten, auch wenn er noch nicht ganz bei sich war. Er versenkte seine Zähne in den Hals des Vampirjägers und trank in gierigen Zügen. Ivy entzog ihm den Körper, ehe Carmelos letzter Herzschlag verklang.

Nun war er tot. Der Jäger, der so viele Vampire vernichtet hatte. Seigneur Thibaut jedoch schlug die Augen auf und erhob sich mit Alisas und Ivys Hilfe.

So empfing er seine Pyras, die Seymour wenige Augenblicke später in die Kaverne folgten und ihren Clanführer umringten. Seigneur Lucien trat vor und legte ihm die Hand auf die Schulter.

»Willkommen zurück, Bruder«, sagte er in feierlichem Ernst. Dann umarmte er ihn, dass seine Rippen knackten.

***

Bram Stoker blieb stehen und drehte sich um seine Achse. Frustriert hob er die Arme und ließ sie wieder fallen. Natürlich waren die beiden Vampire längst verschwunden, als er das Hotel verließ. So eilte er zum Hôpital Cochin. Der Wächter am Eingang zum Spital wollte ihn nicht passieren lassen und wurde immer misstrauischer, je mehr Fragen der Fremde über ein Mädchen, das nicht hierhergehörte, und seltsame Forschungen stellte.

Bram hatte es völlig falsch begonnen. Wäre er hingegangen und hätte sich als Patient ausgegeben, hätte der Wächter ihm das Tor vermutlich geöffnet. Diese Einsicht kam zu spät. Das Misstrauen des Wachmannes war geweckt und nun würde ihn nichts mehr überzeugen. Nein, es war sogar zu befürchten, würde er weitere Ausreden vorbringen, könnte es mit den Gendarmen zu tun bekommen.

Was nun? Missmutig sah er sich auf der Straße um, die nun wie ausgestorben unter dem Nachthimmel lag. Weder von Latona noch von den Vampiren war eine Spur zu entdecken. Bram umrundete die Gebäude, deren Mauern das Spital lückenlos von der Außenwelt trennten. Einmal glaubte er, ferne Rufe zu hören und eilige Schritte, doch dann war alles wieder dunkel und still. Er sah zur Kuppel des Observatoriums hinüber, die sich blass vor dem Nachthimmel abhob. Mit einem Fluch stieß Bram den Degenstock aufs Straßenpflaster. Er hatte es vermasselt! Was blieb ihm nun noch für eine Chance? Resigniert hob er die Schultern. Was sollte er jetzt tun? Er beschloss, zu Latonas Hotel zurückzugehen und auf sie zu warten. Er würde sie zur Rede stellen und ihr klarmachen, dass diese Unternehmungen für ein Mädchen alleine zu gefährlich waren und sie besser daran tat, seine Begleitung anzunehmen. Wenn es dafür nicht schon zu spät war. Wenn sie diese Nacht überhaupt heil überstand. Wieder schalt er sich, so lange gewartet zu haben.

Weder die Vorwürfe noch Reue oder Wut änderten etwas an der Tatsache, dass er hier alleine auf nächtlicher Straße vor dem Spital stand und keine Ahnung hatte, wo Latona oder die Vampire jetzt waren und was gerade vor sich ging.

So kraftvoll und eilig Bram noch vor einer Stunde dem Hôpital Cochin entgegengestrebt war, so unentschlossen war sein Schritt, als er nun auf dem Rückweg die Mauer umrundete, die den Park umgab, in dessen Mitte das Observatorium aufragte. Er fühlte sich fast wie ein alter Mann, blieb immer wieder stehen, sah unschlüssig durch das Gitter am Tor auf die von bräunlichen Blättern bedeckten Rasenflächen und die nun schon fast völlig entlaubten Bäume, ehe er weiterging. Er näherte sich gerade der Kreuzung der drei südlichen Boulevards, als er unvermittelt stehen blieb. Bram Stoker blinzelte verwirrt. Er vernahm ein metallenes Geräusch, das vom noch glänzend neuen Bronzelöwen zu Ehren Colonel Denfert-Rochereau kam, dem heldenhaften Verteidiger der Stadt Belfort gegen die Deutschen, der sich jetzt mitten auf dem Knotenpunkt der Straßen erhob. Zwei Gestalten schienen mitten aus dem Boden zu wachsen.

Narrten ihn seine Sinne? Flackerten die Gaslaternen und gaukelten ihm Trugbilder vor? Dann hörte er ihre Stimme und ein nervöses Lachen. Eine tiefere Stimme antwortete. Der größere Schatten griff nach ihrer Hand und sie huschten über die leere Straße in Richtung St Germain de Près.

Bram Stoker konnte es nicht glauben, doch wenn seine Sinne ihn nicht narrten, dann waren gerade Malcolm und Latona aus dem Nichts vor ihm aufgetaucht. Ober besser gesagt, aus der Finsternis des unterirdischen Paris, das die Stadt in der Tiefe durchzog.

Bram Stoker zögerte nicht. Er nahm die Verfolgung auf. Es war nicht schwierig. Malcolm war zwar sicher ein flinker Läufer, aber Latona stolperte und strauchelte an seiner Hand neben ihm her. Bram hörte, wie Malcolm sie zur Eile antrieb.

»Ich kann nicht schneller!«, jammerte das Mädchen und stolperte wieder. Wurden sie verfolgt? Bram sah hektisch zur Kreuzung zurück, konnte aber nichts erkennen. Offensichtlich fürchtete Malcolm Ähnliches, denn auch er wandte sich plötzlich um. Bram presste sich in einen Hauseingang, war sich aber nicht sicher, ob der Vampir ihn nicht dennoch gesehen hatte. Als er wieder um die Ecke zu blicken wagte, sah er gerade noch, wie sich Malcolm bückte und Latona wie ein Kind in seine Arme hob. Und schon waren sie verschwunden. Bram schüttelte ungläubig den Kopf. Es war nur noch ein kurzes Huschen, ein Schatten, der wie ein Blatt vom Sturmwind getragen davonstob. Dann lag die Straße ausgestorben vor ihm. Es lohnte nicht einmal der Versuch, ihnen nachzulaufen. Woher sollte er wissen, wohin der Vampir das Mädchen brachte? Langsam ging er weiter. Erst als er an der nächsten Ecke abbog, fiel ihm auf, dass er noch immer auf dem Weg zu Latonas Hotel war. Bram blieb abrupt stehen.

Und wenn nun dies auch das Ziel der beiden war? Warum nicht? Es hatte so auf ihn gewirkt, als würde Malcolm mit ihr vor irgendwelchen Verfolgern fliehen. Lag es da nicht nahe, zu ihrem Zimmer zurückzukehren? Vielleicht sogar um die Stadt anschließend zu verlassen?

Bram lief los. Plötzlich hatte er das Gefühl, er dürfe keinen Augenblick mehr verschwenden. Seine ledernen Sohlen klatschten im schnellen Takt auf das Pflaster, der Stockdegen schwang in seiner Hand. Sein Atem wurde schneller, und er fühlte, wie sein Herz heftig in der Brust schlug, aber er ließ nicht nach, bis er die hell erleuchteten Fenster des Hotels vor sich auftauchen sah.

***

Erst als sie den Hintereingang des Hotels erreichten, verlangsamte Malcolm seinen Schritt und blieb dann stehen.

»Du kannst mich jetzt wieder herunterlassen«, piepste Latona mit unnatürlich hoher Stimme.

Malcolm lachte ein wenig verlegen. »Oh ja, natürlich.« Behutsam stellte er sie auf das Pflaster. »Du solltest in dein Zimmer gehen und deine Sachen packen. Ich bringe dich dann zum Bahnhof.«

»Wohin soll ich denn gehen?«, fragte Latona ratlos. »Jetzt da mein Onkel tot ist, habe ich niemanden mehr auf der Welt.«

Malcolm schob sie sanft vor sich her die schmale Dienstbotentreppe hinauf. Er lauschte, konnte aber keine menschlichen Schritte in der Nähe vernehmen. »Und dennoch musst du Paris so schnell wie möglich verlassen. Sonst werden sie dich töten. Sie sind davon überzeugt, dass auch du schuldig bist.«

»Ich habe nichts getan!«, empörte sich Latona. »Ich wusste nicht, was mein Onkel treibt, und als ich es herausfand, habe ich Seigneur Thibaut befreit!«

»Ich glaube dir, aber ich bezweifle, dass es die anderen tun werden. Und der Seigneur sah nicht so aus, als ob er noch einmal die Stimme erheben und seine Retterin verteidigen könnte. Ihr Zorn wird wild und unbeherrscht sein, wenn sich ihr Clanführer nicht wieder regeneriert. Und ich fürchte, Rache ist ihnen wichtiger als die Wahrheit.«

Mit zitternden Fingern schloss Latona die Tür auf und trat in den Salon, den sie gemeinsam mit ihrem Onkel genutzt hatte. Malcolm spürte, wie Trauer und Verzweiflung sie überkamen, als ihr Blick über die achtlos verstreuten Kleidungsstücke und anderen Habseligkeiten ihres Onkels schweifte. Sie musste ihn geliebt oder zumindest an seiner Gesellschaft gehangen haben.

Latona sah Malcolm unter Tränen an. »Er war kein schlechter Mensch. Er hat mich aufgenommen, als meine Eltern vom Fieber geholt wurden, und mich eine gute Schule besuchen lassen. Er hat sich stets um mich gekümmert und wollte uns eine sorgenfreie Zukunft ermöglichen. Er war nicht reich. Er musste das Geld, das wir dafür brauchten, verdienen. Carmelo war nur ein pflichtbewusster Mann mit strengen Prinzipien, der es gewohnt war, hart zu arbeiten.«

»Ja, nur schade, dass er seine Profession darin sah, die Vampire aller Herren Länder zu vernichten«, antwortete Malcolm trocken.

Latona wandte sich ab und begann, einige Kleider in einer der Reisetaschen zu verstauen. Stumm rannen ihr noch immer Tränen über die Wangen, doch sie hielt sich bewundernswert gerade und jammerte nicht. Malcolm sah ihr eine Weile zu, dann trat er heran und fasste sie bei den Schultern. Sanft drehte er sie zu sich um, bis sie ihn ansah. In ihren langen dunklen Wimpern schimmerten zwei Tropfen wie kleine Perlen. Er beugte sich hinab und schmeckte das Salz. Seine Lippen wanderten über ihre Wange bis zu ihrem Mund. Als er sie küsste, schlang Latona die Arme um ihn und presste sich an ihn. Ihr Körper bebte. Malcolm versiegelte ihre Lippen mit seinem Kuss. Sie schmeckte so herrlich. Ihr Duft stieg ihm in die Nase und hüllte ihn in wirbelnde Nebel, als sei er im Begriff, sich zu verwandeln. Vielleicht war das ja eine Art von Verwandlung. Dem getrockneten Blutstropfen an ihrer Brust entstieg ein Aroma, das an seinem Verstand zerrte. Es rauschte und klopfte in seinen Ohren. Malcolm schmeckte ihre Lippen, ihre Zunge und ihr Blut. Für einen Moment riss er sich von ihr los und schüttelte den Kopf, um dem Abgrund zu entrinnen, der ihn zu verschlingen drohte.

Latona sah ihn aus diesen dunklen, ernsten Augen an. »Ich will nicht sterben, aber ich weiß auch nicht, wie ich leben kann. Nimm mich mit. Ich möchte bei dir bleiben. Wohin sonst könnte ich gehen? Ich habe niemanden mehr auf dieser Welt.«

Sie trat auf ihn zu, und nun war sie es, die ihre Lippen auf seine presste und ihn küsste, dass auch der letzte Funke Beherrschung erlosch. Das Drängen in ihm wurde so übermächtig, dass es die Kontrolle über seine Arme und Hände übernahm und über seinen Mund. Malcolm konnte nichts mehr dagegen tun. Er löste sich aus ihrem Kuss, bog ihren Hals zurück und stieß seine Zähne mit einer solchen Wildheit in ihr Fleisch, dass Latona vor Schreck und Schmerz aufschrie. Doch das kümmerte ihn in diesem Augenblick nicht, da ihr Blut, hell, frisch und prickelnd in seine Kehle schoss. Die Ekstase, die ihn erfasste, übertraf alles, was er sich in seinen kühnsten Träumen hätte ausmalen können. Er trank und hielt sie an sich gepresst, während die Wogen der Verzückung ihn davontrugen.

Latona sah ihn aus weit aufgerissenen Augen an. Sie gab nun keinen Laut mehr von sich. Sie wurde nur schwächer und schwächer. Obwohl Malcolm es in einem Winkel seines Bewusstseins spürte, konnte er sich nicht von ihr losreißen. Seine feinen Sinne, die ihn sonst frühzeitig vor Gefahren warnten, wiegten sich im Dämmerschlaf des Genusses, was ihm schmerzlich bewusst wurde, als sich die Spitze eines Degens in seinen Rücken bohrte.

Jemand war die Treppe hochgekommen und den Gang entlanggelaufen, hatte die Tür aufgerissen, den Degen gezogen und sich auf ihn gestürzt. Ein Mensch! Ein polternder, lauter Mensch. Und Malcolm hatte es nicht bemerkt.

Nun jedoch stach ihm die Spitze durch die Haut und die Berührung mit dem Silber riss ihn schmerzlich in die Gegenwart zurück.

»Lass sie sofort los!«

Die Stimme kannte er. Hatte dieser Mensch es nicht schon einmal gewagt, ihn zu stören? Ivy huschte durch seinen Sinn. Was hatte sie damit zu tun? Musik erklang in seinem Geist. Verdi. *Aida*. Die Oper. Loge fünf.

»Lass Latona los oder ich stoße dir den Degen in den Rücken. Die Klinge ist aus Silber. Sie gehört ihrem Onkel, und ich schwöre dir, ich sage es nicht noch einmal. Lass sie los und geh dann langsam zur Tür.«

Das Silber in seinem Rücken schmerzte so sehr, dass er plötzlich wieder klar denken konnte. Malcolm löste seine Zähne von ihrem Hals. Latona! Bei allen Dämonen der Hölle, was hatte er getan? Sie hing schlaff in seinen Armen, die Augen geschlossen. Ihr Atem ging nur noch flach. Er war im Begriff gewesen, sie zu vernichten und sich selbst vermutlich mit ihr. Oder hätte er es geschafft, vor dem letzten Herzschlag von ihr abzulassen? Malcolm war sich nicht sicher. Zum ersten Mal verstand er – mehr als ihm lieb war –, wovor die älteren

Vampire warnten und warum sie so streng darüber wachten, dass die jungen Vampire erst Menschenblut kosteten, wenn sie die nötige Reife besaßen. Malcolm hatte das Ritual noch nicht begangen, obwohl er alt genug war, und nun hatte es einer silbernen Klinge in seinem Rücken bedurft, ihn vor dem größten Fehler seines Daseins zu bewahren.

»Leg sie auf das Bett«, sagte der Mann und verstärkte den Druck in seinem Rücken. »Mach schon!«

Malcolm hauchte Latona einen Kuss auf die kalte weiße Wange, dann ließ er sie sanft in die Kissen gleiten. Noch immer quoll Blut aus den beiden Bisswunden an ihrem Hals und rann in die weiße Spitze ihres Kleides.

»Und nun geh langsam zur Tür und schließe sie hinter dir.«

Endlich fand Malcolm seine Sprache wieder. »Du wirst mich nicht vernichten?«

»Nur wenn du mich dazu zwingst. Ich habe Ivy leichtfertig geschworen, niemandem ihrer Art etwas anzutun. Ich möchte dieses Versprechen nicht brechen.«

Malcolm wagte es, einen Schritt vom Bett wegzutreten und sich dann umzudrehen, um sich diesen erstaunlichen Menschen näher anzusehen.

»Bram Stoker, nicht wahr?«

Der Mann nickte. Er ließ den Degen sinken, kam ans Bett und untersuchte Latona, die noch nicht wieder zu sich gekommen war. Wie leicht hätte Malcolm nun über ihn herfallen können. Noch ehe er seine Absicht bemerken könnte, würde er bereits die Zähne in seinem Hals spüren. Keine Chance zu entkommen! Und dennoch rührte sich Malcolm nicht vom Fleck und sah stattdessen zu, wie Bram nach Latonas Puls tastete.

»Was ist mit ihr?«, erkundigte er sich.

»Sie ist schwach, aber sie lebt. Ich denke, sie wird durchkommen«, gab Bram Stoker Auskunft.

Malcolm spürte Erleichterung wie eine Welle über sich hinwegfluten. Wie um Bram Stokers Worten Gewicht zu verleihen, bewegte sich Latona und öffnete die Augen. Erst irrte ihr Blick verwirrt umher, dann blieb er an Bram Stoker und kurz darauf an Malcolm hängen. Die Erinnerung kehrte zurück, denn ihre Hand fuhr an ihren Hals. Mit verstörtem Blick sah sie auf das Blut an ihren Fingern.

»Du wirst mich nicht mit dir nehmen, Malcolm?« Ihre Stimme klang verzweifelt.

Der Vampir schüttelte den Kopf. »Nein, dein Beschützer hat entschieden, dass du leben sollst. Er wird sich um dich kümmern, nicht wahr? Schwöre es! Eher werde ich nicht gehen.«

Bram Stoker starrte den Vampir voller Staunen an. »Es gibt wohl noch viel über euch zu lernen«, sagte er, doch dann leistete er den Schwur.

Latona schluchzte. »Werde ich dich nun nie wieder sehen?«

Malcolm schenkte ihr ein Lächeln. »Vielleicht solltest du zuerst Paris verlassen und wieder zu Kräften kommen. Du weißt, wo du mich finden kannst. In London! Wenn du dich irgendwann dazu entschließt, dann solltest du dieses Mal auf die Begleitung von Vampirjägern verzichten. Hinterlass mir eine Nachricht am Albert Memorial und ich werde zu dir kommen.«

Er warf ihr eine Kusshand zu. Sie lächelte unter Tränen. Dann verließ Malcolm das Zimmer, schloss leise die Tür hinter sich und überließ Latona ihrem Retter.

EPILOG: DER SCHATTEN

Eigentlich hatte er nach seinem letzten, vergeblichen Versuch aus Paris abreisen wollen, doch dann schob er seine Rückkehr Nacht für Nacht auf. Er beobachtete sie von fern – Ivy und ihre Freunde und den Wolf, der nicht von ihrer Seite wich.

Nach dem Tod des Vampirjägers und der Rückkehr des verschleppten Pyras zu seinem Clan kehrte Ruhe in den unterirdischen Labyrinthen von Paris ein. Die Menschen hatten für einige Zeit genug von ihrer verborgenen Stadt im Finstern und ließen sich nicht mehr in den Gängen blicken. Auch ihr ursprüngliches Vorhaben, das Phantom einzufangen, verschoben sie auf unbestimmte Zeit. Seigneur Thibaut und die Altehrwürdigen erholten sich nach und nach von den Folgen der Quecksilbervergiftung und konnten sich schon einige Nächte später wieder selbst auf die Jagd begeben. Auch die Servienten der Erben erlangten ihre Kräfte zurück und waren bald wieder in der Lage, ihre Schützlinge bei ihren Übungen zu begleiten, denn bereits in der folgenden Nacht bestand Seigneur Lucien darauf, die Arbeit der Akademie wieder aufzunehmen.

Der Schatten hielt sich in einem nahen Schacht verborgen, als die jungen Vampire an ihm vorbeizogen. Tammo, der Jüngste der Vamalia, maulte lautstark, dass ihm die aufregenden Nächte zuvor mehr zugesagt hätten und er keinen Wert auf weiteren Unterricht lege. Seine Schwester Alisa dagegen betonte, wie froh sie sei, Paris nicht ohne weitere Lektionen wieder verlassen zu müssen. Der Schatten sah den Dracas Franz Leopold, der dicht hinter ihr ging, den Blick nachdenklich auf ihren wippenden Pferdeschwanz geheftet, der vom Schein einer fernen Lampe rötlich schimmerte. Hinter ihm lief der weiße Wolf, der aufmerksam in Richtung des Schachts witterte, in dem sich der Schatten verbarg. Und dann kam Ivy für einen Augenblick in sein Sichtfeld. Neben ihr ging Luciano, der in alter Gewohnheit seine Hand in die ihre geschoben hatte, obwohl es im Moment hell genug war, den Weg zu erkennen. Unvermittelt loderte Hass in ihm auf. Seine Hand krallte sich um eine Eisenleiter, seine zusammengepressten Zähne knirschten. Er hätte den Nosferas in Stücke reißen mögen. Doch dies war nicht der rechte Zeitpunkt, sich zu offenbaren.

»Meinst du, wir haben nach den Übungen noch Zeit, Erik einen Besuch abzustatten?«, fragte der Nosferas gerade.

»Das hoffe ich.«

»Du magst diesen Menschen!« Der Vorwurf war nicht zu überhören.

Ivy lächelte ihm zu. »Kein Grund zur Eifersucht, Luciano. Ja, ich mag ihn, und ich finde, er ist der faszinierendste Mensch, den ich je getroffen habe. Sein Wissen ist erstaunlich vielfältig und seine Musik bewegt mich zutiefst. Es ist eine Bereicherung meiner Nächte, mit ihm zu sprechen und seinem Gesang und dem Orgelspiel zu lauschen.«

Alisa hielt inne und drehte sich zu den beiden um. Ihre Augen glänzten. »Und in den zahllosen Büchern zu lesen, die Erik auf seinen Reisen gesammelt hat.«

Franz Leopold verdrehte die Augen, doch dann nickte er mit ernster Miene. »Ja, unter seinen Büchern befinden sich ein paar, die auch ich gerne ausführlicher studieren würde.«

Alisa erwiderte seinen Blick. »Du sprichst nicht zufällig von einem bestimmten Folianten aus den Karpaten, in dem von einem siebten Vampirclan die Rede ist?«

Franz Leopold nickte. »Und von einem mächtigen Schatten, den sie den Meister nennen.«

Der Lauscher sah, wie Ivy für einen Moment die Augen schloss. Ein Schauder rann durch ihren Körper, und er wusste, dass sie ihn spüren konnte. Ganz nah, an ihrer Seite.

ANHANG

Glossar

Achtern: Das Wort *achter* stammt aus dem Niederdeutschen und entspricht dem englischen after = hinter. Achtern ist auf einem Wasserfahrzeug alles, was hinter der Mitte liegt. Das Achterschiff ist also der hintere Teil, das Heck.

Aphorismus: ein Sinnspruch oder auch philosophischer Gedankensplitter, der als Einzeltext konzipiert wurde.

Bagno: So hießen seit dem 17. Jahrhundert die Strafanstalten in Italien und Frankreich, in denen die Verurteilten schwere Zwangsarbeit verrichten mussten. Sie ersetzten die Galeerenstrafen.

Bark: ein Segelschiffstyp mit ursprünglich drei, später auch vier oder fünf Masten. An den vorderen Masten gibt es Rahsegel, am hinteren Gaffelsegel. In der zweiten Hälfte des 19. Jahrhunderts war die Bark als Hochseefrachtschiff weitverbreitet.

Brigg: Eine Brigg ist ein Zweimaster mit Rahsegeln an beiden Masten und einem zusätzlichen Gaffelsegel am Großmast. Es sind schelle, wendige Schiffe, die allerdings wenig Laderaum bieten. Die Länge variiert zwischen 25 und 50 Metern, die Breite zwischen fünf und sieben Metern.

Bugspriet: eine weit über den Bug hinausragende Spiere – also ein Rundholz, das fest mit dem Schiff verbunden ist.

Carrière: französisches Wort für Steinbruch.

Contrebande: französisches Wort für Schmuggel.

Droschke: leichtes, gefedertes Gefährt für ein oder zwei Personen. Die Bezeichnung Droschke hat sich aber auch für eine Mietkutsche mit Chauffeur – den Droschkenkutscher – eingebürgert.

Égout: französisches Wort für Kanalisation oder Abwasserkanal.

Fleet: abgeleitet vom plattdeutschen Wort fleeten = fließen. Norddeutsche Bezeichnung für Gräben beziehungsweise künstliche Wasserverbindungen.

Fockmast: Mast eines Segelschiffs, der das Vorsegel trägt.

Fregatte: Im deutschen Sprachraum wurden im 18. und 19. Jahrhundert Schiffe mit einer Vollschiff-Takelage als Fregatten bezeichnet. Ein Vollschiff ist ein Großsegler mit mindestens drei vollständig rahgetakelten Masten. Ab Ende des 16. Jahrhunderts bezeichnet man kleinere, schnelle Kriegsschiffe als Fregatten.

Gaffelsegel: Das Wort kommt vom niederländischen Wort für Gabel und bezeichnet ein Segel, das verschiebbar an einer schräg nach oben ragenden Spiere befestigt ist.

Gängeviertel: arme Wohnquartiere in der Altstadt von Hamburg. Die Häuser waren sehr dicht aneinandergebaut mit vielen Hinterhöfen. Die Gassen waren zu eng für Fuhrwerke, die Wohnungen klein, dunkel und die hygienischen Bedingungen sehr schlecht. Das Gängeviertel auf dem Wandrahm und Kehrwieder wurde zum Bau der Speicherstadt abgerissen. 24 000 Menschen verloren ihre Wohnung und wurden in Vororte umgesiedelt.

Grisette: in der französischen Literatur des 19. Jahrhunderts eine junge, unverheiratete Frau von niederem Stand, die sich als Näherin oder Fabrikarbeiterin ihren Lebensunterhalt verdient und der man einen leichtfertigen Lebenswandel, beispielsweise als Geliebte eines Studenten, nachsagt.

Heuer: Lohn der Seeleute, der von der Reederei bezahlt wurde.

Huker: ein Segelschiff, das für die Hochseefischerei verwendet wurde; in Niederländisch auch Hoeker genannt. Bei einigen Typen konnte der Großmast zum Anbringen eines Schleppnetzes umgelegt werden.

Kartätsche: eine von der Artillerie in einem Papier- oder Stoffbehälter verschossene Ladung aus kleinen Metallkugeln.

Klüversegel: dreieckig geschnittenes Segel, das vor dem Bug gefahren wird.

Kuff: ostfriesischer Küstensegler des 18. und 19. Jahrhunderts. Typischerweise hatte die Kuff anderthalb Masten und eine füllige Form mit flachem Schiffsboden und stark gerundetem und hochgezogenem Bug und Heck.

Rah: Bestandteil der Takelage eines Segelschiffs. An ihm wird das viereckige Rahsegel befestigt. Die Rah besteht aus einem beweglichen Rundholz, das um den Mast gedreht werden kann, um die Segel nach dem Wind auszurichten.

Réseau Pneumatique: französische Bezeichnung für ein Rohrleitungssystem für Druckluft. Druckluftnetz.

Ridikül: kleine Damenhandtasche des späten 19. Jahrhunderts mit langen Trägern, die über der Schulter oder am Handgelenk getragen wurde.

Sanglant(e): französisches Wort für blutig oder verlustreich.

Schnigge: ein offenes, flaches, meist schnelles Segelschiff, das bereits in der Wikingerzeit entwickelt wurde. Zu dieser Zeit hatte es zu seinem Segel noch etwa 40 Riemen, also Ruder. An Bord waren bis zu 90 Mann Besatzung. Später wurden kleinere Schniggen gebaut, die als schnelle Kriegs- oder Depeschenschiffe benutzt wurden.

Schoner: auch Schooner oder Schuner genannt, war ursprünglich ein Segelschiff mit zwei Masten, dessen vorderer Mast kleiner war als der hintere. Im 19. und 20 Jahrhundert wurden aber auch Schoner mit mehr Masten gebaut. Es waren schnelle Schiffe, die zu Kurierdiensten oder für die Piratenjagd eingesetzt wurden. Sie benötigten nur eine kleine Mannschaft. Kleinere Schoner wurden häufig in der Fischerei eingesetzt, große Vier-, Fünf- und Sechsmastschoner wurden nach 1900 als Frachtschiffe für Kohle, Holz und Öl verwendet. Der erste Schoner wurde 1713 im US-Bundesstaat Massachusetts gebaut.

Schute: ein kleines, flaches Schiff, das für den Gütertransport verwendet wird und keinen eigenen Antrieb hat. Es wurde mit Stangen durch die Fleete gestakt.

Speläologe: Erforscher von Höhlen und Karsterscheinungen.

Voirie: französisches Wort für Müllkippe oder Schuttabladeplatz.

Wanten: Als Wanten bezeichnet man die Seile, die die Masten zu beiden Schiffsseiten hin verspannen. Je nach Angriffspunkt am Mast werden sie als Topp-, Ober- oder Unterwanten bezeichnet. Zwischen den Wanten sind Webleinen gespannt, die zum Besteigen der Masten dienen.

DICHTUNG UND WAHRHEIT:

Die Erben der Nacht ist nicht nur eine fantastische Romanserie über Vampire, es ist auch eine Reise durch das Europa des 19. Jahrhunderts mit seinen Menschen und seiner Geschichte, bei der meine Leser in die damalige Welt eintauchen sollen. Mir ist es wichtig, kurze Einblicke in die Historie des Landes, die Politik, Kunst und den Stand der Wissenschaften mit ihren damals neuen Erfindungen zu geben, sei es nun die Medizin, die Architektur oder die Technik neuer Maschinen. Es tauchen viele Personen auf, die es wirklich gab. Männer und Frauen der Politik, aber auch Künstler, deren Werke der Musik, der Malerei oder der Literatur uns heute noch prägen. Auch die Orte beschreibe ich so, wie sie vermutlich zum Ende des 19. Jahrhunderts ausgesehen haben.

Natürlich war ich auch für *Pyras* wieder unterwegs. Zuerst in Hamburg und dann in Paris. Das oberirdische Paris war schon spannend, aber das unterirdische erst! Die Katakomben mit ihren Millionen Schädeln und Knochen haben mich sehr beeindruckt. Es war schon ein seltsames Gefühl, dort ganz alleine durch die Gänge zu streifen und sich die Szenen an diesem Ort auszumalen. Einen kleinen Abstecher in die Abwasserkanäle habe ich selbstverständlich auch gemacht. Der Geruch hing mir noch lange in der Nase! Für die weiteren unterirdischen Beschreibungen musste ich mich anderer Hilfsmittel bedienen, da es sehr gefährlich ist, auf eigene Faust in die Labyrinthe der alten Steinbrüche einzudringen. Die heutigen »Inspekteure des Carrières«, deren Büros am Zugang zu den Katakomben liegen, haben mich mit Karten über die Höhlen unter dem Val de Grâce, dem Hôpital Cochin und den anderen Orten, die in der Geschichte beschrieben werden, versorgt und mir die noch offenen Zugänge zu den Kavernen auf den Karten gezeigt – die zu betreten natürlich streng verboten ist!

Eine andere, nahezu unerschöpfliche Quelle an Überlieferungen und Anekdoten war mir das Buch *Der Untergrund von Paris* von Günter Liehr und Olivier Fay und der *Atlas du Paris souterrain* von Alain Clément und Gilles Thomas. So beruhen viele Details der *Pyras* wieder auf Tatsachen: von Verdis Auftritt in der Garnieroper (allerdings am 22. März 1880), über den Jungen Armand Viré, der tatsächlich Bio-Speläologe wurde und sein unterirdisches Labor in den Höhlen unter dem Jardin des Plantes einrichtete, bis hin zu dem Spezialitätenrestaurant, das die Köpfe seiner »falsche Hasen« in einem Brunnenschacht entsorgte, und dem ehemaligen Häftling Décure, der sechs Jahre unter Tage blieb und ein Modell seines Gefängnisses aus dem Stein schlug.

GASTSTARS

Baron Haussmann

Georges-Eugène Baron Haussmann (1809–1891) war nicht nur ein französischer Präfekt unter Napoleon III. Er war der Stadtplaner, der Paris ein neues Gesicht gab – und der es davor bewahrte, in seinem eigenen Dreck zu ersticken. 1853 wurde er von Napoleon III. zum Präfekten ernannt und mit außergewöhnlichen Befugnissen ausgestattet, um die Hauptstadt nach den Visionen des Kaisers grundlegend umzugestalten. Die Stadt sollte modern und monumental werden – dafür mussten viele der engen Straßenzüge fallen und Zigtausende Menschen umgesiedelt werden. Nahezu alle Wohnhäuser der Cité, dem Herzen von Paris auf der Insel um Notre-Dame, wurden dem Erdboden gleichgemacht und durch Verwaltungsgebäude ersetzt. Das machte Haussmann bei der Bevölkerung nicht unbedingt beliebt. Außerdem warfen ihm die einfachen Leute vor, seine Straßenbaupolitik verfolge das Ziel, die Militärs der Regierung in einem Kampf gegen aufständische Bürger zu begünstigen. Enge, für Barrikaden strategisch günstige Gässchen wurden vielerorts beseitigt.

Haussmann ließ 12240 Häuser abreißen – und 61217 neue bauen. Seine Wohnungen waren allerdings der hohen Preise wegen für Arbeiter und kleine Angestellte nicht erschwinglich. Es blieb ihnen nur, mit ihren Familien in die billigen Vororte zu ziehen.

Die strengen Häuserfassaden mit ihren eisernen Balkongittern und den Mansardendächern aus Zinkblech gaben den nun breiten, geraden Straßen ein einheitliches Bild und wurden zum prägenden Baustil des Klassizismus auch in anderen europäischen Städten.

Unauffälliger, aber vielleicht sogar noch wichtiger war der Ausbau der Wasserleitungen und der Kanalisation, die vorher in einem Zustand wie im Mittelalter gewesen waren, wie Victor Hugo es anschaulich in seinem Roman *Les Misérables* beschreibt. Nach den Plänen von Haussmann wurden mehrere hundert Kilometer an Abwasserkanälen gebaut, einschließlich des Siphons unter der Seine hindurch, der das Schmutzwasser von links der Seine nach Norden in den großen Sammler führte.

Auch die großen Parks westlich und östlich der Stadt wurden von Haussmann neu gestaltet. Ebenso der Buttes-Chaumont, dessen bizarre Landschaft – die Überreste der gesprengten Gipshöhlen und der Sickergrube – zu nichts anderem mehr zu verwenden war, als sie in einen abenteuerlichen Park zu verwandeln.

Die riesigen Baumaßnahmen verschlangen Millionen. Die Kritik von politischen Gegnern wurde immer lauter. Obwohl der Kaiser bis zum Schluss viel von Haussmann und seinen Plänen hielt, ließ er ihn unter dem wachsenden politischen Druck 1870 fallen und entließ ihn. Nach dem Ende der Belagerung von 1871 besann sich die neue Republik wieder auf Haussmanns Pläne und führte viele davon weiter – oberirdisch und unterirdisch.

Jacques Offenbach – Der Vater der Pariser Operette

Der Komponist Jakob oder Jacques Offenbach (1819–1880) wurde in Köln geboren und kam 1833 als Cellist ans Konservatorium nach Paris. Seine Kompositionen begannen mit Walzern und Romanzen. Rossini nannte ihn den »Mozart der Champs-Élysées«.

Anlässlich der ersten Weltausstellung in Paris eröffnete er 1855 ein eigenes Theater – *Die beiden Blinden*, das erste Werk, das er für sein Haus schrieb, wurden vierhundertmal aufgeführt! Den großen Durchbruch hatte er drei Jahre später mit seiner Operette *Orpheus in der Unterwelt*, die schnell in ganz Europa populär wurde. Er erhielt das französische Bürgerrecht und wurde Ritter der Ehrenlegion. Bis 1870 folgten Werke wie *Pariser Leben*, *Die schöne Helena*, *Die Großherzogin von Gerolstein* und *Ritter Blaubart*. Er wurde in Paris gefeiert. In seinen Operetten fand das Lebensgefühl jener Zeit seinen Ausdruck. Sein Schlussgalopp im *Orpheus* machte den Cancan bühnenfähig. Die einen sahen in diesem Tanz die Pariser Lebensfreude, die anderen den Höhepunkt der Unmoral.

Mit der Operette schuf Offenbach eine neue Kunstform, der nichts heilig war, die die Götter- und Heroenwelt der Antike verspottete und dabei den Hof und die Gesellschaft aufs Korn nahm. Allerdings war seine Kunst kein Aufruf zum Umsturz, sondern drückte augenzwinkernd »Duldung auf Gegenseitigkeit« aus. Für die Opposition war das schlimmer als Zensur. Der politische Journalist und Schriftsteller Émile Zola schrieb erbost in seiner Besprechung der *Schönen Helena*: »Nie zuvor hat sich die dumme Farce mit solcher Schamlosigkeit zur Schau gestellt.« Dennoch trat die Operette ihren Siegeszug durch die vornehmen Kurorte und Städte Europas an. Ja, selbst in Salt Lake City, Stockholm, Kairo und Warschau wurden die Werke Offenbachs aufgeführt.

Die Vergnügungsbetriebe in Paris blühten. Das Theater sollte das Publikum unterhalten, nicht mit Problemen belasten, darin stimmte der Hof mit der bürgerlichen Gesellschaft überein.

Als 1870 der Krieg zwischen Frankreich und Deutschland ausbrach, blieb das nicht ohne Folgen für Offenbach. Man mied ihn seiner deutschen Herkunft wegen, die französische Presse schmähte ihn als Bismarcks Spion. Nach dem Krieg eröffnete er zwar wieder ein Theater in Paris, konnte dort aber an seinen früheren Erfolg nicht anknüpfen. Er reiste nun viel nach Amerika und England. 1877 begann er sein letztes großes Werk – *Hoffmanns Erzählungen* –, das auch heute noch eine der meistgespielten französischen Opern ist.

Interessanterweise hat das, was wir heute unter einer Operette verstehen, kaum mehr etwas mit der ursprünglichen Form zu tun, die Offenbach schuf. Heute wird der Begriff von der »Wiener Operette« geprägt, die unpolitische Themen in leichte Musik umsetzt. Offenbachs Musik ist dramatisch und schwungvoll. Seine Handlung ist durchsetzt mit satirischen Anspielungen auf Ereignisse der Zeit, auf Sitten und Personen.

Erik aus Saint-Martin-de-Boscherville – Das Phantom der Oper

Hat es das Phantom der Oper nun gegeben oder nicht? An dieser Frage scheiden sich die Geister. Fragt man in Paris in der Oper nach, bekommt man nur ein mitleidiges Lächeln – vermutlich auch deshalb, weil bei jeder Führung mindestens ein Besucher wissen will, wo denn nun die Loge Fünf des Phantoms sei. Nein, in der Oper glaubt man an diese Geschichte nicht.

Nimmt man allerdings Susan Kays biografischen Roman zur Hand, dann erscheint Erik plötzlich als reale Person. Kay verfolgt Eriks aufregendes Leben von seiner Geburt im Jahr 1831 in Saint-Martin-de-Boscherville bis zu der Phase, in der er zum Phantom der Oper wurde und zu seinem Tod in seinem Versteck unter der Oper. Sie beschreibt seine Missbildungen bei seiner Geburt so: Die ganze Schädeldecke lag offen unter einer dünnen, durchsichtigen Membran ... Eingesunkene, ungleiche Augen, grob missgestaltete Lippen und ein schreckliches, gähnendes Loch, wo die Nase hätte sein sollen. Eine Vermutung, wie es zu dieser Missbildung kommt, stellt sie nicht an.

Kay erzählt von seiner Kindheit im Haus der Mutter, seiner Leidenszeit bei den Zigeunern, von denen er öffentlich zur Schau gestellt wurde, der Flucht, seiner Ausbildung zum Baumeister, der Reise nach Russland, dann seiner Bekanntschaft mit Nadar und der Zeit am Hof des Schahs von Persien. Erst dann kehrt Erik nach Frankreich zurück, sucht Garniers Bekanntschaft und ist der unsichtbare Künstler und Baumeister im Hintergrund, bis er sich aus Enttäuschung in die Unterwelt in den Fundamenten seiner Oper zurückzieht. Natürlich schließt der Roman mit der berühmten und tragischen Liebe des Phantoms zu Christine, die auch Grundlage für das Musical *Das Phantom der Oper* ist. Die Liebesgeschichte, auf die sich auch der ursprüngliche Roman von Gaston Leroux konzentriert, wirft allerdings viele Fragen auf, denen Susan Kay nachgegangen ist.

Kay beschreibt in ihren abschließenden Anmerkungen, wie sie im Laufe ihrer Recherche über das Phantom auf Details von Eriks Zeit in Russland gestoßen sei. Auch in Augenzeugenberichten über das

Hofleben des Schahs im 19. Jahrhundert will sie Erik wiedergefunden haben.

Ich habe meinen Erik an die Charakterisierung von Susan Kay angelehnt, da sie ihn sehr facettenreich in seiner Entwicklung beschreibt und *Pyras* ja ein Jahr vor seiner Begegnung mit Christine spielt, die sich 1881 zugetragen haben soll.

Gab es diesen Mann also wirklich?

Ich kann es nicht beweisen, aber ich stelle es mir vor. Sicher sind seine Fähigkeiten und Talente im Laufe der Jahrzehnte übersteigert worden, an einen wahren Kern will ich jedoch gerne glauben.

Gaspard-Félix Tournachon – Der Fotograf Nadar

Nadar (1820–1910), wie er sich selbst nannte, war nicht nur der berühmteste Fotograf seiner Zeit, er war auch Schriftsteller, Zeichner und Pionier der Luftschifffahrt. Er studierte zuerst Medizin, dann arbeitete er als Journalist. 1854 eröffnete Nadar ein Atelier für fotografische Porträts in Paris. Er war ein einfallsreicher Selbstdarsteller, der mit seiner Experimentierfreudigkeit auffiel. Statt der damals üblichen Accessoires und gemalten Hintergrundbilder bei Porträtaufnahmen setzte er seine Modelle mittels Beleuchtung und den Gesten und Blicken der Abgelichteten in Szene. Von seinem Fesselballon aus machte er die ersten Luftaufnahmen von Paris. Seine Fotografien der Pariser Katakomben und der Kanalisation – bei denen er der langen Belichtungszeit wegen Puppen statt Menschen als Modelle nahm – machten ihn berühmt. Zu seinen Kunden zählten große Namen aus der Künstlerszene. Schriftsteller, Maler und Schauspieler ließen sich von ihm fotografieren; unter ihnen die berühmte Sarah Bernhardt.

Auch unter Malern hatte er viele Freunde. Um diese zu unterstützen, organisierte er 1874 in seinem Atelier die erste Ausstellung impressionistischer Malerei, bei der Gemälde von Claude Monet, Paul Cézanne, Edgar Degas und Camille Pissarro ausgestellt wurden.

Nadar war ein leidenschaftlicher Ballonfahrer und Konstrukteur. Er entwickelte ein Schraubenluftschiff und inspirierte damit Jules

Vernes zu seinem Roman *Fünf Wochen im Ballon*. Er fotografierte auf seinen Fahrten und berichtete über sie in mehreren Veröffentlichungen. Mit seinem Riesenballon *Le Géant* fuhr er zusammen mit seiner Frau bis nach Hannover. Bei der Landung wurden allerdings beide schwer verletzt. Nadar ließ sich nicht entmutigen. Er war überzeugt, dass den schraubengetriebenen Luftschiffen die Zukunft gehört. Nadar wurde Präsident einer Gesellschaft zur Förderung der Konstruktion von Flugmaschinen, Jules Vernes war sein Sekretär.

Louis Pasteur – Ein Leben im Kampf gegen Krankheit und Tod

Der französische Wissenschaftler Louis Pasteur (1822–1895) war Chemiker, Biologe, Mediziner und ein Pionier auf dem Gebiet der Mikrobiologie. Nach Professuren in Dijon, Straßburg und Lille kam er 1857 nach Paris.

Pasteur machte sich den Kampf gegen Krankheiten und Tod zur Lebensaufgabe und zeigte erstmals, dass Mikroorganismen bei Fäulnis und Gärung die entscheidende Rolle spielen. Die Behauptung, Mikroben entstünden nur aus Mikroben, stand im Gegensatz zu der noch mittelalterlichen Vorstellung, dass unter bestimmten Bedingungen Lebendes aus Unbelebtem hervorgehen kann. Die mikroskopisch kleinen Lebewesen waren das Ende der Streitfrage um die »Urzeugung«. Außerdem erkannte er, dass diese Organismen – wie alle Lebewesen – hitzeempfindlich sind. Aus dieser Beobachtung entwickelte er das Verfahren, Lebensmittel durch kurzes Erhitzen auf 60° bis 70° C, was die darin enthaltenen Keime abtötet, länger haltbar zu machen. Noch heute nennt man dies Pasteurisierung.

Pasteur war überzeugt, dass auch viele Krankheiten durch Bakterien hervorgerufen werden. Er forschte an einer Immunisierung mit abgeschwächten Krankheitserregern. So entwickelte er Impfstoffe gegen die Geflügelcholera, den Milzbrand und die bis dahin stets tödlich verlaufende Tollwut.

Mit der Mikrobiologie schuf er die Grundlagen der Asepsis – der vollkommenen Keimfreiheit – und der Antisepsis-Maßnahmen zur

Verminderung der infektiösen Keime – in der Chirurgie, denn er erkannte, dass auch Eiter und Wundbrand durch Mikroben hervorgerufen werden.

Édouard Alfred Martel – Begründer der Höhlenkunde

Der in Wien geborene Martel (1859–1938) gilt als der Begründer der modernen Höhlenkunde. Mit seinen Eltern bereiste er bereits in jungen Jahren Höhlen in den Pyrenäen und in den Alpen. 1888 begann er seine Karriere als Höhlenforscher. Bis 1893 besuchte und erforschte er 230 Höhlen und veröffentlichte mehrere Schriften. Seine Bücher über die Höhlenforschung wurden zu Bestsellern. Er organisierte Expeditionen in Irland und England und forschte für den österreichischen Kaiser auf Mallorca. In der Nähe von Porto Christo entdeckte er den bis dahin größten unterirdischen See. In Montenegro erkundete er den längsten unterirdischen Flusslauf im Karstgestein. Später wandte er sich dem Grand Canyon du Verdon zu. Wer möchte, kann sich heute auf seine Spuren begeben und auf dem 14 km langen Wanderweg »Sentier Martel« die Naturwunder der spektakulären Schlucht in den Provences Alpes Côte d'Azur erleben.

DANKSAGUNG:

Auch nach Band 3 der *Erben der Nacht* ist meine Faszination für Vampire ungebrochen. Zum Glück stehe ich nicht mehr alleine damit da. Immer mehr Leser entdecken den Reiz der düsteren Wesen der Nacht. Ich freue mich, dass ich die Serie bei cbj fortführen kann, und danke meinem Verlagsleiter Jürgen Weidenbach und der Programmleiterin Susanne Krebs. Die Zusammenarbeit mit meiner Lektorin Susanne Evans klappt wunderbar und wir sind zu einem guten Team zusammengewachsen. Herzlichen Dank für ihren kritischen Blick und ihr gutes Sprachgefühl. Und dass sie mich immer mal wieder einbremst, wenn meine Begeisterung für historische Details mit mir durchgeht.

Danken möchte ich natürlich auch meinem Agenten Thomas Montasser und seiner Frau Mariam, die nicht nur meine Vampire so sehr lieben wie ich, sondern mir auch alles vom Hals halten, was mir die Zeit fürs Schreiben stehlen würde.

Auch mein Mann Peter Speemann hat wieder mit dazu beigetragen, dass ich in einer guten Atmosphäre meinen Fantasien nachgehen kann. Er wird neben meinem Helfer für die Technik nun auch immer wieder auf meinen Reisen zum geduldigen Recherchehelfer.

In Hamburg fand ich wieder einmal Unterkunft und perfekte Rundumbetreuung bei meiner lieben Kollegin Sybille Schrödter und ihrem Mann Carl Krüger. Vielen Dank.

Danke auch der Chemikerin Christa Seitz, die mich mit Informationen über Quecksilber versorgt hat.

Paris hat mir sehr gut gefallen, und ich fand auch hier in Museen und Buchläden viele hilfsbereite Menschen, die mir ausführlich Rede und Antwort standen. Ihnen danke ich ganz herzlich. Besonders hilfreich waren die Gespräche mit den Mitarbeitern der heutigen Inspection Générale des Carrières, die mich nicht nur mit ausführlichem Kartenmaterial über den Untergrund von Paris versorgten, sondern es sich auch nicht nehmen ließen, mir die Lage der heute noch unverschlossenen Zugänge zu zeigen – deren Benutzung natürlich streng verboten ist!